Justus Peyrikus

Dr. Martin Zielinski

Buchbeschreibung:

Justus Peyrikus, eigentlich ein ganz normaler Junge, der sich gerne mit seiner Clique herumtreibt, besitzt eine außergewöhnliche Begabung, die man erst wahrnimmt, wenn er scheinbar träumend herumsitzt. Mit Pauline, seiner Schulfreundin, wird er auf eine alte Schule für Außergewöhnlichbegabte geholt, wo die besonderen Fähigkeiten der Schülerinnen und Schüler gefördert und weiterentwickelt werden.

Schon bald bilden sie zusammen mit anderen Schülerinnen und Schülern eine verschworene Gemeinschaft, deren individuelle Fähigkeiten sie zu einer besonderen Gruppe zusammenschweißt.

Von der Schulleitung werden sie ausgewählt, um sich auf eine höchst gefährliche Reise durch Zwischenräume und Zeiten zu begeben. Das 13. Jahrhundert, die Zeit der Templer, ist ihr Ziel, wo sie auf die dunkle Macht der Wächter von Antra'agor treffen. Sie sollen mit ihren individuellen Fähigkeiten die Gefahr bannen, die von diesen schwarzen Wesen ausgeht. Herkömmliche Waffen können gegen diese Gestalten nichts ausrichten.

Über den Autor:

Martin Zielinski, 1956 in Köln geboren, studierte in Bonn Theologie, Philosophie und Erziehungswissenschaften. Heute unterrichtet er an einem Bonner Gymnasium Katholische Religion und Philosophie.

Dr. Martin Zielinski

Justus Peykus

Im Kampf mit der dunklen Macht

Bibliographische Information der Deutschen Nationalbibliothek: Die Deutsche Nationalbibliothek verzeichnet diese Publikation in der Deutschen Nationalbibliografie; detaillierte bibliografische Daten sind im Internet über dnb.dnb.de abrufbar.

© 2. überarbeitete Neuauflage 2020
1. Auflage erschienen 2015 bei Tredition

Graphische und Covergestaltung: Dr. Martin Zielinski
Lektorat: Dr. Hedwig Lamberty und Anne Kemper

Verlag: Butterfly Verlag Berlin
Druck: Wir machen Druck/Deutschland
ISBN: 978-3-939849-32-2

Inhaltsverzeichnis

Erster Teil:

Zweiter Teil:

Erster Teil

Prolog

Gespenstisch bewegen sich die Schatten der mächtigen Rundsäulen im Licht der Fackeln. Die Säulen stützen ein gewaltiges, zweischiffiges Gewölbe. Rundbögen schwingen sich von Säule zu Säule, und Weihrauchduft durchzieht den weiten Kirchenraum. Seine Schwaden verschleiern den Blick hinauf zum Altar. Von den Wänden hallt monotoner Gesang wider, der aus dem inneren Bereich der Kirche kommt. Geheimnisvoll schallt es durch den Raum, so sehr, dass sich der stille Zuhörer tief in das Dunkel seiner Nische zurückzieht.

Ein kleines Portal mit einer kunstvoll gearbeiteten Eichentür, umrahmt von einer siebenstufigen Mauereinfassung, ist der einzig sichtbare Zugang zur Kirche.

Die Tür öffnet sich kaum hörbar, und eine mächtige Gestalt betritt den Kirchenraum, umhüllt von einem langen, weißen Umhang. Ohne Eile bewegt sie sich in die Richtung des Gesangs. Ihr Auftreten lässt erahnen, dass sie eine besondere Rolle in der Kirche spielt.

Im Chorraum stehen weitere Gestalten in einem Chorgestühl, ebenfalls mit weißen Umhängen bekleidet, auf deren linker Seite große, blutrote Kreuze prangen. Die Enden der Kreuze laufen in zwei Spitzen auseinander, die an gespaltene Schlangenzungen erinnern.

Die erhabene Gestalt strebt dem ersten Platz direkt hinter dem aus Marmor gehauenen Altar entgegen. Es ist der Anführer der singenden Gemeinschaft.

Der Altar bildet das Zentrum des vorderen Bereichs der Kirche. Die Weihrauch geschwängerte Luft erzeugt eine mystische Atmosphäre. Alles ist in trübes Licht getaucht, einzig der Altar leuchtet klar aus sich selbst heraus.

Inzwischen hat der Neuankömmling in den monotonen Gesang eingestimmt. War die Melodie anfänglich noch leise, jetzt schwillt sie an, als wäre aus einem kleinen Bach ein rauschender Strom geworden.

Der ganze Raum ist Musik, das riesige Bauwerk singt. Dem Betrachter in der Nische jagen Schauer der Erregung über den Rücken.

In zwei überlebensgroßen magischen Fresken bricht sich das flackernde Licht der unzähligen Fackeln und erzeugt vielfältige Schatten.

Unmittelbar vor dem Altar kniet eine einzelne, in einen braunen Umhang gehüllte Gestalt.

Die Musik schließt mit einem feierlichen Halleluja, dann beginnt ein seltsamer Ritus. Die weiß bemäntelten Gestalten entzünden Kerzen, deren Flammen den Weihrauchnebel durchdringen und eine geheimnisvolle Stimmung hervorrufen.

Der Gesang verstummt. In der plötzlich eintretenden Stille bewegt sich der Anführer auf den Knienden zu. Er hält in der Hand ein schweres Buch mit goldenen Schnallen.

»Begehrt ihr die Gemeinschaft des Ordens und wollt ihr an seinen geistlichen und weltlichen Werken teilhaben?«, hallt es durch den Raum.

Kaum ist die Frage bejaht, fährt der Meister fort: »Ihr strebt nach Großem. Von unserem Orden seht ihr nur den äußeren Glanz. Ihr seht die schönen Pferde, die prächtigen Rüstungen, das gute Essen und die Getränke. Aber es ist kein gemütliches Leben bei uns. Strenge Regeln gelten für den Orden. Es ist ein großer Schritt, den ihr da plant: Ihr, der ihr euer eigener Herr seid, macht euch zum Diener eines anderen, denn ihr werdet nur selten das tun dürfen, was ihr begehrt.«

Der Neuling antwortet: »Herr, wir sind vor Euch und vor die Brüder getreten, die mit Euch sind, um unsere Aufnahme in die Gemeinschaft des Ordens zu erbitten.«

Nun hält ihm der Meister das Buch entgegen. Der Novize besiegelt das Ritual mit seinem Schwur auf das Buch. Das musste eine Bibel sein.

Ein weiter, weißer Umhang wird nun dem Knienden über die Schultern gelegt, offenbar das äußere Zeichen seiner Mitgliedschaft.

Erneut schallt der Gesang durch den Raum. Die Schar der Männer formiert sich und bewegt sich unter Verneigungen vor dem Altar in langer Prozession dem Ausgang entgegen.

Der Kirchenraum ist leer. Die Wände summen die Melodie nach. Zwei Helfer löschen die Fackeln, und Finsternis macht sich breit. Der einzige Lichtschimmer kommt von dem weißen Altar. Vorsichtig verlässt der Betrachter seine Nische und nähert sich dem Altarraum.

1. Endlich Ferien

JUSTUS«, gellte Fräulein Maikels Ruf durch die Klasse, »nun Justus, was kommt bei dieser Aufgabe heraus?« Ihr Zeigefinger tippte heftig auf die oberste Aufgabe an der Tafel. »Würdest du gnädigerweise einmal einen Blick auf diese Tafel werfen? Oder sind WIR es nicht wert, dass du uns mit DEINER Aufmerksamkeit beehrst?«

Fräulein Maikels Augen blitzten durch die dicke Hornbrille bis in die letzte Reihe. Benommen schüttelte Justus den Kopf. Er versuchte, die letzten Bilder seines Traums zu verscheuchen. Verwirrt sah er Fräulein Maikel an. Ihr Mund wurde immer schmaler.

»Justus, wird's bald ...?«, fragte die Lehrerin spitz. Sie bemühte sich sichtlich, nicht aus der Haut zu fahren.

Justus schaute sie mit seinen braunen Augen treuherzig an. Ihr Lieblingsschüler, der mondgesichtige Wilhelm, drehte sich in der ersten Reihe um und schnitt wie so oft eine Fratze.

Justus beantwortete die Provokation umgehend mit einer gebührenden Grimasse, eine automatische Reaktion auf diese Pfeife. Die Lehrerin verlor nun total ihre Fassung. Das ging wirklich zu weit! Erst nicht aufpassen, dann so ein unverschämtes Verhalten, das sie auf sich selbst bezog.

»JUSTUS, ES REICHT! LASS AUF DER STELLE DIESE BLÖDEN FRATZEN; ICH WERDE MIT DEINEN ELTERN REDEN ...«

Dieses Gekeife. Nicht auszuhalten! Immer, wenn sie sich so aufregte, spuckte sie - ekelhaft! Für Justus war es kein Wunder, dass sie immer noch nicht verheiratet war. Für ihren strebsamen Liebling Wilhelm konnte Justus nur tiefstes Mitleid empfinden, denn der bekam die Spritzer stets volle Kanne ab.

Mit schnellen Schritten kam sie nach hinten, packte Justus am Ärmel und zerrte ihn hoch. Sie schob ihn quer durch die Klasse vor sich her, wobei sich die Spitzen ihrer Fingernägel schmerzhaft in seinen Rücken bohrten, und jagte ihn zur Tür hinaus. »UND SO WAS NENNT SICH HOCHBEGABT!«

Allein auf dem Gang zu stehen, war für ihn eine richtige Erholung. Er lehnte seine schlaksige Gestalt an das große Fenster und sah auf den Schulhof. Jetzt konnte er in aller Ruhe über den Tagtraum nachgrübeln, der ihn abgelenkt hatte.

Schon oft waren unbekannte Bilder vor seinem inneren Auge erschienen und hatten ihn in ihren Bann gezogen. Woher kamen sie? Justus fuhr sich nachdenklich durch seine dunklen, leicht zerzausten Haare.

Soviel er aus seiner Familie wusste, war es seinem Großvater Rupertus früher offenbar ähnlich ergangen. Es klang unheimlich, wenn seine Großmutter zu Hause hin und wieder davon erzählte. Als er noch lebte, nannten ihn die Leute einen »Seher«. Was das wohl bedeutete?

Nicht selten waren Freunde und Nachbarn der Familie gekommen, um sich bei ihm in Notlagen Rat zu holen. Er hatte den Menschen mit seinen „Schauungen" oft helfen können. Nur herbeizaubern, das konnte er nicht, die Bilder ließen sich nicht erzwingen.

Seit einigen Wochen hatte auch Justus diese Tagträume. Sie waren ihm unheimlich.

Hingen sie mit seinem Unfall zusammen? Vor einigen Monaten war er direkt vor ein Auto gelaufen. Danach lag er im Koma, und die Ärzte hatten ihn schon aufgegeben. Doch eines Tages war er wieder aufgewacht.

Eine lange Leidenszeit folgte auf den Unfall. Er hatte vieles vergessen und verlernt. Mühsam musste er wieder schreiben und rechnen lernen - eine harte Zeit.

Schließlich hatte er den Anschluss in der Schule geschafft und war fast wieder der alte. Nur eine Sache war anders. Er hatte diese merkwürdigen Schauungen. Er "sah" Dinge, die andere nicht wahrnahmen. Er hatte dabei immer das Gefühl, als sei er selbst ein Teil dessen, was vor seinem inneren Auge ablief.

Auch vorhin war es so. Die Szene in der Kirche hatte er aus dem Schatten einer Nische heraus beobachtet. Das Licht einer Fackel war auf sein Gesicht gefallen und aus Angst entdeckt zu werden, war er weiter in die Dunkelheit der Wandnische zurückgewichen. Noch immer klangen die Worte in seinen Ohren nach, die dem Novizen vorgelesen worden waren. Er musste herausfinden, was dies bedeutete!

Mit unverminderter Lautstärke hatte die Maikel inzwischen Wilhelm aufgerufen. Von ihm bekam sie jetzt sicher die Antwort, die sie hören wollte. Und dann schrieb sie wie gewohnt eine Eins in ihr rotes Buch. Er war halt ihr Lieblingsschüler. Das ging schon die ganzen Jahre so.

»Noch drei Tage, dann sind wir endlich frei«, flüsterte Justus seiner Banknachbarin Pauline zu, als er nach einer Viertelstunde wieder auf seinem Platz saß.

Sie kannten sich schon seit der Kindergartenzeit. Fast ihre gesamte Zeit verbrachten sie miteinander. Und nun saßen sie hier mehr oder weniger herum, und die letzten Stunden wollten einfach nicht vorübergehen.

»JUSTUS!«

Was um alles in der Welt war jetzt schon wieder los?

»Justus, ich werde mit Deinen Eltern noch einmal darüber reden müssen, wie es mit dir weitergeht«, klang es von vorne. Keif, keif, keif. Spritz, spritz, spritz, dachte Justus. Noch drei Tage!

Justus tippte sich, als sie sich wegdrehte, vielsagend an die Stirn. Pauline grinste nur. Bald war der Spuk vorbei, und sie waren von dieser Vogelscheuche befreit. Nur noch wenige Tage und die Zeugnisse wurden ausgeteilt. Dann gab es endlich Ferien. Diesen Drachen von Lehrerin würden sie bestimmt nicht vermissen.

Ungeduldig harrten sie auf den Moment, sich mit ihren Freunden zu treffen.

Endlich befreit vom Schulstress standen Justus und seine Freunde auf dem Grundstück, wo noch vor kurzem alte Baracken aus längst vergangenen Tagen gestanden hatten. Nun war es das Territorium der Clique um Justus und Pauline, auf dem sie alles bestimmen konnten - zumindest so lange, bis hier die Baustelle für ein neues Wohnhaus entstehen würde.

Alle hatten von zu Hause aus den Werkzeugkästen ihrer Väter alles an Werkzeugen zusammengeklaubt, das sie hier dringend benötigten. So gerüstet, konnten sie endlich ihre Hütte fertigstellen. Das Dach musste noch mit Dachpappe bedeckt werden, um das Ganze regensicher zu machen. Die Pappe hatten sie sich von den abgebrochenen Baracken zusammengesucht. Die Stücke waren noch einigermaßen in Ordnung und waren daher gut zu gebrauchen.

»Ihr müsst die Dachpappe glattziehen und dann aufeinander nageln. Dann kommt kein Regen durch«, wies Justus seine Mitarbeiter an. Fleißiges Hämmern und Sägen hallte über das Grundstück, bis mitten im Arbeitseifer einer von ihnen ein paar Mitglieder aus der Neumann-Bande erspähte. Vorsichtig kamen diese Strolche um die Straßenecke geschlichen.

»Hee, seht mal, da kommt der Neumann mit seinen Gorillas.«

Im Nu ließen einige ihre Werkzeuge fallen und eilten den Störenfrieden entgegen, um sie von ihrem Territorium fernzuhalten. Schnell entwickelte sich aus einem ersten Wortgefecht eine wüste Beschimpfung. Die Neumänner nahmen Reißaus und Justus mit seinen Leuten hinterher.

Mit Gebrüll ging die wilde Verfolgungsjagd quer über die nicht ungefährliche Hauptstraße hinein in eine enge Seitenstraße. Hier standen die Häuser so dicht beieinander, dass die Bewohner sich gegenseitig auf den Küchentisch sehen konnten. Zwei ältere Frauen lehnten auf Kissen in ihren Fenstern und schrien ihnen hinterher: »Wat mat ihr do, ihr Pänz?«

In der nächsten Straße waren die Gegner zu Hause, nur noch um eine Ecke. Im nächsten Moment waren die Neumänner auch schon in ihrer Toreinfahrt verschwunden. Die Jagd hatte ein jähes Ende.

»Fast hätten wir sie gehabt«, japste Justus.

»Mann, immer kommen diese hirnlosen Blödmänner und wollen alles zerstören«, stieß Pauline keuchend hervor. Wütend stemmte sie ihre Fäuste in die Seiten und blickte auf die Toreinfahrt, durch die ihre Gegner gerade entwischt waren.

»Wir müssen uns einen besseren Schutz für unsere Hütte ausdenken. Am besten postieren wir Wachen während der Ferien.«

So vergingen die ersten Ferientage. Über Nacht tüftelte Justus an einem sicheren Verteidigungsplan und stellte ihn seinen Leuten in einem Kriegsrat vor. Eine Art Verteidigungsring musste her, rund um die Hütte, am besten bestehend aus großen Steinen.

Zusammen mit seinem Freund Gerri machte sich Justus auf, um welche von einem Abbruchgrundstück ganz in der Nähe zu besorgen. Hier hatten ebenfalls Steinbaracken gestanden.

Nun lagen die Steine in großen Geröllbergen herum. Man brauchte sich nur zu bedienen. Trotzdem galt es, nicht erwischt zu werden. Man konnte nie wissen, ob jemand sie des Diebstahls bezichtigen und anzeigen würde.

Justus kannte sich hier gut aus. Die ehemaligen Wege waren zwar verschüttet durch die Mauerreste, dafür gab es aber viele Trampelpfade, die sie benutzen konnten. Sie führten über Stock und Stein, und wenn sie nicht aufpassten, konnten sie sich leicht an den scharfen Steinkanten verletzen. Justus und Gerri umrundeten geschickt die gefährlichen Stellen. Schnell kamen sie an den Platz, wo sie die besten Steine für ihr Vorhaben finden konnten.

Bald hatten sie eine erste Schubkarrenladung voll und schoben sie mit vereinten Kräften zufrieden zurück auf ihr Grundstück. Allerdings brauchte es noch ein paar weitere Ladungen, um eine wehrhafte Mauer zu erstellen.

2. Ein seltsamer Besuch

Während sie an den folgenden Tagen mit Hütte und Mauer gut vorankamen, traf bei Justus zu Hause ein Brief ein. Er kam als Einschreiben, für das seine Mutter dem Briefträger den Empfang quittieren musste, als Zeichen dafür, dass sie ihn auch wirklich erhalten hatte.

Auf der Rückseite des Kuverts prangte ein großes Siegel in rotem Lack, das so etwas wie eine Burg oder ein Schloss zeigte.

Der Inhalt schien äußerst wichtig zu sein. Jedenfalls benahmen sich seine Eltern seit dem Erhalt des Briefes anders als sonst, ganz eigenartig.

Bald nach der Ankunft des Briefes erschien ein würdig aussehender Herr bei seinen Eltern. Eine seltsame Erscheinung mit schulterlangem schlohweißem Haar und einem ebenso langen weißen Bart. Bekleidet war er mit einer schwarzen Kukulle, einem faltenreichen Umhang, der fast bis auf den Boden reichte. Auf dem Kopf saß ein schwarzer, ziemlich abgetragener Zylinder.

Dummerweise regnete es an dem Tag seines Besuches wie aus Kübeln. Nicht nur die Kukulle und der Zylinder waren triefend nass. Die ganze Gestalt tropfte, als sie schwerfällig die Treppe bis zur Wohnung hinaufstieg. Als Justus' Mutter die Wohnungstür öffnete, nahm der Besucher grüßend den Zylinder vom Kopf, wobei sich eine weitere Regenwasseransammlung von seiner Hutkrempe auf den Boden ergoß.

Schnell bildete sich eine Wasserlache auf dem Boden.

»Gott zum Gruße«, stieß er mit volltönender Stimme hervor. Justus' Mutter sah ihn irritiert an. Welch eine sonderbare Gestalt stand ihr da gegenüber und welch eigenwillige Begrüßung! »Guten Tag, ähm ..., ach, kann es sein, dass ..., ähm, sind Sie vielleicht der Herr von der Schulbehörde, der diesen Brief geschrieben hat?«

Während der Begrüßung versuchtet Frau Peyrikus noch schnell mit der rechten Hand ihre Frisur ein wenig zu glätten.

»Antonius Grummaritsch von den sieben Türmen«, stellte sich der fremde Herr vor. Frau Peyrikus blickte verdutzt. ›Von den sieben Türmen‹, was war das?

»Ich komme in der Tat vom Schulamt,« fuhr er fort, »Abteilung ›Außergewöhnlichbegabte‹.«

Justus' Mutter war sprachlos. Was wollte dieser triefende, befremdliche Mensch von ihr und ihrem Sohn Justus?

»Darf ich eintreten, denn ich glaube, was ich Ihnen zu sagen habe, dauert etwas länger als zwei Minuten.«

Frau Peyrikus bat ihn in die Wohnung und half ihrem Gast beim Ablegen seines immer noch tropfenden Umhangs. Sie führte ihn in die große Wohnküche, die direkt neben Justus' Zimmer lag. Wiederholt fuhr sie sich mit den Händen durchs Haar, um ihre Nervosität zu vertuschen.

Sie bot ihm einen Platz am großen Küchentisch an, auf dem dampfender Kaffee und ein selbst gebackener Kuchen standen. »Möchten Sie eine Tasse Kaffee? Er ist gerade frisch aufgebrüht. Sie können auch gerne von dem Kuchen kosten.«

Herr Grummaritsch sog den angenehmen Kaffeeduft genüßlich durch die Nase und nahm das Angebot dankend an. Die nassen Kleider ließen ihn ein wenig frösteln, obwohl es in der Küche gemütlich warm war.

Flugs holte Frau Peyrikus ein Kaffeegedeck hervor, goss Kaffee ein und servierte ein Stück des noch warmen Käsekuchens.

Der Kuchen schien ihm zu schmecken, und die ersten Schlucke Kaffee erzeugten ein sichtliches Wohlgefühl. Dann erklärte er, warum seine Behörde ausgerechnet Justus aus einer großen Schar von Jungen und Mädchen dieses Schuljahres ausgewählt hatte.

»Aber Justus kommt nicht alleine zu uns«, stellte Herr Grummaritsch fest. »Fast achtzig Jungen und Mädchen werden im nächsten Schuljahr auf unsere wunderbare alte Schule wechseln können.

Es ist eine Schule für Außergewöhnlichbegabte, ein Internat von bestem Ruf mit langer Tradition. Zu dieser Tradition gehört ein besonderes Augenmerk auf die pädagogische Betreuung. So wollen wir dafür sorgen, dass in der Schule ein gutes Lernklima herrscht.«

Früher, so berichtete Herr Grummaritsch weiter, war in diesem Internat viele Jahrhunderte hindurch eine geistliche Bruderschaft ansässig, der die Schüler und Schülerinnen unterrichtet hatte. Heute bestand das Lehrerkollegium ausschließlich aus weltlichen Lehrern.

»Die Umstellung wird für Justus sicher nicht einfach werden. Doch auch Pauline gehört zu den außergewöhnlichbegabten Schülern. Justus hat somit jemanden, den er schon kennt. Sie kennen doch Pauline?« Frau Peyrikus nickte.

Und doch schaute sie ihn immer noch skeptisch an. Herr Grummaritsch von den sieben Türmen musste alle seine Fähigkeiten aufbieten, um sie von den Vorteilen des Schulwechsels zu überzeugen.

Dass auch Pauline zu dem Kreis der ausgewählten Schüler gehörte, interessierte Frau Peyrikus momentan überhaupt nicht. Ihre Gedanken kreisten darum, dass Justus in der nächsten Zukunft von ihr getrennt sein sollte und das für eine längere Zeit. Angespannt zupfte sie an der Kittelschürze herum.

»Ist das denn alles schon beschlossene Sache?«, fragte sie unsicher. »Eigentlich hatten wir vor, ihn auf der jetzigen Schule lassen. Ich meine, müssen wir denn nicht erst zustimmen?«

»Selbstverständlich«, beeilte sich Herr Grummaritsch, Frau Peyrikus die Unsicherheit zu nehmen. »Wir würden nichts gegen Ihren Willen unternehmen. Aber es wäre doch sehr betrüblich, wenn sie Ihrem Jungen nicht die Ausbildung angedeihen ließen, die seinen Fähigkeiten entspricht.«

»Aber wie kommen Sie gerade auf meinen Sohn? Woher wissen Sie überhaupt von ihm?«

Noch weitere Fragen schwirrten Justus' Mutter wie ein Bienenschwarm durch den Kopf. Auf solche Fragen war Herr Grummaritsch von den sieben Türmen jedoch gut vorbereitet.

»Wissen Sie, Frau Peyrikus, wir beobachten Justus schon seit langer Zeit. Doch keine Angst, wir spionieren die Schüler nicht aus. Wir stehen mit sehr vielen Schulen in Verbindung. Und von diesen Schulen bekommen wir regelmäßig Informationen über die besten Schüler.«

Wieder nahm er einen großen Schluck von dem wärmenden Kaffee, der ihm ausgezeichnet bekam.

»Aber wieso gerade jetzt, wo er sich so kurz vor dem Ende der Mittelstufe befindet?«

»Wir beobachten die Schüler immer sehr genau und sind über ihre Entwicklung recht gut informiert. Dabei achten wir nicht nur auf die Noten. Es gibt noch viele andere Kriterien, die berücksichtigt werden und für den Zeitpunkt eines Wechsels wichtig sind. So glauben wir, dass jetzt der richtige Moment gekommen ist, seine Entwicklung besonders zu fördern. Justus hat ausgezeichnete Begabungen, die den meisten Menschen verborgen bleiben.

Sie rühren von seinem Großvater her, der auch bei uns seine Schulzeit verbracht hat. Aber das wissen sie ja sicher. Auch er war hochbegabt, ganz wie Justus.«

»Das wusste ich nicht. Wir haben Justus immer für einen ganz normalen Jungen gehalten. Und ... ähm ... was seinen Großvater betrifft ... Früher passierten tatsächlich permanent verrückte Dinge ... Unsere Mutter schimpfte dann, ... wir Kinder machten uns keine weiteren Gedanken ... Aber Justus ...«

Herr Grummaritsch strich sich über seinen langen weißen Bart. »Genau diese Vorkommnisse geschahen durch Ihren Vater. Nun haben wir auch bei Justus festgestellt, dass er ähnliche sehr gute Anlagen hat. Sie müssen nur richtig und fachmännisch ausgebildet werden. Viele berühmte Hochbegabte entstammen Ihrer Familie. Schließlich wollen wir doch nicht, dass die lange und alte Tradition Ihrer Familie abbricht. Und bei Justus ist es etwas Besonderes. Er besitzt die geniale Fähigkeit des Sehens, die schon sein Großvater besessen hat, jedoch nicht ganz so ausgeprägt wie Justus. Nicht nur deswegen wird er in unseren Kreisen überaus geschätzt. «

Die Augenbrauen des Besuchers hoben und senkten sich vielsagend, wobei die dunkelbraunen Augen eindringlich auf Frau Peyrikus gerichtet waren.

Justus‘ Mutter wusste gar nicht, wie sie die ganze Sache einschätzen sollte.

»Seine Lehrerin hat schon einmal mit uns über seine Begabungen gesprochen. Dass er aber so außergewöhnlich begabt sein soll ... Und jetzt auf eine andere Schule ...«

Frau Peyrikus wurde immer verzweifelter, denn der Schulwechsel schien unausweichlich zu sein.

»Wäre doch nur mein Mann schon zu Hause ...«

Kaum hatte sie den Satz ausgesprochen, ging die Wohnungstür. Im nächsten Moment betrat ihr Mann die Küche.

Überrascht von der unbekannten Gestalt, die da mit seiner Frau in der Küche bei Kaffee und Kuchen saß, blickte er von einem zum anderen.

»Hallo, wir haben einen Gast?«, wandte er sich etwas verdutzt an seine Frau und stellte seine Arbeitstasche zur Seite.

Herr Grummaritsch erhob sich sofort von seinem Stuhl, um sich Herrn Peyrikus vorzustellen.

»Sie haben sicherlich auch schon den Brief der Schulbehörde gelesen, die Ihnen einen Schulwechsel ihres Sohnes nahelegt«, wandte er sich an Justus' Vater.

Herr Peyrikus nickte mit nachdenklicher Miene, ließ sich auf einem freien Stuhl am Küchentisch nieder und schenkte sich eine Tasse Kaffee ein.

Herr Grummaritsch erklärte ihm in kurzen Zügen, warum der angedachte Schulwechsel empfehlenswert sei.

»Ich sagte schon Ihrer verehrten Gattin, dass wir in Justus einen hochtalentierten Jungen sehen, der außergewöhnliche Fähigkeiten besitzt. Daher möchten wir zu einem Schulwechsel für Justus raten.« Er wiederholte noch einmal in kurzen Sätzen die Vorzüge des jetzigen Zeitpunktes und auch der Schule, auf die Justus ab dem nächsten Schuljahr gehen sollte. Auch die herausragenden Fähigkeiten benannte er nochmals.

»Und alle diese Bedingungen scheinen uns eine gute Voraussetzung, den Schulwechsel jetzt zu wagen.«

Eine steile Falte auf Herrn Peyrikus' Stirn ließ erahnen, dass er die Argumente sorgfältig abwog. Prüfend schaute er die bärtige Gestalt an, die seinen Sohn gerade in den höchsten Tönen lobte. Mit einem Blick auf seine Frau meinte er: »Wenn Sie der Überzeugung sind, dass dies der richtige Weg für Justus ist, dann wollen wir seiner Entwicklung nichts in den Weg legen.«

Frau Peyrikus war jedoch anzusehen, dass dieser Gedanke sie noch nicht wirklich glücklich stimmte. Jedenfalls betrachtete sie es im Moment als ein großes Unglück, dass Justus nur noch eine kurze Zeit bei ihr sein sollte.

Langsam stiegen ihr bei diesem Gedanken Tränen in die Augen, die dem Besucher nicht verborgen blieben.

»Es ist natürlich selbstverständlich möglich, dass Sie beide Justus besuchen können. Gerne lasse ich Ihnen die Adresse unserer Schule hier«, beeilte sich Herr Grummaritsch zu ergänzen.

»Der Name der Schule ist Greifenstein bei Drachenwinkel. Drachenwinkel, das ist ein kleines Dorf, das nicht weit von unserer Schule liegt. Hier auf der Karte haben Sie auch gleich die Telefonnummer, unter der Sie uns erreichen können.«

Frau Peyrikus nahm die Karte dankbar entgegen, so als sei sie ein Verbindungsglied, durch das sie zukünftig mit ihrem Sohn Kontakt halten konnte. Wie ein Häufchen Elend saß sie da auf ihrem Küchenstuhl. Niedergedrückt zupfte sie immer wieder an ihrer Schürze herum und trocknete still ihre Tränen.

Wäre Justus in diesem Augenblick in seinem Zimmer gewesen, hätte ihn der Schlag getroffen. Aber er werkelte gerade mit den anderen angestrengt im Inneren der kleinen Hütte. Draußen hatten sich durch den heftigen Regen große Pfützen gebildet, und durch das Wasser war der Boden rundherum viel zu aufgeweicht, um dort arbeiten zu können.

Bei Pauline zu Hause spielte sich anschließend Ähnliches ab. Auch hier war vor kurzer Zeit ein Brief angekommen. Und nun folgte der Besuch von Herrn Grummaritsch bei Familie Ritter. Möglichst schonend wies er Frau Ritter auf die Chance eines Schulwechsels hin, um Paulines Begabungen angemessen fördern zu können.

»Es ist schon ungewöhnlich, dass zwei Kinder aus nächster Nachbarschaft zugleich auf diese Schule berufen werden«, stellte Herr Grummaritsch fest. »Doch Pauline besitzt die seltene und außergewöhnliche Begabung der Telepathie.«

Frau Ritter schaute Herrn Grummaritsch entgeistert an. Dieses Wort war ihr völlig fremd. »Was sagen Sie da? Tele... wie?«

Schnell erklärte Herr Grummaritsch: »Das ist die Fähigkeit, die Gedanken anderer Personen lesen zu können. Und wir glauben, dass es unbedingt erforderlich ist, diese Begabung bei Pauline weiter zu fördern.«

So sorgte der Besuch bei Familie Ritter, vor allem bei Paulines Mutter, für große Verwirrung.

Am nächsten Morgen saß sie zusammen mit ihrer Tochter beim Frühstück. Pauline kaute an ihrem Marmeladenbrötchen und merkte, wie sich ihre Laune verschlechterte. Sie sah, wie ihre Mutter nachdenklich in der Kaffeetasse herumrührte. Sie mochte es überhaupt nicht, wenn ihre Mutter eine solche Miene aufsetzte. Das verhieß nichts Gutes und das ließ sie missmutig werden.

»Was gibt's? Warum so nachdenklich?«

»Wir haben vor ein paar Tagen einen seltsamen Brief bekommen. Du sollst die Schule wechseln.«

»Wieso das denn? Hat diese grässliche Maikel damit zu tun?«

»Nein, der Brief kam von der Schulbehörde mit einem Siegel auf der Rückseite. Sah hochoffiziell aus. Und gestern war jemand von der Behörde da und hat alles erklärt «

Frau Ritter holte den Brief hervor und schob ihn ihrer Tochter zu.

Pauline betrachtete das zerbrochene Siegel auf der Rückseite und wunderte sich über die darauf abgebildete Burg. Sie zog den Brief hervor und las die merkwürdige Mitteilung, die den Besuch von Herrn Grummaritsch ankündigte, und den Hinweis auf den Schulwechsel. Ganz besonders, so stand da, wollte die Schule dazu beitragen, ihre Fähigkeiten und Talente bestens zu entfalten.

»Na toll, meine Fähigkeiten entfalten! Was für Fähigkeiten denn?« Aufmerksam las sie den Brief weiter.

Langsam ging ihr ein Licht auf. Ob die von der neuen Schule ihre Fähigkeit des Gedankenlesens meinten? Und wenn ja, woher wussten die davon? Das wusste sonst keiner. Nie hatte sie darüber irgendein Wort verloren. Stets war sie bemüht, sich nichts anmerken zu lassen. Das war mehr als merkwürdig.

Okay, sie konnte die Gedanken anderer Menschen ohne große Mühe lesen. Aber das war eher störend, als erfreulich. Diese angeborene Kraft hatte sie im Laufe ihres Lebens gelernt zu unterdrücken. Denn das ungehinderte Einströmen fremder Gedanken in ihren Geist konnte sehr belastend sein. Als kleines Kind war es immer lustig gewesen, wenn sie ihre Eltern damit überraschte, dass sie vorher schon wusste, was im nächsten.

Moment gemacht werden sollte. Doch je älter sie wurde, desto mehr wurde diese Fähigkeit zur Last und sie hatte begonnen, die einströmenden Gedanken zu blockieren.Nachdenklich faltete sie den Brief wieder zusammen und legte ihn beiseite.

»Und dieser Mensch, dieser, wie heißt er, Grummaritsch, war gestern hier?«

»Gestern kam er und legte uns den Schulwechsel wärmstens ans Herz. Justus wird wohl auch auf die Schule gehen. So haben wir dann schließlich zugestimmt; wir wollen ja, dass du dich mit deinen Fähigkeiten gut entwickeln kannst.«

»Dass Justus zusammen mit mir auf diese Schule kommt, ist doch toll. Dann kommen wir wenigstens von diesem schrecklichen Fräulein Maikel weg.« Pauline verdrehte bei dem Wort »Fräulein«, womit ihre Lehrerin immer angeredet werden wollte, die Augen.

»Macht es dir denn gar nichts aus, von euren Freunden getrennt zu werden?«

Natürlich war das die andere Seite der Medaille. In Paulines Blick mischte sich eine leichte Unsicherheit. Aber die Tatsache, dass Justus mit von der Partie war, machte den Gedanken an den anstehenden Wechsel erträglich.

»Aber wir können ja in den Ferien immer mit der ganzen Clique zusammenkommen«, nahm sie den Umstand einigermaßen gelassen hin.

Frau Ritter schaute sie skeptisch an, als könnte sie nicht recht glauben, was sie da hörte, denn Pauline hing sehr an ihren Freunden.

»Schon übernächste Woche soll ein Bus kommen und euch an der Schule abholen.«

»Hat das dieser Herr Grummaritsch gesagt? Ich meine, dass uns ein Bus abholt?« Pauline guckte ihre Mutter zweifelnd an.

Kaum hatte sie den letzten Bissen verdrückt und ihren Kakao hinuntergekippt, war sie auch schon durch die Tür und auf dem Weg zu ihrer Hütte, wo Justus sie bereits ungeduldig erwartete.

Der Rest der Clique war noch nicht da. Justus war das nur recht, da er mit Pauline die Sache mit dem Schulwechsel klären wollte.

»Haben dir deine Eltern auch von der neuen Schule erzählt?«, begann er, als sich Pauline niedergelassen hatte.

»Ja, und ich finde, das hört sich abenteuerlich an.«

»Ja, in der Tat - abenteuerlich! Greifenstein und Drachenwinkel, tolle Namen. Absolut schräg. Schade nur, dass wir unsere Hütte hier und alles, was wir uns so mühsam aufgebaut haben, so lange nicht mehr nutzen können.«

Nachdenklich schob Justus die Unterlippe vor und schaute sich den ganzen Bau an, die Wände, die teils aus Steinen und teils aus Holz bestanden. Durch den Eingang der Hütte konnte er über das Grundstück sehen. So bald würde es keine Fußballspiele mehr geben. Nicht mehr mit der Clique zusammen zu sein und die Freunde nur noch einmal im Jahr zu sehen, das würde sie auf eine harte Probe stellen.

»Was denkst du, ob wir in den Ferien hier sein können, um wenigstens dann unsere Freunde zu treffen?«

Jetzt, da sie zusammen in ihrer Hütte saßen, wurde es Pauline auch ein wenig mulmig. »Ach, wer weiß, vielleicht finden wir ja dort auch nette Freunde«, gab sie sich hoffnungsvoll.

»Hat dir deine Mutter auch gesagt, was da so los ist?« Justus dachte an die Worte seiner Eltern. »Meine Mutter meinte, dort wären so genannte Meister und Madames, die in Greifenstein unterrichten.«

»Was das für Lehrer sind, weiß ich nicht. Das wurde mir nicht klar. Meine Mutter konnte mir das auch nicht so genau sagen.«

»Meister, Madames .... Das klingt so fremd. Früher sollen Mönche oder so was Ähnliches die Schule geleitet haben.« Justus kratzte sich nachdenklich am Kopf.

»Wo diese Schule liegt, wissen wir auch noch nicht. Ich bin gespannt, wann wir das erfahren.«

Die nächsten Tage gingen vor lauter Aufregung wie im Flug dahin. Am Tag der Abfahrt hatten sie sich weisungsgemäß mit ihrem Gepäck in ihrer Schule eingefunden, die seit einigen Wochen doch nicht mehr ihre Schule war.

Justus stand schon mit seiner Mutter in der großen Halle. Sie war mitgekommen, um die Verabschiedung möglichst lange hinausschieben zu können. Ungeduldig trat er von einem Bein aufs andere. Sein Blick schweifte die geschwungene Treppe hinauf, die an dem Musikraum vorbeiführte, wo er so viele Stunden verbracht hatte. Er erinnerte sich noch gut an die Vorbereitungsstunden zu einem Konzert und dann an die Aufführung. Die alte Musiklehrerin, Fräulein von Geistern, hatte die Schüler immer ziemlich nerven können mit ihrer besserwisserischen Art. Aber das war jetzt vorbei.

Mit seinen Beinen wippend, saß Justus nun auf der großen Fensterbank und warf noch einen letzten Blick durch die hohen Fenster auf den Schulhof.

Plötzlich knallte es in der Halle. Die Eingangstür war gegen die angrenzende Mauer gekracht.

Pauline hatte sie mit dem Fuß aufgestoßen, um besser mit ihrem Koffer hindurch zu kommen. Ihre Mutter, die hinter ihr die Halle betrat, trug noch zwei weitere Taschen.

Schnaufend kam Pauline mit hochrotem Kopf auf Justus und seine Mutter zu.

»Mensch, bin ich geschafft«, sprudelte sie los. »Ich habe überhaupt nicht geschlafen. Wie soll ich das alles überstehen?«

Sie waren zu Fuß gekommen, weil ihre Mutter der Meinung war, so hätten sie noch etwas mehr Zeit miteinander.

Erschöpft ließ Pauline ihr Gepäck auf den Boden fallen und schwang ihren Rucksack auf die Fensterbank.

»Wartet ihr schon lange hier?«

»Du kannst vielleicht Fragen stellen«, polterte Justus. Sein Ton verriet, dass er bis zum Platzen gespannt war.

»Bist du dir klar darüber, dass das eine heftige Sache ist, die hier abgeht? So weit von zu Hause weg auf eine neue Schule zu gehen und dann noch auf eine Burg oder so was Ähnliches.« Seine Mutter versuchte vergeblich ihn zu beruhigen.

»So schlimm wird es schon nicht werden. Ich finde es jedenfalls super«, sagte Pauline. Ihr Blick signalisierte gespannte Erwartung. »Ich hoffe nur, dass dieser Meister Grummaritsch von den ich weiß nicht wie viel Türmen endlich kommt.«

Sie hatte es kaum ausgesprochen, da hörte man von draußen ein irres Getöse. Justus sprang auf und lief hinaus, um zu sehen, was da abging. Pauline folgte ihm etwas weniger aufgeregt, obwohl sie ebenso gespannt war zu sehen, was da vor der Tür vor sich ging.

3. Die Abfahrt

Lautes Geklapper, ein heulender Motor und quietschende Reifen, alles zusammen ein Krach, dass es in den Ohren dröhnte. Ein Bus oder besser das, was hier als ›Bus‹ bezeichnet werden konnte, war um die Ecke gebogen.

»Was für eine vorsintflutliche Kiste!« Entsetzen spiegelte sich in Paulines Gesicht, während Justus das Ungetüm interessiert bestaunte. Auch ihre Mütter schauten irritiert auf das Vehikel.

»Ist das der Bus, der bis nach Greifenstein fahren soll?«, fragte Justus' Mutter ungläubig. Es war, als hätte das Internat zur Einsammlung seiner neuen Zöglinge sein ältestes Exemplar aus der Garage geholt. Der Motor spuckte und hustete, als könnte er dafür eine Auszeichnung bekommen, und bei jedem Spucken ging ein Zittern durch die Motorverkleidung.

Das Gefährt sah ungewöhnlich aus, jedenfalls nicht wie ein herkömmlicher Bus. Er hatte eine unglaublich große Schnauze, wo anscheinend der Motor untergebracht war, denn hier klapperte und zitterte es richtig heftig. Das konnte ja heiter werden. Hinter dem Bus befand sich noch ein fensterloser Anhänger, der wohl das Gepäck aufnehmen sollte.

Wie mochten die anderen Schüler, die schon in dem Bus saßen, die Fahrt bis hierher überstanden haben? Einige bleiche Gesichter schauten neugierig aus den Fenstern heraus.

Mit einem lauten Plock flog die Tür auf.

Zu sehen waren auf den ersten Blick nur vier hohe Stufen, die steil in den Bus hineinführten. Auf der obersten Stufe konnten die Draußenstehenden ein Paar übergroße schwarze Schuhe erblicken und den unteren Teil eines langen schwarzen Mantels.

Langsam stiegen die Schuhe die Stufen hinunter, und ein Mann mit einem langen, dichten Bart trat den Wartenden entgegen.

»Ssibelluss Aborigor«, zischte es aus seinem Mund. Der Begrüßung folgte eine steife Verbeugung. Dieser Herr war wohl der Fahrer dieses Vehikels.

Der schwarze Mantel, an einigen Stellen fleckig und die Taschen tief ausgebeult, hatte wohl schon bessere Tage gesehen. »Meister Grummaritsch von den sieben Türmen schickt mich, die Kinder nach Greifenstein zu bringen.«

Der Bart, schwarz wie sein Mantel, hing ihm bis zum Bauch herab. Das Besondere an diesem Bart war der schmale weiße Streifen, der sich von seinem Kinn bis in die Spitze des Bartes hinabzog.

Auf seinem Kopf prangte im Gegensatz zu seinem Bart nur eine recht dünne Haarpracht. Sie glich eher einem wirren Gestrüpp, dessen Äste in alle Himmelsrichtungen zeigten. Hinten am Kopf reichten sie wie ein ausgefranster Zottelbart über den welligen Mantelkragen. Aus seinem Gesicht ragte eine große Hakennase. Vertrauenserweckend konnte man diese Erscheinung nicht nennen. Aber irgendwie sah sie lustig aus.

Der Bus, der Fahrer, die ganze Situation amüsierten Justus so sehr, dass er drauf und dran war loszuprusten. In seinem Gesicht zuckte es jedenfalls verräterisch.

Der Fahrer war inzwischen hinter dem Bus verschwunden und öffnete mit einem großen Vierkantschlüssel den Anhänger, um Justus und Pauline zu helfen, ihre Koffer und Taschen darin zu verstauen.

Mit hochgezogenen Augenbrauen betrachtete er Paulines umfangreiches Gepäck. »Willssst wohl eine größere Weltreisse machen«, zischelte er, zuckte zweimal mit der Nase und grummelte Unverständliches in seinen Bart.

Kaum war das Gepäck versorgt, wandte er sich um und war wie der Blitz auf seinem Fahrersitz hinter einem Lenkrad, so groß wie ein Wagenrad, verschwunden.

Pauline und Justus blieb überhaupt keine Zeit sich zu wundern, denn schon erscholl von drinnen seine Stimme: »Einsssteigen bitte«. Die beiden mussten sich rasch von ihren Müttern verabschieden, was vielleicht auch gut so war. Schnell sprangen sie die Stufen in den Bus hinauf.

Sie nahmen die beiden letzten freien Plätze in Beschlag, die zum Glück nebeneinanderlagen. Im nächsten Augenblick röhrte der Motor auf, und losging die Fahrt.

Justus und Pauline sahen sich entgeistert an. Wie es schien, hatten sie sich mit dieser Reise auf etwas ganz Besonderes eingelassen! Zunächst saßen sie jedoch gut und konnten sich den anderen Neulingen zuwenden, die um sie herumsaßen.

Hier und da hörten sie Schüler locker durcheinander reden, andere dösten vor sich hin, was sicher einer sehr frühen Abfahrtszeit geschuldet war.

Inzwischen hatte der Bus den Autobahnanschluss erreicht. Hier kannte sich Justus recht gut aus. Um auf die Autobahn zu gelangen, musste der Bus einen großen Kreisverkehr umrunden.

Doch was war das?

Der Bus fuhr an der Abzweigung zur Autobahn vorbei. Der Fahrer wählte eine Ausfahrt, die Justus noch nie gesehen oder besser nie wahrgenommen hatte. Eine schmale Straße mit rissigem Teerbelag führte schnurgeradeaus.

Mit hohem Elan steuerte der Fahrer den Bus in die schmale Spur und gab Vollgas. Justus stieß Pauline in die Seite. »Sieh dir das an! Ist der vollkommen verrückt? Hier kann man doch nicht fahren.«

Er lehnte sich in den Gang hinaus, um die Straße besser sehen zu können.

Geradeaus waren zwei rote Leuchten zu erkennen, die über der Erde zu schweben schienen, gerade so weit voneinander entfernt, dass der Bus so eben hindurchpasste.

Dazwischen flirrte die Luft auf wunderliche Weise von unten nach oben. Es hatte den Anschein, als wäre sie zwischen den roten Leuchten erhitzt.

Der Bus fuhr mit Vollgas auf die Leuchten und das Flirren zu. Justus hielt die Luft an. Was würde jetzt kommen?

Noch wenige Meter und sie waren mit einem lauten sirrenden WASAUCHIMMERESWAR durch die beiden Lichter hindurch geschossen. Es fühlte sich an, als seien sie katapultiert worden.

»Allesss in Ordnung?«, klang es von vorne. »Wir haben nur gerade ein Temploctor passiert, ein so genanntes Zeit-Raum-Tor.«

Zeit-Raum-Tor! Eine ganze Reihe Schülerinnen und Schüler spitzten die Ohren. Auf ihren Gesichtern zeigten sich große Fragezeichen. »Keine

Angst, wir sind unserem Ziel dadurch ein erhebliches Stück nähergekommen«, schnarrte es weiter von vorne. »Eure neue Schule, Burg Greifenstein, werden wir in einigen Stunden erreichen.« Die Stimme des Fahrers klang gar nicht mehr so unfreundlich wie noch bei der Abfahrt. Ein breites Grinsen war im Rückspiegel zu sehen, der vorne etwas schräg vor dem Fenster hing.

»Hast du das gesehen? Das ist ja der helle Wahnsinn. Wie hat der das gemacht?« Justus schaute Pauline entgeistert an. »Ich bin gespannt, was noch alles auf uns zukommt! Hier ist alles so ... na, ... so unwirklich. Seit Fahrtantritt habe ich den Eindruck, als wären wir in einem Traum, aus dem wir im nächsten Augenblick aufwachen.«

»Ich bin auf die Lehrer gespannt, was das wohl für Typen sind«, entgegnete Pauline. Sie musste immer wieder darüber nachdenken, was ihre Mutter gesagt hatte. »Meine Mutter hat da was von diesem Herrn Grummaritsch von den sieben Türmen erfahren. Hörte sich echt abgedreht an. Hat deine Mutter dir nichts gesagt?«

»Meine Mutter hat mir nicht viel erzählt. Und was wars?«

Sie berichtete Justus von den kleinen Anekdoten, die Meister Grummaritsch Frau Ritter bei seinem Besuch erzählt hatte. Er hatte sie damit ein wenig beruhigen wollen, doch das Gegenteil war eingetroffen.

»Da muss es irre Geschichten geben, die über die Lehrer zu hören sind«, fuhr sie fort. »Wird natürlich alles nur hinter vorgehaltener Hand erzählt, wie meine Mutter von Herrn Grummaritsch erfahren hat. Einige müssen absolut meschugge sein. Wenn die Lehrer schon mal im Dorf unterwegs sind, verschwinden Dinge und tauchen an anderer Stelle wieder auf. Die scheinen da immer ein mittleres Chaos zu veranstalten. Und sie selbst verschwinden dann auch einfach so.«

Paulines Wangen glühten, während sie die Geschichte zum Besten gab. Auch Justus wurde es allein vom Zuhören ganz heiß am Kopf.

»Ich bin ja mal gespannt, was da auf uns zukommt«, entgegnete er und ließ pfeifend Luft ab.

Währenddessen brummte der Bus monoton dahin, was sich auf die Schüler beruhigend auswirkte. Viele saßen tief in ihre Sitze gedrückt und schienen ihren Gedanken nachzuhängen.

Sie waren schon fast eine Stunde unterwegs und die Fahrt führte sie durch wunderschöne Landschaften, die zunehmend gebirgiger wurden.

An den Hängen sahen sie ausgedehnte, wilde Waldgebiete, die die Phantasie der Jugendlichen anregten. Die ganze Gegend schien recht verwildert und einsam zu sein.

»Das ist ja eine Supergebirgslandschaft.« Voller Bewunderung sah sich Justus die schroffer werdenden Gebirgszüge an. Auch Pauline ließ sich von von dem abwechslungsreichen Bild der Landschaft in den Bann ziehen.

»Das sieht echt toll aus da draußen«, bestätige sie. »Wo mögen wir nur sein? Sieh dir die bizarren Felsformen haben. Und dort, wie tief es da in die Schlucht hinuntergeht.«

»Was mich interessiert, ist, wo die Schule überhaupt liegt«, entgegnete Justus. Dabei schaute er an Pauline vorbei durchs Fenster auf die vorbeiziehende Natur.

»Aber vielleicht sssagt der Herr Sssibelius unss noch, wohin die Fahrt geht«, äffte er genüsslich das zischelnde s des Fahrers nach und grinste breit.

Die glatt geteerte Straße hatte sich inzwischen in eine recht holprige Piste verwandelt, was den Bus noch stärker rumpeln ließ.

Langsam aber sicher forderte der aufkommende Hunger seinen Tribut, denn die Mittagszeit war herangerückt. So standen Essen und Trinken stand auf dem Programm, und überall war Geraschel von Butterbrotpapier und Schokoladenverpackungen zu hören.

Justus hatte sich mit einem reichlichen Vorrat an Süßigkeiten eingedeckt. Man konnte ja nicht wissen, wie lange die Fahrt dauerte und ob es überhaupt Süßigkeiten in der neuen Schule, vor allem Schokolade, zu kaufen gab.

Pauline blickte neidisch auf diese paradiesische Vielfalt, wobei ihr das Wasser im Mund zusammenlief. »Du hast dich ja eingedeckt, als bekämest du wochenlang nichts mehr von dem Zeug zu kaufen.«

»Man kann nie wissen«, meinte Justus mit einem verschmitzten Lächeln. »Ich gehe lieber auf Nummer sicher. Willst du was davon?« Bereitwillig hielt er ihr die Tasche hin. »Probier' einmal diese Schokostangen, hab' ich neu aufgetan. Bin dafür extra in einen Feinkostladen gegangen.«

»Ja, ja, nur vom Feinsten, extra für den Herrn.« Begierig griff sie sich eine von den Stangen und steckte sich die Schokolade in den Mund. Nur hatte sie dabei übersehen, dass auf der Verpackung „mit Chili" stand.

»Eh, was ist das?«, quäkte sie luftschnappend los und hätte fast das abgebissene Schokostück wieder ausgespuckt. »Mein ganzer Mund brennt.«

»Das kommt davon, wenn man den Mund zu voll nimmt«, grinste Justus.

»Das musst du gerade sagen«, gab sie ärgerlich zurück. Nach dem ersten Schreck über die Schärfe genoss sie die exotische Kombination von Schokolade und Chili.

Plötzlich kullerten Schokoladenkugeln durch den Gang. Einem der Jungs auf der anderen Seite des Busses war die Tüte mit Süßigkeiten gerissen, und nun entlud sich der Inhalt auf den Fußboden.

Justus bückte sich und half schnell alles aufzusammeln, bevor jemand das kostbare Gut zertrampeln konnte.

»Ihr seid sicher schon länger unterwegs«, erkundigte er sich neugierig.

»Kann man wohl sagen, sind schon ein paar Stunden vergangen, seitdem wir eingestiegen sind.«

»Ich bin Justus. Und wie heißt du?«, fragte Justus den Unglücksraben.

»Martin«, dabei zeigte sein Gegenüber ein breites Grinsen. Er rutschte auf seinem Sitz hin und her, als hätte er Flöhe in der Hose. »Mein Bruder Erik«, er wies auf den Jungen, der neben ihm am Fenster saß. Der schien die Ruhe selbst zu sein und schaute mit aufmerksamem Blick zu Justus und Pauline herüber.

»Seid ihr auch gespannt auf die neue Schule?«, fragte Pauline die beiden interessiert.

Erik nickte. »Klar! Aber erst einmal abwarten, was dort alles auf uns zukommt.« Das sagte er so bedächtig, als müsse er jedes Wort erst einmal auf die Goldwaage legen.

Die beiden waren wirklich von ganz unterschiedlichem Naturell. Größer hätte der Unterschied nicht sein können.

»Wir sind ja schon um fünf Uhr aufgestanden. Eine Stunde später saßen wir bereits im Bus. Bis wir dann bei euch ankamen, waren wir vier Stunden unterwegs.« Martin gähnte herzhaft, als müsste er seiner Aussage damit unterstreichen.

Der Bus fuhr nun schon längere Zeit oberhalb einer Schlucht über die mehr als holprige Schotterstraße. Kurve um Kurve, rechts, links, zog sich die Fahrt den Berghang entlang.

Allerlei Bäume und vor allem undurchdringliche Sträucher säumten die Straße. Nach oben, den Berg hinauf, vereinzelten sich die Bäume. Hinunter ins Tal standen sie recht dicht beieinander. Trotzdem gaben sie öfters den Blick in die Schlucht und zur anderen Talseite frei.

»Da, schaut mal. Da vorne gabelt sich das Tal«, deutete Martin in Richtung Windschutzscheibe.

Das Tal hatte sich plötzlich geöffnet und in zwei Täler verzweigt. Die Fahrt ging hinein in das linke, und mehr und mehr führte die Straße bergab. Ein kleiner, aber umso wilderer Fluss kam unterhalb der Straße zum Vorschein, der sich durch das Tal schlängelte.

Stellenweise gab es kleine Stromschnellen. Von oben sah es recht gefährlich aus. Überhaupt wurde die Umgebung immer wilder und unheimlicher.

Justus erinnerte das Bild an frühere Aufenthalte im Gebirge, als er mit seinen Eltern in den Bergen Ferien gemacht hatte. Das hatte ähnlich ausgesehen.

Das Gebirge zog ihn magisch an, und er war immer schon gerne durch kahles Felsgestein gestiegen, um die dortige Ruhe zu genießen.

Bevor er in seine Erinnerungen abschweifen konnte, holte ihn Pauline zurück in die Gegenwart.

»Hey, Justus!«, stieß sie ihn heftig in die Seite, »nicht ins Reich der Träume abtauchen.«

Sie kannte ihn nun lange genug, um zu wissen, was mit ihm los war, wenn er so verträumt in die Gegend schaute.

»Sieh dir lieber die Straße an, wie schmal das hier wird.«

Die Straße war dem Fluss am Grunde des Tales ein großes Stück nähergekommen. Durch die enger werdenden Berghänge rechts und links wurde es immer düsterer.

»Die Straße macht da vorne echt den Eindruck, als würde sie jeden Moment in den Fluss kippen.« Selbst Martin war ziemlich still geworden, da die Landschaft zunehmend bedrückender wurde.

Das Tal war an manchen Stellen so schmal, dass die Straße durch kurze Tunnel geführt werden musste, die durch die hervortretenden Felsen gesprengt waren. Überall tropfte Wasser von oben durch das Gestein und bildete Pfützen auf der Straße, die durch das Licht der Scheinwerfer aufblitzten.

»Sieht echt aus, als würde es in die Verbannung gehen«, stellte Justus fest. »Ob wir wohl den Fahrer fragen können, wie weit es noch ist?«

»Ich hoffe nur, dass es bald etwas heller wird. Da kriegt man ja einen richtigen Koller.« Pauline schaute mit düsterem Blick aus dem Fenster.

Im Bus war Stille eingekehrt. Den anderen Schülern war nicht besser zumute.

»Zwei Kilometer noch«, schnarrte es von vorne, vom Fahrersitz.

Mit einem Mal öffnete sich das Tal und gab unvermittelt den Blick in einen weiten, von Bergen umgebenen Talkessel frei.

Die Straße folgte dem Fluss entlang der Hügelkette auf der linken Seite des Tales. Nach kurzer Strecke mühte sich der Bus über eine äußerst holprige Straßenabzweigung. »Drachenwinkel« war auf einem halb verwitterten Hinweisschild zu lesen, das nach rechts deutete, wo die Straße über eine Brücke auf ein Dorf zuführte. Die Häuser, die meisten von ihnen Fachwerkhäuser, sahen auf den ersten Blick schief und schräg aus. Es schien, als hätte der Zahn der Zeit sich schon heftig an ihnen zu schaffen gemacht.

In der Ebene wechselten sich immer wieder Wälder und Felder ab. Und plötzlich ...

»Da sieh mal!« Justus rüttelte Pauline heftig an der Schulter und zeigte aufgeregt aus dem Fenster. Eine mächtige Burg kam auf der rechten Seite hinter einem Waldrand zum Vorschein.

»Meeensch, ich werd' verrückt«, entfuhr es Martin. Mit großen Augen starrte er auf das imposante Bauwerk und bekam vor lauter Staunen den Mund nicht zu.

»Ob das unsere neue Schule ist?« Alles hatten sie erwartet, aber nicht einen solchen Palast.

»Ist ja irre!«, Justus war fasziniert. »Da brauchst du bestimmt Jahre, um alle Winkel zu erkunden.«

Majestätisch hob die Burg sich gegen den Himmel ab. Man konnte den Eindruck gewinnen, als sei sie ein gewaltiges Raumschiff, das da im Talkessel gelandet war. Unzählige Erker und Türme verschiedenster Größe, waren zu sehen. In der Mitte erhob sich eine mächtige gläserne Kuppel, die alles zu überragen schien. Ihr bläulicher Schimmer grenzte sich eigentümlich von dem beige-grauen Gemäuer der Burg ab.

Auf den Ersten Blick schien sie keinerlei Ecken zu haben. Jedenfalls waren keine zu entdecken; alles war rund gebaut. Justus konnte eine dicke Mauer aus grauen quaderförmigen Steinen wahrnehmen, die das gesamte Gebäude umgab. Aber viel aufregender waren die unglaublich großen Vögel, die das festungsartige Gebäude umkreisten.

»Sieh dir diese Vögel an!« Justus stupste Pauline in die Seite und zeigte aufgeregt in den Himmel. »Die müssen riesig sein. Ob das Adler sind?«

»Vielleicht ist ja ein Gehege mit Greifvögeln in der Nähe. Wir haben uns einmal eine Flugschau mit verschiedensten Greifvögeln angesehen«, erinnerte sich Pauline.

Doch Vögel von dieser Größe? Während die meisten nur zu kreisen schienen, sausten einige von ihnen auf die Burg nieder, andere wiederum entfernten sich in raschem Tempo, ein äußerst merkwürdiges Verhalten.

»Sieht mir gar nicht nach Vögeln aus«, meldete sich Erik zu Wort. »Sie fliegen so ganz anders.«

Dass er mit seiner Vermutung richtig lag, sollte sich bald herausstellen.

Die Straße überquerte nun den Fluss, der sich zu einem Bach verengt hatte, und bog auf die Burg zu, um dort offensichtlich zu enden. Das Tal erweckte den Eindruck, dass es hinter der Burg nicht mehr weiterging. Die Berge schienen jenseits der Burg zusammenzutreffen und den großen Talkessel abzuschließen.

Der Bus dröhnte noch einmal laut auf, als wollte er Anlauf nehmen, um über eine steinerne Brücke zu kommen. Sie führte durch einen alten Torbogen aus dicken Steinquadern, der von einer Umfassungsmauer flankiert wurde. Hinter dem Bogen ging es noch ein Stück auf einem breiten Fahrweg weiter, der durch alte Bäume eingerahmt wurde. Zwischen den Bäumen befanden sich vielfarbig blühende Büsche. Ihre Blüten verströmten einen wunderbar süßlichen Duft, der durch die offenen Fenster des Busses ins Innere drang und die Sinne betörte.

Der Bus rumpelte über den gepflasterten Weg und erreichte einen weiten Innenhof.

»Sieh dir nur diese tausend Busse an«, stieß Justus interessiert hervor und drückte Pauline unsanft gegen das Fenster.

»Hey, pass' doch auf!«, fauchte sie zurück. Sie rieb sich die Schläfe, mit der sie gegen das Fenster gestoßen war. Stirnrunzelnd blickte sie auf das riesige Heer der Schüler, das aus den Bussen hervorquoll und sich wie ein Haufen Ameisen verhielt. »Ich mache mir mehr Gedanken über das Chaos, das auf dem Hof herrscht.«

Über dem höllischen Durcheinander ragte die Burg gleich einer riesigen Festung in den Abendhimmel.

4. Die neue Schule

Das war nun ihre neue Schule. Überall herrschte ein buntes Durcheinander. Während ein großer Teil der Schüler schon in die Schule strebte, waren andere noch damit beschäftigt, ihr Gepäck auszuladen. Das Treiben wurde durch einen Wind behindert, der mittlerweile eingesetzt hatte und zunehmend heftiger wurde.

Natürlich wollten alle schnell diesem stürmischen Getöse entkommen und über die uralte Steintreppe ins Gebäude gelangen. Die Treppe führte in einem doppelten halbrunden Schwung zum Eingang der Schule hinauf und wurde von einem massiven Steingeländer gesäumt.

»Mann, ist das ein Durcheinander. Wie in einem Taubenschlag. Und da müssen wir durch?!« Pauline schaute sich das Gewusel an und spürte Widerwillen, sich durch dieses Durcheinander kämpfen zu müssen.

Aber noch saßen sie im Bus, denn der Fahrer musste zuerst einen Platz finden, wo er ihn parken konnte. Endlich hatte er eine Lücke zwischen zwei ebenso alten Rumpelkisten gefunden. Mit lautem Seufzen und Rütteln erstarb der Motor.

Zügig verließen sie das Vehikel und sammelten sich am Anhänger, um ihr Gepäck in Empfang nehmen zu können.

Heftig bemühte sich Herr Sibelius Aborigor, die Tür des Gepäckanhängers zu öffnen, die sich verklemmt hatte. Er grummelte und fluchte in seinen langen Bart und hieb mehrfach gegen die Anhängertür. Es bedurfte noch mehrerer Versuche, bis sie endlich nachgab. Der Bus hatte seine beste Zeit schon längst hinter sich.

Währenddessen kamen immer neue Busse an, die weitere Schüler ausspuckten. Die Neuankömmlinge bahnten sich, nachdem sie ihr Gepäck erhalten hatten, eilig ihren Weg hinauf ins Schulgebäude. Es handelte sich wohl um ältere Schüler der höheren Klassen, für die das bunte Treiben nichts Neues bedeutete. Justus und Pauline mussten sich noch etwas länger gedulden, bis alles Gepäck entladen war und sie ihre Gepäckstücke in Empfang nehmen konnten.

Plötzlich erschien ein weiteres Gefährt auf dem Hof. Eine vornehme Limousine glitt über den Platz und kam etwas abseits zum Stehen.

Ein Fahrer, in einer edlen Livree gekleidet, entstieg dem Wagen und öffnete zwei weiteren Schülern die Fondtür. Der Erste der beiden war von gedrungener Statur und hatte feuerrote Stoppelhaare, während der zweite lang und schlaksig aussah. Seine Haare glänzten stark, sodass man den Eindruck bekam, sie seien geradezu mit Pomade getränkt. Beide verharrten einen Augenblick an der schicken Limousine und sondierten die Lage, während der Fahrer sich an den schweren Koffern zu schaffen machte. Statt ihm zu helfen, gestikulierte der Pomadenhaarige mit den Armen und schien seinem Freund Wichtiges zu erklären.

Zwei weitere eigentümlich aussehende Gestalten waren, von den Schülern unbemerkt, auf dem Schulhof erschienen. Sie verfolgten das Treiben rund um die Busse mit amüsierten Blicken. Weite, faltenreiche Kukullen umwehten ihre Gestalten. Auf ihren Köpfen ruhten große, runde Kopfbedeckungen aus purpurrotem und grünem Samtstoff. Die birettartigen Hüte hingen zur linken Seite bis fast zur Schulter herab, während rechts große Pfauenfedern im Wind lustig hin- und herwippten. Ihre dunkelroten und grünen Kukullen schimmerten geheimnisvoll und wirkten äußerst edel.

Als Justus endlich seinen Koffer im Gewühl gefunden und sortiert hatte, fiel sein Blick auf die beiden Gestalten, die nun am Fußende der breiten Treppe standen. Unwillkürlich stieß er einen lauten Ruf aus.

»Eh, was soll das?«, tadelte Pauline und hielt sich die Ohren zu.

»Sieh dir diese beiden Typen an. Wie die aussehen! Wer mag das sein?« Justus konnte den Blick kaum abwenden, so faszinierte ihn ihre Aufmachung. Bei näherem Hinsehen schien es sich um eine Frau und ein Mann zu handeln.

Eine der beiden Personen hielt einen kleinen Stab in seiner Hand, an dessen Spitze sich eine kristallartige Kugel befand. Wie lang der Stab war, konnte Justus nicht erkennen. Die Kugel blitzte und reflektierte die Strahlen der untergehenden Sonne in alle Richtungen.

Der Mann hob den Stab ein wenig in die Höhe und richtete mit volltönender, aber eher verhalten klingender Stimme ein paar Begrüßungsworte an die neuen Schüler. »Meine lieben Schüler, wir heißen euch herzlich willkommen.«i

Obwohl er ohne Anstrengung zu sprechen schien, war jedes Wort deutlich zu vernehmen. Justus und Pauline sahen sich verdutzt an. Sie hatten den Eindruck, als befände sich die Stimme direkt neben ihren Ohren. Solch ein akustisches Phänomen hatten sie noch nicht erlebt.

»Wie macht der das bloß?«, flüsterte Justus kaum hörbar zu Pauline.

»Es könnte der Stab sein«, überlegte Erik laut.

»... darf ich euch im Namen der gesamten Lehrerschaft hier auf Greifenstein herzlich begrüßen«, hörten sie jetzt weiter. »Ich bin Meister Gregorius zu den vier Winden und leite dieses Internat. Zu meiner Rechten seht ihr Madame Griseldis von den weisen Steinen. Sie ist meine Stellvertreterin. Wenn ihr in die Schule kommt, stellt euer Gepäck zunächst einmal ab und sammelt euch im Foyer. Dann könnt ihr euch in einen Nebenraum des Foyers begeben. Dort werdet ihr inscribiert.«

»Was meint der mit „inscribiert"?«, wandte sich Pauline fragend an Justus. »Das heißt wohl so viel wie einschreiben oder so ähnlich«, erklärte Erik.

Derweil zeigte Meister Gregorius hinauf zum oberen Treppenabsatz und sagte: »Nach der Inscribierung zeigt euch Meister Henricius Knörzer, unser Pedell, wohin ihr das Gepäck bringen könnt.«

Dort oben war inzwischen eine weitere Gestalt erschienen, die ebenfalls recht sonderbar aussah. Besonders auffällig war das riesige Taschentuch, mit dem sie sich umständlich ihre gewaltige Nase putzte.

»Guck dir den da oben an. Der sieht aus, als wollte er uns auflauern. 'Meister auf der Lauer'.« Justus verspürte bei diesem Wortspiel den starken Reiz zu lachen, unterließ es aber, denn er verspürte bei diesem »Pedell« ein ungutes Gefühl.

Breitbeinig stand dieser Meister Henricius Knörzer nach vollbrachtem Naseputzen auf der obersten Treppenstufe und hatte seine Daumen in die Ärmelausschnitte seiner Weste gesteckt, die er unter einem altmodischen Frack trug. Mit herabgezogenen Mundwinkeln und erhobener Nase beäugte er kritisch, was da auf dem Hof vor sich ging. Seine Nase machte dabei den Eindruck, als wollte er sie in den Wind halten, um die Ankömmlinge besser riechen zu können.

Justus ließ derweil seinen Blick über das Schulgebäude schweifen.

»Das Gebäude ist einfach irre. Es ist so riesig. Schau nur diese vielen runden Formen. Alles ist abgerundet und geschwungen, die Fensterbögen, die Treppe und selbst die Tür.«

Pauline hatte im Moment keinen Sinn für Äußerlichkeiten. Sie war allein auf das Gepäck konzentriert, das zügig ins Foyer geschafft werden musste. Während sie noch ihr Gepäck zusammensuchte, packte Justus seinen Koffer und stieg die Stufen hinauf.

»Kannst du mir bei meinen Taschen und dem Koffer helfen, ich schaffe das nicht«, rief sie Justus hinterher, der schon oben angekommen war.

»Sekunde, ich komme direkt; ich bringe nur eben meine Sachen hinein.« Warum sie so viel mitschleppen musste, war Justus schleierhaft.

Kurz darauf schafften sie mit vereinten Kräften Paulines schweres Gepäck durch die große, mit gläsernen Ornamenten versehene Eingangstür.

Vor ihnen lag eine riesige, kunstvoll ausgeschmückte Halle. Alles sah sehr wertvoll und unheimlich alt aus. Die Halle bildete ein großes Oval und besaß einen Marmorfußboden in verschiedensten warmen Beigetönen. Entlang der Wände gab es mannshohe dunkelbraune Wandvertäfelungen, die durch säulenartige Regale voller Bücher unterbrochen wurden. Ringsherum an den Wänden flackerte der Schein unzähliger Kerzen.

Breite Holztreppen führten rechts und links in einem weiten Rund hinauf in die oberen Stockwerke.

Unten an den hölzernen Treppengeländern standen als Abschluss überlebensgroße Figuren auf Sockeln, die Engel darstellten. Sie machten sehr würdevolle Mienen. Besonders auffällig waren ihre großen Augen und Ohren. Die Treppe hinauf waren an verschiedenen Stellen auf dem Geländer weitere Engel in unterschiedlichen Haltungen zu sehen. Sie alle schienen aufmerksam auf die quirlige Schar herabzuschauen. Justus fragte sich bei ihrem Anblick insgeheim nach ihrer Bedeutung.

»Ich glaub', mich laust der Affe«, sagte er zu Pauline. »Schau dir diese Engel an!. Die sehen so echt aus. Schon ziemlich unheimlich!« Justus schaute sich weiter um, die Engelsgestalten zogen seinen Blick magisch an.

Er durchquerte langsam die Halle, um alles besser in Augenschein nehmen zu können. Dabei fühlte sich Justus von einem dieser Engel, der in seiner Nähe stand, beobachtet.

Als er sich umblickte, sah es tatsächlich so aus, als schaute der Engel hinter ihm her. Justus ging noch ein paar Schritte weiter. Wieder drehte er sich um und tatsächlich, der Engel ließ ihn nicht aus den Augen. Justus lief es kalt den Rücken hinunter. Wo um alles in der Welt waren sie hier nur gelandet?

Er setzte sich auf eine der Holzbänke und versuchte sich einen Überblick zu verschaffen, was nicht so ohne Weiteres gelingen wollte. Diese Burg, das Empfangskomitee und nun diese Engel, das alles war reichlich eindrucksvoll für den Anfang.

Pauline setzte sich neben ihn auf die Bank. »Weißt du, was das alles bedeuten soll?« Die Flut der Bilder ringsum überwältigten sie.

»Guckt euch die vielen Porträts an, die da an den Wänden hängen. Aber noch toller sind die Engel hier. Seht ihr die Augen? Die beobachten uns!«, ließ sich Erik hören und zeigte auf eine der Gestalten. Ihm war ebenfalls nicht entgangen, dass die Engel alle Personen in der Halle im Blick behielten. Die Augen bewegten sich unablässig hin und her und verfolgten aufmerksam das Treiben um sie herum.

»Hört ihr das Summen?«, fragte Pauline plötzlich. »Was ist das? Das war doch vorhin noch nicht.« Pauline hielt den Kopf schräg, um es besser hören zu können. Sie hatte das Gefühl, als hätte sie einen Bienenstock im Kopf. »Ich höre es ganz deutlich. Aber ich sehe nicht, woher es kommt. Hört ihr nichts?«

Martin spürte, seitdem er hier in der Halle war, auch ein Brummen, aber nur schwach. Er machte sich darüber aber keine weiteren Gedanken.

»Seht euch die Porträts an und achtet dann mal auf das Summen«, forderte Pauline ihre Freunde auf und wurde immer aufgeregter. »Merkt ihr was? Wenn man eins ansieht, wird das Summen stärker.«

Sie schaute die Bilder der Reihe nach an und hörte deutlich, wie sich das Summen von Bild zu Bild veränderte. Pauline konnte es in ihrem ganzen Körper spüren. Hing das wohl mit ihrer angeborenen Fähigkeit des Gedankenlesens zusammen?

Aber sie hatte ihre Fähigkeit doch blockiert. Dass sie jetzt trotzdem etwas „hörte", machte sie stutzig. Da es in der Halle mittlerweile recht ruhig geworden war, vernahm sie das Summen noch deutlicher. Mal lauter, mal leiser. Sie konnte sich keinen Reim darauf machen, im Moment jedenfalls. Aber vielleicht gab es dafür später eine Erklärung.

Auf der anderen Seite der Halle sah Justus den Schüler mit der Pomadenfrisur, der mit seinem rothaarigen Freund zusammenstand. Er redete intensiv auf seinen Kompagnon ein, gestikulierte mit den Armen und zeigte auf verschiedene Bilder und Symbole.

»Das scheint ein richtiger schmalzlockiger Besserwisser zu sein«, raunte Justus Pauline zu und wies auf das ungleiche Paar. »Ein wahrer schmalzgelockter Jüngling«, setzte er grinsend hinzu.

Es blieb jedoch keine Zeit, sich weiter über die beiden auszutauschen, da Meister Gregorius nun auf der Treppe stand und weitere Hinweise gab.

»Meine lieben Schüler, noch einige Hinweise: Lasst das Gepäck hier stehen und geht bitte jetzt in den großen Saal nebenan. Dort inscribiert euch Meister Knörzer. Die Klassenaufteilung, die Zimmerbelegung und alles weitere Wichtige erfahrt ihr dort. Wir sehen uns dann später wieder ...« Sprachs, drehte sich um und, plopp, war weg.

Pauline fühlte einen Schauer über den Rücken laufen. Die Schüler standen wie elektrisiert da und trauten ihren Augen nicht. Martin fand als erster die Sprache wieder.

»Ist der helle Wahnsinn! Was ist das nur für eine Irrenschule?« Eine Antwort bekam er nicht. Alle waren viel zu sehr damit beschäftigt, die Eindrücke, die auf sie niederprasselten, zu verarbeiten.

»Alle einmal herrrhörren!«, hallte es plötzlich durch den Raum. Meister Knörzer bei den drei Eichen hatte seine schnarrende Stimme erhoben. Er hielt einen ähnlichen Stab wie zuvor Meister Gregorius in der Hand.

»Alle Schülerrr und Schülerrrinnen gehen jetzt dort durch die Türrr.« Er zeigte auf eine Tür, die auf der rechten Seite des großen Treppenhausfoyers in einen benachbarten Saal führte. »Dort inscrrribierren sich alle an den Schrrreibtischen. Dazu schrreibt ihrr eurre Namen und Adrrressen in die dort ausgelegten Listen. Dann werde ich euch eure Schlafrrräume zuweisen und auch eurre Kukullen aushändigen.«

Einige der älteren Schüler, die noch im Foyer standen, begannen prompt die kauzige Sprechweise von Meister Knörzer nachzuäffen. Dabei nannten sie ihn Ricinus Eichelhäher. Der Spitzname stammte von seinem Namensanhang „bei den drei Eichen“ und bezog sich, so sagte man, auf drei uralte knorrige Eichen, die in der Nähe eines Seitenflügels der Burg standen, wo der Pedell seine Wohnung hatte. Die Eichen bildeten zusammen ein gleichseitiges Dreieck, und man munkelte, es sei ein magisches Dreieck. Aber dies waren nur Vermutungen und Gerüchte.

Kaum hatte der Pedell das Feixen und Nachahmen der Schüler mitbekommen, geriet er auch schon wie so oft in Rage, und mit hochrotem Kopf ließ er seine mächtigen Bassstimme erdröhnen: »Euch wirrrd das Feixen nochmal im Halse ssstecken bleiben.« Die übermäßig laute Zurechtweisung des Pedell hallte so laut durch die Halle, dass selbst Meister Gregorius Kenntnis über die Frotzeleien der Schüler erhalten haben musste.

»Wunderschön, wie errr das R so rrrollt«, frotzelte Martin. »Dann wollen wir uns mal insci ... ini ...«

»Inscribieren. Mensch, du kriegst auch immer nur die Hälfte mit«, rügte Erik seinen Bruder. Justus und Pauline mussten zwangsläufig lachen über dieses ungleiche Brüderpaar.

»Weißt du denn auch, was Kukullen sind?«, fragte Justus. »Den Ausdruck habe ich noch nie gehört.«

»Keine Ahnung. Aber ich gehe davon aus, dass wir das gleich erfahren werden.«

Weiter hinten in der Gruppe hörten sie, wie jemand mit leicht näselnder Stimme erklärte, dass eine Kukulle nichts anderes als ein weiter Umhang sei. Pauline drehte sich um und sah eine Pomadenfrisur glänzen. »Da schau, dein Superheld von vorhin.«

»Ach ja, Schmalzlocke«, unkte Justus grinsend und brachte Pauline und Martin zum Lachen. »Schmalzlocke, das ist der richtige Name«, lachte Martin. »Und der andere könnte Rotfuchs heißen. Passt doch, oder?« Und schon hatten sie für die beiden, die durch ihr blasiertes Verhalten aus der Gruppe der neuen Schüler hervorstachen, passende Spitznamen gefunden.

Doch nun ging es zur besagten Inscription. Wegen der großen Schülerzahl brauchte es einige Zeit, bis sie an der Reihe waren und ihre Kukullen bekamen. Die Farbe der Kleidungsstücke ließ jedoch zu wünschen übrig. Sie bestanden aus tristen grauen Stoffen, ganz anders als die Umhänge der Lehrer. Das sollte sich aber bald ändern.

Justus und den beiden anderen Jungen wurde der gleiche Schlafsaal zugeteilt, während Pauline sich auf fremde Schülerinnen einstellen musste.

»Alle gehen jetzt die Trrreppe hinauf«, ließ sich Meister Knörzer wieder vernehmen, »bis zum nächsten Durchgang, wo die beiden Trrreppen wieder zusammentrrreffen.« Schnief. »Dorrt geht es dann weiterr zurr Aula. Und verrgesst eurre Kukullen nicht. Euer Gepäck wirrrd später auf eurrre Zimmer gebrrracht. Darrrum brrraucht ihr euch jetzt nicht zu kümmern.« Und wieder schnief, schnief.

Er nahm seinen Stab und hielt ihn auf die Treppe. Wie aus dem Nichts erschien eine blau leuchtende Linie, die die Treppe hinauflief und in dem bezeichneten Durchgang verschwand.

»Immerr derr Linie nach!« Der Pedell schniefte noch einmal kurz, ging auf die Treppe zu und lief leichten Fußes wie ein geölter Blitz hinauf.

»Wow, sieh dir den Speed an«, staunte Martin. »Und das in seinem Alter! Bin gespannt, was noch alles so kommt. Lasst uns gehen, damit es weitergeht.«

Die blaue Lichtlinie flackerte hell und gespenstisch die Treppenstufen hinauf.

Justus schaute sich beim Hinaufsteigen die Lichter näher an. Er versuchte sie mit dem Fuß zu erwischen. Aber es wollte ihm auf seltsame Weise nicht gelingen. Sie war da und auch wieder nicht.

»Schau mal«, wandte er sich an Pauline. »Man kann die kleinen Flammen nicht zudecken, sie leuchten einfach weiter. Höchst mysteriös..«

Er konnte auf den Stufen auch keine Öffnungen entdecken, aus denen die Flammen hätten hervorleuchten können. Sie schwebten geheimnisvoll leicht über den Stufen, als würden sie von unsichtbarer Hand gehalten.

Pauline kümmerte das alles nicht weiter. Sie hörte nach wie vor dieses Summen, das, so schien es, nur für sie hörbar war.

Kaum waren die letzten Schüler in dem oberen Gang verschwunden, war von der Leuchtspur nichts mehr zu sehen.

5. In der Aula

Die Aula, in der sich nach und nach alle versammelten, quoll fast über vor Schüler. Justus und Pauline standen zusammen mit den beiden Brüdern an einem der vielen Tische und versuchten, sich einen Überblick zu verschaffen. Ein irrer Anblick, der sich ihnen hier bot.

»Hammer«, stieß Martin hervor. Er fuhr sich über die Augen, als müsse er ein Trugbild verscheuchen. »So einen Prunk habe ich noch nicht gesehen, zumindest nicht in Wirklichkeit.«

Pauline war ebenfalls sichtlich beeindruckt. Sie stützte sich auf die Rückenlehne eines der schön geschnitzten Stühle, die vor ihnen standen, und betrachtete mit großen Augen den Glanz, der sich vor ihnen ausbreitete.

»Ist ja noch schöner als die Eingangshalle, und die war auch nicht von schlechten Eltern«, pflichtete Justus bei. Er betrachtete die großen Fenster, die der Aula eine luftige Atmosphäre gaben. »Alles extrem edel, das muss man der Schule schon lassen. Ist mit unserer alten nicht zu vergleichen.«

Farbenprächtige Wandteppiche zierten die Wände zwischen den Fenstern. Die Motive, die sie darstellen, wiesen alle einen Bezug zur Schule auf, indem sie die unterschiedlichsten Situationen des Schullebens zeigten.

Die Aula war so groß, dass sie allen Schülern Platz bieten konnte. Im Moment aber wimmelte alles durcheinander, wodurch der Eindruck einer heillosen Überfüllung entstand.

»Schaut mal dort hinauf.« Pauline hatte oberhalb des Eingangs eine zweistöckige Empore entdeckt, die auf merkwürdige Weise einfach in den Raum hineinragte. Dort hatte sich eine große Zahl älterer Schülern versammelt.

»Das sieht so aus, als würde sie völlig frei im Raum schweben. Sie ist gar nicht an den Wänden befestigt. Wie geht denn das?«

»Die schweben. Wahnsinn!« Martin war total gebannt. Neugierig betrachtete er die Emporen. »Das ist schon vom Feinsten«, stellte er anerkennend fest.

Von der Decke hingen zahlreiche schmiedeeiserne Kränze mit unzähligen Wappen. Dazwischen befanden sich dicke Kerzen, die die Aula in ein warmes Licht tauchten.

Die Neuankömmlinge versuchten, einen Platz zu ergattern. Doch das war schwieriger als gedacht. Kaum saßen einige von ihnen auf einem Stuhl, sprangen sie auch schon wieder verschreckt auf. Lautes Quietschen war überall zu hören und erhöhte noch den Lärm in der Halle.

»Was ist das? Warum bleiben die nicht sitzen? Und was zum Teufel quietscht da so fürchterlich?« Verständnislos schaute Pauline Justus an und hielt sich die Ohren zu.

Als sie versuchte sich zu setzen, wusste sie warum. Der Stuhl begann ebenfalls zu quietschen und ruckelte so stark hin und her, als wollte er sie herunterwerfen. Sofort sprang sie wieder auf.

Martin dagegen hatte in aller Ruhe auf einem der Stühle Platz genommen. Der Stuhl verhielt sich vollkommen ruhig. Er hatte, so schien es, ›seinen‹ Stuhl auf Anhieb gefunden. Breit grinsend schaute er den anderen bei der Suche zu.

Erik kratzte sich nachdenklich an der Stirn. Ihm schien ein Licht aufzugehen. »Ich glaube, hier muss man sich seinen Stuhl suchen.«

Pauline ging zum Nachbartisch und probierte dort einen der Stühle. Tatsächlich hatte sie Glück und fand ›ihren‹ Stuhl. Sie schleppte ihn an den Tisch, an dem Martin saß, und ließ sich neben ihm nieder. Justus wurde einige Tische weiter fündig und holte ›seinen‹ Stuhl herbei. Nur auf Erik mussten sie etwas länger warten. Er hatte inzwischen die halbe Aula durchquert und musste sich das laute Quietschen noch etwas länger gefallen lassen.

»Erik hat wohl herausgefunden, wie er seinen Stuhl finden kann.« Pauline beobachtete, wie er die Stühle inspizierte, bevor er sich darauf setzte. Plötzlich hatte er etwas entdeckt, das ihm weiterhalf. Sie konnte sehen, wie er nun zügig von Stuhl zu Stuhl schritt, kurz die Rückenlehnen in Augenschein nahm, bis er endlich einen Stuhl gefunden hatte, den er als ›seinen‹ identifizierte. Strahlend schob er ihn durch die Menge der Schüler vor sich her, um sich neben seinen Freunden niederzulassen.

»Habt ihr euch mal eure Stühle angesehen? Da stehen auf den Rückenlehnen eure Initialen drauf.«

Zufrieden lächelnd blickte er von einem zum andern und freute sich über seine Entdeckung. Justus drehte sich um, sah sich die Lehne seines Stuhles an und bemerkte ein ***JP*** am oberen Ende. Ähnlich verhielt es sich mit Martins und Paulines Stuhl. Dort standen die Anfangsbuchstaben ihrer Namen ***PR*** und ***MT***.

Martin interessierte das Ganze nicht weiter. Er hatte es sich auf seinem Stuhl bequem gemacht und probierte seine Standfestigkeit aus. Gemütlich wackelte er auf ihm hin und her und sah den anderen Schülern bei der weiteren Suche zu.

Ein paar Tische entfernt erblickte Justus ihre beiden speziellen Freunde.

»Dahinten sitzen die Herren Schmalzlocke und Rotfuchs.« Bei ihrem Anblick verspürte er ein flaues Gefühl in der Magengegend. »Wie die dasitzen, als wären sie die Größten.«

»Übrigens, ich weiß die Namen der beiden Supertypen«, berichtete Pauline. »Mit richtigem Namen heißt der mit der Pomadenfrisur Edelmund von Windhausen, der andere, der Rothaarige Ottokar Driessen. E-del-mund, passt zu Schmalzlocke, meint ihr nicht auch?«

Justus nickte lachend. Paulines Information beseitigte sein Magendrücken schlagartig. »E-del-mund von Wind-hau-sen«, skandierte er mit singendem Ton. Die Wirkung bei seinen Freunden blieb nicht aus.

Martin prustete los, lehnte sich dabei mit seinem Stuhl zurück und pardauz war er unter lautem Getöse mit dem Stuhl nach hinten übergekippt. Der Stuhl quietschte jämmerlich. Umständlich rappelte er sich auf und nahm unter frotzelnden Kommentaren wieder Platz.

Inzwischen saßen auch die letzten Schüler erleichtert auf ihren Stühlen. Meister Gregorius schien das Gewusel im Saal sichtliches Vergnügen zu bereiten.

Er stand auf einer Art Podest, das der Rundung der Aula angeglichen war. Hinter ihm befand sich eine lange Tischreihe, an der die Lehrer ihren Platz hatten. Von hier aus konnte er den Raum gut überschauen. Außen, am Ende des Lehrertisches, hatte sich der Pedell aufgebaut, der ohne Unterlass vor sich hin schniefte.

Langsam wurde es einigermaßen ruhig, und Meister Gregorius erhob wieder seine Stimme.

»Meine lieben Schülerinnen und Schüler! Da jetzt alle neuen Schüler hier versammelt sind und ihre Stühle gefunden haben«, dabei konnte er sich ein Schmunzeln nicht verkneifen, »möchte ich euch auch im Namen des gesamten Lehrerkollegiums herzlich willkommen heißen. Wie ihr seht, sind jetzt weit mehr Schüler hier in der Aula, als in einen Bus hineinpassen.« Lächelnd blickte er über die Schülerschar. Justus hatte augenblicklich das Gefühl, als würde er bis auf den Grund seiner Seele durchschaut.

»Hier befindet ihr euch in unserer altehrwürdigen Aula, die zugleich auch unser gemeinsamer Speisesaal ist. Also einer der wichtigeren Orte in unserer Schule.

Meister Knörzer«, fuhr er fort, »weist euch nun die Klassen zu. Ihr werdet die Namen dann auch sehen und hören. Gebt also genau acht, wie es nun weitergeht.«

In der Aula verstummten rasch die letzten Gespräche. Die Augen der Schüler richteten sich auf den Pedell, der sich beeilte, sein halbes Bettlaken an Schnupftuch wegzustecken.

Schnell trat er vor die Mitte des Tisches und erhob nun, Hust, Hust, Schnief, Schnief, seinen Stab. Mit weitem Schwung ließ er ihn durch die Luft sausen. Wie aus dem Nichts erschien der Name einer Klasse in leuchtender Schrift oberhalb des Lehrertisches, frei im Raum schwebend. Begleitet wurde die Erscheinung von einem laut ertönenden *Gong*. Ein erstauntes Raunen ging durch die Aula. Spätestens jetzt musste auch dem letzten Neuling klar werden, dass diese Schule etwas Außergewöhnliches war!

»Das ist ja völlig durchgeknallt hier. Eine Schrift, die mitten im Raum schwebt! Bin gespannt, was noch kommt.« Pauline runzelte ungläubig die Stirn.

„Muriel“, teilte eine wohlklingende Stimme mit.

Auf Meister Gregorius' Gesicht legte sich ein verschmitztes Lächeln, als er die teils ratlosen Gesichter beim Klang der Stimme sah.

Der Name leuchtete in zwei Farben von oben herab, ein lichtes Rosa begleitet von einem starken Grünton, eine Art Moosgrün. Zugleich entstand um einige der neuen Schüler eine gleichfarbige Aura, in der die beiden Farben Rosa und Grün verschwammen.

In der Aula war es auf der Stelle totenstill. Alle schauten auf diejenigen, die von den Farben wie von einem Schleier umhüllt wurden. Fassungslosigkeit spiegelte sich in den Blicken der neuen Schüler.

Neben Justus war auch ein Junge grün-rosa eingefärbt. Justus wäre vor Schreck fast vom Stuhl gerutscht, als die Farben urplötzlich direkt neben ihm erschienen.

»Pass auf, dass Du dich nicht verschluckst«, grinste Martin ihn an. »Die scheinen hier mit allen Tricks zu arbeiten.« Dass es keine einfachen Tricks waren, wie Martin glaubte, sollten sie später noch zu Genüge feststellen können.

»Die erste Klasse hat, wie ihr hören konntet, den Namen Muriel«, hörte man die Stimme von Meister Knörzer rufen.

Und bei allen Schülern, die gerade noch in Rosa-Grün gehüllt waren, färbten sich wie aus dem Nichts auch die Kukullen, die vor ihnen auf den Tischen lagen, in den Farben der Klasse. Die Kleidungsstücke waren nun mit einer Menge von Symbolen versehen. Rosafarbene Kristalle verteilten sich auf den Kukullen. Sie wurden von einem Kreis mit grünen Spitzen eingefasst. Doch schienen die Symbole nicht auf den Stoff aufgenäht zu sein. Vielmehr schwebten sie allesamt ein Stück weit darüber und drehten sich dabei ständig um die eigene Achse.

»Dies ist«, hörten sie wieder Meister Gregorius sagen, »eure Klassenkukulle, die äußeres Zeichen eurer Klasse ist.«

Justus war fasziniert von dem Spiel der Farben. Doch plötzlich beschlich ihn eine ungute Ahnung. Was wäre, wenn Rotfuchs und Schmalzlocke in ihre Klasse kämen? Der Gedanke weckte bei ihm kein sonderlich gutes Gefühl.

Das Gefühl steigerte sich von Augenblick zu Augenblick. Leise wandte er sich an Pauline. »Hoffentlich kommen die beiden Supertypen nicht in unsere Klasse.« Pauline sah ihn fragend an. Kaum hatte sie verstanden, was er meinte, machte sich Entsetzen in ihrem Gesicht breit. Doch blieb keine Zeit weiter darüber nachzudenken, denn Meister Knörzer hielt ein zweites Mal seinen Stab hoch.

Und wieder erklang ein *Gong*. Ein weiterer Klassenname waberte nun in der Farbe Magenta über ihren Köpfen. *Metatron* war dort zu lesen.

»Was steht da für ein Name?« Pauline sah Justus verwundert an. Sie sollten es sofort erfahren. Denn beide waren wie die anderen Schüler vorher ebenfalls in ein eigentümliches Licht gehüllt. Ein Farbschleier umgab sie mit einem vollen Magentaton, ähnlich dem Klassennamen über dem Podest der Lehrer. Auch Erik und Martin saßen in einer Magentawolke.

»Hei, das finde ich ja superklasse«, frohlockte Martin, »wir sind alle zusammen in einer Gruppe. Genial!«

Wie schon bei den Schülern der Muriel-Klasse hatten sich ihre Kukullen wie von Zauberhand farblich verändert. Das langweilige Grau war einem intensiven Magenta gewichen. Ebenso erschienen Symbole auf den Umhängen, die noch verwegener aussahen, als die Kristalle der Muriel-Klasse. Es waren mehrzackige Kronen, aus denen unentwegt kleine Flammen emporloderten. Zwischen den Flammen glänzten Lichtpunkte. Und über jeder Krone leuchtete eine Neun, die in einen wabernden Feuerschein gehüllt wurde. Gigantisch!

»Was ist das für ein Symbol?«, staunte Martin nicht schlecht, während Erik vorsichtig seine Kukulle über den Tisch ausbreitete, um sie näher in Augenschein zu nehmen.

Pauline schaute ängstlich zu, weil sie befürchtete, er könne sich an den Flammen verbrennen. Es passierte aber nichts weiter. Es waren eben nur Symbole, die sich auf unterschiedliche Weise bewegten.

Doch nicht nur vor den vier Freunden lag eine magentafarbene Kukulle. Justus beobachtete, wie in ihrer Nähe ein weiteres Mädchen versonnen eine gleichfarbige Kukulle in ihren Händen hielt. Sie machte einen ruhigen und zurückhaltenden Eindruck und befühlte vorsichtig den vor ihr liegenden Stoff.

Dann sah sie Pauline und die Jungs der Reihe nach an. In ihrem Blick lag etwas Fragendes. Pauline spürte das. Sie drehte sich zu ihr um, wies auf die magentafarbene Kukulle und sagte: »Hallo, wie es scheint, werden wir zusammen in eine Klasse gehen.« Dabei sah sie die neue Klassenkameradin aufmerksam an. »Und wie heißt du?«

»Ich bin Miriam«, kam es etwas zögerlich zurück. »Und ihr?« Erwartungsvoll blickte sie die vier an.

»Also ich bin Martin, mein Bruder Erik, das ist Justus und sie heißt Pauline«, stellte Martin ihre kleine Gruppe vor, wobei er auf jeden Einzelnen von ihnen zeigte.

»Das ist ja schön, direkt jemand kennenzulernen«, erwiderte Miriam und lächelte ihre neuen Klassenkameraden an.

»Setz dich doch morgen früh zu uns«, lud Justus sie ein.

Aber die Freude, noch jemand Neues kennengelernt zu haben, fand bei Justus ein jähes Ende. Er sah, dass sich Edelmund und Ottokar bereits ihre Umhänge überwarfen, die ebenfalls in Magenta erstrahlten. Seine Befürchtungen, die er gerade eben Pauline gegenüber geäußert hatte, bestätigten sich.

Er beobachtete die beiden unauffällig und konnte auf Edelmunds Gesicht ein selbstgefälliges Grinsen entdecken. Mitschüler, die sich für besser hielten als andere, konnte er nicht ausstehen. Es blieb abzuwarten, wie sich das Miteinander in der Klasse gestalten würde.

Zeit sich mit den anderen darüber auszutauschen, blieb keine, denn schon klang ein weiteres langgezogenes *Gonnng* durch den Saal. Die nächste Klasse war dran. Ihr Name lautete: ›Anael‹.

Diesmal leuchteten sogar drei Farben, die kunstvoll ineinander verschlungen waren. Orange, Dunkelblau und Gelb umhüllten weitere Schüler und deren Umhänge.

Als Symbol waren zwei gekreuzte Lanzen dargestellt, die einander umkreisten. An ihrem Schnittpunkt strahlte ein nebelförmiger Lichtpunkt, und über den Lanzenspitzen tanzte ein mondförmiges Gebilde.

Nachdem alle Klassen eingeteilt und eingekleidet waren, wurden sie auf die Schlafräume verteilt. Jede Klasse bekam einen eigenen Schultrakt zugewiesen. Hier befand sich auch der klasseneigene Aufenthaltsraum.

Justus, Martin und Erik hatten das Glück, gemeinsam in einem Schlafsaal untergebracht zu sein. Pauline war froh, wenigstens in Miriam eine Gefährtin gefunden zu haben.

Wie zur Bestätigung hörten sie wieder ein *Gong, Gong*, und die Namen der Trakte sowie der Räumlichkeiten wurden angezeigt. Kaum leuchteten die Anzeigen auf, erhob Meister Gregorius nochmals seine Stimme. »Ihr könnt nun kurz eure Schlafräume aufsuchen und euer Gepäck, das sich schon dort befindet, einräumen. Danach kommt bitte sofort wieder hierher zurück.«

Ein großes Stühlerücken begann und die verschiedenen Klassen verließen zügig die Aula.

»Wie finden wir die Trakte? Hat einer eine Ahnung?«

Justus schaute die anderen unsicher an.

»Ich denke, am besten folgen wir den anderen«, erwiderte Erik.

Doch kaum hatten sie die Aula verlassen, wurden sie aufs Neue überrascht.

»Nun schaut euch das an, ist ja irre«, ließ Martin einen erstaunten Ausruf vernehmen.

Unmittelbar vor der Aula schwebten Hinweispfeile in den Farben der neuen Klassen über den Köpfen der Schüler. Sie blinkten einladend, um ihnen die Wege in die verschiedenen Trakte zu weisen.

Einige der neuen Schüler blieben erst einmal verdutzt stehen, um sich zu orientieren, denn alles blinkte durcheinander. Nach anfänglicher Verwirrung löste sich das entstandene Schülerknäuel auf, und die Klassen folgten ihren Pfeilen. Einzig die älteren Schüler strömten zügig in ihre Trakte und waren bald aus dem Blickfeld verschwunden.

»Kommt, die Magentapfeile werden uns unseren Weg anzeigen«, stellte Erik sachlich fest und ging seinen Freunden voran.

Schnell erreichten sie auf diese zwar eigenartige, aber sehr effektive Weise ihre Schlafräume. Sie waren recht behaglich eingerichtet. Alle wiesen nicht mehr als sechs Betten auf. Erleichtert stellte Justus fest, dass Edelmund und Ottokar am entgegengesetzten Ende des Ganges ein Zimmer bezogen und damit zum Glück in einiger Entfernung untergebracht waren. So würden sie sich hoffentlich nicht allzu oft über den Weg laufen. Es genügte schon, wenn sie sich jeden Tag in der Klasse begegnen würden.

»Nun seht euch das an, wir haben hier einen eigenen Waschraum mit Dusche und Toilette. Wahnsinn!«

Martin war begeistert. Das hatte er auf einer solch alten Burg nicht erwartet. Das konnte sich sehen lassen. »Ich bin echt baff. Kein Waschraum aufsuchen am frühen Morgen, das ist ja echt ein Angebot«, freute er sich.

Das Gepäck stand wie verheißen vor Ort. Nachdem sie die Betten aufgeteilt und ihre Sachen einigermaßen untergebracht hatten, ging es gleich wieder zurück in die Aula, um die Lehrer kennenzulernen.

Die vier Freunde und auch Miriam nahmen wieder ›ihren‹ Stühlen Platz. Hier und da war aber noch ein vereinzeltes Quietschen und Rumpeln zu hören. Die Schüler mussten sich erst noch daran gewöhnen, dass jeder von ihnen einen persönlichen Stuhl besaß.

»Jetzt, da alle wieder hier versammelt sind«, hob Meister Gregorius an, wobei er seinen Stab mit der Kristallkugel zu Hilfe nahm, »möchte ich euch einige Personen vorstellen, die zu unserer Lehrerschaft gehören und die euch in der nächsten Zeit unterrichten werden.«

Dabei deutete er auf die Tischreihe hinter sich, an der inzwischen das Lehrerkollegium Platz genommen hatte.

Ein vereinzeltes Kopfnicken ging durch ihre Reihe; manche verneigten sich höflich, während andere nur ein kurzes Nicken andeuteten.

»Sieh dir die Farben der Kukullen an. Sieht gewaltig aus!« Pauline war überwältigt von dem tollen Farbenspiel und stupste Justus aufgeregt in die Seite.

Rot, blau, türkis, braun, grün, gelb-orange und magenta waren in allen möglichen Nuancen zu sehen.

»Und die verschiedenen turbanähnlichen Hüte. Alle mit Pfauenfedern.« Einer der Lehrer hatte einen richtigen Busch extra langer Federn an seinem Hut. Das Aussehen dieses Lehrers stand in einem eigentümlichen Gegensatz zu seinen Kollegen.

Er war mehr als einen ganzen Kopf kleiner als die anderen. Und die langen Federn erweckten den Eindruck, als müssten sie seine geringe Körpergröße ausgleichen.

Lustig wippten sie unentwegt auf und ab, weil sein Kopf ständig in Bewegung war.

»Du, die haben alle solche Stäbe, guck‘ mal«, flüsterte Martin seinem Bruder zu, der wie immer still da saß und alles, so gut es aus der Ferne ging, sehr aufmerksam beobachtete.

Die Kukullen sahen einfach genial aus. Die Farben besaßen alle die unterschiedlichsten Schattierungen, die teilweise bis ins Tiefschwarze reichten. Wie bei den Schülern konnte man Symbole wahrnehmen, die sich auf den Umhängen bewegten. Das alles wirkte schon sehr mysteriös.

»Nun«, fuhr Meister Gregorius fort, »hier ist zunächst einmal meine Stellvertreterin, die ihr ja schon vor der Tür gesehen habt. Madame Griseldis von den weisen Steinen.«

Madame Griseldis verneigte sich huldvoll und lächelte freundlich, wobei der Eindruck einer liebenswürdigen und hellwachen Fürsorgerin entstand. Das satte Dunkelgrün ihrer Kukulle verlieh ihr etwas Sanftmütiges, das Vertrauen erweckte.

»Sie hat die Oberleitung unserer großen Bibliothek, die das Zentrum unserer Schule bildet, sie kennt jedes Buch und auch jeden Winkel in der Bibliothek. Zudem ist sie zugleich für die magische Formel- und Wörterkunde zuständig.«

Justus drehte sich ruckartig zu seinen Tischnachbarn um. »Was war das? Magische Formeln und Wörter? Hört sich ja spannend an. Wenn das so weitergeht, kann es ja noch heiter werden.«

»Madame Griseldis,« setzte Meister Gregorius hinzu, »führt morgen in der ersten Stunde die Klasse *Metatron* in die Bibliothek ein.«

Ein weiterer Lehrer, der auf der anderen Seite der Reihe stand, räusperte sich, was allerdings etwas ungehalten klang. Meister Gregorius nahm das zum Anlass, um ihn gleich vorzustellen.

»Meister Joselin Ivarius de Bourgogne. Er ist zuständig für magische Kräfte, besonders für Telekinese. Einige von euch wissen sicher schon, was das ist. Die anderen werden es spätestens in den nächsten Tagen erfahren.«

Joselin Ivarius de Bourgogne machte keinen sehr anziehenden Eindruck. Seine Physiognomie, die spitze Nase und sein vorstehendes Kinn sahen nicht sonderlich vertrauenerweckend aus. Zudem erzeugten seine stechenden grünen Augen bei den meisten Schülern ein Frösteln.

Die tiefbraune Kukulle, in die er eingehüllt war, unterstrich diesen Eindruck nachhaltig. Einen eigenartigen Kontrast dazu stellten seine fahlgrauen Haare dar, die zu einer Stoppelfrisur geschnitten waren. Seine Finger zwirbelten unruhig an den langen Pfauenfedern seines Biretts herum, das vor ihm auf dem Tisch lag.

»Dann haben wir auf dieser Seite unseren Meister Sumerus von den alten Lettern, der sich in allen alten Sprachen auskennt.« Meister Gregorius wies auf den Lehrer, der die vielen Federn auf seinem Hut trug, und lächelte Meister Sumerus freundlich zu. »Bei ihm seid ihr immer gut aufgehoben, wenn ihr mit den alten Büchern, von denen wir eine ungeheure Menge haben, nicht zurechtkommt. Er ist jederzeit bereit, euch mit Rat und Tat zur Seite zu stehen.«

Meister Sumerus verneigte sich tief, wobei der Federbusch seiner Bewegung durch starkes Wippen Nachdruck verlieh. Er sah verschmitzt von seinem Platz auf die Schüler hinunter und schlenkerte mit seiner Kukulle, die in einem schönen vollen Türkiston erstrahlte. Sein Birett schimmerte in den gleichen Farben.

»Nicht zu vergessen Master Ethan von Eagleshead. Er ist für Telepathie zuständig. Neben Master Ethan von Eagleshead steht Madame Zetha Zethissima aus dem Elfenlande. Madame Zetha Zethissima kennt sich bestens mit den verschiedenen Phänomenen der Zwischenräume aus. Was das ist, erfahrt ihr von Madame Zetha in ihren Unterrichtsstunden.«

Master Ethan von Eagleshead, gänzlich in gelb-orange gehüllt, nickte unwillig in den Saal hinein und raschelte mit seiner Kukulle, weil er nur kurz vorgestellt wurde. Alle Augen richteten sich auf Madame Zetha Zethissima. Sie war von einer lichten, eigenartig hellblauen Aura umgeben, die sie von den anderen Lehrern auf besondere Weise abhob. Zudem war sie von äußerst zierlicher Gestalt, was die Wirkung der Aura noch unterstrich.

»Zwischenräume - was soll das denn schon wieder sein?« Pauline sah die Jungs fragend an, doch sie hatten ebenfalls keine Vorstellung davon, was Meister Gregorius damit meinen könnte.

»Das Ganze hier ist schon absolut schräg. Ich glaub', ich bin im falschen Film«, raunzte Justus einigermaßen ratlos.

»Madame Zetha Zethissima wird die Schüler der Klasse ›Muriel‹ morgen in ›Interspatium‹ unterrichten«, fuhr Meister Gregorius ungerührt fort.

»Des Weiteren möchte ich unseren Meister Froderik von den gläsernen Hütten vorstellen. Er ist Herr über unsere Kräuterküche und führt euch in die Kunst aller notwendigen Mixturen ein.«

Meister Froderik machte, wie er dort vorne stand, einen sehr zerstreuten Eindruck, wuselig und nervös. Seine Hände strichen unablässig über seine magentafarbene Kukulle. Die Pfauenfedern auf seinem Birett wippten gefährlich hin und her, da sein Körper unablässig in Bewegung war.

Natürlich blieben Meister Gregorius die vielen Fragezeichen, die sich in den Gesichtern der Schüler gebildet hatten, nicht verborgen. Doch er schien Spaß daran zu haben, die Kinder ein wenig zu verwirren.

»Master Ethan wird morgen in den beiden ersten Stunden die Anael-Klasse unterrichten. Der Unterricht findet im Raum „Epistemologium" statt.«

Master Ethan von Eagleshead machte immer noch eine unzufriedene Miene. Die Prozedur der Vorstellung schien ihm zu missfallen und lästig zu sein. Er raffte seine Kukulle zusammen und verbeugte sich nochmals steif. Sein Gesichtsausdruck ließ für die nächste Unterrichtsstunde nichts Gutes erwarten.

Oberhalb des Lehrertisches schwebten die Namen der drei neuen Klassen in den jeweiligen Farben säuberlich aufgelistet untereinander. In der ersten Reihe war *Metatron* und ›Bibliothek‹ zu lesen, in der zweiten Reihe ›Muriel‹ und ›Interspatium‹, gefolgt von ›Anael‹ und ›Epistemologium‹ in der dritten Reihe.

»Das sind ja schon ziemlich sonderliche Gestalten, diese Lehrer«, meinte Justus zu Pauline. »Einige scheinen enorm von sich eingenommen zu sein, findest du nicht auch?«

»Sie sind so anders als die Lehrer an unserer alten Schule. Dieser Master Ethan von Eagleshead macht auf mich den Eindruck, als wäre er etwas Besonderes. Wie der guckt und wie er so steif da steht.«

»Bei dem darf man bestimmt keinen falschen Ton sagen, geschweige denn irgendeinen Blödsinn machen, sonst ist man direkt unten durch«, mutmaßte Martin.

»Bei einigen wird es im Unterricht sicher ganz locker. Aber mit dem von Eagleshead ist nicht gut Kirschenessen, hab' ich stark den Eindruck.« Aus Justus' Worten konnte man eine leichte Frustration heraushören. »Mal sehen, wie's wird. So richtig wohl fühle ich mich noch nicht.«

»Mir geht's ähnlich.« In Paulines Blick konnte Justus einen leichten Zweifel über den zukünftigen Unterricht an dieser doch etwas merkwürdigen Schule feststellen. Doch wollte sie sich davon nicht unterkriegen lassen. »Sie werden uns schon nicht den Kopf abreißen, wenn wir mal was falsch machen.«

»Aber es sind ja nicht alle so wie dieser Master Ethan von Eagleshead oder dieser Joselin Ivarius de Bourgogne«, stellte Erik fest.

»Ich bin nur froh, dass Madame Griseldis für uns zuständig ist und nicht dieser Ethan.« Aus Justus Worten war die Erleichterung, dass Madame Griseldis ihre Klassenleiterin würde, herauszuhören.

Mit der Vorstellung der Lehrer neigte sich der erste Tag seinem Ende zu. Für den Anfang war alles reichlich aufregend gewesen. Es folgte noch ein gemeinsames Abendessen, bevor die Schülerinnen und Schüler sich erschöpft auf ihre Zimmer zurückziehen konnten.

Zum Frühstück brummte es in der Aula wie in einem Bienenstock. Neben lauten Rufen waren wie am Vortag noch vereinzelt quietschende Stühle zu hören. Einige der neuen Schüler wurden unsanft daran erinnert, dass sie auf den falschen Plätzen saßen. Unter den Neulingen herrschte jedenfalls große Aufregung.

Alle Schüler hatten sich, wie es hier üblich war, in ihre Kukullen gehüllt, die ein tolles Farbenmeer hervorriefen.

Auf den Emporen tummelten sich die älteren aus den anderen Stufen und standen zum Teil in Gruppen zusammen. Unzählige Augenpaare schauten auf das Treiben im Saal.

Unter ihnen gab es eine kleine Gruppe von Schülern, die sich über die Neulinge lustig machten. Einer von ihnen deutete in Paulines Richtung. Als Martin die Geste bemerkte, stupste er sie an. »Sieh mal, meint der dich?« Pauline schaute zu den älteren Schülern hinauf und merkte, dass der Junge neben ihr gemeint war.

»Du, schau mal da oben, da scheint dich einer zu kennen«, wandte sie sich an ihren Nachbarn und zeigte auf die kleine Gruppe. Der winkte hinauf, als er die Schüler sah und lachte über das ganze Gesicht.

»Kennst du sie?«

»Ja, das ist mein Cousin. Er ist zwei Klassen über uns.«

»Und wer bist du?«, wollte Pauline wissen.

»Ich bin Joseph. Und der da oben ist Nicolas. Ich bin der Zweite aus unserer Familie hier auf Greifenstein.«

Die meisten Schüler hatten inzwischen Platz genommen und begannen mit dem reichhaltigen Frühstück. Den Neulingen fiel es noch schwer, sich zurechtzufinden.

»Da soll einer durchblicken.« Martin fühlte sich von der Situation überfordert. »Das hält man ja im Kopf nicht aus.« Mit einem Blick hinauf zu den Emporen meinte er zu Justus: »Hast du übrigens schon rausgekriegt, wie die da raufgekommen sind?«

Justus schüttelte den Kopf und zuckte nur mit den Schultern.

»Ist mir doch egal. Ich habe nur einen Riesenhunger. Lasst uns endlich was essen.«

Joseph hatte Martins Frage gehört. »Es gibt verschiedene kleine Temploctore, die zu diesen Emporen führen.« Martin sah ihn verwirrt an. Schon wieder diese Temploctore, die auch der Busfahrer erwähnt hatte.

Justus hatte sich inzwischen ein knuspriges Brötchen genommen und bestrich es dick mit Marmelade. Alles, was das Herz begehrte, war zum Frühstück aufgefahren worden.

Aber mindestens so eindrucksvoll war die leuchtende Schrift, die unter seinem Teller zu sehen war. Auf dem Tisch vor ihm stand in großen Lettern:

»Guten Morgen, Justus« und darunter war zu lesen: »Wünsche wohl zu speisen!«.

»Nun seht euch das an«, entfuhr es ihm und deutete auf die Zeilen. »Steht bei euch auch so was?«

An den anderen Plätzen prangte derselbe Spruch mit den jeweiligen Namen.

»Das hat jeder von uns auf seinem Platz stehen. Scheint hier nichts Besonderes zu sein«, zeigte sich Pauline wenig beeindruckt und schüttete sich dampfenden Kaffee in ihre Tasse.

Die Freunde genossen sichtlich das üppige Frühstück und die gute Übersicht über den gesamten Saal, die sie von ihren Plätzen aus hatten.

Miriams Stuhl, den Pauline zu sich herangezogen hatte, war jedoch noch leer.

»Hast du die andere nicht gesehen?«, fragte Justus und blickte verwundert auf den leeren Stuhl.

»Ich weiß nicht, wo sie steckt. Hab' nicht gesehen, wo sie hin ist. Sie liegt bei uns zwei Betten weiter.«

Doch kaum hatte sie es gesagt, kam Miriam schon zielstrebig auf ihren Tisch zu. »Ich musste noch einen geeigneten Platz für meine Geige finden«, sagte sie und ließ sich auf ihrem Platz nieder.

»Du spielst Geige?« Martin sah sie mit großen Augen an. »Super! Kannst uns ja mal was vorspielen.« Dabei grinste er Miriam kess an, so als wäre es schon beschlossene Sache.

Miriam sah ihn nachdenklich mit ihren blauen Augen an. Martin geriet in Verlegenheit. Sein Vorschlag war wohl etwas zu forsch gewesen.

Nach und nach betraten auch die Lehrer durch zwei Seiteneingänge neben der Empore den Saal. Fast unbemerkt war Meister Gregorius auf der Empore erschienen. Mit lauter Stimme bat er um Ruhe.

»Meine lieben Schülerinnen und Schüler«, schallte es durch den Saal. Wieder schien die Stimme von überall herzukommen. »Die neuen Klassen werden heute nach dem Frühstück zunächst die einzelnen Räumlichkeiten des Gebäudes kennenlernen, wie ich gestern schon mitgeteilt habe. Für die anderen geht der Unterricht dort weiter, wo er im letzten Schuljahr geendet hat.«

Die anderen Lehrer saßen inzwischen auf ihren Plätzen, tranken Kaffee oder Tee und ließen sich das Frühstück schmecken. Einige von ihnen blickten interessiert auf die große Schar der neuen Schüler und tuschelten vereinzelt miteinander.

Kurz darauf, das Frühstück neigte sich seinem Ende zu, erhob sich Madame Griseldis. »Ich bitte um kurze Aufmerksamkeit«, richtete sie sich an die Schüler. Auch sie war bis in den letzten Winkel des Saals zu verstehen.

»Wie ihr gestern schon erfahren habt, geht die Klasse Metatron heute zuerst mit mir in die Bibliothek, um dort alles kennen zu lernen, was für die Schüler wichtig ist. Die Klasse Muriel geht zusammen mit Madame Zetha Zethissima nach Interspatium und die Anaelianer haben ihre ersten Stunden in Epistemologium bei Meister Ethan.«

Augenblicklich legte sich bei der Ankündigung eine gespannte Stille über den Saal. Jetzt wurde es ernst.

»Meine Klasse kommt bitte mit mir in das Eingangsfoyer.« Während sie noch sprach, hatten die Schüler der höheren Stufen die Emporen bereits verlassen.

Ein großes Geschiebe und Stühlerücken begann. Kurz darauf war Justus‘ Klasse im Foyer der Schule versammelt.

»Ich bin mächtig gespannt auf die Bibliothek. Sie soll Bücher zu allen nur erdenklichen Themen beinhalten«, wandte sich Justus an Erik, während sie sich ihr durch weite, hohe Gänge und breite Treppen näherten.

»Ich habe gehört, dass sie sogar zwei Ebenen haben soll. Und über der oberen Ebene soll eine mächtige gläserne Kuppel thronen«, schaltete sich Pauline ein. »Das hat mir eine Schülerin aus der Raphael-Klasse erzählt. Die sprach auch von verborgenen Räumen und langen Gängen, die nicht auf den ersten Blick zu sehen sind. Diese Bibliothek muss etwas ganz Besonderes zu sein. So klang es jedenfalls.«

Wenig später standen sie vor einer großen zweiflügeligen Holztür, über der sich ein schmuckvolles Schild mit der Aufschrift ›Bibliothek‹ befand. Rechts und links flankierten zwei unglaublich große Engel den Eingang. Sie schauten auf die Schar der quirligen Schüler herab, als wüssten sie nicht recht, ob sie diese Meute überhaupt einlassen sollten. Man konnte auch hier den Eindruck bekommen, als wären sie total lebendig, genau wie die Engel in der Eingangshalle.

Die beiden Türflügel besaßen bronzene Türgriffe, die die Form zweier Engel hatten. Auch die Gesichter dieser kleinen Engel erweckten den Eindruck, als wachten sie ebenfalls über die Bibliothek und deren Inhalt.

Erik betastete vorsichtig einen der beiden Griffe. Obwohl sie aus Bronze waren, fühlten sie sich warm und geschmeidig an.

»He, schau mal und fass' mal an«, wies er Justus auf seine Entdeckung hin. »Die Griffe fühlen sich so ganz anders an, als wären sie überhaupt nicht aus Metall.«

»Tatsächlich, kaltes Metall ist was anderes. Die hier fühlen sich eher an, als wären sie lebendig«, stellte Justus fest. Verblüfft betastete er mit den Fingerspitzen die Griffe. »Ich frage mich wirklich, in welche Schule wir hier geraten sind. Das ist hier alles reichlich mysteriös.«

Es war in der Tat ein höchst erstaunliches Phänomen. Doch sie kamen nicht mehr dazu, sich weiter mit ihrer Entdeckung zu beschäftigen, denn im nächsten Augenblick war Madame Griseldis bei ihnen. Kaum stand sie vor der Tür, schwangen die Türflügel geräuschlos wie von Zauberhand auf, und Madame Griseldis bat die muntere Schar hinein. Das brauchte sie nicht zweimal zu sagen, die warme Atmosphäre der Bibliothek zog die Schüler regelrecht wie von Geisterhand in den Saal hinein.

6. Die Bibliothek

Ein Raunen ging durch die Gruppe, als sie den Eingang passierten. Ein unendlich weitläufiger Raum, dessen Wände sich in die Decke hineinwölbten, tat sich vor ihnen auf.

Unterteilt wurde die Bibliothek durch meisterhaft gedrechselte Bücherregale, die sternförmig auf die Mitte hingeordnet waren, wo sich das Zentrum dieses ehrwürdigen Raums befand.

»Seht euch nur die vielen Figuren an den Regalen an. Die sehen richtig echt aus.« Miriam war begeistert. »Die sehen aus, als wollten sie jeden Moment aus den Regalen herausspringen.«

Viele große Denker der ganzen Welt waren hier verewigt, aber auch Statuen, die skurrile Phantasiegebilde darstellten.

»Das ist ja hier wie in einem Wachsfigurenkabinett, nur aus Holz«, stellte Justus fest und fuhr sich nachdenklich übers Haar.

Er blieb vor einer der schrägen Gestalten stehen. Dieser Figur im Dunkeln zu begegnen, eine schauderhafte Vorstellung. Wo er auch hinsah, in der Bibliothek gab es unzählige davon. Alle sahen total lebensecht aus.

»Echt gruselig«, entfuhr es Martin, wobei er eher ungläubig als erschreckt in die Runde schaute. »Guck' dir den dort rechts an, was für ein schrecklich verzerrtes Gesicht.«

»Der hier sieht auch nicht viel besser aus.« Justus wies auf eine Gestalt mit struppigem Bart und unglaublich großen Augen.

Erhellt wurde die Bibliothek von unzähligen ein- und zweiarmigen Leuchtern mit dicken Kerzen, die seitlich an den Regalen angebracht waren. Sie tauchten diesen Raum des Wissens in ein warmes Licht. Glasschalen schützten die Flammen vor heftigem Windzug.

Neugierig gingen sie weiter. Im runden Zentrum der Bibliothek stand ein riesiger Schreibtisch, bedeckt mit Stapeln von Büchern und allerlei

Schriften. Von hier aus konnten die Bibliotheksbenutzer in alle Regalgänge gelangen.

An den Stirnseiten einiger Regale standen unterschiedlich gestaltete Engel. Sie erweckten den Eindruck, als würden sie über die Literatur wachen.

Erik stutzte und starrte den Engel an, der dem Schreibtisch gegenüberstand und eine Uhr in seiner rechten Hand hielt.

»Seht euch die Uhr an! Die ist dreidimensional und ohne Zeiger.«

Martin schaute Erik über die Schulter. »Wow, sieht super aus, das Ding. Scheint so, als wäre sie rund.«

»Aber das sind nur verschiedene Zahlenebenen«, stellte Erik bei näherem Hinsehen fest. »Schau, für jede Zahleneinheit eine Ebene. Irre!«

Auf jeder der drei Ebenen drehte sich immer die Zahl, die gerade die aktuelle Zeit anzeigte.

In der anderen Hand hielt der Engel einen Stock mit einem großen Kristall am oberen Ende. Sah aus wie ein Taktstock, der sich wie ein großes Metronom geräuschlos hin und herbewegte.

Entlang der Wände des weiten Runds zogen sich ebenfalls Regale hin, übervoll mit tausenden Büchern bestückt. Alle Regale hatten eine zweite Ebene, die über Wendeltreppen erreichbar waren.

Faszinierende Bilder gab es an der Decke zu sehen, die alle, wie konnte es anders sein, Motive und Situationen aus der Welt der Bücher, des Lesens und Studierens zeigten.

Die vielen neuen Eindrücke sorgten für ein zunehmendes Stimmengewirr. Madame Griseldis bemühte sich, die Unruhe zu dämpfen und die Aufmerksamkeit auf die Person hinter dem Schreibtisch zu lenken.

»Ich bitte alle einmal herzuhören. Ich möchte euch die Bibliothekarin, Madame Ruborrak vorstellen, die dafür zuständig ist, dass hier ein der Bibliothek alles geordnet abläuft.«

Zwei starr blickende, fast schwarze Augen richteten sich durch eine dick umrandete Brille auf die Schülerschar. Die starken Brillengläser ließen die Augen riesig erscheinen. Diese Bibliothekarin sah nicht gerade anziehend aus, und ihr Blick machte sie erst recht nicht vertrauenswürdig. Jeder von ihnen fühlte sich von ihr fixiert. Ihre Haare waren streng nach hinten gekämmt und in einem so genannten Dutt zusammengebunden.

Kurz, sie sah aus wie ein Habicht, der auf seine Beute lauert. Ihre Hände mit knallrot lackierten Fingernägeln glichen Krallen, die nur darauf warteten, jeden zu packen, der etwas Verbotenes anstellt.

»Madame Ruborrak, seien Sie doch bitte so freundlich und machen unsere neuen Schülerinnen und Schüler mit den wichtigsten Dingen der Bibliothek vertraut. Ich werde die Gruppe in etwa zwei Stunden wieder abholen, da ich mich noch um einige andere Dinge kümmern muss.« Sprach's und schon entschwand Madame Griseldis.

»Seht euch diesen Dutt an ihrem Hinterkopf an. Gestatten, Frau Dutt«, spöttelte Justus grinsend. Martin fing sofort an zu lachen.

»NUN HÖRT EINMAL GUT ZU«, kam es schrill mit einem gewissen Singsang aus dem Mund von Madame Ruborrak. Ihr Blick fixierte Martin streng, dem das Lachen im Halse stecken blieb. »Ich möchte mich nicht wiederholen müssen: Wenn ihr in die Bibliothek kommt, müsst ihr euch zuerst hier anmelden.« Mit ihrem spitzen, rotlackierten Zeigefinger tippte sie auf sich selbst, »BEI MIR!«

»Eine richtige Hexe«, flüsterte Pauline. Martin drehte sich um und ergänzte feixend: »Eine singende Hexe.« Prompt kam die Ermahnung. »Auch ihr dahinten in den hinteren Reihen könnt gerne eure Aufmerksamkeit hierher lenken. ICH WILL NICHT ALLES ZWEIMAL SAGEN MÜSSEN. AM BESTEN, IHR KOMMT GLEICH EINMAL NACH VORNE.« Sie winkte die Fünf zu sich, direkt vor ihr Pult.

»Dieser Raum hier, in dem ihr euch jetzt befindet, ist praktisch der Hauptstudierraum unserer ALT-EHR-WÜRDIGEN Bibliothek, der so genannte Lesesaal. In allen diesen Regalreihen«, ihr Finger deutete auf die Regale ringsum, »stehen unermesslich wertvolle Bücher.

Geht ihr die Regalreihen hinunter, dann stoßt ihr auf einen breiten Korridor. Er führt rundherum durch die Bibliothek.«

Martin musste an sich halten, um nicht loszuprusten, der Singsang in ihrer Stimme reizte ihn geradezu zum Lachen. Er drehte sich zu den Regalen, um sie nicht ansehen zu müssen. Zum Glück mussten sie diese Frau nicht jeden Tag ertragen.

»Dort an den Tischen«, fuhr die Oberaufseherin unbeirrt fort, »habt ihr ausreichend Platz für euer Studium. Die verschiedenen, bequemen Sitzgelegenheiten sind zum Lesen da, NICHT, UM SICH DARIN HERUM-

ZULÜMMELN.« Ihre Krakenfinger gestikulierten bei dem Nachsatz gefährlich durch die Luft.

»Hinter der äußeren Wand des Saales gibt es noch weitere Räumlichkeiten. Um dorthin zu gelangen, braucht ihr eine magische Tafel, die mit einem magischen Stift bedient wird. Jeder und jede von euch bekommt von mir eine solche jetzt ausgehändigt, und jeder und jede hat sie dann stets bei sich zu tragen, wenn ihr in der Bibliothek seid.«

»Frau Jedermann«, flüsterte Justus grinsend.

»Was gibt es da zu flüstern?« Madame Ruborrak durchbohrte ihn fast mit ihrem Blick. Ihr Gehör schien vortrefflich zu sein. »Ich bitte mir RUHE aus!« Ihre Worte knallten wie Peitschenhiebe.

»Mit anderen Worten, auf keinen Fall dürft ihr die Tafeln verlieren. Sie sind von mir mit einem magischen Singularitusspruch belegt.«

«Hä, was soll das nun schon wieder?«, entfuhr es Martin. Pikiert über diesen ungehörigen Zwischenruf musterte Madame Ruborrak ihn ausgiebig, als hätte er eine Todsünde begangen. Bedeutungsvoll fuhr sie fort: »Das heißt, sie können nur von dem- oder derjenigen benutzt werden, dem oder der die Tafel gehört.«

Sie kramte unter ihrem Schreibtisch und holte mehrere Kisten mit den Geräten hervor.

»So, ich werde euch nun eure Aufgaben zuteilen, die ihr heute zu lösen habt. Auf diese Weise sollte jeder und jede von euch die Bibliothek kennen lernen. Teilt euch hierfür in kleine Gruppen nicht größer als maximal fünf Schüler auf.«

»Nichts besser als das«, flüsterte Pauline, die zusammen mit den drei Jungs und Miriam eine Gruppe bilden wollte. Weiter hinten standen Edelmund und Ottokar. Sie hielten sich von Madame Ruborrak auffallend fern. Ihre Lust, mit anderen eine Gruppe zu bilden, ging wohl gegen Null.

»Die Aufgaben für euch«, fuhr Madame Ruborrak fort, »liegen hier vorne bei mir auf dem Pult. Sie haben alle mit eurer Klasse zu tun.«

Ihren Worten ließ sie einen argwöhnischen Blick folgen. Die Betreuung der Schüler schien ihr eine unwillkommene Last in ihrem Bibliotheksalltag.

»Und noch eins«, setzte sie hinzu, »für eure Aufgaben stehen euch alle Bücher zur Verfügung. Die Gruppe, die zuerst ihre Aufgabe gelöst hat, bekommt ein Plus auf die Gesamtnote.«

Die Schüler drängelten ans Pult, um an die begehrten Tafeln und die Aufgaben dazu zu bekommen. Edelmund und Ottokar schubsten besonders heftig. »Schaut euch die beiden an«, flüsterte Justus. »Wollen sicher Eindruck schinden.«

Justus und seine Freunde sollten die Bedeutung des Namens Metatron herauszufinden. Schnell zogen sie durch einen der vielen Regalgänge davon, nur weg von dieser Vogelscheuche. An einem der Schreibtische ließen sie sich nieder. Überall standen grazile Leselampen an den Sitzplätzen. Vereinzelt gab es tiefe Ledersessel, die dazu einluden, es sich so richtig bequem zu machen und zu schmökern. Überhaupt ließ die Bibliothek an Bequemlichkeiten nichts zu wünschen übrig.

Martin schaute sich interessiert seine magische Tafel an. »Die sehen ja echt super aus. Ob sie auch so viel können wie sie äußerlich hermachen?« Mit seinen Fingern probierte er darauf herum. Sofort reagierte sie und zeigte umgehend kryptische Informationen an.

»O Gott, sind die irre«, staunte Justus über dieses technische Wunderwerk und tippte auf seiner eigenen herum.

»Aber wofür braucht man dann noch einen Stick, wenn man alles mit dem Finger eingeben kann?«, wunderte sich Erik. »Ist doch völlig unnötig.«

»Vielleicht für die, die zwei linke Hände haben«, feixte Martin. »Für Leute mit übermäßiger Grobmotorik und dazu noch mit Wurstfingern.« Alle lachten.

Er nahm den Stift zur Hand und versuchte es mit einer Eingabe. Die Tafel reagierte sofort und setzte sein Gekrakel umgehend in Zeichen um. Dabei kam allerdings ein ziemliches Wirrwarr heraus. Pauline, die ihm über die Schulter lugte, konnte nur krauses Zeug ausmachen.

»Ich würde es mal mit richtiger Schrift versuchen.«

»Haha, immer alles besser wissen. Typisch Weiber.«

Martin schnitt eine Grimasse, folgte aber Paulines Hinweis und schrieb einen ganzen Satz. Sogleich stand er fein säuberlich in Druckbuchstaben auf der Oberfläche.

»Wow, genial!«

Mit breitem Grinsen zeigte er stolz das Ergebnis herum.

»Wir sollten uns jetzt erstmal nach hilfreichen Büchern umsehen«, schlug Justus vor, »sonst kommen wir nie zu Potte.«

Zustimmend wendete sich Pauline den Regalen zu und inspizierte die uralten Werke, die sie dort vorfand.

»Schaut euch bloß diese alten Schinken an«, staunte Martin und war ebenfalls angetan von den alten Büchern, die auf Grund ihres Alters einen großen Eindruck auf ihn machten.

»Welche Geheimnisse sich wohl in diesen Büchern verbergen mögen?«, sinnierte Miriam, während sie mit dem Zeigefinger versonnen über die Buchrücken glitt. Sie hatte schon immer eine Hochachtung gegenüber alten Schriften empfunden.

Eng schmiegten sich die Bücher, große und kleine, dicke und dünne, in langen Reihen aneinander. Die meisten, in kostbares Leder eingebunden, sahen sehr abgegriffen aus. Sicherlich hatten sie schon unzähligen Schülern gute Diensten geleistet.

»Aber wie sollen wir hier die richtigen Bücher finden?«, fragte Martin, der sich ein paar Meter weiter niedergelassen hatte und auf die Regale starrte. Er erweckte den Eindruck, als versuche er durch bloßes Anstarren der Bücher die gestellte Aufgabe zu lösen.

»Es wird doch unter all den Büchern auch ein Lexikon existieren«, mutmaßte Justus. »Vielleicht gibt es hier ja ein bestimmtes Regal, wo solche Lexika gesammelt stehen?«

Er hatte einmal seine ältere Schwester zu Hause in eine Bibliothek begleitet, wo verschiedenste Wörterbücher an einem Ort zusammenstanden.

Miriam war in einem anderen Gang verschwunden und hoffte, ein passendes Lexikon über Metatron zu finden. Doch die Fülle der Bücher machte die Suche nicht einfach.

Erik hatte etwas mehr Glück. In einem anderen Regal entdeckte er mehr zufällig einige Lexikonbände, die Abhilfe versprachen. Er schleppte sie an den Tisch, wo Martin gerade die Bequemlichkeit der Sitzgelegenheit testete. Erik blätterte einen Band nach dem anderen durch, um der Lösung der gestellten Aufgabe ein Stück näher zu kommen.

»Schaut, was ich gefunden habe«, triumphierte Pauline. Ihre Stimme klang durch die Akustik so laut, dass sie erschrocken innehielt.

»Sollen wir nicht mal alle Schätze, die wir gefunden haben, an einen der Tische zusammentragen? Ich denke, das ist besser zum Arbeiten«, schlug Justus vor, der in einem gemütlichen Sessel in einem großen Quartband blätterte.

Rasch luden sie alles auf einen Schreibtisch und teilten die Bücher untereinander auf. Pauline ging den Band «M« einer Enzyklopädie durch, die sie mehr durch Zufall gefunden hatte. Die Enzyklopädie zählte so viele Bände wie es Buchstaben im Alphabet gab. Ihre Forschungen wurde erschwert durch die alten Schrifttypen, in denen der Text geschrieben war.

«M...Ma...Mal...«, murmelte Pauline und blätterte Seite für Seite um. »Mar...Me...Men...Met...Metatron«, stieß sie plötzlich hervor. Endlich hatten sie einen ersten Hinweis.

»Gar nicht so einfach bei der alten verschnörkelten Schrift«, lobte Erik anerkennend.

«Was hast du denn entdeckt?« Justus' Neugierde war geweckt.

»Metatron, Engel, gehört zur oberen Kategorie der Engelwelt«, Pauline schaute die anderen an. »Mehr steht da nicht!«

»Das Ganze muss ja was mit Engeln zu tun haben, wo hier so viele davon herumstehen«, meinte Martin respektlos. Dabei schaute er verstohlen zu einem Engel in der Nähe, der, als hätte er darauf gewartet, seinen Blick prompt erwiderte. »Da schau mal«, Martin stieß Justus in die Seite. »Der Engel sieht mich an, als hätte er mich gehört ...« Justus blickte sich um, und der Engel schaute ihn ebenfalls an.

Schnell wandte er sich wieder ab. »Einfach nicht hingucken«, flüsterte er Martin zu und widmete sich wieder ganz der gestellten Aufgabe. Aber wie sollten sie weitersuchen?

Die Information, die Pauline vorgelesen hatte, machte sie ratlos. »Und wie geht's nun weiter?« Justus blickte Miriam fragend an. Die Lösung der Aufgabe war schwerer als erwartet.

»Seht mal da, ein Pfeil!« Martin zeigte erstaunt auf die Buchseite, wo mitten im Text ein kleiner Pfeil rot blinkte.

»Was bedeutet das? Wieso kann in so einem Buch irgendwas blinken?«, fragte Pauline verdutzt und schaute sich den Hinweis im Buch näher an.

Irritiert inspizierten sie die Seite mit dem blinkenden Pfeil. Wo kam das plötzliche Blinken her? Wie war das nur möglich? Keiner von ihnen hatte jemals so etwas Verrücktes gesehen.

»Gib mal her!« Justus hob den schweren in Leder gebundenen Band hoch und stiefelte mutig den Gang entlang auf den Schreibtisch der aufsichtführenden Vogelscheuche zu.

»Ähm, äh, Frau Rukola«, hörten sie ihn stottern.

»Ruborrak! RU-BOR-RAK!«, zischte es laut und deutlich aus Madame Ruborraks Mund. Sie mochte es überhaupt nicht, wenn man mit ihrem Namen Schindluder trieb und konnte ihre Stimme nur schwer im Zaum halten.

»Entschuldigen Sie bitte, Madame Ruborrak«, war Justus bemüht, einige Punkte gut zu machen, indem er den Namen besonders deutlich aussprach. »Können Sie mir erklären, was das Blinken hier im Buch bedeuten könnte?«

»Versuch es herauszufinden«, war die knappe Antwort.

»Aber ...«

»Nichts aber. Wer suchet, der findet.«

Das war nun weder besonders freundlich noch hilfreich. Also zog er wieder ab, zurück zu seinen Freunden.

»Eine große Hilfe ist diese Frau Rukola auch nicht gerade«, flüsterte er. Dabei warf er einen Blick zurück und sah, wie sie ihn mit ihren Habichtsaugen verfolgte. Zum Glück hatte sie seine wiederholte Namensverunstaltung nicht gehört.

»Was machen wir nun?« Martin schaute etwas hilflos aus der Wäsche. »Sollen wir vielleicht noch ein paar andere Bücher durchblättern?«

»Aber«, überlegte Erik laut, »kann das Lexikon vielleicht nicht auch ein magisches Buch sein?«

Seine Freunde sahen ihn verständnislos an.

»Ja, überlegt doch mal, was wir hier schon alles über magische Dinge gehört haben. Dann könnte das doch gut möglich sein.«

»Wir sollten diese magischen Dinger zu Hilfe nehmen. Vielleicht kommen wir damit ein bisschen schneller voran«, pflichtete ihm Miriam bei.

»Gute Idee! Aber Vorsicht, die anderen müssen ja nicht unbedingt mitbekommen, wie wir vorgehen«, wandte Pauline ein und schaute sich vorsichtig um, während sie nach ihrer Tafel griff. Sie wollte unbedingt zuerst fertig werden. Ein paar Tische weiter sah sie nämlich die beiden Mitschüler Edelmund und Ottokar, die recht ratlos in dicken Wälzern blätterten.

In diesem Moment klang ein lauter Ruf durch den Lesesaal. Er kam vom Ende des Saales, das dem Eingang gegenüber lag. Dort befand sich eine halbrunde Ausbuchtung in der Regalwand, davor ein großer, gebieterisch blickender Engel, der eine Hand wie ein Stoppschild erhoben hielt.

Die Schüler schauten verdutzt auf das Schauspiel, das sich dort bot. Das Halbrund hatte sich lautlos in zwei Teile geteilt und den Blick auf eine Wendeltreppe freigegeben.

»WER WAR DAS?«, gellte es schrill durch den Saal. Die habichtnäsige Oberaufseherin blickte wild umher. »WER VON EUCH HAT DIE TÜR GEÖFFNET?«

Justus schaute erwartungsvoll auf die geschwungene Treppe und die Aufseherin. Madame Ruborrak starrte auf eine kleine Gruppe von Schülern, die einigermaßen verdutzt in der Nähe der Treppe standen und ihre magischen Tafeln beäugten.

Seitlich der Wendeltreppe sah Justus, wie sich ihre beiden speziellen Freunde dem Geschehen näherten. Sie hatten ihre Bücher einfach liegen gelassen und bewegten sich nun auf die offene Treppe zu.

Madame Ruborraks Aufmerksamkeit konzentrierte sich voll auf die Schülergruppe, und so bemerkte sie nicht, wie Edelmund und Ottokar sich die Wendeltreppe hinauf davonstahlen.

Ganz offensichtlich war die Tür unabsichtlich geöffnet worden. Daher gab Madame Ruborrak bald wieder Ruhe und schloss die Wendeltreppentür einfach wieder. Edelmund und Ottokar saßen fest.

»Habt ihr gesehen, dass die beiden Superhelden die Treppe da hinauf sind?«, fragte Justus die anderen. »Wo mögen sie jetzt hin sein?«

»Die verlaufen sich jetzt in der oberen Etage«, antwortete Pauline und grinste spitzbübisch. »Aber das soll uns nicht hindern, hier weiterzumachen. Also los, voran«, spornte sie die anderen an.

Martin hielt seine Magictafel in der Hand und hatte *Metatron* darauf geschrieben. »Seht mal hier. Das ist seltsam.«

Auf der Oberfläche der Tafel waren eine Reihe von Namen, unter anderem Städtenamen und Jahreszahlen und dazu erklärende Sätze aufgetaucht.

»Lass mich mal sehen«. Justus schaute sich die Angaben genauer an und stellte eine gewisse Regelmäßigkeit in den Aussagen auf der Tafel fest.

»Das sieht wie Angaben über Bücher aus. Seht, es ist immer zuerst ein Name, dann kurze Beschreibungen, das könnten Titel von Büchern sein mit den Städtenamen und Jahreszahlen, die dazugehörigen.«

In kurzen Pausen änderten sich die Texte und machten neuen Informationen Platz.

»Aber seht mal. Da steht immer noch was dahinter.« Pauline wies auf eine Kombination von Buchstaben und Zahlen. »Da steht IV EE 918.«

»Was soll das denn nun schon wieder?« Martin konnte sich keinen Reim auf die Informationen machen.

»Versuch' das mal anzuhalten. Sonst kriegen wir nie heraus, was gemeint ist.«

Martin tippte kurz auf die Oberfläche, und schon wurden die Angaben fixiert.

Erik, der bei seinem Rundgang entlang der Regale ähnliche Bezeichnungen an den Büchern gesehen hatte, begriff schnell. »Damit können nur Signaturen für Bücher gemeint zu sein. Schaut hier, alle Bücher haben solche Kennzeichnungen.« Dabei drehte er das Buch um und wies auf den unteren Rand des Buchrückens. »Hier steht so was Ähnliches. Groß I und dann L 22.«

»Aber wo finden wir unter dem Wust von Büchern die richtige Signatur?« Justus blickte sich etwas hilflos um. Die Bücher in ihrer Nähe hatten alle möglichen Signaturen, nur nicht die auf der magischen Tafel.

»Vielleicht gibt es ja noch einen anderen Raum«, gab Pauline zu bedenken. »Nur wo ist der Eingang?«

Miriam beobachtete ihre Mitschüler, wie sie suchend die Regale entlang gingen. »Seht mal, die anderen klappern auch die ganzen Regalreihen ab! Einige gehen da die Wendeltreppe an der Regalwand zum oberen Bereich hinauf. Vielleicht sollten wir da auch mal suchen?«

»Quatsch, wenn es einen Durchgang gibt, dann muss der in Parterre sein und nicht da im Obergeschoss.« Justus nahm die Regale näher in Augenschein. Inzwischen war ein großes Gewusel in der Bibliothekshalle entstanden.

Erik saß währenddessen an einem Tisch und grübelte über die verschiedenen Angaben, die seine Tafel anzeigte. Plötzlich änderte sich das Bild und die Gänge der Bibliothek wurden angezeigt. Ein kleiner orangefarbener Pfeil blinkte und wies auf ein Regal an der Außenwand.

»Nun schaut euch das an«, machte er seine Freunde auf dieses blinkende Etwas aufmerksam. »Verrückt. Das ist ein Ausschnitt von diesem Raum hier. Dabei habe ich gar nichts gemacht. Der Pfeil weist auf die äußere Regalwand.«

Justus glaubte eine Erklärung zu haben. »Vielleicht ist das ein Hinweis auf den Standort des Buches, und es gibt da eine verborgene Tür. Das muss ganz in der Nähe sein.«

Schon stand er auf und ging in die Richtung. Seine Freunde legten die Bücher beiseite und folgten ihm. Vorsichtig suchend schritten sie die Regale ab.

Plötzlich hörte Erik ein leises Schaben unmittelbar hinter sich. Ein Teil des Regals, gerade mal so groß wie eine Tür, war zur Seite geschwungen. Miriam, die direkt daneben stand, wäre fast von der Tür getroffen worden.

Erik wies auf den Durchgang. »Leute, das scheint der Durchgang zu sein. Kommt schnell hinein, ehe die Tür wieder verschwindet.«

Blitzschnell huschten die fünf durch die Tür, die sich im nächsten wieder schloss.

Totenstille umfing sie. Vollkommen allein standen sie in einem engen Gang, viel enger als in der Halle. Zu beiden Seiten Regale, vollgestopft mit Büchern aller Größen.

»Wow!« Martin nahm es fast den Atem, so hatte ihn die Aktion überrascht. »Wo sind wir gelandet?«

»Das kann nur eine weitere Abteilung sein, die zur Bibliothek gehört«, war sich Erik sicher.

»Aber wie ist das passiert, dass dieses Regal sich öffnet?« Justus kam das alles nicht geheuer vor.

»Ich weiß auch nicht. Ich habe auf meiner Tafel nur den Namen, den Pauline gefunden hat, mit den Buchstaben und Zahlen der Signatur kombiniert, und auf einmal geht hinter mir diese Tür auf«, antwortete Erik. Seine Stimme wurde vor Erregung immer lauter, was bei ihm höchst selten vorkam.

»Aber hier ist gar keine Tür.« Justus schaute in die Richtung, aus der sie gekommen waren. »Von einer Tür ist weit und breit nichts zu sehen.« Hinter ihnen nur Bücher in und vor den Regalen, und vor ihnen tat sich ein langer Gang auf.

»Wollen wir nicht mal sehen, wohin uns der Gang führt?« Pauline versuchte, ihre Beklemmung zu überspielen.

Der Gang beschrieb eine Kurve und verschwand nach einigen Metern nach rechts. Die Enge zwischen den Regalen und die Stille waren bedrückend. Das einzige Mittel, der Beklemmung zu widerstehen, war loszugehen, um zu sehen, wohin sie der Weg führte.

Justus ging mutig voran, war aber insgeheim froh, nicht alleine hier durchgehen zu müssen. Am liebsten wäre er wieder umgekehrt und hätte versucht, zurück in die große Halle zu gelangen. Aber dieser ominöse Pfeil hatte sie ja hierher geführt. Also musste es seine Richtigkeit haben, dass sie jetzt hier waren. Wenn nur nicht diese bedrückende Stille gewesen wäre!

Erik fühlte sich von den vielen großen Quartbänden, wie sie vor vielen Jahrzehnten und Jahrhunderten gedruckt und gebunden worden waren, in den Bann gezogen. Das war eine riesige Fundgrube, die ihn alles andere vergessen ließ. »Seht euch mal die Bücher an, die sind ja noch älter als die in der Eingangshalle.«

Justus versuchte dagegen sein Unbehagen etwas in den Griff zu bekommen, indem er sich auf die gestellte Aufgabe konzentrierte.

»Vergesst nicht, weshalb wir hier sind. Wir suchen immer noch dieses Buch.« Und zu Erik gewandt sagte er: »Zeig doch noch mal, was auf deiner Tafel steht«.

Neugierig schauten sie auf das magische Ding. Mit großer Verwunderung stellten sie fest, wie die Kombination aus Name, Zahlen und Buchstaben in orangefarbenem Licht leuchtete und dabei pulsierte.

»Sieht irre aus«, staunte Martin und konnte kaum fassen, wozu das Teil alles imstande war.

»Kommt, lasst uns weitergehen. Irgendwie müssen wir doch ans Ziel kommen. Ich finde es hier nur unheimlich.«

Pauline zog Justus hinter sich her den Gang entlang. Sie konnten gerade mal zu zweit nebeneinander gehen. Sie blieben dicht beieinander, um sich nicht zu verlieren. Erik sah immer wieder auf seine Tafel, auf der die Schrift langsam aber sicher eine Rotfärbung bekam.

Im nächsten Augenblick bog der Gang scharf nach links ab. Wer hier allein durchgehen musste, würde sich mit Sicherheit wie in einem Irrgarten fühlen.

»Ich habe die ganze Zeit das ungute Gefühl beobachtet zu werden«, flüsterte Pauline, als befürchtete sie, dass man sie belauschte.

»Jedenfalls ist das hier alles ziemlich seltsam. Mir ist richtig mulmig zumute«, gestand Miriam. Aber das hing wohl damit zusammen, dass ihnen die Räumlichkeiten noch nicht so vertraut waren.

»Hoffentlich treffen wir nicht zu allem Überfluss Schmalzlocke und Rotfuchs«, überlegte Pauline laut. »Nicht, dass die uns unbemerkt zu nahe kommen und uns hören.«

»Aber wie sollten sie das«, widersprach Justus, »die sind doch nach oben gegangen.«

Unvermittelt erblickten sie eine Weggabelung, die sich wie aus heiterem Himmel vor ihnen auftat.

»Und was jetzt?«, fragte Martin ratlos und sah in den Gesichtern der anderen auch nur Ahnungslosigkeit.

Erik schaute auf seine magische Tafel und beobachtete, wie sie etwas berechnete, woraus er nicht schlau wurde. Doch dann zeigte sich ein Ergebnis.

»Hey, seht mal,« stieß er hervor. »Die Tafel hat unseren Standort lokalisiert. Super! Ist schon ein tolles Ding.« Anerkennung schwang in seiner Stimme. »Kommt, ich glaube, hier geht‘s lang«, dabei wies er nach links. »Die Tafel weist uns an, in diesen Gang dort zu gehen.«

»Dann los! Mir ist das zwar alles nicht ganz geheuer, aber die Lehrer werden uns ja keinen Monstern ausliefern«, versuchte Pauline sich und die anderen zu beruhigen.

Miriam musste trotz der mulmigen Situation lachen. Sie stellte sich in ihrer Phantasie ein weißes Gespenst mit einer rasselnden Kette vor. Dass die Äußerung über die Monster gar nicht so abwegig war, sollten sie bald hautnah erfahren.

Jetzt schlichen sie den Gang entlang, gespannt, was als Nächstes kommen würde. Die Überraschung ließ nicht lange auf sich warten. Denn schon standen sie vor einer Kreuzung, an der vier Wege praktisch sternförmig aufeinander trafen.

»Also langsam finde ich das alles gar nicht mehr lustig«, seufzte Justus niedergeschlagen. Er war richtig frustriert und auch ängstlich. Miriam ließ sich nicht lange aufhalten und versuchte es mit dem Gang, der ganz links von ihnen lag. Sie ging einfach ein paar Schritte weiter hinein in der Hoffnung, auf einen Hinweis zu stoßen. Aber es gab nichts als Bücher zu sehen.

»Ich bin für ganz rechts«, schlug Erik vor. Er ging mit seiner Tafel von links nach rechts. »Wenn ich hier zur rechten Seite gehe, dann wird die Farbe der Schrift auf meiner Tafel intensiver rot und auf der linken Seite geht sie mehr ins Gelb und wird schwächer.«

Also ging es nach rechts. Nach wenigen Schritten tat sich vor ihnen, wie aus dem Nichts, ein Raum auf. Natürlich auch hier nur Bücher, wie konnte es auch anders sein.

An einigen Stellen standen bequem aussehende Sessel vor den Regalen, in denen sich sicher hervorragend schmökern ließ.

Pauline staunte nicht schlecht. Solch einen Luxus hätte sie sich zu Hause auch gewünscht.

Zögerlich schauten sie sich um, und Martin testete direkt einmal einen der Sessel. Er ließ sich hineinplumpsen, und gleich umhüllte ihn eine gehörige Staubwolke. Hustend war er so schnell aus dem Sessel heraus, wie er sich hatte hineinfallen lassen.

»Scheint, dass du seit langer Zeit der Erste bist, der dort Platz nimmt«, lachte Justus und musste ebenfalls husten.

»Seht mal, da ist noch ein Gang, der hierher führt«, stellte Pauline fest.

Tatsächlich mündete auf der anderen Seite ein weiterer Gang in diesen beschaulichen Leseraum. Beide Gänge waren so angelegt, dass Regalwände den Zugang verdeckten.

Plötzlich hörten sie ein Säuseln, als führe ein leichter Wind durch den Raum.

Justus drehte sich zur Seite, um das Geräusch zu erkennen, da ließ er einen Schrei los. »Was ist das?« Miriam zuckte zusammen. Als sie in dieselbe Richtung sah, fuhr ihr ebenfalls ein mächtiger Schreck in die Glieder.

In einem der Sessel sahen sie ein waberndes, milchig-weißes Etwas, das auf dem Sessel eher zu schweben als zu sitzen schien.

Große Augen blickten ihnen aus einem steinalten Gesicht entgegen. Sie betrachteten die kleine Schülergruppe höchst interessiert und amüsiert. Aus dem Gesicht quoll ein langer Bart hervor, der genauso lang war wie die ganze Erscheinung. An mehreren Stellen besaß er dicke Knoten. Sie dienten wohl dazu, die Länge des Bartes in Schach zu halten. Auf dem Kopf des gespenstischen Ungetüms saß ein riesiger Schlapphut, ähnlich den Hüten der Lehrer. Jedoch waren darauf statt schöner Pfauenfedern mehrere Stummel verblichener Federn zu sehen, Überreste einer längst vergangenen Pracht. Der Rand des Hutes war jämmerlich ausgefranst. Eine lichte weißliche Aura umwaberte das Gespenst oder besser den Geist.

»Darf ich mich vorstellen«, klang es vom Sessel her, »Edolfin mein Name, ›Edolfin von Ewigkeit her‹. So hat man mich jedenfalls in diesem Schloss getauft, nur, weil ich, seit ich denken kann - und das ist seit ewig langer Zeit - hier herumspuken muss.« Ein tiefer Seufzer folgte seiner Ausführung.

»Du kriegst die Tür nicht zu«, ließ sich Martin nach einem Moment des Schreckens vernehmen. »Ein Geist, ein richtiges Schlossgespenst und das am helllichten Tag.«

Justus blickte auf den Geist, dann auf seine Freunde. In Martins Gesicht zuckte es verräterisch. Es kostete ihn große Mühe, um bei dieser sonderbarsten Erscheinung, die er je gesehen hatte, nicht loszuprusten.

So sehr er ihnen mit seinem unvermittelten Auftritt Angst eingejagt hatte, der Geist tat ihnen Leid, denn er sah reichlich mitgenommen und ramponiert aus.

»Kommt näher, nur keine Angst«, lud er sie ein. »Schüler dieses altehrwürdigen Internats waren immer schon meine Freunde. Es sei denn, sie haben mich gehänselt.« In solchen Fällen, fügte er hinzu, bereitete er diesem Ansinnen sehr schnell ein Ende. »Ihr befindet euch übrigens hier in der Librum-Secundum-Loge.«

Bei seiner Rede hatte er unwillkürlich seine Stimme erhoben und sich im Sessel aufrecht hingesetzt, soweit dies in dem Schwebezustand möglich war.

»Entschuldigung, Herr, ähm, Edolfin von, äh«, stotterte Pauline, »... von ... äh was?«

Doch der Geist ließ sie nicht zum Ende kommen. »Du kannst den Titelkram weglassen. Sagt nur Edolfin zu mir, das reicht.« Dabei grinste er verschmitzt und erschien daher wie ein vertrauensvoller Zeitgenosse.

»Aber sagt, wie kann ich euch dienen? Sucht ihr etwas Besonderes?«

»Ja«, griff Erik das unverhoffte Angebot sofort auf, »wir sind auf der Suche nach einem bestimmten Buch, das uns Auskunft über einen Engelnamen geben kann. Das ist eine Aufgabe, die wir in der großen Halle der Bibliothek bekommen haben.«

Er nahm all seinen Mut zusammen, näherte sich dem Geist zögernd und zeigte ihm mit leicht zitternder Hand die magische Tafel.

Edolfin warf einen kurzen Blick darauf und meinte nur: »Ach, sieh an, ihr habt auch alle eine „Magic" bekommen! Was steht da? IV EE 918, ach ja, das große „Lexikon der überirdischen Personen". Na, da seid ihr ja schon richtig hier in diesem Raum. Das steht da hinten rechts«.

Dabei zeigte er auf eine ganze Reihe von Büchern, die alle gleich aussahen und mehrere Regalreihen einnahmen.

Martin, von seiner großen Neugier angetrieben, stand im nächsten Augenblick am Regal und suchte nach der Nummer 918. Die römische IV und das große Doppel-E prangten unübersehbar in goldenen Lettern auf dem Buchrücken.

Er versuchte das Buch, einen schweren Quartband, schnell hervorzuziehen, nicht ganz einfach, auf Grund der Größe und Dicke des Buches. Er schleppte es heran und versank mit ihm in einem der Sessel, was wieder eine Staubwolke zur Folge hatte.

Gerade wollte er das Buch aufschlagen, als etwas Verblüffendes geschah. Edolfin vollführte unbemerkt eine kleine Bewegung mit seiner Hand, das Buch öffnete sich von selbst, und die Blätter teilten sich an der richtigen Stelle. In großen magentafarbenen Lettern blinkte ihnen der Name „Metatron“ entgegen. Martin hätte das Buch vor Schreck fast von sich geworfen.

Justus blickte rasch auf Edolfin, der bemüht war, sie zu beruhigen. »Keine Angst, diese Tricks werdet ihr auch noch früh genug lernen. Braucht nur ein wenig Übung«, grinste er breit über sein altes Gesicht und flog vor Freude über die gelungene Überraschung quer durch den Saal.

»Gehört das Blinken der Buchstaben auch zu den Tricks?«, fragte Justus neugierig.

»Nein, das ist hier in dieser alten Schule so. Sie ist ja nicht umsonst eine Schule, wo magische und übernatürliche Dinge an der Tagesordnung sind.«

Sie schauten ihn mit großen Augen an. Ihre Magics waren ja schon mit ihren Fähigkeiten sehr gewöhnungsbedürftig, und nun dieser alte Geist, der mit ihnen sprach und seine Trickkiste auspackte. Sie wussten kaum mehr, wo ihnen der Kopf stand vor lauter neuen Eindrücken. Doch Edolfin gab sich gelassen.

»Ihr habt nun die Wahl: Wollt ihr alle Informationen über Metatron in dem Buch nachlesen oder soll ich euch einiges über ihn erzählen, zum Beispiel auch, was nicht im Buch steht.«

Das brauchte er nicht zweimal zu fragen. Sie überlegten nicht lange und rückten schnell die umherstehenden Sessel zusammen. Vorsichtig ließen sie sich nieder, um nicht weiteren Staub aufzuwirbeln, und waren gespannt, was sie jetzt hören würden. Edolfin machte durch seine offene und freundliche Art einen recht Vertrauen erweckenden Eindruck, sodass sich ihre anfänglichen Ängste in Luft auflösten. Nur Pauline hatte noch Vorbehalte. Sie traute der ganzen Situation nicht so recht und hielt sich daher lieber etwas zurück.

Edolfin wirbelte seinen Bart hin und her, schlang einen weiteren dicken Knoten hinein, da der Bart ein starkes Wachstum zeigte, schlug einen Salto durch die Luft und ließ sich dann auf der Rückenlehne eines Sessels nieder, um mit der langen Geschichte über Metatron zu beginnen.

Metatron, erfuhren die fünf, war ein Erzengel, und er stand im Reich der Engel in der Rangfolge direkt hinter den Erzengeln Michael, Gabriel und Raphael. Edolfin sprudelte noch viele weitere Informationen nur so heraus, sodass sie unmöglich alles auf einmal behalten konnten.

»Zugegeben, das ist jetzt ein wenig viel an Stoff. Aber ihr habt ja noch viel Zeit, um alles lernen zu können. Schließlich seid ihr gerade erst hier angekommen«, setzte er augenzwinkernd hinzu.

»Und eine Sache ist besonders wichtig für euch«, ergänzte er, »über Metatron bekommt ihr, wenn ihr es richtig anstellt, den Zugang zu den spirituellen Wissenschaften und den transzendentalen Wahrheiten.«

»Hä, was ist das nun wieder?«, entfuhr es Martin. »Hat das was mit Spiritus zu tun?«

»Ach Quatsch, hast du noch nie etwas von spirituellen Kräften und so weiter gehört? Das hat was mit Geist zu tun, du Depp«, schalt ihn Justus. »Das kommt von innen her.«

Martin war sichtlich irritiert, weil Justus auf seine lustig gemeinte Frage ziemlich ernst antwortete. Die anderen grinsten nur. Edolfin sollte weiterreden, die Geschichte hörte sich einfach zu spannend an.

»Es ist wirklich nicht leicht zu verstehen«, bestätigte er, »wenn man damit noch nicht in Berührung gekommen ist. Aber Ihr werdet schon bald einiges darüber erfahren. Es gehört zu eurer Ausbildung hier an dieser außergewöhnlichen Schule, dass ihr mit diesen Wirklichkeiten umzugehen lernt.«

Und zu Justus gewandt sagte er: »Übrigens erzählt man sich hier in der Schule, dass du, Justus, einer alten Seherfamilie entstammst.«

»Wie bitte?«, platzte es erstaunt aus Justus heraus. »Ich soll ein Seher sein?«

Plötzlich erinnerte er sich an seinen Großvater und die Geschichten über ihn.

»Ein Seher!? Was ist das?«, rief Martin verwundert. »Sieht er was Besonderes? So nach dem Motto: Ich sehe was, was du nicht siehst, und ... das hat rote Haare. Hehe.«

Die anderen grinsen verschmitzt.

»Lass den Mist«, wies ihn sein Bruder zurecht. Für Blödeleien war jetzt, weiß Gott, nicht die rechte Zeit.

»Schscht, seid leise«, mahnte Edolfin, »nicht so laut, es könnte ja sein, dass hinter der nächsten Ecke einer steht und mithört. Mit solchen Äußerungen sollte man vorsichtig sein. Es gibt immer Neider, die ihr Wissen gegen einen verwenden.«

Schlagartig dachte Justus an Edelmund und Ottokar, die auch hier herumgeisterten. Als hätte er seine Gedanken erahnt, stellte Edolfin fest: »Da sind einige in eurer Klasse, denen würde ich an eurer Stelle aus dem Weg gehen. Sie haben keine gute Aura um sich. Seid bei denen lieber etwas vorsichtig.«

»Meinst du vielleicht ...«, setzte Justus an.

»Genau die beiden meine ich.«

Die Freunde schauten verblüfft.

»Woher wusstest du, an wen ich gedacht habe?«, fragte Justus irritiert.

»Ich gehörte früher auch einer sehr begabten Seherfamilie an«, erklärte Edolfin, »und so was verlernt man nicht.«

Vor lauter Aufregung zupfte Pauline die ganze Zeit schon an ihrer Kukulle herum, die sie wie die anderen seit dem Morgen umhängen hatte.

»Übrigens, die Farbe eurer Kukullen ist die Hauptfarbe Metatrons, es ist die Farbe der Transformation«, stellte Edolfin fest. »Und die Transformation ist ebenfalls eine spezielle Gabe, die in euch angelegt ist und die ihr noch lernen müsst zu entfalten. Ihr seht, es kommt noch eine Menge auf euch zu. Ich musste das früher auch alles lernen. Warum soll es euch besser ergehen. Aber das schafft ihr schon.«

Völlig fertig von der Fülle der Informationen stöhnte Martin: »Gibt es sonst noch was, was wir jetzt wissen müssen, sonst kann ich für meinen Teil nur sagen: Ich kann nicht mehr.«

»Eine Frage hätte ich noch, bevor wir wieder gehen«, meldete sich Justus.

»Ja?«, Edolfin sah ihn gespannt an und machte den Eindruck, als wüsste er schon, was Justus auf der Seele brannte.

»Warum, ... wieso musst du ... äh ... hier herumgeistern'?«

»Das«, begann Edolfin, »kann ich nicht mit wenigen Sätzen erklären. Ich versuche es mit einfachen Worten: Ich bin so was wie ein Mittler. Meine Aufgabe ist es, denen behilflich zu sein, die sich für das Gute einsetzen und die für besondere Aufgaben auserwählt sind.«

»Aber wieso kommst du gerade zu uns?«

»Das kann ich euch jetzt noch nicht sagen. Das erfahrt ihr, wenn es soweit ist.«

Die Freunde waren verwirrt.

Wenn es soweit ist... Wenn was soweit ist?

Diese Frage konnte man auf ihren Gesichtern förmlich ablesen.

»Jetzt empfehle ich euch erst einmal zu gehen, bevor ihr mir hier vor Müdigkeit umfallt.« Edolfin sah sie mitleidig an. »Ihr werdet eine Erklärung von mir erhalten, das verspreche ich euch. Nun aber geht dort hinaus«, dabei hob er seine Hand, und auf der gegenüber liegenden Seite des Raumes tat sich eine Tür auf, dabei lächelte er verschmitzt und schwebte hinauf zur Decke, von wo aus er ihnen nachwinkte.

Die fünf ließen sich nicht lange bitten. Die Nachrichten von Edolfin galt es erstmal zu verdauen und das ging nicht so schnell. Sie winkten ihm nochmals zu und gingen schnell zur Tür.

Als wäre es nicht genug der Überraschungen, fanden sie sich urplötzlich in der Empfangshalle der Bibliothek wieder, genau dort, wo sich die verborgene Tür aufgetan hatte.

»Was ist das?«, fragte Erik etwas verdattert und schaute sich um. »Ist das auch so ein Temploctor wie auf der Herfahrt?«

Er blickte seine Freunde an und sah nur erstaunte Mienen.

»Das war bestimmt eins. Wir haben's nur nicht bemerkt«, sagte Pauline. »Aber das ist jetzt nicht weiter wichtig. Passen wir auf, dass wir nicht von anderen Schülern bemerkt werden.« Die beiden kleinen rot schimmernden Leuchten, die etwa einen halben Meter über dem Boden schwebten, hatten sie in der Aufregung tatsächlich übersehen.

Möglichst unauffällig gingen sie zu ihren Plätzen, wo die zurückgelassenen Bücher noch lagen. Schnell packten sie sie weg und gingen zielstrebig zu Madame Ruborrak, um ihr das Ergebnis, das sie von Edolfin erhalten hatten, zu präsentieren.

»Ich kann nicht recht glauben, dass eure Suche in der Librum-Secundum-Loge mit rechten Dingen zugegangen sein soll«, zweifelte Madame Ruborrak mit erhobener Stimme und hob bedrohlich ihre Augenbrauen. Ihr Einwand war so laut, dass die Schüler in ihrer Nähe neugierig zu ihnen herübersahen.

Es gab noch weitere Schüler, die ebenfalls eine Lösung ihrer Aufgaben präsentieren wollten. Auch sie wurden von Frau Ruborrak misstrauisch beäugt.

»Wer, bitteschön, soll uns denn dabei geholfen haben?«, empörte sich Martin. Ihren neuen Freund Edolfin erwähnte er natürlich nicht.

»Es sind ja auch noch andere Gruppen fertig mit ihrer Aufgabe«, versuchte Miriam sie zu rechtfertigen und wies dabei auf die anderen Schülerinnen und Schüler, die sich am Schreibtisch von der Bibliotheksaufseherin versammelt hatten..

Schon wollte Madame Ruborrak zu einer heftigen Erwiderung ansetzen, als im selben Augenblick Madame Griseldis mit einem Lächeln die Bibliothek betrat, um nach ihren Schützlingen zu sehen.

»Madame Griseldis ...«, begann Pauline ungehalten, um sogleich von Madame Ruborrak rüde unterbrochen zu werden.

»MEIN LIEBES KIND, ICH GLAUBE DU SOLLTEST DICH BESSER ERST EINMAL ZURÜCKHALTEN.« Und zu Madame Griseldis gewandt berichtete sie von ihren Vermutungen über die ›Vorkommnisse‹ in der Librum-Secundum-Loge.

Doch Madame Griseldis reagierte souverän und im Sinne der Jugendlichen. Schützend stellte sie sich vor ihre Schüler und nahm mit klugen Sätzen dem Bibliotheksdrachen, so hatten die Schüler Madame Ruborrak inzwischen getauft, den Wind aus den aufgeblähten Segeln. Tatsächlich machten ihre Nasenflügel den Eindruck zweier großer Segel, die sich wie in einem starken Sturm hin und her bewegten.

So half Madame Griseldis den Schülern, die ihre Aufgabe schon gelöst hatten, die Bibliothek schnell zu verlassen.

7. Eine sonderbare Begegnung

Zur gleichen Zeit, als Justus und seine Freunde mit Edolfin zusammen saßen und Informationen über ›ihren‹ Erzengel Metatron und die Geschichte der Seherfamilien zu hören bekamen, bewegten sich Ottokar und Edelmund leise durchs obere Stockwerk der Bibliothek. Unbehelligt hatten sie die Wendeltreppe hochlaufen können. Wenn sie jedoch geahnt hätten, was sie erwartete, wären sie auf der Stelle wieder umgekehrt.

Oben galt es sich erst einmal zu orientieren. Die Treppe mündete in einen kleinen kreisrunden Raum, der rundum mit Büchern vollgestellt war. Drei schmale Gänge strebten von diesem Raum sternförmig auseinander.

Man konnte immer nur ein Stück in die Gänge hineinsehen, und das machte sie unheimlich. Es war hier nicht anders als in dem Gang, in dem Justus mit seinen Freunden gelandet war. Alle beschrieben einen bogenförmigen Verlauf. Betrat man sie, konnte man nach wenigen Schritten den Ausgangsort nicht mehr sehen. Doch warum sollte es Edelmund und Ottokar besser gehen als Justus und seinen Freunden?

Die beiden Ausreißer entschieden sich nach einigem Hin und Her für den Gang, der rechts von ihnen lag. Er führte zunächst scharf nach rechts und bog dann abrupt in die andere Richtung ab.

Hin und wieder kamen sie an einem der runden gläsernen Bodeneinsätze vorbei, durch die man bequem in den Lesesaal hinabsehen konnte. An diesen Stellen war für die beiden unbedingte Vorsicht geboten. Es genügte, dass die ›gnädige‹ Madame Ruborrak einen Blick nach oben warf, und schon wäre es um die Ausreißer geschehen.

Während Edelmund einen der Einsätze höchst vorsichtig umrundete, wäre Ottokar in seiner Dusseligkeit beinahe genau darüber hinweg gelaufen.

»Mensch, nun pass doch auf, wohin du trittst«, fuhr Edelmund ihn an und zog ihn hastig zur Seite. »Die können dich von unten jederzeit sehen. Mann bist du ein Depp.«

Ottokar stammelte Worte der Entschuldigung und trabte weiter hinter seinem Freund her.

Es waren aber nicht nur diese Hindernisse, die ihnen zu schaffen machten. Die Atmosphäre hier oben war bedrückend. Alles erschien verlassen. Es war still, totenstill, kein Mensch weit und breit. Aber so blieben sie auch unentdeckt. Wenn sich diese Stille nur nicht so schwer auf ihr Gemüt legte.

Langsam bekam es Ottokar mit der Angst zu tun. Er fühlte sich überfordert mit der Situation, in die sie sich gebracht hatten. Auf ihn wirkte alles nur unheimlich und bedrohlich.

Selbst Edelmund spürte das und bemühte sich, Ottokar einigermaßen bei Laune zu halten. Es blieb ihnen nichts anderes übrig als einfach weiterzugehen.

Nach einer weiteren Gangbiegung standen sie plötzlich vor einer Wendeltreppe, die wieder nach unten führte. Auf der anderen Seite der Treppe gab es zwei Gänge. Welchen davon sollten sie nehmen?

»Ich will hier r-raus.«

»Kein Problem, das schaffen wir«, versuchte Edelmund seinem Kumpel und sich selbst Mut zu machen. »Ich weiß schon, wohin die Treppe führt«, erklärte er Ottokar in selbstsicherem Ton, doch ohne den blassesten Schimmer. Seine eigene Unsicherheit überspielend, schob er seinen Freund kurzerhand vor sich her die Treppe hinunter.

Unten angekommen umgab sie ein seltsam nebelhaftes Dämmerlicht, obwohl die zweiarmigen Kerzenleuchter an den Regalen ausreichend Helligkeit verbreiteten.

Ottokar rutschte das Herz nun gänzlich in die Hose. »W-was ist das hier? Alles dunkel! Wo s-sind wir denn jetzt?«, wandte er sich jammervoll an Edelmund. »W-wollen wir den We-weg nicht besser w-wieder zurückgehen?«

»Das geht nicht. Wenn wir jetzt zurückgehen, kriegen wir fürchterlich eins auf die Mütze und das nicht zu knapp. Stell‘ dir doch bloß diese Ziege im Foyer vor.« Doch auch Edelmund hatte jegliche Zuversicht verloren, versuchte aber, sich nichts anmerken zu lassen..

Mit aufmunterndem Ton fügte er hinzu: »Komm‘ schon, wir werden das schaffen. Früher oder später werden wir hier herausfinden.«

»Und w-was ist, wenn das Sp-päter sehr v-viel später ist?«, jammerte Ottokar und ging seinem Kumpan damit langsam aber sicher auf den Nerv. Edelmund wünschte sich inzwischen selbst nichts sehnlicher, als wieder in der Halle zu stehen.

Auch er spürte, wie in ihm ein Gefühl der Hilflosigkeit heraufkroch. Wohin, fragte er sich insgeheim, waren sie geraten? Wieso leuchteten die Kerzen alle ganz normal hell und trotzdem lagen die Räumlichkeiten in einem ominösen Halbdunkel? Dieser Schleier, der über allem schwebte, nagte an seinen Nerven. Die Atmosphäre hier unten wirkte unheimlich und beängstigend. Alles war so anders als in den übrigen Räumen der Schule. Zu allem Überfluss ließ ihn sein Orientierungssinn im Stich. Wo und in welchem Teil der Bibliothek befanden sie sich? Hier stimmte was nicht! Das konnte er förmlich spüren.

Im nächsten Augenblick bekamen sie leibhaftig zu sehen, was ihre Stimmung so niederdrückte. Kaum hatten sie begonnen, sich in diesem Raum umzusehen, da bewegte sich schwarzer Nebel aus einem der Gänge lautlos auf sie zu.

Ottokar schrak entsetzt zurück und stieß einen Schrei aus. Er suchte Halt und klammerte sich an die Kukulle seines Freundes. Der Nebel kam näher. Wie aus dem Nichts waren plötzlich zwei gelbe deutende Punkte zu sehen, die seltsam strahlten. Dann verdichtete sich der Nebel zu einer schemenhaften Gestalt, die nicht fassbar zu sein schien. Dei gelben ›Lichter‹ schienen ihre Augen zu sein. Sie schwebte auf sie zu und füllte fast den ganzen Raum.

»Seid gegrüßt«, klang es eisig aus dem Nebel heraus. »Zwei Neuankömmlinge in unserer altehrwürdigen Schule«. Ein abgründiges Rollen, wie direkt aus einem Grab, lag in der Stimme.

»Mein Name ist Cha‘ur Ha’muttaht.«

Der Name klang kehlig und abgehackt. Die kalt klingende Stimme ließ die beiden schaudern. »Darf ich erfahren, wie eure werten Namen sind?«

Obwohl die Höflichkeit einen ziemlich spöttischen Unterton besaß, ließ sie Edelmund ein Stück von seiner Selbstsicherheit zurückgewinnen. Er machte einen Schritt auf die Gestalt zu. »Gestatten: Edelmund von Windhausen, und mein Begleiter heißt Ottokar Driessen.«

Auf ihre Vorstellung ließ ihr Gegenüber eine wabbrige Bewegung folgen. Die Gestalt schwebte näher heran, wodurch die Augen noch intensiver strahlten. Die frostige Aura, die ihr anhaftete, wurde noch spürbarer.

Instinktiv nahmen sie die sonderbare Gefahr wahr, die von diesem nebligen Etwas ausging. Die Kälte des Nebels war kaum auszuhalten. Hinzu kam die bizarre Sprechweise dieses tiefschwarzen Monsters.

Um ihr Vertrauen zu gewinnen, wich die Gestalt ein Stück zurück. Dadurch ermuntert bemühte sich Edelmund um eine Erklärung für ihre Anwesenheit.

»Wir haben uns in diesen weiten Gängen der Bibliothek verlaufen und finden nun nicht mehr heraus. Könnten sie uns vielleicht behilflich sein?«

Es kostete all seine Kräfte, um das starke Zittern in seiner Stimme zu unterdrücken. Am liebsten wäre er auf der Stelle davongerannt.

»Gerne will ich euch helfen«, kam es mit eisiger Freundlichkeit zurück, »aber ich glaube, ihr seid nicht von ungefähr an diesen Ort gelangt. Mir scheint vielmehr, ihr seid für besondere Dienste ausersehen, sonst wäret ihr jetzt nicht hier.«

Edelmund und Ottokar bekamen große Ohren. Bevor sie noch fragen konnten, was gemeint sei, redete ihr Gegenüber schon weiter.

»Seid ihr bereit, solche besonderen Dienste zu übernehmen, wenn man euch dazu ruft?«, fragte die Stimme sie mit einem herausfordernden Unterton. »Es soll in diesem Fall euer Nachteil nicht sein.«

Cha'ur Ha'muttaht musste geahnt haben, dass seine Worte bei den beiden auf fruchtbaren Boden fallen würden. Schmalzlocke fing den Ball direkt auf: »Wenn wir behilflich sein können, dann ist es für uns eine Selbstverständlichkeit.«

Dabei knuffte er Ottokar in die Seite, damit er nichts Falsches von sich gab. Dem hatte es inzwischen die Sprache dermaßen verschlagen, dass er überhaupt nicht fähig war, nur ein Wort hervorzubringen. Er starrte mit offenem Mund auf die Szene, als wäre sie ein Traum.

»Das ist sehr gut«, klang die Antwort Cha'ur Ha'muttahts zufrieden. »Dann kehrt jetzt wieder zurück in die Halle, woher ihr gekommen seid. Ihr werdet es merken, wenn ich euch brauche. Ich mache mich zu gegebener Zeit bemerkbar. Nun geht!«

Sie waren entlassen. Cha'ur Ha'muttaht hatte kaum die Sätze ausgesprochen, als sich hinter ihnen auch schon die Regalwand öffnete. Auf der anderen Seite wurde das Foyer sichtbar.

Blitzschnell huschten sie durch die Tür und mischten sich unbemerkt unter ihre Mitschüler.

»Ha-ast du das b-begriffen? W-wer war das? Was sollte d-das?«, fragte Ottokar noch immer ganz benommen.

»Mensch«, raunte Edelmund zurück, »hast du gar nichts verstanden? Wir sind gerade für eine ganz besondere Mission ausgewählt worden.«

»Ja, aber so a-astrein schien mir di-dieser Nebel nicht zu sein«, stotterte Ottokar in seiner Aufregung, was Edelmund mit einer knappen Geste wegwischte.

»Papperlapapp, wir sind auserwählt, begreif das endlich!« Schmalzlocke hatte inzwischen wieder zu seiner Überheblichkeit zurückgewonnen, und so schritt er mit stolzgeschwellter Brust, Rotfuchs im Schlepptau, durchs Foyer. An den Nebel, der ihnen durchaus hätte gefährlich werden können, verschwendete er keinen weiteren Gedanken.

Dummerweise hatten sie durch dieses Intermezzo ihre Aufgabe völlig aus den Augen verloren. Das war peinlich. So mussten sie der Bibliotheksoberaufseherin, Madame Ruborrak, gestehen, dass sie nichts gemacht hatten.

»Ihr beide seid die Einzigen, die ihre Aufgabe nicht gelöst haben«, zischte sie los. »Das hat zur Konsequenz, dass ihr selbstverständlich eine Mehrarbeit leisten müsst. Ihr werdet hier im Foyer alle herumliegenden Bücher an ihren Platz zurückbringen.« Sie zeigte hinter sich auf drei Bibliothekswagen, auf denen sich riesige Berge von Büchern stapelten. »Am besten, ihr geht gleich ans Werk. Die anderen sind entlassen.«

Die Strafe wurde von den anderen Schülern mit hämischem Feixen quittiert, was den Zorn der beiden über die ausgesprochene Strafe noch erhöhte. Doch blieb ihnen nichts anderes übrig, als sich zu fügen und sich widerwillig an die Arbeit zu machen.

Unter all den zurückgegebenen Büchern befand sich eine Reihe von Quartbänden, große Teile, die ein erhebliches Gewicht auf die Waage brachten. Sie waren so unhandlich, dass immer nur wenige von ihnen zu den Regalen geschleppt und dort einsortiert werden konnten.

Die Aufräumarbeit geriet für Edelmund und Ottokar zu einer wahrhaft nicht enden wollenden, schweißtreibenden Aktion. Zu ihrem Unglück standen sie unentwegt unter der unerbittlichen Fuchtel der »ungnädigen« Madame Ruborrak, die jeden Fehler unbarmherzig ahndete. Sobald eines dieser schweren Bücher mit Gepolter auf dem Boden landete, keifte Madame Ruborrak schon los.

»Meine Herren, wie oft muss ich es denn noch sagen: Die Bücher haben einige hundert Jahre in diesen Regalen überlebt, und ihr bringt sie durch eure Ungeschicklichkeit an den Rand der Zerstörung. NEHMT EUCH BESSER IN ACHT, SONST KÖNNT IHR IM DUNKLEN VERLIESKELLER DER SCHULE GLEICH WEITERMACHEN.«

Hoppla, was war das? Edelmund und Rotfuchs trauten ihren Ohren nicht. Verlies in der Schule? Verstohlen tauschten sie einen Blick. Das klang spannend, vielleicht fanden sie den Zugang und konnten sich da mal ungestört umsehen.

8. Im Interspatium

Kaum war das Mittagessen vorbei und die hungrigen Mäuler gestopft (was auf Edelmund und Ottokar nicht zutraf, da sie zu spät kamen und nur noch letzte Reste vorfanden), ging es in die nächste Unterrichtseinheit.

Die Schüler der Metatron-Klasse begaben sich in Richtung *Interspatium*. Hier wurden sie schon von Madame Zetha Zethissima erwartet.

»Setzt euch«, klang es von vorne. Da Madame Zetha Zethissima nicht die größte Person war, wurde sie von dem hoch aufragenden Katheder fast gänzlich verdeckt. Doch die leicht schimmernde, blaue Aura, die sie umgab, ließ stets erkennen, wo sie stand. Zudem gab sie sich alle Mühe, auch durch ihre Stimme wahrgenommen zu werden. Das Einzige, was oberhalb des Katheders hervorkam, war ihr Gesicht und das Birett mit der langen Pfauenfeder auf ihrem Kopf.

»Ich begrüße euch herzlich zu unserer ersten gemeinsamen Stunde.« Als gelte es, keine Sekunde zu verlieren, ging sie sofort zur Tagesordnung über und kam zum ersten interessanten Thema. »Heute werde ich euch in alle notwendigen Gepflogenheiten einweihen, die wir für Translocationen und die Durchschreitung von Zwischenräumen benötigen.«

Während sie das sagte, blickte sie lächelnd in die Runde, als wollte sie damit den Schülern den ersten Schrecken nehmen.

»Da sind sie schon wieder, diese Zwischenräume«, flüsterte Justus Pauline zu, die sich neben ihm niedergelassen hatte.

»Für die Technik des Zeitraumsprungs, wie es auch heißt, denn um nichts anderes handelt es sich, braucht es genau zwei Dinge. Ihr benötigt den richtigen Zielspruch. Dazu ist es wichtig, eure Konzentrationsfähigkeit zu schulen, damit die Konzentration auf das Ziel in dem Moment des Zeitraumsprungs auf keinen Fall nachlässt.«

Madame Zetha Zethissima trat hinter dem Katheder hervor und schaute recht bedeutsam durch die Klasse.

Als sie die fragenden Blicke der Schüler sah, setzte sie hinzu: »Ihr braucht gar nicht so ungläubig zu gucken, es hat Fälle gegeben, da haben wir tagelang nach einem verlorenen Schüler im Zwischenraum herumsuchen müssen, bis endlich ein Lehrer den Schüler unter Aufbringung all seiner magischen Fähigkeiten wieder in unsere Welt holen konnte. Nur weil er seine Konzentrationsfähigkeit nicht hinreichend trainiert hatte.«

»Immer diese Zwischenräume«, stöhnte Justus, »ich möchte langsam mal wissen, was ich darunter zu verstehen habe und wo sie eigentlich sind. Ich hab' hier noch keinen gesehen.«

»Das werdet ihr sofort erfahren«, antwortete Madame Zetha Zethissima prompt. Justus fühlte sich ertappt.

»Also, Translocationen verlaufen auf folgende Weise...« Damit hob sie zu einigen Erläuterungen über diese Art der Fortbewegung an, wie sie vor sich gehen und wie Zwischenräume am besten überwunden werden können und wie eine punktgenaue Landung am Zielpunkt einer Translocation zu bewerkstelligen ist.

»An dieser Stelle muss ich einen kleinen Exkurs über die Zeit machen. Sie spielt bei den Translocationen eine große Rolle. Was ist Zeit überhaupt?«

Martin schaute seinen Bruder verdutzt und fragend an. Doch auch Erik wusste im Augenblick nicht, was gemeint war. Anderen erging es ähnlich. Was sollte das mit der Zeit? Wieso spielte Zeit bei den Translocationen überhaupt eine große Rolle?

»Ich bin mir bewusst, dass das, was jetzt kommt, sich komplizierter anhört, als es ist«, fuhr Madame Zetha Zethissima fort. »Aber ihr müsst die Zusammenhänge kennen lernen, damit ihr wisst, was ihr tun müsst, wenn ihr euch durch die Zeit und den Raum bewegt.«

Durch Zeit und Raum bewegen, jetzt wurde es interessant. Miriam hatte ihr Kinn in ihre Hände gestützt und war ganz Ohr. Nichts konnte sie ablenken, selbst Martins ständiges Gehampel nicht.

»Seid euch bewusst, die Zeit fließt. Sie fließt auf einem Zeitstrom von der Zukunft über die Gegenwart in die Vergangenheit. Natürlich ist auch das nur ein Gedankengebäude.«

Den meisten Schülern stand ein großes Fragezeichen im Gesicht geschrieben. Madame Zetha Zethissima beobachtete, ans Pult gelehnt, ihrerseits die Reaktionen ihrer Zuhörerschaft.

»Stellt euch einmal vor, ihr steht an einem großen Fluss, auf dem Schiffe fahren, und der Fluss ist dieser Zeitstrom. Und von eurem Punkt am Ufer spannt sich eine imaginäre Linie quer über den Fluss zum anderen Ufer. Ein Schiff kommt nun und steuert auf diese Linie zu. Es nähert sich praktisch aus der Zukunft auf die Gegenwart zu. Euer Standpunkt am Fluss ist der Augenblick der Gegenwart.«

Martin kratzte sich am nachdenklich Kopf. Gegenwart, Zukunft, Vergangenheit - und das zugleich. In seinem Kopf begann alles durcheinanderzuwirbeln. Leise flüsterte er an Miriam gewandt: »Kapierst du das, was Madame Zetha da vorne sagt? Zeit fließt und die Zukunft fließt! Ja, wo fließen sie denn hin?«

Miriam schaute angestrengt nach vorne und machte nur: »Pscht«, um nicht weiter gestört zu werden.

Auch andere Schüler hatten ihren Kopf auf beide Hände gestützt und versuchten Madame Zetha Zethissima einigermaßen gedanklich zu folgen. Ob es ihnen gelang, Martin hatte so seine Zweifel. Als er sich im Raum umsah, hatte er den Eindruck, dass nur wenige in der Lage waren, den Ausführungen der Lehrerin zu folgen.

Madame Zetha Zethissima fuhr jedoch unbeirrt fort, die Zeit zu erklären. »Hat das Schiff euch und eure Linie erreicht, so ist es augenblicklich in der Gegenwart und in der nächsten Sekunde schon in der Vergangenheit.«

»Aber«, meldete sich Justus zu Wort, »ich sehe das Schiff doch noch, und ich befinde mich in der Gegenwart, das haben Sie jedenfalls gerade gesagt. Also ist es noch in der Gegenwart!?«

Madame Zetha Zethissima war gleichzeitig überrascht und erfreut über die kritische Anmerkung. »Natürlich siehst du es noch. Aber beim Überschreiten der Gegenwartslinie liegt es schon unmittelbar in der Vergangenheit. Es ist vorbei! Auch das Wasser, das mit dem Schiff vorbeifloss, ist nicht mehr dasselbe. Unaufhörlich fließt neues Wasser aus der ***Zukunft*** auf euch zu in die ***Gegenwart*** und verschwindet in die ***Vergangenheit***.«

In der Klasse war es still. Solche Gedankenexperimente waren für alle totales Neuland. Wer das verstand, war hier klar im Vorteil.

»Schon der alte griechische Philosoph Heraklit hat gesagt, man kann nicht zweimal in denselben Fluss steigen. Weil das Wasser, das den Fluss zum Fluss macht, ständig neues Wasser ist.«

»Aber es ist doch ein und dasselbe Wasser und damit ein und derselbe Fluss ...«, warf ein anderer Mitschüler ein.

»Das ist richtig«, bestätigte Madame Zetha Zethissima. »Aber es kommt immer wieder neues Wasser nach. Und so wie das Wasser fließt, so fließt auch die Zeit. Aber wir müssen die einzelnen Zusammenhänge hier nicht bis ins Kleinste erläutern. Wichtig ist nur, dass ihr eine Vorstellung davon bekommt, wie es sich mit der Zeit verhält.«

»Denn«, und hier unterstrich sie mit erhobenen Zeigefinger die Bedeutung ihrer Worte, »wenn ihr eine Translocation vornehmt, dann müsst ihr euch darüber im Klaren sein, dass ihr immer aus diesem Zeitzusammenhang, den ich euch gerade versucht habe zu erklären, heraus- und wieder hineinspringt. Und währenddessen seid ihr in den berühmt-berüchtigten Zwischenräumen. Wie man das macht, das lernen wir in der nächsten Stunde.«

»Ich verstehe das noch nicht so richtig.« Miriam, deren Stirn vom angestrengten Nachdenken in tiefen Falten lag, hatte sich mutig gemeldet. Sie wollte Madame Zetha Zethissima nicht verärgern, aber so lange noch Unklarheiten bestanden, konnte sie einfach nicht weitermachen, egal wie Madame Zetha Zethissima das fand.

»Was ist denn noch nicht so klar?«, fragte sie geduldig.

»Also«, begann Miriam zögerlich, »wenn ich am Flussufer stehe, dann ist das doch so, als wäre ich außerhalb der Zeit. Ich meine, ich würde dann außerhalb stehen und dem Zeitfluss einfach nur zusehen. Aber ich bin doch auch ein Teil der Zeit. Ich bin doch keine Salzsäule, die sich nicht bewegt.«

Madame Zetha Zethissima musste schmunzeln über den klugen Einwand. Diese Art des Unterrichts, in dem die Schüler aufmerksam ihren Erläuterungen folgten und auch kritische Einwände vorbrachten, machte ihr sichtlich Spaß.

»Ich sehe, ich muss doch noch etwas tiefer in die Materie der Zeit hinabsteigen, sonst seid ihr am Ende ganz frustriert.«

Sie stand nun mitten vor dem Pult und sammelte ihre Gedanken. Denn die Dinge so zu erklären, dass möglichst alle Schüler die Zeitzusammenhänge richtig verstehen könnten, das war gar nicht so einfach.

Gespannte Stille herrschte im Klassenraum.

»Bei diesem Thema kapitulieren sogar viele Erwachsene«, begann sie ihre weitere Erklärung. Und zu Miriam gewandt sagte sie: »Um es noch deutlicher werden zu lassen, will ich mit dir eine Imagoprojektion durchführen, die die anderen Schülerinnen und Schüler ebenfalls sehen können. Eine solche Projektion ist in eurem Alter nicht ungefährlich und darf daher nur im Beisein eines Lehrers gemacht werden.«

Madame Zetha Zethissima hielt ihren Translocostab in der Hand und beorderte Miriam nach vorne.

»Komm und stell dich einmal hier vor das Pult und dreh dich zur Klasse.«

Etwas beklommen trat Miriam vor. Dann hob Madame Zetha Zethissima ihren Stab.

»Und nun stell dir einen dahin fließenden Fluss vor, an dessen Ufer du stehst und dem Wasser zusiehst.«

Miriam schloss die Augen und versuchte sich zu konzentrieren. Die anderen Schüler schauten gespannt. Man konnte Miriam förmlich ansehen, wie sie sich konzentrierte, denn ihr Gesicht lief zunehmend rot an.

Plötzlich baute sich über ihr aus ihrem Kopf heraus ein transparentes Bild auf. Aber es blieb nicht nur über ihrem Kopf. Das Bild dehnte sich immer weiter aus und erreichte jetzt schon fast die Decke. Wie eine riesige Leinwand schwebte das Bild vor den Schülern im Raum. Ein Raunen ging durch die Klasse. In derselben Sekunde wurde das Bild instabil. Miriam war irritiert, wodurch das Bild ins Schwanken geriet. Madame Zetha Zethissima blickte sogleich warnend und streng auf die Schülerschar, ohne aber dabei selbst die Konzentration zu verlieren.

Das Bild baute sich von neuem auf. Vollkommen klar trat ein Fluss hervor, an dessen Ufer ein Mädchen stand.

»Nun«, sagte Madame Zetha Zethissima mit ruhiger Stimme zu Miriam, um sie nicht zu erschrecken, »siehst du das Bild vor deinem geistigen Auge, Miriam? Du selbst siehst dich am Flussufer, aber in Wirklichkeit stehst du hier. Durch die Kraft deiner Gedanken siehst du dich am Flussufer stehen. Und du kannst das Wasser fließen sehen. In jedem nächsten Augenblick ist es nicht mehr dort, wo es vorher war.«

Die ganze Klasse konnte die Vorgänge mitverfolgen.

Dann ließ sie ihren Translocostab wieder sinken und das Bild erlosch. Miriam öffnete die Augen, schaute ein wenig benommen und unschlüssig zu Madame Zetha Zethissima und ging wieder auf ihren Platz.

»Das«, erklärte Madame Zetha Zethissima weiter, »nennt man die Metaebene der Vorstellung. Wir können uns in Gedanken vorstellen, wie wir von oben auf die Situation schauen, in der wir selbst stehen und an der wir beteiligt sind.

So sind wir zugleich Teil des Geschehens und damit auch des Zeitflusses, aber auch außerhalb dieser Zeit. Man nennt dies eine transzendent-imaginative Vorstellung. Aber den Ausdruck braucht ihr euch nicht zu merken. Hauptsache ist, dass ihr wisst, was damit gemeint ist, und dass ihr davon eine Vorstellung bekommt.«

Die Schüler waren ganz befangen durch das Geschehen, das sich vor ihnen abgespielt hatte.

»Fassen wir nun noch einmal in kurzen Sätzen zusammen, was wir in dieser Stunde gelernt haben.«

Sie ließ die Schüler die einzelnen Gedankengänge wiederholen. Und mit einigen Ergänzungen ihrerseits war der gesamte Inhalt der vergangenen Unterrichtsstunde zusammengetragen.

Die wichtigsten Inhalte hatte Madame Zetha Zethissima während der verschiedenen Wortmeldungen an der Tafel mitgeschrieben. Das tat sie, indem sie mit ihrem Stab ganz einfach einige kunstvolle Bewegungen in der Luft machte, und wie von Geisterhand formten sich die Informationen auf der Tafel.

»So, das war erst einmal genug Theorie für heute. In der nächsten Stunde werden wir dann die ersten Sprünge üben. Meister Ivarius wird euch in seiner Stunde die Translocostäbe aushändigen. Die müsst ihr in der nächsten Stunde bereithalten. Also die Translocostäbe nicht vergessen ...«

Kaum hatte sie die Klasse entlassen, waren die meisten auch schon wie ein Sturmwind davongeeilt. Justus und seine Freunde ließ das Thema noch nicht so richtig los, dafür waren zu viele Fragen offengeblieben. »Kann mir einer von euch sagen, wer eigentlich Hera ..., ähm, wie hieß der Knilch noch gleich?« Martin hatte den Namen schon wieder vergessen.

»Heraklit«, antwortete Erik. »Das war ein alter griechischer Philosoph, der etwa zwischen 540 und 475 v. Chr. gelebt hat, Heraklit von Ephesos war sein richtiger Name. Er brachte alles auf die Kurzformel: „Alles fließt“.«

»So genau wollte ich das auch wieder nicht wissen«, unkte Martin und grinste breit.

»Wir sollten allerdings jetzt erstmal versuchen herauszufinden, wo wir etwas Näheres über die ›Zeit‹ erfahren können«, meinte Erik, was aber nicht auf große Zustimmung stieß.

Martin protestierte direkt: »Ich habe für heute genug gelernt, ich packe kein Buch mehr an. Morgen ist auch noch ein Tag.« Damit war dieser Vorschlag vom Tisch.

9. In Metatron

Justus hatte sich mit seinen Freunden nach dieser anstrengenden Stunde im Tagesraum der Metatroner in den schönen weichen Sesseln niedergelassen, um einfach nur zu entspannen. Die Eindrücke, die in diesem Raum auf sie einströmten, übten einen regelrechten Bann auf sie aus.

Das Besondere des Raumes war nicht die Einrichtung. Die ähnelte der Bibliothek. Es gab auch hier viele Regale mit Büchern, aber der Unterschied zur Bibliothek bestand in den Darstellungen an den Wänden und der Decke. Ein bestimmtes Thema kehrte immer wieder. Dieses Thema war »Metatron«, der Engel, der der Klasse ihren Namen gab.

Betrat man den Raum, so wurde man regelrecht von der Farbe Magenta überwältigt. In allen Schattierungen war sie zu sehen.

Das Größte war das wunderbare Symbol Metatrons. Es prangte überdimensional an der Wand direkt gegenüber dem Eingang: Eine Krone mit neun Flammen und Lichtpunkten und mitten darin eine große Neun. Das Ganze sah aus, als würde es dreidimensional mitten in den Raum hineinprojiziert und die Flammen wie ein echtes Feuer vor der Wand flackern.

Das Bild übte mit den züngelnden Flammen eine gewaltige Anziehungskraft aus.

Selbst wenn der Raum im Dunkeln lag, ging von ihm ein warmer Schein aus, der etwas Beschützendes ausstrahlte. Die Lichtpunkte zwischen den Flammen leuchteten in alle Richtungen in den Raum hinein. Ein wahrhaft fesselndes Schauspiel.

Noch beeindruckender war das Gefühl, das sich in den Menschen, die den Raum betraten, ausbreitete. Es war ein Gefühl der Geborgenheit. Ein Schwingungsfeld wurde spürbar, das in jedem eine große Ruhe erzeugte. Hier hatte man das Gefühl, als säße man inmitten einer überdimensionalen, ganz besonderen Tankstelle, die jeden mit einer geistigen Kraft anfüllte.

»Das ist ein Wahnsinnsraum«, stellte Pauline fest. Sie hatte sich in einen der großen, dunkelblauen Sessel gesetzt und verspürte die Lust, nur einfach zu schauen und innezuhalten. »Merkt ihr auch die Veränderung? Welche Kraft mag das sein?«

»Hier ist ein ganz besonderes Etwas, so eine Aura, die ... ich weiß nicht ... keine Ahnung ..., ich kann's nicht sagen.« Selbst Justus hatte für diese Aura keine befriedigende Erklärung ein. »So ganz anders ..., unwirklich.«

Momentan waren sie alleine im Raum, da die anderen Schüler der Klasse überall in der Schule verstreut waren. So konnten sie alles in Ruhe in sich aufnehmen und auf sich wirken lassen.

»Was für ein Glück, dass Schmalzlocke und Rotfuchs jetzt nicht hier sind und uns auf die Nerven gehen«, Martin war froh, wenigsten jetzt vor den beiden Ruhe zu haben.

»Ja, mit ihren ständigen Hänseleien und diesen blöden Bemerkungen hängen sie mir zum Hals raus. Echt zum Kotzen die beiden«, setzte Justus hinzu und schnitt dabei eine Grimasse, die die anderen zum Lachen brachte.

»Seht mal«, Pauline hatte über dem offenen Kamin einen Spruch in goldenen Lettern entdeckt. »Da steht: ›Ich, Metatron, gebe Mut und Authentizität.‹ Ähm, kann mir mal jemand sagen, was Au-then-ti-zi-tät heißt?«

»Das hat was mit Wahrheit zu tun oder so ähnlich, glaub' ich wenigstens«, antwortete Justus, »ich bin mir aber nicht ganz sicher.«

»Ich glaube, es bedeutet weniger Wahrheit, sondern vielmehr Wahrhaftigkeit.« Erik erinnerte sich an ein Lexikon für Fremdwörter, in dem er nach ähnlichen Begriffen gesucht hatte.

Justus sah einen weiteren Spruch, der kunstvoll in ein Regal geschnitzt war. ›Klugheit, Gerechtigkeit, Tapferkeit, Mäßigung‹ war da zu sehen. »Hat einer von euch eine Idee, was das wieder heißen soll?«

»Keine Ahnung«, gab Erik ratlos zurück. »Ich weiß nur eins: Ich habe Hunger und bin müde. Gehen wir essen, oder weiß jemand was Besseres?«

Als hätte er damit ein Signal gegeben, sprangen sie auf und machten sich auf den Weg zur Aula, wo schon einiges los war.

10. Im Telekinarium

Der nächste Tag begann mit einem feuchtfröhlichen Frühstückschaos. »Einige scheinen noch nicht kapiert zu haben, dass sich hier jeder auf seinen eigenen Stuhl setzen soll.« Pauline nervte das elende Quietschen der Stühle ungeheuer.

»Es gibt eben eine ganze Reihe von Schnarchnasen, selbst unter Hochbegabten«, grinste Justus spöttisch.

»Dafür ist das Frühstück wirklich famos«, stellte Martin genüsslich fest und schob sich eine Brötchenhälfte dick bestrichen mit frischer Erdbeermarmelade in den Mund.

Nach dem Frühstück ging es für die Metatroner direkt ins *Telekinarium.*

»Das ist ein komischer Name für einen Unterrichtsraum! Da ist den Lehrern sicher nichts Besseres eingefallen«, fand Erik, dem die Bezeichnung ziemlich künstlich vorkam. Dabei wurde dieser Raum schon seit 348 Jahren so genannt.

»Wir werden ja sehen, was da drin abgeht«, gab Miriam knapp zurück und bewegte sich, dort angekommen, zielsicher auf eine der mittleren Reihen zu. In der Mitte des Raumes würden sie am wenigsten auffallen. Die anderen vier folgten ihr bereitwillig.

Meister Joselin Ivarius de Bourgogne, der schon ungeduldig am Katheder wartete, demonstrierte ohne große Vorwarnung, wie es in seinem Unterricht zuging.

Denen, die sich in den ersten Bänken niederließen, flogen, kaum dass sie saßen, Blumentöpfe, Tafellappen, Wassereimer und sonstiges, was zum alltäglichen Gebrauch nötig war, um die Ohren. Da die Eimer zum Teil mit Wasser gefüllt waren, bekamen einige eine feuchte Ladung ab. Meister Ivarius zeigte unvermittelt, worauf es in seinen Stunden ankam: Das Erlernen telekinetischer Fähigkeiten!

»Guten Morgen«, klang es kurz und knapp von vorne.

»Gu-ten Mor-gen, Mei-ster I-va-ri-us«, kam es in gewohnt langsamem Trott zurück.

»So nicht, meine Herrschaften. Steht alle einmal auf, und dann versuchen wir es nochmal, und zwar zusammen. GUTEN MORGEN, MEINE DAMEN UND HERREN.«

»Guten Morgen, Meister Ivarius«, klang es jetzt schon zügiger.

»Setzt euch! Damit von vornherein klar ist: Ich möchte am Anfang eine exakte Begrüßung. Und als weitere Regel gilt: Wenn ich spreche, hört ihr zu! Ich hoffe, ihr habt das verstanden. Auch ihr dahinten auf den billigen Plätzen!« Sein Blick richtete sich auf die hintere Reihe, wo einige noch miteinander tuschelten.

»Wie heißt du?« Meister Ivarius hatte einen Schüler in der letzten Reihe ausgemacht, der noch etwas zu klären hatte.

»Hubert Rübensamen«, klang es verunsichert. Einige begannen zu kichern, als sie den Namen hörten. Der stechende Blick von Meister Ivarius brachte sie sofort zum Schweigen.

»Also, Hubert Rübensamen, von dir erwarte ich in der nächsten Zeit eine gesteigerte Aufmerksamkeit.«

»Der lässt aber gar nicht mit sich spaßen«, flüsterte Justus leise. Meister Ivarius machte ohne Umschweife klar, wer der Herr im Haus war.

»Bevor wir mit dem Unterricht in Telekinese beginnen können, habe ich zunächst die Aufgabe, jedem von euch einige wichtige Hilfsmittel auszuhändigen, die für verschiedene Tätigkeiten an dieser Schule notwendig sind.«

Fragende Blicke wanderten durch den Raum. Hilfsmittel wozu?

Meister Ivarius war hinter dem Pult verschwunden und kramte in einer riesigen abgetragenen Ledertasche herum, um einen ganzen Schwung von Translocostäben mit Kristallkugeln hervorzuholen.

Ein Raunen ging durch die Klasse. Jetzt wurde es spannend.

»Eine Reihe von euch werden bei den Mitgliedern des Lehrkörpers schon solche Stäbe, die Zauberstäben gleichen, gesehen haben. In der Tat haben sie ähnliche Funktionen.«

Er schaute prüfend auf die Stäbe, die nun wohl sortiert vor ihm auf dem Pult lagen, und fügte hinzu: »Ich möchte alle eindringlich darauf hinweisen, dass mit einem Translocostab äußerst umsichtig umzugehen ist. Vielerlei starke Kräfte sind in diesen Stäben gebündelt.«

Seine grünen Augen blickten streng vom Katheder auf die Schülerschar herunter. Sie signalisierten, dass ein Zuwiderhandeln eine deftige Strafe nach sich ziehen würde.

»Ist ja toll, dass wir auch solche Teile bekommen sollen«, raunte Martin Miriam zu. »Bin gespannt, was sich alles damit anfangen lässt.«

Die Vorfreude wurde allerdings sofort getrübt. Meister Ivarius de Bourgogne machte in aller Schärfe klar, dass die Stäbe nur in ganz bestimmten Situationen benutzt werden dürften.

»Und eins sei schon vorweg gesagt: Natürlich können eure Stäbe nicht alles, was die Translocostäbe der Lehrer vermögen. Mit anderen Worten, sie sind in ihren magischen Fähigkeiten eingeschränkt. Ich habe sie mit einem Funktionsbann belegt. Dieser lässt nur Aktionen zu, die für euch Schüler erlaubt sind.«

»Ich habe mir gleich gedacht, dass da ein Haken dran ist.« Pauline blickte Martin enttäuscht an. »Wäre auch zu schön gewesen.«

Martin schob schmollend seine Unterlippe vor. »Aber Hauptsache, wir haben überhaupt solche Stäbe.«

»Blöd ist nur, dass Schmalzlocke und Rotfuchs sie auch bekommen.« Justus schaute dabei nach hinten in die letzte Reihe, wo die beiden zusammenhockten und ebenfalls gespannt den »Zauberstäben« entgegensahen.

»Nun denn«, klang es vom Pult her, »kommt immer zu zweit nach vorne und testet, welcher Translocostab zu jedem einzelnen passt. Sie werden es euch kundtun. Ihr braucht nur eure Hand auszustrecken und über die Stäbe zu halten. Dann wird euch schon gezeigt, welcher Stab zu wem gehört.«

Zögerlich näherten sich die ersten Schüler dem Lehrerpult.

»Das ist ja wie Weihnachten«, feixte Martin, als ein Schüler nach dem anderen die Hand nach den Stäben ausstreckte.

Miriam war die erste aus ihrer Gruppe, die ihre Hand vorsichtig über die Stäbe gleiten ließ. Bei den meisten tat sich nichts. Martin konnte es kaum erwarten, auch endlich »seinen« Stab in den Händen zu halten.

Im nächsten Augenblick leuchtete unter Miriams Hand ein Translocostab intensiv rot auf. Ihre Hand wurde richtig warm. Eine angenehme, anziehende Wärme. Sie floss über die Hand bis in den Arm hinein. Schnell ergriff sie den Stab und begab sich zufrieden auf ihren Platz.

Die Stäbe fühlten sich warm und energetisch an. Martin spürte, wie ein Energiestrom vom Stab auf ihn überging.

»Das ist irre! Einfach gigantisch«, begeisterte er sich. Das war in der Tat ein tolles Helferlein.

»Ihr habt sicher bemerkt, dass sich eine starke Wärme von euren Stäben auf euch ausdehnt. Durch die Wärme werdet ihr immer wissen, ob ihr euren eigenen Stab in der Hand haltet.«

Meister Ivarius konnte sich ein Schmunzeln über die vielen ungläubigen Blicke nicht verkneifen. Es war eines der vielen Geheimnisse dieser Schule, mit denen die neuen Schüler konfrontiert wurden. Aber nicht für alle Schüler war diese Erfahrung etwas Neues.

Edelmund tat jedenfalls so, als ob er schon längst über die Translocostäbe Bescheid wüsste. Heftig konnte man ihn auf Ottokar einreden sehen.

Meister Ivarius begann nun, die ersten Schritte der anstehenden Übungen zu erklären. »Ich werde euch jetzt in den Gebrauch der Translocostäbe einweihen. Vorwiegend dienen sie als Hilfe bei telekinetischen Vorhaben. Es gibt allerdings noch andere Anwendungsgebiete.« Meister Ivarius hob bedeutungsvoll die Augenbrauen. »Davon erfahrt ihr noch rechtzeitig zu einem späteren Zeitpunkt.«

»Das hört sich ja spannend an«, flüsterte Martin Pauline zu. »Was meint er wohl mit ›andere Anwendungsgebiete‹?« Pauline gab ihm unwillig zu verstehen, dass sie hören wollte, was Meister Ivarius noch zu sagen hatte.

»Vor allem aber müsst ihr darauf achten«, fuhr er fort, »dass ihr die Stäbe nie in den Zwischenräumen verliert. Dann wäret ihr erst einmal im Zwischenraum gefangen. Sie bewirken, dass ihr euren Zielort unbehelligt erreichen könnt. Euch wiederzufinden, würde eine unnötige Suche bedeuten, die sehr viel Zeit in Anspruch nehmen würde. Eine Arbeit, auf die meine Kollegen und ich gerne verzichten.«

Damit schloss Meister Ivarius das Kapitel ›Translocostäbe‹ zunächst einmal ab und wandte sich dem eigentlichen Thema der Stunde zu.

»Nun, meine Herrschaften, kommen wir zur Telekinese. Mir obliegt es an dieser Schule, alle, die hierher kommen, egal ob begabt oder unbegabt, mit der Kunst der Telekinese vertraut zu machen.« Er schickte einen Blick durch die Klasse, als wollte er die Unbegabten direkt von vornherein aussortieren. »Kann mir einer sagen, was Telekinese bedeutet?«

Einige der Schüler blickten ratlos, andere schienen schon eine gewisse Vorstellung davon zu haben, wenn auch nur äußerst vage.

So fühlte sich Meister Ivarius genötigt, einen längeren Vortrag zu halten. Selbstverständlich erwartete er dabei, dass alle fleißig Notizen machten.

Anschließend entstand eine muntere Diskussion über das Schwebenlassen-können bestimmter Gegenstände und auch über das Selber-schweben-können, das die Phantasien der Schüler anstachelte. Das war schon eine tolle Sache. Aber wie funktionierte das? Was brauchte man dazu, um diese exotische Art der Fortbewegung richtig hinzubekommen?

»Man benötigt zwei Dinge«, dozierte Meister Ivarius. Gebannt hingen die Schüler an seinen Lippen. Alle wollten so schnell wie möglich in den Genuss des Schwebens kommen. Meister Ivarius war anzumerken, wie er die ungeteilte Aufmerksamkeit genoss, die ihm hier zuteil wurde.

»Ihr braucht den richtigen Motus Magicus. Und hier gilt es, Folgendes zu unterscheiden.« Seine grünen Augen blickten so intensiv auf die Schüler, als wollte er seine Worte in ihre Gehirne hineinzementieren. »Zwischen dem corporis motus magicus und dem res motus magicus. Kann mir jemand sagen, was der Unterschied ist?«

Sein Kopf bewegte sich heftig hin und her. Dabei unterstrich seine spitze Nase in besonderer Weise die Richtung seines Blickes.

»Herr Rübensamen in der letzten Bank, bitte schön«, rief er quer durch die Klasse. Hubert Rübensamen wollte zeigen, dass er aufgepasst hatte, und antwortete schnell: »Ich glaube, das hat etwas mit mir zu tun«.

»Sehr gut, sehr gut, das sind ja richtige Gedankenblitze! DAS HAT ETWAS MIT MIR ZU TUN«, ließ er die Worte genüsslich auf der Zunge zergehen. Diese Antwort entsprach so gar nicht seinen Vorstellungen.

»Hatte ich vorhin nicht gesagt, Herr Rübensamen, dass du in dieser Stunde ganz besonders aufpassen solltest? Und dann kommt so ein Billiges, ›Das hat was mit mir zu tun‹! Ich fragte nach der unterschiedlichen Bedeutung, die in den beiden Befehlen liegen könnte.« Meister Ivarius hatte sein Kinn herausfordernd vorgestreckt, wodurch der arme Schüler immer unsicherer wurde.

Da keine weitere substantielle Antwort folgte, fuhr er mit dem Unterricht fort und begann, die Specifica der beiden magischen Sprüche zu beschreiben.

»Es handelt sich hier um zwei verschiedene Kategorien. Einmal geht es darum, Körper zum Schweben zu bringen. Mit Körper meine ich lebende Körper. Und bei der anderen Kategorie geht es um Gegenstände. Wo geht es um Gegenstände?«, Meister Ivarius' Augen richteten sich gefährlich auf Ottokar, der sich voll auf Justus und seine Freunde konzentrierte. Seine Mimik zeigte, dass er irgendwas ausheckte. »Herr Driessen, na, bei welcher Kategorie geht es um Gegenstände, Dinge oder Sachen? Was meinen Sie wohl?«

Ottokars Gesicht lief rot an, und er wusste überhaupt nicht, um welche Sache es sich handelte. Edelmund versuchte ihm aus der Patsche zu helfen und flüsterte: »Res motus magicus.« Es war zu leise für Ottokar, so bekam er nur die Hälfte mit. »Res moticus«, stieß er hilflos hervor. Sofort brach ein Donnerwetter über ihn herein.

»WAS GLAUBST DU, WARUM ICH ZU BEGINN DER STUNDE KLARE VERHALTENSWEISEN KUNDGETAN HABE?«, brüllte Meister Ivarius mit Erdbebenlautstärke los. »DAMIT SOLCHE NULLEN WIE DU WÄHREND MEINER REDE DURCH DIE GEGEND GLOTZEN UND IHREN SCHWACHSINNIGEN GEDANKEN NACHHÄNGEN? Bis zur nächsten Stunde will ich von dir ein minutiöses Verlaufsprotokoll unaufgefordert vorgelegt bekommen.«

Ottokar wäre fast unter den Tisch gerutscht, so verschreckte ihn der Wutausbruch. Er versuchte sich zusammenzunehmen und schlug eine neue Seite in seinem Heft auf, um sofort mit dem Protokoll zu beginnen. Jetzt hieß es für alle und ganz besonders für ihn wirklich kein Wort mehr zu verpassen, schließlich wollte niemand aus der Schülerschar in der nächsten Stunde noch mehr aufgebrummt bekommen.

An alle gewandt fuhr Meister Ivarius fort: »Wie ich schon sagte, wir haben es mit dem Res motus magicus und dem Corporis motus magicus zu tun. Und die Befehle hierfür lauten corpus move! und res move!«

Prüfend, ob auch alle seinen Ausführungen folgten, flog sein strenger Blick über die verschreckten Schüler, die nach diesem Donnerwetter einigermaßen brav in den Bänken saß.

»Hierbei kommt es nun zum Gebrauch eures magischen Stabes. Ihr habt jetzt die Möglichkeit zu lernen, wie ihr richtig mit ihm umzugehen habt. Vor allem die richtige Handhaltung ist von ÄUßERSTER Wichtigkeit. Denn nur wer den Stab mit Lockerheit bedient, kann die Energie fließen lassen. Die Energie ist wie bei so vielem auch in diesem Fall alles! Einfach alles!«

Während seines gesamten Vortrags war er ständig gestikulierend hin und her gewandert, um dadurch die Bedeutung seiner Worte zu unterstreichen.

»Und ein Drittes und Letztes: Die Bewegung, die geschehen soll, müsst ihr wollen. WOLLEN! meine Herrschaften. Das ist das Wichtigste, das Allerwichtigste in der Telekinese. So, und nun werden wir das ausprobieren. Nehmt euch einen Gegenstand vor und versucht es. Los, los!«

Jeder nahm seinen magischen Stab in die Hand und versuchte ihn in aller Lockerheit zu handhaben, wie es Meister Ivarius gesagt hatte.

Frederic, ein für sein Alter recht klein geratener Schüler, ließ den Stab so heftig in seiner rechten Hand federn, dass er vor lauter Auf-und Abfedern auf den Boden fiel. Das mit dem „nicht zu fest halten“ hatte er zu ernst genommen.

»Ich habe nicht gesagt, ihr sollt den Stab durch die Klasse werfen«, grollte Meister Ivarius, dem das Missgeschick nicht verborgen blieb. »Nur leicht festhalten. Die Energie soll fließen können. Und richtet eure Versuche nun auf keinen Fall auf einen lebendigen Körper, sondern nur auf eine Sache.«

Von allen Seiten war nun »Res move« zu hören, wenn auch nicht immer in der richtigen Betonung. »Es heißt „R**e**s move“ und nicht „Ress movve“. Und nicht so verkrampft, wenn ich bitten darf.«

Erik meinte schon ein leichtes Kribbeln in seiner Hand zu spüren. Er blickte gespannt auf sein Versuchsobjekt, einen alten verstaubten Globus, der oben auf einem der Regale stand. Nun murmelte er das alles entscheidende Wort: „Res move.“ Dabei achtete er besonders auf das Singen in der Stimme. Er bewegte seinen Translocostab vorsichtig nach oben und schon schwebte der Globus leicht über dem Regal. Da er nicht ganz aufmerksam war, fiel die Kugel nach einem kurzen Hin und Her sofort wieder auf ihren Platz zurück. Er versuchte es ein zweites Mal. »Res move!«

Der zweite Versuch, bei dem er mit dem Stab eine etwas größere Bewegung vollführte, gelang besser. Der Globus hob sich, schwebte einen Moment in der Luft und kam dann mit Schwung auf das Lehrerpult heruntergesaust.

Meister Ivarius sah ihn rechtzeitig kommen und vollführte einen Sprung zur Seite. Blitzschnell streckte er seinen Stab in Richtung Globus und brachte ihn auf dem Pult zur Landung. Wütend blickte er auf die Schüler und versuchte, den Urheber ausfindig zu machen. Da aber alle heftigst mit den Übungen zugange waren, konnte er keinen ›Übeltäter‹ finden.

Justus konnte bei seinen Bemühungen ebenfalls einen Erfolg verbuchen, wenn auch mit gewissen Einschränkungen. Seine Versuchsobjekte waren die Bücher, die auf seinem Pult lagen. Er wollte sie auf Eriks Pult befördern. So brachte er mit einem leisen „Res move“ gleich drei Bücher auf einmal zum Abheben. Sie schwebten über dem Pult, schwankten mehrfach hin und her und beschrieben kleine Kreise. Im nächsten Augenblick aber, Justus hatte seine telekinetische Kraft nicht ganz unter Kontrolle, vollführten sie eine schwungvolle Bewegung und jagten in Richtung Rundbogenfenster hinter dem Lehrerpult davon. Hätte Meister Ivarius nicht geradezu „meisterlich“ reagiert und, nachdem er den Globus von Erik auf dem Pult platziert hatte, zugleich auch die Flugbahn der Bücher beeinflusst, so wäre er nicht nur getroffen worden, sondern es hätte auch noch in unmittelbarer Nähe seines Kopfes einen fürchterlichen Crash gegeben.

»SEID IHR DENN VON ALLEN GUTEN GEISTERN VERLASSEN?«, brüllte er. »DAS PASSIERT, WENN MAN WAGHALSIG IST!« Seine Augen sprühten Funken. Justus musste Acht geben, dass er wegen der verrückten Situation keinen Lachanfall bekam. Denn bei den schnellen Bewegungen, mit denen sich Meister Ivarius in Sicherheit bringen musste, verhedderte er sich völlig in seiner besonders faltenreichen Kukulle und musste nun alle Mühe aufwenden, sie wieder in Ordnung zu bringen. Mit hochrotem Kopf blickte er wütend auf die Schüler. Er stand mächtig unter Dampf.

»DAS IST JA HIER EIN SAUHAUFEN! ICH HABE DEN EINDRUCK, ALS KÖNNTE ICH MEINE ANWEISUNGEN AUCH GEGEN WÄNDE REDEN! Herrschaften, ihr müsst ÄUSSERSTE Konzentration und Vorsicht walten lassen!«

Da aber noch ungeübte Anfänger vor ihm saßen, hatte er ein Einsehen und beruhigte sich ebenso schnell, wie er sich erregt hatte. Letztlich schien er Verständnis für die kleinen Missgeschicke zu haben.

Martin war bei dieser Übungseinheit überhaupt nicht mehr zu sehen. Ihm war beim Ausprobieren vor lauter Aufregung sein Stab entglitten und auf und davon gerollt. Jetzt kroch er unter dem Tisch herum und suchte nach dem guten Stück.

Über ihm flogen die verschiedensten Gegenstände durch die Klasse, wobei sich Flugbahnen kreuzten, und einige der Flugobjekte unter lautem Getöse zu Bruch gingen. Ein Chaos war die Folge und versetzte die Schüler in helle Aufregung.

»Okay, meine Damen und Herren, stopp! Lasst es gut sein.« Meister Ivarius machte dem Durcheinander ein Ende, und mit zwei, drei Bewegungen hatte er alle Flugobjekte wieder auf die angestammten Plätze befördert.

Mit kritischem Blick fuhr er fort: »Wir werden die Inhalte nun kurz zu Papier bringen, damit ihr sie euch für die nächste Stunde nochmals durcharbeiten könnt.«

Er vollführte mit seinem Translocostab einige schnelle kunstvolle Bewegungen und zauberte die wichtigsten Informationen an die Tafel.

»Übrigens: An eurer Stelle würde ich diese Art des Schreibens nicht versuchen nachzuahmen. Ich möchte nämlich nicht, dass ihr mir hier die ganze Tafel zerkratzt. Diese Zeichen mit dem Stab lernt ihr noch früh genug.«

Martin hatte den Hinweis überhört. Fasziniert von der kleinen Vorführung versuchte er, direkt seinen Stab einzusetzen. Dabei unterlief ihm natürlich ein Fehler. Er schrieb nicht in sein Heft, sondern brachte auf der Tafel nur ein Gekrakel zustande, mitten hinein in den Text, den Meister Ivarius angeschrieben hatte. So kam, was kommen musste.

»Was habe ich gerade GESAGT?!«, kam es ungehalten von vorne. Meister Ivarius' Kukulle wehte unheilvoll. »WER KONNTE ES DA NICHT ABWARTEN?«

Seine Augen funkelten, als er über die Schar der Schüler sah. »Na, will sich der Übeltäter nicht melden?«

Erik und Pauline ärgerten sich über Martins Aktion, andere Schüler begannen zu feixen. Meister Ivarius blickte sofort in ihre Richtung. Martin fühlte sich ertappt und hob zögerlich mit hochrotem Kopf die Hand.

»Aha, dachte ich mir's doch. Das konnte nur ein solches Früchtchen wie du sein.« Peinlich! Martin wäre am liebsten unterm Tisch versunken. »Du wirst bis zur nächsten Stunde alles heute Gelernte in einer fünfseitigen Zusammenfassung zu Papier bringen. Da kannst du von mir aus mit deinem Stab üben so viel du willst.« Mit einem Wisch hatte er seinen angeschriebenen Text von Martins Kritzeleien befreit.

»Die Aufgaben bis zur nächsten Stunde sind erstens, sich in der Bibliothek über die theoretischen Grundlagen in Kenntnis zu setzen und zweitens: üben, üben und nochmals üben.«

Sekunden später erklang der Schulgong zum Ende der Stunde. Froh, diese erste Stunde in Sachen Telekinese ohne weitere Schimpftiraden hinter sich gebracht zu haben, verließen alle schleunigst das *Telekinarium*.

Auf dem Weg zur Aula sah Justus Schmalzlocke und Rotfuchs, wie sie sich in einer Mauernische neben einem überlebensgroßen Engel herumdrückten. Sie hatten ihre Köpfe zusammengesteckt und waren heftig mit ihren magischen Tafeln beschäftigt. Etwas Geheimnisvolles schien sie zu beschäftigen, denn als sie Justus und seine Freunde kommen sahen, ließen sie reflexartig ihre Tafeln verschwinden und schauten sich interessiert die Engelsgestalt an, die ihrerseits mit einem fragenden Blick auf sie niedersah.

Die Freunde taten, als hätten sie nichts bemerkt. Kaum waren sie um die nächste Ecke, zog Justus die anderen zur Seite und warf einen Blick zurück. Er bemerkte, wie Edelmund auf seine Tafel deutete und dann auf den Boden zeigte.

»Da muss was im Busch sein«, flüsterte er. »Wir sollten ein Auge auf die beiden haben.« Pauline lugte vorsichtig hinter Justus um die Ecke und zog die anderen im nächsten Moment schnell in Richtung Aula, denn die beiden schickten sich gerade an, ihnen zu folgen.

Das Mittagessen verlief ohne weitere Zwischenfälle, und gleich danach waren die beiden Superhelden wie vom Erdboden verschluckt. Jedenfalls waren sie weit und breit nicht zu sehen. Justus konnte sich mit seinen

Freunden in aller Ruhe den telekinetischen Übungen widmen, um danach die freie Zeit des Nachmittags ganz locker im *Metatron* zu verbringen. Einfach abhängen, das konnten sie jetzt gut gebrauchen.

11. Großvater Rupertus

Die folgenden Tage waren mit Übungen und besonders mit stupidem Lernen angefüllt. Am wenigsten Spaß machte die Theorie. Immer waren nur Inhalte aufzuschreiben und anschließend zu büffeln, Unterricht langweiligster Art.

Vor allem die Berechnungen von Geschwindigkeiten und Flugbahnen bei Meister Joselin Ivarius de Bourgogne kosteten eine Menge Schweiß. Nur selten gab es im Unterricht konkrete telekinetische Übungen.

»Diese Büffelei hängt mir langsam zum Hals raus«, ereiferte sich Martin.

»Du würdest am liebsten nur Faxen machen, mit dem Transloco herumspielen und den Lehrern auf dem Kopf rumtanzen.« Pauline ging sein Lamentieren, das sich in der letzten Zeit häufte, mächtig auf den Wecker. »Wie heißt es so schön: Ohne Fleiß kein Preis. Also tu was und laber uns nicht die Ohren voll.«

»Danke für den Tipp!« Martin hatte die Faxen dicke. »Als würde dir die ganze Lernerei Spaß machen. Glaubt dir doch kein Schwein.«

»Hört auf mit dem Gezänk. Ich kann's manchmal nicht mehr hören«, schaltete sich Erik ein. »Wir lernen einfach, was notwendig ist, und damit basta. Ich weiß gar nicht, was du willst? So trocken ist der Unterricht auch wieder nicht«, fuhr er seinen Bruder an.

Recht hatte er. Ihre telekinetischen Fähigkeiten machten große Fortschritte, die Kontrolle ihrer Gedanken funktionierte schon ausgezeichnet, und die Gegenstände krachten nicht mehr gegen die nächste Wand. Alles landete inzwischen perfekt am richtigen Ort, auch wenn es manchmal noch ziemlich schwungvoll abging.

»Leute, es wird Zeit. Meister Sumerus erwartet uns«, ermahnte Miriam. Sie hatte ihre Sachen gepackt und war bereit zum Gehen.

»Das ist auch so ein Langweiler. Nur dieser Mist, mehrfach durchgekaut. Und schweift immer vom Thema ab.« Meister Sumerus war nicht Martins Favorit unter den Lehrern.

Er streifte in fast jeder Stunde alle möglichen Themen und kam dadurch immer vom Hölzchen aufs Stöckchen. Viele Schüler hingen dabei gelangweilt auf ihren Stühlen herum und malten Phantasiegebilde in ihre Hefte statt aufzupassen.

Heute aber war es anders.

»Ich möchte euch heute ein Thema näherbringen, das für einige von größtem Interesse sein könnte«, begann Meister Sumerus seine Ausführungen.

»Wir wollen uns mit den Seherfamilien befassen, die im Laufe der Zeit an unserer Schule gewesen sind. Schon immer gab es bei uns außergewöhnliche Seher.«

Meister Sumerus begann mittels seines Translocos eine ganze Reihe von Familien an die Tafel zu schreiben, Namen, die den meisten Schülern völlig unbekannt waren. Keiner davon war ihnen bisher begegnet.

»Einer aus der langen Reihe der Seher«, fuhr Meister Sumerus fort, »hat an unserer Schule eine besondere Bedeutung erlangt. Rupertus Custodius.«

Justus hörte den Namen seines Großvaters und war auf der Stelle hellwach. Was hatte es mit ihm auf sich, dass Meister Sumerus ihn hier besonders hervorhob?

»Dieser Mensch«, hörte er den Lehrer sagen, »hat damals die Schule vor großem Schaden bewahrt.«

»He Leute, ... der spricht von meinem Großvater«, wandte sich Justus aufgeregt an seine Freunde. Pauline sah ihn mit großen Augen an.

Meister Sumerus referierte weiter. Er sprach von einer großen Bedrohung, der die Schule seinerzeit ausgesetzt war.

»Die Wächter von Antra'agor, die Wächter der Finsternis, hatten die Schule angegriffen und versucht, einige Schüler zu entführen. Überfallartig waren sie ins Tal eingedrungen und hatten dabei eine große Zahl der Bevölkerung des Ortes niedergemetzelt. Viele flohen mit ihren Kindern in die Berge und brachten sich in den hochgelegenen Höhlen in Sicherheit.«

»Und was haben die Ungeheuer mit der Schule und den Schülern gemacht?«, fragte ein Mitschüler dazwischen.

»Wie gesagt, sie wollten Schüler entführen und zu willenlosen Sklaven machen. Sie sollten ihnen zu Diensten sein und zugleich helfen dem Geschlecht der Wächter von Antra'agor das Überleben zu sichern.«

Justus platzte fast vor Spannung. Er musste wissen, was sein Großvater mit der ganzen Sache zu tun hatte.

»Und dieser eine Schüler, ... dieser Rupertus... was hatte der damit zu tun?«, fragte er stockend und bemühte sich, seine Aufregung im Griff zu halten.

»Die Wächter hatten die Schule mittels eines magischen Fesselrings gefährlich eingeschlossen und waren durch geheime unterirdische Gänge bis in die unteren Gewölbe der Schule vorgedrungen. Sie verschafften sich durch ein nicht gesichertes Temploctor Zugang zur Schule.«

Die Klasse wurde unruhig. Vor allem Edelmund und Ottokar rutschten nervös auf ihren Sitzen herum.

Erik zeigte vorsichtig auf die beiden, die wie gewohnt in der ersten Reihe zu finden waren.

»Schaut euch die zwei da vorne an. Haben die Hummeln im Hintern oder warum benehmen die sich so eigenartig?«

»Vielleicht haben ja Herrn Schmalzlockes Vorfahren schon mit den Wächtern Kontakt gehabt. Wer weiß?!« Miriam grinste.

»Die Wächter kamen aus einer anderen Zeit, in der man keine Nachsicht kannte. Jeder, der nicht für sie war, wurde rücksichtslos vernichtet«, berichtete Meister Sumerus weiter über den Existenzkampf der Schule.

»Allein ihre Anwesenheit verbreitete unter den Menschen Angst und Schrecken, ausgelöst durch die dunkle Aura, von der sie ständig umgeben waren. Ihre Umgebung verfinsterte sich, sobald sie auftauchten, und alles wurde in dunkles Licht gehüllt.«

Miriam beobachtete, wie ihre speziellen Freunde in der ersten Reihe heftig miteinander tuschelten. Die Schilderungen schienen ihnen besonders wichtig zu sein.

Meister Sumerus berichtete von schrecklichen Momenten des Kampfes.

»In dieser Situation war eine kleine Gruppe von eigensinnigen und aufmüpfigen Schülern, zu denen auch Rupertus gehörte, hervorgetreten. Vor allem durch ihre Unerschrockenheit hatten sie die Wächter der Finsternis in die Flucht geschlagen.

Jedoch kam es damals zu der unheilvollen Ankündigung, wiederzukommen und Rache an der Schule zu nehmen.«

Meister Sumerus ließ die Schilderung selbst nicht unberührt. »Ich merke, dass ich mich von den damaligen Ereignissen treiben lasse«, setzte er nachdenklich hinzu. »Ich habe schon viel zu viel erzählt. Eigentlich wollte ich nur von dem hervorragenden Seher Rupertus Custodius berichten.«

Er spürte, dass er die Klasse in heftige Aufregung versetzt hatte.

Justus brauste der Kopf. Er begann vor lauter Aufregung zu zittern, sodass Pauline, die neben ihm saß, ihn ganz verschreckt ansah und ihn am Arm faste, um ihn zu beruhigen.

Alles, was er über seinen Großvater nur so andeutungsweise gehört hatte, war soeben bestätigt worden. Er musste ein irrer Typ gewesen sein. Wie konnte es sein, dass er hier einen so außerordentlichen Helden abgab und zu Hause über seine Taten gar nichts bekannt war? Zumindest hatte er seine Großmutter nie von solcherlei Dingen reden hören.

Warum wurden diese großartigen Dinge, die sein Großvater hier geleistet hatte, so sehr vor ihm geheim gehalten? Eines wusste Justus schon jetzt: Bei seinem nächsten Ferienaufenthalt zu Hause würde er seine Eltern löchern, das war sicher.

Er konnte das Ende des Unterrichts kaum erwarten. Er musste seine Erregung, die sich in ihm aufgebaut hatte, erst einmal in den Griff bekommen. Es beschlich ihn das Gefühl, dass Unheilvolles auf sie zukam. Die nächsten Tage und Wochen, das spürte er, würden mehr als turbulent werden.

Schnellstmöglich wollte er eine gute Gelegenheit finden, seinen Freunden davon zu erzählen. Denn ihnen war bis jetzt noch nicht klar, dass mit Rupertus SEIN Großvater gemeint war.

Sein Mitteilungsbedürfnis wurde jedoch auf eine harte Probe gestellt. Durch die verschiedensten Dinge, die an diesem Tag noch auf dem Programm standen, bot sich keine Gelegenheit, seine Erkenntnisse loszuwerden. So musste er sich bis zum nächsten Tag gedulden, seinen Freunden von seiner Entdeckung zu erzählen. Andererseits wurde er aber auch durch die vielen Aufgaben, die sie noch zu bewältigen hatten, etwas von der Geschichte mit seinem Großvater abgelenkt.

12. Geschichte der Magie im Historicum

Am folgenden Tag wartete die nächste Überraschung auf sie. In der ersten Stunde gab es ›Geschichte der Magie‹ bei Madame Griseldis.

Justus war schon sehr früh am Morgen schweißgebadet aufgewacht. Ein furchtbarer Traum, ein richtiger Albtraum, hatte ihn in der Nacht aus dem Schlaf gerissen. Ihm war, als sei er bei den Geschehnissen, die sie am Vortag über seinen Großvater gehört hatten, unmittelbar dabei gewesen.

Er sah im Traum seinen Großvater aus nächster Nähe kämpfen, wie er sein scharfes Schwert Ex'toralis geschickt gegen Cha'ur Thach'schimit, den Anführer der Wächter der Finsternis, einsetzte. Wie Schlag auf Schlag die Schwerter klirrend und Funken sprühend aufeinander krachten. Hin und her wogte der Kampf. Aber Justus' Großvater hatte Mut und eine enorme Geschicklichkeit besessen. Immer wieder war er den gefährlichen Hieben seines Widersachers ausgewichen.

Gerade als Cha'ur Thach'schimit zu einem fürchterlichen Gegenschlag ausholte, wachte Justus aus seinem Traum auf. Große innere Unruhe hatte ihn aufgewühlt. Ob er wohl verletzt worden war? Das wusste Justus nicht. Aber er hatte den Kampf wohl überlebt, denn er war ja erst später in Justus' Heimatstadt gestorben. Sein Opa war von den Splittern einer Fliegerbombe im Krieg getroffen worden. Das war damals ein heftiger Schlag für die Familie gewesen, vor allem für die Oma, die sich und ihre Kinder dann alleine durch die Kriegswirren hatte bringen müssen.

Das Aufstehen war Justus an diesem Morgen schwergefallen, die nächtlichen Eindrücke ließen ihn einfach nicht los. Nun war er froh, dass das Frühstück ohne weitere Zwischenfälle verlief, und er sich mit den anderen auf den Weg ins „Historicum" machen konnte.

Madame Griseldis erwartete sie schon in dem Klassenraum, in dem alle Klassen Geschichte hatten. Überhaupt war die Schule so organisiert, dass jedes Fach in einem dafür speziell eingerichteten Raum unterrichtet wurde.

Die Schüler staunten nicht schlecht, als sie den Klassenraum betraten. Rundum hingen Karten und Schaubilder an den Wänden, die die einzelnen Epochen der Magie darstellten. Jede Epoche wurde durch Symbole, Landschaften und Gebäude gekennzeichnet. Das Bemerkenswerte daran war, dass man die dargestellten Gebäude nicht nur von einer Seite sah, sondern von allen Seiten. Sie drehten sich unablässig in sämtliche Richtungen. Und damit nicht genug, die Perspektive wechselte von außen nach innen und zeigte Räumlichkeiten, Gänge, Hallen und Treppen.

Greifenstein war auch auf einer der Karten zu sehen. Natürlich rief diese Karte, als die Schüler sie entdeckten, das größte Interesse hervor. Hier waren Räume und Winkel zu sehen, die noch unbekannt waren.

Miriam stieß Erik in die Seite und wies ihn auf eine merkwürdige Entdeckung hin. »Schau mal«, raunte sie Erik zu, »da ist ein Gang, der hört einfach auf. Sieht so aus, als wär‘ das nur `ne Sackgasse.«

»Das muss ganz in der Nähe der großen Aula sein«, überlegte Erik, »komisch, dass er uns noch nicht aufgefallen ist.«

»Was ist uns noch nicht eingefallen«, polterte Martin, »was ist denn da überhaupt?« Etwas desorientiert hatte er nicht mitbekommen, worüber Miriam und Erik flüsterten und war verärgert, dass er nicht in das Gespräch einbezogen wurde.

Justus hingegen genoss es einfach nur, die verschiedenen Bauwerke aus der Nähe betrachten zu können. Er unterzog sie einer genaueren Inspektion, wobei er von Karte zu Karte schritt.

Kleine Burgen, Wasserburgen, sowie Felsenburgen, die wie Wespennester an Felsen hingen, Grabenburgen, von Wassergräben umgeben, und Höhenburgen wechselten sich mit riesigen Festungen in bunter Folge ab. An jeder dieser Karten lief am unteren Ende eine erklärende Schrift wie auf einem Ticker entlang. Kurze Informationen teilten mit, um welches Gebäude es sich handelte. Tolle Eindrücke, die hier auf die Schüler eindrangen. Aber nach den Erfahrungen am ersten Tag in der Aula wunderte sich Justus über gar nichts mehr.

Gerade war er am Bild einer Festung vorbei und wollte schon seine Aufmerksamkeit auf eine mittelalterliche Burg richten, da sah er aus dem Augenwinkel, wie ein Kirchenraum, der wohl zur Festung gehörte, auftauchte. Er blieb wie elektrisiert stehen und wandte sich noch einmal zurück.

Diesen Kirchenraum kannte er!

Der war ihm schon einmal begegnet, und zwar nicht einfach so. Die Erinnerung an seinen letzten Tagtraum stieg in ihm hoch, den er an einem der letzten Schultage in seiner alten Schule gehabt hatte. Genau in dieser Kirche.

Hier hatten sich seltsame und geheimnisvolle Zeremonien abgespielt. Er erinnerte sich, wie er da in dieser Mauernische stand, in der Angst entdeckt zu werden. Er sah wieder die Männer, die dort sangen und beteten und dann an ihm vorbeizogen. Und nun wurde diese Kirche hier dargestellt.

Das konnte nicht sein. Wie hieß diese Festung? Akkon!

Justus hatte das Gefühl, als würde alles um ihn herum verschwimmen. Nur die Kirche war für ihn deutlich, überdeutlich zu sehen. Die Stimmen der Mitschüler klangen wie durch eine Wattewand. Es überkam ihn das Gefühl, als tauche er in eine andere Zeit ein.

Er stand da, starrte auf die Kirche und versuchte sich weiter zu erinnern, was nicht so einfach war. Einerseits hatte er das Gefühl, mitten in die Kirche hinein gesogen zu werden, und andererseits war ihm, als wäre da ein großer Graben, der erst überwunden werden müsste. Und dann war die Kirche wieder weg.

Dummerweise forderte Madame Griseldis, nachdem sie das Erstaunen ihrer Schützlinge eine Zeit lang beobachtet hatte, die Schüler auf, Platz zu nehmen. Sie wollte mit dem Unterricht beginnen. Justus musste sich mit Gewalt von diesem Bild losreißen.

Die meisten Schüler saßen schon auf ihren Plätzen. Pauline hatte ihm einen Platz freigehalten und winkte ihn heran.

»Was hast du denn schon wieder?«, fragte sie etwas ungehalten. »Ständig stehst du irgendwo rum. Manchmal weiß man nicht, was mit dir los ist.« Wenn sie gewusst hätte, wie recht sie damit hatte. Justus wusste es ja selbst nicht.

»Meine lieben Schülerinnen und Schüler«, begann Madame Griseldis und ließ ihren Blick durch den Raum schweifen, als wollte sie ihre Schäfchen zählen.

»Solche Karten und Schaubilder sind für euch sicher neu. Wir werden uns im Fach ***Geschichte der Magie*** näher mit ihnen befassen.« Dabei schaute sie sehr verheißungsvoll von einem zum andern und fuhr fort: »Ich lege hier im Fach Geschichte der Magie keinen Wert auf Auswendiglernen von Zahlen und Fakten. Vielmehr sollt ihr ohne große Umwege die wichtigsten Stationen, Epochen und Ereignisse der Magie kennen lernen. Könnt ihr euch vorstellen, was ich damit meine?«

Die Schüler guckten sich etwas ratlos an. Eine Schülerin meldete sich zögerlich und fragte: »Sollen wir eine der Epochen vielleicht in kleinen Szenen nachspielen?«

»Nicht ganz, aber das geht schon in die richtige Richtung«, erwiderte Madame Griseldis etwas geheimnisvoll. »Doch bevor wir zu konkreten Taten schreiten, ist zuerst ein gerütteltes Maß an Theorie vonnöten. Das heißt, ihr müsst euch in der Bibliothek schlau machen. Dazu setzt ihr euch in Kleingruppen zusammen und sucht euch eine der Burgen aus, die hier auf den Karten dargestellt sind.«

Kaum hatte sie das gesagt, fühlte Justus ein irres Kribbeln, gemischt mit dem Gefühl der Vorfreude auf die Burg, die ihm so bekannt war. Nichts würde er lieber tun, als mit den anderen dem Geheimnis dieser Burg auf die Spur zu kommen. Vor Aufregung konnte er kaum sprechen. Er rüttelte Pauline am Arm und zeigte vorsichtig auf die Karte, vor der er bis vorhin noch gestanden hatte. Er musste den anderen unbedingt klar machen, dass sie genau diese Burg nehmen müssten, die sein Geheimnis barg. Das musste schnell gehen, damit kein anderer auf die Idee kam, die Burg vorher auszuwählen.

»Hört mal zu«, begann er aufgeregt, »wir nehmen diese Festung dort«, dabei wies er auf die Burg Akkon.

»Warum? Was ist denn damit?«, wollte Martin wissen. »Mir gefällt aber die Felsenburg dahinten viel besser.«

»Ich weiß gar nicht, ob ich überhaupt so ein Gebäude will«, entgegnete Pauline. Dabei ließ sie ihren Blick suchend durch die Klasse schweifen.

Justus glaubte, sich verhört zu haben. Sein Herz schlug heftig. Er hätte schreien können! Stattdessen zwang er sich ruhig zu bleiben und versuchte zu erklären, warum es unbedingt diese Burg sein musste.

»Ich werde euch alles Weitere später erklären, wenn wir hier raus sind und ungestört im *Metatron* sitzen.«

Seine Freunde schauten ihn fragend an. Pauline kannte solche Zustände bei ihm von früher nur zu Genüge. Daher hielt sie sich zurück und stimmte, wenn auch murrend, zu.

»Also mir ist es gleich, welche Burg wir uns vornehmen. Ich kann mich auf jede einlassen«, gab Miriam zu verstehen. Damit hatten sie sich entschieden und Justus beeilte sich, Madame Griseldis ihre Wahl mitzuteilen.

Nachdem die anderen Schüler sich nach einigem Hin und Her ebenfalls eine Burg ausgesucht hatten, konnte Madame Griseldis sie in ihre Arbeit einweisen.

Nun gab es ein kleines Problem. Ein Mitschüler hatte die gleiche Festung gewählt, weil sie ihm unheimlich gut gefiel. Pauline kannte ihn. Es war Joseph, der vor dem Bild stand und sich nun umsah, wer noch dazukommen würde.

Joseph war ihnen schon verschiedentlich durch seine lustigen Bemerkungen und Kommentare in der Klasse aufgefallen. Er hatte Pauline kürzlich beim Frühstück seinen Cousin vorgestellt, als er mit seinen Freunden auf der Empore der Aula gestanden hatte.

»Hey, wir kennen uns doch«, sagte er etwas spitzbübisch zu Pauline, als sie auf ihn zukamen. So übernahm sie die gegenseitige Vorstellung.

Joseph reichte ihnen allen die Hand. »Interessiert euch diese Festung auch? Sieht riesig aus. Komisch, sie zieht mich magisch an.«

Was sollten sie jetzt tun? Und vor allem, wie konnte Justus den anderen ungestört sein Geheimnis mitteilen, das mit dieser Burg zusammenhing, wenn Joseph ständig bei ihnen war?

Darüber nachzudenken blieb nicht die Zeit, denn schon meldete sich Madame Griseldis wieder zu Wort.

»Geht nun folgendermaßen vor: Ihr schreibt euch die Namen der Abbildungen auf eure magischen Tafeln, und eure Aufgabe ist es, euch in der Bibliothek über das ausgewählte Gebäude zu informieren und zu erforschen, was es damit auf sich hat.«

Das brauchte sie Justus nicht zweimal zu sagen. Umgehend zückte er seine Tafel und schrieb den Namen eilig auf.

»Die Ergebnisse eurer Nachforschungen tragt ihr dann in der nächsten Stunde vor. Für heute seid ihr entlassen«, klang es vom Lehrerpult. Schnell machten sie sich auf den Weg nach *Metatron*. Joseph fragte Pauline unsicher, ob er mitkommen könnte, denn er merkte, dass sie eine feste Gruppe waren. Er kam sich wie ein Eindringling vor.

Ein kurzer Blickkontakt, vor allem zu Justus, weil er den Eindruck machte, als hätte er etwas zu verbergen, dann willigten sie ein. Vielleicht konnte Joseph ja bei der einen oder anderen Gelegenheit hilfreich sein.

Unterwegs begegneten sie ausgerechnet Ottokar und Edelmund, die sich zwischenzeitlich noch um andere Dinge als nur um den Unterricht gekümmert hatten.

»Sieh an, da ist ja unser Seher mit seiner Garde«, klang es provozierend von Schmalzlocke. »Na, wen habt ihr denn da Neues aufgegabelt?«

»Das werden wir euch gerade auf die Nase binden. Macht, dass ihr weiterkommt.«

Edelmund fühlte sich provoziert.

»Du willst uns doch nicht etwa drohen?«, zischte er und ging herausfordernd auf die Gruppe zu. »Du Oberseher!«

Ottokar lachte meckernd.

Edelmund und Justus waren sich gefährlich nahegekommen. Pauline wollte jede Auseinandersetzung vermeiden, zog Justus von Edelmund weg und forderte die anderen zum Weitergehen auf.

»Da ziehen sie hin, die Angsthasen«, rief Edelmund frech hinter ihnen her. »Ihr Pfeifen! Elende...«

»Wie O-o-orgelspf-feifen sehen sie aus«, hörten sie Ottokar stottern. Seinen Sprachfehler nahmen sie jetzt zum ersten Mal richtig wahr. Das Stottern stellte sich immer dann ein, wenn er aufgeregt war.

Obwohl Justus stinkwütend auf die beiden war, musste er unwillkürlich lachen. Martin ließ sich davon anstecken. Dabei hätte er fast eine Engelsstatue umgerannt, die ihm im Weg stand. Allgemeines Gelächter entspannte die Situation. Das änderte jedoch nichts daran, dass Justus vor Aufregung und Wut über die beiden immer noch ein knallrotes Gesicht hatte.

In *Metatron* angekommen, warfen sie sich in die nächstbesten Sessel und ließen ordentlich Luft ab.

»Diese Blödmänner! Die meinen wohl, sie wären was Besseres. Die Überheblichkeit von diesem schmalzlockigen Typen geht mir mächtig auf den Wecker.« Pauline stand ebenfalls noch reichlich unter Dampf. Es hatte sie Kraft und Mühe gekostet, Justus von den beiden fernzuhalten.

Auf Joseph wirkte das Ganze sehr befremdlich, da er von der Abneigung zwischen den beiden Parteien noch nichts wusste. Einigermaßen ratlos blickte er seine Mitschüler an.

»Was wollten die denn von euch?«, fragte er völlig perplex. »Ich meine, mir sind die beiden auch schon aufgefallen. Ich finde sie reichlich bescheuert. Und was meinte der mit der Pomadenfrisur eigentlich mit ***Seher***?«, fragte er Justus.

Die fünf schauten sich verstohlen an. Nun hatten sie ein größeres Problem. Sie bildeten inzwischen eine verschworene Gemeinschaft und wussten nicht, ob sie ihm vertrauen konnten. Wie würde er sich verhalten? Passte er überhaupt zu ihnen?

In Justus Gehirn schossen die verschiedensten Gedanken wild durcheinander. Was wäre, wenn das Zusammentreffen auf dem Gang ein einziges Ablenkungsmanöver war und Joseph von Schmalzlocke und Rotfuchs geschickt war, um zu spionieren? Wollten sie auf diese Weise herauskriegen, welches Geheimnis Justus umgab? War vielleicht alles von langer Hand eingefädelt, dass Joseph so unverhofft vor dem gleichen Bild aufgetaucht war?

Doch Josephs ratloser Blick ließ vermuten, dass an dieser Überlegung nichts dran war.

Justus sah Joseph an und hatte das Gefühl, ihm vertrauen zu können. Er konnte es zwar nicht beweisen, aber eine innere Stimme sagte ihm, dass er richtig empfand. So entschied er sich, Joseph über die Zusammenhänge aufzuklären.

»Also«, begann er, »das ist nämlich so, musst du wissen ...« Und dann weihte er Joseph ein, was sie von Edolfin von Ewigkeit her wussten. Joseph schaute reichlich verständnislos aus der Wäsche. Vor lauter Staunen bekam er fast den Mund nicht zu.

Dass die Schule etwas Besonderes war, das war ihm inzwischen klar. Hier lief eigentlich gar nichts normal ab, angefangen bei den Lehrern bis hin zu den Unterrichtsinhalten.

Joseph hatte sich selbst immer als normal empfunden und hatte daher zwischenzeitlich schon gedacht, hier eigentlich der falsche Schüler am falschen Platz zu sein. Doch ähnlich wie Justus war er Teil einer sehr langen Familientradition. Sein Großvater hatte seinerzeit an der Seite von Justus' Großvater ebenfalls gegen die dunklen Mächte gekämpft. Und später war er an dieser Schule sogar Lehrer und Teil der Schulleitung gewesen. Aber davon ahnte Joseph nichts. Die Schulleitung hatte im Hintergrund dafür gesorgt, dass er zur selben Zeit wie Justus an diese Schule kam. Seine Vorzüge waren seine außergewöhnlichen mentalen Kräfte, die an dieser Schule genauso geschätzt wurden wie Justus' Fähigkeit des Sehens.

Die Geschichte, die er von Justus zu hören bekam, war für ihn nahezu unglaublich. Er konnte kaum ruhig in seinem Sessel sitzen.

»Und das ist schon immer so bei euch in der Familie gewesen?«, fragte er höchst erstaunt.

»Scheint so. Aber, und jetzt kommt das Allergrößte.« Damit wandte sich Justus auch an seine Freunde und erzählte ihnen nun, dass dieser Rupertus, von dem Meister Sumerus eine Menge zu sagen wusste, kein anderer als sein Großvater war.

»Jetzt könnt ihr sicher ahnen, wie mich das umgehauen hat.« Und zu Joseph gewandt, sagte er: »Da du jetzt alles weißt, musst du uns hoch und heilig in die Hand versprechen, nichts, aber auch gar nichts, zu verraten. Hoch und heilig! Schwör's!« Justus Stimme war unmerklich schärfer und lauter geworden.

Joseph hob zum Schwur die Hand und sagte: »Mein Ehrenwort! Ehrlich, von mir erfährt keiner was. Kein Sterbenswörtchen, bei meiner Oma, die schon lange im Grab liegt.«

Das kam so glaubhaft rüber, dass man ihm einfach vertrauen musste. Und feierlich schlug er in Justus' Hand ein.

Jetzt waren sie also zu sechst!

»Und jetzt muss ich euch erzählen, was ich im Historicum entdeckt habe.«

Schon wurde Justus wieder von dieser Aufregung ergriffen, dass ihm sein Herz bis zum Hals schlug.

Seine Freunde bemerkten die roten Flecken, die an seinem Hals nicht zu übersehen waren.

»Ich hab' doch die Burg gesehen, Akkon heißt die, ich hab's aufgeschrieben. Als ich weitergehen wollte, wechselte das Bild und ich sah einen Kirchenraum, der mir absolut bekannt vorkam. Das war die Kirche, die ich in einem Tagtraum in der Schule gesehen hatte.«

Da bahnte sich Großes an. Gebannt hingen sie an seinen Lippen. Er wirbelte mit den Armen, um die Aufregung zu verdeutlichen, die in ihm hochstieg.

»Könnt ihr euch vorstellen, wie da mein Herz bis hier oben schlug?« Er tippte sich an seine Halsschlagader.

»Was denn für einen Tagtraum?«, fragte Martin völlig elektrisiert. »Das hast du uns noch nicht erzählt.«

»Also, das war so«, und Justus begann, die ganze Geschichte, die er damals erlebt hatte, zu erzählen. Seine Freunde staunten nicht schlecht, als sie davon erfuhren. Erik, den eigentlich nichts so schnell aus der Ruhe brachte, schnappte hörbar nach Luft.

»Nun kann ich auch verstehen, warum dich dieser Edolfin einen Seher genannt hat«, meinte Pauline. »Jetzt wird mir klar, warum du hier was Besonderes bist.«

»Total irre!«, setzte Joseph hinzu.

Pauline betrachtete Justus, als würde sie ihn zum ersten Mal sehen. Sie kannte ihn ja nun schon einige Jahre und hatte geglaubt, ihn recht gut zu kennen. Aber dass sich hinter ihm ein solches Geheimnis verbarg, das hätte sie sich nicht träumen lassen.

»Aber wir haben ja alle solche außergewöhnlichen Fähigkeiten. Deshalb sind wir doch auf dieser Schule«, stellte Justus fest, der versuchte seine Besonderheit herunterzuspielen.

»Ja schon, aber trotzdem ragst du irgendwie aus der Schülerschar heraus.« Und dann setzte sie nachdenklich hinzu: »Das muss eine ganz schöne Bürde für dich sein.«

»Wie meinst du das ›Bürde‹?«, fragte Joseph.

»Na, es ist eben eine große Belastung«, ergänzte Erik, der gedankenversunken mit dem Finger auf der Sesselpolsterung herum malte.

»Ich möchte nur nicht, dass die anderen ständig darauf herumreiten, vor allem nicht die beiden Pappnasen Schmalzlocke und Rotfuchs«, stellte Justus mit Nachdruck fest.

»Wie steht es denn mit dir?«, wandte er sich an Joseph, um von seiner eigenen Person abzulenken.

»Was hat dich denn auf diese Schule verschlagen?«

»Ich glaube, mich hat man hierher geholt, weil ich eine ausgesprochen starke mentale Begabung habe«, entgegnete Joseph.

»Und was muss ich mir darunter vorstellen?« Martin schaute Joseph interessiert an.

»Ich habe die Fähigkeit, mich intensiv in andere Menschen hineinversetzen zu können. Das geht über das Gefühl. Ich kann ihre Gefühle nachempfinden. Und da sehr viele Handlungen, die die Menschen ausführen, gefühlsgesteuert sind, kann ich sie in den meisten Fällen voraussehen. Das ist eigentlich alles.«

»Und wie funktioniert das?« Miriam hatte immer schon ein Faible für menschliche Gefühlswelten und zwischenmenschliche Beziehungen gehabt, sodass Josephs Geschichte sie hellhörig werden ließ.

»Den Kontakt schaffe ich über einen intensiven Blickkontakt. Sobald ich den hergestellt habe, liegt die Gefühlswelt des anderen vollständig offen vor mir.« Joseph musste unwillkürlich schmunzeln, als er die ungläubigen und zugleich betroffenen Blicke der Mädchen sah. Welches Mädchen wollte sich denn schon von einem Jungen so ganz ohne Vorbehalt in die eigene Gefühlswelt blicken lassen?

»Da werde ich aber ab jetzt besonders aufpassen, dass ich dich nicht zu intensiv anschaue«, ließ sich Pauline protestierend vernehmen und erntete ein breites Grinsen.

Am Nachmittag ging es wieder in die Bibliothek.

Um die Bibliothek betreten zu können, brauchten sie zum Glück keinen Zauberspruch. Erik wunderte sich beim Öffnen der schweren Eichentür einmal mehr über den engelförmigen Türknauf. Wieder war da dieses wohlige Gefühl, das sich bei der Berührung einstellte.

Kaum ließ Erik die Tür vorsichtig ins Schloss gleiten, da wurden sie auch schon von Madame Ruborrak empfangen. Diese Frau hatte ihre Augen überall. Keiner konnte sich vor ihr verbergen. Zu allem Übel war sie an diesem Tag überhaupt nicht gut drauf.

»Leiser bitte, meine Herrschaften«, klang es ihnen vom Pult entgegen. Dabei gaben sie sich schon alle Mühe, einen Kontakt mit ihr auf das Nötigste zu beschränken. Man konnte ihr einfach nichts Recht machen.

»Wir sind auf der Suche nach Büchern über alte Burgen und Schlösser«, wandte sich Miriam recht freundlich an sie. Nur eine kurze Information und dann schleunigst in Richtung Schreibtische, um nicht weiter gemaßregelt zu werden.

Schnell waren einige Bände der einschlägigen Literatur gefunden. »Wie hieß die Burg? Akkon?«, erkundigte sich Martin und wälzte einen dicken historischen Lexikonband.

Nach kurzem Suchen fanden sie heraus, dass die Burg schon im 12. Jahrhundert erbaut worden war, und zwar von dem Templerorden, einem damals sehr großen und einflussreichen Orden.

»Hier sind alte Skizzen und Zeichnungen. Muss ein mächtiges Bauwerk gewesen sein«, staunte Miriam nicht schlecht, als sie die Ausmaße der Anlage sah. »Das war wohl eher eine Festung.«

Sie entfaltete eine große Karte, auf der nicht nur Risszeichnungen der verschiedenen Bauwerke abgebildet waren, sondern auch äußerst kunstvolle Zeichnungen, die das Auge des Betrachters fesselten.

»Ich habe hier ganz tolle Geschichten gefunden. Scheint ziemlich geheimnisumwittert zu sein.« Erik las, als hätte er einen spannenden Roman vor sich. »Da soll es ein geheimnisvolles Tuch geben. Uralt.«

»Lass sehen«, forderte sein Bruder und setzte sich neben ihn.

Es waren allerdings nur knappe, vage Andeutungen. Weitere Erläuterungen gab es nicht.

Sie forschten nach weiteren Hinweisen in den anderen Lexika, konnten aber auch dort nichts finden, was sie weitergebracht hätte.

»Was mag damit gemeint sein?«, fragte Pauline leise in die Runde.

»Ich habe keinen blassen Schimmer«, musste Justus gestehen, der eigentlich am besten über die Burg informiert war.

»Vielleicht hilft uns ja eine unserer Magictafeln weiter.« Justus zog sein Gerät hervor und tippte den Namen der Burg ein.

Seine Eingaben riefen aber nur ein heftiges Blinken und Anzeigen verschiedenster Symbole hervor, die keine weiteren Aufschlüsse über die Burg zuließen.

Enttäuscht suchten sie noch in anderen Lexikonbänden, kamen aber keinen Schritt voran. So verstrich der Nachmittag, sodass sie am Ende recht frustriert über die dürftigen Ergebnisse die Bibliothek verließen. Dabei hatte alles so aufregend begonnen.

Es folgte ein relativ ruhiges Abendessen, und die angebotenen Leckereien entschädigten sie ein wenig für den enttäuschenden Verlauf am Nachmittag. Da für den Abend nichts Weiteres seitens der Lehrer angesagt war, beschlossen sie, die abendlichen Stunden im *Metatron* ausklingen zu lassen und freuten sich auf ein geruhsames Chillen. Verschiedene Grüppchen saßen im Raum verteilt und genossen die entspannte Atmosphäre.

Doch dabei blieb es nicht. Kaum hockten sie in ihrer Ecke, da hörten sie Edelmund und Ottokar laut diskutierend den Raum betreten. Ein paar Mädchen saßen gemütlich in einer Sesselgruppe an einem der großen Fenster und tuschelten und feixten miteinander. Gerade in dem Augenblick, als Edelmund und Ottokar Einzug hielten, brach bei ihnen ein Gelächter los, das Ottokar sofort auf sich bezog.

»W-was lacht ihr so blöd?«, fauchte er ohne ersichtlichen Grund.

Verdutzt sahen sie ihn an und wussten nicht, was er von ihnen wollte.

»'Tschuldigung, aber ihr seid nicht unbedingt der Mittelpunkt unseres Gesprächs«, merkte eine von ihnen schnippisch an.

Das reizte Edelmund, der sich gekränkt fühlte.

»Wenn das so ist, dann weiß ich nicht, warum ihr so lacht, wenn wir den Raum betreten«, gab er bissig zurück.

Angriffslustig baute er sich vor der kleinen Gruppe auf und rückte dabei einem der Mädchen äußerst nah auf die Pelle.

Justus, bei dem sich sofort sein Beschützerinstinkt meldete, sprang, bevor ihn die anderen halten konnten, auf und stand im nächsten Moment neben der Gruppe.

»Was wollt ihr beiden Superhelden?«, stieß er hervor. »Sucht ihr Streit? Könnt ihr die Mädchen nicht in Ruhe lassen? Ihr Oberpfeifen!«

Das war Öl in Edelmunds Stimmungsfeuer.

»Was willst du denn?«, gab er streitsüchtig zurück. »Halt dich gefälligst raus, du Null!«, und versuchte Justus beiseite zu stupsen.

Schnell sprang Joseph herbei und mischte sich kampfesfreudig ein. »Ihr seid mir ja die richtigen Gentlemen«, fauchte er die beiden Spezies an. »Ihr solltet mal einen Kurs für sittsames Benehmen bei Meister Knörzer machen, ihr Pappnasen«, setzte er herausfordernd hinzu. Allgemeines Gelächter war die Antwort. Der schniefende Meister Knörzer und ein Benimmkurs, das hatte was.

Inzwischen standen weitere Schüler um die Streithähne herum. So zogen Schmalzlocke und Rotfuchs so schnell von dannen, wie sie gekommen waren.

Nachdem die beiden den Raum verlassen hatten, kehrte wieder Ruhe ein, und der Abend verlief recht vergnüglich. Dass die beiden „Superhelden" dabei gehörig ihr Fett wegbekamen, war verständlich und sorgte für allseitige Erheiterung.

Die Nacht nach diesem aufregenden Tag fiel viel zu kurz aus, um richtig ausschlafen zu können. Dafür wurden sie am nächsten Morgen durch ein üppiges Frühstück entschädigt.

Bis zum Unterricht mit Master Ethan von Eagleshead blieb ihnen etwas Zeit. Die Erinnerung an das unwillige Verhalten von Master Ethan bei der Vorstellung der Lehrer war noch recht lebendig. Sie waren gespannt, wie er sich im Unterricht zeigen würde. Jedenfalls klang das Fach Telepathie interessant.

So saßen sie in den recht bequemen blauen Sesseln in ihrem Aufenthaltsraum *Metatron* und warteten auf Martin. Er wollte noch Bücher über Telepathie holen, die er sich extra für diese Stunde in der Bibliothek besorgt hatte.

Das Warten dauerte länger und länger. Langsam drängte die Zeit zum Aufbruch. »Wo bleibt er bloß?« Justus hielt es nicht mehr im Sessel. »Lasst uns gehen. Den Weg kann er nicht verfehlen, ist ja durch die blauen Leuchten angezeigt.«

Fast waren sie durch die Tür, als er endlich kam.

»He, wartet auf mich. Ich an eurer Stelle wäre jetzt nicht ohne einen von euch losgelaufen«, klang es vorwurfsvoll. »Typisch!«

»Was glaubt ihr, ob der Ethan von Eagleshead wirklich so ist, wie er sich bei der Begrüßung gegeben hat?«, fragte Miriam, die es nicht leiden konnte, wenn schlechte Stimmung herrschte.

»Wir werden ja sehen, wie er sich macht«, Justus musste bei Master Ethan unwillkürlich an seine alte Lehrerin Maikel denken, die für ihn inzwischen in weite Ferne gerückt war.

»Ich bin jedenfalls gespannt, wie das heute in Telepathie ablaufen wird«, schaltete sich Erik ein. »Mal sehen, ob er seinen Unterricht so herablassend gestaltet, wie er sich nach außen hin gibt.«

»Wenn ja, dann gibt es bei dem bestimmt nichts zu lachen«, stöhnte Justus. »Bin sehr auf unsere Spezialisten Rotfuchs und Schmalzlocke gespannt, wie sie mit ihm zurechtkommen!?«

»Bin ich auch«, freute sich Pauline. »Dann können wir ja sehen, ob sie echt so gut sind, wie sie immer tun, diese Pappnasen.«

Damit hatte sie voll ins Schwarze getroffen.

»Pappnasen! Haha, das sind in der Tat zwei Pappnasen. Rote und schmalzige Pappnase«, feixte Justus. Die Vorstellung gefiel ihm.

»Das wird sicher 'ne lustige Sache. Bin gespannt, was Master von Eagleshead macht, wenn es Chaos gibt, wie vor ein paar Tagen im Telekinarium«, grinste Martin.

Währenddessen eilten sie durch die Gänge, übersahen aber dabei, wie die blaue Lichterlinie auf dem Boden nach rechts abbog. Nun war von dieser Linie weit und breit nichts mehr zu sehen.

»Moment, stopp!« Justus bemerkte ihr Fehlen als Erster. »Wir sollten doch der blauen Linie ...« Suchend schaute er zurück.

»Mist«, ärgerte sich Martin. »Was jetzt?«

»Wartet mal.« Erik reagierte wie immer besonnen. »Last uns erstmal überlegen, wie wir bis hierher gegangen sind.«

Eigentlich waren sie immer die Gänge entlang, allerdings auch zweimal abgebogen und dann einmal an einer Kreuzung vorbeigekommen.

»Wir sind von unserem Treffpunkt aus erstmal eine ganze Weile in eine Richtung, dann, als wir auf den Quergang gestoßen sind, links, dann wieder rechts gegangen. Wir haben einen Gang gekreuzt und da vorne«, Erik schaute zurück und zeigte auf die Ecke in Sichtweite, »da ging es rechts rum.«

Die vielen Gänge machten es den Neulingen nicht leicht, sich zurechtzufinden. Zu allem Überfluss lief ihnen die Zeit davon. »Die haben sicher schon angefangen«, ärgerte sich Justus, dabei sah er im Geiste schon ihre speziellen Freunde vor sich, wie sie hämisch grinsen würden, wenn sie zu spät kämen.

Sie liefen ein Stück zurück, wie Erik es beschrieben hatte. Tatsächlich sahen sie in einiger Entfernung ein blaues Leuchten, das sich schnell als die verlorene Lichtleiste entpuppte.

Erleichtert liefen sie den richtigen Weg entlang und standen kurze Zeit später vor der Tür des *Epistemologium*.

Justus warf schnell noch einen Blick auf die Uhr. Sie waren nur neun Minuten zu spät. Er zog seine Kukulle zurecht, damit sie richtig saß, und fuhr sich über die Haare, um wenigstens äußerlich einen einigermaßen normalen Eindruck zu machen. Dann klopfte er an die Tür und wartete auf das »Herein«.

13. Master Ethan im Epistemologium

Im nächsten Augenblick flog die Tür nach außen auf und Master Ethan von Eagleshead stand in seiner ganzen Pracht vor ihnen, wobei seine Kukulle in Gelb-Orange mächtig wehte.

»Nur immer herein, die Herrschaften«, klang es etwas spöttisch. »Darf ich ihnen einige Plätze anbieten? Leider habe ich nur noch dort hinten welche frei. Wenn Sie damit bitte vorlieb nehmen würden?«

Ein grandioser Einstieg, dachte Pauline. Das hatten sie jedenfalls fein hingekriegt. Um nicht weitere Schmähungen über sich ergehen lassen zu müssen, setzten sie sich rasch auf die angewiesenen Plätze und verhielten sich still.

Vorne in der ersten Reihe glänzte das Pomadenhaar von Edelmund und neben ihm glühte der Rotschopf von Ottokar. Natürlich nutzte Edelmund wie erwartet die Gelegenheit, um hämisch zu ihnen herüber zu grinsen.

Dieser Einstand bei Master Ethan von Eagleshead war mächtig in die Hose gegangen. Er reagierte, wie schon bei der Vorstellung der Lehrer, verschnupft. Wieder war ihm nicht die Beachtung zuteilgeworden, die er für sich beanspruchte. Dann ging es auch schon los.

»Die Dame und die Herren dort hinten in der letzten Reihe, die Zuspätkommer, sind vielleicht so gütig mir einmal zu erklären, was Telepathie bedeutet. Herr Justus Peyrikus, wie wäre es mit einer qualifizierten Antwort?« Man hörte bis hinten, wie er mit dem Fuß ungeduldig auf den Boden tippte.

Vorne meldete sich Edelmund eifrig, doch Master Ethan übersah ihn geflissentlich. »Na, wird's heute noch was?«

»Ähm, ... hat das«, begann Justus etwas zögerlich, »vielleicht was mit Gedankenübertragung zu tun?«, und sah Master Ethan von Eagleshead unsicher an.

»Volltreffer«, klang es spöttisch. »Der Seher Justus Peyrikus hat die Antwort ›gesehen‹. Es hat nicht nur etwas damit zu tun, es bedeutet sogar Gedankenübertragung.«

Justus fühlte sich richtig schlecht. Jetzt ließ Master Ethan von Eagleshead sich auch noch an seinen Fähigkeiten aus. Einige Schüler schauten fragend zu ihm herüber. So etwas war einfach nur peinlich. Einige Mädchen begannen miteinander zu tuscheln.

Das hatte Master Ethan fein inszeniert. Warum ließ er diese Bemerkung los, die Justus nicht nur Anerkennung, sondern auch Neid einbrachte? Vielleicht weil er die Fähigkeit selbst nicht besaß? Und wenn es so war, was konnte Justus dafür?

Während er noch darüber spekulierte, begann Master Ethan schon mit umfangreichen theoretischen Ausführungen über die Kunst der Telepathie. Dabei vergaß er nicht, sich selbst in ausgiebiger Form darzustellen. Während er dozierte, schritt er bedächtig vor dem Pult auf und ab, immer wieder seine Kukulle zurecht ziehend.

Die Schüler forderte er auf alles mitzuschreiben, was ihnen wichtig erschien. Keine einfache Aufgabe. Für ungeübte Zuhörer war das eine echte Herausforderung. Erik hatte mit dem Mitschreiben nur wenig Probleme, da er eine ausgesprochen gute Konzentrationsfähigkeit besaß. Er konnte zugleich zuhören und schreiben. Es schien ihm angeboren. Sein Bruder Martin dagegen benutzte seinen Stift nur, um Phantasiebilder auf sein Blatt zu malen. Er hatte es aufgegeben, Master Ethan von Eagleshead in seinen Ausführungen zu folgen.

Andere Schüler blickten entweder ziemlich ratlos durch die Gegend oder verfolgten Master Ethan mit ihren Blicken bei seinem ständigen Hin und Her. Schon bald gaben die meisten auf und taten nur noch so, als würden sie schreiben.

»Vielleicht haben einige von euch ein Summen vernommen, seitdem sie hier in der Schule sind.«

Plötzlich waren alle wieder hellwach. Justus rutschte aufgeregt auf seinem Stuhl hin und her. Master Ethan sprach genau das an, was Justus und Pauline schon beim ersten Betreten des Gebäudes wahrgenommen hatten. Dabei hatten sie den Eindruck, als ginge es ihnen alleine so. Die anderen schien das Summen nicht zu stören oder sie hörten es einfach nicht.

»Dieses Summen stammt daher, dass viele Geister in den weitläufigen Gefilden unserer ehrwürdigen Schule ihr Unwesen treiben und ständig versuchen, in die Gedanken der Bewohner einzudringen.«

Summende Geister? Eindringen in Gedanken? Was sollte das? Joseph sah zu Martin hinüber. »Hast du schon was summen gehört?« Martin sah ihn verständnislos an und schüttelte nur mit dem Kopf. Ein Summen war ihm noch nicht zu Ohren gekommen.

»Sicher werden die meisten von euch davon noch nichts bemerkt haben. Das hat zwei Gründe: Erstens können unsere Geister, da sie die volle Konsistenz eines menschlichen Wesens verloren haben, nicht mehr in unser Gehirn eindringen und einfach in den Gedanken lesen. Und zweitens habt ihr davon noch nichts gespürt, weil ihr die dafür nötige Sensibilität nicht ausgebildet habt.«

Bei Pauline war das anders. Sie kannte die Kraft der Telepathie zu Genüge. Jetzt war ihr auch klar, wieso sie bei den Bildern, die überall in der Schule historische Persönlichkeiten darstellten, immer nur ein Summen vernahm und nicht wirkliche Gedanken heraushören konnte.

»Hast du nicht letztens gesagt, du hörst irgendwas?«, flüsterte Justus.

»Ja«, erwiderte Pauline. »Aber ich konnte es nicht zuordnen.«

»Wie, meine Herrschaften, wie stellt man es nun an, die volle Sensibilität zu erlangen, um telepathisch mit anderen in Kontakt zu treten?«

Natürlich war Master Ethan von Eagleshead bei seinen Ausführungen die kurze Unterhaltung zwischen Pauline und Justus nicht entgangen.

»Na, Herr Peyrikus, wie geht das wohl?« Seine Frage traf Justus unvermittelt.

Martin meldete sich heftig. Er wollte unbedingt sein Wissen aus den Büchern loswerden, die er sich extra für das Thema aus der Bibliothek ausgeliehen hatte.

»Ähm, Master Ethan ...«, meldete er sich zu Wort. »Ich glaube, ich könnte da weiterhelfen ...« Master Ethan sah ihn scharf an. Martin schrak unter dem Blick zurück. Es schien schwierig, diesem Lehrer überhaupt etwas Recht zu machen. Schnell setzte er hinzu: »Es braucht eine ganz besondere Konzentrationstechnik. Habe ich jedenfalls in „Wie kontaktiere ich telepathisch?“ von Master Abbrakus Heraldus Trevorsson gelesen.«

»Abb-brakus Heraldus Trevors-sson«, war von vorne ein stotterndes Nachäffen zu hören. Master Ethan wendete sich in die Richtung, um den Übeltäter zur Rechenschaft zu ziehen. Es war kein anderer als der rotschopfige Ottokar.

»GIBT ES EINE SINNVOLLE BEMERKUNG DAZU ZU MACHEN?«, dröhnte nun Master Ethans Stimme durch den Raum. »Der Herr möge doch so freundlich sein und sich einmal von seinem Platz erheben«.

Ottokars Gesicht war knallrot. Langsam sah man den Rotschopf in die Höhe steigen.

»Nun, was hat der Herr zum Unterricht beizutragen?«

Ottokars Gesicht zog sich sichtbar in die Länge. Master Ethan von Eagleheads Miene verfinsterte sich noch mehr.

»Dümmlich herumzustottern ist keine große Kunst, dafür braucht es nicht viel Grips. Für die Telepathie ist erheblich mehr vonnöten.« Ärgerlich warf er seine Kukulle nach hinten und schob sein Kinn angriffslustig nach vorne. »Steh‘ also nicht dumm herum, sondern überlege lieber, wie du deinen Verstand gewinnbringend für die Telepathie einsetzen kannst.«

Das war deutlich. Wenn die erste Stunde schon so verlief, wie würden sich erst die folgenden entwickeln?

Großes Schweigen breitete sich aus; keiner wagte mehr ungefragt dazwischen zu reden. Vielleicht, überlegte Justus, versuchte Master Ethan ja nur den Schülern frühzeitig Grenzen zu setzen, um in Zukunft Ruhe zu haben.

»So, genug davon. Nun zum Wesentlichen dieser Stunde.« Master Ethan war zu seinem Pult zurückgekehrt und knüpfte an seine anfänglichen Ausführungen an. In einzelnen Schritten erklärte er, wie ein Kontakt mittels Telepathie aufgebaut werden und wie man ein Eindringen eines anderen ins eigene Gehirn verhindern konnte, was noch wichtiger war als das Gedankenlesen selbst.

Für Pauline war das alles bloße Theorie, die sie nicht weiter interessierte. Sie musste nur die Blockaden lösen, die sie sich selbst antrainiert hatte, und schon hörte sie die Gedanken der anderen. Auch das Abschotten der eigenen Gedanken war für sie kein echtes Problem.

Abschließend stellte Master Ethan nochmals nachdrücklich fest: »Wie gesagt: Sensibilität, Konzentration, Empathie und nochmals Sensibilität,

Konzentration und Empathie. Für diese Übung setzt euch nun immer paarweise zusammen. Übt zunächst mit einfachen Sätzen.«

»Ähm, Meister Ethan«, meldete sich Joseph. »Können Sie mir sagen, was Empathie heißt?«

Meister Ethan schaute Joseph etwas verwundert über die Nachfrage an. Doch dann besann er sich, dass er hier eine Anfängerklasse vor sich hatte, klar, dass sie noch nicht alle Fremdwörter kennen konnten.

»Empathie kommt aus dem Griechischen«, erläuterte er. »Es bedeutet so viel wie Einfühlung. Also«, und hier hob er seine Stimme und wurde eindringlicher, »ihr müsst euch in den anderen Menschen einfühlen. Das ist nicht immer einfach. Ihr müsst euch also Mühe geben!«

Dabei flog sein Blick von einem zum andern, um seine Aussage zu unterstreichen, und blieb bezeichnend an Ottokars roten Haaren hängen.

»Und vergesst mir auf keinen Fall das Aufschreiben.« Dabei wies sein Zeigefinger auf die diversen Hefte der Schüler.

Nach kurzem, aber lautem Stühlerücken breitete sich Stille und gespannte Aufmerksamkeit aus. Man konnte die Schüler förmlich denken hören. Pauline und Justus saßen sich gegenüber und versuchten mit möglichst kurzen Sätzen miteinander in Kontakt zu treten. Während Justus die Augen fest geschlossen hielt, um sich besser konzentrieren zu können, richtete Pauline ihren Geist auf ihn aus und hörte, wie Justus sich bemühte, seine Gedanken zu ihr zu senden.

»Hallo Pauline«, formulierte er in Gedanken, »kannst du mich verstehen?«

»Aber sicher, ganz klar«, schickte sie zurück. Justus riss die Augen auf. »Hallo!«, stieß er verwundert aus. »Nicht reden!«, zischte Master Ethan.

Verschreckt zuckte Justus zusammen und kniff den Mund zusammen.

»Woher kannst du so schnell Gedanken lesen?«

»Das konnte ich immer schon, ich hatte es nur blockiert«, kam es zurück.

Justus hörte zwar die Worte von Pauline recht deutlich, aber sie wurden noch stark durch das Summen der Gedanken der Mitschüler überlagert. Es summte alles mächtig durcheinander. Doch langsam kristallisierten sich Paulines Gedanken heraus. Es fühlte sich an, als kämen die Gedanken wie auf einem Richtstrahl auf ihn zu. Er musste sich jedoch stark auf sie konzentrieren.

»Du hast doch gehört, was Master Ethan gesagt hat: Empathie ist eine wichtige Voraussetzung für die Telepathie. Sei also empathisch!« Pauline musste grinsen bei der Vorstellung, dass Justus versuchte empathisch zu sein. Das war nicht unbedingt seine größte Stärke.

Im Gegensatz zu ihr strengte er sich so sehr an, dass ihm der Schweiß ausbrach. Richtig heiß wurde ihm. »Ich kann dich hören, aber nur verschwommen. Ich höre noch andere Gedanken, wie durch eine Schallisolierung. Das ist wie ein großes Stimmengewirr«, gab er zurück.

»Übung macht den Meister«, hörte er Pauline. Er glaubte sogar, einen verschmitzten Unterton wahrzunehmen. Das kam bei ihr höchst selten vor.

Justus war so verwirrt, dass er den Kontakt abbrechen ließ. Er riss die Augen auf und sah Pauline vollkommen entspannt auf ihrem Stuhl sitzen.

»Das ist ja transphänomenal!«, stieß er leise hervor.

»Was um alles in der Welt heißt das denn nun wieder?«, fragte sie auf telepathischem Weg. »Hast du das Wort gerade gedankenlesenderweise aufgeschnappt?«

Sie konnte ein breites Grinsen nicht vermeiden.

»Ach, das habe ich gerade nur so erfunden,« gab Justus zurück.

Bei den anderen Schülern lief nicht anders, sie machten ähnliche Erfahrungen. Auch Edelmund und Ottokar schienen einigermaßen erfolgreich zu sein, denn sie steckten die Köpfe zusammen und tuschelten heftig miteinander, was eigentlich nicht Sinn und Zweck der Übung war.

Kurz darauf brach Master Ethan die Übung ab. »Bis zur nächsten Stunde heißt es nun weiter üben, üben, üben.«

»Das war der schiere Hammer«, meinte Martin beim Hinausgehen. Er war noch ganz beeindruckt von seinem Erfolg. »Für mich war das bisher die beste Stunde überhaupt. Stellt euch mal vor, was wir da alles erfahren können.«

»Ja, so lange der andere nicht abblockt«, entgegnete Erik lakonisch. »Denn, wie hat Meister Ethan noch gesagt, wichtiger als das Gedankenlesen ist das Abblocken des Gedankenlesens. Wir müssen auch lernen, uns vor ungebetenen Gästen in unseren Gehirnen zu schützen.«

Anschließend folgte das Mittagessen in der Aula. Am Nachmittag war wissenschaftliche Literaturarbeit über historische Orte der Magie in der Bibliothek angesagt, worauf sich Justus schon besonders freute, denn die Bibliothek hatte es ihm angetan.

»Ich bin gespannt darauf, auf welche neuen Winkel und Ecken wir in der Bibliothek noch stoßen werden«, meinte er zu seinen Freunden, als sie im *Metatron* für die Zeit der Mittagspause in einer stillen Ecke saßen.

Sie hatten es sich in den bequemen Sesseln so richtig gemütlich gemacht. Auf Eriks Beinen lag ein dickes Lexikon, in dem er interessiert herumblätterte.

Joseph inspizierte derweil die Regale auf der Suche nach geeigneter Literatur über Telepathie. Vielleicht fand sich ja auch hier etwas darüber und nicht nur in der Bibliothek. Beiläufig stellte er fest: »Komisch, hier im *Metatron* ist keinerlei Summen zu hören. Fällt mir gerade nur so auf.«

»Vielleicht ist der Raum auf besondere Weise abgeschottet«, überlegte Erik. Als er Miriams ungläubige Blicke sah, fügte er hinzu: »Noch nie was von mentalen Blockaden gehört? Hab‘ ich mal in einem Sciencefiction-Roman gelesen.«

»So was liest du?«, staunte Pauline. »Davon hast du ja noch nie was erzählt. Hätte ich dir gar nicht zugetraut.«

Mit seiner Vermutung lag Erik vollkommen richtig, denn alle Aufenthaltsräume waren mit einem Blockadezauber belegt, um die Intimsphäre der Gruppen zu schützen.

Martin schien dieser Umstand völlig kalt zu lassen. Er lag quer tief in einem Sessel, Beine über der Armlehne, und war selig ins Reich der Träume entwichen. Ein friedliches Schnaufen war das Einzige, was von ihm zu hören war.

»Übrigens gibt es hier direkt hinter der Schule einen tollen Park, der ein paar lauschige Ecken haben soll«, ergänzte Miriam. Sie hatte davon beim Mittagessen eine Mitschülerin reden hören.

»Sollten wir da nicht mal eine Inspektion unternehmen? Vielleicht finden wir da auch ein ruhiges Eckchen für uns. Ich glaube, man kann ihn sogar von hier aus sehen.«

Schon war sie aufgesprungen und öffnete eines der großen Rundbogenfenster, um den Park besser sehen zu können. Ihre Freunde folgten ihr mit eher verhaltenem Interesse. Nur Martin schlummerte weiter friedlich vor sich hin.

»Ist ja mächtig viel Platz da unten«, konstatierte Joseph. »Prima zum Fußballspielen.«

»Seht euch da drüben die wilden Hecken und die alten Mauerteile an. Wirkt richtig geheimnisvoll und verwunschen.« Justus wies in die Richtung, wo man auf die Rückseite der Burg gelangen konnte. Dahinter schien noch ein weites Areal zu liegen, denn mächtige Bäume überragten die Mauer.

Der Garten machte von außen einen verwilderten Eindruck. Die Sträucher und Hecken, die zu sehen waren, schickten ihre weit ausladenden Zweige wild durch die hohen spitzbogigen, glaslosen Fenster in der alten Steinmauer. Sie musste früher einmal ein Teil eines größeren Gebäudes gewesen sein.

»Das Ganze macht fast den Eindruck, als wäre es mal eine riesige Kirche gewesen«, stellte Justus mit Kennerblick fest.

»Aber wieso soll da eine Kirche gestanden haben?« Erik kratzte sich nachdenklich am Kopf.

Die alte Mauer bildete jetzt sozusagen eine Grenze zwischen dem gepflegten, parkähnlichen Garten, der das Schulgebäude umgab, und dem üppig wuchernden Teil hinter der Mauer. Wie sehr er wohl verwildert war? Miriam war schon gespannt darauf, den Park zu erforschen.

»Sollten wir vielleicht morgen in Augenschein nehmen«, meinte Erik. »Jetzt müssen wir erstmal in die Bibliothek.«

»Was müssen wir in die Augen geben?«, klang es verschlafen von der Sitzgruppe herüber. Martin wurde langsam wieder munter und versuchte, sich über die aufgefangenen Wortfetzen klar zu werden.

Miriam grinste. »Ist schon okay. Erzählen wir dir später. Jetzt geht's in die Bibliothek. Arbeiten schadet schließlich nicht!«

Bewaffnet mit ihren Unterlagen ging es quer durch das Gebäude hinüber in das Reich des Wissens.

14. Seltsame Entdeckungen

Kaum standen sie in dem weitläufigen Saal, wurden sie ungewollt Zeuge einer Auseinandersetzung zwischen dem Bibliotheksdrachen, Madame Ruborrak, und Edelmund und Ottokar.

Die Bibliotheksaufseherin stand mächtig unter Dampf, ein Zeichen dafür, dass die beiden irgend etwas angestellt haben mussten.

Deshalb zog Pauline die anderen direkt in einen der Regalgänge, möglichst weit weg vom Ort des Geschehens, um nicht in Gefahr zu geraten, unbeabsichtigt in diese Auseinandersetzung mit hineingezogen zu werden. Madame Ruborrak war so sehr in ihrem Element des Belehrens, dass sie die kleine Gruppe zum Glück nicht wahrgenommen hatte.

Erik hielt bereits seine magische Tafel in der Hand und begann umgehend zu recherchieren.

»Akkon hieß die Burg doch, oder?«, fragte er Justus, in Gedanken noch bei der Auseinandersetzung, die durch den ganzen Raum zu hören war.

Justus beobachtete Schmalzlocke und Rotfuchs, die beide wie ein Häufchen Elend vor dem Bibliotheksdrachen standen. Das, musste sich Justus eingestehen, tat ihm richtig gut. Endlich bekamen sie mal eins auf die Nase. Eine kleine Entschädigung, fand er, für all die Unverschämtheiten, die sie sich bisher geleistet hatten.

»Hey, Justus, ich hab‘ dich was gefragt«, setzte Erik nach.

»Ja, Akkon ist richtig«, bestätigte Justus.

Martin hatte keinen Erfolg mit seiner Magic, er bekam einfach kein richtiges Ergebnis heraus.

»Wie können wir denn nun weiterkommen? Bei mir geht überhaupt nichts.«

»Ich versuch's gerade mit einer Kombination von einzelnen Wörtern, vielleicht geht's mit Akkon, Magie und Kirche«, schlug Joseph vor.«

Er war inzwischen recht sicher im Eingeben der zu suchenden Begriffe. Vor allem wusste er, wie man sie am besten verbinden konnte, um zu einem treffsicheren Ergebnis zu kommen.

»Die blinken ja«, bemerkte Miriam, die Joseph über die Schulter schaute und nun aufleuchtende Wörter sah. »Also ist da wohl ein Zusammenhang. Aber wie geht's weiter?«

Im nächsten Augenblick reagierte die Magic auf die Eingabe und zeigte an, wohin sie gehen sollten.

»Hier steht auf einmal „Geh zum Regal L12/13" in roten Buchstaben.«

»Diese rote Farbe kennen wir doch schon vom letzten Mal«, erinnerte sich Justus an die Richtungsangaben bei ihrem letzten Bibliotheksbesuch.

Joseph schritt die Regalwand ab und kurz darauf fand er die Rubrik L12/13. Sie standen nur wenige Schritte davon entfernt.

»Kommt, hier ist es.« Im gleichen Moment öffnete sich ein Durchgang in der Regalwand, der vorher nicht zu sehen war, und lud sie praktisch ein hindurchzugehen.

Justus ließ sich nicht lange bitten. »Kommt, bevor es ein Aufsehen gibt.«

Und schon standen sie wieder in einem dieser langen, etwas unheimlichen Büchergänge.

»Das ist ja der helle Wahnsinn«, konnte Joseph nur sagen, der zum ersten Mal in einem dieser Regalgänge stand.

»So und wie geht es weiter?«, erkundigte sich Miriam.

»Moment«, sagte Erik, »hier kommt auf meinem Gerät noch eine Anweisung.« „Bis in den nächsten Raum" zeigte seine Magic an.

»Das ist ja irre, dass die Tafel uns genau ansagt, wohin wir zu gehen haben.« Erik war begeistert.

Als wäre es noch nicht genug der Überraschungen, machte Joseph eine weitere Entdeckung. »Seht mal, ich kann genau die gleiche Anweisung bei mir lesen. Diese Teile scheinen miteinander in Verbindung zu stehen.«

Tatsächlich zeigten alle Magics den gleichen Inhalt.

»Das ist ja hammerhart«, entfuhr es Martin. Er hatte jetzt auch einige Angaben auf seiner Magic. »Ich glaub's kaum. Mal sehn, was die Tafeln sonst noch so hergeben.« Sofort probierte er verschiedene Eingaben. Die anderen gingen den Gang weiter entlang und waren bereits aus seinem Blickfeld entschwunden.

»Hey, wo seid ihr?« So ganz allein zwischen den hohen Bücherregalen wurde es ihm etwas mulmig. Schnell bemühte er sich, den Anschluss zu finden.

»Nun komm‘ endlich«, hörte er Miriams Stimme ungeduldig rufen. »Wir haben den Raum schon entdeckt.«

Sie waren dem Gang ein Stück weit gefolgt und hatten nach einer weiteren Kurve den angezeigten Raum erreicht, von dem wiederum einige Gänge abzweigten.

Mittendrin befand sich eine Regalwand, daneben eine Treppe, die ins nächste Stockwerk führte.

Gediegene, bequeme Sessel standen im Raum verteilt, auf einigen lagen Bücher, zum Teil unordentlich gestapelt. Kaum sah Martin die Sitzgelegenheiten, ließ er sich nicht lange bitten und schwang sich in den nächstbesten leeren Sessel. Dabei sank er ziemlich tief ein, eingehüllt von einer Staubwolke. Das hatte er wie schon in der Librum-Secundum-Loge seinem ausgeprägten Hang zur Bequemlichkeit zu verdanken. Rundherum eingestaubt sprang er schnell wieder auf.

Joseph umrundete derweil die mittlere Regalwand. Ein Schreckensruf scheuchte die anderen auf. Im nächsten Augenblick sahen sie den Grund und mussten lachen. Unmittelbar vor Joseph schwebte Edolfin von Ewigkeit her und spielte mit seinem überlangen Bart. Vor lauter Vergnügen schlug er Purzelbäume in der Luft, weil er Joseph einen heftigen Schrecken eingejagt hatte.

»Hallo Edolfin«, grüßte Pauline den Geist, worauf er einen Salto rückwärts durch die Luft folgen ließ und ihren Gruß herzlich erwiderte.

»Wen habt ihr denn da mitgebracht?«, fragte er neugierig.

Joseph stellte sich vor und wollte Edolfin die Hand reichen, was allerdings misslang. Seine Hand fuhr durch Edolfins Hand hindurch wie durch einen Nebel.

Das steigerte die Ausgelassenheit. »Das ist schön, dass du da bist. Wir hatten gehofft, dich zu treffen. Du kommst uns wie gerufen und kannst uns sicher weiterhelfen«, wandte sich Miriam hoffnungsvoll an ihn. »Wir sind nämlich auf der Suche nach Informationen über eine bestimmte Burg, die wir uns in ›Geschichte der Magie‹ ausgesucht haben.«

»Wenn ihr mir sagt, wie sie heißt, will ich sehen, was ich ausrichten kann.« Edolfin sah sie voller Erwartung an.

»Akkon heißt sie.«

Edolfins Gesicht wurde urplötzlich sehr ernst, als er den Namen hörte.

»Da habt ihr euch eine geheimnisvolle und zugleich bedeutende Burg ausgesucht. Kommt, suchen wir uns was zum Sitzen.«

Sie gingen zurück zu den Sesseln. Als sie es sich bequem gemacht hatten, ohne weiteren Staub aufzuwirbeln, begann Edolfin, das Geheimnisvolle an dieser Burg zu erläutern.

»Ihr habt die Burg ja sicher schon auf der Karte im *Historicum* gesehen. Sie sieht eigentlich ganz normal aus. Ist sie aber nicht«, gab sich Edolfin sehr bedeutungsvoll. »Sie beherbergt ein Geheimnis...«

Die Schüler schauten ihn irritiert an.

»Wir haben schon ein paar Informationen, aber viel ist es bisher nicht«, räumte Justus ein. »Da sind ein paar Zeichnungen und Karten, die wir in einem Buch gefunden haben, und dann war da noch ein Hinweis auf ein Tuch. Aber weiter war darüber nichts zu lesen. Kannst Du uns was dazu sagen?«

Edolfin ließ sich nicht lange bitten.

»Also, das Tuch, das du gerade genannt hast, das birgt das Geheimnis der Burg.« Edolfin hob die Augenbrauen und sah sie eindringlich mit seinen alten Augen an.

»Bei dieser Burg handelt es sich um eine Festung. Ihre genaue Gründung liegt im Dunkeln.

So etwa im 12. Jahrhundert wurde sie durch die mächtige Bruderschaft der Templer erbaut. Habt ihr von denen schon mal was gehört?« Edolfin warf einen forschenden Blick auf die kleine Gruppe, die gebannt an seinen milchigen Lippen hing.

»War das nicht ein Ritterorden, der was mit dem heiligen Grab zu tun hatte?«, fragte Miriam.

»Das waren Männer, die ins Heilige Land zogen, um die Wege von Jaffa über Ramla nach Jerusalem zu sichern, damit die Pilger, die nach Jerusalem gingen, gefahrlos dorthin kommen konnten«, fuhr Edolfin fort.

»Das war bei der Gründung des Ordens um 1118 die erste und ursprüngliche Aufgabe, diese Straßen im Heiligen Land für die christlichen Reisenden zu sichern. Mit dem heiligen Grab haben sie direkt nichts zu tun. Aber das ist jetzt nicht so wichtig.«

»Wir haben schon einiges in der Bibliothek darüber erfahren«, berichtete Erik. »Wir wissen, wo in etwa die Burg liegt, und durch die Karten, wie sie gebaut ist.«

»Das Wichtigste ist aber dieses Tuch«, stieß Edolfin hervor.

Er wurde bei der Schilderung über die Templer und vor allem über das ominöse Tuch immer aufgeregter, sodass sein langer Bart in Wallung geriet. Es klang sehr geheimnisvoll, was er da über das festungsartige Bauwerk sagte. Er versuchte, alles möglichst verständlich zu erklären.

»Nun beruhig' dich doch«, warf Miriam ein, »sag uns lieber, was genau da auf der Festung abgelaufen ist.«

»Das will ich ja gerade«, erklärte Edolfin und fing an, einen Knoten nach dem anderen in seinen Bart hinein zu wurschteln. »Ich glaube ...«, begann er nachdenklich, »...wenn ich die Dinge, die ich weiß, richtig deute ... und wenn ich euch hier zusammen sehe ...« Edolfin machte eine Pause. Sie konnten ihm anmerken, dass er versuchte, in seinem alten Schädel verschiedene Puzzlestücke zusammenzufügen.

»Nun mach doch. Was ist das Problem? Warum bist du so zögerlich?«, forderte Justus ihn ungeduldig auf weiterzusprechen.

Martin rutschte nervös auf dem Sessel herum. Die Spannung machte ihn ganz verrückt. Miriam saß nach vorne gebeugt auf ihrem Sessel und konnte die Antwort kaum erwarten. »Was sind das für Dinge, von denen du weißt? Willst du uns nichts sagen oder kannst oder darfst uns nichts sagen?«

»Um dürfen geht es nicht«, stellte Edolfin klar. »Ich überlege, wie ich euch die Zusammenhänge, die mir gerade klar geworden sind, am besten erklären kann.« Wieder machte er eine Pause.

»Also, ich halte es nicht mehr aus«, brach es aus Pauline heraus. »Sag's einfach«, forderte sie ihn ärgerlich auf. Geheimniskrämereien mochte sie überhaupt nicht.

»Nun gut«, begann Edolfin von neuem. »Ich weiß, dass ihr nicht von ungefähr hier zusammensitzt. Das hätte mir eigentlich schon bei unserem letzten Treffen klar sein müssen«, setzte er mehr zu sich selbst als an seine Freunde gerichtet hinzu. »Diese Burg stellt euch vor eine wichtige Aufgabe, die es zu bewältigen gilt.«

Ihre Gesichter glichen sechs großen Fragezeichen.

»Ihr alle, die ihr hier sitzt, habt ganz bestimmte Fähigkeiten, die sich hervorragend ergänzen. Zusammengenommen stellen sie eine ausgezeichnete Kraft dar, um drohende Gefahren zu bannen oder zu besiegen. Nennt es einfach Fügung, dass ihr als Gruppe zusammen seid.«

Erik, der sich die ganze Zeit schweigend zurückgehalten hatte, atmete deutlich hörbar die angestaute Luft aus.

Alles hatten sie erwartet. Diese Geschichte, die ihnen gerade aufgetischt wurde, erschien unglaublich.

»Und du bist sicher, dass wir gemeint sind?«, fragte Joseph ungläubig. »Ich meine, ich bin doch eher durch Zufall zur Gruppe gestoßen ...«

»Und auch das ist kein Zufall, mein Lieber.«

Edolfin sah sich die kleine Gruppe an, und ihre Verunsicherung ließ ihn nicht kalt. Er hatte sie als sehr unternehmungslustige Truppe kennengelernt, doch im Moment machten sie einen eher beklommenen Eindruck.

»Ich kann immer noch nicht recht glauben, was ich höre«, stellte Erik klar. »Du meinst wirklich, dass wir mit unseren Fähigkeiten so was ganz besonderes ...«

»Anders kann ich mir die Zusammenhänge nicht erklären. Es kann nur so sein«, war sich Edolfin sicher.

»Und was machen wir jetzt? Gibt es da eine bestimmte Aufgabe, die wir erfüllen müssen?« In Justus meldete sich sein Wille, Herausforderungen zielstrebig anzugehen.

»Hier in der Bibliothek gibt‘s eine Urkunde. In ihr steht, was mit dem Tuch gemeint ist. Wo lag sie nur noch gleich?« Edolfin machte ein angestrengtes Gesicht. »Wartet mal«, dabei erhob er sich von seinem Sessel, »ich glaub‘, mir fällt‘s gerade ein. Sekunde.«

Schon schwebte er blitzschnell durch einen der Gänge davon.

Die Freunde blickten sich ratlos an. Ihnen blieb nichts anderes übrig als zu warten. Ihre Geduld wurde auf eine harte Probe gestellt.

»Was machen wir, wenn er nicht wiederkommt?«, fragte Joseph beklommen.

»Wieso? Er will doch nur schnell etwas holen«, versuchte Erik seine Freunde zu beruhigen.

Justus war aufgestanden und versuchte sich abzulenken. Die Hände tief in den Taschen schritt er die Regale entlang und schaute sich die alten Bücher an. Die Bände mussten schon seit sehr langer Zeit hier stehen, ohne dass sie jemand herausgenommen hatte. Unmerklich zogen sie ihn in ihren Bann. Wer alles mochte diese Bücher schon gelesen haben? Es mussten tausende wenn nicht hunderttausende in den Regalen sein. Dabei hatten sie erst nur ein paar Gänge kennengelernt. Auch dieser Raum strotzte nur so vor Bücher. Darunter unzählige Folianten und Quartbände, die in früheren Zeiten in Leder gebunden worden waren. Die Buchrücken wiesen erhebliche Gebrauchsspuren auf.

»Die müssen schon unendlich lange hier stehen, so abgegriffen und stark verstaubt wie die sind«, stellte er fest.

Doch seine Freunde waren momentan nicht in der Lage, ihm zu folgen. Immer wieder schaute einer von ihnen auf die Uhr. Die Zeit rückte unerbittlich voran.

»Leute, ich vernehme Stimmen. Da kommt jemand. Ich spüre ganz deutlich gedankliche Schwingungen. Da kommen sogar mehrere«, stieß Pauline plötzlich hervor. Miriam warf einen Blick auf ihre Magic und konnte drei leuchtende Punkte erkennen, die sich bewegten.

»Schaut mal. Da ist tatsächlich was.«

Auch die anderen Magics zeigten rote Punkte, die sich langsam, aber sicher auf ihren Raum zubewegten.

»Was machen wir jetzt? Wir wissen nicht, wer es ist. Stellt euch vor, es sind Rotfuchs und Schmalzlocke«, sagte Martin.

»Am besten ist, wir ziehen uns in einen der anderen Gänge zurück«, schlug Justus vor. »Kommt, gehen wir dort links hinein. Und halten wir die Punkte im Auge.«

Schnell rutschten sie von den Sesseln und schlichen so leise wie möglich in den besagten Gang hinein. Doch die Punkte kamen unaufhörlich näher. Bald würden die drei Unbekannten den Raum erreichen.

Sie zogen sich weiter in den Gang zurück.

»Wir müssen vorsichtig sein«, meinte Justus, »wenn die anderen auch ihre Magics eingeschaltet haben, dann können sie uns ebenfalls sehen.«

Angst stieg in ihnen hoch. Sie mussten unbedingt vermeiden, entdeckt zu werden.

Plötzlich stand wie aus dem Nichts Edolfin hinter ihnen und erkannte die brenzlige Situation sofort.

»Kommt, stellt euch eng zusammen«, forderte er die Freunde auf. Sie schauten verdutzt, folgten aber schnell seiner Anweisung. Er breitete seinen milchig schimmernden Umhang über sie aus, dann hörten sie ihn zwei undeutliche Worte murmeln, und im nächsten Augenblick fanden sie sich in einem kleinen ovalen Raum wieder.

Und auch hier gab es Bücher über Bücher. Mit dem einzigen Unterschied, dass nicht nur die Regale gefüllt waren. Überall stapelten sie sich in kleinen Türmen auf dem Boden. Zwischen den Stapeln befand sich ein dunkelrotes Sofa, auf dem gerade mal zwei Personen Platz nehmen konnten, und einige weitere Sessel mit braunen samtartigen Bezügen. Selbst auf ihnen lagen Bücher wahllos verteilt.

»Also, diesen Raum hat schon lange niemand mehr betreten«, stellte Edolfin mit einem Blick auf das Chaos schuldbewusst fest. Martin blies zur Bestätigung eine dicke Staubschicht von einem der Bücher.

»Jedenfalls seid ihr hier nicht zu finden. Auf den Magics der anderen gebt ihr auch kein Echo mehr ab.«

Verwundert blickten sie ihn an.

»Und wie ist das möglich?“, wollte Justus wissen.

»Das will ich euch erklären«, begann Edolfin. »Räumt mal die Bücher zur Seite und setzt euch.« Er hatte sich auf der Rückenlehne des Sofas niedergelassen, wenn man das von einem Geist überhaupt sagen konnte. Pauline schlug, bevor sie sich setzte, einmal kräftig mit der Hand auf das Sofa und sofort verschwand Edolfin in einer riesigen Staubwolke. Hustend und lachend ließen sie sich, nachdem der Staub sich einigermaßen gelegt hatte, auf den Sitzgelegenheiten nieder.

»Dieser Raum hier«, er beschrieb mit seinem Arm einen Kreis, »ist eines der bestgehüteten Geheimnisse in dieser Schule. Ihr seid die Einzigen der jetzigen Schülerschaft, die darüber Kenntnis haben. Also hütet das

Geheimnis wie euren Augapfel. Selbst die älteren Schüler kennen ihn nicht.«

Dabei blickte er jeden von ihnen ernst an. Den Freunden wurde es unheimlich ums Herz.

»Und wieso wissen die anderen Schüler nichts hiervon?«, fragte Justus nachdenklich.

»Wie ich schon sagte, ihr seid eine ganz besondere Gruppe. Das hat mit euren Fähigkeiten zu tun. Doch das dürft ihr euch unter keinen Umständen gegenüber einem anderen Schüler anmerken lassen. Warum das so ist, werdet ihr noch früh genug erfahren.«

Das war heftig, was Edolfin ihnen da auftischte. Wenn ihnen das jemand vor einiger Zeit gesagt hätte, sie hätten ihn für verrückt erklärt.

»Dieser Raum ist nach außen, das heißt gegenüber den Gängen und Räumen der Bibliothek hermetisch abgesichert. Nichts dringt nach außen, aber auch nicht nach innen. Ihr seid hier also völlig sicher.

Jetzt aber zurück zu der Festung und der Urkunde, die ich mitgebracht habe.«

Durch die Aufregung über die wandelnden Echos auf ihren Magictafeln hatten sie die Urkunde fast vergessen.

»Also«, hob Edolfin an, »wie ich schon sagte, es liegt ein Geheimnis auf der Festung. Eigentlich hätte sie gar nicht erscheinen dürfen, eben wegen dieses Geheimnisses. Aber anscheinend ...«, und hier stockte Edolfin, als ob er sich das Ganze selbst nicht erklären könnte. »Es scheint mir, dass dort etwas nicht mit rechten Dingen zugeht. Es ist etwas im Gange, von dem eine Gefahr ausgeht. - Wie seid ihr dazu gekommen, euch diese Burg auszusuchen?«

»Ähm ...«, meldete sich Justus. »Ich glaube, das ist nicht so zufällig, wie du glaubst.«

Edolfin hob die Augenbrauen und sah Justus fragend an.

Justus schaute unsicher zu Edolfin. »Es war nämlich so, dass ich ..., als ich die Festung sah ... und dann die Kirche ..., dass ich mich an einen Traum erinnert habe, den ich vor längerer Zeit hatte. Er hat sich in der Kirche abgespielt.«

»Und was war das für ein Traum?«

»Also in dem Traum stand ich in einer Kapelle oder einer Kirche, und da habe ich gesehen, wie ein Mann in eine Gruppe aufgenommen wurde. Das alles war so eigenartig, so geheimnisvoll. Alles lief unter ständigem Singen ab. Das war schön, ein bisschen monoton zwar, aber es passte zusammen. Andererseits war es auch wieder irre gespenstisch. Ich war froh, als ich mich in meiner Schule auf meinem Platz wiederfand und es tat richtig gut, meine Lehrerin zu sehen. Das kam nicht häufig vor.« Justus grinste verlegen.

»Und diesen Kirchenraum hast du auf dem Bild mit der Festung wieder gesehen?«

»Ja, daher war ich ja auch so aufgeregt, als ich nach der Festung die Kirche sah.«

»Und darum habt ihr die Festung ausgewählt?«

»Ja, genau«, bestätigte Justus.

»Ja, und dann kam ich noch dazu«, meldete sich Joseph stolz und grinste breit. Den anderen war aber nicht zum Lachen zumute.

Vielmehr staunten sie über die Zusammenhänge, die sich hier auftaten. Martin wischte sich fahrig über seine wuscheligen Haare und Pauline zupfte unablässig an ihrer Kukulle herum, um ihre Erregung zu verbergen.

»Aber was meinst du mit Geheimnis? Und was soll da so Schlimmes auf uns zukommen?«

»Mir scheint«, entgegnete Edolfin langsam, »ihr seid ausgesucht worden, um einen verhängnisvollen Plan in seiner Ausführung zu vereiteln.«

Die Freunde waren geschockt. Erik schluckte, als hätte er einen dicken Kloß im Hals. Wieso sollten gerade sie etwas vereiteln können und womit überhaupt? Gespannt hörten sie Edolfin zu.

»Die Schule ist in großer Gefahr«, sagte Edolfin weiter. »Und diese Gefahr kann nur durch Mitglieder dieser Schule verhindert werden. Und ich habe den Eindruck, dass ihr dazu ausgewählt seid.«

»Aber warum gerade wir?«, fragte Joseph. »Es gibt doch noch genügend andere Schüler, die das machen können, vor allem ältere.« Aus seiner Stimme klang zwar keine Angst, aber doch Besorgnis.

»Das ist richtig. Aber es gibt keine Gruppe, die so viele Begabungen vereint wie es bei euch der Fall ist. Das hatte ich ja schon angedeutet«, entgegnete Edolfin. »Und wie ich das sehe, stößt wohl bald noch jemand zu euch.«

Verständnislose Blicke waren die Antwort. »Aber dann werden wir ja immer größer, ich meine, die Gruppe«, warf Martin ein.

»Das ist richtig, aber keine Angst, es ist nur noch eine Person, die zu euch stößt«, beruhigte sie Edolfin.

»Da sind wir ja in einen schönen Schlamassel hineingeraten«, zeigte sich Pauline entsetzt. »Woher weißt du das alles?«

»Also was die Person angeht, die da noch zu euch kommt, bedeutet sie für euch keinen Schlamassel, eher eine positive Ergänzung, das kann ich euch versichern. Was jedoch die Sache mit der Festung angeht, da müsst ihr euch gehörig wappnen. Aber da werde ich euch helfen können.«

Edolfin entfaltete das Schriftstück, das er mitgebracht hatte. Es war ein uraltes Pergament.

»Nun zurück zu dieser Urkunde. Hier steht einiges über das Geheimnis geschrieben, von dem ich gerade erzählt habe.« Das Pergament war stark verknittert und an mehreren Stellen eingerissen. Hier und da waren sogar leichte Brandspuren zu sehen, die auf eine sehr wechselvolle Vergangenheit schließen ließen. Dagegen stach die Schrift darauf klar und deutlich hervor.

Er warf einen langen Blick auf das Pergament, wobei sich, je länger er auf den Text sah, eine steile Falte auf seiner milchigen Stirn bildete.

»Ich sehe, dass nicht alles ganz so einfach ist. Der Text ist verschlüsselt. Ich könnte euch den Text zwar entschlüsseln und vorlesen, aber das darf ich nicht. Es gehört zu euren Aufgaben, das zu tun. Ihr müsst ihn eigenständig entschlüsseln. So Leid es mir tut.« Er gab das Pergament Pauline, die die ganze Zeit schon begierig versuchte, einen Blick darauf zu werfen.

Kaum hielt sie das wertvolle Stück in der Hand, beugten sich alle über das Schriftstück, um zu sehen, was so geheimnisvoll daran war.

»Ich glaub‘, mich tritt ein Pferd«, hörte man Joseph aufstöhnen. Der Text glich einer wüsten Ansammlung von Buchstaben. »Wer bitte soll denn das entziffern: „Wzh Tvsvrnmrh wvh Hxsdvrhhgfxsh“?« Das stand in der Tat absolut Unverständliches.

Martin schaute erst seinen Bruder an, dann zu Edolfin. Sein Gesicht war ein einziges Fragezeichen. Sie waren alle ziemlich ratlos, und so richteten sich sechs Augenpaare auf Edolfin, in der Hoffnung, dass er ihnen mit einem Gedankenblitz weiterhelfen könnte.

»Ich darf euch nicht helfen«, wusste er nur zu sagen. »Lediglich einen kleinen Tipp kann ich euch geben.«

»Lass' hören«, versuchte Justus seiner Enttäuschung über dieses Hindernis, das ihnen da in den Weg gelegt wurde, zu überspielen. »Jeder Tipp ist mehr als willkommen.«

»Ich kann nur sagen: Spiegeln. Mehr ist leider nicht drin.« Edolfin litt mit ihnen, das konnte man seinem Gesichtsausdruck entnehmen. »Es tut mir unglaublich Leid, eine weitere Information ist nicht möglich. Aber ich bin überzeugt, ihr schafft das.«

Allerdings ließ der Text daran größte Zweifel aufkommen. Doch es half nichts, sie mussten diese Hürde nehmen! Nur so konnten sie mehr über die geheimnisumwitterte Festung erfahren. Dass ihnen hier eine wichtige Aufgabe übertragen wurde, das war allen inzwischen mehr als klar.

»Dürfen wir das Pergament denn wenigstens mitnehmen? Das würde uns sehr helfen.« Paulines Zuversicht schien wie weggeblasen, jedenfalls zum jetzigen Augenblick.

»Das müsst ihr ja, sonst könnt ihr nicht damit arbeiten. Aber hütet das Schriftstück so, als wäre es ein Teil von euch. Ihr könnt ja auch im *Metatron* daran arbeiten, da seid ihr ungestörter als in der Bibliothek und Bücher habt ihr dort ja auch. Eine andere Möglichkeit ist natürlich, ihr kommt hierher, um an dem Text zu arbeiten. Ihr könnt euch ja von Fall zu Fall entscheiden.« Edolfin bekam richtig Mitleid mit den Freunden, aber es war keine weitere Unterstützung von seiner Seite aus möglich.

»So, und nun gebe ich euch noch das magische Passwort, mit dem ihr jederzeit hierhin gelangen könnt, wenn ihr hier arbeiten wollt oder euch in brenzligen Situationen einmal zurückziehen müsst. Wenn ihr das Passwort aussprecht, dann könnt ihr von jeder beliebigen Stelle in der Schule in diesen Raum gelangen. Ihr müsst dabei aber Kontakt miteinander haben.«

Edolfin sagte das, als wäre diese Aktion das Normalste auf der Welt. Jedenfalls waren sie für eine kurze Weile von dem schwierigen Text abgelenkt. Joseph bekam vor lauter Staunen über Edolfins letzte Äußerung den Mund nicht zu und sah aus wie ein Fisch, der verzweifelt nach Luft schnappt. Zu allem Überfluss stellte sich bei ihm auch noch ein Schluckauf ein. Die anderen fingen sofort an zu feixen, trotz der geheimnisumwitterten Situation.

Edolfin fuhr fort: »Ihr dürft euch natürlich nicht dabei erwischen lassen. Stellt euch vor, ihr geht durch einen der Flure und löst euch so mir nichts dir nichts vor den Augen anderer Schüler in Luft auf.

Es ist ein Sprung, wie wir ihn gerade gemacht haben, ein so genannter Transmittersprung.«

Das waren ja tolle Möglichkeiten, die sich ihnen eröffneten.

»Das Passwort, um hierher zu gelangen«, fuhr Edolfin ungerührt fort, »lautet ›Claustrum absconditum‹. Und nun an den Ausgangsort zurückzukommen, müsst ihr nur ›Reditus in classem‹ sagen. Wenn ihr aber von irgendwo sonst an einen anderen Ort springen wollt, dann lautet das Wort ›Magum Refugium‹. Beide Passwörter ›Claustrum absconditum‹ und ›Magum Refugium‹ müsst ihr unbedingt behalten, sie sind ausschließlich für euch. Keiner sonst kennt sie.

Aber ich glaube, ihr müsst bald wieder gehen«, fügte er hinzu, »denn es ist schon viel Zeit vergangen.«

Justus schaute auf seine Uhr und bekam einen Schreck. Es war nur fünf Minuten vor Abendessenszeit und er wollte nicht riskieren zu spät zu kommen.

»Was machen wir jetzt? Wir haben nur noch wenige Minuten. Und wir müssen noch bis zur Aula.«

»Moment, warum versucht ihr nicht jetzt direkt einen Transmittersprung. Ihr müsst nur genau überlegen, wo ihr rauskommen wollt«, forderte Edolfin sie augenzwinkernd auf.

»Das ist nicht das Problem, glaube ich«, entgegnete Pauline. »Wir brauchen uns nur den Ort hinter den Regalen im *Metatron* vorzustellen. Das müsste klappen.« Auffordernd sah sie die anderen an. »Besser als zu spät zu kommen.«

Da sie unzweifelhaft Recht hatte, stellten sie sich dicht zusammen und hielten sich an den Händen. Allerdings war keinem von ihnen ganz geheuer bei der Sache.

»Ihr schafft das«, munterte Edolfin sie auf. »Los jetzt.«

Sie sahen sich an und Justus sagte laut und vernehmlich: »Reditus in classem«. Und prompt waren sie weg und ließen einen zufrieden lächelnden Edolfin zurück.

Die Ankunft im *Metatron* ging nicht ohne Lärm und Chaos ab. Denn bei ihrer Vorstellung des Platzes, wo sie ankommen wollten, hatten sie vergessen, dass da ein paar Sessel herumstanden. Und so gab es ein riesiges Gepolter, als Martin rücklings über die Lehne seines Sessels fiel, in dem er vorher noch selig geschlummert hatte, und mit dem Kopf zuerst darin versank.

Das reizte die anderen natürlich wieder zum Lachen. Doch sofort zischte Erik: »Psst, seid leise.« Er war besorgt, dass andere aus ihrer Klasse sie vielleicht gehört hätten.

Er lugte um die Ecke der Regalwand und sah, wie gerade zwei Mitschüler den Raum verließen.

»Mensch, da gehen einige zur Türe raus«, flüsterte er. »Hoffentlich haben die uns jetzt nicht gehört.« Dabei blickte er seinen Bruder vorwurfsvoll an.

»Was kann ich...«, hob Martin aufgebracht an.

»Leise jetzt!« Pauline war genervt durch die Ungewissheit, ob sie bemerkt worden waren. »Du musst jetzt nicht noch Erklärungen abgeben.«

Die Landung war zwar nicht bravourös, doch ansonsten war der neu gelernte Raumsprung ganz gut gelungen.

»Lasst uns gehen, bevor wir wieder zu spät kommen«, forderte Justus seine Freunde auf.

Es waren tatsächlich nur noch zwei Minuten bis zum Beginn des Abendessens.

»Aber nach dem Essen kommen wir direkt zurück, um an dem Text zu arbeiten. Ok?« Miriam schaute die anderen an und erntete allseits Kopfnicken. Auf den Text waren sie schon mehr als gespannt und konnten es kaum erwarten, sich damit zu beschäftigen. Am liebsten hätten sie sofort losgelegt, ihn zu entschlüsseln.

Pauline verstaute das Pergament in einem dicken Quartband und merkte sich die Signatur, um das wertvolle Stück auch wiederfinden zu können.

Also sputeten sie sich und kamen außer Atem in der Halle an. Sie fielen nur deshalb nicht auf, weil noch andere Schüler und Schülerinnen mit ihnen die Aula betraten.

Kaum war das Essen beendet und noch die wichtigsten Verlautbarungen von Meister Gregorius mitgeteilt, huschten sie unbemerkt aus dem Saal hinaus und suchten auf schnellstem Weg *Metatron* auf.

Sobald sie hinter den Regalen verschwunden waren, holte Pauline das Pergament wieder aus dem dicken Quartband hervor.

Justus blickte etwas unschlüssig, als er auf den Quartband als Versteck sah. »Ich glaube, wir müssen uns noch ein besseres Versteck überlegen, damit wir es auch immer wiederfinden.«

»Zuerst reicht es, wenn wir uns die Buchsignatur merken«, entgegnete Pauline. »Es sollte nur immer dasselbe Buch sein.«

»Warum machen wir es nicht so, dass wir das Buch in dem geheimen Raum verstecken, das weiß doch dann außer uns niemand«, warf Joseph ein.

»Das ist wohl das Sicherste«, stimmte Justus zu. »Kommt, springen wir direkt dorthin. Den Sprung ein bisschen zu üben kann nicht schaden, wie heißt es so schön: Übung macht den Meister.«

»Aber Vorsicht, nur keinen Lärm machen.« Pauline warf einen besorgten Blick hinter das Regal, das sie vom übrigen Raum abschirmte. »Schnell, bevor jemand kommt.« Sie stellten sich in einen Kreis und nach dem „Claustrum absconditum" landeten sie mit Gepolter in ihrem Versteck.

»O Gott«, stöhnte Joseph, der bei der Landung rückwärts über einen Bücherturm stolperte. Ein Sessel fing ihn auf. »Die Sprünge müssen wir noch üben«, stellte Miriam fest. Weitere unsanfte Landungen konnten schnell ins Auge gehen.

»Wir sollten hier was aufräumen und uns einen genauen Landepunkt einrichten, den wir uns alle merken können, damit wir das nächste Mal eine glatte Landung hinlegen.«

Miriam hatte Recht. Zügig sammelten sie die herumliegenden Bücher auf und ordneten sie in die Bücherwände ein. Die übrigen, die keinen Platz in den Regalen fanden, wurden fein säuberlich in kleinen Stapeln auf dem Fußboden entlang der Regale aufgeschichtet, damit sie nicht bei jedem Schritt im Weg lagen.

Das wirbelte mächtig Staub auf und immer wieder musste jemand husten oder niesen. Aber viele Hände machen der Arbeit ein schnelles Ende, und so saßen sie bald in den Sesseln und konnten sich dem geheimen Schriftstück widmen.

»Zeig‘ mal das Pergament«, drängte Martin. Er war gespannt zu erfahren, was da drin stand. Geschickt entwand er das Schriftstück aus Paulines Hand, um es näher zu betrachten. Nach den ersten Worten, die er zu sehen bekam, machte er ein langes Gesicht.

»Häh? Was soll das denn bedeuten? Was ist das nur für ein Buchstabensalat?« Ein einziges Kauderwelsch stand auf dem alten Pergament, sein ungläubig-fragender Blick brachte die anderen zum Lachen.

Erik nahm ihm das Blatt aus der Hand, warf einen Blick drauf und sagte nur: »Ich krieg‘ die Pimpanella.«

»Was kriegst du?« Justus schaute ungläubig.

»Ach, das sagt man bei uns, wenn irgendwas als totaler Quatsch erscheint«, entgegnete Erik.

Der Text war wie die Überschrift ein einziges Wirrwarr, ein richtiger Buchstabensalat.

»Wzh Tvsvrnmrh wvh Hxsdvrhhgfxsh«

»Fmgvirwrhxs,
grvu fmgvi wvi Pzkvoov,
orvtg tvhxsfgag vrm Hziplkszt zfh Hgvrm.
Hvrg ozmtvi Avrg orvtg eviylitvm wzirmm
vrm slxshg dvigekoo Ormmvm,
wzh zfu wvh Slxshgvm Zmgorga ozt.
Rsn wilsg Tvuzsi mfm elm wfmpovm Nzxsgvm,
wrv evihfxsvm vh rm Yvhrga af yirmtvm,
fn af nrhhyizfxsvm hvrmv Pizug.
Wvm Yvhrgavim wrvhvh Kvitznvmgh driw eviorvsvm Dvrhsvrg fmw Nzxsg,
fn qvtorxsvm Hxszwvm elm rsn zyafdvmwvm.

Hrv nltvm ivrhvm wfixs Avrg fmw Izfn, fn zfuafmvsnvm wvm Pznku wvh Tfgvm.

Af wrvhvn Wrvmhg hvrvm rsmvm yvsrouorxs fmw yvivrg

wvi orxsgvm Nztrv fyviivrxsv Uzsrtpvrg.«

»Pffft ... Und was machen wir jetzt?« Martin hatte überhaupt keinen Plan, wie sie jetzt weiterkommen sollten. Nervös wippte er mit einem Bein auf und nieder.

»Ob es hier wohl ein Buch mit Übersetzungsschlüsseln gibt?« Pauline starrte ungläubig auf das Blatt.

»Moment, was hat Edolfin gesagt? Er sagte nur: Spiegeln! Das hat er doch gesagt. Aber wir können lange an den Wörtern herumspiegeln. Aus „Fmgvirwrhxs" wird „Sxhrwrivgmf". Das kann's also nicht sein. Wäre ja auch zu schön, wenn es so einfach ginge«, meinte Justus frustriert.

»Aber allzu schwer kann es nicht sein, sonst hätte Edolfin sicher noch einen weiteren Tipp gegeben«, war sich Pauline sicher.

»Also, wenn ich ehrlich sein soll, dann sieht das nach einem Buchstabenrätsel aus wie man es in Zeitschriften finden kann, nur komplizierter.« Erik versuchte sich einen Reim darauf zu machen.

»Vielleicht sollten wir mal auf die Häufigkeit und die Stellung der verschiedenen Buchstaben achten.«

Justus blickte ganz nebenbei auf seine Uhr und stieß einen überraschten Ruf aus. »Schon zehn. Sollten wir um diese Zeit nicht schon längst auf dem Weg in die Betten sein?«

»Wir machen morgen nach dem Vormittagsunterricht weiter«, schlug Pauline vor, »und jetzt nichts wie weg hier und ab ins Bett.«

Dabei faltete sie auch schon das Pergament zusammen, zog einen großen rot-gold eingefassten Quartband aus einem Regal in Augenhöhe, wo noch weitere Bände der gleichen Ausgabe standen und legte das Pergament sorgfältig hinein. »So, das hätten wir. Und nun auf dem direkten Weg zurück nach *Metatron*.«

Die anderen ließen sich nicht lange bitten und im nächsten Moment standen sie, nachdem Erik „Reditus in classem" gemurmelt hatte, einigermaßen sicher hinter den Regalen im *Metatron*.

Bei ihrer Ankunft wurden sie von einem Ereignis überrascht, das sie um diese Zeit nicht erwartet hätten.

Der Raum war von wunderbaren Klarinettenklängen erfüllt. Sie kamen von der gegenüberliegenden Seite des Raumes, wo es noch weitere Regalnischen gab, in die man sich hervorragend zurückziehen konnte.

Davon hatte eine andere Mitschülerin Gebrauch gemacht. Sie stand nun in einer der Nischen und spielte bezaubernd auf ihrem Instrument. Ihre Musik besaß eine Macht, die ihre Hörer auf der Stelle gefangen nahm. Das Spiel war geprägt von einer großen Leidenschaft, die man förmlich spüren konnte.

Vorsichtig lugte Pauline, von der schönen Musik magisch angezogen, um die Ecke der Regalwand und hielt sich erschreckt die Hand vor den Mund. Fast hätte sie einen lauten Schrei ausgestoßen. Sie sah vor sich ein dreidimensionales Bild, das weit über die Größe der Regale hinausreichte.

Bizarre dreidimensionale Formen in den schillerndsten Farben bewegten sich unablässig im Raum.

Pauline war ruckartig zurückgewichen und dabei gegen die anderen gestoßen, die unmittelbar hinter standen.

»Das müsst ihr sehen!«, stieß sie flüsternd hervor. »Wahnsinn, diese Farben! Ein Wahnsinnsbild!

»Wo ist ein Wahnsinnsbild?«, fragte Martin sofort. Wenn es um Bilder ging, war er wie elektrisiert. Eines seiner Hobbys war Malen, das er hier an der Schule leider nicht ausüben konnte.

Er wollte direkt um die Ecke, doch die anderen hielten ihn mit Macht zurück, sonst hätte er sie alle im Eifer des Gefechts verraten.

Vorsichtig versuchten sie einen Blick um die Ecke, doch die junge Musikerin, selbst durch die Geräusche irritiert, unterbrach ihr Spiel. Sofort fiel das Bild in sich zusammen. Sie kam mit ihrem Instrument hinter der Regalwand hervor und blickte in überraschte Gesichter.

So standen sie sich im ersten Augenblick sprachlos gegenüber, bis Joseph stotternd fragte: »Was machst du da?« Die Frage hätte er sich schenken können. Sie hatte einfach grandiose Musik zu Gehör gebracht.

»Ich spiele«, war ihre einfache Antwort.

»Aber warum gerade jetzt?«, fragte Martin, der hinter allen hervorlugte.

»Wer bist du eigentlich?«, wollte Justus wissen. Er hatte sie zwar schon einmal in der Aula gesehen, wusste aber weiter nichts über sie.

»Ich bin Sarah«, erwiderte sie. Unerschrocken näherte sie sich der kleinen Gruppe. In der rechten Hand hielt sie ihre Klarinette. »Wo kommt ihr denn jetzt her? Ihr wart doch vorhin gar nicht hier.«

Damit hatte sie natürlich vollkommen Recht. Jetzt bestand ein gewisser Erklärungsbedarf.

»Ähm ...«, begann Justus zu stottern, »wir kommen hier aus dem Regal.« Er zeigte hinter sich.

»Das sehe ich«, meinte sie lakonisch und lächelte verschmitzt. Sie machte sich gar keine Gedanken darüber, dass die anderen sie bei ihrem Spiel ertappt hatten.

Erik versuchte, sich und seine Freunde aus dem Dilemma zu befreien. »Wir mussten noch einige Aufgaben machen, und ... äh ...«. Weiter kam er nicht. Es fiel ihm keine überzeugendere Antwort ein. Die Situation war bizarr, wie sie mit ihrer Klarinette dastand und die Gruppe mit einem Lächeln im Gesicht ansah.

Nach der ersten Schrecksekunde standen sie jetzt zusammen in der Mitte des Raumes und beschnupperten sich gegenseitig.

»Aber was machst du eigentlich hier?«, wollte Martin wissen und versuchte so von sich und seinen Freunden abzulenken. »Warum spielst du noch so spät hier im *Metatron*?«

»Ich habe sonst keine Möglichkeit zu spielen. Immer muss ich davon ausgehen, dass einer zuhört, so wie ihr jetzt«, und wieder lächelte sie spitzbübisch. Erik fand, dass sie dadurch sehr anziehend wirkte.

Er blickte sie wie gebannt an. Als Sarah ihm direkt in die Augen sah, fühlte er sich ertappt und es wurde ihm bis unter die Haarspitzen heiß. Hoffentlich merkte niemand etwas davon, schoss es ihm durch den Kopf, vor allem Sarah nicht. Das wäre echt peinlich.

»Sag mal«, begann Pauline neugierig, »ich habe da vorhin was gesehen, das auf deine Musik reagierte. So ein Bild.«

»Was habt ihr gesehen?«

»Also, wir haben gar nichts gesehen. Pauline hat was gesehen«, beeilte sich Justus die Sache richtigzustellen.

»Und was hast du gesehen?«, wollte Sarah von Pauline genauer wissen.

»Ich habe ein sehr großes Bild gesehen«, begann Pauline. »Aber warum fragst du so? Ist denn das so schlimm?«

»Nein«, antwortete Sarah, »schlimm nicht. Aber es gibt Leute, die machen direkt ein riesiges Ding daraus.« Wieder lächelte sie verschmitzt.

»Ich muss immer wieder üben. Wer ein Instrument spielt, der kennt das.«

»Da sagst du mir nichts Neues«, schaltete sich Miriam ein. »Ich spiele Geige. Da ist das genauso. Wir können ja mal zusammen spielen.«

»Oh ja, gerne. Super.« Sarah war begeistert. »Vielleicht finden wir ja auch einen Ort, wo wir ungestört sind.«

»Jetzt scheint mir der ungeeignetste Moment zu sein, ist schon reichlich spät«, stellte Miriam fest.

Sarah schaute auf ihre Uhr. »Oh, ich habe über das Spielen die Zeit völlig vergessen.« Schnell packte sie ihre Klarinette, putzte sie aus, ein absolut notwendiges Ritual bei Holzblasinstrumenten, und verstaute sie in ihrem Etui..

»Vielleicht sehen wir uns ja morgen, dann können wir einen Zeitpunkt fürs Spielen ausmachen.«

Ein kurzer Abschiedsgruß und schon huschten sie auf ihre Zimmer.

Das Frühstück am nächsten Morgen verlief wie so oft, chaotisch. Justus nahm mit seinen Freunden fast einen ganzen Tisch ein. Sarah saß zwei Tische weiter und grüßte kurz herüber.

Erik spürte wieder die eigentümliche Hitze im Gesicht, als sie ihn ansah. Verlegen winkte er ihr zu und versuchte, sich dabei Tee in seine Tasse zu schütten. Da er aber nicht darauf achtete, wo genau die Tasse stand, war eine riesige Teelache die Folge.

»Eh, was machst du?« Miriam sprang entsetzt auf. Ihre Beine hatten einiges von dem heißen Getränk abbekommen. Verzweifelt versuchte sie, ihre Hose mit der Serviette abzuwischen.

»Entschuldigung«, stammelte Erik und wollte helfen, den Schaden zu beheben, indem er nun auch anfing auf Miriams Hose herumzuwischen.

»Laß' das, ich kann das schon alleine. Guck' du lieber, dass du deinen Tee richtig einschüttest«, wies sie Erik unwillig zurück.

Mit hochroten Köpfen saßen sie da und versuchten, die Situation in den Griff zu bekommen, während die anderen sich köstlich amüsierten.

Sarah, die der Auslöser der misslichen Geschichte war, grinste übers ganze Gesicht, war aber sofort wieder ernst, als Erik einen scheuen Blick zu ihr hinüber wagte.

So verging das Frühstück ziemlich aufregend.

Anschließend stand eine Doppelstunde bei Madame Zetha Zethissima im *Interspatium* auf dem Plan.

Im Unterrichtsraum wählten sie strategisch günstig gelegene Plätze in der Mitte des Raumes. Auf der linken Seite glänzten Schmalzlocke und Rotfuchs, allerdings einigermaßen außer Reichweite.

Sarah saß zwei Reihen hinter Erik und seinen Freunden, sodass sie die Gruppe unmittelbar vor Augen hatte. Erik war es überhaupt nicht recht, dass er ihren Blicken ausgeliefert war. Er hatte das Gefühl, sich keinen Fehler erlauben zu dürfen, um sich nicht noch einmal vor ihr zu blamieren. Aber warum eigentlich? Warum reagierte er auf sie so empfindsam? Und warum, zum Teufel, schlug sein Herz so schnell? Alles sehr sonderbar, sie hatte doch nur Klarinette gespielt. Sich darüber weitere Gedanken zu machen, blieb keine Zeit, denn Madame Zetha Zethissima forderte alle Aufmerksamkeit. Neue Übungen mit den Translocostäben standen auf dem Programm.

»Ich hoffe, ihr habt alle eure Stäbe dabei, sonst muss ich einen Vermerk ins magische Klassenbuch machen.«

Als hätte sie es geahnt, waren einige so schusselig und hatten ihre Translocos in den Schlafsälen vergessen.

»Wer hat sie nicht dabei?« Madame Zetha Zethissimas Stimme klang wenig erfreut. Streng sah sie über die Schülergruppe, und ihr Blick blieb an denen hängen, die sich jetzt zögerlich meldeten.

»Ihr seid ja vielleicht ein paar Pap ... Ich sage besser nicht, was ihr seid.«

»Sie wollte bestimmt ›Pappnasen‹ sagen, wetten?«, flüsterte Joseph Martin zu.

Madame Zetha Zethissima fuhr derweil fort: »Ihr solltet inzwischen wissen, dass die Translocostäbe eure ständigen Begleiter sein sollen, ja, sein müssen.«

Ihre Stimme entbehrte nicht einer gewissen Schärfe. Die Helden der Vergessenheit trug sie in die entsprechende Rubrik des magischen Klassenbuches ein.

»So, das wären also Isolda, Alfredo, Tronius und Emilia, die ihre Stäbe nicht dabei haben.« Ihr strenger Blick ging prüfend über die Köpfe. »Da ihr somit nicht mit den anderen üben könnt, habe ich direkt eine besondere Aufgabe für euch. Jeder von euch schreibt ein schönes Protokoll über diese Stunde. Sollte der Inhalt meinen Erwartungen entsprechen, wird sich die Eintragung in Nichts auflösen. Das wird aber sicher eine Weile dauern. Im Übrigen könnt ihr euch nach hinten verziehen, in die letzte Reihe, von dort könnt ihr den anderen zusehen, was sie aus ihren Stäben herausholen.«

Schuldbewusst verdrückten sich die vier nach hinten. Madame Zetha Zethissima konnte ganz schön kiebig werden, richtig unangenehm. Doch der Fall war für sie damit erledigt, und sofort ging sie wieder zum Thema über.

»Also, meine Herrschaften, ich werde euch jetzt in die Kunst des Lichtmachens einweisen. Wie ihr euch ja sicher denken könnt, ist die Aktion ebenfalls wie so viele Tätigkeiten in unserem Hause mit einem Befehl verknüpft. Der lautet: „Viat lux!". Ich mache es einmal vor.«

Sie richtete ihren Translocostab über die Schüler in der letzten Reihe, sprach: „Viat lux!" und schon entglitt der Kristallspitze ihres Stabes eine gleißend helle blau-weiße Lichtkugel, die sich frei in Richtung Decke bewegte und dort für einen fast überirdisch hellen Lichtkegel sorgte.

Der grelle Blitz, der sich dabei entlud, ließ die Schüler zusammenfahren. Das Licht erhellte das gesamte Gewölbe des Raumes, wodurch uralte Fresken an der Decke zum Vorschein kamen. Diese Bilder hatten die Schüler durch die Höhe des Raumes bisher noch gar nicht wahrgenommen.

Madame Zetha konnte sich ein Schmunzeln nicht verkneifen. Die Reaktionen der Schüler waren stets die gleichen: großes Erstaunen, wenn sie diese Vorführung zum ersten Mal in einer neuen Klasse zeigte.

»Nun seht ihr, wozu eure Stäbe in der Lage sind. Umso mehr müsst ihr auf sie achten. Wenn ihr das Licht fortbewegen wollt, so braucht ihr nur „movete" zu sagen und mit eurem Stab in die entsprechende Richtung zu zeigen.«

Sie bewegte den Stab ein wenig nach rechts, sprach dabei den Befehl und das Licht folgte der Bewegung des Stabes.

»Soll das Licht wieder verlöschen, so braucht es nur den Befehl: „Claritas ex" und schon ist es wieder dunkel.« Gesagt, getan, und der Raum erschien in seiner normalen Helligkeit.

Das Ganze sah sehr einfach aus. Doch auch hier gab es, wie konnte es anders sein, einen Haken. »Natürlich kommt es auf die richtige Haltung der Hand an. Nicht verkrampfen, ganz locker halten und die Energie aus euch heraus in den Stab hineinfließen lassen. Es könnte sonst zu einem Energiestau kommen und das führt dann zu Brandblasen. Aber mit einiger Übung«, setzte sie lächelnd hinzu, »wird es auch bei euch gut funktionieren.«

Nun hieß es für alle üben und nochmals üben. Natürlich waren Energiestaus und Brandblasen vorprogrammiert, da der praktische Umgang mit den Stäben fehlte. Einige Schüler hatten vor lauter Schreck und Schmerz die Stäbe fallen gelassen oder gar von sich geworfen.

Martin versuchte die Übung mit größtmöglicher Lockerheit anzugehen. Ganz entspannt saß er da und wog den Stab in seiner rechter Hand. Dann richtete er ihn auf eine Bücherreihe in einem Regal und sprach „Viat lux!" Ein heller Lichtstrahl entlud sich aus seinem Translocostab und erhellte die angezielten Buchrücken. Leider war sein Griff noch zu fest, und daher bildete sich eine Brandblase, wenn auch nur eine kleine, in seiner Hand. Joseph lutschte zugleich an Zeigefinger und Daumen herum. Er hatte den Stab nur kurz etwas zu fest gepackt. Das Ergebnis waren reichlich schmerzende Fingerkuppen.

Einige Schüler stellten sich geschickter an und fabrizierten schon kleinere Lichtkegel, die sie auch zum Teil hin- und herwandern ließen. Das sah recht gekonnt aus, Madame Zetha schien es zu gefallen.

Sarah und Miriam waren am erfolgreichsten. Durch ihr ständiges Üben mit ihren Musikinstrumenten besaßen sie eine besondere Geschicklichkeit und ein ausgeprägtes Feingefühl in ihren Fingern. Daher gelang ihnen der Umgang mit den Translocostäben bereits ziemlich gut, und ihre Lichtkegel besaßen schon einige Leuchtkraft.

Die meisten, weniger geschickten Schüler hatten am unterrichtsfreien Nachmittag reichlich Zeit, die schmerzenden Hände und Finger zu kurieren.

15. Die geheime Botschaft

Justus konnte sich in aller Ruhe mit seinen Freunden dem Rätsel widmen, das ihnen ihr verschlüsselter Text aufgab.

Auf dem Weg zu *Metatron* fragte Justus nachdenklich: »Was meint ihr, ob Sarah die Person sein soll, die Edolfin gemeint hat?«

»Könnte gut sein. Warum nicht? Ich hatte gestern stark den Eindruck, dass sie gut zu unserer Gruppe passen und uns weiterhelfen könnte«, fand Pauline.

»Ich hätte nichts dagegen«, schaltete sich Martin ein. »Sie spielt jedenfalls ziemlich gut Klarinette. Vielleicht kann sie uns damit in düsteren Stunden aufmuntern.«

»Sollten wir sie also einweihen?« Justus war sich noch unsicher Obwohl er nichts dagegen einzuwenden hatte, ging ihm das alles zu schnell.

Sie blieben in einem der breiten Gänge der Schule stehen und beratschlagten die nächsten Schritte.

»Also, ich bin dafür, dass sie mitmacht«, äußerte sich Joseph recht laut. »Du musst das nicht ganz so laut herauströten, dass es durchs ganze Haus dröhnt«, tadelte Erik. Zu allem Überfluss bogen in dem Augenblick Schmalzlocke und Rotfuchs um die Ecke.

»Ja, wen haben wir denn da? Unser Starensemble hält Kriegsrat. Wem seid ihr denn jetzt auf der Spur?«, klang es schnippisch von Schmalzlocke über den Flur.

»Ha-habt Zu-uwachs bekommen, was? Hehe«, versuchte Rotfuchs eine hämische Bemerkung in Richtung Miriam. »Eine w-wunderbare Helden-v-vermehrung.«

»N-nnein, w-wwir s-ssind n-nnur g-ggrößer geworden«, äffte Joseph ihn nach. Sofort ging Schmalzlocke auf Joseph los und packte ihn an seiner Kukulle. Zornig wirbelte er Joseph herum und stieß ihn derb an die Wand.

In nächster Sekunde sprang Erik dazwischen und konnte die Streithähne trennen.

»Was soll das?«, stieß Miriam hervor. »Bist du total durchgeknallt, so auf Joseph loszugehen? Rotf ... äh, Ottokar kann sich doch selbst helfen.«

Ihre Freunde begannen zu lachen wegen des Versprechers.

»W-wie wolltest du mich n-nennen?«, fauchte Ottokar und stürzte sich nun seinerseits auf Miriam. Da hatte er sich die Falsche ausgesucht. Sie war von Jungs einiges gewohnt, da sie seit vielen Jahren mit ihnen Fußball spielte. Ein kurzer Schubs, um ihn abzuwehren, und schon taumelte er rückwärts und fand sich auf dem Fußboden wieder. Mit hochrotem Kopf rappelte er sich auf und nahm einen zweiten Anlauf.

Da bog Henricius Knörzer um die Ecke und polterte augenblicklich los.

»WAS IST HIER LOS? HERR DRIESSEN, WARUM GEHEN SIE AUF MÄDCHEN LOS?« Dabei zog er, als müsste es so sein, sein überdimensionales Schnäuztuch hervor und schniefte hinein. Das kratzte natürlich an seiner Autorität.

»Die beiden kamen um die Ecke und haben uns angepöbelt«, rechtfertigte sich Pauline.

»Wir haben nur ganz freundlich gefragt, was ihr hier macht«, verteidigte sich Edelmund scheinheilig. »Und dann sind sie sofort auf meinen Freund losgegangen«, erklärte er Meister Knörzer.

»Stimmt überhaupt nicht«, mischte sich Miriam ein. Sie versuchte bewusst ruhig zu bleiben. »Ottokar wollte uns provozieren, da haben wir uns über ihn lustig gemacht, und er ging direkt auf mich los.«

»Wie auch immer es gelaufen ist», erwiderte Meister Knörzer. »Ihr geht zu eurer Klassenleitung. Ich melde euch schon einmal an.« Sogleich begann er, auf seiner eigenen Magic herumzuschreiben. Wütend blickte er sie der Reihe nach an, schnäuzte sich nochmals kräftig und zog schniefend und schimpfend ab.

Widerwillig trennten sich die Streithähne. »Wartet nur, in der nächsten Telekinesestunde gibts was auf die Birne«, rief Schmalzlocke ihnen noch nach und trollte sich mit seinem Kompagnon in Richtung Ausgang.

Nach dem Intermezzo stand das Problem mit Sarah immer noch im Raum. Kurz vor *Metatron* verharrten sie nochmals, um zu einer Entscheidung zu kommen.

»Also ist es beschlossene Sache: Wir werden Sarah einweihen. Richtig?«, fragte Justus nochmals nach.

Er sah seine Freunde an und erhielt ein zustimmendes Nicken.

»Dann lasst uns sehen, wo sie steckt«, sagte Erik und betrat den Aufenthaltsraum.

Sarah saß mit zwei weiteren Schülern ihrer Klasse in der Nähe der großen Fenster. Es herrschte eine ausgelassene Stimmung. Sarah begrüßte sie lachend und lud sie ein, sich dazu zu setzen. Das war ein willkommener Ausgleich zur Auseinandersetzung mit Schmalzlocke und Rotfuchs.

Miriam schlug vor, ihre Geige zu holen und lud Sarah zu einem gemeinsamen Spiel ein.

»Ja, super, machen wir. Gehen wir gleich zusammen«, sagte Sarah. Es dauerte nicht lange, bis sie ihre Instrumente geholt und aufeinander eingestimmt hatten, um ihrem Spiel freien Lauf zu lassen. Die Freunde staunten nicht schlecht. Die beiden spielten wie aus einem Guss, ohne Noten in freier Improvisation. Dazu gehörte schon einiges. Besonders schön war ihr Wechselspiel, das sich wie ein Fragen und Antworten anhörte.

Die beiden anderen Mitschüler, Florian und Valentin, verabschiedeten sich kurz darauf in den Lesesaal, um noch Aufgaben für Geschichte der Magie zu erledigen. Sarah und Miriam, inzwischen warm gespielt, servierten ihren Freunden einen wahren Ohrenschmaus mit ihrer Musik.

»Das ist ja richtig genial«, ließ sich Martin bewundernd vernehmen. »Habt ihr schonmal zusammen gespielt?«

»Bis jetzt noch nicht. Entweder gehts oder es geht nicht. Und bei uns scheint es zu funktionieren«, stellte Miriam erfreut fest.

Kaum spielten sie weiter, da geschah im nächsten Moment genau das Gleiche wie bei ihrer ersten Begegnung mit Sarah. Ein Bild entstand, das sich langsam aber sicher im Raum aufbaute und immer klarer und deutlicher wurde.

Es schillerte in überaus intensiven Farben. Ein wahres Farbenfeuerwerk wurde ihnen geboten. Alle bemerkten eine unsichtbare Verbindung zwischen Spielerinnen und Bild.

Die Freunde wagten kaum zu atmen. Sarah hatte ihre Augen geschlossen und spielte zusammen mit Miriam, als wäre es für sie das Natürlichste auf der Welt. Beide schienen die Musik vorauszuahnen. Justus blickte abwechselnd auf die Spielerinnen und auf das wunderschöne Bild. Ein irres Schauspiel. Erik konnte seinen Blick kaum von Sarah lösen, so begeistert war er von ihr und ihrem Spiel. Die Musik schlug alle in einen unglaublichen Bann. Eine wahrhaft magische Musik! Das endlose Gefühl der Ruhe und der Geborgenheit, das in diesem Raum stets spürbar war, wurde durch die Klänge unendlich gesteigert.

Den Freunden wurde blitzartig klar: Sarah war eine von ihnen. Sie war die Person, von der Edolfin gesprochen hatte und die noch zu ihrer Gruppe stoßen sollte. Sarah hatte sich buchstäblich in ihre Herzen gespielt.

Nach einiger Zeit öffnete Sarah wieder ihre Augen. Sie machte den Eindruck, als kehrte sie von einem fernen Ort in die Wirklichkeit von *Metatron* zurück. Still lächelte sie die anderen an, und langsam wurde das Bild transparenter, bis es schließlich verschwand.

»Das war Wahnsinn, was ihr da gespielt habt«, begeisterte sich Erik. Er war der erste, der die Worte wiederfand. »Wie machst du das?«, fragte er Sarah.

»Das ist meine besondere Fähigkeit. Ich glaube, dass ich deswegen auf diese Schule gekommen bin«, stellte Sarah bescheiden fest. »Ich kann Empfindungen visualisieren.«

»Visualisieren, was meinst du damit?« Joseph hörte das Wort zum ersten Mal.

»Visualisieren bedeutet, dass sie ihre Empfindungen bildhaft darstellen kann«, klärte Miriam auf.

»Ja, genau. Ich kann eine Situation bildlich anzeigen, und dabei kann ich das, was zu sehen ist, auch nachempfinden. Aber ich glaube«, fuhr Sarah fort, »diesmal war ich nicht alleine am Werk. Miriam scheint die gleiche Kraft zu besitzen, meine ich jedenfalls gespürt zu haben«, wandte sie sich an ihre Mitspielerin.

»Ähm, bei mir ist das etwas anders.« Miriam spielte verlegen an den Saitenwirbeln der Geige. Sie fühlte sich etwas unwohl bei dem Gedanken, über sich selbst und über ihre Fähigkeiten zu sprechen. »Sagen wir mal so: Ich besitze eigentlich eine andere Fähigkeit. Ich kann Zusammenhänge und Abläufe, die in der Zeit passieren, zum Vorschein bringen.«

»Das ist ja super! Warum hast du das nicht gleich gesagt?«, platzte Martin heraus. »Dann kannst du uns doch irre gut helfen. Zum Beispiel können wir dann immer sehen, wo sich die beiden Superhelden befinden.«

»Das wäre sicher möglich. Nur kann ich nicht immer mit der Geige herumlaufen. Aber vielleicht reicht es ja auch, wenn ich summe. Ich habe nämlich schon als kleines Kind festgestellt, dass ich, wenn ich ganz bestimmte Töne summe, ebenfalls Szenen zu Vorschein bringen kann.«

»Wie meinst du das? Du summst einfach eine Melodie. und dann kommt da ein Bild?«, fragte Joseph. »Einfach so?«

»Nein, es ist mehr eine Melodie, die von innen her kommt. Sie steigt in mir hoch. Ich höre sie zuerst leise und dann wird sie schnell lauter. Und wenn ich sie dann summe, entsteht die entsprechende Situation, an die ich denke. Genau so ist es bei meinem Geigenspiel. Im Notfall kann ich auf meine Geige verzichten«, erklärte Miriam.

Ihre Freunde hörten das mit großen Ohren. Damit würde sie der Gruppe große Dienste erweisen können. Das war sicher.

»Aber wir wollten Sarah doch noch etwas sagen«, schaltete sich jetzt Justus ein. Als er in den Gesichtern keinen Widerspruch entdeckte, wandte er sich an Sarah.

»Weißt du«, begann er zögerlich, »wir könnten dich gut in unserer Gruppe gebrauchen.« Dabei sah er sie ein wenig unsicher von der Seite an. »Wie ist es? Hättest du Lust?«

Sarah blickte ihn verwundert an. »Was habt ihr denn vor?«

»Na, das ist so...«, schaltete sich Erik ein, Sarah die Zusammenhänge über ihre Gruppe aufzuklären. Das machte er in seiner sehr überlegten Art kurz und präzise. Trotzdem gab es eine Menge Dinge, die nicht so einfach zu erklären waren. Vor allem die Bekanntschaft mit Edolfin.

Sarah bekam durch die Fülle der Geheimnisse, die sie da alle auf einmal aufgetischt bekam, den Mund überhaupt nicht mehr zu.

Erik kam auch auf das Geheimnis über den verborgenen Raum in der Bibliothek zu sprechen und was es mit dem Pergament auf sich hatte. Sie musste schwören, niemandem darüber auch nur ein Sterbenswörtchen zu sagen. Wie man in den Geheimraum kommen konnte, sollte sie auch sofort erfahren.

»Wir stehen nämlich noch vor der Aufgabe, einen verschlüsselten Text zu entziffern, den wir dort versteckt halten. Dabei kannst du uns sicher auch helfen«, lud Erik sie ein. »Komm, wir zeigen dir den Raum.«

Alle waren sofort einverstanden. Schnell stellten sie sich eng zusammen, nahmen Sarah in die Mitte und Justus murmelte: »Claustrum absconditum«.

Der neuerliche Transmittersprung gelang diesmal besser und ohne größere Blessuren. Keiner von ihnen landete auf einem der herumstehenden Sessel oder warf einen Stapel Bücher um. Und das, obwohl sie zwei Instrumente dabei hatten, und es für Sarah der erste Sprung war. Die Aufräumaktion beim letzten Aufenthalt hatte sich also gelohnt.

Sarah blickte sich verblüfft um. Damit hatte sie nicht gerechnet.

»Der schiere Wahnsinn. Und nur ihr kennt diesen Raum?« Prüfend sah sich um und registrierte alles, was im Raum umherstand und lag. Auch die Sessel testete sie, indem sie kurz die Sitzfestigkeit eines der Sessel ausprobierte. Natürlich stieg dabei eine kleine Staubwolke auf, die zum Niesen verleitete. »Hier lässt es sich aushalten«, setzte sie hinzu und grinste dabei verschmitzt.

»Was haltet ihr übrigens davon, hier immer Musik zu machen«, schlug Pauline vor. »Der Raum ist hermetisch abgeriegelt. Es kann euch keiner hören, und ihr könnt kommen und gehen, wann ihr wollt.«

»Tolle Idee! Dann müssen wir überlegen, wann wir dafür Zeit haben«, freute sich Miriam, und Sarah willigte sofort ein. Damit war das Problem des Übens aus der Welt. »Dann können wir ja unsere Instrumente gleich hier deponieren.«

»Nun aber zu unserer eigentlichen Aufgabe«, mahnte Justus. »In welches Buch hattest du das Pergament gesteckt?«, fragte er Pauline.

Pauline sah sich die Wand mit den vielen Büchern an und wollte schon das entsprechende Buch herausziehen. Doch es stand nicht mehr an seiner Stelle. Schnell besann sie sich auf ihre spezielle Fähigkeit und überprüfte umgehend das Bild der Regalwand mit dem Bild vor ihrem geistigen Auge, das sie sich beim Verstecken des Pergamentes automatisch eingeprägt hatte.

Die Stellung der Bücher war etwas verändert. »Hat jemand von euch vielleicht die Bücher umgestellt?«, fragte sie die anderen etwas vorwurfsvoll.

»Ja, beim letzten Mal lag ein Buch auf dem Boden«, erwiderte Justus. »Das habe ich noch dazu gestellt.« Er mochte es nicht, wenn alles so wild herumlag. »Warum fragst du? Hast du ein Problem, das Buch zu finden?«

»Ich hatte es hier in eines der roten Bücher gesteckt, und nun ist die Reihe der Bücher verändert.«

Inzwischen suchten alle mit, um nicht allzu viel Zeit zu verlieren. »Kannst du dich denn wenigstens an die Signatur erinnern?«, fragte Erik.

»Die Signatur lautete LGS 8/142.«

»Sicher?«

»Ganz sicher!«

»Hier, ich hab's«, Miriam hielt das Buch in den Händen. »***Lexikon gnostischer Schriften*** ist der Titel. Der 142. Band.« Die Enzyklopädie, zu der das Buch gehörte, hatte immerhin 155 Bände und füllte mehrere Regalfächer aus.

Pauline nahm den Band an sich, und sofort fiel das Pergament beim Durchblättern zu Boden.

»Da haben wir aber noch mal Glück gehabt«, fand Erik. »Ich schlage vor, wir nehmen einen ganz bestimmten Band. Wir können ja den siebten nehmen.«

»Warum denn gerade den siebten?«, wollte Joseph wissen. »Weil wir insgesamt sieben sind. So einfach ist das«, erklärte Justus grinsend.

»Also, das hätten wir auch geklärt. Können wir jetzt endlich loslegen?« Erik hatte sich auf dem Sofa niedergelassen und verlangte ungeduldig nach dem Schriftstück.

Sie setzten sich so eng wie es eben ging zusammen und beugten sich über den Text.

»Spiegeln hat Edolfin gesagt.« Martin war äußerst gespannt, den Inhalt zu erfahren. Doch je länger es dauerte, desto mehr verlor er den Durchblick. Sein Bruder dagegen fand schnell heraus, dass einige Buchstaben immer wieder an den gleichen Stellen vorkamen.

»Schaut mal, ganz häufig steht am Ende eines Wortes ein ***m***, und auch das ***v*** kommt ganz oft vor. Welcher Buchstabe kommt in unserer Sprache immer wieder vor?«, überlegte er laut. »Das ***e***. Und an den Wortenden haben wir sehr oft ein ***n***.« Eriks analytischer Verstand erwies sich als äußerst hilfreich.

Justus holte ein Blatt Papier hervor und schrieb das Alphabet der Reihe nach auf.

»Seht mal: Wenn wir unter die erste Reihe, die ich jetzt hier stehen habe, das Alphabet in umgekehrter Richtung schreiben ... mal angenommen, das wäre der Schlüssel ...« Schon setzte er die Buchstaben darunter.

Kaum war er damit fertig, fragte Erik: »Und was steht über dem ***m*** und dem ***v***?

»Da haben wir ein ***n*** und ein ***e***«, stellte Justus fest. Erik setzte die Buchstaben unter die entsprechenden Buchstaben des Textes und heraus kam häufig die Kombination „en".

»Hey, das scheint zu passen«, jubelte Joseph. Pauline hielt sich neben ihm die Ohren zu. »Geht das auch was leiser? Wir sind ja nicht schwerhörig«, pfiff sie ihn an.

»Und jetzt schau mal, was beim ***i*** steht.« Erik war elektrisiert. Als Justus dann ein ***r*** hinschrieb, war er sich sicher, dass sie auf dem richtigen Weg waren.

»Das ***w*** ist was?«, fragte Pauline, die die Krakelschrift von Justus nicht so richtig lesen konnte.

»Das ***w*** entspricht einem ***d***.«

Und schon hatten sie ein erstes Wort entziffert, ein ***der***.

»Wahnsinn, das ist der Schlüssel!« Joseph war vor lauter Begeisterung aufgesprungen. »Jetzt nur noch die anderen Buchstaben entsprechend einsetzen und wir haben den Text raus.«

Forschergeist ergriff sie. Angespannt verfolgten sie, wie sich der Text Buchstabe um Buchstabe langsam, aber stetig entschlüsselte. Sie konnten es kaum aushalten, so sehr waren sie auf das Ergebnis gespannt.

»Was steht da? ›seit langer Zeit ein hochst wertvoll' Linnen‹«, buchstabierte Joseph laut.

»Hochst? Was heißt das denn?« Martin schaute irritiert.

Justus sah sich den Text, den sie bisher entschlüsselt hatten, genauer an und stellte dann fest: »Das muss wohl ›höchst‹ heißen, denke ich mal. Sonst ergibt es keinen Sinn.«

»Natürlich heißt das ***höchste***, du Depp«, amüsierte sich Miriam über Justus. »Oder sagst du hochst, hochster, am hochsten?«

Justus ließ sich nicht irritieren und war von dem Text total in den Bann gezogen. Er übersetzte schon die nächste Zeile: »›das des Höchsten Antlitz bedeckte ...‹ Was soll das wohl bedeuten? Wer ist denn dieser ***Höchste***?«

Ratlos schauten sie sich an.

»Einer, der vielleicht unheimlich viel zu sagen hat«, überlegte Sarah.

»Aber wer ist damit gemeint?« Pauline kratzte sich nachdenklich am Kopf.

»Welcher Mensch könnte denn so was Besonderes sein, dass der Schreiber ihn als Höchsten bezeichnet?«, rätselte Sarah.

»Ein König vielleicht«, vermutete Joseph.

»Oder ein Oberhäuptling«, feixte Martin.

»Zu der Zeit, als der Text vermutlich geschrieben worden ist, gab es sicher große Standesunterschiede. Es gab Herrscher, die wurden wie Götter verehrt.« Erik überlegte, in welchem der frühen Völker ein ganz besonderer Mensch vorgekommen sein könnte. »Aber woher kann das Pergament stammen?«

»Im Orient hat man auf Pergament geschrieben«, erinnerte sich Miriam. »Die Ägypter zum Beispiel mit ihren Hieroglyphen. Aber die schrieben auf Papyrus.«

»Moment mal kurz.« Justus bat um Ruhe. »Ich glaube, wenn ich mich richtig erinnere, gab es da irgendwo in der Bibel, in einem der Evangelien, eine Stelle, wo steht, dass ein Schweißtuch auf dem Gesicht Jesu gelegen haben soll.«

Seine Freunde schauten verdutzt. Sollte das Tuch mit diesem Jesus von Nazareth in Verbindung stehen?

»Hat es dieses Tuch wirklich gegeben?«, fragte Sarah skeptisch.

»Du hast vielleicht Ideen«, warf Joseph etwas spöttisch ein. »Glaubst du, was da in der Bibel steht?«

»Es geht nicht darum, wer was von uns glaubt«, meinte Erik ärgerlich. »Es geht allein um den Text, den wir hier vor uns haben. Und der Text bezieht sich doch auf ein Tuch, das es ja wohl gibt.«

»Lasst uns erstmal den Text fertig übersetzen. Dann können wir uns immer noch Gedanken darüber machen, ob das, was in der Bibel steht, richtig ist«, pflichtete Miriam Erik bei. »Es wird bestimmt eine unter all den Büchern hier zu finden sein. Da können wir dann nachschauen, was da steht.«

Es dauerte noch eine geraume Zeit, bis der Text durch die richtigen Buchstaben ersetzt war. Doch nach etwas Probieren und Tüfteln hatten sie dann endlich den gesamten Text vor sich.

Justus, der seine eigene Schrift am besten lesen konnte, begann, wenn auch noch ein wenig stockend, vorzulesen:

»Das Geheimnis des Schweißtuchs«

»Unterirdisch,
tief unter der Kapelle,
liegt geschützt ein Sarkophag aus Stein.
Seit langer Zeit liegt verborgen darin
ein höchst wertvoll Linnen,
das auf des Höchsten Antlitz lag.
Ihm droht Gefahr nun von dunklen Mächten,
die versuchen es in Besitz zu bringen,
um zu missbrauchen seine Kraft.
Den Besitzern dieses Pergaments wird verliehen
Weisheit und Macht,
um jeglichen Schaden von ihm abzuwenden.
Sie mögen reisen durch Zeit und Raum,
um aufzunehmen den Kampf des Guten.
Zu diesem Dienst sei ihnen behilflich und bereit
der lichten Magie überreiche Fähigkeit.«

Perplex schauten sie sich gegenseitig an und dann wieder auf das Blatt, betroffen und ungläubig. Bis Martin den Bann brach: »Was soll das denn heißen? Kampf des Guten? Dunkle Mächte? Völlig unverständlich. Kann sich jemand einen Reim darauf machen?«

Worauf bezog sich der Text? Was meinte er nur? Und warum hatte Edolfin gerade ihnen den Text gegeben?

»Das klingt sehr mysteriös. Ich glaube, hier kommt eine ganz große Sache auf uns zu«, versuchte Justus eine Erklärung. Er schaute einigermaßen hilflos in die Runde und erblickte nur Zeichen der Ratlosigkeit in den Gesichtern seiner Freunde. Mehrmals lasen sie den Text durch. Sooft sie auch lasen, es ließ sich kein Hinweis entdecken, der irgendwie zur Aufdeckung des Geheimnisses beitrug.

»Ich schlage vor, wir wenden uns an Edolfin. Der soll uns das erklären. Er hat uns den Text ja auch eingebrockt.« Pauline reckte ihr Kinn entschlossen nach vorne.

»Das riecht stark nach Abenteuer. Was hat Edolfin noch gesagt? Wir sind ausgesucht, um einen schlimmen Plan zu vereiteln«, richtete Justus sich an seine sechs Freunde. »Wie seht ihr das? Lassen wir uns auf das Abenteuer ein?«

»So, wie ich das sehe, bleibt uns keine Wahl«, stellte Erik fest.

»Ist auf jeden Fall eine riesige Herausforderung.« Auf Miriams Stirn zeichneten sich nachdenkliche Falten ab. »Dass Edolfin uns das schon so erklärt hat... Er scheint davon auszugehen, dass wir dazu bereit sind.«

Justus sah es ähnlich wie Miriam. »Dass Edolfin uns dieses Pergament ausgehändigt hat, bedeutet für mich, dass wir damit einen Auftrag bekommen haben, hier für die Schule tätig zu werden.«

Pauline faltete das Blatt vorsichtig wieder zusammen und steckte es zurück in das Lexikon.

»Ich wäre mit von der Partie«, sagte sie. » Hört sich sehr spannend an.«

»Also, Leute, ich glaube, man erwartet von uns, dass wir unsere Fähigkeiten nutzen, um diese Aufgabe zu lösen. Daher, schlagt ein! Wir machen das!« Justus streckte die Hand aus und alle legten nacheinander als Zeichen der Zustimmung ihre Hand drauf.

16. Böse Überraschungen

Edelmund und Ottokar waren ebenfalls in besonderer Mission unterwegs. Ihr Ziel war die Bibliothek. Die pure Abenteuerlust trieb sie dorthin. Sie suchten einen Weg, um sich mit diesem Cha'ur Ha'muttaht zu treffen.

Auf Edelmunds Magic war inmitten seiner Notizen eine sonderbare Mitteilung erschienen. „Um 15.00 Uhr in der Bibliothek. Pünktlich!". Urplötzlich war sie aufgetaucht. Der Hinweis klang wie ein Befehl und konnte sich nur auf heute beziehen.

Edelmund erinnerte sich beim Lesen sofort an die Aussage Cha'ur Ha'muttahts bei ihrem ersten Treffen. Da hatte er gesagt, sie würden beizeiten von ihm hören. Dieser Zeitpunkt war jetzt!

Als sie die Bibliothek betraten, versuchten sie sich so unauffällig wie möglich zu verhalten. Sie wollten auf keinen Fall mit Madame Ruborrak zusammenstoßen. Jedoch machten sie dabei die Rechnung ohne den Wirt.

Kaum waren sie eingetreten, nahm Madame Ruborrak sie ins Visier. Schon als die Bibliotheksleiterin sie erblickte, schien sie ihre dunklen Absichten zu riechen. Umgehend zitierte sie die beiden zu sich ans Pult.

»Meine Herren«, begann sie, »schön, dass ich Sie sehe. Ich möchte Ihnen nur mitteilen, dass ich ein besonderes Auge auf Sie haben werde. Ich lasse es nicht zu, dass durch Sie die halbe Bibliothek in ein Chaos verwandelt wird. Ich hoffe, ich habe mich deutlich genug ausgedrückt.« Bei den letzten Worten hatte ihre Stimme wieder diesen gefährlich-leisen Unterton, den die beiden inzwischen nur zu gut kannten.

Zum Glück waren sie damit entlassen. Sie trollten sich in einen der langen Gänge, bis sie in den Bereich der Arbeitstische kamen. Hier und dort suchten sie in den Regalen, als hätten sie ganz Wichtiges zu erledigen. Mit einem Stapel Bücher, den sie wahllos zusammenklaubten, ließen sie sich an einem der großen Tische nieder und blätterten angestrengt in den dicken Wälzern.

Dabei warteten sie nur einen passenden Augenblick ab, um aus diesem Raum entwischen zu können. Die Frage war nur, wie sie das am besten bewerkstelligen konnten? Wie sollten sie ohne die Wendeltreppe zu benutzen, in die Gänge und Räume gelangen, die hinter der ovalen Regalwand lagen?

Der Zufall kam ihnen zu Hilfe. An einem Nebentisch waren gerade zwei Mitschüler der Muriel-Klasse, Annette und Luca, damit beschäftigt, aus einem Wust von Büchern und Atlanten Zusammenhänge über die Herkunft eines kleinen Zwergenvolkes zu erfahren. Es handelte sich hierbei um das Volk der Hockemockels. Sie hatten schon häufig von sich Reden gemacht, vor allem durch ihre immense Schläue und körperliche Wendigkeit. Man munkelte, dass ein Stamm dieses Volkes hier in der Schule hauste. Nur zu sehen bekam man sie nie. Die Lösung des Problems erforderte den Zugang zu den verborgenen Gängen.

Edelmund und Ottokar hörten beiläufig, wie eine der beiden Schüler, gerade den Namen eines Hochplateaus in den karitischen Bergen nannte, dort waren die Hockemockels zu Hause. Es war ein Gebirgszug, der nicht weit von der Schule entfernt war.

Als sie ihn auf ihre magische Tafel schrieben, öffnete sich lautlos eine unsichtbare Tür in der Regalwand. Noch ehe Annette und Luca die Tür entdeckten, hatten Ottokar und Edelmund die Bewegung der Tür wahrgenommen, blitzschnell die Situation erfasst und, husch, husch, waren sie durch sie verschwunden.

Sie konnten nur hoffen, dass niemand etwas von dieser Situation mitbekommen hatte. Auf diese Weise war es ihnen möglich, ohne große Umstände Cha'ur Ha'muttaht zu suchen.

Sie zogen durch verschiedene Gänge, bis sie schließlich in einem recht großen ovalen Raum standen. Hier spürten sie die gleiche Atmosphäre wie in jenem Raum, in dem sie Cha'ur Ha'muttaht zum ersten Mal begegnet waren.

Es dauerte nicht lange, bis sie merkten, wie es zunehmend kühl, ja geradezu kalt wurde. Leise kroch ihnen ein Angst einflößendes Kribbeln den Rücken hinauf. Es war genauso unheimlich wie bei ihrer ersten Begegnung mit dieser äußerst finsteren Gestalt. Unwillkürlich mussten sie frösteln. Geheuer war das ganze Unternehmen nicht, aber sie hatten A gesagt, jetzt mussten sie auch B sagen.

Cha'ur Ha'muttaht ließ nicht lange auf sich warten. Wabernd und von Dunkelheit umgeben stand er plötzlich im Raum und seine furchteinflößend kalt leuchtenden gelben Augen fixierten die beiden. Er forderte sie auf näher zu kommen. Seine Erscheinung duldete keinen Widerspruch.

»Pünktlich seid ihr, das muss man euch lassen. Ausgezeichnet«, begann er dumpf das Gespräch.

Sofort kam er zur Sache. »Ich habe eine Aufgabe für euch«, klang es geheimnisvoll und hohl aus seinem Mund, »eine sehr delikate!«

Die beiden schauten etwas ungläubig, dieser schnelle Auftrag kam für sie völlig unerwartet.

»Folgt mir«, ließ sich Cha'ur Ha'muttaht hören, drehte sich um und verschwand in den nächsten Gang, der direkt hinter ihm lag.

Sie blickten sich an und spürten, wie diese undefinierbare Angst in ihnen größer wurde. Aber es gab kein Zurück und mit dem Gefühl, todesmutig zu sein, folgten sie ihm erst zögerlich, dann zügig, um ihn nicht zu verlieren. Nach einigen Biegungen sahen sie vor sich nur noch Dunkelheit.

Cha'ur Ha'muttahts Gestalt wurde von dieser Schwärze förmlich aufgesogen. Obwohl er selbst nicht mehr sichtbar war, hatte er ihre fragenden und suchenden Blicke bemerkt und klärte sie auf.

»Ihr steht vor einem Dunkeltor«, ließ er sich vernehmen. »Es ist eine Art Temploctor. Tretet nur näher und geht durch dieses Tor. Ihr werdet schon sehen, wohin es führt.« Dabei hörten sie ein Krächzen, das ihnen weitere kalte Schauer über ihre Rücken jagte.

»W-was meinst du?«, flüsterte Ottokar. Sein Mut war längst schon in der Hose gelandet. »Sol-llen wir?«

»Wir müssen«, gab Edelmund leise zurück, der seine innere Unruhe jetzt auch nicht mehr verbergen konnte. »Wir können jetzt nicht mehr zurück. Was glaubst du, was der mit uns macht, wenn wir jetzt kneifen?«

Und so tasteten sie sich Schritt für Schritt auf dieses bizarre Tor zu. Eisige Kälte schlug ihnen entgegen, wie bei allem, was mit Cha'ur Ha'muttaht zusammenhing.

Trotzdem tappten sie weiter auf das Dunkeltor zu, und nach wenigen Schritten standen sie plötzlich in einem finsteren, fast schwarzen Raum.

An einigen Stellen loderten Fackeln aus Kienspänen, die ein schummeriges, unheilvolles Licht verbreiteten. Alles in diesem Raum war dunkel, die Wände ringsum, ebenso der Boden und die Decke. An den Wänden schimmerte fast überall eine gallertartige Brühe, die zu Boden rann. Der Qualm der Fackeln quoll nach oben, walkte unter der Decke entlang und machte die ganze Szene noch gespentischer.

»Wartet hier«, klang es einige Meter vor ihnen aus der Richtung, in der sie Cha'ur Ha'muttaht vermuteten.

Plötzlich öffnete sich eine Tür, hinter der sich ein finstrer Saal auftat, zu erkennen an verschiedenen Fackeln, die dort brannten. Cha'ur Ha'muttaht glitt hinein. Sogleich schloss sich die Tür wieder, und die beiden blieben allein in dieser bedrückenden Düsternis zurück.

»G-glaubst du, wir m-machen hier das Richtige?«, fragte Ottokar bibbernd. Ihm war das Herz nun endgültig in die Hose gerutscht.

Edelmund wollte nicht zugeben, dass ihm die Knie schlotterten. »Wir können jetzt nicht aufgeben. Da müssen wir durch«, versuchte er sich heldenhaft zu geben.

Die Zeit verging und je länger es dauerte, umso unerträglicher wurde das Warten. Edelmund wagte ein paar Schritte durch den Raum, auf der Suche nach einer Sitzgelegenheit. Doch der Raum war leer, nichts außer schwarzen Wänden. Äußerst vorsichtig tastete er über eine Wand. Als er seine Hand ansah, war sie schwarz von der Flüssigkeit, die von der Decke herunter lief.

»Bah, igittigitt, sieh dir das an!? Ekelhaft!«, entfuhr es ihm beim Anblick seiner Hand. Schnell versuchte er sie an seiner Hose abzuwischen.

Ottokar wäre am liebsten auf- und davongerannt.

»Hätten wir uns n-nur nicht darauf ei-eingelassen«, jammerte er und schaute seinen Kompagnon verzweifelt an.

»Ach, sei kein Frosch«, entgegnete Edelmund. »Das klappt schon.« Das klang wenig überzeugend. Konnte es auch nicht, denn inzwischen war auch er von Zweifeln gepackt.

Nach einiger Zeit, die wie eine halbe Ewigkeit erschien, öffnete sich die Tür ein zweites Mal. Cha'ur Ha'muttaht wies sie an, in den Saal hinein zu gehen. „Der Meister erwartet euch."

Langsam traten sie näher und durchschritten zögerlich die Türöffnung. Im nächsten Moment spürten sie eine noch größere Kälte, und es kostete sie große Überwindung, sich dem Thron am Ende des langen Raumes zu nähern. Auf dem saß ein weiteres schwarzes Schattenwesen. Große gelbe Augen blickten den beiden entgegen. Eine ungeduldige Handbewegung hieß sie, vor den Thron zu treten.

Hohl klang die Stimme, die jetzt zu ihnen sprach.

»Ihr seid also die beiden, die sich bereiterklärt haben, unserem Unternehmen zu dienen. Wie lautet euer Name?«

Ottokar bekam aus lauter Furcht keinen Ton heraus. Edelmund, dem ebenfalls zum Davonlaufen zumute war, gelang es wenigstens, ihre Namen zu sagen.

»Edelmund und Ottokar«, stotterte er.

»Ich bin der Imperator meines Volkes, Cha'ur Thachschimiht.« Die Stimme war ein einziges kehliges Kratzen.

Die beiden fühlten sich auf unheimliche Weise berührt, ein Gefühl, als würde jemand in ihren Gedanken herumforschen. Schon seit dem Betreten des Raumes war es spürbar.

»Da ihr willens seid, uns zu dienen, will ich mich nicht mit langen Vorreden aufhalten, sondern euch in unser wichtiges Vorhaben einweihen.«

Zur Linken Cha'ur Thachschimihts flammte aus dem Nichts ein Bild auf, das eine Festung zeigte, welche sie schon einmal gesehen hatten. Allerdings konnten sie sich nur noch vage daran erinnern.

»Hier seht ihr die Festung, in die wir euch schicken werden. Wir beauftragen euch, einen für uns sehr wertvollen Gegenstand zu holen. Dass ihr ihn bekommt und hierher zu uns bringt, das ist für mich und mein Volk von äußerster Wichtigkeit.«

»A-aber, was ist denn das für eine Burg oder Festung, und ... wo ist das überhaupt?«, fragte Edelmund vorsichtig. Da hatten sie sich in etwas hineinmanövriert, das von Minute zu Minute unheimlicher wurde.

»Die Festung heißt Akkon. Sie beherbergt ein Tuch mit großen magischen Fähigkeiten. Das sollt ihr uns bringen. Unser Dank dafür wird nicht gering sein. Im Gegenteil. Wir werden euch stattlich entlohnen.«

Als sie das hörten, wurden sie wieder ein wenig selbstsicherer. Diese dunklen Gestalten konnten ihr geplantes Vorhaben ohne ihre Hilfe nicht in die Tat umsetzen. Eine für Edelmund und Ottokar wichtige Erkenntnis.

»Aber wie kommen wir dorthin?«, fragte Edelmund, nun wieder mutiger geworden. Ihm war bislang schleierhaft, wo die festungsartige Burg zu suchen war und welchen Weg sie einschlagen mussten. Als hätte der Imperator seine Gedanken gelesen, schnarrte er: »Alle diese Fragen zu beantworten, ist die Aufgabe von Cha'ur Ha'muttaht. Folgt ihm jetzt dorthin zurück, woher ihr gekommen seid.« Eine Handbewegung Cha'ur Thachschimihts und sie waren entlassen.

Im nächsten Augenblick fiel das Bild in sich zusammen und der Durchgang, durch den sie in diesen Raum gelangt waren, tat sich wieder auf.

Nichts war ihnen lieber als hier herauszukommen.

Sie folgten Cha'ur Ha'muttaht in den schwarzen, verrußten Vorraum. Dort erklärte er ihnen, wie sie es anstellen sollten, an dieses wertvolle Stück Stoff zu gelangen und es unversehrt in die Schule zu schaffen. Denn nur so besaß es für die Wächter der Finsternis den ungeheuren Wert, den sie ihm beimaßen.

Ein Lageplan der Festung schwebte vor ihnen mit einer genauen Beschreibung des Ortes, wo dieses Tuch aufbewahrt wurde. Mit weiteren Hinweisen, vor allem über ihr Verhalten in der Schule, entließ er sie durch ein Dunkeltor.

Im nächsten Moment standen sie, bewaffnet mit Lageplan und Wegbeschreibung in dem Gang der *Bibliothek*, in dem Cha'ur Ha'muttaht sie abgeholt hatte.

Ottokar klapperten die Zähne vor Kälte und Entsetzen. Das, was sie gerade durchgemacht hatten, war mehr als grauenhaft. Er lehnte sich an die Regale und rutschte kraftlos auf den Boden hinunter. »Das war heftig«, wisperte Edelmund und ließ sich neben ihm nieder. Diese Begegnung mussten sie erst einmal verdauen.

»Ich weiß nicht, ob das alles so richtig ist, was wir da machen sollen«, jammerte Ottokar.

»Das wird schon, wirst sehen«, versuchte Edelmund seinen Freund aufzurichten, konnte aber selbst noch nicht so recht daran glauben.

»Wir sollten uns auf den Rückweg machen. Es wird Zeit.« Edelmund erhob sich und versuchte sich zu orientieren.

Welche Richtung führte sie aber auf dem kürzesten Weg hinaus aus dem Wirrwarr von Gängen? Das Chaos in ihren Köpfen verhinderte im Moment jeden klaren Gedanken.

So trotteten sie die Gänge entlang, bis sie schließlich jegliche Orientierung verloren hatten.

»W-weißt du, wo wir sind?«, fragte Ottokar ängstlich, »ich habe den Du-durchblick t-total verloren.«

Er holte seine Magic hervor und versuchte mittels einiger unzusammenhängender Eingaben ihren Standort zu ermitteln. Aber die Tafel spielte verrückt. Ständig blinkte sie völlig krauses Zeug auf das Display.

»Gib doch einfach mal *Bibliothek* und von mir aus auch *Lesesaal* ein«, forderte ihn Edelmund gereizt auf.

Ottokar tat wie ihm geheißen. Doch es kam, wie es kommen musste. Zu seinem Leidwesen rutschte sein Stick bei der zittrigen Eingabe weg, fiel zu Boden und rollte unter eines der Regale.

»Oh nein, du bist selbst zum Schreiben zu blöd«, fauchte Edelmund, der mit den Nerven fast am Ende war. Das wirre Hin und Her durch die Gänge und Ottokars Gejammer gaben ihm den Rest.

»Dann mach‘ es doch selber. Warum muss ich immer alles machen? Du hast doch selbst so ein Ding«, wehrte sich Ottokar aufmüpfig, ganz ohne Stottern.

»Ok, ok«, beschwichtigte Edelmund. »Aber jetzt such erst den Stick.«

Ottokar stellte sich dabei äußerst ungeschickt an. Doch dann sah er den Stick. »Ich glaub‘, ich hab‘ ihn.« Der Stick lag auf der anderen Seite des Regals an einem der Regalfüße. Er streckte sich und versuchte, ihn mit der Hand zu erreichen. »Mist, geht nicht«, stieß er verzweifelt hervor. Edelmund ließ sich nun auch voller Ungeduld auf den Boden nieder und angelte nach dem Stick. Dabei stieß er mit den Fingern so unglücklich dagegen, dass er noch ein Stück weiterrollte.

»Oh Mann, nun ist er g-ganz weg«, jammerte Ottokar. »Jetzt habe ich k-keinen Stick mehr und wo-womit soll ich das Ding hier b-bedienen? Kannst du mir das mal sagen?«

»Wir werden schon irgendwoher einen neuen kriegen«, versuchte Edelmund ihn zu beruhigen. »Komm, wir müssen endlich weiter.« Und mit einem Blick auf die Uhr stellte er fest: »Ist schon reichlich spät, verd ...«, das letzte Wort verkniff er sich so gerade noch.

»Los komm, gehen wir endlich«, Edelmund erhob sich und stiefelte los.

»Ist das denn die r-richtige Richtung?«, zweifelte Ottokar.

»Ja, meine Magic sagt mir, es geht hier lang«. Edelmund deutete nach links, »da vorne noch ein paar Schritte und dann müsste da ein Temploctor kommen, so steht es hier auf meiner Tafel ...«

Wenige Meter um die nächste Biegung, und sie sahen vor sich die typischen roten Leuchten rechts und links des Ganges. Zielstrebig liefen sie darauf zu. Am Tor angekommen, zögerte Ottokar. »Mach' schon.« Edelmund schubste Ottokar nach vorne. Und im nächsten Augenblick stolperten sie durch das Tor in den Lesesaal. Zum Glück war die Aufmerksamkeit der anwesenden Schüler auf die Mitte des Saales gerichtet. Dort hielt Madame Ruborrak eine ihrer gefürchteten Reden, vollgestopft mit Zurechtweisungen und Beschwerden. Das extrem unaufmerksame Verhalten der Schüler gegenüber ihrer Person brachte sie stets in Rage. So konnten sich die beiden gefahrlos unter die anderen Schüler mischen.

Da es in der Bibliothek nichts mehr für sie zu tun gab, trollten sie sich, um nach *Metatron* zu gelangen.

Dort lümmelten sie sich in die großen, äußerst bequemen Sessel und versuchten, die Anspannung loszuwerden. Wie es schien, waren sie die Einzigen im Raum. Langsam kehrte ihre alte Selbstsicherheit zurück, und schon widmeten sie sich ihrer Lieblingsbeschäftigung, Das Ablästern über andere. Justus und seinen Freunden hätten die Ohren mehrfach klingen müssen, so zogen die beiden über sie her.

Inzwischen füllte sich der große Aufenthaltsraum mit munteren Grüppchen weiterer Schüler, die sich verstreut in verschiedenen Sitzecken ringsum im Raum niederließen.

Edelmund und Ottokar ließen sich von den Klassenkameraden nicht irritieren und zogen weiter über andere her. Ihr großkotziges Gerede war für die anderen Schüler Grund genug, sich von ihnen fernzuhalten.

Im nächsten Augenblick betraten Justus und die Mädchen den Raum. Als Schmalzlocke sie erblickte, begann er direkt sich über sie lustig zu machen.

»Herr Peyrikus mit seinem Harem. Schau, schau. Habt ihr einen schönen Spielnachmittag hinter euch gebracht?«, begann er mit seiner Stichelei.

»Wart wohl im G-garten im S-ssandkasten sp-pielen«, stotterte Ottokar los.

»Wir waren auf der Ru-ru-rutsche«, äffte Justus ihn nach. Augenblicklich bekam Ottokar einen hochroten Kopf. Die Mitschüler im Raum begannen zu kichern, als sie das Wortgefecht hörten. Pauline und Miriam amüsierten sich köstlich. Das brachte Edelmund auf die Palme. Er konnte es auf den Tod nicht ausstehen, wenn man ihn oder seine Freunde auslachte.

Mit einem Satz war er aus dem Sessel und plusterte sich vor ihnen auf. »Was lacht ihr beiden Gören so dämlich?«, fauchte er. Im Raum wurde es still.

»Was willst du von den Mädchen?«, gab Justus erregt zurück. »Willst du ihnen gegenüber den starken Mann markieren?« Im *Metatron* stieg die Spannung.

Schmalzlocke stand jetzt mächtig unter Dampf. »Du lächerlicher Oberseher ...«, ging er auf Justus los und stieß ihn heftig gegen die Brust, sodass Justus ins Straucheln geriet und über einen Sessel fiel. Ottokar begann meckernd zu lachen.

»Du meinst wohl, du wärst hier der Größte«, setzte Schmalzlocke nach.

»Wer hat denn hier angefangen, du schmalzgelockter Esel?« Justus war jetzt auf hundertachtzig. Doch das hätte er nicht sagen sollen. Edelmund, rasend vor Wut, hieb auf Justus ein und rammte ihn unsanft gegen eine Regalwand.

Ottokar wollte Edelmund nicht nachstehen und ging seinerseits auf die Mädchen los. Er hatte aber nicht mit Miriam gerechnet. Flugs stellte sie ihm ein Bein, er knickte ein und segelte volle Breitseite selbst gegen ein Regal. Die komische Figur, die er dabei abgab, reizte die anderen Mitschüler noch mehr zum Lachen.

Sarah hielt sich vornehm aus dem Gerangel heraus. Sie verspürte keine große Lust, in den Streit hineingezogen zu werden. Nur ihr Mienenspiel zeigte, dass sie das Ganze nicht kalt ließ.

Im selben Augenblick betraten Erik, Martin und Joseph den Raum. »Was geht denn hier ab?«, rief Joseph kampfeslustig. Erik ging direkt dazwischen und versuchte die Streithähne zu trennen.

»Lass das«, forderte er Edelmund unmissverständlich auf und stellte sich zwischen die beiden, wodurch er selbst zur Zielscheibe für Edelmunds Wut wurde.

»Was willst du denn, du Milchgesicht? Misch dich nicht ein«, forderte Edelmund ihn auf und stupste ihn zur Seite. Schon war das Handgemenge im vollen Gange.

Der Streit musste Madame Griseldis zu Ohren gekommen sein. Wie aus dem Nichts stand sie plötzlich im Raum, hielt ihren Translocostab hoch und ließ grün flimmernde Schutzhüllen um die Streithähne entstehen. Gänzlich regungslos standen alle Beteiligten da. Die Schutzhüllen ließen keinerlei Bewegung zu.

»Das sind mir ja schöne Zustände«, fuhr sie die Schüler an. »Ihr seid mir ja ganz besondere Früchtchen. Mitkommen!«

Die grünen Hüllen lösten sich in Nichts auf, und den Beteiligten blieb nur, Madame Griseldis in ihr Arbeitszimmer zu folgen.

Kaum betraten sie den Raum, gab es einen ordentlichen Rüffel.

»Was sollte das vorhin im Aufenthaltsraum?«, fauchte sie die Übeltäter an.

»Immer wenn Schmalz ... äh, wenn Edelmund mit seinem Freund Ottokar in unsere Nähe kommt, glaubt er, er muss auf uns herumhacken und uns belästigen«, begann Justus sich zu rechtfertigen.

»Stimmt gar nicht«, wehrte sich Edelmund vehement. »Justus und die anderen behandeln uns ständig von oben herab. Wir versuchen nur, uns zu wehren.« Edelmund setzte bei seiner Verteidigung seine harmloseste Miene auf, um Madame Griseldis für sich einzunehmen. »Wir sind nur zu zweit, und ihr kommt immer in einem riesigen Rudel daher. Ist doch klar, dass wir es direkt mit der Angst zu tun bekommen.«

Justus verschlug es die Sprache. Die Unverschämtheit, mit der Edelmund versuchte, sein Handeln ins rechte Licht zu rücken, war schon unverschämt.

»Auch in der Bibliothek verstehen sie immer, alles Schlechte auf uns zu lenken«, log Edelmund munter weiter.

Justus wurde mit jedem Wort wütender. Er hätte platzen können. Diese Unverfrorenheit machte ihn fassungslos.

»Stimmt doch überhaupt nicht«, ereiferte er sich. »Das ist voll gelogen ... In der Bibliothek hatten wir bis jetzt mit euch noch nie was zu tun. Da können Sie auch Madame Ruborrak fragen«, wandte er sich an Madame Griseldis.

Diese schaute von einem zum anderen. Die Situation war zu komisch, doch die Aussage von Edelmund über die empfundene Bedrohung durch die größere Gruppe erschien ihr einleuchtend.

Innerlich amüsierte sie sich über die beiden Streithähne, wie sie schuldbeladen vor ihr standen und ihr Handeln wortgewaltig zu verteidigen suchten.

Solche Streitereien kannte sie zu Genüge. Immer wieder kam es zu Auseinandersetzungen, wenn einige Jungen zu stark in Konkurrenz traten, ganz gleich, was vorgefallen war.

Alles Verteidigen half jedoch nichts. Madame Griseldis blieb nichts anderes übrig, als ihnen einen geharnischten Tadel auszusprechen.

Das Ende vom Lied war eine deftige Zusatzaufgabe, die bis zur nächsten Stunde bei Madame Griseldis zu erledigen war. Keiner von ihnen versuchte auch nur im Ansatz, sich weiter zu rechtfertigen, das hätte alles nur noch schlimmer gemacht. So trollten sie sich in Richtung Aula zum Abendessen. Die schöne Freizeit war durch diese blöde Auseinandersetzung schneller vergangen als gewünscht.

17. Der Ausflug

Einige Wochen waren seit Schuljahresbeginn schon ins Land gegangen. Die Zeit des Kennenlernens zwischen Schüler und Lehrer war inzwischen vorbei, beide Seiten konnten immer besser mit den unterschiedlichen Eigenheiten umgehen.

Ihre Ausbildung in den verschiedenen magischen Fertigkeiten war bereits weit vorangeschritten. Justus und seinen Freunden machte das Lernen, obwohl es sehr umfangreich war, großen Spaß. So verbrachten sie die meiste Zeit außerhalb des Unterrichts in der Bibliothek, in der sie sich inzwischen schon wie zu Hause fühlten. Die Wissensschätze, die hier in den vielen Büchern verborgen waren, spornten sie zu immer längeren Aufenthalten an. Manches Thema gab Anlass zu unerwartet heißen Diskussionen, sodass sie darüber häufig die Zeit vergaßen. Nicht selten kam es vor, dass sie zu spät zum Essen in der Aula oder zum Unterricht erschienen. Die schrägen Blicke einiger Lehrer waren ihnen sicher, wenn Meister Gregorius sich stets gemüßigt sah, ihr verspätetes Betreten der Aula umgehend zu ermahnen.

So auch diesmal, als sie mitten in eine Ankündigung für den folgenden Tag hineinplatzten und sich verstohlen auf ihre Plätze begaben.

Ein ganztägiger Ausflug für die gesamte Stufe stand am nächsten Tag auf dem Programm. Damit verbunden war leider auch ein besonders frühes Aufstehen, um für die Unternehmungen ausreichend Zeit zur Verfügung zu haben.

Justus‘ Klasse bekam die Möglichkeit, sich zwischen zwei Zielen zu entscheiden: Hinauf aufs Hochplateau zum Spiegelsee oder zum Jägerhaus ins Vitschanumtal.

Lange wurde das Für und Wider der beiden Ziele diskutiert und dreimal abgestimmt, doch ohne eindeutige Entscheidung. Immer ging die Abstimmung unentschieden aus. Einige Schüler verloren mittlerweile die Lust an dem Unternehmen.

Das setzte der Langmütigkeit von Madame Griseldis ein Ende. Sie entschied kurzerhand, die Klasse zu teilen.

Am nächsten Tag machten sich die Schüler in zwei Richtungen auf den Weg. Madame Griseldis und ein weiterer Kollege machten sich mit ihrer Gruppe Richtung Hochplateau auf den Weg, während Madame Zetha Zethissima mit der anderen Gruppe zum Vitschanumtal aufbrach.

Für die langen Märsche wurden alle reichlich mit Lunchpaketen und Getränken versorgt.

»Wir werden nicht alle gleich schnell unterwegs sein«, wandte sich Madame Griseldis aus teils leidvoller Erfahrung aus den letzten Jahren mit ihren Verhaltensregeln an die Schüler.

»Deshalb ist es notwendig, dass ihr in kleineren Gruppen zusammengeht. Nicht weniger als drei Schüler bilden immer eine Gruppe.

Wir werden gleich alle unsere Ziele in unsere Magic-Tafeln eingeben. Es wird eine magische Verbindung zu meiner Tafel und Madame Zetha Zethissimas Tafel geben. Das habe ich zu eurem Schutz so eingerichtet.«

Sofort begannen einige von ihnen ihre Magics hervorzuholen und darauf herumzuschreiben.

»MOMENT! Wartet doch erst einmal ab, bis ich euch alles zu Ende erklärt habe. Ist das denn so schwierig?«, mahnte sie leicht ungehalten.

»Wenn einige von euch schon vor den anderen das Ziel erreicht haben sollten, dann wartet ihr, bis alle angekommen sind. Dort machen wir dann gemeinsam Picknick. Ist das allen klar?«

Ihr Blick wanderte über die quirlige Schar, bis sie den Eindruck hatte, von allen verstanden worden zu sein. Einige Schüler konnten es kaum erwarten, dass es endlich losging.

Nachdem die Gruppen nochmals durchgezählt waren, stiefelten sie in verschiedene Richtungen davon.

»Und denkt daran«, rief Madame Griseldis, »im Zweifel, wenn ihr nicht mehr weiter wisst, zeigen euch die Tafeln den richtigen Weg an.«

Justus wollte nicht lange warten und schnell das Hochplateau erreichen. Noch war der Weg einigermaßen breit, fast eine Fahrstraße. Aber bald bog er ab und führte schnurstracks in einen Wald hinein.

Hohe Tannen säumten den Weg. Die Sonne schien hell vom Himmel und ihre Strahlen erzeugten riesige Lichtschneisen, die sich zwischen den Bäumen ihren Weg bahnten.

Die Luft war wohlig warm, und es roch nach modrigem Waldboden. Auf Lichtungen, die sie überqueren mussten, schlug ihnen der süße Duft der Waldblumen entgegen. Sie kleideten die Lichtungen in flirrende Farbenmeere.

Langsam, aber unaufhaltsam, ging es nach oben. Manchmal konnten sie einen Teil des Gebirgskamms erblicken, der noch in weite Ferne gerückt schien. Dort mussten sie hinauf und über den Grat. Dahinter lag der Spiegelsee.

Nach einer guten halben Stunde hatten sie den Waldsaum erreicht. Ab jetzt hatten sie den Gebirgskamm ständig vor Augen. Ein ordentliches Stück Strecke war noch zurückzulegen.

Ein Teil der Schüler hielt sich an den Weg, der sich durch die Almwiesen schlängelte. Andere zog es querfeldein hinauf zur Almhütte, der ersten Raststätte.

Nach einer ausgiebigen Stärkung ging es weiter. Einige von ihnen stöhnten bereits, teils unter der Last ihrer Rucksäcke, teils über den steilen Weg.

Für Justus war das Bergwandern eine richtige Herausforderung. Er trieb seine Freunde ständig an, ihm zu folgen und den anderen Schülern vorauszueilen.

»Wie weit ist es denn noch?«, hörte er Martin von hinten rufen. Er bildete das Schlusslicht der kleinen Gruppe.

Die Wiese wich mehr und mehr dem Geröllfeld der großen und kleinen Felsbrocken. Sie lagen sicher schon seit hunderten von Jahren an dieser Stelle.

Der Weg, inzwischen ein Trampelpfad, schlängelte sich durch das Geröllfeld auf die Bergwand zu, wo es in Serpentinen weiter nach oben ging.

Ein Blick in die Höhe zur Felswand zeigte, dass noch einige Schwierigkeiten auf sie warteten. Joseph erreichte die erste Herausforderung schon nach kurzer Zeit. Über eine eiserne Treppe ging es einige Meter die Felswand hinauf. Halteseile sicherten zusätzlich den Aufstieg.

Das Geplapper, das am Anfang die Tour noch begleitete, war inzwischen kaum mehr zu hören.

Es verging noch eine geraume Zeit, bis sie endlich den Grat erreichten. Eine so genannte Scharte musste durchquert werden, um auf die andere Seite des Kamms zu gelangen.

Justus war mit seinen Freunden unter den ersten Bezwingern des Gebirgsgrates.

Schon ging es weiter den Weg entlang, der sie in das Hochtal vor ihnen hineinführte. Die wunderschöne Umgebung, die sich ihnen hier zeigte, zog Justus und seine Freunde schnell weiter voran. Sie bemerkten nicht, dass die anderen Schüler den Weg rechter Hand zum Langsee einschlugen, während Justus und seine Freunde sich weiter nach links orientierten und sich mehr und mehr von den anderen entfernten.

An einer Weggabelung holte Joseph seine Magic hervor, um sich den richtigen Weg anzeigen zu lassen, wie es Madame Griseldis angemahnt hatte.

Dummerweise zeigte die Magic nichts an. Keinen Weg, keinen See, nichts dergleichen. Ratlos blickten sie sich an und überlegten, welchen Weg sie nehmen sollten. Vor ihnen lag ein Pfad, der hier und da rote Markierungen aufwies.

»Nehmen wir doch den fürs Erste. Ist der Einzige, der markiert ist. Wird schon nicht falsch sein.« Joseph zeigte auf die roten Punkte, die den Felsenweg entlang führten.

»Sehen schaurig bizarr aus, diese kahlen Felsen. Hier oben von einem Gewitter überrascht zu werden, stelle ich mir nicht gerade angenehm vor«, stellte Miriam fest.

»Mir ist das absolut zu eintönig, nur Felsen, kein Strauch und keine Bäume, wo man sich in den Schatten legen könnte«, bemerkte Pauline nörglerisch.

Justus hatte dafür kein Verständnis. »Aber das ist doch mal was andres. Wo hast du sonst so eine tolle Ruhe, wo du einen Bach plätschern hören kannst und die Vögel dir pfeifend um die Ohren fliegen.«

»Und dir dann auf den Kopf scheißen«, gab Pauline bissig zurück.

»Leute, hört auf zu lamentieren«, ging Sarah genervt dazwischen. »Gebt lieber Acht, wo ihr hintretet. Bei diesem felsigen Durcheinander hier ist Verletzungsgefahr nicht ausgeschlossen. Und schaut auf die Markierungen.«

In der Tat wurden die roten Markierungspunkte immer spärlicher. Sie mussten gehörig aufpassen, durch die wild herumliegenden Felsbrocken nicht ins Straucheln zu geraten.

Plötzlich trat unvermittelt Stille ein. Selbst das leise Gluckern eines dünnen Wasserlaufs, das sie bisher begleitet hatte, war verstummt. Sie hatten eine Felsnase umrundet und mit einem Mal gab es keine Geräusche mehr. Eigenartig! Wie abgeschnitten.

Langsam gingen sie weiter. Was sich dann vor ihnen auftat, verschlug ihnen vollends die Sprache.

Ein weiter Talkessel weitete sich vor ihnen, in dessen Mitte ein tiefblauer See. In seiner glatten Oberfläche spiegelten sich die umliegenden Berghänge.

Rings um den See lag eine bizarre Felslandschaft mit dicken Felsbrocken. Justus und seine Freunde folgten dem Weg mitten durch riesige Felsblöcke hindurch. Direkt am Seeufer fanden sie einen Findling mit einer ziemlich flachen Oberfläche.

»Das ist doch der ideale Ort für uns, wo wir uns niederlassen können«, schlug Miriam leise vor. Sie wollte die Stille nicht unnötig unterbrechen.

»Es stellt sich nur die Frage, wie wir dort hinaufkommen«, gab Justus zu bedenken.

»Mal sehen, was man da machen kann.« Joseph näherte sich mit schnellen Schritten dem Findling und umrundete ihn. Kaum war er verschwunden, hörten sie ihn von der anderen Seite rufen.

Es gab eine Reihe kleinerer Felsbrocken, über die man bequem den dicken Klotz erklimmen konnte. Das kostete zwar etwas Mühe, doch mit einigem Geschick saßen sie kurze Zeit später alle vergnügt nebeneinander und ergötzten sich an der grandiosen Rundumsicht über den See.

»Das ist ja ein wahnsinnig toller Ausblick. Und diese Stille, atemberaubend.« Sarah konnte sich an dem Kontrast aus Felsen und Wasser nicht sattsehen.

Nur der Flügelschlag der kreisenden Bergdohlen, die hier ihre Brut in den hohen Felshängen großzogen, war zu hören.

»Übrigens, ist euch aufgefallen, dass die anderen noch nicht da sind?«, bemerkte Miriam plötzlich. »Wir sind immer noch unter uns.«

»Die werden schon noch kommen. Weit können sie ja nicht sein. Vorhin waren doch noch einige hinter uns«, war sich Joseph sicher und schaute suchend umher.

»Das war aber am Bergkamm. Vielleicht warten sie noch auf Madame Griseldis«, vermutete Erik.

»Warten wir doch hier auf sie und machen es uns bequem.« Sarah legte sich auf die Felsoberfläche, die sich durch die Sonnenstrahlen wohlig warm anfühlte.

In aller Ruhe ließen sie das wunderschöne Bild auf sich wirken und labten sich an den vielen Leckereien ihrer Lunchpakete.

Träge lagen sie auf dem dicken Felsen und ließen die Sonne auf sich herabscheinen. Ein lauer Wind wehte und fächelte ihnen angenehme Luft zu.

Eine Viertelstunde mochte vergangen sein, als unvermittelt ein Schauspiel begann, das sie so schnell nicht vergessen sollten.

Die Sonne brannte inzwischen recht stark vom Himmel und erzeugte mit ihren hellen Strahlen ein gleißendes Licht auf der Seeoberfläche. Die Wärme machte müde. Doch plötzlich entstand aus dem lauen Lüftchen ein stärkerer Wind, und die Oberfläche des Sees begann sich zu kräuseln, und Wellen entstanden wie aus dem Nichts. Justus richtete sich auf, um das Ganze näher zu betrachten.

Und dann geschah es.

Justus nahm ein riesiges, rot umrandetes, bogenförmiges Tor wahr, das plötzlich mitten über dem See stand. Er hatte den Eindruck, einen riesigen Spiegel vor sich zu haben. Das Sonnenlicht brach sich in ihm auf vielfältige Weise und die Reflexe des Lichts strahlten in alle Himmelsrichtungen.

Seine Freunde bemerkten ebenfalls die große Helligkeit, doch den Torbogen sahen sie nicht.

»Justus, was hast du? Gibt es wieder irgendwelche ominösen Schauungen?«, fragte Pauline leicht gereizt.

Justus gab keine Antwort. Er war von dem Schauspiel viel zu gefesselt.

Plötzlich brach der Spiegel auseinander und in seiner Mitte bildete sich ein riesiges Loch. Ein Licht strahlte heraus, das das Sonnenlicht um ein Vielfaches übertraf.

Es hatte etwas Gleißendes, Flirrendes. Ihn verblüffte, dass er hinsehen konnte, ohne geblendet zu sein. Seine Freunde nahmen diese phantastische Helligkeit zwar wahr, aber nur in die Richtung zu schauen, war für sie schier unmöglich. Das Licht war zu grell.

Im nächsten Augenblick spürten sie, wie sich die Lichtstrahlen auf sie ausrichteten. Eine große Wärme breitete sich auf wohlige Weise in ihnen aus.

Justus war besonders ergriffen. Er schien etwas Unglaubliches zu sehen. Doch nur wenige Sekunden dauerte das Spektakel.

Kaum hatte es begonnen, war es auch schon vorbei. Das Licht verringerte seine Intensität, das Tor verschwand und der See beruhigte sich. Als wäre nichts gewesen, lag er wieder glatt und ruhig vor ihnen.

Justus war perplex. Auch seine Freunde konnten kaum fassen, was geschehen war. Martin rieb sich die Augen, als hätte er einen Spuk wahrgenommen. »Was war das? War das wirklich oder hatte ich Halluzis?«, fragte Joseph benommen.

Keiner wusste eine Antwort. Erik blies pfeifend aufgestaute Luft aus den Backen. Pauline war noch ganz angespannt und schaute zu Justus hinüber, der immer noch völlig mitgenommen dasaß.

»Das war ja ...«, begann sie und rang nach Worten. »Das war jedenfalls das Hellste, das ich je erlebt habe. Einfach ... wie hast du letztens gesagt?«, wandte sie sich an Justus.

»Transphänomenal«, antwortete Justus leise. Das Ereignis hatte ihn völlig geschafft.

»Und was ist jetzt?«, fragte Martin unschlüssig. »Was machen wir jetzt? Sollen wir den anderen davon erzählen?«

»Keine Ahnung.«

Justus blickte sich um und stellte fest, dass sie immer noch die Einzigen in diesem Hochtal waren.

»Wir sollten sehen, wo die anderen überhaupt abgeblieben sind«, meinte Sarah, um die Spannung zu lösen. »Am besten ist, wir gehen zurück. Wir haben noch einen langen Abstieg vor uns.«

Sie klaubten ihre Sachen zusammen, schnallten die Rucksäcke auf und stiegen vorsichtig auf den Weg hinunter.

Sie waren froh, aus diesem Tal herauszukommen. So schön es auch anzusehen war in seiner Bizarrheit, das Lichtspiel ließ sie trotz der Wärme frösteln.

Minuten später erreichten sie die Stelle, wo alle Geräusche verstummt waren. Nun meldete sich das Glucksen des verborgenen Baches wieder, und fast gleichzeitig hörten sie die bekannten Stimmen der anderen.

Wenige Schritte weiter sahen sie die ersten Mitschüler in der Nähe eines anderen Sees.

Diesen See hatten die sieben auf ihrem Hinweg überhaupt nicht wahrgenommen. Erst jetzt, auf dem Weg zurück, öffnete sich das Blickfeld auf diesen länglich geformten See.

Auf Madame Griseldis' Stirn bildete sich eine äußerst steile Zornesfalte. Sichtlich gereizt ging sie schnurstracks auf die kleine Gruppe zu.

»Wo wart ihr bloß? Wir haben uns sehr um euch gesorgt«, stieß sie hervor.

»Ähm, ... wir haben den See hier überhaupt nicht gesehen. Und unsere Magics, äh ... unsere Magictafeln, wir haben in dem Moment gar nicht daran gedacht und dann, ja äh ...«, stotterte Martin eine Rechtfertigung.

»Und ihr habt euch nicht gewundert, warum die anderen euch nicht gefolgt sind?«, bohrte Madame Griseldis nach.

»Nicht wirklich«, gestand Justus, vermied es dabei sie anzusehen. Von dem Ereignis würde er so schnell nichts erzählen.

»Da oben war es einfach so schön, dass wir darüber nicht weiter nachgedacht haben«, kam ihm Erik zu Hilfe.

Das stimmte ja auch. Durch das Erlebnis war alles andere in Vergessenheit geraten.

Die Lehrerin blickte sie nachdenklich an und sagte: »Nun gut, setzt euch noch eine Weile zu den anderen, bis wir uns wieder auf den Abstieg machen.«

Im nächsten Augenblick saßen sie bei den anderen am Seeufer.

»Die Herrschaften haben sich wohl verlaufen«, höhnte Edelmund von seinem Uferplatz herüber. Ottokar lachte abschätzig. »Kö-können noch n-nicht mal g-geradeaus gehen.«

»Hau-Hauptsache, i-ihr seid ni-nicht in den S-ssee gefallen, ihr Pf-pfeiffen«, äffte Joseph zurück.

Ottokar bekam eine rote Birne, hielt sich aber zurück, um jegliches Aufsehen zu vermeiden.

Sarah fand es schrecklich, dass die Jungs keine Möglichkeit ausließen, um aufeinander loszugehen. Sie setzten sich etwas abseits von der Klasse, nur weg von den beiden Typen, um sich ihr Geschwätz nicht weiter anhören zu müssen.

Es dauerte allerdings nicht lange und der große Aufbruch begann.

»Am besten ist, wir verschwinden nach dem Abendessen, dann können wir alles besprechen«, wendete sich Justus an Pauline. »Du kannst es den Mädchen weitersagen. Ich werde die Jungs informieren.«

Dabei wollte er möglichst wenig Aufsehen erregen. Er befürchtete, durch ihr ständiges Zusammensein bei den anderen Schülern Misstrauen zu erwecken. Dass alle anderen an dem langen See Picknick gemacht hatten, war richtig dumm gelaufen.

Der Abstieg verlief einigermaßen glatt und der Weg erschien allen erheblich kürzer als beim Aufstieg. Das erging aber jedem so, der versuchte, einen Berg zu besteigen.

»Ich bin froh, dass wir wieder unten sind. Solch ein Aufstieg schlaucht ganz schön«, stellte Joseph geschafft fest. Unverzüglich ging es in die Aula. Mit Macht lockte das Abendessen nach dieser anstrengenden Tour.

So ließen sie sich nicht lange bitten, denn die frische Luft hatte sie alle äußerst hungrig gemacht. Danach verschwanden sie in ihren Aufenthaltsraum, um sich über die Eindrücke des Tages klar zu werden.

Auf direktem Weg begaben sie sich wieder in die hinterste Nische des Raumes, hinter die großen Regalwände, wo die Sessel noch in einer kleinen Sitzgruppe zusammenstanden.

»Los, ab in unser geheimes Versteck«, forderte Pauline die anderen auf.

Schnell stellten sie sich in einen Kreis, Justus sagte den Spruch auf, und schon erreichten sie ihr Versteck. Kaum saßen sie auf dem Sofa und den Sesseln, stürmten alle auf Justus ein.

»Jetzt mal ehrlich«, Martin sah Justus fragend an, »was war da oben los? Was hast du da oben gesehen?« Auf dem Rückweg hatten sie tunlichst vermieden sich auszutauschen, da immer einige andere Schüler um sie herum waren.

Eng die Köpfe zusammengesteckt harrten sie gespannt auf seine Erklärungen. Schließlich besaßen sie ein Recht darauf zu erfahren, was sich nun tatsächlich ereignet hatte.

»Also, das war so: Ihr könnt euch doch an das intensive Licht erinnern«, begann Justus.

»Ich weiß nur noch, dass es irre hell wurde, aber bloß für einen kurzen Moment«, meinte Pauline und erinnerte sich schmerzhaft an das Stechen des grellen Lichtes in ihren Augen.

»Habt ihr denn das rote Tor nicht gesehen?«

»Was für ein rotes Tor?«, fragte Martin verdutzt. »Ich hab nur Licht gesehen.«

»Da war doch zuerst der Wind, dann das Licht«, fuhr Justus fort, »und dann das rote Tor, das über dem See stand.«

»Ich für meine Person habe auch nur ein Licht gesehen«, bestätigte Joseph. »So hell, dass ich kaum hinsehen konnte. Aber ein rotes Tor ... nein.«

»Ich habe echt ein riesiges Tor über dem See gesehen. Es war rot umrandet. Das schwebte auf einmal einfach so über dem See. Ich weiß auch nicht, wo das herkam.«

Justus wurde bei dem Gedanken an diese Erscheinung immer aufgewühlter. Und das sollten die anderen nicht gesehen haben, obwohl sie dabei gewesen waren?

Erik, der sich wie immer erst einmal alles anhörte, wollte es genauer wissen. »Jetzt mal gaaanz langsam, zum Mitschreiben. Du hast also ein rotes Tor gesehen, sagst du.« Er versuchte das Ganze analytisch anzugehen. »Etwas, das wir nicht gesehen haben.«

»Darüber bin ich ja gerade so verwundert. Dass ich das alleine gesehen haben soll. Habt ihr das denn gar nicht mitbekommen?«

»Ich für meinen Teil habe ein sehr helles Licht gesehen und diesen starken Wind gespürt«, stellte Sarah fest.

Pauline pflichtete ihr bei. »Mehr habe ich auch nicht mitbekommen. Das ging alles so schnell. Was geschah denn mit dem Tor?«

»Das war wie ein großer überdimensionaler Spiegel, der die Sonne reflektiert. Und dann, plötzlich, zerbrach der Spiegel und dahinter war ein viel helleres Licht, noch heller als die Sonne. Und mit diesem Licht kam ein unheimlich schönes Gefühl und eine irre Musik wie so eine Art Audiostrahlung aus dem Tor. Direkt auf mich zu. Habt ihr das denn wenigstens gespürt oder gehört?« Justus schaute von einem zum anderen.

»Also, so ein warmes Etwas, so was wie ein wohliges Gefühl habe ich auch wahrgenommen«, bestätigte Erik. »Aber kaum war es da, war es auch schon wieder verschwunden.«

»Ich hatte das Gefühl, da kommt was auf mich zu und will mir irgendwas sagen, ich weiß auch nicht ...«

Justus' Bericht machte seine Freunde ratlos.

»Wisst ihr was?«, meldete sich Miriam zu Wort. »Wir werden bei der nächsten Gelegenheit Edolfin fragen. Der kann uns sicher weiterhelfen.«

»Könnte ich mir auch vorstellen«, pflichtete Erik ihr bei, dem das Ganze recht eigentümlich vorkam. „Gleich morgen sollten wir versuchen, ihn zu treffen.«

»Am besten, wir springen jetzt zurück und gehen ins Bett. Ich für meinen Teil bin unendlich müde«, stellte Sarah fest und gähnte herzhaft.

»Wir sollten aber versuchen, kein Aufsehen zu erregen und ganz still sein. Martin, schaffst du das?« Miriam sah Martin prüfend an.

»Meinst du, ich suche mir die Sessel extra aus? Was kann ich denn dafür, dass die immer genau da stehen, wo ich ankomme«, erwiderte Martin trotzig. Die anderen lachten. Sie stellten sich wieder zusammen und kamen ungefährdet im *Metatron* an. Der Raum war glücklicherweise menschenleer.

Die Zeit war beträchtlich fortgeschritten, so teilte sich die Gruppe rasch, und alle suchten erschöpft ihre Betten auf. Der nächste Tag würde vielleicht schon die Lösung bringen. Doch dazu kam es zunächst nicht. Es warteten noch andere Überraschungen auf sie.

Etwa zur gleichen Zeit bewegten sich zwei Gestalten durch die Burg und suchten einen Raum, wo sie ungestört ihren Plänen nachgehen konnten.

Sie kamen zur Tür der Bibliothek und blieben davor stehen.

Edelmund gebot Ottokar still zu sein und keinen Mucks von sich zu geben. Weit und breit war niemand zu hören. Nur den Wind konnten sie singend ums Haus pfeifen hören. Es klang furchteinflößend. Wolken trieben am Vollmond vorbei, der in unregelmäßigen Abständen sein fahles Licht durch die hohen Fenster auf die Bibliothekstür warf. Edelmund zückte seinen Translocostab und versuchte, damit die Türe zu öffnen. Beim letzten Besuch der Bibliothek, als sie hunderte von Büchern wegräumen mussten, war ihm ein Buch in die Hände gefallen, in dem alle möglichen Zaubersprüche verzeichnet waren. Er hatte versucht, sich einige einzuprägen, unter anderem den Spruch zum Öffnen von Türen. Den konnte er jetzt gut gebrauchen.

Das Problem war, dass der Spruch aus mehreren Wörtern bestand. Doch wie war die richtige Reihenfolge?

Edelmund versuchte es: »Aperi statim te!«

Nichts tat sich.

Ottokar sah seinen Kumpanen zweifelnd an. Edelmund fasste an die Türgriffe in Engelsgestalten. Sie fühlten sich verteufelt kalt an. Erschrocken zog er seine Hand wieder zurück.

Er wagte einen zweiten Versuch. »Te statim aperi!«

Nichts! Alles blieb wie es war. Keine Tür, die aufschwang. Kein Scharnier, das sich auch nur einen Millimeter drehte. Lag's vielleicht an der Betonung?

Ottokar wurde unruhig. Er hatte diesen Spruch noch von keinem Lehrer gehört. »W-was l-laberst du da? «, flüsterte er aufgebracht.

Edelmunds Augen blitzten ihn böse an.

»Sei leise und lass‘ mich machen.«

Er versuchte ein letztes Mal die Tür zu öffnen. »Statim aperi te!«

Er bewegte die Türgriffe. Und tatsächlich, sie ließen sich bewegen. Im nächsten Moment sprang die Tür auf.

Schnell schob er Ottokar in die Bibliothek, um ihm umgehend zu folgen. Leise ließ er die Tür ins Schloss gleiten.

Sie standen völlig alleine in dem großen Bibliothekslesesaal. Alles verlassen. Im Zentrum des Saals schimmerte undeutlich der Schreibtisch, hinter dem sonst immer Madame Ruborrak unheilvoll thronte und alle Schüler im Blick behielt. Mucksmäuschenstille ringsum. Die vielen Regale mit den bizarren Gesichtern der Engel und Gnome erzeugten im Dämmerlicht zusätzlich eine beängstigende Atmosphäre. Das Mondlicht, das durch die große Bibliothekskuppel schien, bahnte sich einen Weg durch die bunten Glaspartien in der Decke ins Innere der Bibliothek. Alles sah sehr gespenstisch aus.

Ottokar bekam es mit der Angst zu tun. Ihm war das alles nicht geheuer.

»W-was willst du eigentlich hier?«, regte er sich auf. »W-was s-soll das Gaanze?« Sein Stottern wurde immer schlimmer und seine Stimme immer lauter.

»Das wirst du gleich sehen. Und sei leise, verdammt«, bekam er zornig zurück. Edelmund zeigte auf die runde Ausbuchtung, wo die Wendeltreppe ins nächste Stockwerk führte. Vorsichtig schlichen sie dorthin.

Edelmund wiederholte den Öffnungsspruch: »Statim aperi te!«

Im nächsten Augenblick schwang der Engel, der vor der Wendeltreppe wachte, zur Seite, seine Flügel veränderten ihre Stellung und die Tür zur Treppe gab den Weg frei. Im Gesicht des Engels zeigte sich nachdenkliche Verwunderung, was den beiden in der Aufregung entging.

»Komm«, forderte Edelmund Ottokar auf und sprang schon die Wendeltreppe hinauf. Ottokar folgte nur zögerlich. Ihm wurde immer unwohler. Wenn das schief ging! Die Stufen der Holztreppe knarzten und knackten laut bei jedem Tritt. Wenn jetzt jemand käme, wären sie geliefert! »Nun mach' schon«, rief Edelmund, der schon fast oben angekommen war. Um nicht gänzlich als Feigling dazustehen, stiefelte Ottokar schnell hinterher.

Endlich oben angekommen hastete er Edelmund hinterdrein, der schon auf dem Weg in den nächsten Gang war. »W-wo willst du hin?«, stieß Ottokar keuchend hervor, als er Edelmund erreicht hatte.

»Ich will Cha'ur Ha'muttaht treffen und fragen, wann es endlich losgeht«, fauchte Edelmund zurück.

Ottokar schrak zurück. Er erinnerte sich noch zu gut an das letzte Treffen mit diesem schwarzen Etwas. Diese düsteren Räume, die

Dunkelheit, dieses schreckliche Zusammentreffen ließen ihn erschauern.

Es blieb keine Zeit, um sich noch länger das Treffen zu vergegenwärtigen, denn im nächsten Augenblick stand wie aus dem Nichts Cha'ur Ha'muttaht vor ihnen.

Unvermittelt traf sie Eiseskälte.

»Warum sucht ihr mich«, fragte er ungehalten. »Wollt ihr unsere Mission gefährden? So seid ihr nicht zu gebrauchen! Diese Eigenwilligkeit wird von dem großen Cha'ur Thachschimiht nicht toleriert. Verschwindet sofort! Kehrt sofort zurück und seht zu, dass ihr nicht gesehen werdet.«

Edelmund und Ottokar standen wie vom Donner gerührt in dem engen Gang voller Bücher. »Aber wir … wir wollten doch nur …«, begann Edelmund. Doch Cha'ur Ha'muttaht ließ keine Möglichkeit der Erklärung zu.

Sein schwarzer Arm wies den Weg zurück, den sie gekommen waren, und veranlasste sie umgehend, wie geschlagene Hunde den Rückweg anzutreten.

Zu allem Überfluss bogen sie in der Aufregung an der nächsten Weggabelung in die falsche Richtung ab. Sie irrten durch die Gänge und bemerkten erst nach einiger Zeit, dass der eingeschlagene Weg sie nicht zur Treppe führte.

»Jetzt haben wir den S-salat«, begann Ottokar zu jammern. »Du mit deinen bl-blöden Ideen.«

»Ach, sei doch leise«, gab Edelmund ärgerlich zurück. »Dieser ›Cha'ur-ich-weiß-nicht-wie‹ hat einen Schuss. Er hätte uns doch ruhig sagen können, wann es losgeht. Stattdessen macht er so eine Welle.« »Aber du hast doch gehört…«, setzte Ottokar nach. »Er will es n-nicht, dass wir u-ungebeten k-kommen.«

Er trottete hinter Edelmund her, ohne überhaupt zu wissen, in welche Richtung sie gingen. Er hatte völlig den Überblick verloren.

»Hast Du w-wenigstens eine Ahnung, ob wir ri-richtig sind?«, nörgelte er weiter. Edelmund drehte sich um. Er hätte seinem Mitstreiter eine scheuern können, so wütend war er.

»Kannst du endlich mal das Maul halten?«, pfiff er Ottokar an. »Wir werden schon wieder zurückfinden.«

Er zog seine Magic heraus, um sich zu orientieren. Doch seine Eingaben waren entweder zu ungenau oder das Gerät machte einfach, was es wollte. Er versuchte es ein weiteres Mal, ganz langsam. Ottokar sah zu, wie er akribisch bemüht war, ihren Standort zu lokalisieren.

Plötzlich ging es. Das Gerät zeigte ein Bild. Den Gang, in dem sie sich befanden, konnten sie sehen und darin zwei Lichtpunkte, die sie selbst darstellten. Aber dann zeigte sich etwas, das Edelmund einen Schrecken durch Mark und Bein jagte. Ein weiterer Lichtpunkt bewegte sich mit großer Eile auf sie zu.

»Ich werd' verrückt!«

»Was ist denn los?« Ottokar wurde panisch. »Was zeigt sie d-denn?« Er versuchte einen Blick auf die Magic zu erhaschen. Edelmund hielt sie so, dass er kaum etwas sehen konnte. Grausen beschlich ihn. Erst den richtigen Weg verloren, jetzt drohte das blanke Chaos.

»Nun s-sag' endlich. W-was siehst du?«

»Da kommt gleich jemand um die Ecke. Nichts wie weg.«

Er drehte sich in die entgegengesetzte Richtung, aber Ottokar blickte nicht durch und blockierte den Weg. Wer sollte um diese Zeit noch in der Bibliothek sein, abgesehen von ihnen. Die Antwort erfolgte prompt. Schon bog die Person um die Ecke, auf die sie hier am allerwenigsten treffen wollten.

»DAS IST DOCH DIE HÖHE«, schallte es ihnen schrill entgegen. Madame Ruborrak stand leibhaftig vor ihnen. Wie kam ausgerechnet die jetzt hierher? Woher wusste sie, dass sie sich hier herumtrieben? Dazu noch genau an dieser Stelle?! Sie hatten doch niemandem etwas gesagt. Das konnte nicht mit rechten Dingen zugehen.

»Da habe ich ja die Richtigen angetroffen. WAS MACHT IHR UM DIESE ZEIT HIER IN DER BIBLIOTHEK? WIE SEID IHR ÜBERHAUPT HIER HEREINGEKOMMEN?«

»Ähm …«, begann Edelmund, der jetzt ebenfalls stotterte. »Äh, wir äh, wir ha-haben noch, ähm …, wir wollten, äh, noch ein paar Hausaufgaben machen«, versuchte er eine Notlüge. Doch damit kam er nicht durch, das spürte er. Drohend hatte sich Madame Ruborrak vor den beiden aufgebaut. Das würde eine deftige Strafe geben. Und so folgte das Unausweichliche.

»Ihr werdet jetzt mit mir zum Eingang kommen und dann werde ich euch verkünden, was auf euch wartet.«

Sie trieb die beiden wütend vor sich her, und nach wenigen Biegungen erreichten sie eine Wendeltreppe nach unten. Hätten sie geahnt, dass die Treppe so nahe war, das Malheur hätte sich gut und gerne vermeiden lassen. Jetzt war es zu spät.

Je tiefer sie kamen, desto mehr rutschte ihnen das Herz in die Hose, jedenfalls in Ottokars Hose. Welche Register würde Madame Ruborrak ziehen, um ihnen eine Strafe aufzubrummen?

Kaum im Lesesaal angekommen, ging es auch schon los.

»IHR LASST WOHL KEINE GELEGENHEIT AUS, UM DINGE ZU TUN, DIE HIER IN DER SCHULE VERBOTEN SIND? Es sollte euch hinreichend bekannt sein, dass zu so später Stunde keiner, UND ICH BETONE, KEINER mehr in der Bibliothek sein darf. Wie habt ihr es geschafft, hier hinein zu kommen?«

Sie blitzte die beiden Übeltäter scharf an.

Edelmund versuchte es mit der Strategie ›Angriff ist die beste Verteidigung‹. »Also, wir wollten noch ein paar Aufgaben lösen, um morgen etwas mehr Zeit zu haben«, versuchte er sich herauszureden.

Madame Ruborrak sah von einem zum anderen. Ottokar versuchte auch eine Erklärung beizusteuern. »A-also w-wi-wir haben w-wirklich n-nur a-ar ...« Weiter kam er nicht.

»IHR GLAUBT WOHL, IHR KÖNNT MICH HIER SO GANZ EINFACH AUF DEN ARM NEHMEN«, brüllte sie und blickte die beiden in wilder Entschlossenheit an. »Ich sage euch was: Ihr werdet ab morgen bis zu den nächsten Ferien so oft wie es eben möglich ist für zwei Stunden in die Bibliothek kommen und Bücher und Regale abstauben. Und glaubt mir, ich werde um die freien Zeiten wissen, die ihr zur Verfügung habt. Ich werde eure Arbeit zu kontrollieren wissen. Und Meister Gregorius wird natürlich auch davon in Kenntnis gesetzt. Dessen seid euch bewusst.«

»UND JETZT HINAUS MIT EUCH, AUF DER STELLE.« Ihr rot lackierter Zeigefinger deutete drohend zur Tür. Schweigend trollten sich die beiden Übeltäter davon und waren froh, zunächst mal ohne weiteren Stress wegzukommen.

Sobald sie die Eingangstür erreichten, schwang diese wie von selbst auf. Schleunigst verließen Sie die Bibliothek, um der Reichweite dieses Bibliotheksdrachens zu entkommen.

»Das ist ja super gelaufen. Jetzt haben wir auch das noch an der Backe«, stöhnte Edelmund. »Wie sollen wir da unseren Auftrag ausführen können?«

»W-wenn wir uns g-gut machen, dann k-kriegen wir vielleicht was e-erlassen«, gab sich Ottokar alle Mühe, Edelmund zu beruhigen.

Dermaßen frustriert versuchten sie ihre Betten zu erreichen. Es fehlte nur noch, dass ihnen Meister Knörzer über den Weg lief. Zum Glück schliefen sie nicht mit Justus oder einem seiner Freunde auf einem Zimmer, sonst wäre die Blamage vollständig gewesen.

18. Im geheimen Garten

Der nächste Tag brachte eine der besten Errungenschaften der Schule, einen ganzen Nachmittag zur freien Verfügung.

»Und was machen wir mit der freien Zeit?« Martin schaute unternehmungslustig in die Runde, während er sich eine gehäufte Gabel Spaghetti in den Mund stopfte. Das Mittagessen war in vollem Gange und Spaghetti mit Bolognese waren seine Leidenschaft.

»Was haltet ihr von dem Garten hinter der Mauer?«, fragte Martin etwas zu laut.

»Musst du immer alles so rausposaunen? Du lernst es wohl nie«, ärgerte sich Pauline.

Martin schnitt eine Grimasse und setzte einen Schmollmund auf.

»Trotzdem ne gute Idee«, meinte Sarah gedämpft und sah aufmunternd in die Runde. »Das brächte mal was Abwechslung in unseren Alltag. Mich zieht die alte Mauer förmlich an.«

»Ich wäre auch dafür. Beeilen wir uns mit dem Essen, dann können wir uns nach den Ankündigungen direkt vom Acker machen«, schlug Justus vor.

Die halb verfallene Mauer mit den spitzbogigen Fenstern im Garten übte tatsächlich eine starke magische Anziehungskraft auf alle aus.

Kaum hatte Meister Gregorius seine letzten Worte gesprochen, waren sie auch schon auf dem Weg nach *Metatron*, um von dort in ihren geheimen Raum zu springen und sich kurz zu beraten.

»Am besten machen wir uns in zwei Gruppen auf den Weg und steuern die Mauer aus verschiedenen Richtungen an«, schlug Erik vor.

»Ok, dann gehen zuerst Sarah, Martin, Miriam und ich«, schlug Pauline vor. »Fünf Minuten später könnt ihr ja nachkommen.« Die Freunde nickten zustimmend.

»Nehmt ihr den Haupteingang. Wir gehen dann durch den Hinterausgang, dann fällt es nicht so auf.« Justus wollte um keinen Preis Aufsehen erregen.

So machten sie es. Zuerst nach *Metatron*, von dort aus nahmen sie den Weg wie abgemacht hinaus in den Garten.

Das verlief alles reibungslos. Unbehelligt erreichten die Mädchen mit Martin die alte Mauer und blieben eine kurze Zeit davor stehen, um sie sich interessiert aus der Nähe anzusehen. Im nächsten Augenblick waren sie, schwups, durch den schmalen Durchgang der Mauer hindurch in den stark verwilderten Garten verschwunden.

Die Jungen hatten weniger Glück. Der Weg zum Hinterausgang führte sie zunächst ins Kellergeschoss, weil der Garten hier auf der Rückseite eine Etage tiefer lag.

Just in dem Moment, als sie das Treppenhaus betraten, kreuzten Schmalzlocke und Rotfuchs mit zwei Schülern der Anael-Klasse auf. Erik konnte seine Freunde noch rechtzeitig hinter eine dicke Säule zurückdrängen, um nicht entdeckt zu werden. Zu allem Übel verharrten Schmalzlocke und seine Freunde in ihrer Nähe und diskutierten angeregt miteinander. Deutlich war zu hören, wie Edelmund heftig auf seine Begleiter einredete. Das dauerte. Erik sah immer wieder auf die Uhr. Minute um Minute verstrich, bis ihre Gegner abzogen. Der Weg in den Garten war frei.

Sobald sie das Haus verlassen hatten, ging es zügig über die Wiese. An einer kleinen Gruppe von Parkbänken stoppten sie kurz, um die Lage zu peilen.

Kurz darauf erreichten sie die Ruinenmauer. Die Mauer musste vor langer Zeit Teil eines mächtigen Gebäudes gewesen sein, vielleicht sogar einer Kirche, wie Justus kürzlich meinte. Schnell huschten sie durch den Mauerspalt.

Die anderen warteten schon voller Ungeduld.

»Wo bleibt ihr denn so lange?«, maulte Pauline vor Verärgerung.

»Ich sage nur Schmalzlocke und Rotfuchs!« Joseph machte eine verächtliche Handbewegung. »Diese Irren begegneten uns im Treppenhaus mit zwei weiteren Schwachköpfen, die neuerdings öfter mit ihnen herumtappen. Das ging nicht so schnell.«

»Aber hier sieht's ja super aus«, stellte Justus nach einem Rundblick fest. Sie mussten sich erst einmal einen Überblick über die Situation verschaffen. »Reichlich verwildert. Wie soll man nur durch das Unterholz kommen?«

Ursprünglich war dieser Bereich wohl ein sehr gepflegter Teil des Schulanwesens gewesen. Die Wege konnte man noch an ihren Randsteinen erkennen, doch jetzt wucherten die Büsche über die Ränder, und alles war reichlich vermoost. Kein Wunder, denn dieses Dickicht ließ kaum Sonnenlicht durchdringen.

»Wo gehen wir denn am besten lang?« Erik schaute sich fragend um.

»Gehen wir einfach mal geradeaus«, schlug Pauline vor.

»Aber hört mal.« Sarah hielt ihren Kopf schräg und horchte gespannt. »Hört ihr nichts?«

»Was sollen wir denn hören?«, entgegnete Joseph. »Ich höre nichts.«

»Eben. Das meine ich. Es ist NICHTS zu hören«, bestätigte Sarah. »Es ist alles unheimlich still. Kein Laut, kein Mucks.«

Nun spitzten auch die anderen die Ohren. In der Tat, nichts war zu hören. Es herrschte ringsum Totenstille.

Beklemmung stieg in ihnen hoch. »Wo sind wir hier gelandet?« Martin hatte ein total flaues Gefühl im Magen.

Ängstlich sahen sie sich an. »Sollen wir wirklich weitergehen?« Sarah wurde langsam, aber sicher mutlos.

»Was kann schon Großes passieren? Wir sind immer noch auf dem Schulgelände, vergesst das nicht«, stellte Erik fest. »Kommt, schauen wir, wohin der Weg hier führt.« Mutig ging er voran und veranlasste die anderen zu folgen.

Nur zögernd kamen sie ihm nach. Dabei achteten sie sehr darauf, auf dem feucht-schlüpfrigen Boden nicht auszurutschen.

Zu allem Überfluss gab es viele Büsche, deren Zweige mit Dornen übersät waren, was ein Durchkommen zusätzlich erschwerte.

Hier und da standen alte, moosbewachsene Skulpturen. Engel wechselten sich mit verschiedenen gnomenhaften Figuren ab.

Martin näherte sich einem der Gnome und betrachtete ihn neugierig. »Seht mal, die beobachten uns. Wie in der Bibliothek.« Er wies auf einen buckligen Gnom mit einem knöchellangen Mantel. Durch den Buckel hing der Mantel vorne über die Füße und hob sich hinten entsprechend in die Höhe. Zudem hatte das Ungetüm eine lange, spitze Nase und hervorstehende Augen, die Martin direkt anstarrten. Seine Hände hielt er in die Seiten gestemmt, als wollte er sagen: „Was wollt ihr denn hier?“

Langsam gingen sie weiter. Es war richtig unheimlich, an diesen Gestalten vorbeizugehen.

Schon nach wenigen Metern stand da die nächste Figur. Ein Engel sah sie von seinem hohen Sockel herunter an und hielt seinen rechten Zeigefinger erhoben. Sein Blick hatte etwas Warnendes.

Die verwilderte Umgebung, dazu die Gestalten, erzeugten ein mulmiges Gefühl im Bauch. Zu allem Überfluss mussten sie ständig mit dem dichten Unterholz kämpfen und wurden dadurch immer orientierungsloser.

»In welche Richtung gehen wir überhaupt?«, fragte Joseph beklommen. Sie schauten sich um und mussten feststellen, dass inzwischen alles gleich aussah. Die dichten Bäume ließen zudem die Umgebung dämmrig erscheinen.

»Ich glaube, da vorne ist eine Lichtung.« Justus spähte über die Sträucher hinweg, vor denen er stand, und zeigte auf einen hellen Fleck, der in einiger Entfernung zu sehen war.

»Lasst uns mal bis dahin gehen, dann können wir ja sehen, was da ist.«

Entschlossen schritt er in die Richtung und zog die anderen mit. Immer noch umgab sie diese merkwürdige Stille. Nicht einen Vogel hörten sie zwitschern.

Dort, wo es etwas heller war, gab es nur eine Weggabelung, von wo aus die Wege nach rechts und links weiterführten.

»Können wir nicht unsere Magics einsetzen?«, fragte Martin ratlos.

Pauline holte ihre Tafel hervor, konnte aber nichts erkennen. Totale Leere! Was sollten sie tun?

»Gehen wir einfach mal nach rechts«, schlug Justus vor. Dieser Weg war nicht ganz so zugewachsen, so bot es sich an, in diese Richtung weiterzugehen.

»Ich weiß nicht, ob das alles so richtig ist, was wir hier machen«, fing Martin an zu zweifeln. »Sollen wir nicht lieber wieder zurückgehen?«

»Feigling!«, blaffte ihn Pauline an, »du wirst doch jetzt nicht kneifen wollen?« Dabei schob sie die nächsten Zweige auseinander und urplötzlich standen sie auf einer sonnendurchfluteten Lichtung. Das war gespenstisch, gerade eben noch alles düster und jetzt diese Helligkeit.

Hohes Gras und eine Unmenge an Wiesenblumen standen vor ihnen, so dicht und teils hüfthoch, als wollten sie die kleine Gruppe nicht durchlassen. Hatte es vorher noch modrig gerochen, so umgab sie jetzt ein betörender Blumenduft.

»Wahnsinn, einfach irre«, stieß Joseph aus, der das Dunkel des Weges bei diesem Anblick schon vergessen hatte. Seinen Freunden erging es ebenso. Der Duft machte sie schwindlig.

Fassungslos sahen sie auf die Blumen, die den Eindruck erweckten, als neigten sie sich ihnen entgegen.

Vorsichtig ging Justus bis an den Rand der Wiese und wollte die Blumen und das Gras auseinanderbiegen, um voranzukommen. Doch das war nicht nötig. Sie neigten sich wie von selbst zur Seite, um ihm Platz zu machen. Verrückt! So etwas hatte er noch nicht erlebt. Seine Freunde starrten sprachlos auf das Geschehen, das sich vor ihren Augen abspielte.

Sie gingen ein paar Schritte in die Wiese hinein. Dabei achteten sie darauf, möglichst keine Blumen umzutreten. Vor ihnen tat sich eine kleine Gasse auf, die sie buchstäblich zum Näherkommen einlud. Hinter ihnen schloss sie sich wieder. Das war mehr als merkwürdig. Es sah so aus, als wären sie erwartet worden. Obwohl es windstill war, wiegten sich die Blumen zusammen mit dem hohen Gras in einem wunderlichen Rhythmus hin und her.

Plötzlich stieg eine helle, weiß flirrende Wolke aus dem Gras auf und hüllte sie ein. Ein Gefühl, wie in Watte eingepackt zu sein, machte sich in ihnen breit. In dem hellen Sonnenlicht flirrte und glitzerte die Luft, und der Geruch, der wie von selbst in sie einströmte, war kaum auszuhalten. Obwohl sie fest auf dem Boden standen, fühlten sie sich leicht wie in einem Schwebezustand.

Im nächsten Augenblick formte sich die Wolke zu einem riesigen, strahlend weißen Bogen, der die ganze Lichtung überspannte. Der Bogen erinnerte Justus an die Erscheinung am See oben im Gebirge. Nur mit dem Unterschied, dass dieser Bogen für alle sichtbar war.

Als wäre das nicht genug der Eindrücke, begann ein Strahlen, das aus dem Torbogen herauskam. Ein helles Leuchten mit großer Intensität wurde sichtbar, so hell, dass alles um den Bogen herum bald nicht mehr zu sehen war. Die Wiese, die Blumen und auch die Bäume und Büsche am Rand der Lichtung wurden von der Helligkeit überstrahlt.

Die Sieben standen fassungslos und schauten zu diesem Licht hinauf, ohne auch nur auf irgendeine Weise geblendet zu werden. Mit offenen Augen, ohne jegliches Blinzeln, konnten sie diese helle Lichtflut ansehen.

Und dann erschien eine Engelsgestalt, die aus diesem weißen Bogen auf die kleine Gruppe zuschwebte.

»Der helle Wahnsinn!«, stieß Joseph hervor. Die Erscheinung machte ihn sprachlos. Seinen Freunden erging es nicht anders. Sie standen da und starrten den Engel an, der wiederum die kleine Gruppe ansah.

Plötzlich war eine Stimme zu vernehmen, direkt in ihren Köpfen. Sie hatte einen außergewöhnlich weichen und milden Klang. Die Freunde hatten das Gefühl, als würden sie die Person und die Stimme schon seit langer Zeit kennen.

Tatsächlich sprach der Engel zu ihnen. Er lächelte sie an, und sie spürten eine Übereinstimmung zwischen Sprechen und Verhalten des Engels.

»Ich freue mich, dass ihr endlich gekommen seid.«

Verwundert schaute Justus seine Freunde an. Was war das nun wieder? Eine sonderbare Begrüßung! Was sollten sie davon halten? Woher wusste der Engel, dass sie sich entschlossen hatten, an diesem Nachmittag dem Garten einen Besuch abzustatten. Hatte er etwa auf sie gewartet?

Zur Überraschung aller konnte er ihre Gedanken lesen, denn der Engel bestätigte sogleich das, was Erik soeben noch dachte: »Ich bin Metatron, der Engel, der eurer Klasse den Namen gibt. Ich habe darauf gewartet, dass ihr endlich hierher kommt. Ich hoffte, ihr würdet sofort kommen, als ihr zum ersten Mal einen Blick auf diesen Garten geworfen hattet. Leider musste ich mich gedulden. Und nun«, setzte er seine Ansprache fort, »bin ich hier, um euch mit einer besonderen Aufgabe vertraut zu machen.«

Er hatte auf sie gewartet! Verdutzt schauten sie sich an. Sie hatten keinen blassen Schimmer, was er damit meinte. Es machte sie sprachlos, dass der Engel über alles Bescheid wusste.

»Ich verstehe gar nichts mehr«, stellte Joseph leise fest, wobei er einen ziemlich hilflosen Eindruck machte. »Ich möchte einfach nur noch weg!«, fügte Martin ängstlich hinzu.

»Ihr braucht euch nicht zu fürchten«, sagte der Engel. »Euch geschieht nichts, ihr steht unter meinem ganz persönlichen Schutz. Ich schütze euch mit aller Macht, die mir verliehen ist.« Er lächelte und fügte hinzu: »Habt nur Vertrauen!«

Aber so recht konnten sie das, was der Engel da zu ihnen sagte, nicht glauben. Ihr Zweifel überwog ihr Vertrauen, das konnte man deutlich in ihren Gesichtern ablesen. Mehr verzagt als mutig nahm sich Justus ein Herz und fragte: »Eine Aufgabe? Was soll das sein? Und warum gerade wir?«

Lächelnd schaute der Engel einen nach dem anderen an und strahlte dabei eine angenehme Wärme aus. Zuversicht machte sich in ihnen breit, und sie bekamen das Gefühl, als wäre die Aufgabe für sie das Selbstverständlichste auf der Welt.

»Ich will es euch erklären«, hob der Engel wieder an. »Edolfin von Ewigkeit her«, begann er vorsichtig, denn er befürchtete, sie mit seinen Aussagen noch mehr zu erschrecken, »hat euch ein Pergament ausgehändigt. Darin stehen Dinge, die für euch höchst sonderbar klingen müssen. Aber ich will euch über die Hintergründe aufklären.«

Die Freunde waren mucksmäuschenstill. Fast vergaßen sie zu atmen, so spannend hörte sich die Geschichte an, die sie erfuhren. Sie waren auserwählt, eine Mission zu erfüllen.

»Und zu gegebener Zeit werdet ihr von mir den Auftrag erhalten, nach Akkon zu gehen, um die Mission zu erfüllen und die Schule vor einer großen Bedrohung zu schützen. Bis dahin lernt alles, was euch eure Lehrer beibringen. Alles ist wichtig, besonders die magischen Übungen. Aber eine Sache ist von ganz besonderer Wichtigkeit. Ihr werdet bald eine Unterrichtsstunde haben, in der die Seele des Menschen behandelt wird. Legt besonderen Wert darauf zu lernen, was euch Madame Griseldis dazu sagt. Schreibt alles genau auf und prägt es euch ein. Denn alles, was ihr dort hören werdet, ist von größter Bedeutung für eure Mission«, beendete der Engel seine Instruktionen.

Geht nun wieder zurück. Ich werde euch begleiten und zeige euch den kürzesten Weg aus diesem Garten hinaus. Ich werde es euch wissen lassen, wenn ich euch wieder an dieser Stelle sprechen möchte. Sagt zu niemandem ein Wort über unsere Begegnung.« Der Engel hob warnend die rechte Hand, wobei sein Blick immer noch freundlich blieb.

»Eine Frage hätte ich aber noch«, sagte Justus zögerlich. Der Engel blickte ihn an. »Du bist, ... äh«, stockte er, »ihr seid ...«, er wusste nicht, wie er den Engel ansprechen sollte. Daher kam Metatron ihm zu Hilfe. »Ihr könnt ruhig du sagen«, lächelte er aufmunternd.

»Also«, begann Justus noch einmal, nun etwas mutiger. »Du bist vorhin durch dieses große, helle Tor zu uns gekommen, das sich da förmlich aus dem Nichts aufgetan hat. Das sah genauso aus wie bei unserer Bergtour. Nur war das damals so, dass nur ich das Lichttor gesehen habe und die anderen nicht. Ist das, ... hat das etwas miteinander zu tun?«

»Was du vermutest, ist richtig«, antwortete Metatron. »Das war das gleiche Licht wie auch gerade das Licht, aus dem ich gekommen bin. Es ist ein Abglanz der herrlichen Lichtfülle, die dort herrscht, woher ich komme.«

»Ein Abglanz von dem, woher Du ... was?« Joseph war perplex. Nicht, weil ihn die Aussage so erschreckte. Die Vorstellung, es könne noch mehr Licht geben, als das, das sie gerade gesehen hatten, ließ ihn an seinem Verstand zweifeln.

»Ja, wenn ihr die ganze Lichtfülle zu sehen bekommen hättet, wäret ihr jetzt geblendet und könntet nichts mehr sehen. Das kann ich nicht verantworten. Ihr sollt ja schließlich eine Mission erfüllen, und dafür braucht ihr euer Augenlicht noch.« Der Engel sah sie freundlich an.

»Ich fasse es nicht«, stammelte Martin und griff sich an den Kopf. Er rieb sich über die Augen, als wolle er damit einen Spuk wegwischen. Er konnte einfach nicht glauben, was sie sahen und hörten.

»Nun kommt, es ist schon viel Zeit vergangen, seit ihr hierher gekommen seid«, und vorsichtig drängte Metatron sie zur Rückkehr. Damit war die Unterredung beendet, und er glitt vor ihnen her den Weg entlang, den sie gekommen waren.

Der Weg zurück schien überhaupt nicht mehr so lang wie noch zuvor.

»Sieh dir die Zweige an. Die machen uns richtig Platz«, staunte Joseph. Martin sagte gar nichts mehr. Ihm hatte das Abenteuer, und anders konnte man die Geschehnisse, die sie hier in der letzten Stunde erlebt hatten, nicht bezeichnen, vollkommen die Sprache verschlagen. Hier waren wahrhaftig ganz besondere Kräfte am Werk.

Eine kurze Weile, und sie sahen sich wieder der alten Mauer mit ihren spitzbogigen Fenstern gegenüber.

Kurz bevor sie den Ausgang in der Mauer erreichten, wandte sich der Engel noch einmal an sie und sagte: »Haltet euch bereit. Edolfin wird euch rufen und euch genaue Anweisungen geben, was ihr zu tun habt.«

Kaum hatte Metatron die letzten Worte gesprochen, war er auch schon verschwunden.

Pauline fand als erste die Sprache wieder.

»Jetzt brat' mir einer 'nen Storch ...«, brachte sie etwas respektlos hervor. Sie sah ihre Freunde fragend an.

»Kommt erstmal weiter. Weg von dieser Stelle, nicht, dass wir noch auffallen. Es könnte ja sein, dass vielleicht einer von den beiden Superhelden oben am Fenster steht und uns entdeckt«, gab Erik zu bedenken und lugte durch die Mauer. Die Wiese war jetzt mit einer großen Schar Schüler bevölkert. Ganz unaufgeregt verließen sie den alten Garten und überquerten die Wiese bis zum nächsten Weg.

Inzwischen war hier so viel los, dass sie gar nicht weiter auffielen. Ohne Aufsehen mischten sie sich unter die Mitschüler.

»Ich habe für heute genug«, stellte Sarah fest. »Ich habe keine Lust mehr auf weitere Expeditionen.«

Das klang sehr entschlossen. Sie schaute Miriam an, die ihr zustimmend zunickte. »Geht mir auch so. Ich brauche jetzt Ruhe, einfach abhängen. Können wir uns nicht in unser Versteck zurückziehen?«

»Ja, das wäre jetzt angesagt. Oder ist jemand anderer Meinung?«, fragte Justus in die Runde.

»Dann lasst uns schnell einen Platz finden, von wo aus wir springen können«, Pauline ließ ihren Blick durch den Park schweifen. Schon hatte sie eine größere Buschgruppe ausgemacht, hinter der sie sich verstecken konnten, um sich zum Sprung zusammenzustellen.

Im nächsten Augenblick waren sie wieder in ihrem geheimen Raum. Alles sah unverändert aus seit ihrem letzten Besuch. Es kam ihnen so vor, als wären sie erst vor ein paar Minuten hier gewesen.

Martin nahm breitbeinig auf dem Sofa Platz und schaute sich die vielen Stapel Bücher an, die vor den Regalen herumstanden. Er war noch etwas benommen von der Begegnung mit Metatron. So recht wusste keiner etwas zu sagen.

Martin hielt die Stille nicht mehr aus und versuchte sich und die anderen etwas abzulenken. »Sagt mal, wollen wir unserem Versteck nicht einen Namen geben?«

»Wie meinst du das?«, fragte Miriam, die auch wieder in der Wirklichkeit angekommen war. »Brauchen wir denn so etwas?«

»Ja, Martin hat recht«, unterstützte ihn Joseph sofort. »Das fände ich gut. Dann hätten wir direkt ein Schlüsselwort und könnten uns mit einem Wort verständigen. Kein anderer würde etwas verstehen. Das wäre doch super.« Er schaute die anderen aufmunternd an.

»Jaa, könnte ich mir auch vorstellen«, pflichtete ihm Erik bei. »Schon einen Vorschlag parat?«

»Wir müssten ein Wort finden, das nicht für alle direkt so klar ist«, dachte Justus laut.

»Was haltet ihr von ***Secretum***?«, fragte Joseph.

»Das erinnert mich an Flüssigkeit, die irgendwo rausfließt«, grinste Miriam. »Was haltet ihr von ***Secretarium***?«

»Das hört sich wieder wie Sekretariat an. Ist auch nicht das Gelbe vom Ei«, fand Sarah. Martin holte sein Lieblingsspielzeug, seine Magic, hervor und tippte darauf herum, doch ohne großen Erfolg.

»Sollen wir nicht mal hier in eine der vielen Enzyklopädien schauen? Vielleicht finden wir da ja was. Man müsste nach synonymen Wörtern suchen.« Erik schaute sich suchend um.

»Nach *was*?«, stieß Joseph hervor. »Was bedeutet das, synonym?« »Das heißt, nach verwandten Wörtern suchen«, gab Erik zurück.

»Schaut mal da oben«, Pauline zeigte auf eine Reihe Bücher, die anscheinend alle zusammengehörten. Sie sahen alle gleich alt und staubig aus.

»Moment, das haben wir gleich«, beeilte sich Martin und zog seinen Translocostab heraus. Er murmelte den dafür benötigten Transporterspruch, um eines der Bücher mit telekinetischem Schwung herunter zu befördern. Das Buch ruckelte auch kurz im Regal, blieb aber stecken. Die

Bücher standen sehr eng aneinandergedrückt, und das Buch hatte sich verkantet. So konnte es nicht ohne Weiteres mit stilvoller Eleganz heruntersegeln, wie Martin sich das vorgestellt hatte. Er fuhr heftiger mit dem Stab durch die Luft, wiederholte den Spruch deutlicher, um dem Buch den nötigen Effet zu geben. Das war zu viel. Plötzlich schoss es förmlich aus dem Regal heraus und kam mit irrem Schwung auf die Schüler heruntergesaust. Blitzschnell zogen sie die Köpfe ein, um nicht getroffen zu werden. Mit lautem Knall landete es auf dem Fußboden, wo es sich noch einige Male drehte, um mit aufgeschlagenem Buchdeckel liegen zu bleiben.

»Oh, das war ein bisschen heftig«, gestand Martin und schaute schelmisch grinsend die anderen an.

»Pass‘ doch gefälligst auf, was Du mit Deinem Transloco anstellst«, pfiff ihn Erik an, an dessen Kopf das Buch haarscharf vorbeigeschossen war. Er bückte sich, hob es hoch und schaute auf den Buchrücken. Es war ein Buch aus der großen Thesaurusreihe, in der alle Synonyme, die es gab, gesammelt waren. Auf diesem Band prangte ein großes ***F***. »Das ist nicht der richtige Band«, stellte er fest. »Wir brauchen entweder den für ***G*** wie geheim oder für ***V*** wie Versteck, würde ich mal meinen.«

»Okay, also dann das nächste«, und schon hob Martin wieder seinen Stab.

»Nein, lass das«, beeilte sich Miriam, eine weitere Gefahr für Leib und Leben zu unterbinden. »Ich mach‘ das. Wir brauchen im Moment keine weitere Kostprobe deines genialen Könnens.« Die anderen grinsten breit. Schnell stieg sie auf einen Stuhl und suchte den Band ***G*** hervor. »Hier, ich denke, der Band hilft uns weiter.«

Sie gab das Buch an Erik weiter, der es sogleich aufschlug und losblätterte. »*Geheim*, hier ist es.« Und er las vor: »Heimlich, okkult, verborgen, verstohlen, getarnt, vertraulich, clandestin... hä, was ist das?«

Alle begannen zu lachen. »Sekunde«, unterbrach er sie, »da steht, dass es veraltet ist«.

»Clandestin ... hm, ... Was haltet ihr von Clandestinum?«, fragte Miriam und blickte die anderen an. »Da kommt so schnell keiner drauf. Was meint ihr?«

Sie schauten sich an und, als wäre nie etwas anderes in Frage gekommen, stand der Name fest. »Das ist echt gut«, lobte Joseph, »ganz schön clever, muss ich sagen«, und grinste pfiffig.

Das Abenteuer am Nachmittag im Garten ließ in seiner Wirkung schon etwas nach. Aber damit war es nicht vergessen und erst recht nicht weg. Es war ja passiert, und daran erinnerte Erik jetzt wieder.

»Wir dürfen auf keinen Fall aus den Augen verlieren, was Metatron zu uns gesagt hat«, klang er bedrückt. Damit war die Gelöstheit wieder verschwunden. »Wie gehen wir denn jetzt am besten vor?«, wollte Martin wissen.

»Am besten ist, wir gehen bei der nächst besten Gelegenheit zu Edolfin«, sagte Justus.

Doch bis es dazu kam, sollten sich noch einige spektakuläre Dinge ereignen, von denen zunächst niemand etwas ahnte. Das war auch gut so.

So machten sie sich auf, um mit einem Sprung zurück hinter die Regalwand im *Metatron* zu gelangen. Ohne weitere Zwischenfälle gelangten sie rechtzeitig zum Abendessen in die Aula.

Nach dem Abendessen gab es nicht mehr viel zu tun. Meister Gregorius verkündete wie gewohnt noch einige Neuigkeiten, die aber nur die älteren Klassen betrafen.

Beim Hinausgehen beobachtete Martin, wie Schmalzlocke und Rotfuchs sich klamm heimlich absonderten und davonschlichen. Was mochten sie im Schilde führen? Irgendetwas stimmte nicht. Sie umgab in der letzten Zeit eine unerklärliche Aura. Das war auch bei der letzten Begegnung mit ihnen so, als Edelmund die Auseinandersetzung mit Justus im *Metatron* angezettelt hatte. Von der schönen wohligen Atmosphäre, die sonst diesen Raum erfüllte, war nichts mehr zu spüren gewesen, so lange die beiden im Raum waren. Da war es so anders als sonst, so kühl. Martin fröstelte bei der Erinnerung daran. Die Frage war nur, ob nur er selbst es so empfunden hatte oder ob es den anderen ebenso ergangen war? Bei der nächsten passenden Gelegenheit würde er seine Freunde darauf ansprechen.

Edelmund und Ottokar hatten noch eine Verabredung. Sie wandten sich zielstrebig zu einem Seitentrakt, in dem kein Unterricht mehr abgehalten wurde. Er diente ausschließlich als einziger großer Speichertrakt. Exlocutum wurde er genannt, und in diesen Gang hatte Cha'ur Ha'muttaht die beiden für die Zeit nach dem Abendessen bestellt.

Sie näherten sich dem abgelegenen Gebäudeteil sehr vorsichtig, um sich nicht erwischen zu lassen. Wer weiß, welche Fragen ihnen dann blühten, die sie nur schwerlich hätten beantworten können.

Nach einer weiteren Biegung standen sie plötzlich in einem völlig abgedunkelten Gang, der lediglich durch das Dämmerlicht von außen spärlich erhellt wurde.

Noch bevor sich ihre Augen an die Dunkelheit gewöhnt hatten, hatte Cha'ur Ha'muttaht die Schule durch ein Dunkeltor betreten und schwebte ihnen aus dem hinteren Bereich des Ganges entgegen. Obwohl sie seine Aura schon gewöhnt waren, erschraken sie heftig, als er vor ihnen auftauchte.

Mit tiefem Grabesrollen in der Stimme kam er direkt auf den Punkt der Zusammenkunft.

»In Kürze beginnt die wichtige Aktion unserer Gemeinschaft. Wie wir wissen, sind einige besonders begabte Schüler beauftragt, uns an der Ausführung unserer Aktion zu hindern. Daher brauchen wir unbedingt eure Hilfe.« Den letzten Satz stieß er noch lauter und grollender hervor.

In abgehackten Sätzen erläuterte er, worum es ging und worin ihre Aufgabe bestand. Danach erhielten sie noch einige Anweisungen und Aufgaben, mit dem einzigen Ziel, Justus und seinen Freunden zu schaden.

»Gibt es noch Unklarheiten?« Die Art und Weise, wie Cha'ur Ha'muttaht das sagte, ließ keinerlei Fragen mehr zu. Edelmund und Ottokar regten sich nicht, geschweige denn, dass sie weitere Fragen zu stellen wagten.

»Geht jetzt und wartet auf unsere Signale.«

Damit waren sie entlassen.

Cha'ur Ha'muttaht bewegte sich genauso geräuschlos, wie er gekommen war, und verschwand durch das Dunkeltor.

Ottokar ließ sich nicht zweimal bitten und war schon um die Ecke herum, während Edelmund Cha'ur Ha'muttaht noch hinterher starrte.

Wortlos machten sie sich auf den Rückweg. Doch nach kurzer Zeit hielt es Ottokar nicht mehr aus und meinte: »G-glaubst du w-wirklich, dass das alles s-seine Richtigkeit hat, was wir hier tun sollen?«

»Es wird schon klar gehen«, erwiderte Edelmund kurz angebunden. »Denk dran, wir haben einen Riesenauftrag übernommen.« Doch je näher das angekündigte Unternehmen rückte, desto unwohler wurde auch ihm.

Sie setzten sich wieder in Bewegung und beeilten sich schweigend, den Ort der unheimlichen Zusammenkunft hinter sich zu lassen.

19. Nächtliche Expedition

Eine Unterrichtsstunde bei Meister Froderik von den gläsernen Hütten stand am nächsten Tag auf dem Programm. Doch diesmal ging es nicht in seinen angestammten Klassenraum. Der Unterricht fand heute zum ersten Mal in der „Hexenküche“ statt, einer lichtdurchfluteten Glaskuppel im hinteren Bereich des Gartens. Die Fenster reichten stellenweise bis auf den Boden, um möglichst viel Licht hereinzulassen.

Meister Froderik hatte in der Mitte der Kuppel einen großen Stuhlkreis aufgebaut, damit alle Platz finden konnten. Er war ein Vertreter der modernen Pädagogik und glaubte, dass sich in einem solchen Kreis ein größeres Gemeinschaftsgefühl entwickeln würde als bei Stuhlreihen.

Die Metatron-Klasse zeichnete sich durch eine Reihe extrem unterschiedlicher Charaktere aus, von denen eine ständige innere Unruhe ausging. Meister Froderik wollte mit seinen Methoden die Schüler dazu anhalten zusammenzuarbeiten. Denn schon bei der nächsten Expedition - sie sollten in der kommenden Nacht im Wald ganz bestimmte Kräuter und Ingredienzien zur Erzeugung eines speziellen Schutztranks suchen - war Teamarbeit von größter Wichtigkeit. Und spätestens hierbei würde sich herausstellen, ob die Klasse trotz aller Unterschiedlichkeiten auch als Team handeln könnte.

Zunächst aber machte Meister Froderik sie mit allerlei Bedingungen vertraut, die hier in der Gewächskuppel herrschten. Dazu gehörten auch unendlich viele Vorschriften, die die Schüler und Schülerinnen einhalten mussten.

»Mensch, muss das denn alles sein?«, stöhnte Martin. »Bei so vielen Regeln vergeht einem fast die Lust an dem Ganzen hier.« Überhaupt verstand er nicht wirklich, was Meister Froderik von ihnen wollte.

»Es wird mit Sicherheit wie so oft alles halb so heiß gegessen, wie es gekocht wird«, entgegnete ihm Justus leise. »Meister Froderik macht doch eigentlich gar keinen so schlechten Eindruck. Er ist nur ein bisschen nervös.«

Martin verstand Justus nicht richtig, da dieser zu leise flüsterte. »Was? Sollen wir jetzt auch noch kochen?«, gab er halblaut zurück. Joseph bekam den schrägen Wortwechsel mit und musste unwillkürlich lachen.

»So, meine Herrschaften«, fuhr Meister Froderik fort, »ich stelle euch jetzt die verschiedenen Kräuter vor, die ihr diese Nacht im Wald finden sollt. Bei Dunkelheit hilft es vielleicht, wenn ihr die Pflanzen schon kennt.«

Er zog ein dickes, reichlich verstaubtes Buch hervor und ließ seinen Translocostab darüber gleiten. Die Seiten wirbelten auf, weil sein Stab bei der Aktion sehr unruhig hin und her wackelte.

Dann zeigte er auf eine Pflanze, die den schrulligen Namen „Katzenminze" trug. Bei der Erwähnung des Namens brach Gelächter aus. Meister Froderik reagierte ungehalten.

»Wenn euch das so lustig erscheint, können wir es auch so machen, dass ihr alles ausschließlich in Stillarbeit unter der strengen Aufsicht von Madame Ruborrak erarbeitet.«

»Oh, nein«, stöhnte Martin laut auf, »nicht das.« Die anderen grinsten breit.

»Ihr kommt sowieso nicht daran vorbei, noch einige Studien in unserem Lesesaal durchzuführen. Das heißt, zunächst werdet ihr als Aufgabe die Beschaffenheit und die Wichtigkeit weiterer Pflanzen herausfinden müssen. Dafür geht ihr wie gesagt am besten heute Nachmittag in unseren Lesesaal.« Allgemeines Gegrummel schloss sich an, das Meister Froderik als ablehnende Haltung interpretierte. »Da braucht ihr gar nicht zu meckern. Es ist für unser Unternehmen einfach notwendig und damit basta!«

Mit einem Blick in sein schlaues Buch ging er zu weiteren Pflanzen über: »Folgende Pflanzen sind noch notwendig: Galgant, auch Alpinia officinarum Hance genannt, die Pimpinella saxifraga, zu deutsch die Kleine Bibernelle. Wir brauchen aber auch den Acorus calamus, den indischen Kalmus, der in sumpfigen Gebieten gedeiht. Alle Pflanzen findet ihr im Wald. Da einige Stellen außerordentlich sumpfig sind, müsst ihr unbedingt aufpassen, wo ihr hintretet.«

Ein allgemeines Gemurmel ging durch die Klasse. Ungeachtet dessen fuhr Meister Froderik unbeirrt mit seinen Ausführungen fort.

Nachdem er die trockene Einführung in die Kräuterkunde endlich beendet hatte, wandte er sich dem anstehenden mitternächtlichen Gang zu.

»Also, meine Damen und Herren, diese Nacht ist es soweit. Laut Sternenvorhersage werden wir fast Vollmond haben, die beste Voraussetzung, um die Ingredienzien, die wir brauchen, auch richtig sammeln zu können. Die Nächte um den Vollmond herum eignen sich bestens zum Sammeln, weil die Kräuter dann ihre größte Wirkung entfalten. Aber auf eine besondere Sache muss ich euch noch aufmerksam machen.«

Die Schülergruppe verharrte in erwartungsvoller Stille. Meister Froderik liebte das Geheimnisvolle, dafür war er bekannt.

»Der Wald birgt einige geheimnisvolle Orte«, fuhr Meister Froderik fort. »Auch werden die tiefer im Wald gelegenen Wege schmaler und das Gelände wird dort sehr unwegsam. Ich muss euch warnen. Es ist unbedingt wichtig, dass ihr immer in kleinen Gruppen zusammen bleibt. Jede Gruppe muss aus mindestens drei Schülern oder Schülerinnen bestehen.« Er sah prüfend auf die Schülerschar, sodass einige das Gefühl bekamen, dass er sie alle mit seinem Blick durchdringen wollte.

»Ich gehe davon aus, dass alle sich heute Abend pünktlich um 23.00 Uhr im Eingangsfoyer versammeln, damit wir möglichst zur mitternächtlichen Stunde die richtigen Plätze im Wald erreichen und uns ans Sammeln begeben können.«

Die Schüler schauten ihn ziemlich betroffen und fragend an. Das hörte sich ja alles äußerst mysteriös an.

»Das Ganze klingt jetzt schon ziemlich gruselig.« Damit sollte Martin Recht behalten.

Die geheimnisvolle Art, wie Meister Froderik die Aktion für den Abend und die Nacht angekündigt hatte, ließ die ganze Gruppe der kommenden Nacht entgegenfiebern.

Den Nachmittag verbrachten sie, wie von Meister Froderik befohlen, erst einmal in der Bibliothek, immer unter den Adlerblicken der Oberaufseherin Madame Ruborrak, während draußen die Sonne einladend vom Himmel schien.

Justus hatte sich mit seinen Freunden Tische weit weg von ihren unmittelbaren Einflussbereich erobert. Die schönen, altertümlich geschwungenen Leselampen an den Studiertischen spendeten ein warmes Licht und luden zum Lernen ein. Ihre Klasse saß weit verstreut und „studierte" mehr oder weniger interessiert.

»Tolles Studium«, stellte Joseph fest. »Die meisten dösen oder pennen.«

Vorne, in der Nähe des Eingangs des Lesesaals, saß eine Hilfsaufsicht, die in irgendwelchen Handschriften herumwühlte. Sie machte den Eindruck, als habe sie die Aufgabe, zwischendurch immer einmal wieder durch den breiten Gang zu patrouillieren, um einen prüfenden Blick auf das Völkchen zu werfen.

Joseph und Martin langweilten sich sichtlich bei dieser Art des Studiums. Mehrfach mussten sie von ihren Freunden zur Arbeit angehalten werden. Im Gegensatz zu ihnen wühlten sich die drei Mädchen intensiv durch einen Bücherberg.

»Wollt ihr nicht endlich was tun?«, raunzte Erik sie an. »Ihr müsst euch nicht immer auf die anderen verlassen. Steuert auch mal was zum allgemeinen Wissen bei.«

»Wir überlegen, wie die lateinischen Namen nochmal waren«, gab Martin scheinheilig zurück. »Hieß die Biberkralle nun Pimpanella saxifregi oder Pampanelli saxifregi?« Dabei musste er lachen, weil sich die Wörter so schräg anhörten.

Erik verdrehte die Augen. »Die heißt Pimpinella saxifraga!« Die Hilfsaufsicht, die momentan ganz in der Nähe von Schmalzlocke und Rotfuchs stand, schaute stirnrunzelnd zu ihnen herüber.

Miriam fühlte sich verpflichtet, der Unwissenheit der beiden Helden ein Ende zu machen. »Das heißt auch nicht Biberkralle, sondern Bibernelle«.

Sarah grinste vor sich hin.

»Da war doch noch so eine Galant-Pflanze. Wie hieß die nochmal auf lateinisch?«, fragte Joseph leise über den Tisch hinweg.

»Die heißt GALGANT«, ließ Justus ihn wieder wissen. »Alpinia officinarum Hance auf Latein. War's das?«

»Danke vielmals«, gab Joseph grinsend zurück und steckte wieder den Kopf in die Bücher, um nicht weiter aufzufallen.

Der Nachmittag verging, wenn auch nicht wie im Flug. Jedenfalls hatten sie kurz vor dem Abendessen in mühevoller Kleinarbeit alle Pflanzen zusammengesucht und Beschreibungen angefertigt.

Nach dem Abendessen und einer anschließenden Pause standen die meisten pünktlich um 23.00 Uhr auf Geheiß Meister Froderiks in warme Kleidung gehüllt und mit festem Schuhwerk versehen im Foyer der Burg und warteten geduldig auf ihren Pflanzen-Meister. Die meisten von ihnen waren mit Tüten und Taschen bewaffnet.

Meister Froderik hatte sie darauf hingewiesen, dass alle Pflanzen zwischen 40 Zentimeter und einem Meter groß seien und dass man sie daher nicht einfach so in der Hand transportieren könne. Selbst Rotfuchs und Schmalzlocke waren pünktlich zugegen, was nicht immer der Fall bei ihnen war. Sie standen in der Nähe des Eingangs und harrten der Dinge, die da auf sie zukommen sollten.

Meister Froderik ließ jedoch noch auf sich warten, so, als wolle er die Klasse auf die Folter spannen. Doch noch innerhalb des akademischen Viertels, eine Viertelstunde nach elf, kam er aus dem obersten Stockwerk die breite Treppe heruntergesaust. Keiner von ihnen hätte ihm solche flinke Bewegungen zugetraut.

Endlich zogen sie los, hinaus in die mondhelle Nacht. Es gab jedoch auch ein paar Wolken hier und da am Himmel, die sich in einem gräulichen Ton vom Schwarz des Firmaments abhoben.

Über den großen Vorhof der Schule und die Brücke ging es ein Stück die Straße hinunter bis zu einem Feldweg, der links von der Straße auf einen Wald zuführte.

Der Tag war recht warm gewesen, was noch zu spüren war. Der Boden hatte die Wärme gespeichert, und auch die Luft besaß noch einen Hauch davon. Bei jedem Schritt meinten sie den warmen Atem des Erdbodens zu spüren. Es war angenehm, durch die Felder zu gehen.

Im hellen Mondlicht waren der Weg und die ausgefahrenen Furchen, die den Weg durchzogen, gut sichtbar, sodass sie relativ sicher zwischen den Feldern vorankamen. Doch je näher sie dem Wald kamen, umso mehr mussten einige von ihnen ihren ganzen Mut zusammennehmen, denn die hohen Tannen, die am Waldrand aufragten, standen wie eine dunkle, undurchdringliche Wand vor ihnen. Da nützte auch alles Mondlicht nichts.

»Der Wald sieht unheimlich aus«, flüsterte Martin Joseph zu. Er wollte vermeiden, von den anderen gehört zu werden. Einige von ihnen sprachen laut oder machten Witze, um ihre Angst zu übertünchen.

»Ich bin froh, dass uns der Vollmond den Weg ausleuchtet. Sieht ja genial aus.« Joseph blickte über das weißlich leuchtende Feld. »Aber auch unheimlich«, setzte er hinzu.

»Aber das ist kein Vollmond, du Depp«, wies ihn Erik zurecht. »Der Mond ist doch auf der linken Seite viel flacher als auf der rechten. Das ist zunehmender Mond.«

»Woher willst du denn wissen, ob er zunimmt oder abnimmt? Ich seh' keinen Unterschied«, gab Joseph konfus zurück.

»Aber das ist doch ganz einfach. Wenn er abnimmt, dann sieht er aus, als könnte man ein ***a*** schreiben, ***a*** wie abnehmen. Dann ist er links völlig rund. Also wenn er noch nicht kleiner als die Hälfte ist. Und wenn er zunimmt, dann ist er rechts ganz rund und er sieht aus wie ein umgekehrtes ***c***.«

»Bist du aber schlau!«, kam es spöttisch von Joseph zurück, der seine Unwissenheit überspielen wollte. Die anderen lachten. Der Wortwechsel lockerte alles etwas auf und lenkte sie von der bedrückenden Atmosphäre ab.

Inzwischen hatten sie den Waldrand erreicht. Düster ragten die Bäume vor ihnen in den Himmel.

»Sieht gruselig aus«, flüsterte Sarah kaum hörbar. Sie fühlte sich unwohl beim Anblick des fast schwarzen Waldes. Über ihr goss der Mond sein weißes Licht über Felder und Wald.

»Einladend ist das nicht«, pflichtete Miriam ihr bei. »Und da sollen wir gleich hinein und nach Pflanzen suchen?! Ich kann mir eine bessere Beschäftigung vorstellen«, meinte sie protestierend.

Den anderen Schülern ging es ähnlich. Keinem war wohl bei dem Gedanken, den Wald zu betreten, auch wenn es immer in kleinen Gruppen gehen sollte.

Meister Froderik stand jetzt mit dem Rücken zum Wald und schaute prüfend über die Schülerschar, ob auch alle beisammen waren.

»So, nun wird es ernst«, begann er seine Rede, als stünden sie jetzt vor einer schrecklichen Mutprobe. Damit erhöhte er nicht nur die Spannung, sondern auch das Gefühl der Bedrückung.

»Grundsätzlich gilt: Niemand geht alleine. Ihr geht immer mindestens zu dritt. Der Gebrauch der Taschenlampen ist verboten, da ihr sonst die Kräuter und andere Pflanzen, die wir brauchen, nicht finden könnt. Deshalb legt jetzt alle Lampen hier in diesen Korb, den ich dafür mitgebracht habe.« Er wies auf einen Bastkorb, der zu seinen Füßen stand.

»Und im Übrigen, mit euren Translocostäben könnt ihr auch nicht leuchten, das habe ich unterbunden.«

Es blieb ihnen nichts anderes übrig, als alle Taschenlampen in den Korb zu legen.

»So ein Mist«, reagierte Pauline verärgert. »Da kann man doch viel besser sehen, wohin man tritt.«

»Aber, wenn sich deine Augen erst einmal an die Dunkelheit gewöhnt haben, kannst du auch so genug sehen«, belehrte Erik sie.

»Das wird schon«, war Miriam überzeugt. »Wir gehen einfach zusammen«, dabei stellte sie sich etwas näher zu Pauline. Sarah hatte sich klammheimlich an die Seite von Justus gestellt, da der Wald in seiner Dunkelheit auf sie äußerst unheimlich wirkte. Doch mochte sie sich vor den anderen keine Blöße geben und versuchte ihre Angst zu unterdrücken.

Dass sie die Taschenlampen nicht benutzen durften, war für einige schon Grund genug, in Panik zu geraten. Aber was sollten sie gegen diese Anordnung machen? Wenn es nicht anders möglich war, die entsprechenden Pflanzen zu finden, dann mussten sie in den sauren Apfel beißen.

»Noch ein Wort zu diesem Wald«, ließ sich Meister Froderik weiter vernehmen. »Es ist nicht nur ein Tannenwald, es kommen auch hellere Abschnitte, wo der Mond besser durchleuchtet, als direkt hier am Anfang. Es gibt aber auch ein paar Stellen, die nicht so gut begehbar sind. Da liegen noch viele Bäume umgeknickt vom letzten großen Sturm. Dort müsst ihr besonders aufpassen, wo ihr hintretet. Auch deshalb ist es besser, wenn ihr immer zusammen geht.«

»Können wir nicht endlich losgehen?«, moserte ein Schüler über die lange Einführung. Er konnte es kaum erwarten, in den Wald zu kommen.

»In genau einer Stunde sind alle wieder hier versammelt. Ist das allen klar?« Meister Froderik schaute sich noch einmal um. Als er keine deutliche Antwort hörte, setzte er etwas schärfer hinzu: »Habe ich mich deutlich genug ausgedrückt? Ist das in allen Ohren angekommen?«

Im Grunde war Meister Froderik gar nicht so streng, aber seine Befürchtungen, es könne einem der Schüler etwas passieren, war in dieser Nacht unerklärlich groß. Er spürte, dass von dem Wald, der am Tage immer so wunderschön da lag, jetzt eine bedrohliche Stimmung ausging. Es konnte andererseits aber auch nur so ein Gefühl sein, das nichts weiter besagte. So versuchte er die Schüler aufzumuntern und für diese Aktion trotz der Dunkelheit zu begeistern. Die Kräuter und Ingredienzien brauchten sie schließlich für den Unterricht, und jede Klasse sollte stets ihre Kräuter selbst sammeln.

»Also los, meine Herrschaften, immer in Kleingruppen, wie ich gesagt habe. Nur zu, ihr werdet das schon schaffen. Ihr müsst nur ein bisschen Vertrauen in euch selbst haben.«

Damit waren sie auch schon in ihre Aufgaben entlassen und auf sich selbst gestellt.

Meister Froderik schaute der teils tapferen, teils zögerlich voranschreitenden Gruppe hinterher. Sein Gefühl, das er gerade eben gespürt hatte ließ ihn nicht los. Und er wußte nur zu gut, Gefühle sind nie falsch und täuschen nicht.

Schon nach den ersten Schritten zwischen den hohen Bäumen war jeder Schimmer des Mondlichts verschwunden. Schnell gewöhnten sich ihre Augen an das Dunkel und sie kamen recht gut voran. Doch wo sollten sie nur suchen? Das hatte Meister Froderik ihnen nicht gesagt.

Justus und Erik gingen in der kleinen Gruppe mutig voran, Sarah hielt sich an Miriams Seite, Pauline, Martin und Joseph bildeten den Schluss. Die anderen aus ihrer Klasse trotteten ebenfalls in kleinen Gruppen teils schweigend, teils laut schnatternd den dunklen Weg voran.

Auch Schmalzlocke und Rotfuchs hatten sich mit drei weiteren Jungs zusammengeschlossen und waren weiter hinten zu finden. Manchmal hörten sie das Gestottere von Ottokar, der sich ständig über die Unebenheiten des Weges aufregte. Doch plötzlich wurde ihre Aufmerksamkeit auf eine Wegkreuzung gelenkt, wo der Tannenwald in einen Laubwald überging. Hier konnte sich das Mondlicht besser durchsetzen. Die Helligkeit ließ die Schar der Schüler etwas mehr Mut schöpfen und verbesserte ihre Stimmung. Jetzt konnten sie wieder besser sehen, wohin sie traten.

Da die Klasse inzwischen in viele kleine Gruppen zerfallen war, wunderte es nicht, dass sie sich auf verschiedene Wege zerstreute und sich auf die Suche nach den Kräutern machte.

Justus und seine Freunde hielten sich links, verließen den Weg aber nach einigen Metern und schlugen sich in den Wald hinein. So hofften sie, möglichst schnell ihre Kräuter zu finden.

»Mensch, Leute, was ist das hier ein Gesumpfe«, beschwerte sich Pauline. »Da kommt man ja kaum weiter.«

»Du musst schon gucken, wo du deine zarten Füßchen hinsetzt«, spottete Joseph.

»Also, wie war das?«, begann Martin. »Welche Pflanzen sollten wir noch mal suchen?« Er hatte wie so oft nicht richtig aufgepasst, als Meister Froderik die verschiedenen Pflanzen erklärt hatte.

»Pimpinella war das Teil, das wir überall finden können«, erinnerte sich Justus.

»Dann gab es doch noch irgend so einen Karamus«, ließ sich Martin hören.

»Kalamus heißt das Gewächs, Acorus calamus, um genau zu sein«, berichtigte Pauline. »Zugegeben, ist schon ein schwerer Begriff. Aber du wirst es sicher auch noch schaffen, den richtig auszusprechen.«

»Wie du das alles so gut weißt. Danke für die Aufklärung. Sehr verbunden«, gab Martin neckisch zurück.

Währenddessen kämpften sie sich weiter durchs Unterholz und versuchten, im Schein des Mondes, die Pflanzen auf dem Waldboden zu erkennen.

»Wie sollen wir die verdammten Pflanzen nur finden unter den modrigen Ästen und Blättern?« Pauline bekam langsam Zweifel an der ganzen Suchaktion.

Ein Stück weiter jedoch kamen sie an eine größere Lichtung, wo sie wieder alles gut erkennen konnten. Dort gab es genau in der Mitte einen kleinen Teich. Man hätte ihn allerdings auch als größeren Tümpel bezeichnen können.

»Hier, ich hab was gefunden, glaube ich«, ließ sich Sarah nach einiger Zeit hören. Tatsächlich, im Uferbereich des Teiches stand der indische Calamus. Sofort begann sie, die schilfartige Pflanze abzuschneiden. Joseph wollte ihr helfen, indem er versuchte, die Pflanze einfach herauszureißen. Seine Hände glitten an den scharfen langen Blättern ab, wodurch er sich brennende Schnittwunden zufügte. Das ließ seinen Helferinstinkt erlahmen.

An einer anderen Stelle, etwas abseits des Teiches, fand Miriam die kleine Bibernelle, von der sie eine Reihe Blüten abschneiden konnte. Da der Mond jetzt frei von Wolken ungehindert schien, waren die verschiedenen Pflanzen auf der Lichtung sehr gut zu erkennen.

Vollkommen in das Einsammeln der Pflanzen vertieft, merkte keiner, wie vom Waldrand auf der anderen Seite der Lichtung her sich ein dunkles, nebliges Etwas langsam auf sie zubewegte. Der Schatten der Bäume im Umfeld dieses Nebels wurde förmlich davon aufgesogen. Unmerklich schob es sich vor das helle Mondlicht.

Erik bemerkte die zunehmende Dunkelheit als erster. Verwundert über die Veränderung schaute er zum Mond hinauf. Er entdeckte die schwarze Nebelwand und ließ einen Ruf der Verblüffung los.

»Schaut euch das an! Was ist das?«, rief er den anderen zu. Nun bemerkten auch die anderen das dunkle Ungetüm, das sich ihnen da näherte.

»Ach, du kriegst die Tür nicht zu«, entfuhr es Pauline. In ihrer Bestürzung war sie zurückgewichen und über Joseph gestolpert, der unmittelbar hinter ihr noch mit einer Pflanze beschäftigt war. Beide lagen am Boden und versuchten schnell, sich wieder aufzurappeln, denn die schwarze Nebelwand kam rasch näher.

Doch es war nicht nur die Wand, es waren auch Bewegungen in diesem Nebel zu sehen. Ominöse schwarze Gestalten schienen sich darin zu bewegen. Gelbe Lichtpunkte bewegten sich unheilvoll in diesem schwarzen Gewaber. Inzwischen wurde die Lichtung zunehmend in eine schaurige Dämmerung gehüllt. Und immer mehr von diesen gelb leuchtenden Punkten wurden darin sichtbar.

Urplötzlich durchzuckten mächtige Blitze die Nacht und ließen die Gestalten deutlicher aus dieser schwarzen Suppe, die auf sie zukroch, hervorstechen.

Angst stieg in ihnen hoch. »Wir sollten abhauen«, stieß Martin hervor, drehte sich um und begann auf den Rand der Lichtung zuzurennen.

»Nichts wie weg«, rief Justus, was mehr wie ein heiseres Röcheln klang, seien Kehle fühlte sich wie zugeschnürt an. Er versuchte sich so gut es eben ging, über das herumliegende Geäst hinwegzubewegen. Die anderen setzten sich ebenso schnell in Bewegung und rannten stolpernd in die Richtung, aus der sie gekommen waren.

Sarah verfing sich in dem Pflanzengestrüpp, strauchelte und machte eine Bauchlandung in dem sumpfigen Morast. Eilends versuchte sie sich wieder aufzurappeln, doch der Fuß kam nicht von der Schlinge los. Beherzt griff Justus die Schlinge, zerriss sie und half ihr auf die Beine. Eilig rafften sie die Tüte mit den Pflanzen auf und rannten weiter. Die Blitze wurden heftiger. Sie tauchten die Umgebung in fahles, gespenstisch weißes Licht, das die Angst noch erhöhte. Nur die Nebelwand hinter ihnen blieb schwarz wie die Nacht und vergrößerte sich zusehends.

Aus allen Richtungen waren hastiges Gerenne, wirre Rufe und lautes Geknacke von morschem Geäst zu hören. Angsterfüllte Rufe steigerten sich zu Schreien, Namen wurden in die Nacht hinein gebrüllt. Es schien, dass eine Reihe von Schülern bei der chaotischen Flucht vor dem Nebel von ihren Gruppen getrennt wurden. Die wilden Rufe und Schreie verstärkten noch die aufkommende Panik.

Justus hatte glücklicherweise den Weg wiedergefunden, von dem aus sie in das Gestrüpp des Waldes abgebogen waren. Hastig versuchten sie auf den Hauptweg zu gelangen, der aus dem Wald herausführte. Von den anderen Seiten des Waldes kamen ihnen weitere Mitschüler mit panischen Bewegungen entgegen. Einige Mädchen kreischten und hasteten wild den Weg entlang, andere versuchten quer durch das Unterholz das Feld zu erreichen, wo Meister Froderik stand. Justus und Erik waren darauf bedacht, einigermaßen klaren Kopf zu behalten und ihre Gruppe zusammenzuhalten.

Hinter ihnen türmte sich immer mehr der schwarze Nebel auf. Kein Laut war daraus zu hören. Sie rannten, was ihre Beine hergaben. Jetzt war es natürlich von Nachteil, dass Meister Froderik ihnen das Lichtmachen untersagt hatte.

Dunkle Gestalten hatten sich inzwischen aus dem Nebel gelöst. Geräuschlos glitten sie zwischen den Bäumen hindurch und versuchten, den Schülern den Weg zum Waldrand abzuschneiden. Überall diese gelbleuchtenden Lichtpunkte, die sich schaurig hin und her bewegten, als wären sie auf der Suche nach Beute.

»Was ist das für eine Suppe?«, keuchte Joseph an Martins Seite. Er fluchte und rannte zugleich. Seine Beine konnten ihn kaum noch tragen vor lauter Anstrengung. Fast wäre er über eine Wurzel gestolpert und gestürzt. »Und diese elenden Gestalten. Hast du eine Ahnung, was das ist?«

Eine gute Frage, zu der es jetzt keine Antwort gab. Nicht mehr weit und sie erreichten den Waldrand, wo Meister Froderik auf sie wartete. Er wurde von wild durcheinander schreienden Mädchen und Jungen umringt.

Kaum waren sie aus dem Wald heraus, da sahen sie einen grellweißen Blitz aus Meister Froderiks Translocostab herausschießen. Sofort war die Umgebung in taghelles Licht getaucht. Sie hörten Meister Froderik einen Bannspruch schreien und im nächsten Moment breitete sich eine große, schützende Lichtglocke über sie aus. Ihr grünlicher Glanz versetzte die Umgebung vor dem Wald in eine gespenstische Atmosphäre.

Hinter ihnen über den Baumwipfeln sahen sie, wie sich die schwarze Wand immer noch vergrößerte. Der Mut, der zu Beginn der Expedition noch zu spüren gewesen war, hatte die Schüler nun gänzlich verlassen. Alle wollten nur noch weg und das so schnell wir möglich.

Meister Froderiks Blick glitt über die Front der Tannen, die nun fast vollkommen von dem schwarzen Nebel umhüllt wurde.

»Oh Gott«, stieß er hervor. »Die schwarze Wand der dunklen Mächte! Das können nur die Mächte der Finsternis sein!«, murmelte er bestürzt. »Wenn die Kollegen das erfahren ... Und das gerade jetzt, ...« Das sagte er mehr zu sich selbst, doch die Schüler, die es hörten, wurden durch die Unklarheit seiner Aussage nur noch mehr in Unruhe versetzt.

Einige von ihnen reagierten sehr verwirrt und ängstlich und scharten sich noch näher um den Lehrer.

Meister Froderik versuchte so gut es eben ging, einigermaßen Herr der Situation zu werden. Keine leichte Aufgabe in dieser bedrohlich aufgeheizten Stimmung.

»Sind denn auch alle wieder hier, oder fehlt noch jemand?« Einige der Schüler begannen, die Gruppe durchzuzählen. Nach einigen Versuchen wurde klar, dass Florian fehlte. Er war noch nicht aufgetaucht.

Plötzlich hörten die Schüler, wie Meister Froderik einen längeren Spruch in einer ihnen unbekannten Sprache wisperte. Kurz darauf erschienen wie aus dem Nichts drei riesenhafte Engel, die eilig herannahten. Sie schwebten über dem Erdboden und richteten ihre Aufmerksamkeit auf den Wald. Meister Froderik sah sie intensiv an, und die Schüler bemerkten, wie er mit ihnen in Kontakt trat. Aufmerksam blickten die Engel auf Meister Froderik und dann auf den Wald.

Meister Froderik veranlasste seine Schützlinge, einige Schritte weiter ins Feld hineinzugehen, weg von der bedrohlichen Situation des Waldes. Das Feld wurde zwar noch durch das Licht des Mondes, durch die Schutzglocke grünlich schimmernd, erhellt, doch konnten sie erkennen, wie die schwarze Wand sich aus dem Wald heraus auf sie zu wälzte und bald auch das Feld einhüllen würde.

Im nächsten Moment baute sich unmittelbar vor ihnen eine riesige milchig-weiße Wand auf. Mächtige blaue Blitze zuckten in ihr auf. Ihre Energie richtete sich gegen den schwarzen Nebel und die Gestalten, die sich darin versteckten.

Die Engel schwebten nun auf den Wald zu und schoben die Energiewand vor sich her. Immer weiter rückte die helle Wand auf den Wald und den schwarzen Nebel zu, der inzwischen den gesamten Wald eingehüllt hatte. Was sich dann vollzog, war ein bizarres Schauspiel, das mit normalem Verstand kaum zu fassen war.

Unter ohrenbetäubendem Krachen berührten sich die beiden Mächte. Glutrot leuchtete die Wand auf, und ein Meer weiterer Blitze entlud sich und umhüllte mit irrem Funkenflug den schwarzen Nebel. Binnen weniger Sekunden brach die Nebelwand in sich zusammen. Gespenstische Stille trat ein.

Alles war so schnell vorüber, wie es begonnen hatte. Nebel und Energiewand waren verschwunden. Die Engel verharrten einen kurzen Augenblick und wandten sich dann Meister Froderik zu, der ebenso wie die

Schüler innerhalb der Schutzglocke stand. Wieder kommunizierte er mit ihnen, und dann entschwanden sie so lautlos, wie sie gekommen waren. Die grüne Schutzglocke fiel in sich zusammen. Der unendliche Sternenhimmel stand nun wieder klar über ihnen. Auch das Mondlicht erlangte seine ursprüngliche Leuchtkraft wieder und tauchte die ganze Umgebung in einen hellen Schein.

Meister Froderik, von den Vorkommnissen sichtlich mitgenommen, musste unendliche Kräfte aufgeboten haben. Mit leiser Stimme sagte er: »Wir sollten jetzt unseren Mitschüler suchen, der sich irgendwo im Wald befinden muss.«

Diese Ankündigung löste einige Proteste aus. Keiner von ihnen konnte sich vorstellen, nochmals in der Dunkelheit den Wald zu betreten.

»Keine Angst«, beschwichtigte Meister Froderik, »wir brauchen nicht selbst zu suchen, das übernimmt das Volk der Hockemockels für uns.«

Er hatte den Namen kaum ausgesprochen, da wurde die Schülergruppe auch schon von einer beträchtlichen Anzahl kleiner Wesen umgeben, die alle ein menschenähnliches Aussehen hatten.

Erstaunte Rufe wurden laut. Überall wuselten diese Wesen umher, nur einige wenige standen direkt bei Meister Froderik und schienen auf seine Anweisungen zu warten.

Kurz darauf sahen die Schüler, wie sich diese hin und her wuselnden Wesen auf den Wald zubewegten und im nächsten Augenblick darin verschwanden. Kaum waren sie weg, hörte man überall im Wald ein leises Knacken, ein Zeichen dafür, dass die Hockemockels eifrig zu Werke gingen und den Wald systematisch nach Florian absuchten.

Unruhig und verängstigt wartete die Gruppe auf das Ergebnis der Suche. Was mochte mit Florian geschehen sein? Warum hatte er nicht zusammen mit den anderen den Wald verlassen?

»Ist bedrückend, die Ungewissheit«, seufzte Sarah. »Dabei wird es immer kälter.« Fröstelnd rückte sie näher zu Miriam und schob sie noch ein wenig an die anderen heran.

Sogar Edelmund und Ottokar standen dicht bei der Gruppe. Die beiden verhielten sich noch stiller als alle anderen Schüler. Vor allem sie hatten keinerlei Grund, sich auf irgendeine Weise hervorzutun. Denn Florian gehörte zu ihrer Kleingruppe und nun war er verschwunden. Alle gingen jetzt sicher davon aus, dass sie im Wald nicht sonderlich aufeinander geachtet hätten.

Nachdem weitere Minuten vergangen waren, trat eine kleine Gruppe der Hockemockels aus dem Wald heraus, und auf einer aus Ästen und Blättern grob zusammengezimmerten Trage brachten sie den Mitschüler zu Meister Froderik.

Florian lag reglos auf der Trage. Sein Gesicht war völlig verzerrt mit einem Ausdruck großen Entsetzens.

Sofort bildete sich eine Traube von Schülern um die Trage, und alle starrten verschreckt auf das leblose Gesicht ihres Mitschülers. Seine Hände waren eigenartig verkrampft, in einer Stellung, als hätten sie etwas abwehren wollen. Einige Schüler wichen angstvoll zurück und wandten sich entsetzt ab.

Meister Froderik schickte alle von der Trage fort und beugte sich über den Jungen, ganz tief, sodass sich die Gesichter fast berührten.

Plötzlich gab es winzige Bewegungen in der kleinen Gestalt. Die Schüler konnten sehen, wie sich seine Finger langsam entkrampften und die Hände entspannt auf die Trage sanken.

Auch die verzerrten Gesichtszüge lösten sich. Das Leben schien wieder zurückzukehren.

Meister Froderik musste unglaubliche Heilkräfte zu besitzen. Anders konnten sich die Schüler, die den Wiederbelebungsprozess mitbekamen, diese Entwicklung nicht erklären. Staunend standen sie hinter ihm und sahen, wie Florian sich langsam aber sicher wieder bewegte.

Dann begann er wie wild zu schreien und um sich zu schlagen, als ob er die Gefahr, der er im Wald ausgesetzt gewesen war, noch leibhaftig spürte. Meister Froderik hielt ihn fest und drückte ihn sanft auf die Trage zurück, damit er nicht durch die heftigen Bewegungen herunterfallen konnte.

Dann gebot er einigen kräftigen Schülern, die Trage zu übernehmen und zusammen mit den anderen den Rückweg anzutreten. Die Hockemockels blieben zurück und als sich Miriam nochmals umdrehte, um einen letzten Blick auf den unheilvollen Wald zu richten, konnte sie niemanden mehr entdecken.

Schneller als gedacht erreichten sie das mächtige Schulgebäude, das an einigen wenigen Stellen durch Fackeln erhellt wurde und dadurch aus der Nacht hervorstach.

Auf dem Vorhof erwartete sie schon Meister Gregorius zusammen mit einigen anderen Lehrpersonen. Kaum hatten sie die große Halle mit den vielen Engelsgestalten erreicht, beugte sich Meister Gregorius auch schon über Florian und half ihm von der Trage herunter. Ausnahmslos alle Engel hielten ihre Blicke auf den kleinen Schüler gerichtet. Es sah fast so aus, als versuchten sie, ihm beim Aufstehen von der Trage zu helfen.

Kaum war Florian auf den Beinen, veranlasste Meister Gregorius alle Schüler, umgehend die Schlafräume aufzusuchen.

20. Spektakel im Zwischenraum

Am nächsten Morgen waren alle aus Justus' Klasse noch einigermaßen mitgenommen. Schweigend mümmelten sie ihr Frühstück in sich hinein.

Danach erwartete Meister Froderik sie in seiner Kräuterküche. Eigentlich sollten die Sammelerfolge zusammengetragen werden. Allerdings war auf Grund der Vorkommnisse der letzten Nacht auch Meister Gregorius anwesend. Die mitternächtlichen Ereignisse waren zu einschneidend, als dass der Unterricht einfach so hätte fortgesetzt werden können.

Ernst blickte er die Schüler an. Es war ihm anzumerken, dass die Geschehnisse ihn tief beunruhigt hatten.

»Immer wieder«, begann er nach einer kurzen Begrüßung, »wird die Schule von den Mächten der Finsternis, den Wächtern von Antra'agor, angegriffen. Das geschieht nicht häufig, es kommt eher selten vor.«

Meister Gregorius stieß die Worte mehr hervor, als dass er sie in seiner sonst so ruhigen Art aussprach. Schwer atmend fuhr er fort: »In meiner Amtszeit war der Zusammenstoß letzte Nacht der zweite Angriff. Ich bin entsetzt! Niemand von uns aus dem Lehrerkollegium hat für den jetzigen Zeitpunkt mit einem Angriff gerechnet.«

Seine Äußerungen versetzten die Schüler in große Unruhe. Aufgeregte Zwischenrufe wurden laut, auf die er besänftigend einzugehen versuchte. »Wir sind aber auch für solche Fälle gut gerüstet. Das gesamte Lehrerkollegium ist darin ausgebildet, Angriffe dieser finsteren Art mit geeigneten Mitteln abzuwehren. Wichtig ist aber, dass immer alle von euch stets aufmerksam sind. Wenn jemand von euch etwas bemerkt, ist es unbedingt wichtig, dass ihr euch sofort an das Lehrerkollegium wendet, um die Vorkommnisse zu melden.«

So sehr er sich auch bemühte, so schnell war die Aufgeregtheit der Schüler nicht zu besänftigen.

»Woher kommen diese Mächte? Und was beabsichtigen sie? Ist denn schon mal jemand gekidnappt worden? Wie können wir uns schützen, wenn ein solches Wesen vor uns auftaucht?« Viele Fragen prasselten auf Meister Gregorius ein. Geduldig bemühte er sich, eine nach der anderen zu beantworten. Nur langsam ließen die Schüler sich von seinen Erklärungen beruhigen.

Den Unterricht für die heutige Stunde konnte Meister Froderik streichen. Dazu reichte die Aufnahmefähigkeit der Schüler nicht mehr. Er entließ die Klasse in eine verlängerte Pause. Danach ging es ihnen etwas besser.

Die folgende Stunde sollte ausgesprochen ereignisreich werden.

»Leute, jetzt kommt eine tolle Abwechslung«, war sich Justus sicher. »Ich bin jedenfalls mächtig gespannt, wie das mit den Zwischenräumen geht.«

Madame Zetha Zethissima stand bereits an der Klassentür und erwartete die Schülergruppe ungeduldig, um pünktlich mit der Stunde anfangen zu können.

»Guten Morgen, alle zusammen«, grüßte sie kurz in die Klasse hinein.

»... Morgen ...«, klang es sehr verhalten zurück, kaum mehr als ein Gestammel.

»Wo seid ihr nur so lange geblieben«, fragte sie etwas ungehalten. »Ihr wisst doch, dass ich immer pünktlich anfangen will.«

»Wir hatten n-noch eine wichtige B-besprechung. Die h-hat so lang gedauert«, meldete sich Ottokar und schwindelte, was das Zeug hielt.

Madame Zetha Zethissima merkte natürlich, dass hier faustdick geschwindelt wurde und reagierte daher höchst ungehalten. »Ach, und eine Pause habt ihr nicht gehabt?«

»Äh, ei-eine Pause?« Ottokar war erwischt.

»Richtig, Pause!« Madame Zetha sah Ottokar scharf an. »Ich denke, dieser dreiste Versuch, mich anzuschwindeln, sollte eine Belohnung erhalten. Du wirst in der Bibliothek eine kleine Aufräumaktion durchführen. Ich werde mit Madame Ruborrak einen geeigneten Zeitpunkt vereinbaren.«

Ottokars Gesicht glühte.

»V-viel Sp-paß«, spottete Joseph gerade so laut, dass Madame Zetha nichts davon mitbekam.

»Ha-Halts Maul, du dämlicher F-Flachkopf«, schimpfte Ottokar wutentbrannt zurück. Er konnte von Glück reden, dass Madame Zetha mit ihren Gedanken anscheinend schon bei den anstehenden Aufgaben war.

»Nun denn, beginnen wir endlich mit dem Unterricht«, und durch einige Nachzügler, die jetzt erst in der Klasse erschienen, angestachelt, fügte sie mit erhobener Stimme hinzu: »Ich erwarte, dass ihr ab der nächsten Stunde zur rechten Zeit da seid und sofort eure Hefte und etwas zu schreiben bereit haltet, damit wir nicht unnötig Zeit verlieren. Ich hoffe, ich habe mich deutlich genug ausgedrückt!«

Ihre Augen funkelten unheilvoll, was die Schüler von ihr sonst nicht kannten. Eigentlich war sie eine langmütige und geduldige Lehrerin. Aber wenn diese Geduld einmal aufgebraucht war, dann war mit ihr schlecht Kirschen essen.

Sie blätterte ungehalten in einem der dicken alten Bücher, wovon viele auf dem Pult lagen, und suchte nach dem richtigen Transporterspruch, mit dem die Schüler auf ungefährdete Weise in die Zwischenräume gelangen und anschließend wieder zurückkehren konnten.

Nach einigen erklärenden Einführungssätzen wurde Madame Zetha konkret: »Wir gehen so vor, dass ihr euch für die ersten Sprünge ein einfaches Ziel vornehmt, das ihr sehr gut kennt. Sonst könnte es passieren, dass ihr noch auf Nimmerwiedersehen verschwindet, wenn das Ziel nicht eindeutig ist.« Dabei machte sie eine ernste Miene. »Zum Glück ist es erst einmal passiert, dass wir einen Schüler verloren haben, nur weil er sich selbständig gemacht hatte.«

In kurzen Sätzen erzählte sie den Verlauf des Missgeschicks. Der Schüler habe schon immer einen eigenen Kopf besessen und geglaubt, er könne alles besser als die Lehrer. »Das Ende vom Lied war, dass eine ganze Schar von Lehrern sich auf den Weg in den Zwischenraum begeben musste, um nach ihm zu suchen. Und es hat äußerst lange gebraucht, bis wir ihn wieder hier in der Schule hatten.«

Obwohl seit damals einige Jahre vergangen waren, konnte man ihren Worten nach wie vor eine große Betroffenheit anmerken. Sie fühlte sich immer noch schuldig für das damalige Unglück.

Kaum hatte sie das gesagt, beobachtete Sarah, wie Edelmund Ottokar in die Seite stieß und leise auf ihn einredete.

»Also«, fuhr sie fort, »nun zu den wichtigen Sprüchen, die ihr für die Sprünge benötigt. Wenn ihr an einen bestimmten Ort in eine andere Zeit springen wollt, dann braucht ihr den Spruch ***Hic Rhodos, hic salta!***. Genau übersetzt heißt das: Hier ist Rhodos, hier springe! Dieser Spruch ist in der Philosophie und in der Theologie zu Hause. Ursprünglich stammt er von Äsop, einem griechischen Dichter. Da ging es tatsächlich um Rhodos, damals betraf es den Fünfkampf und den Weitsprung. Aber hier sind wir ja nicht im Sportunterricht.

Wir benutzen den Spruch, um die Raumzeit zu überwinden. Bei uns bedeutet er so viel wie ***Jetzt hier springen!*** Wichtig ist allerdings«, und bei diesen Worten blickten ihre Augen scharf über die Schülergruppe, »dass ihr euch den Ort und die Zeit, wohin ihr springen wollt, ganz intensiv vorstellt, sonst funktioniert es nicht, und wir müssen euch gegebenenfalls aus dem Zwischenraum zurückholen. So eine Rückholaktion ist, wie ich schon dargestellt habe, kein leichtes Unterfangen. Daher möchte ich euch dringend raten, konzentriert zu Werke zu gehen.« Wieder dieser ernste, prüfende Blick.

»Wie also heißt der Spruch, den ihr zu diesem Sprung verwenden könnt, Joseph?«

Da hatte sie den Richtigen erwischt. Joseph konzentrierte sich gerade auf die Produktion von Papierkügelchen, um sie Rotfuchs um die Ohren fliegen zu lassen.

Blitzschnell duckte er sich weg, in der Hoffnung, nicht gesehen zu werden. Aber zu spät.

»Du brauchst dich erst gar nicht zu verstecken, ich finde jeden. Das müsste eigentlich bekannt sein«, kam es laut von vorne.

»Tut mir leid, ich habe Ihre Frage nicht verstanden«, log er frech, ohne rot zu werden.

Einige der Mitschüler begannen zu kichern. »Akustisch«, versuchte er sich zu verteidigen, konnte das Donnerwetter aber nicht vermeiden.

»ICH HABE GESAGT, IHR SOLLT ACHTGEBEN! DAS IST HIER KEIN ZUCKERSCHLECKEN«, fauchte Madame Zetha Zethissima. »WAS KANN DA NICHT ALLES PASSIEREN, WENN IHR AN DIESER

STELLE NICHT AUFPASST. DAS IST KEINE SPIELEREI!«, schrie sie, dass man sie bis auf den Flur hören konnte.

Ottokar in der ersten Reihe konnte seine Faxen in Richtung Joseph nicht lassen und bekam prompt sein Fett weg.

»DA GIBT ES NUN WIRKLICH NICHTS ZU LACHEN, HERR DRIESSEN. Wie lautet der Spruch, also?«

Dumm gelaufen! Schmalzlocke wollte ihm wie schon im Telekinarium helfen und ihm die richtige Antwort zuflüstern. Leider war es wieder zu leise. Und da Ottokar durch die Zurechtweisung viel zu aufgeregt war, hörte er nicht richtig hin und verstand nur die Hälfte. »Hi-hier rodes, hier sasalat«, stotterte er vor lauter Aufregung vor sich hin. Und schon war das zweite Donnerwetter perfekt.

»„Hic Rhodos, hic salta!" NICHTS ALS ÄRGER HAT MAN MIT EUCH«, schimpfte Madame Zetha Zethissima weiter. »DIESER SPRUCH IST ABSOLUT WICHTIG. ALSO EINMAL ALLE ZUSAMMEN.« Die ganze Klasse rezitierte laut und deutlich: »Hic Rhodos, hic salta!«, dreimal hintereinander. »Prägt euch diesen Spruch um Himmels willen in euer Gedächtnis ein«, klang es immer noch laut vom Lehrerpult.

Solche Schimpfereien waren sie von Madame Zetha nicht gewöhnt, das war neu. Entsprechend groß war die Verunsicherung.

»Und noch eins«, fuhr sie zurückhaltender fort. »Ihr müsst darauf achten, dass ihr, wenn ihr durch den Raum fliegt, nicht allzu sehr mit den Armen herumwirbelt. Das könnte gefährlich werden. Am besten ist, ihr legt die Arme an den Körper, sodass ihr eine Stromlinienform bildet. Dann kann nichts passieren. Wenn ihr zu mehreren seid, haltet euch aneinander fest, damit ihr dicht beieinander bleibt.«

»Was kann denn passieren«, wollte Edelmund wissen. »Wenn wir doch unser Ziel fest im Kopf haben ...?«

»Es könnte zu Schwingungsstörungen kommen, die dazu führen können, dass ihr zeitlich woanders ankommt.«

In der Klasse wurde es still. Dass die Sprünge durch den Zwischenraum gefährlich werden konnten, war inzwischen klar. Doch so gefährlich?! Also hieß es, sich genau an die Anweisungen zu halten.

»Wer will es jetzt einmal versuchen? Freiwillige und Mutige vor«, versuchte sie, die Schüler zu ermuntern.

Ihr Blick schweifte durch die Klasse und blieb an Miriam hängen. Fragend hob Madame Zetha ihre Augenbrauen.

Miriam war nicht begeistert, dass Madame Zetha sie als Erste so erwartungsvoll ansah. Schnell warf sie einen Blick zu Justus hinüber, erhob sich dann aber und ging zögernd nach vorne.

»Also«, versuchte Madame Zetha Zethissima ihr Mut zu machen, »es ist nicht schwer. Du wirst es schaffen.«

»Stell' dir jetzt den Ort vor und den Zeitpunkt.« Nachdem sie einige Sekunden gewartet hatte, fuhr sie fort: »Hast du's?« Miriam nickte. Dann konzentrierte sie sich und die Schüler konnten hören: »Hic Rhodos, hic salta!« Und schon war sie verschwunden. Ein Raunen ging durch die Klasse. Voll ängstlicher Erwartung, ob der Sprung auch gut gehen würde, verharrten alle mucksmäuschenstill auf ihren Plätzen.

Nur Edelmund und Ottokar flüsterten leise miteinander. Die Blicke, die sie dafür von Madame Zetha Zethissima ernteten, waren alles andere als liebevoll. Ottokar verharrte auf der Stelle wie eine Maus vor der Katze. Nur Edelmund merkte nichts. Madame Zetha schwieg aber, um nicht die Konzentration der anderen zu stören.

Miriam war währenddessen in den Zwischenraum und damit in einen völlig neuen Erfahrungsdschungel eingetaucht. Seit dem Moment, da die letzte Silbe des Transporterspruchs über ihre Lippen gekommen war, durchlebte sie eine nicht bestimmbare, bizarre Wirklichkeit. Ein irres Farbenmeer umhüllte sie. Unzählige Farben und Formen umschwebten sie, waren ganz nah um sie herum und dann doch wieder völlig ungreifbar fern. Alles waberte unaufhörlich, blähte sich auf und zog sich sogleich wieder zusammen, erschreckend real, aber auch total surreal. Die einzelnen Farben verliefen wirr ineinander, mischten sich zu ungeahnten Farbkomplexen, die direkt danach wieder mit neuen Farbkombinationen neue gewaltige Kreationen hervorriefen. Alles geschah in einer riesigen unvorstellbaren Dreidimensionalität. Und dabei drehte sie sich unablässig um die eigene Achse, wie bei einem fortwährenden Salto mortale kombiniert mit einer x-fachen Schraube. Eng hielt sie ihre Arme an den Körper gepresst. Die Drehung verlief nicht schnell, eher wie in Zeitlupe, und gleichzeitig bewegte sich Miriam auf ein Ziel zu, das sie nicht konkret bestimmen konnte. Zudem hatte sie das Gefühl, jegliche Bodenhaftung verloren zu haben. Es gab nichts, worauf sie sich hätte stellen, woran sie sich hätte halten können. Das alles machte es schwer, dem Versuch zu widerstehen, nicht doch die Arme auszubreiten, in der Hoffnung, sich irgendwo festhalten zu können.

Plötzlich war der Spuk vorbei und mit einem Mal stand sie an dem Ort und in der Zeit, die ihrer Vorstellung entsprachen. Es war ein Hang, auf dem sie gelandet war. Er gehörte zu einer unübersichtlichen Felsenlandschaft, in der große und auch kleinere Felsblöcke herumlagen, als wären sie von einem Riesen willkürlich verteilt worden. Miriam spürte eine unglaubliche Hitze. Augenblicklich brach ihr in ihren warmen Sachen der Schweiß aus. Die Frage war nur: Wo war sie gelandet?

Miriam hatte sich vorgestellt, in der Bergwelt von Jerusalem sein zu wollen. Einfach so. Es war ein Gedankenimpuls gewesen, weil sie mit ihren Eltern schon einmal dort gewesen war. Und genau dort stand sie jetzt, hier oben auf diesem Hang. Ihr Blick ging in eine Schlucht hinunter, die an vereinzelten Stellen dürres grünes Gewächs zeigte. Etwas oberhalb hörte sie etwas klirren oder scheppern. Genau konnte sie es nicht ausmachen. Es waren rhythmische Geräusche, die näher kamen.

Schnell suchte sie nach einer Möglichkeit, sich zu verstecken. Etwas abseits lag ein dickerer Felsbrocken. Flink huschte sie hin und ging so gut wie möglich dahinter in Deckung. Und schon sah sie die Geräuschquelle. Zwei Reiter in Rüstungen kamen des Weges. Sie sahen aus, als wären sie mittelalterlichen Filmen entsprungen. Einer von ihnen hielt ständig Ausschau, nach was auch immer, Miriam hatte keine Ahnung. Der andere ritt gemächlich nebenher, ohne sich weiter um die Umgebung zu kümmern. Jedenfalls hatte es den Anschein.

Als sie Miriams Versteck passiert hatten, kam sie leise wieder hervor. Was mochte dort oben nur zu sehen sein, eine Straße oder nur ein unbefestigter Weg? Sie wusste es nicht.

Die Hitze und die Gefahr entdeckt zu werden, hatten sie in ein Schweißbad getaucht. Miriam konzentrierte sich, sprach „Hic Rhodos, hic salta“ und fand sich schon in der nächsten Sekunde im Zwischenraum wieder. Sie hatte nun das Gefühl, als würde es diesmal ganz schnell in Richtung Gegenwart gehen. Denn kaum nahm sie das irre Farbenspiel wahr, stand sie Augenblicke später schon wieder im Kreis der Klassenkameraden.

Benommen tastete sie nach dem Pult der Lehrerin und hielt sich daran fest. Schweiß lief ihr von der Stirn in die Augen. Obwohl sie nur kurz in der anderen Welt war, hatte sie der Sprung und das Erlebnis ganz schön Kraft gekostet.

»Alles in Ordnung?«, fragte Madame Zetha besorgt und versuchte, sie ein wenig zu stützen. Miriam nickte nur, wischte sich schnell die Schweißtropfen von der Stirn und ging noch leicht schwankend auf ihren Platz.

Als Nächster wurde Erik auf die Reise geschickt. Nach kurzer Einweisung konzentrierte er sich, murmelte „Hic Rhodos, hic salta" und war verschwunden. Doch die Mitschüler brauchten nicht lange zu warten, denn nach nur wenigen Sekunden war auch er zurück an seinem Platz. Das war für Madame Zetha Zethissima ein Zeichen dafür, dass er einen problemlosen Aufenthalt im Zwischenraum gehabt haben musste.

Nach weiteren Mitschülern kam auch Justus an die Reihe.

»Also, Justus ...«, wendete sich Madame Zetha Zethissima an ihn. »Ich denke, jetzt solltest Du es auch einmal probieren.«

Darauf hatte Edelmund nur gewartet. Unbemerkt von den anderen stand er in der letzten Reihe, vollführte synchron mit Justus die gleiche Bewegung und murmelte den Spruch gleichzeitig mit Justus und verschwand ebenfalls.

Da er nicht genau wissen konnte, welchen Ort Justus sich vorstellte, musste er unbedingt zusammen mit Justus in den Zwischenraum und dann versuchen an ihn heranzukommen.

Die Schüler staunten nicht schlecht, als plötzlich nicht nur Justus verschwunden war, sondern auch Edelmund.

Im Zwischenraum flirrten und blitzten die Farben an Justus nur so vorbei. Da er sich ebenso um sämtliche Achsen seines Körpers drehte wie zuvor Miriam, wurde ihm fast übel von dem ständigen Hin und Her und dem Pulsieren der Farben. An nichts konnte er sich mit seinem Blick orientieren, an nichts festhalten. Hoffentlich war dieser Spuk bald vorbei!

Nur in einem gab es einen Unterschied zu Miriams Aufenthalt. Da war etwas Schemenhaftes. Justus nahm dieses verschwommene Etwas wahr, als er versuchte, sich in diesem weiten Raum zu orientieren. Nur erkennen konnte er dieses Etwas nicht. Einerseits die flirrenden Farben und Lichter, die ihn in den Bann zogen, und nun dieses Undefinierbare. Normalerweise waren alle Gestalten, die sich im Zwischenraum aufhielten, klar zu erkennen.

War es eine Täuschung? Justus fröstelte. Hilflos musste er mit ansehen, wie dieses Nebelhafte immer näher an ihn heranrückte.

Dafür gab es nur eine Erklärung. Es konnte überhaupt nur eine Erklärung geben. Die dunklen Mächte, die Wächter von Antra'agor waren am Werk. Sicher waren sie die Verursacher dieser Täuschungen und daran interessiert, Justus zu schaden. Und wo gelang dies besser, als im Zwischenraum, wo schnell jemand verloren gehen konnte.

Sie hatten sich hier postiert und auf Justus gewartet. Für sie war es ein Leichtes, die sphärischen Schwingungen des Zwischenraums für ihre Zwecke zu manipulieren und damit das Geflimmer der Farben zu intensivieren. So versuchten sie Justus zu irritieren und von seinem Ziel abzubringen.

Plötzlich erkannte Justus bei der nächsten Drehung, dass ihm aus diesem nebelhaften Etwas jemand entgegenkam.

Es war niemand anderes als Edelmund. Auf den konnte Justus nun wirklich verzichten. Doch Edelmund kam näher. Die dunklen Mächte schoben ihn mit ihrer magischen Macht immer weiter an Justus heran. Edelmund sollte Justus irritieren und ihn aus dem Konzept bringen. Ja, er sollte ihn gemäß den Anweisungen, die er zusammen mit Ottokar kürzlich in Exlocutum von Cha'ur Ha'muttaht erhalten hatte, aus dem Verkehr ziehen.

Und genau das versuchte Edelmund. Es war ihm ein Vergnügen, Justus schaden zu können, auf welche Weise auch immer. Er war jetzt schon gefährlich nahe an Justus herangeschwebt. Nur noch wenige Meter trennten sie. Schon wollte er Justus mit der Hand berühren, doch im gleichen Moment rotierte Justus herum und sah Edelmund unmittelbar vor sich. Reflexartig langte er mit seiner Hand nach vorne und stieß Edelmund unsanft von sich weg. Beide taumelten ein Stück weit auseinander, Edelmund wurde aber durch die Kraft der dunklen Mächte gehalten und konnte sich mit ihrer Hilfe leicht wieder fangen. Ja, er bekam sogleich einen Stoß in Richtung Justus, sodass er ihn an seiner Kukulle zu packen bekam und sich festhalten konnte. Obwohl Justus sich mit aller Gewalt von ihm losreißen wollte, blieb Edelmund an ihm dran. Er hatte sich durch das Hin- und Herdrehen förmlich in Justus' Kukulle verheddert.

Durch die Haltlosigkeit im Raum bestand für sie kaum eine Möglichkeit sich voneinander zu lösen, zumal sich Edelmund mit aller Gewalt an Justus' Kukulle festhielt.

Plötzlich löste sich einer der hochglänzenden Schuhe von Edelmunds Fuß. Er war durch das ständige Hin und Her von seinem Fuß geglitten und entschwand langsam aber sicher in die Endlosigkeit des Zwischenraums. Edelmund versuchte das teure Stück festzuhalten, doch dafür hätte er Justus loslassen müssen. So segelte der Schuh im Zeitlupentempo von ihm weg und verlor sich bald auf Nimmerwiedersehen im Zwischenraum.

Justus bemerkte, wie sich der Griff von Edelmund lockerte und versuchte sofort sich loszureißen. Doch noch waren sie zu sehr verbunden. Es blieb nur ein Ausweg. Er musste möglichst schnell sein Ziel erreichen.

Aber sie schlingerten weiterhin zu sehr im Zwischenraum umher, und Edelmund klammerte sich noch immer an Justus' Kukulle, die er wie eine frisch gewonnene Trophäe festhielt.

Justus versuchte, sich sein Ziel noch intensiver vorzustellen, um den Zwischenraumaufenthalt zu verkürzen. Es war eine riesige Festung tief im Süden des Landes, die er mit seinen Eltern einst besichtigt hatte und die er genau kannte. Intensiv stellte er sie sich vor seinem geistigen Auge vor und murmelte nochmals »Hic Rhodos, hic salta!«.

Im nächsten Augenblick befand er sich im Innenhof der Festung direkt neben der Festungskapelle. Natürlich war Edelmundzusammen mit ihm dort gelandet, seine Finger tief in Justus' Kukulle verkrallt. Er kam unbequem schräg vor Justus auf dem Burgpflaster zu liegen und war nun damit beschäftigt, seine Kleider und vor allem sich selbst zu ordnen.

Endlich war ihm klar, wo sie gelandet waren. Voll Entsetzen ließ er einen Schrei los. Justus hatte alle Mühe, ihn zum Schweigen zu bringen. Auf dem Hof der Festung war ein heftiges Treiben im Gange, da just an diesem Tag Markttag war und eine riesige Menschenmenge aus der Stadt auf die Festung gekommen war und die Marktstände belagerte. Justus drängte Edelmund mit unsanftem Stoß in eine Mauerecke neben der Kapelle, um nicht entdeckt zu werden

»Wo sind wir?«, stieß Edelmund verblüfft hervor. »Wohin hast du mich gebracht?«

»Halt den Mund, du Blödian. Was fällt dir überhaupt ein, mir zu folgen? Was soll das Ganze? Weißt Du überhaupt in welche Gefahr du uns gebracht hast?«

Justus war auf Hundertachtzig. »Wo wir sind, das sag' ich dir später, jetzt müssen wir hier erstmal wieder weg, sonst werden wir noch entdeckt und können unsere direkte Rückkehr streichen«, entgegnete er aufgebracht. Er hätte Schmalzlocke skalpieren können, so schäumte er innerlich vor Zorn. »Halte dich einfach an mir fest und gib endlich Ruhe«, herrschte er seinen Kontrahenten an.

Dann konzentrierte er sich, sprach den Transporterspruch und schon segelten sie wieder durch den Zwischenraum. Hier wurden sie jedoch erwartet. Madame Zetha Zethissima war schon vor Ort.

Sie war als eine der wenigen Lehrkräfte mit außergewöhnlichen sensuellen Fähigkeiten ausgestattet. So konnte sie über weite Entfernungen und, wenn nötig, sogar bis in den Zwischenraum hinein emotionale Strömungen erfassen, wodurch es ihr ein Leichtes war, genau dort im Zwischenraum anzukommen, wo die beiden aus der anderen Zeit heraus erscheinen würden.

Sie hatte die Auseinandersetzung direkt erspürt, die sich beim ersten Zwischenraumaufenthalt zwischen den beiden ereignet hatte. Sofort sprang sie hinterher, um sie aus der Gefahr, in der sie sich befanden, herauszuholen. Sie kamen praktisch aus zwei verschiedenen Zeiträumen an fast demselben Punkt im Zwischenraum an und schwebten nun aufeinander zu. Madame Zetha Zethissima griff sich die beiden in Windeseile, sobald sie sie erreicht hatte, und sprang mit ihnen zurück nach Interspatium. Kaum zurückgekehrt, brach ein fürchterliches Riesendonnerwetter über sie nieder.

»WER VON EUCH HAT DAS SPEKTAKEL PROVOZIERT? IHR KÖNNT JA NICHT MEHR BEI TROST SEIN«, fauchte sie die beiden an. »ES HÄTTE GOTT WEISS WAS PASSIEREN KÖNNEN DURCH EUER TÖRICHTES VERHALTEN.« Sie schimpfte in einer Lautstärke, dass man sie auf dem gesamten Flur und darüber hinaus hören konnte.

Ihre Aura, die sie ständig umgab, leuchtete jetzt tief dunkelblau. Sie befand sich in einem Zustand höchster Erregung.

Die Schüler der Klasse zogen automatisch die Köpfe ein und waren mucksmäuschenstill.

»Für heute ist die Stunde beendet. Ihr geht alle auf direktem Weg in euren Aufenthaltsraum. Und ihr beide«, setzte sie erregt in Richtung Justus und Edelmund hinzu, »kommt unverzüglich mit.« Wie geschlagene Hunde standen sie an ihren Plätzen und räumten schuldbewusst ihre Sachen zusammen.

Die anderen Schüler verstauten schnellstmöglich alles in ihre Taschen und machten sich davon. Ottokar war im ersten Moment so hilflos und verdattert, dass er noch einen kurzen Moment sitzen blieb. Er musste erst seine Gedanken ordnen. Aber dafür bekam er keine Zeit. Madame Zetha Zethissima sah ihn an und zischte: »Braucht der Herr noch eine Extraaufforderung?«

Eilig erhob er sich, raffte alles zusammen und machte sich davon, den anderen hinterher.

Derweil waren Justus' Freunde längst auf dem Weg zu ihrem Aufenthaltsraum. »Was machen wir jetzt? Sollen wir irgendwo warten?«, wollte Joseph leise wissen.

»Lass uns erstmal hier wegkommen.« Erik trieb seine Freunde an, den anderen Mitschülern aus der Klasse in Richtung *Metatron* zu folgen. Am nächsten Seitengang bedeutete er seinen Freunden abzubiegen, um so außer Sichtweite zu kommen.

»Kommt, wir springen nach Clandestinum.« Schnell stellten sie sich zusammen, Erik sagte »Claustrum absconditum«, und schon standen sie etwas atemlos in ihrem Versteck.

»Das wäre erstmal geschafft«, seufzte Martin und ließ sich aufs Sofa fallen. »Was mag mit den beiden jetzt passieren?«

»Na, die werden erstmal eine gehörige Abreibung von Madame Zetha Zethissima bekommen«, war sich Sarah sicher.

»Wir müssen Justus auf irgendeine Weise wissen lassen, wo wir sind.« Erik hatte seine Abgeklärtheit wiedererlangt. »Aber am besten ist wohl, wir warten noch bis zum Mittagessen und springen dann direkt in die Nähe der Aula.«

»Nein, auf keinen Fall. Was ist, wenn wir dann entdeckt werden?«, protestierte Pauline. »Besser ist, wir wählen einen Ort in der Bibliothek, wo wir Edolfin zuerst getroffen haben und versuchen dann, möglichst unbemerkt an dem Bibliotheksdrachen vorbeizukommen.«

»Warum versuchen wir nicht, Edolfin zu erreichen? Der hat bestimmt eine Lösung«, war sich Martin sicher.

»Ich denke auch, das ist das Beste. Wir können es mit Telepathie versuchen, vielleicht klappt's ja«, schlug Erik vor.

»Mit vereinten Kräften müsste es gehen. Kommt, versuchen wir's. Dann können wir gleich feststellen, ob wir darin schon gut genug sind.« Erik schaute die anderen an.

»Gut, los dann«, unterstützte ihn Sarah.

»Das heißt, wir denken jetzt alle ganz heftig an Edolfin und hoffen, dass er uns hört?« Miriam war skeptisch. Doch schnell wurde ihr klar, dass das die beste Lösung war.

Sie konzentrierten sich und versuchten mit vereinten Kräften, Edolfin zu kontaktieren.

Sekunden später wehte ein verräterischer Luftzug durch den Raum und Edolfin schwebte über ihren Köpfen.

»Hallooo, hier oben«, kam es freundlich, aber auch besorgt von einem der Bücherregale herab. »Was ist denn so eilig, dass ihr mich mit vereinten Kräften ruft?« Schon schwebte Edolfin herunter und setzte sich auf die Lehne der Couch.

»Wir haben ein Problem«, begann Pauline ohne Umschweife. »Justus hatte einen Zusammenstoß mit Schmalzlocke im Zwischenraum. Madame Zetha Zethissima hat sie herausgeholt und war auf Hundertachtzig.«

»Wir mussten alle raus und sind jetzt erstmal hierher, weil wir nicht wussten, was wir machen sollen«, setzte Martin hinzu.

»Ach, und nun habt ihr gedacht, fragen wir doch einfach mal Edolfin«, meinte dieser grinsend.

Seine Reaktion entspannte die Situation ein wenig.

»Wir wissen nicht, wie wir am besten unbemerkt zur Essenszeit in die Nähe der Aula kommen können. Da wollten wir dich fragen«, sagte Sarah etwas entschuldigend.

»Aber sagt doch erstmal, was überhaupt vorgefallen ist«, wollte Edolfin wissen.

»Justus und Edelmund müssen im Zwischenraum aneinandergeraten sein«, begann Erik. »Wir wissen's auch nicht so richtig. Auf jeden Fall wurde Madame Zetha Zethissima ganz seltsam, so unruhig und dann war sie plötzlich weg, ohne was zu sagen.«

»Wir waren alle ziemlich verblüfft, kannst du dir sicher denken«, warf Sarah ein.

»Aber es dauerte nicht lange und schon erschien sie mit den beiden wieder im Interspatium«, fuhr Erik fort. »Und nun sind sie zum Rapport bei Meister Gregorius. Wir sollten alle nach *Metatron* gehen. Aber wir wollten herausfinden, wie Justus zu uns kommen kann.«

»Moment, Moment. Ich frage mich«, unterbrach ihn Edolfin, »wieso Madame Zetha Zethissima so schnell, wie ihr sagt, mit den beiden zurück war. Das müsste bedeuten, dass sie zusammen, zumindest nahe beieinander im Zwischenraum gewesen sein müssen, sonst hätte das alles nicht so schnell gehen können. Denn wie ihr ja inzwischen selbst erfahren habt, jedenfalls die von euch, die schon im Zwischenraum waren, ist der nicht gerade klein, sondern unendlich groß. Dass die beiden dann so nahe beieinander gewesen sein sollen, verwundert mich ehrlich gesagt.«

»Wie meinst du das?«, fragte Miriam erstaunt.

»Wie kam es denn überhaupt, dass Edelmund auch im Zwischenraum war?«, fragte Edolfin weiter, ohne auf Miriams Frage einzugehen.

»Das wissen wir auch nicht so ganz genau«, sagte Joseph.

»Der muss Justus hinterher gesprungen sein«, war sich Pauline sicher.

»Ich hab‘ noch gesehen, dass Edelmund etwas am Rand stand, als Justus von Madame Zetha Zethissima aufgefordert wurde, durch den Zwischenraum an ein von ihm gewähltes Ziel zu springen«, überlegte Miriam laut. »Und plötzlich, praktisch zeitgleich, war er ebenfalls verschwunden.«

»Wenn ich mir das alles so anhöre, dann glaube ich, dass Edelmund etwas ganz Bestimmtes im Schilde führte«, war sich Edolfin sicher. »Er hatte vielleicht die Absicht, Justus im Zwischenraum zu attackieren.«

»Aber warum?«, fragte Sarah. »Was soll das Ganze?«

»Vielleicht«, fuhr Edolfin fort, sein milchiges Gesicht zeigte eine tiefe Falte auf der runzeligen Stirn, »handelt er in einem bestimmten Auftrag, den er bekommen hat. Könnte ja sein. Ich frage mich, ob er mit den Mächten der Finsternis im Bunde steht.«

Die Freunde sahen ihn bestürzt an. Alles hätten sie sich vorstellen können, nur nicht, dass einer von ihnen aus dieser altehrwürdigen Schule gemeinsame Sache mit diesen verdammten Ungeheuern machen würde.

»Dass jemand aus eurer Schülerschaft gemeinsame Sache mit diesen Mächten macht, ist schon einmal vorgekommen. Damals konnte der Angriff abgewehrt werden. Und nun«, das sagte er jetzt mehr zu sich selbst als zu seinen Freunden, »haben sie wieder willige Opfer gefunden, die ihnen als Handlanger dienen.«

Betroffene Stille machte sich breit.

»Aber jetzt geht ihr am besten erst einmal Mittagessen. Schaut mal auf die Uhr. Wir werden uns später wieder hier treffen, dann werde ich euch in eure Mission einweihen. Aber jetzt nicht. Geht! Es ist Zeit.«

»Willst du uns nicht noch wenigstens ein paar Takte sagen, was sich da zusammenbraut?«, wollte Joseph ihm noch entlocken. Edolfins Gesicht hatte sich auf sonderbare Weise verschlossen. Er schüttelte nur mit dem Kopf und meinte vielsagend: »Geht jetzt, sonst kommt ihr wirklich zu spät und trefft Justus am Ende doch nicht. Ich werde euch zur rechten Zeit unterrichten.«

Es blieb ihnen nichts anderes übrig als zu gehorchen. Sie nickten Edolfin zum Abschied dankend zu und stellten sich zusammen. Erik sagte nur: »Nach *Metatron* hinter die Regale«, murmelte den Spruch und schon standen sie in der Nische, die schon zum wiederholten Mal ihr Ziel im *Metatron* wurde.

Im nächsten Moment waren sie zur Tür hinaus und auf dem Weg zur Aula, wo das Mittagessen schon wartete. Justus saß bereits am Mittagstisch und wartete gespannt auf sie.

»Wo wart ihr denn bloß?«, fragte er halb gereizt, halb sehnsüchtig. Ein riesiger Berg Spaghetti stand vor ihm, in dem er lustlos herumstocherte. Er guckte von einem zum anderen und konnte es nicht erwarten zu erfahren, was in der Zwischenzeit alles passiert war.

Sarah klärte ihn kurz über ihr Zusammentreffen mit Edolfin auf. Dabei vergaß sie natürlich nicht, von den neuen Infos über die Mächte der Finsternis zu berichten.

Justus wunderte es nicht, dass Schmalzlocke und Rotfuchs mit diesen Mächten zu tun haben sollten. Das passte zu ihnen.

Als sich die anderen ebenfalls ihre Teller gefüllt hatten und zu essen begannen, hatte Justus die Chance, seine Geschichte loszuwerden. Edelmund hatte sich bei Madame Zetha Zethissima erdreistet, alles umzudrehen und die Schuld schamlos voll auf Justus abzuwälzen.

»Stellt euch vor«, sagte er halblaut mit einem bezeichnenden Blick zu dem Tisch der beiden Superhelden, »kaum waren wir im Arbeitszimmer von Madame Zetha Zethissima - übrigens ein wunderschöner Raum - da fing Schmalzlocke auch schon an, mich zu beschuldigen, ich hätte ihn im Zwischenraum attackiert. Dabei war er es, der mir hinterher gesprungen war.«

Justus redete sich in Rage und wurde unweigerlich lauter. Erste Blicke richteten sich auf ihren Tisch, und die Mitschüler in ihrer Umgebung bekamen große Ohren. »Pass' auf, nicht so laut«, zischte Joseph und trat Justus unterm Tisch gegen das Bein, »sonst hört gleich die halbe Aula mit.«

»Also«, fuhr Justus nun leiser fort, »dann hat er mich auch noch beschuldigt, dass ich ihm einen seiner teuren Schuhe geklaut hätte. Den hat er im Zwischenraum verloren, als er sich an mich klammerte und partout meine Kukulle nicht loslassen wollte.« Bei der Vorstellung des Vorfalls fing Justus an zu kichern. »Dabei hat sich dann sein Schuh auf und davon gemacht. Und in Zeitlupe entschwand dieser in die ewigen Zwischenraumjagdgründe.« Mit der Hand vollführte er die kreisend-schwebende Bewegung des Schuhs. Das sah so ulkig aus, dass sie spontan lachen mussten.

»Ich musste ganz schön dagegen halten und hatte alle Mühe, Madame Zetha Zethissima klar zu machen, dass ich es war, der springen sollte und auch zuerst gesprungen bin. Jedenfalls knapp vor ihm.« Die Erinnerung an die Verärgerung Madame Zetha Zethissimas ließ ihn wieder wütend werden.

Inzwischen waren ihre Bäuche mit Nudeln vollgestopft, nur Justus saß noch vor seinem halbvollen Teller mit inzwischen kalten Nudeln. Er schob den Teller weg und langte nach dem Nachtisch, der für ihn übrig war. Anschließend berieten sie kurz die Gestaltung des Nachmittags. Die Schüler hatten den Auftrag, die Sprungübungen auf ihre theoretischen Zusammenhänge und Bedingungen hin zu überprüfen.

Einige aus ihrer Klasse blieben dafür in der Aula sitzen, andere verzogen sich nach draußen in die Sonne oder machten sich auf in Richtung

Bibliothek. Justus und seine Freunde wollten auch die Sonne genießen und ließen sich in der Nähe der Mauer zum geheimen Garten nieder.

Lange blieben sie nicht allein, denn schon bald erblickten sie Schmalzlocke mit Rotfuchs mit zwei weiteren Schülern das Schulgebäude verlassen und direkt auf sich zukommen.

»Schaut mal, wer da kommt«, sagte Sarah. »Ich schätze, da bahnt sich Ärger an.«

Schon nahten sich die vier und bauten sich lässig, die Hände in den Hosentaschen versenkt, vor Justus und seinen Freunden auf.

»Da sind ja wieder unsere entzückenden, vorbildlichen Musterschüler«, ließ sich Schmalzlocke blasiert vernehmen. »Oh, Verzeihung, und natürlich auch Schülerinnen«, setzte er spöttisch hinzu.

»W-wunderbare He-herzchen«, versuchte der rote Ottokar sich zu amüsieren, was wegen des Stotterns nur halb gelang.

»Wünschen die Herren etwas«, fragte Erik, »oder sind sie nur auf der Durchreise?« Er musste in die Sonne schauen, um die vier halbwegs sehen zu können.

Edelmund war nicht zum Spaßen zumute. Im Gegenteil. Er zog plötzlich seinen Translocostab hervor und murmelte etwas in seinen nicht vorhandenen Bart, und im nächsten Augenblick merkte Martin, wie sein Körper schwerelos wurde.

»He, was soll das?«, rief er erbost. Alle wussten, dass die Anwendung des Translocostabes auf Mitschüler nicht gestattet war. Doch Edelmunds angestaute Wut vom Vormittag war so groß, dass ihm das Reglement und alle Vorsichtsmaßnahmen völlig egal waren. Am Vormittag hatte er von Madame Zetha Zethissima wegen seines unverantwortlichen Verhaltens im Zwischenraum eine reichliche Standpauke erhalten, und das wollte er jetzt seinen Gegnern heimzahlen, mit Zins und Zinseszins. Als erster sollte Martin dran glauben.

Zur Verstärkung hatte er Manus und Rondolf mitgebracht. Beide waren schon durch so manchen derben Scherz in der Schule aufgefallen.

Nun hielten die vier ihre Stäbe in den Händen und richteten sie zu viert auf Martin. Mit vereinten Kräften ließen sie ihn in der Luft schweben. Einer von ihnen ließ seinen Stab so kreisen, dass Martin begann sich um seine eigene Achse zu drehen. Im Nu sprangen die anderen auf und fielen den Übeltätern in die Arme, um Martin wieder auf den Boden zurückzuholen. Doch so einfach war das nicht. Martin hob schreiend und mit Armen und Beinen schlagend immer weiter nach oben ab.

Justus zückte unverzüglich seinen Stab und richtete ihn auf Schmalzlocke. Der geriet durch die telekinetische Attacke heftig ins Straucheln.

Die Mädchen stürzten sich auf die beiden Neuen. Ein heftiger Kampf entbrannte. Der Leidtragende des Ganzen war Martin hoch oben in der Luft. Er drehte eine um die andere Pirouette und schlackerte hilflos mit Armen und Beinen.

Joseph ging wie von einer Tarantel gestochen auf Ottokar los. Er versetzte ihm einen wuchtigen Hieb, dass ihm durch die Attacke der Transloco entglitt und rückwärts zu Boden stürzte. Joseph fing den Stab auf und ließ ihn blitzschnell in der Hosentasche verschwinden. Leider sorgte das bei Martin für weitere Pirouetten mit Überschlag.

Kaum hatte sich Ottokar berappelt, schickte ihn Joseph kurzerhand telekinetisch in einem eleganten Bogen durch die Luft ans andere Ende des Gartens, wo er unsanft bäuchlings zu Boden ging.

Nun hatte Joseph die Hände frei und konnte ins weitere Geschehen eingreifen.

»Überlass Schmalzlocke mir und hilf den Mädchen«, forderte er Erik auf.

Mit einem Schwung seines Stabs zog er Edelmund die Füße weg, ließ ihn kopfüber langsam aber sicher höher steigen und setzte ihn im oberen Geäst eines in der Nähe stehenden Kastanienbaums ab. Da konnte er erstmal für eine Weile zappeln und herumschreien. Durch die Wucht der Landung im Baum hatte er seinen Transloco verloren und konnte daher kein Unheil mehr anrichten.

Mit vereinten Kräften wurden die beiden anderen Schüler niedergerungen. Die Folge war, dass sich Martin mit zunehmender Geschwindigkeit dem Erdboden näherte. Erik bremste den Sturzflug reaktionsschnell mit seinem Transloco ab und ließ Martin sanft auf dem Rasen landen.

Das telekinetische Tohuwabohu hatte eine Reihe Schüler angezogen. Aus nächster Nähe schauten sie gespannt dem Handgemenge zu und bildeten einen großen Pulk um die Kontrahenten. Bei Martins weicher Landung brandete begeisterter Beifall auf. Edelmund hing noch im Baum.

Aber auch Meister Joselin Ivarius de Bourgogne wurde Zeuge der Vorgänge im Garten. Das Getöse drang bis in den dritten Stock der Schule, wo sein Arbeitszimmer lag.

Da solche Auseinandersetzungen in sein Ressort fielen, ließ er sich nicht lange bitten und begab sich schnurstracks in den Garten. Um größeres Aufsehen zu vermeiden, wählte er den normalen Weg über die Treppe und stand nun, unbemerkt von allen Anwesenden, am Rande des Menschenauflaufs.

»Was geht hier vor?«, dröhnte seine Stimme über den Garten. »Warum hängt der eine Schüler dort oben im Baum?« Er hörte Edelmund zwar, doch auf Grund seiner Kurzsichtigkeit konnte er ihn nicht genau erkennen. Lediglich Edelmunds Umrisse nahm er wahr. Das genügte, um ihn zu fixieren und wieder herunter auf den Boden zu holen.

Ottokar war beim Erscheinen Meister Joselins zurückgewichen und hütete sich nun, näher zu kommen und in den Disput hineingezogen zu werden. Doch das half alles nichts, Meister Joselin winkte ihn ungehalten heran.

»Also?«, herrschte er die Übeltäter an, »was ist der Grund für eure Auseinandersetzung?«

Edelmund begann sofort sich zu verteidigen. »Die da«, dabei zeigte er auf Justus und seine Freunde, »haben uns beleidigt. Wir wollten nur ganz friedlich ausspannen.«

»Von wegen ausspannen«, ereiferte sich Justus. »Angegriffen habt ihr uns. Und diese beiden Pfeifen habt ihr noch zur Verstärkung mitgebracht.« Wütend wies er auf Manus und Rondolf. »Ihr habt euch auf Martin gestürzt und ihn in der Luft zappeln lassen. So war's.«

»St-stimmt überhaupt n-nicht. A-angegr-griffen! D-dass ich nicht l-l-lache. A-alles geloogen«, stammelte Ottokar. Die Aufregung verstärkte noch sein Stottern. Joseph konnte sich ein Grinsen nicht verkneifen. Martin drehte sich weg und unterdrückte nur mit Not einen heftigen Lachreiz.

»Ihr werdet alle mit mir zu Meister Gregorius kommen. Sofort!« Seine Augen erschienen riesig groß hinter seiner dicken Hornbrille. Böse funkelten sie die kleine Gruppe an. Das duldete keinen Widerspruch!

Geknickt und frustriert trotteten die Beteiligten hinter Meister Joselin her in Richtung Schulgebäude. Die Zuschauer zerstreuten sich in aller

Eile. Keiner von ihnen verspürte große Lust, in den Disput mit hineingezogen zu werden.

Für die Betroffenen war der Nachmittag gelaufen. Bei Meister Gregorius stand nun eine gehörige Abreibung ins Haus. Meister Joselin hatte ihn schon auf telepathischen Weg von dem Vorfall in Kenntnis gesetzt. Dementsprechend streng wurden sie von ihm empfangen.

Mit finsterer Mine schritt er die Reihe der Übeltäter ab und musterte sie eindringlich. Seine Blicke gingen durch Mark und Bein. Eigentlich hätte er gar nicht mehr viel zu sagen brauchen, die Musterung genügte vollends. Doch dann brach ein Donnerwetter über sie herein, wie es nicht größer hätte sein können. Immer wieder durchdrang er sie mit seinen bohrenden Blicken. Absolut peinlich. Am liebsten wären sie im Erdboden versunken.

Für ihn war es absolut inakzeptabel, dass sich Schüler mit ihren Translocostäben gegenseitig bekämpften. Es war das höchste Vergehen, dessen man sich in der Schule schuldig machen konnte.

Ein schier unüberwindlicher Berg an Zusatzaufgaben war die Folge. Zu allem Überfluss mussten sie in der Bibliothek unter der strengen Kontrolle von Madame Ruborrak erledigt werden. Das konnte heiter werden. Sicher würde der Bibliotheksoberdrache Ruborrak keine Gelegenheit auslassen, ihnen noch weitere Aufgaben aufzuhalsen.

Nach diesem Intermezzo bei Meister Gregorius begaben sie sich auf direktem Weg zum Abendessen in die Aula. Von Schmalzlocke und seinem Anhang war weit und breit nichts zu sehen.

Pauline entdeckte Schmalzlocke und seine Helfershelfer, wie sie dicht gedrängt an ihrem Tisch saßen.

»Da sitzen diese Oberpfeifen«, raunte sie den anderen zu und nickte mit dem Kopf in ihre Richtung.

Sarah und Miriam blickten hinüber und bekamen von Rotfuchs prompt Grimassen geschnitten.

»Ich kann nicht anders, aber sie ekeln mich einfach an«, brach es aus Miriam heraus. Ihre Reaktion spiegelte ihrer inneren Aufgewühltheit wider.

»Am besten, wir beachten sie gar nicht«, schlug Sarah vor. »Das wird sie am meisten treffen. Einfach nicht hinschauen.« Sarah setzte ein teilnahmsloses Lächeln auf und versuchte, sich das Essen schmecken zu lassen.

Das Essen schmeckte ausgezeichnet - es gab einen herrlichen Nudelauflauf mit viel Tomatensoße und Parmesankäse obendrauf - und trug ein wenig zur Verbesserung der Stimmung bei. Bald war alles vertilgt und die Schüsseln leer. Doch der Hunger verlangte nach mehr.

»Okay, Leute, dann will ich mich mal erbarmen und Nachschub besorgen«, verkündete Joseph zur Freude aller.

Er schnappte sich die Schüssel und machte sich auf den Weg zur Essensausgabe. Geduldig wartete er auf eine neue Ration, währenddessen auch Rotfuchs an die Ausgabe trat.

Sofort stieg in Joseph wieder Groll auf. Rotfuchs grinste breit. »Ha-haben die He-herrschaften noch Hunger?«, stotterte er los.

»Mü-müssen uns st-tärken, dam-mit w-wir euch eins a-auf die Rü-übe hauen können«, äffte Joseph zurück, schnappte sich seine Schüssel und zog hämisch grinsend ab.

»Was wollen wir nachher noch machen?« Miriam wollte nicht den Abend miesepetrig verbringen.

»Springen wir doch nach Clandestinum, da sind wir vor diesen Oberpfeifen jedenfalls sicher.«

Martin hatte kein gesteigertes Interesse, Schmalzlocke und Rotfuchs zu begegnen.

Etwas später saßen sie vereint in den bequemen Sesseln ihres geheimen Raumes und ließen die Ereignisse des Tages in Ruhe Revue passieren.

»So was wie bei Meister Gregorius habe ich auch noch nicht erlebt. Wie der uns die ganze Zeit angesehen hat«, versuchte Joseph ein Gespräch in Gang zu bringen.

»Ich fand es einfach nur peinlich. Schon wie Meister Joselin uns vor den anderen im Garten runtergemacht hat«, ereiferte sich Pauline.

»Wir haben ja auch ein schönes Spektakel veranstaltet«, erwiderte Martin grinsend.

»Jedenfalls möchte ich einen solchen Tag wie heute nicht so schnell wieder erleben«, stellte Justus einsilbig fest.

Schweigen breitete sich aus.

»Ich glaube, wir sollten den Tag vergessen und uns in die Kojen verkriechen«, schlug Sarah vor, wobei sie zur Bekräftigung heftig gähnte. Die Ereignisse hatten sie alle geschafft.

»Kommt, springen wir hinter die Regale in *Metatron* und suchen die Betten auf.« Miriam erhob sich auffordernd und stellte sich zum Sprung bereit.

Kurz darauf befanden sie sich in der Regalnische im Aufenthaltsraum, der einzig von dem leuchtenden Metatronsymbol erhellt wurde.

»Ab in die Betten. Morgen ist auch noch ein Tag.« Leise ließ Justus hinter ihnen die Tür ins Schloss gleiten.

21. Justus' Traum

Kaum waren die Jungen in ihren Betten verschwunden, herrschte bald schläfrige Ruhe. Auch Justus war schnell eingeschlafen. Doch die Nacht sollte unruhig für ihn werden. Ein Traum überfiel ihn.

Er befand sich in einem weiten Hof. Seine hohen, aus beigefarbenen Steinreihen bestehenden Mauern erreichten eine Höhe von fast zehn Metern. Mit dem Rücken an die Mauer gepresst stand er zusammen mit Erik in der grellen Sonne. Ein kleiner Mauervorsprung unmittelbar neben ihnen bot geringe Deckung. Unkraut und Gras zeigte sich zwischen den großen Steinquadern auf dem Boden. Auf der linken Hofseite erhob sich ein größeres Gebäude unmittelbar an der hohen Mauer. Dort in der Ecke entdeckte Justus eine schwere eisenbeschlagene Tür.

Schräg gegenüber sah er die Mädchen zusammen mit Martin und Joseph zwischen einigen Büschen kauern. Um nicht entdeckt zu werden, mussten sie auch dorthin. Schnell gab er Erik ein Zeichen und schon landeten sie ebenfalls in der Deckung.

Dieser Ort war ein riesiges festungsartiges Areal. Eine breite Steintreppe führte auf die Festungsmauern hinauf und ließ dort oben einen Weg erahnen, der an der Mauer entlangführte.

Justus kam sich reichlich verloren vor. Wieso waren sie hier? Wie sollten sie nun weiterkommen? Vielleicht konnten sie versuchen, durch die Eisentür ins Gebäude hinein zu kommen. Aber was erwartete sie dahinter?

Schweißtropfen rannen ihm an den Schläfen herab. War es die Hitze der Mittagssonne oder die Anspannung, die auf ihnen lastete? Er schaute über den Hof und entdeckte weiter hinten einen hohen steinernen Spitzbogen, der Zugang zu einem weiteren Hof.

Joseph deutete auf die Tür, und sogleich flitzte er los. Einige schnelle Schritte und er stand an der Tür und lauschte. Plötzlich drangen aus der Richtung des Spitzbogens Stimmen zu ihnen herüber. Sofort huschte Jo-

seph zurück. Gerade rechtzeitig. Drei in schwere Kettenhemden gekleidete Ritter kamen durch den Torbogen und steuerten auf die Tür zu.

Die Freunde hielten den Atem an. Einer der Ritter zog einen schweren Schlüssel aus seinem ledernen Gürtel und öffnete damit den Durchgang. Geräuschlos schwang die Tür nach innen auf.

Die Ritter traten ins Innere des Gebäudes und ließen die Tür achtlos zurück ins Schloss gleiten. Schnell sprang Joseph nach vorne und hinderte die Tür daran endgültig ins Schloss zu fallen. Das war mutig!

Joseph suchte nach einer Möglichkeit die Tür zu blockieren, als plötzlich eine Dämmerung einsetzte, die völlig unerklärlich rasch zunahm. Verrückt, denn gerade brannte noch die Sonne vom Himmel. Joseph war so verdattert, dass er unschlüssig an der Tür stand und fragend seine Freunde anblickte. Erik warf ihm einen kleinen, alten Ast zu, den er schnell zwischen Tür und Rahmen steckte. Wie der Blitz sauste er zurück ins Versteck. Keinen Augenblick zu spät, denn schon traten zwei Ritter mit weißen Umhängen durch die Tür und blieben wie angewurzelt stehen.

Die Dunkelheit hatte so schnell zugenommen, dass sie kaum noch einzelne Umrisse erkennen ließ. Die Freunde zogen sich tiefer ins Gebüsch zurück, um nicht entdeckt zu werden. Das einzig Gute war der zusätzliche Schutz, den die Dämmerung bot.

Die beiden Ritter rissen ihre Schwerter aus den Scheiden und zeigten sich kampfbereit. Urplötzlich lösten sich schwarze Gestalten aus der Dunkelheit heraus und schwebten auf die beiden Ritter zu. Ein gespenstisches Spiel.

Die Ritter versuchten, mit den Waffen etwas gegen die geisterähnlichen Monster auszurichten. Ihre Schwerter fuhren zischend durch die Luft und durch die Gestalten hindurch. Den Freunden stockte der Atem, sie drängten sich instinktiv zusammen.

Die schwarzen Schattenwesen ließen einen der beiden Ritter in die Luft steigen und im nächsten Augenblick gegen die Wand krachen. Er rutschte an der Wand entlang auf den Steinboden. Leblos blieb er liegen. Entsetzt wich der andere zurück. Doch zu spät, er hatte die Gestalten gesehen, und das kostete den Tod.

Auch er schwebte plötzlich in der Luft und als wäre es noch nicht genug, entfernte er sich mit zunehmendem Tempo aus der Festung heraus und verschwand in der Dunkelheit.

Miriam hatte Sarah gepackt und hielt sich an ihr fest. Alles erschien hier so unwirklich. Gebannt blickten sie auf die schemenhaften Gestalten. Die starke Finsternis ließ sie nur undeutlich erkennen.

Plötzlich gab es ein lautes Knacken. Martin war zur Seite gesunken. Durch das angespannte Hocken hatte er einen Krampf im Oberschenkel bekommen, sodass er sein Bein blitzschnell ausstrecken musste. Dabei brach ein morscher Ast.

Die Gestalten stutzten. Schrecken durchfuhr die kleine Gruppe. Erik hatte sich schnell gefasst und gab ein Zeichen, sich so leise wie möglich zurückzuziehen.

Sie wichen zurück auf den Innenhof. Trotz der Dunkelheit versuchten sie sich einigermaßen zurechtzufinden. Während sie davonrannten, erhob sich ein unheimlicher Wind und ein bizarres Wabern erfüllte die Luft. Joseph blickte zurück und konnte erkennen, wie die Gestalten sie verfolgten. Er hetzte mit seinen Freunden auf den spitzen Torbogen zu, um auf den anderen Hof zu gelangen. Doch zu ihrem Entsetzen sahen sie, wie weiter vor ihnen weitere Gestalten in der Luft schwebten und auf sie zukamen.

Sie saßen in der Falle. Unmittelbar hinter ihnen die Verfolger, vor ihnen andere schwarze Ungetüme. Dazu noch diese fast undurchdringliche Dunkelheit.

Justus wälzte sich in seinem Bett herum und wachte schließlich schweißgebadet auf. Er brauchte einen Moment, um sich zu orientieren. Er schaute herum und versuchte sich in der Dunkelheit des Zimmers zurechtzufinden. Etwas war anders. Er lag quer im Bett, ein Zeichen dafür, dass sein Schlaf äußerst unruhig verlaufen war.

Er sortierte sich und zog die Decke bis ans Kinn. Obwohl die Decke gut wärmte, zitterte er wie Espenlaub. Langsam erinnerte er sich, was er gerade im Traum erlebt hatte. Wo befand sich die Festung, in der er sich soeben selbst erlebt hatte? Hatte er das wirklich erlebt? Waren das wirklich Teile einer Festung, die hohen Mauern, der Torbogen und der weite Hof mit seinen Steinquadern? Und waren da nicht genau solche Gestalten wie kürzlich im Wald? Was hatten die Mächte der Finsternis mit dieser Festung zu tun, an deren Außenmauer Justus sich selbst und seine Freunde gesehen hatte? Und warum dieser Traum?

Er schauderte. Eigentlich waren Träume nichts anderes, als Verarbeitungen von Erlebtem durch das Unterbewusstsein. Aber das, was er da geträumt hatte, war noch nie in seinem Leben vorgekommen.

War das wieder so eine Schauung wie damals in seiner alten Schule? Er konnte es sich nicht erklären, jedenfalls nicht jetzt. Dazu war er zu müde. Und er wollte darüber jetzt auch gar nicht weiter nachdenken. Er wünschte sich nur eins: Schlafen.

Im nächsten Augenblick war er auch schon eingeschlafen. Der Traum hatte viel Kraft gekostet.

22. Edolfin weiht in die Mission ein

Am nächsten Morgen kam Justus nur unglaublich schwer aus dem Bett. Nach kurzer Katzenwäsche begab er sich in die Aula. Als er den Saal betrat, sah er die anderen schon auf ihren Plätzen sitzen.

Es herrschte wie so oft ein großes Chaos. Stimmen schwirrten durch den Raum und jeder versuchte zunächst einmal, für sich das Beste vom Frühstück zu erhaschen. Erik und auch die Mädchen machten sich bereits über ihr Müsli mit Obst her, das sie sich großzügig in ihre Schalen geschaufelt und mit Milch übergossen hatten.

Justus war so gerädert, dass er sich abwesend auf seinen Stuhl setzte und erst einmal in die Gegend starrte, das Kinn in die Hände gestützt. Endlich griff er sich eine Tasse und versuchte, sich eine ordentliche Portion Kaffee einzugießen. Das geschah so lethargisch, dass er nicht darauf achtete, wie viel Kaffee er schon hineingekippt hatte. Das Ergebnis war eine riesige Kaffeelache auf dem Tisch, die für Heiterkeit sorgte.

Verdutzt und ärgerlich über sich selbst schaute er die anderen an »Wenn ihr wüsstet, was ich heute Nacht geträumt habe!«, brachte er als einziges heraus.

»Das muss ja was ganz Schräges gewesen sein«, frotzelte Martin und machte mit seiner Hand einige zittrige Bewegungen nach. »Bist du deshalb so fahrig?«

»Ach, sei doch leise.« Justus konnte seine Müdigkeit kaum verbergen.

»Nun hab' dich mal nicht so. Trink' lieber den Kaffee, anstatt ihn großzügig auf dem Tisch zu verteilen. Wir wollen schließlich auch noch was von dem Gesöff«, entgegnete Joseph und griff sich die Kanne.

Damit hatte er die Lacher auf seiner Seite.

Ein paar Tische weiter saßen Edelmund und sein Helfershelfer Ottokar. Ihre Blicke waren alles andere als freundlich. An ihrem Tisch kam auch selten eine so gute Stimmung auf wie bei Justus und seinen Freunden. Hier gab es unentwegt irgendetwas, über das man lachen konnte.

Überhaupt versprach der Tag recht entspannt zu werden, denn der Vormittag war ausnahmsweise unterrichtsfrei. Sie konnten in Ruhe frühstücken und sich dann in eine stille Ecke innerhalb der Schule zurückziehen. Diese Ecke würde wie schon gewohnt das *Clandestinum* sein.

Je länger das köstliche Frühstück dauerte, desto besser wurde die Stimmung, selbst Justus ließ sich davon anstecken.

Bald darauf verließen sie gut gesättigt die Aula und ließen einen sichtlich verärgerten Edelmund und einen verständnislos dreinblickenden Ottokar zurück.

Kaum im geheimen Raum angekommen, erschien auch schon Edolfin.

Erschreckt fuhren sie herum, als er so unvermittelt neben ihnen auf dem Sofa Platz nahm. An Entspannen war erstmal nicht zu denken, denn Edolfin hatte Wichtiges zu vermelden.

»Hallo zusammen«, grüßte er kurz. Anders als sonst machte seine ganze Gestalt einen sehr angespannten Eindruck. Etwas musste vorgefallen sein, das spürten sie. Nervös nestelte Edolfin an seinem langen Bart herum.

»Es gibt etwas Wichtiges, das ich euch mitteilen muss«, begann er. Fragen und ein Hauch von Ängstlichkeit zeigten sich auf ihren Gesichtern.

»Scheint ja was Besonderes zu sein«, versuchte Joseph eine witzige Bemerkung. »Sei leise«, tadelte Sarah und richtete ihre Aufmerksamkeit auf Edolfin.

»Ihr sollt unbedingt heute in den geheimen Garten kommen«, fuhr er dann fort und schaute sie bedeutungsvoll an.

»Was ist denn los?«, fragte Justus gespannt. Edolfins Verhalten irritierte ihn.

»Genaueres kann ich euch auch nicht sagen. Nur, dass es sehr wichtig ist. Direkt nach dem Abendessen sollt ihr dorthin kommen. Metatron erwartet euch dort, wo ihr ihn schon mal getroffen habt.«

Jetzt waren alle wie elektrisiert. Erik wollte es genauer wissen. »Kannst du uns wenigstens einen kleinen Tipp geben, worum es geht? Ist ja sonst kaum auszuhalten.«

»Also, ich kann euch nur sagen, dass es sich um einen konkreten Auftrag handelt, den ihr erledigen sollt. Und dass es für die Schule äußerst wichtig ist, dass der gelingt.«

Statt sie zu beruhigen, machte er sie mit dieser Aussage nur noch angespannter und nervöser.

»Das Beste ist, ihr macht euch nicht so viele Gedanken und geht einfach hin. Sonst bekommt ihr noch Kopfschmerzen«, sagte Edolfin und grinste verschmitzt.

»Und wenn uns jemand sieht?«, warf Pauline fragend ein. Sie hatte keine gesteigerte Lust, im Garten wieder auf die beiden Typen zu treffen.

»Darüber braucht ihr euch keine Gedanken zu machen. Es wird schon dafür gesorgt werden, dass keiner etwas merkt. Und jetzt muss ich wieder gehen. Hab' noch einiges zu tun.«

Kaum hatte er das gesagt, war er auch schon wieder verschwunden.

»Uih, verflixt, das scheint wohl sehr wichtig zu sein.«

Justus sah seine Freunde an, als hoffte er in ihren Gesichtern eine Antwort auf das Gehörte zu finden. Doch keiner wusste sich einen Reim auf Edolfins Verhalten zu machen.

»Aber was sollen wir nur machen? Ich frage mich, warum gerade wir hier einen gefährlichen Auftrag übernehmen müssen…?« Pauline schaute die anderen verständnislos an.

»Aber das haben wir doch schon einmal durchdiskutiert. Edolfin sagte kürzlich, dass alle unsere Fähigkeiten zusammengenommen eine ganz besondere Wirkung haben können, die bei den anderen nicht möglich sind«, entgegnete Justus. »Wir sind jetzt sieben. Und wir alle haben ganz besondere Fähigkeiten, mit denen wir vielleicht Dinge bewirken können, die andere so nicht können oder nicht haben, oder?«, überlegte er laut.

Erik nickte nachdenklich. »Ich glaube auch, das könnte es sein. In unserer Klasse gibt es keine andere Gruppe, die so gemeinschaftlich auftritt wie wir. Das ist mir schon vor ein paar Tagen aufgefallen, dass wir als Gruppe irgendwie herausstechen. Selbst die beiden Pappnasen Schmalzlocke und Rotfuchs haben neuerdings schon mal die beiden Pfeifen bei sich. Aber die kann man als Gruppe getrost vergessen.«

»Es sind eben pappnasige Pfeifen«, feixte Joseph. Alle fingen an zu lachen.

»Aber was könnte das für ein Auftrag sein, den wir erhalten sollen? Ob es mit dem Text zusammenhängt, den wir entschlüsselt haben?«, fragte Miriam grübelnd.

»Wollen wir einmal in den Text schauen? Vielleicht steht dort was drin, das wir übersehen haben, irgendein Hinweis. Ich habe die Hälfte schon wieder vergessen. Pauline, in welchem Buch hattest du ihn versteckt?«

»Moment«, unterbrach Justus ihren Aktionsdrang. »Ich muss euch noch etwas Wichtiges erzählen.«

»Na, dann mal schnell«, entgegnete Martin. Er wollte sich möglichst rasch mit dem Pergament befassen und auf versteckte Informationen durchsuchen.

»Das geht nicht so schnell, wie du dir das vorstellst«, gab Justus verärgert zurück. Erstaunt blickten sie ihn an. »Ich hatte letzte Nacht einen fürchterlichen Traum«.

»Schon wieder?« Martin grinste. »Das ist bei dir wirklich nichts Neues.«

Justus überhörte die Bemerkung geflissentlich. »Ihr könnt euch nicht vorstellen, wie irre das war. Ich habe Blut und Wasser geschwitzt. Als ich aufwachte, war ich völlig durchnässt und lag quer im Bett.«

»Na, da wäre ich ja gerne dabei gewesen. Gab's auch ein paar hübsche Mädchen?«, feixte Joseph.

»Das ist nicht zum Lachen«, fauchte ihn Justus an. »Das war alles unbeschreiblich heftig.« Justus musste kurz durchatmen, bevor er begann. »Also das war so«, und Justus erzählte alles haarklein, jedes einzelne Detail, das sich zugetragen hatte.

Seine Freunde staunten nicht schlecht. Ungläubig sahen sie ihn an und waren einfach nur sprachlos. Martin und Joseph war jetzt nicht mehr nach Blödeleien zumute.

»Und das erzählst du uns erst jetzt?«, fragte Sarah etwas vorwurfsvoll. »Ich meine, das ist doch irre wichtig.«

»Da kommt mächtig was auf uns zu, wenn ich das richtig interpretiere«, Erik runzelte die Stirn. Unsicherheit machte sich in der kleinen Gruppe breit.

»Bevor wir uns jetzt verrückt machen, lesen wir erst nochmal, was im Pergament steht«, schlug Miriam vor, um die Situation etwas zu entspannen. Denn eigentlich waren sie wegen des Textes hierher gekommen.

Pauline erhob sich und ging zu der Stelle im Regal, wo sie das Pergament zwischen die Bücher gesteckt hatte. Martin konnte es kaum erwarten es auszurollen, so sehr hatte ihn der Forschergeist ergriffen.

»Eh, nicht so hastig. Passt auf, dass es nicht kaputt geht«, schimpfte Pauline. »Bei dem Alter, das es hat, kann es leicht reißen. Bin sowieso erstaunt, dass es nicht schon in tausend Stücke zerbröselt ist.«

Sie gaben sich beim Glattstreichen alle Mühe, um keine weiteren Knicke hineinzumachen.

Dann beugten sie sich über das alte Teil und versuchten aufs Neue, dem Text einen tieferen Sinn zu entlocken.

»Also«, begann Erik, der große Denker in der Runde, »lasst uns rekapitulieren.«

»Rekapiwas?«, fragte Joseph, der das Wort zum ersten Mal hörte.

»Re-ka-pi-tulieren«, wiederholte Erik geduldig, »das heißt soviel wie wiederholen.«

»Wir gehen am besten den Text Wort für Wort durch. Damit uns nichts entgeht«, mahnte Justus zur größten Sorgfalt.

»Hier steht: Unterirdisch, tief unter der Kapelle. Was hast du eigentlich damals gesehen, Justus«, fragte Erik. »Kannst du das nochmal sagen?«

»Das war so: Ich war in dieser Kirche, die bestand aus einem langen Viereck, aber nicht nur.«

»Hast du denn auch einen anderen Raum gesehen, warst du vielleicht noch irgendwo unten?«, hakte Miriam nach.

»Ich war nur in diesem Raum. Der hatte einige Säulen, die in einer langen Reihe standen. Deshalb sag' ich ja, der Raum war lang. Aber da war noch ein abgetrennter Teil.«

»Lasst uns doch mal weiter lesen, da kommt sicher noch was«, Pauline nahm sich wieder den Text vor. »... liegt geschützt in einem Sarkophag aus Stein.... ›Sarkophag‹, das ist doch so eine Art Steingrab, oder?«

Pauline sah die anderen fragend an.

Martin kannte sich da aus. »Also, ich habe früher mal ein Buch über ägyptische Königsgräber gelesen, wo solche steinernen Sarkophage eine Rolle spielen. Darin wurden die Pharaone beerdigt, so richtig in Tücher eingewickelt.«

»Du meinst wohl als Mumie einbalsamiert.« Joseph machte jetzt eine Mumie nach und ging staksig durch den Raum und sorgte für etwas Entspannung.

»Leute, wir müssen uns ranhalten, irgendwann gibt es Mittagessen und wir sitzen immer noch hier herum und rätseln«, mahnte Erik zur Konzentration.

»Also, lesen wir weiter.« Pauline ging den Text weiter durch. »Hier, hört mal: das des Höchsten Antlitz bedeckte. Hat jemand eine Ahnung, was das heißen könnte?«

»Wir hatten doch beim Entschlüsseln festgestellt, das es ein Hinweis auf die Bibel sein muss.« Justus erinnerte sich daran, dass diese Textstelle in der Osterzeit in der Kirche vorgelesen wurde.

»Ich hab' da nicht so viel Ahnung«, gab Erik zu. »Worum geht's denn da?«

»Das ist so«, versuchte Miriam aufzuklären, »als Jesus am Kreuz gestorben war, haben einige seiner Jünger ihn vom Kreuz heruntergenommen und in ein Grab gelegt. Und in irgendeinem Evangelium wird berichtet, dass da im Grab Leinentücher lagen. Die hatten die Jünger entdeckt, als sie zwei Tage später nachsehen wollten, ob das Grab eindeutig leer war.«

Joseph und Pauline guckten etwas ungläubig. Da kannten sie sich nicht aus. Sie waren bisher immer nur zu Weihnachten oder mal zu Ostern in die Kirche gegangen.

Justus war aufgestanden und blickte sich in den Regalen um, in der Hoffnung eine Bibel zu finden. Nach einigem Suchen fand er eine.

»Wartet mal, ich gucke schnell nach.« Bald fand er die Stelle. Er hatte jeweils an den Enden der Evangelien nachgeschaut, wo über den Tod Jesu berichtet wird.

»Hier steht's. Im Johannesevangelium. Da steht: „Nun kommt - ihm folgend - auch Simon Petrus. Und er ging ins Grab hinein. Und er schaut: Die Leinentücher lagen da, aber das Schweißtuch, das auf seinem Kopf war, lag nicht bei den Leinentüchern, sondern abseits, zusammengewickelt an einem Platz.“« Justus schaute die anderen triumphierend an.

»Was ist das für eine Sprache: „Nun kommt - ihm folgend - Petrus...“ Was für ein verrückter Text«, wunderte sich Joseph.

»Kann sein, dass das eine recht alte Übersetzung ist. Der Urtext ist ja Griechisch«, klärte ihn Justus auf.

»Kann aber auch eine wörtliche Übersetzung sein, wer weiß«, fügte Miriam an. »Aber darum geht es ja jetzt nicht.«

Sarah schüttelte sich. »Mir wird ganz anders, wenn ich daran denke, dass es hierbei um ein Leinentuch geht, dass auf dem Gesicht von Jesus gelegen haben soll.«

Sie wussten alle nicht so recht, was sie davon halten sollten.

»Aber lasst uns weiter lesen«, forderte Erik auf.

»Da steht, dass dunkle Mächte versucht haben sollen, es in ihren Besitz zu bringen. Ob das mit den Dunkelmächten zu tun hat, die wir schon kennen gelernt haben, draußen im Wald? Wenn die das sind, dann Gnade uns Gott.« Der Gedanke an das Ereignis ließ Sarah frösteln.

»Seht mal, hier steht noch was Wichtiges«, stellte Pauline fest. »Jetzt kommt‘s: Den Besitzern dieses Pergaments wird verliehen Weisheit und Macht, um jeglichen Schaden von ihnen abzuwenden.«

Stille breitete sich im Raum aus. Diese Aussage hatten sie bei der Entschlüsselung gar nicht richtig wahrgenommen. Verblüfft schauten sie sich an.

»Und damit sollen wir gemeint sein?« Martin sah ungläubig von einem zum anderen und ließ sich tief in den Sessel sinken. »Ich fass‘ es nicht. Das wird immer unglaublicher.«

»Ja, wer außer uns könnte denn noch im Besitz des Pergaments sein?«, fragte Pauline. »Es gibt ja nur eins.«

Langsam aber sicher wurde ihnen die Bedeutung des Pergaments klar und auch die Verbindung, die sich zu ihrer Gruppe auftat.

»Ich glaub‘ es einfach nicht. Wir sollen mit Weisheit und Macht ausgestattet sein? Ausgerechnet wir?« Josephs Blick flackerte, als ihm klar wurde, dass eine große Verantwortung auf sie zukam.

»Ja«, meldete sich jetzt Justus, der in den letzten Minuten schweigend dagesessen hatte. »Wir haben doch vorhin noch festgestellt, mit welchen Fähigkeiten wir ausgestattet sind, und jetzt lesen wir hier schwarz auf weiß, was auf uns zukommt.«

»Sie mögen reisen durch Zeit und Raum, um aufzunehmen den Kampf des Guten«, fuhr Pauline fort, die immer noch das Pergament in der Hand hielt. Ihre Hand begann leicht zu zittern. »Justus, was hast du diese Nacht geträumt? Waren da nicht irgendwelche dunklen Mächte mit dabei?«

Alle starrten auf Justus, dem jetzt ganz schummerig wurde.

»Das kann nicht sein. Das darf einfach nicht sein. Wie sollen wir in den Kampf mit diesen Mächten ziehen? Das können wir doch gar nicht«, ereiferte sich Sarah.

»Aber da steht doch, dass wir mit Weisheit und Macht ausgestattet werden. Seht selbst«, Erik war jetzt ganz gegen sein sonst so ruhiges Naturell ziemlich erregt. Die Geschichte, in die sie hier hineingerieten, wurde geradezu unheimlich. »Steht da sonst noch was?«

»Ein letzter Satz: Zu diesem Dienst seien behilflich und bereit der lichten Magie überreiche Fähigkeit.« Pauline ließ das Pergament sinken.

»Was heißt denn das nun schon wieder? Welche lichte Magie?« Martin kratzte sich nachdenklich am Kopf.

»Woher soll ich das wissen? Ich lese hier nur vor und bin nicht der Verfasser des Textes.« Pauline merkte, dass das alles sie an ihre Grenzen brachte. Erschöpft ließ sie das Pergament sinken.

»Ich weiß es auch nicht.« Erik war die Anspannung, die er ständig verspürte, anzusehen. »Wisst ihr was? Wir gehen jetzt erst einmal zum Mittagessen. Heute Nachmittag haben wir noch bei Madame Griseldis Unterricht. Und heute Abend fragen wir Metatron einfach, was das alles soll. Einverstanden?«

»Ich finde, das klingt gut«, sagte Miriam. »Dann sind wir mit Sicherheit einen Schritt weiter.«

Doch im nächsten Moment schwirrte ihnen Edolfin um ihre Köpfe.

»Hallo zusammen«, begann er unvermittelt, »schön, dass ich euch hier noch antreffe. Und gut, dass ihr euch intensiv auf euren Auftrag vorbereitet. Hatte darauf gehofft.« Zufrieden schaute er auf die Gruppe. »Ich bin wohl im richtigen Moment gekommen«, setzte er hinzu, als er ihre ratlosen Blicke sah.

Er ließ sich auf der Couchlehne nieder und zwirbelte an seinem Bart herum, der nicht aufhören wollte zu wachsen.

»Kann ich euch noch weiterhelfen?«

Justus nahm das Angebot gerne an. »Das mit der lichten Magie, über die hier im Pergament geschrieben steht, verstehen wir nicht so ganz.«

»Das erkläre ich euch später, solltet ihr bei eurer Aufgabe, die ich euch noch stellen muss, nicht dahinter kommen.«

»Das meinst du nicht wirklich, noch eine Aufgabe ...«, begann Joseph zu protestieren. »Wir wollten eigentlich bis zum Mittagessen ausspannen.«

»Ist nicht weiter schlimm. Ihr müsst euch nur ein wenig darüber informieren, was es mit dem Leinentuch auf sich hat, das in dem Pergament genannt wird. Das habt ihr ja inzwischen entziffert, wie ich sehe.«

»Sag' nur, wir müssen noch weitere Recherchen durchführen«, kam es etwas müde von Martin, der es sich auf dem Sofa gerade recht bequem gemacht hatte und gar keine Lust verspürte aufzustehen.

»Das ist nicht weiter schwierig, glaubt mir. Ihr müsst nur in die Bibliothek und euch im Bereich der Religion umsehen.«

»Kannst du es nicht etwas genauer sagen?«, fragte Erik. »Da gibt es nicht nur zwei oder drei Bücher, die sich mit dem Gebiet befassen.«

»Um genau zu sein, müsst ihr im Bereich der Reliquien nachsehen, da werdet ihr mit Sicherheit direkt fündig.«

»Was ist das denn schon wieder, Reliquin?«, fragte Joseph. »Hab' ich ja noch nie gehört.«

»Nicht Reliquin, sondern Reliquien«, verbesserte Pauline. »Das sind irgend so welche Teile, die mit Heiligen zu tun haben.«

»Richtig«, fuhr Edolfin nun fort. »Es handelt sich um Gegenstände, die von Heiligen stammen oder mit ihnen zu tun hatten bzw. auf irgendeine Weise mit ihnen in Berührung gekommen sind. In diesem Fall geht es, wie ihr schon wisst, um das Leinentuch, das auf dem Gesicht Jesu gelegen haben soll.«

»Was ist da eigentlich so Besonderes dran?«, fragte Martin und erhob sich wieder ein wenig aus seiner Schlafstellung.

»Das kann ich euch jetzt nicht weiter erklären, da ihr euch ranhalten müsst, wenn ihr bis zum Mittagessen fertig werden wollt.«

So blieb ihnen für den Augenblick nichts weiter übrig, als sich aufzuraffen.

Pauline rollte noch schnell das Pergament zusammen und steckte es vorsichtig zwischen die Bücher. Sie verabschiedeten sich von ihrem Helfer, stellten sich in einen Kreis und sprangen zurück nach ***Metatron***. Da zum Glück keiner im Raum war, machten sie sich unbemerkt auf dem schnellsten Weg zur Bibliothek auf.

Dort war es unerwartet ruhig. Madame Ruborrak, der Bibliotheksdrache, saß an ihrem Platz und hatte ihre Nase tief in irgendwelche Akten gesteckt. So konnten sie unbehelligt durch die Gänge gehen und nach der Abteilung „Religion“ suchen.

Nach kurzer Suche fanden sie eine lange Regalreihe, die zahllose Bücher über Reliquien und sonstige religiöse Schätze beherbergte. Aber wo sollten sie anfangen zu suchen?

»Ich schreibe mal auf meine Magic das Wort Leinentuch, vielleicht finde ich ja was«, meinte Sarah hoffnungsvoll.

»Am besten setzt du noch Jesus dazu«, sagte Erik, »damit können wir die Suche noch etwas eingrenzen.«

Und tatsächlich, kaum waren die beiden Wörter eingegeben, gab es auch schon einen Treffer.

„Die Geschichte der Grabtücher“ war auf der Tafel zu lesen. Dabei wurde eine ganze Reihe von Signaturen ausgespuckt, was die Suche jedoch nicht erleichterte.

»Wir sollten uns aufteilen«, schlug Justus vor. »Den Zahlen und Buchstaben nach zu schließen, scheinen sie aber alle nahe beieinander zu stehen.«

Schnell wurden sie fündig. Eine große Anzahl von Büchern stapelte sich auf dem Schreibtisch, sodass Joseph, der sich davor niedergelassen hatte, aufstöhnte.

»Das kann ja heiter werden«, stieß er hervor. Doch dann griff er sich gleich ein Buch und suchte nach näheren Hinweisen auf das besagte Leinentuch.

Pauline fand in einem der Bücher einen eigentümlichen Hinweis. »Seht mal, hier steht: „Das nicht von Menschenhand gemalte Gesicht“. Ob unser Tuch damit gemeint ist?«

Sie schauten sich verblüfft an. Was sollte das jetzt nun wieder? Wieso stand da etwas von einem Gesicht?

»Lies mal weiter.« Martin saß auf der anderen Seite des Tisches und bekam große Ohren. Wie immer, wenn er etwas von Bildern und Gemälden hörte, wurde er auch hier hellhörig.

»Hier steht: *›Es besteht aus feinster Muschelseide, auch Byssus oder Byssos genannt. Der goldschimmernde Faden der Muschelseide wird aus der Steckmuschel "Pinna nobilis" gewonnen, die im Mittelmeer beheimatet ist. Die Muschel hält sich mit Wollfasern (Ankerfäden) an Seegräsern fest. Diese Fasern sind besonders reißfest, trotzdem aber sehr viel feiner als Seide. Die Herstellung dieser hauchzarten Stoffe ist heute nicht mehr möglich. Das Wissen um die Technik für die Herstellung des feinen Seidengarns ist verloren gegangen. Aus diesem Stoff ist auch das ‚Nicht von Menschenhand gemachte Bildnis' erstellt.‹* - Soweit die Information in diesem Buch.« Pauline schob das Buch auf den Tisch und lehnte sich in ihren Sessel zurück.

»Das ist ja schon eine ganze Menge an Information«, fand Erik. »Aber über das Tuch selbst steht da wohl nichts?«

»Über das Tuch selbst steht da nicht viel«, pflichtete ihm Sarah bei, die Pauline über die Schulter geschaut und den Text mit verfolgt hatte.

Währenddessen schlug Miriam in einem weiteren Buch nach und wurde schnell fündig. »Ich glaube, ich habe hier noch andere Informationen, die uns vielleicht etwas weiterbringen«, meldete sie sich zu Wort. Bei dem, was sie da las, wurde sie ganz nervös.

»Stellt euch vor, das Tuch, das nicht von Menschenhand gemalt worden sein soll, hat wohl im Grab auf dem Gesicht Jesu gelegen. So steht es jedenfalls hier. Und weiter steht hier: *›Das Tuch aus Muschelseide trägt dieselben Abdrücke wie das berühmte Grabtuch, dass in Turin aufbewahrt wird. Lange Zeit galt es als verschollen.‹*«

Miriam reagierte plötzlich wie elektrisiert, als sie las, was da noch in dem dicken Wälzer stand.

»Stellt euch vor, was hier steht! *›Dem Muschelseidentuch mit dem ›Nicht von Menschenhand gemalten Gesicht‹ wird eine große magische Kraft zugesprochen.‹* Ich glaub's nicht.«

»Wenn es wirklich das Tuch ist, worum es sich bei unserem Auftrag dreht, dann wird mir so einiges klar«, überlegte Justus laut.

»Aber wo befindet es sich denn heute? Steht das da?«, fragte Erik in die Runde.

»Davon steht hier nichts«, stellte Miriam fest. »Was ich vorgelesen habe, ist alles.«

»Und wir sollen es beschützen? Wir, die wir jetzt hier sitzen?«, ließ sich Martin ungläubig vernehmen. »Das kann doch nicht wahr sein.«

»Muss es aber«, widersprach ihm Sarah, die das Gehörte recht betroffen machte. »Ich frage mich aber, wie wir das bewältigen sollen? Ist das nicht ein paar Nummern zu groß für uns?«

»Wenn dem so wäre, dann wären wir nicht ausgewählt worden für diese Aktion«, gab Erik zu bedenken.

»Wisst ihr was? Wir werden heute Abend Metatron fragen, wenn wir ihn treffen. Was sollen wir uns jetzt hier verrückt machen? Vielleicht ist ja alles halb so wild.« Justus versuchte, die Geschichte von der praktischen Seite her zu sehen. Nebenbei fiel sein Blick auf seine Uhr. Noch fünf Minuten bis zum Mittagessen.

»Leute, nichts wie weg, wir kommen sonst zu spät.«

Zügig packten sie die Bücher, stellten sie zurück in die Regale und machten sich davon. Sie waren tatsächlich die letzten, die die Bibliothek verließen.

23. »Metatron« im geheimen Garten

Das Mittagessen verlief ohne besondere Vorkommnisse. Selbst Edelmund und Ottokar verhielten sich unauffällig. Das war eine völlig neue Erfahrung mit den beiden. Justus konnte das nur recht sein.

Die Anspannung, die er auf Grund der Ansage Edolfins verspürte, reichte ihm voll und ganz. Er hoffte nur, dass alles so reibungslos verlaufen würde, wie Edolfin es ihnen zugesagt hatte. Er hatte gesagt, es würde dafür gesorgt, dass niemand etwas von ihrem Gang in den Garten erfahren könnte. Wenn das mal gut ging!

Der Nachtisch kam, als Martin, mit seinen Gedanken schon bei dem anstehenden Unternehmen, fragte: »Hat einer von euch vielleicht schon einen Plan?«

»Kannst du das nicht etwas leiser sagen? Du passt überhaupt nicht auf, wenn es um Sachen geht, die wir geheim halten wollen. Immer musst du sie durch die Gegend tröten. « Miriam versuchte, unter dem Tisch Martins Bein zu erwischen.

Martin sah verstört von seinem Nachtisch auf. »'Tschuldigung.«

»Was haltet ihr davon, wenn wir nach dem Abendessen einfach unsere Sportsachen anziehen und so tun, als würden wir laufen gehen? Dann laufen wir ganz unverdächtig am geheimen Garten vorbei und verschwinden einfach hinter der Mauer.« Sarah war voller Tatendrang.

»Wäre eine Idee«, pflichtete Joseph bei. »Wann sollen wir uns treffen?«

»Damit es nicht direkt so auffällt, sollten wir die Aula nicht alle auf einmal verlassen. Die Mädchen können ja zuerst gehen und dann wir«, schlug Erik vor. »Aber das können wir besser nach dem Abendessen entscheiden.«

»Jetzt gleich ist erstmal Madame Griseldis dran. Mal sehen, was da so kommt. Eigentlich würde ich jetzt schon gern in den geheimen Garten abhauen«, Joseph konnte es kaum erwarten, dass es Abend würde.

Madame Griseldis von den weisen Steinen erwartete sie schon ungeduldig in ihrem Unterrichtsraum. Das Thema in der kommenden Stunde war für die Ausbildung der Schüler sehr wichtig. Es handelte sich dabei um die Beschaffenheit des Menschen.

Auf dem Weg zum Unterrichtsraum fragte sich Sarah, warum es für Madame Griseldis so wichtig war, den Schülern beizubringen, wie der Mensch als Lebewesen beschaffen ist. Schon in der letzten Stunden hatte sie mit diesem Thema begonnen. Doch den meisten Schülern war es trotz aller Bemühungen schleierhaft geblieben, warum sie einen Unterschied zwischen Körper, Geist und Seele machen sollten. War doch eigentlich alles eins.

Sicher, jeder Mensch hat einen Körper, das war allen offensichtlich, und natürlich auch einen Geist, sonst kann man ja nicht denken und sich über alle möglichen Dinge austauschen und besprechen. Und dass jeder Mensch eine Seele besaß, war auch klar geworden.

Dass man das aber so ausführlich im Unterricht besprechen musste, das leuchtete Sarah nicht wirklich ein. Die Inhalte waren eigentlich philosophischer Natur, und was hatten sie mit den Fähigkeiten und Talenten der Schüler zu tun?

Doch die Schulleitung hielt es für außerordentlich wichtig, dass die Schüler sich in der Beschaffenheit des Menschen auskannten. Metatron hatte schon so komische Andeutungen im geheimen Garten gemacht. Und Madame Griseldis hatte letztens erklärt, ohne die Kenntnis darüber wäre es für die Schülerinnen und Schüler nicht so einfach, ihre Begabungen gänzlich zu entfalten und zu nutzen. Ja, sie würden sogar in ihrer Anwendung gehindert werden. Das wollte Sarah zwar nicht so richtig einleuchten, da sie aber philosophische Fragestellungen immer sehr spannend fand, ging sie davon aus, in dieser Stunde etwas Interessantes zu erfahren. Und Madame Griseldis konnte komplizierte Dinge ziemlich gut erklären.

»Ich hoffe sehr, dass ihr euch alle noch an die Inhalte der letzten Stunde erinnert«, begann sie den Unterricht. »Wie ihr wisst, haben wir damit begonnen, über den Menschen zu sprechen, wie er im Einzelnen beschaffen ist. Damit möchte ich heute gerne weitermachen. Den Körper des Menschen haben wir ja schon eingehend behandelt. Was habt ihr davon behalten? Kann das jemand von euch kurz wiederholen?«

Schweigen! Bei einigen war mal wieder ein großes Fragezeichen auf den Gesichtern zu sehen. Andere schauten angestrengt in ihre Hefte.

Nick hatte ein leicht ironisches Grinsen auf dem Gesicht und tat so, als ginge ihn die Frage nichts an. Madame Griseldis sah ihn an und fühlte sich herausgefordert, sein Wissen etwas genauer unter die Lupe zu nehmen.

»Nick, kannst du mir sagen, was du aus der letzten Stunde behalten hast?«

»Öhm.« Nick tat so, als hätte er die Frage nicht richtig verstanden. »Können Sie die Frage bitte wiederholen? Ich weiß nicht, ob ich sie ... Wie war das noch mal?« Man konnte spüren, dass er Zeit zum Nachdenken herausschinden wollte. Mit der Taktik ihrer Pappenheimer war Madame Griseldis bestens vertraut. Ihr konnte man so schnell nichts vormachen.

»Ich denke, du hast meine Frage ganz richtig verstanden. Aber ich kann sie gerne für dich wiederholen«, sagte sie leicht ungehalten, wiederholte die Frage und wartete gespannt auf die Antwort.

»Also, das mit dem menschlichen Körper verhält sich so...«, begann Nick gedehnt.

»Also, ich denke..., wir alle haben einen Körper.« Er lehnte sich auf seinem Stuhl bequem zurück und vollzog mit der Hand undefinierbare Bewegungen in der Luft. Die ersten Mitschüler begannen zu grinsen und leise zu tuscheln. Auch Madame Griseldis konnte sich ein Schmunzeln nicht verkneifen. Es war immer dieselbe Masche, die Nick aufzog, wenn er nicht richtig weiterwusste. »Das kann man ja eigentlich ganz gut feststellen, dass wir einen Körper haben. Sonst würden wir uns überhaupt nicht sehen können... Also, ich meine...«, dabei schaute er schelmisch grinsend in der Klasse umher. »Das müsste hier ja allen klar sein, dass wir hier nicht körperlos herumsitzen.«

Madame Griseldis wusste nicht, ob sie schimpfen oder lachen sollte. Die Art, wie Nick hier seine Weisheiten herausbrachte, zeigte wieder einmal sein großes Showtalent.

Miriam saß Nick schräg gegenüber, lächelte verschmitzt und wartete gespannt darauf, was jetzt kommen würde. Die Blicke der anderen Schüler wechselten zwischen Madame Griseldis und Nick hin und her.

Madame Griseldis hielt es für das Beste, einen weiteren Schüler aufzurufen. »Alfredo, kannst du uns vielleicht weiterhelfen und uns sagen, was es mit dem menschlichen Körper auf sich hat?«

»Äh, ... nein«, gab Alfredo aufrichtig zurück und bekam rote Ohren. Mit einem unschuldigen Hundeblick schaute er Madame Griseldis an.

»Gibt es hier überhaupt jemanden, der nur ein kleines bisschen von dem behalten hat und eventuell auch wiedergeben kann, was wir in der letzten Stunde behandelt haben?« Madame Griseldis' Stimme klang nun etwas gereizter. Die Frage ließ die Schülerschar betreten dreinblicken.

Sarah meldete sich. Nick blickte zu ihr hinüber und war gespannt, was sie alles von der letzten Stunde wiederholen würde.

»So wie ich das behalten habe, können wir ohne den Körper gar nicht existieren. Ohne ihn hätten wir ja auch keine Sinnesorgane. Und die brauchen wir, um überhaupt lebensfähig zu sein.«

So weit, so gut. Das stimmte jedenfalls.

»Und dann kommt noch hinzu, dass der Körper ein Wesensmerkmal des Menschen ist. Ich meine, so eine Grundbedingung ...«, ergänzte sie noch. »Ja, und weiter waren wir noch nicht gekommen.« Sprach's und schaute Madame Griseldis mit einem selbstbewussten Lächeln an.

Diese war zunächst einmal zufrieden gestellt. Sie notierte sich die entsprechende gute Note in ihr Notenheft, während sie die beiden anderen Schülern schlechter zensierte.

»Nun gut, kurz zusammengefasst stimmt das. Wollen wir mit dem menschlichen Geist weitermachen und dann zur Seele übergehen.«

Madame Griseldis wanderte am Katheder entlang und erklärte: »Im Gegensatz zum Körper ist der Geist das Unräumliche, etwas Unsichtbares und Ungreifbares. Ich kann ihn nicht anfassen, so wie den Körper.

Zum Geist gehören die Vernunft und der Wille des Menschen. Beide sind etwas Geistiges. Wir können auch sagen, es sind Wesensattribute des Geistes.«

»Sind was?« Joseph hatte, mit seinen Schreibutensilien beschäftigt, das Letzte nicht mitbekommen.

Madame Griseldis stockte, blieb aber ruhig und wiederholte geduldig ihre letzten Äußerungen.

Inzwischen hatten alle ihre Hefte hervorgeholt und schrieben fleißig mit, so gut es eben ging. Es war mächtig viel, was Madame Griseldis über den menschlichen Geist sagte.

»Und mit seinem ***geistigen Leben*** ist der Mensch in der Lage, aus sich selbst herauszugehen und geistig in die Welt einzutauchen, ohne dabei sich selbst zu verlassen. Dazu braucht es eine Motivation, die von außen kommt, von der gegenständlichen Welt.«

Vieles hänge vom Willen ab, führte sie weiter aus. Er sei wichtig für das, was der Mensch geistig zuwege bringen kann. Und gerade die Beherrschung des Willens wäre äußerst wichtig für die Anwendung der ganz unterschiedlichen Fähigkeiten der Schüler.

Ottokar hob jetzt zögernd die Hand. »Ich v-verstehe das nicht, d-dass ich zuerst aus m-mir herausgehe und dann doch bei m-mir bleibe.«

»Wer von euch hat das verstanden und kann Ottokar den Zusammenhang erklären?«, gab Madame Griseldis die Frage an die Klasse weiter. »Na? Wer versucht's?«

Erik meldete sich.

»Also, ich habe das so verstanden, dass ich zum Beispiel das sage, was ich denke. Das, was ich dann sage, ist etwas Geistiges. Das geht dann aus mir raus, verlässt mich quasi.« »So ganz quasi«, frotzelte Nick dazwischen und grinste. »Der Inhalt aber«, fuhr Erik unbeirrt fort, »bleibt auch in meinem Kopf.«

»Sehr gut dargestellt. Ausgezeichnet! Und hinzu kommt jetzt noch die Motivation. Sie veranlasst mich, etwas zu einem anderen Menschen zu sagen. Diese Motivation kommt von außen, sozusagen aus der Umwelt.«

Madame Griseldis schaute sich im Klassenraum um und hatte den Eindruck, dass die Zusammenhänge über den Geist allen soweit klar waren.

»Nun werde ich noch auf die menschliche Seele zu sprechen kommen, die besonders wichtig ist, da sie die Instanz ist, die den Menschen zu genau dem Individuum macht, das er ist.«

»Indi... was?«, klang es aus einer der hinteren Reihen. »I-Individium, du F-Flasche«, ließ sich Ottokar hören und war stolz, dass er sein Unwissen von vorher ausbügeln konnte. Glaubte er. »Nicht Individ***i***um, sondern Individ***u***um«, verbesserte Edelmund laut.

Einige begannen zu lachen und machten sich über die beiden lustig. Madame Griseldis achtete nicht weiter darauf. Sie wollte sich jetzt auf die Besonderheit der Seele konzentrieren. Da die Erklärung hierüber nicht so einfach war, überlegte sie eine eingängige Form.

»Ihr müsst euch vorstellen, dass die Seele des Menschen das Organ ist, das ihn zu dem macht, was er ganz eigentlich ist. Das hat schon der große Thomas von Aquin gesagt. Er lebte im Mittelalter und hat an verschiedenen Universitäten gelehrt.

Die Seele gibt diesem Miteinander von menschlichem Körper und Geist eine einzigartige Form, eine besondere Prägung. In der Philosophie sprechen wir auch von der Seele als der forma corporis. Das heißt, sie wird als die Form des Körpers bezeichnet, die den Körper genau zu dem macht, was er ist. Ganz individuell.

Jeder Mensch ist dadurch ein einzigartiges Wesen. Aber«, und jetzt hob Madame Griseldis ihre Stimme etwas, um auf die Wichtigkeit ihrer Aussage aufmerksam zu machen, »für euch kommt noch etwas Entscheidendes hinzu.«

Sie verstand es in den wichtigen Momenten immer, die ungeteilte Aufmerksamkeit aller zu erreichen. Das war bei dieser Klasse, in der so viele unterschiedliche Typen vereint waren, nicht immer einfach.

»Die Seele ist auch die Voraussetzung dafür, dass ihr alle, die ihr hier auf dieser Schule sein könnt, eure besonderen Fähigkeiten voll und ganz entwickeln könnt. Ohne eure Seele gäbe es auch keine der ganz persönlichen Fähigkeiten, die euch so sehr auszeichnen.«

Dies sagte sie mit einer gewissen Betonung. Denn sie wollte, dass die Schüler sich ihrer Besonderheit bewusst würden. Sie wusste aber auch, dass dieses Herausgehobensein aus der großen Masse bei vielen von ihnen schnell zu einer Überheblichkeit führen konnte, was sie in ihrer persönlichen Entwicklung nur hemmen würde.

Für Madame Griseldis war es absolut notwendig, dass sich die Schüler eine verantwortungsvolle innere Haltung aneigneten. Das konnte nur erreicht werden, indem sich die Menschen auf ihren innersten Kern konzentrierten. Diese Einstellung war für Madame Griseldis das Wichtigste überhaupt, das den Schülern vermittelt werden musste.

»Seid euch bewusst, nur wer gänzlich seine persönliche Mitte findet und aus ihr heraus lebt, der kann seine Fähigkeiten vollends anwenden«.

»Aber ich verstehe nicht, was es heißt, meine Mitte finden. Wie kann man das? Wie funktioniert das?« Annette, die mit großer Aufmerksamkeit dem Vortrag von Madame Griseldis gefolgt war, hatte die Stirn in Falten gelegt. Die letzten Äußerungen von Madame Griseldis konnte sie nicht richtig nachvollziehen.

»Damit ist gemeint, dass ihr versuchen müsst, ehrlich vor euch selbst zu sein. Eure innere Einstellung muss wahrhaftig sein, vor allem euch selbst und dann auch den anderen gegenüber.« Madame Griseldis sah Annette an und bekam den Eindruck, dass sie verstanden hatte, was gemeint war.

»Es geht dabei um das Innerste des Menschen«, fuhr Madame Griseldis fort. »Und es gibt eine Sache, die ganz wesentlich dazu gehört, das ist unsere Freiheit. Erst durch unsere Freiheit bekommen unsere Entscheidungen einen hohen moralischen Stellenwert. Wir wenden unsere Freiheit ständig an, ohne groß darüber nachzudenken. Wir entscheiden uns immer und immer wieder, egal wofür. Wir sprechen hierbei von einer Entscheidungsfreiheit, die uns zu dem macht, was wir sind. So sind wir moralisch handelnde Personen.« Hierbei schaute Madame Griseldis aufmerksam durch die Klasse, um sicher zu gehen, dass alle ihre Worte hörten.

Während sie diese Ausführungen vortrug, schrieb sie es auch schon magisch an die Tafel, wie all die anderen Dinge, die sie über den Menschen gesagt hatte.

»So weit alles klar?«, fragte sie in die still gewordene Runde.

»Das, was ich gesagt habe, hat alles mit unserem Willen zu tun. Die Entscheidungen, die wir mittels unserer Freiheit treffen, müssen wir auch treffen ***wollen***.«

»Wen sollen wir treffen?«, hörte sie aus einer der hinteren Bänke fragen. Da war jemand nicht ganz bei der Sache. Alfredo hatte nicht aufgepasst. Wie sollte er auch, mit dem Kopf auf seinem Pult beim Versuch alles mitzuschreiben, konnte das nicht funktionieren.

»Du sollst keinen treffen, sondern richtig zuhören«, fuhr Madame Griseldis ihn an und forderte ihn auf, sich aufrecht hinzusetzen.

»Also ist unser Wille von ganz besonderer Bedeutung«, dozierte sie weiter. Langsam wurde die Klasse jedoch unruhig, und Madame Griseldis nahm sich vor, die letzten Gedanken zu diesem Thema möglichst rasch zu Ende zu bringen.

»Wie ihr alle wisst, können wir Gutes oder Schlechtes wollen. Und für euch und eure Entwicklung zählen nur die guten Entscheidungen. Wenn ihr also öfter eine schlechte Entscheidung herbeiführt, dann wirkt sich das auf eure weitere Entwicklung und vor allem auf die Entwicklung eurer Fähigkeiten, eher schlecht und hinderlich aus. Ja, es könnte dazu führen, dass durch schlechte willentliche Entscheidungen sich eure hervorragenden Anlagen negativ entfalten und damit ins Gegenteil umschlagen.«

Die letzten Sätze waren als Warnhinweis gedacht. Sie wusste aus leidvollen Erfahrungen aus den zurückliegenden Jahren, wie schnell sich eine negative Entwicklung bei den Schülern vollziehen konnte. Dass sich auch unter den jetzigen Schülern einige befanden, die dieser Gefahr ausgesetzt waren, spürte sie instinktiv.

Zum Glück war die heutige Stunde damit beendet. Die Schüler waren froh, aus dieser schwierigen Stunde entlassen zu sein. Sofort strömten alle aus dem Klassenraum, um die freie Zeit bis zu Abend für andere Dinge als Unterricht nutzen zu können.

Das Abendessen verlief einigermaßen ruhig. Justus und seine Freunde saßen an ihrem ovalen Tisch, der eine der größeren Tische im Saal war, und verschlagen das Essen regelrecht. Die Inhalte bei Madame Griseldis hatten sie nicht nur angestrengt, sondern auch immens hungrig gemacht.

Es gab ein schmackhaftes Nudelgericht, das natürlich schon bald verzehrt war. Justus war diesmal an der Reihe, Nachschub zu holen. Kaum war der Topf in der Küche zum Auffüllen verschwunden, stand plötzlich Edelmund neben ihm, ebenfalls mit einer leeren Schüssel in der Hand.

»Da haben wir ja unseren Superstar der Klasse«, begann er sofort zu sticheln. Justus würdigte ihn keines Blickes und tat so, als wäre er gar nicht da. Er schaute über die Anreiche in die Küche, als gäbe es dort das Interessanteste auf der Welt zu beobachten.

Daher merkte er nicht, wie Edelmund unbemerkt seinen Translocostab hervorholte, ihn auf die Schnürriemen von Justus‘ Schuhen richtete und sie durch einen lautlosen magischen Spruch miteinander verband. Schnell hatte er sein hinterhältiges Werk vollbracht und verwickelte einen Schüler aus der Anael-Klasse, der auch an der Ausgabe stand, in ein Nonsensgespräch, um von seiner Tat abzulenken. Verständnislos schaute ihn der Mitschüler an, ohne die geringste Ahnung, was Edelmund von ihm wollte und zog, nachdem er eine Schüssel voll dampfender Nudeln erhalten hatte, kopfschüttelnd wieder ab.

Justus schnappte sich seine hochvolle Ladung Nudeln , wandte sich zum Gehen und das unvermeidliche Unheil nahm seinen Lauf. Die zusammengebundenen Schnürriemen hielten seine Füße zusammen, er strauchelte und landete mit großem Getöse auf dem Boden, unter sich ein Teil der kostbaren Fracht heißer Nudeln. Der größere Teil der Nudeln lag weitläufig verteilt vor der Essensausgabe.

Ein großes Getöse und Gelächter war die Folge. Schadenfreude war immer noch die größte Freude. Edelmund konnte sich vor Lachen nicht halten und fast wäre ihm die eigene Schüssel entglitten.

Justus hatte seine liebe Not, wieder auf die Beine zu kommen. Die Schuhe, immer noch zusammengebunden, hinderten ihn daran. Das war hochnotpeinlich. Um an seine Schuhe zu kommen, musste er sich notgedrungen durch die Nudeln wälzen und besudelte sich dabei von oben bis unten.

Der Appetit war ihm gründlich vergangen. Erik kam angelaufen, um ihm aus der Patsche zu helfen. Die Nudeln und die kostbare Soße wurden schnell aufgewischt. Justus machte sich schnellstmöglich davon, um sich neue Klamotten zu besorgen.

Am Tisch von Schmalzlocke und Rotfuchs war die Hölle los. Sie hatten den Spieß endlich einmal umgedreht. Das Gelächter in ihren Reihen wollte kein Ende nehmen.

»Ju-justus, diese Su-superflasche«, spottete Ottokar lauthals. »Diese tom-matennasige Pf-pfeife.«

Erik hatte inzwischen eine neue Schüssel Nudeln und Soße besorgt. Nachdem Justus auch wieder umgezogen am Tisch saß, konnten sie sich über ihre letzte Portion hermachen, die trotz des Missgeschicks gut schmeckte.

»War das nun eine moralisch gute oder eine schlechte Handlung, die Schmalzlocke da ausgeführt hat?«, fragte Joseph hämisch und dachte an die vergangene Unterrichtsstunde.

»Selbstredend eine schlechte, und ich hoffe, sie wird ihn noch mal in der Hölle schmoren lassen«, grollte Justus.

»Da weiß ich aber nicht, ob du dann nicht neben ihm platziert wirst, wenn du ihm so was wünschst«, lachte Sarah. »Oder hast du das jetzt ganz aus deiner Mitte heraus gesagt?«

Die anderen grinsten über Sarah Einwand.

Inzwischen war kaum mehr etwas übrig von dem, was aufgetischt worden war.

Martin rieb sich zufrieden den Bauch. »Mensch, bin ich satt. Wie geht's jetzt weiter? Wann gehen wir?«, fragte er nicht besonders leise.

»Martin, etwas leiser bitte«, fuhr Justus ihn an. Er blitzte Martin an, als wollte er ihn mit seinen Blicken erdolchen.

»Ist ja gut.«

»Wir hatten doch gesagt, dass die Mädchen zuerst rausgehen«, erinnerte Erik. »Und dann treffen wir uns alle draußen im Garten neben der Schule.«

»Gut, und um wie viel Uhr wo?« Sarah machte bei der Frage ein möglichst harmloses Gesicht, weil sie befürchtete, dass man ihr die Aufregung und innere Anspannung anmerken könnte.

»Jetzt ist es Viertel nach sieben. Sobald ihr rausgeht«, wandte sich Justus an die Mädchen, »dann noch eine Viertelstunde. Wir gehen kurz darauf. Wir müssen uns noch andere Klamotten anziehen.«

»Und wo treffen wir uns?«

»Am Seiteneingang, den wir schonmal benutzt haben, als wir das erste Mal in den Garten gegangen sind.«

Kurz darauf verschwanden die Mädchen unbemerkt. Joseph und Martin guckten bewusst harmlos durch die Gegend, und Martin bemerkte, dass Ottokar sie ganz aufmerksam beobachtete.

»Rotfuchs hat uns im Visier«, flüsterte er durch verschlossene Lippen. »Was machen wir jetzt?«

»Am besten ist, ich zeige ihm einen Vogel. Dann wird er noch röter, als er schon ist«, feixte Joseph.

»Jetzt nur nicht zu viel Schau, sonst haben wir sie gleich an der Backe«, warnte Erik. So unmittelbar vor der bevorstehenden Aktion konnten sie keinen zusätzlichen Ärger gebrauchen.

Joseph konnte es sich beim Hinausgehen trotzdem nicht verkneifen, Ottokar eine lange Nase zu drehen, was dieser umgehend mit einer geballten Faust beantwortete.

Die Aktion »Metatron-treffen-im-geheimen-Garten« konnte beginnen.

Die Jungs beeilten sich. Sie mussten die Minuten, die sie weniger als die Mädchen hatten, ausgleichen. Pünktlich erreichten sie den Seitenausgang. Die Mädchen warteten, sportlich gekleidet, am Ausgang. Es konnte also losgehen.

Gemächlich begannen sie ihr Vorhaben mit ein paar Dehnübungen, um alles ganz echt aussehen zu lassen.

»Wie viele Kniebeugen müssen wir denn noch machen?«, quengelte Joseph nach kurzer Zeit. »Ich will endlich los.«

So setzten sie sich in Bewegung, jedoch nicht direkt zum geheimen Garten, sondern in die entgegengesetzte Richtung.

Es dämmerte bereits leicht, da dunkle Wolken am Himmel aufgezogen waren.

Nach einer ersten Runde befanden sie sich in der Nähe der alten Mauer zum geheimen Garten, als vom Vorhof des Schulgebäudes ein Höllenlärm herüberklang.

Justus schaute seine Freunde fragend an. Andere Schüler, die sich ebenfalls im Garten aufhielten, rannten in Richtung Vorderseite der Schule. Der Lärm steigerte sich.

»Ist das das Signal, von dem Edolfin gesprochen hat?« Erik blickte die anderen an, alle dachten sofort das Gleiche. Jetzt hieß es schnell zu sein. Kaum war der letzte Schüler um den dicken Turm des Gebäudes verschwunden, rannten sie durch die alte Mauer hinein in den geheimen Garten.

Auf der anderen Seite umfing sie wieder diese eigenartige Stille, jeglicher Lärm von der Schulseite brach ab. Sie machten kurz Halt, um durch die alten glaslosen Fenster vorsichtig einen Blick zurück zur Schule zu wagen. Nichts rührte sich.

»Diese Ruhe hier ist unheimlich«, gestand Sarah und sah den Weg entlang, den sie schon kannten. »Richtig beklemmend.«

»Es ist ja auch kein lustiger Auftrag, der uns erwartet«, meinte Miriam nur. »Jedenfalls ist mir das Ganze nicht geheuer.«

Sie zögerten. Pauline nagte nachdenklich an ihrer Unterlippe. Solche Situationen hasste sie. Mit hochgezogenen Augenbrauen sah sie zu Justus. »Also, Edolfin hat gesagt, wir sollen wieder auf die Lichtung gehen. Dann sollten wir das auch tun, oder?«

»Kommt, gehen wir«, forderte Justus auf und setzte sich in Bewegung. Mutig ging er auf den Weg zu. Er sah etwas fremd aus. Das lag wohl daran, dass in der Zwischenzeit die Natur und vor allem die Gräser entlang des Weges weiter gewachsen waren und alles noch undurchdringlicher machten als beim letzten Mal. Von den Kantensteinen am Rand des Weges war nichts mehr zu sehen.

Die Stille rund herum war erdrückend. Nur zögernd folgten sie Justus. Doch kaum betraten sie den Weg, ereignete sich dasselbe Phänomen wie auf dem Rückweg von der Lichtung.

In die hohen Gräser, die den Weg bedeckten, kam Bewegung. Sie wogen sich hin und her, obwohl kein Wind zu spüren war. Dann bogen sie sich langsam auseinander und gaben den Weg frei.

»Wahnsinn, das scheint mir wie eine Einladung zu sein«, stieß Sarah verdutzt hervor. Unwillkürlich dachten sie an Metatron, wie er sie beim letzten Besuch zum Ausgang begleitet hatte.

So hilfreich es für sie auch war, dass das Gras sich auseinanderbog und ihnen den Weg frei gab, so sehr erzeugten die Gnome und Engel am Wegesrand in ihnen wieder das ungute Gefühl, beobachtet zu werden.

Plötzlich öffnete sich unerwartet ein weiterer Weg seitlich von ihnen, ein unauffälliger schmaler Pfad, der tief in einen dunklen Waldabschnitt hineinführte. Verunsichert blieben sie stehen und versuchten die Wegführung zu erkennen.

»Was soll das denn jetzt?«, wunderte sich Pauline. Keiner von ihnen hatte eine Erklärung für das Phänomen. Sie schauten den Weg zurück, den sie gekommen waren. Doch der machte inzwischen wieder den Eindruck, als wären sie nie dort entlanggegangen.

»Sollten wir Metatron nicht auf der Lichtung treffen? Edolfin hatte doch davon gesprochen ...«, fragte Sarah.

»So viel ich mich erinnern kann, hat Edolfin nur gesagt, wir sollen in den Garten gehen.« Justus schaute herum und kratzte sich nachdenklich am Kopf.

»Dann müssen wir wohl oder übel hier weitergehen. Oder?« Auch Miriam war nicht wohl bei dem Gedanken, den schmalen Waldpfad gehen zu müssen.

Wohl oder übel folgten sie dem Pfad, und je weiter sie kamen, desto dunkler wurde es. Die Bäume standen dicht an dicht, und vom Himmel über ihnen gab es kaum einen Lichtschein.

Der Weg nahm kein Ende. Immer weiter schlängelte er sich durch den Wald. Martin wagte einen Blick zurück, aber in dem Dämmerlicht war der Waldweg nur noch zu erahnen. Er achtete dabei nicht auf den holprigen Boden, geriet ins Straucheln und hätte Pauline beinah mit umgerissen.

»Kannst du nicht aufpassen?«, fauchte sie ihn an. Ihre Nerven waren zum Zerreißen gespannt.

»Tut mir leid«, murmelte Martin und versuchte, sich besser zu konzentrieren. Sie mussten ständig auf das Wurzelwerk aufpassen, das den Weg durchzog. So merkten sie nicht, wie sich urplötzlich wie aus dem Nichts vor ihnen eine Wiese auftat. Ihre strahlende Helligkeit blendete sie.

Nach einigen Sekunden hatten sie sich an das Licht gewöhnt und konnten eine kreisrunde Fläche wahrnehmen. In der Mitte standen einige kleinere Bäume in einer Baumgruppe zusammen. Mitten darunter sahen sie Bänke, die buchstäblich zu einer Rast einluden.

Verdutzt sondierten sie erst einmal die Lage. Ein leises Rauschen war zu vernehmen. Es kam von den Baumgipfeln, die sich sanft hin und her wiegten.

»Was meint ihr, machen wir eine Rast? Ist doch ein echt einladender Ort«, meinte Joseph und stiefelte schon auf die Bänke zu. Die unerwartete Helligkeit weckte wieder alle Lebensgeister. Ihre Niedergeschlagenheit, die sie noch auf dem Weg hierher empfunden hatten, war wie weggeblasen.

Etwas zögerlich näherten sich die anderen der Baumgruppe. Martin ließ sich neben Joseph nieder und machte es sich bequem.

»Ob das hier der Treffpunkt ist?« Sarah schaute sich unsicher um. Justus umrundete die Bänke, ging durch die Bäume hindurch und blickte aufmerksam zum Waldrand.

Sarah hatte die Frage noch nicht ganz ausgesprochen, da verspürten sie einen seichten Windhauch. Das Rauschen der Bäume änderte sich in ein melodisches Brausen. Es hörte sich an, als würde jemand ein gigantisches Orgelspiel beginnen. Schon überkam sie wieder das Gefühl, das sie schon beim letzten Besuch in diesem Garten hatten, als Metatron erschienen war, ein Gefühl der Leichtigkeit und Erhabenheit.

Im gleichen Moment stand Metatron auch schon vor ihnen. Ein heller warmer Schimmer legte sich auf die Pflanzen ringsum.

Die Art der Erscheinung Metatrons hatte etwas Beglückendes an sich. Man konnte es nicht beschreiben, es war nicht greifbar. Sie fühlten sich durch seine Anwesenheit wie in einem Dazwischen, irgendwie noch in dieser Welt, aber auch auf seltsame Weise daraus enthoben.

Metatron begrüßte sie mittels Gedankenübertragung, indem er sich ihnen allen zugleich mitteilte.

»Ich freue mich, Euch zu sehen«, klang es überaus freundlich in ihnen. »Schön, dass ihr dem Hinweis Edolfins so prompt gefolgt seid. Ich muss Edolfin, wenn ich ihn beim nächsten Mal treffe, ein großes Lob aussprechen, denn er hat mit seinem Getöse auf der anderen Seite der Burg ganze Arbeit geleistet.« Ein spitzbübisches Lächeln erschien auf seinem Gesicht. »So ist es wirklich keinem aufgefallen, dass Ihr durch die alte Kirchenmauer verschwunden seid.«

»Nun möchte ich Euch aber in Euren Auftrag einweisen. Edolfin hat euch ja schon einiges davon berichtet«, setzte er geheimnisvoll hinzu.

Sie spürten, wie sich in ihnen eine Anspannung aufbaute. Was würde jetzt kommen? Martin hielt es vor lauter Aufregung kaum mehr auf der Bank. Er zappelte so sehr hin und her, dass Erik musste ihn gehörig in die Seite stoßen, damit er endlich Ruhe gab.

»Haltet Euch bereit, in den nächsten Tagen alle zusammen an einen fremden Ort zu springen. Ihr habt das Pergament gelesen und, so viel mir bekannt ist, entschlüsselt. Ist euch klar, was der Text meint?«

Er schaute sie der Reihe nach an und sah die Fragezeichen in ihren Gesichtern.

»Also, wir haben den Text zwar gelesen, aber so richtig verstanden ... das wäre zu viel gesagt«, gab Erik zu, der sich zum Sprecher der Gruppe machte.

»Wir haben versucht, uns schlauzumachen und haben, so wie Edolfin uns aufgetragen hat, in der Bibliothek nach Infos über dieses Leinentuch gesucht«, begann Justus. »Aber so richtig fündig sind wir nicht geworden.«

»Dann will ich euch jetzt darüber aufklären, was der Hintergrund des Ganzen ist. Der Text handelt, wie ihr wisst, von einem Leinentuch. Es ist ein sehr feines Tuch und hat besondere Kräfte. Das Tuch hat auf dem Antlitz Jesus Christi gelegen, als er ins Grab gelegt wurde. Es besteht die Gefahr, dass das Tuch in falsche Hände zu geraten droht. Es befindet sich in der Kirche der Festung Akkon. Über Akkon habe ich euch ja schon bei unserem letzten Treffen aufgeklärt.«

Sie waren mucksmäuschenstill. Es hatte fast den Anschein, als hätten sie alle das Atmen eingestellt. Doch für Joseph war die Anspannung einfach zu groß.

»Ich komm' nicht mehr ganz mit«, unterbrach er die Stille. Etwas lauter sagte er: »Warum bin ich damals bloß vor diesem verdammten Bild mit der Festung stehen geblieben?« Hilfe suchend blickte er die anderen an. Und an Metatron gewandt wiederholte er: »In der Kirche dieser Festung soll also ein Leinentuch liegen, das etwas ganz Besonderes ist? Und das soll in Gefahr sein? Aber wer kann ihm gefährlich werden?«

»Die dunklen Mächte habt ihr ja schon zu spüren bekommen, als ihr im Wald wart, um die verschiedenen Kräuter zu suchen.«

Hier lag also des Rätsels Lösung. Langsam ging ihnen ein Licht auf.

»Jetzt verstehe ich meinen Traum, den ich kürzlich nachts hatte. Und wir sollen helfen das Leinentuch zu schützen? So was Ähnliches stand jedenfalls in diesem Schreiben, das wir entziffert haben.« Justus kratzte sich bei seiner Frage etwas umständlich am Kopf und war gespannt, was Metatron antworten würde. Mit angespannten Mienen saßen sie auf den Bänken und schauten Metatron fragend an. »Und die dunklen Mächte sind hinter diesem Tuch her?«, fragte Pauline.

»So ist es«, fuhr Metatron fort. »Dieses Tuch, das selbst nicht sehr groß ist, befindet sich in einer Kapelle, die sich unter der Kirche befindet, die ein Teil der Burg ist.«

Metatron fuhr nun fort, ihnen alles genau zu erklären, was sie über die Anlage der Festung wissen mussten, um sich dort zurechtzufinden. Auch wie sie sich in der Kirche verhalten sollten, um nicht unnötig aufzufallen und den Mächten der Finsternis in die Quere zu kommen, erklärte er ihnen.

Was den Lageplan der Festung anging, griff Metatron zu einer neuen Variante der Übermittlung. Er ließ in ihren Köpfen gleichzeitig Bilder entstehen. Sie sahen praktisch alle zugleich die verschiedenen Bauten, Höfe und Räumlichkeiten der riesigen Festung. Auf diese Weise würden sie sich sofort wiedererinnern können, wenn sie nach dem Sprung durch den Zwischenraum dort ankämen.

»Und wenn ihr in der Kapelle seid, zu der ihr gerade im Geiste hinuntergeht, müsst ihr so schnell wie möglich eine Sicherheitskuppel über dem Sarkophag entstehen lassen. Erst dann ist das Tuch wirklich sicher.«

Jetzt bemerkten sie, dass an den Bildern etwas anders war, die sie gerade vor ihrem geistigen Auge gesehen hatten.

»Moment mal«, unterbrach Pauline, »waren das die Orte, in die wir nach unserem Zeitsprung kommen werden?« Sie schaute die anderen ratlos an. »Das sah jetzt alles so real aus. Und wir alle haben das jetzt gesehen? Jeder das Gleiche?«

»Ja, das war eine Projektion in euren Köpfen. Ich habe euch die Festung sehen lassen, wie sie damals gebaut war«, stellte Metatron fest. »Ihr werdet alles so vorfinden, wie ihr es jetzt gesehen habt. Ich bin überzeugt, dass ihr eure Mission erfüllen werdet. Doch ihr werdet eure Aufgabe nur schaffen können, wenn ihr an dem Ort alle zusammen seid und zusammen den Bannspruch sprecht. Ihr solltet dabei möglichst alleine sein.«

Joseph fiel fast in Ohnmacht, als er hörte, was alles von ihnen verlangt wurde. »Mir wird schlecht.« Sein Magen zog sich unwillkürlich zusammen. Das, was er hörte, haute ihn um.

Metatron blickte Joseph mitfühlend an. Er konnte sich sehr gut in die kleine Schar hineinversetzen. Unzweifelhaft stellte die Mission eine immense Herausforderung für sie dar. Aber Justus und seine Freunde waren mit ihren Fähigkeiten auf ideale Weise geeignet, diese Aufgabe zu lösen.

»Es könnte schwierig werden. Ich sage, es könnte. Es muss nicht so weit kommen. Deshalb seid vorsichtig! Die Gefahr, die die dunklen Mächte darstellen, dürft ihr nicht gering schätzen. Daher achtet darauf, dass ihr immer zusammenbleibt. Denn nur so können euch eure Kräfte und Fähigkeiten optimal vor jeglichen Angriffen schützen.«

Das war nicht gerade leichte Kost, die Metatron ihnen hier präsentierte. Keiner von ihnen sagte ein Wort. Das Gefühl der Leichtigkeit, das sie vorhin noch gespürt hatten, war wie weggeblasen. Pauline schob vor lauter Aufregung den Reißverschluss ihrer Jacke unaufhörlich rauf und runter, ein Ausdruck ihrer starken inneren Erregtheit. Ihren Freunden erging es nicht anders. Jeder von ihnen schaute ratlos in eine andere Richtung.

Alle wurden nur noch von einem Gefühl beherrscht, das hieß: ***Am liebsten nichts wie weg. Raus aus der Sache. Mit nichts von alldem zu tun zu haben.*** Aber dazu war es zu spät. Da mussten sie nun durch, koste es, was es wolle.

Metatron spürte das und bekam Mitleid mit ihnen. »Ich weiß, man könnte fast sagen, dass es eine fast unmenschliche Aufgabe ist, die euch zugemutet wird. Aber ihr dürft sicher sein, ich stehe euch mit meiner Hilfe jederzeit zur Seite.« Er versuchte sie zu beruhigen. »Ich werde in jedem Augenblick über eure Lage informiert sein und versuchen, stets mit euch in Kontakt zu bleiben.«

Erik war inzwischen aufgestanden. Er stützte sich auf eine der Bänke und sah von einem zum andern. »Wenn ich mir die Sache recht betrachte, bleibt uns nichts anderes übrig, als die Mission anzugehen«, munterte er seine Freunde auf, obwohl ihm reichlich flau in der Magengegend war. »Aber vereint sollten und können wir das schaffen!«

Joseph, der sich neben Sarah auf die andere Bank gesetzt hatte, sah ihn unschlüssig an.

»Erik hat Recht«, stimmte Justus zu. »Alle zusammen sind wir stark genug. Natürlich schaffen wir das«, versuchte er, sich und den anderen Mut zu machen.

»Ich hätte euch nicht ausgesucht, wenn ich von euren Fähigkeiten und eurer Stärke nicht von Anfang an überzeugt gewesen wäre«, ließ sich Metatron vernehmen.

»Bevor ihr aber wieder zurückgeht, will ich euch die magische Formel überlassen, die ihr unbedingt braucht, um das Leinentuch zu sichern.« Seine Augen strahlten plötzlich ganz intensiv. »Ich werde euch die Formel in euren Geist eingeben, sodass ihr sie nicht mehr vergesst. Schließt bitte jetzt die Augen und lasst es einfach nur geschehen.«

Einer nach dem andern kam der Aufforderung nach, wenn auch etwas widerwillig. Ganz geheuer war ihnen die Situation nicht. Doch was blieb ihnen anderes übrig?

Im nächsten Augenblick senkte sich so etwas wie eine lichte Wolke in ihrem Geist nieder, die in ihnen ein sehr warmes und wohliges Gefühl erzeugte. Plötzlich stand ein Text vor ihrem geistigen Auge.

»Zu stetem Schutze senke sich hernieder auf diesen Sarkophag und auf das immerwährende Antlitz, unsichtbar und undurchdringlich, gefüllt mit heiliger Energie, die Glocke der Undurchdringlichkeit.

Bewahren soll sie das zart und fein gewebte Linnen vor Übergriffen finstrer Mächte und endlos bannen deren Kräfte.«

Kaum vernahmen sie den Text, hatte er sich auch schon in ihr Gedächtnis eingebrannt. Glasklar stand er vor ihrem geistigen Auge. Als sie die Augen wieder öffneten, befand sich Metatron immer noch an der gleichen Stelle und lächelte sie an. Selbst jetzt war die Schrift noch klar zu sehen, als schwebte sie vor ihnen in der Luft.

»Nun seid ihr genügend ausgerüstet. Ihr werdet es schaffen, davon bin ich überzeugt«, dabei schaute er sie sehr zuversichtlich an.

»Geht jetzt am besten wieder zurück. Ich werde dafür sorgen, dass keiner etwas von eurem Ausflug hierher erfährt. Ich begleite euch noch ein Stück durch den Wald.«

Sie machten sich wieder auf den Weg, während Metatron an ihrer Seite schwebte. Wie bei ihrem letzten Zusammentreffen gelangten sie auch jetzt wieder fast im Handumdrehen an die alte Mauer, die sie vom öffentlichen Garten trennte. Metatron war verschwunden. Ein unheimliches Gefühl des Alleinseins überkam sie, und die Aufgabe, die sie soeben übernommen hatten, spürten sie wie eine schwere Bleilast auf ihren Schultern.

Sie hätten sich gewünscht, dass er noch etwas länger bei ihnen geblieben wäre. Aber nun mussten sie sich mit dem Umstand des Alleinseins abfinden.

Unschlüssig sahen sie zur Burg hinüber, die ganz ruhig dalag. Niemand war zu sehen.

»Ich schlage vor, wir springen direkt von hier aus nach Clandestinum. Dann sind wir die Sorge los, entdeckt zu werden«, schlug Justus vor.

Seine Freunde nickten zustimmend. Schnell bildeten sie einen kleinen Kreis. Justus sagte: "Claustrum absconditum" und schon standen sie in ihrem geliebten Versteck.

Sarah traten Tränen in die Augen. Sie war unfähig, etwas zu sagen. Auch die anderen merkten jetzt, wie viel Kraft sie die Zusammenkunft gekostet hatte.

Betroffenes Schweigen breitete sich aus, selbst Joseph, sonst um keine Bemerkung verlegen, brachte kein Wort heraus.

Die große Frage war, was sie erwarten würde, wenn es soweit wäre und sie in der fremden Gegend ankämen. Was würden sie vorfinden, in welche Umgebung würden sie kommen? Auf wen würden sie treffen und wie lange könnten sie unbemerkt bleiben? Was wäre überhaupt, wenn die Mächte der Dunkelheit sie sofort entdecken würden? Sie mussten ja auch mit der Möglichkeit rechnen, nicht mehr zurückzukommen. So sehr sie am Anfang Feuer und Flamme waren, als man ihnen den Auftrag überantwortete, und die Abenteuerlust, die in ihnen aufgekommen war, alles war wie weggeblasen.

Unbemerkt von allen schwebte Edolfin plötzlich im Raum. Still setzte er sich auf eine der Sessellehnen und knotete an seinem Bart herum.

»Leute, was macht ihr für betrübte Gesichter?«, versuchte er sie aufzumuntern. »War die Begegnung mit Metatron so fürchterlich, dass ihr so ganz anders seid als sonst?«

Allein seine Anwesenheit munterte sie etwas auf, die Bedrückung wich allmählich von ihren Seelen.

»Metatron hat uns den Auftrag erläutert und dabei ist uns klar geworden, was da auf uns zukommt. Was ist, wenn wir nicht mehr zurückkommen? Wenn uns die dunklen Mächte vernichten?«, brachte Justus ihre Befürchtungen auf den Punkt. »Uns war bisher gar nicht so richtig klar, in was wir da hineingeraten sind. Das fühlte sich bis jetzt alles so leicht an, bis Metatron davon sprach, dass es eine fast unmenschliche Aufgabe ist, die da auf uns zukommt.«

»Aber das habe ich euch von Anfang an versucht klar zu machen. Es ist eine sehr heikle Aufgabe, die euch aufgetragen wird. Aber ihr bekommt auch Hilfe. Ihr seid nie ganz allein. Selbst wenn es so aussehen sollte. Dessen müsst ihr euch immer bewusst sein. Dann ist es halb so schwer.«

Allerdings konnten seine Worte ihre Skepsis im Moment nicht mindern. Sie schauten sich ziemlich ernst an im Bewusstsein, was mit dieser Mission verbunden war.

So versuchte Edolfin sie etwas abzulenken. »Morgen werdet ihr wieder eine Stunde in Sachen Telepathie haben. Diesmal jedoch bei Madame Griseldis. Das dürfte euch doch ein wenig aufheitern, zumindest die Aussicht, nicht auch noch mit Master Ethan konfrontiert zu werden.«

»Das ist ja wenigstens ein kleiner Lichtblick«, entgegnete Joseph.

»Jedenfalls empfehle ich euch, besonders intensiv mitzumachen und zu üben. Die Telepathie ist dringend notwendig für eure Mission. Ihr werdet sie sicher in manchen Situationen gut gebrauchen können.«

Er konnte ihre momentan gedrückte Stimmung gut nachvollziehen, so versuchte er ihnen noch die unterschiedlichsten Tipps für ihre Mission zu geben und dadurch ihre Bedenken ein wenig zu zerstreuen.

»Und noch eins, auf das ihr achten müsst«, fuhr er fort. »Wenn ihr in Akkon angekommen seid, solltet ihr nicht in euren jetzigen Kleidern herumlaufen. Bedenkt, es ist eine völlig andere Zeit. Da gibt es noch nicht diese moderne Kleidung, wie ihr sie jetzt tragt. Aber das lässt sich leicht lösen. Es gibt einen Spruch, mit dem ihr eure Sachen wechseln könnt. Wenn ihr den aussprecht, dann wird sich eure Kleidung so wandeln, wie sie zu der damaligen Zeit getragen wurde.«

»Heißt das, dass wir dann so total unpraktische Röcke tragen müssen?«, fragte Pauline empört.

»Nein, so schlimm wird es nicht werden«, beruhigte Edolfin sie. »Ihr könnt alle in bequemen Hosen herumlaufen. Nur werden sie wesentlich einfacher gearbeitet sein, als die, die ihr jetzt tragt. Ihr seid da nicht bei Hofe, wo man feine Stoffe zu tragen pflegte.« Bei der Vorstellung, wie sie mit den Kleidungsstücken aussehen würden, grinste er etwas spöttisch, wodurch sich die Stimmung wieder hob.

»Und noch eins: Die Sprache ist natürlich auch eine andere. Aber hier ist schon Abhilfe geschaffen worden. Eure Magics werden euch die Sprache übersetzen, sodass ihr immer alles verstehen könnt.«

»Wenigstens eine kleine Hilfe«, ließ sich Martin leicht ironisch vernehmen. Langsam kehrte ihr Zutrauen in die Aufgabe zurück.

»Und mit euren Translocostäben habt ihr starke Hilfsmittel an der Hand, die euch sehr gute Dienste leisten können. Ich werde euch jetzt noch zwei Sprüche nennen, die ebenfalls für euch wichtig werden könnten.

Der erste ist der Spruch, der euch eine andere Gestalt gibt. Es ist ein sehr mächtiger Spruch, deshalb seid vorsichtig in seiner Anwendung.«

Die Freunde blickten sich ungläubig an.

»Du meinst, so ganz anders aussehen, so wie mein eigener Vater oder so?«, fragte Joseph zweifelnd. »Das wäre cool.«

»Aber Vorsicht!«, warnte Edolfin. »Ihr selbst werdet mit euren Körpern verwandelt. Er lautet: „Mutatio habitus!" Er kann euch helfen, dass man euch nicht mehr erkennt. Wenn einer von euch den Spruch alleine anwendet, könntet ihr euch untereinander nicht mehr erkennen. Darin liegt die Gefahr des Spruches. Der andere hilfreiche Wandlungsspruch verhilft euch zu den anderen Kleidern. Er heißt: „Vestes mutamini!". Vergesst ihn nicht. Das heißt übersetzt: Kleider verwandelt euch. Aber wer von euch Latein gelernt hat, weiß das. Diesen Spruch könnt ihr immer benutzen, dann verändern sich genau die Kleidungsstücke, die ihr gerade anhabt. Auch hierbei ist es am besten, wenn ihr euch an den Händen fasst, dann muss nicht jeder von euch den Spruch aufsagen.«

Edolfin wirbelte mit seinem Bart umher. Er wusste nur zu gut, wie wichtig diese Hilfsmittel sein würden, um diesen großen Auftrag erfolgreich durchzuführen.

»Nun habe ich euch alles gesagt, was ihr wissen müsst. Den Plan der Festung habt ihr vor eurem geistigen Auge. Ihr seid also bestens gerüstet. Morgen kommt dann nochmals eine Stunde in Telepathie. Gebt genau Acht. Ihr werdet diese Fähigkeit häufig benutzen müssen.«

Die Spannung, die die letzten Stunden in ihnen erzeugt hatte, stand deutlich in ihre Gesichter geschrieben.

»Für heute scheint es erstmal genug zu sein. Ihr macht einen sehr erschlagenen Eindruck. Am besten ist, ihr geht heute einmal zeitig ins Bett», schlug er vor.

Das brauchte er ihnen nicht zweimal zu sagen. Sie waren kaum mehr zu irgendetwas fähig. Und so machten sie sich mit einem Sprung hinter die Regalwand im *Metatron* auf den Rückweg. Die Landung klappte ausgesprochen ruhig, kein Sessel wurde umgeworfen, da Martin genauso problemlos gelandet war wie die anderen. Der Aufenthaltsraum war leer, die anderen Mitschüler schienen sich schon längst in das Reich der Träume verabschiedet zu haben.

Schnell huschten sie aus dem Raum, um möglichst unbemerkt ihre Schlafräume zu erreichen.

24. Das Abenteuer beginnt!

Der nächste Tag brachte die von Edolfin schon angekündigte Telepathiestunde bei Madame Griseldis. Das machte das Gedankenlesen erträglicher.

Das Frühstück verlief halbwegs ruhig, ohne irgendwelche Vorkommnisse seitens Edelmund und Ottokar. Sie verhielten sich ganz gegen ihre Gewohnheit ruhig und gesittet. Das konnte Justus nur Recht sein, denn auf eine Auseinandersetzung mit den beiden, welcher Art auch immer, hatte er nun überhaupt keine Lust.

Unbehelligt gelangten sie zu Madame Griseldis' Klassenraum. Die Lehrerin war sichtlich erstaunt, dass alle pünktlich zum Unterricht erschienen. Das kam höchst selten vor. Entsprechend gut gelaunt begann sie die Telepathiestunde.

»Heute, meine lieben Schülerinnen und Schüler, werden wir uns nochmals der Telepathie zuwenden. Ihr habt ja schon einiges bei Meister Ethan gelernt. Doch müssen wir noch etwas trainieren, das Eindringen in unsere Gedanken zu verhindern.«

Bei diesen Worten wanderte sie an ihrem Pult auf und ab und versuchte, die Schüler auf die Wichtigkeit dieser Übung einzustimmen.

»Am besten können wir das üben, indem wir Dreiergruppen bilden. Jeweils zwei von euch können miteinander telepathisch in Kontakt treten. Das dürfte eigentlich nicht mehr allzu schwer für euch sein. Aber, und jetzt kommt's«, sie war stehen geblieben und hatte ihre Stimme leicht erhoben, »die dritte Person in der Gruppe versucht, in die Gedanken von einer der beiden anderen einzudringen. Dies soll verhindert werden.«

»Und wie sollen wir das machen?«, kam es aus einer der letzten Bänke, »indem wir an Rotkäppchen und den bösen Wolf denken?« Rondolfs Scherz ging reichlich daneben.

»Was gibt es dahinten so Inhaltsreiches zu bemerken?« Ihr Blick richtete sich sofort auf den Übeltäter. »Ich wäre an deiner Stelle nicht so vorlaut.

Ich möchte dein Gesicht sehen, wenn du einen Eindringling nicht abwehren kannst, und er sich munter in deinen Gedanken tummelt.«

Auf ihre scharfen Worte folgte sofort Stillschweigen. Rondolf zog seinen roten Kopf zwischen die Schultern und tauchte ab.

»Um erfolgreich ein Eindringen abwehren zu können, empfehle ich euch einen einprägsamen Satz, den ihr automatisch denkt, sobald ihr solch einen Angriff bemerkt.« Madame Griseldis schaute aufmerksam umher, um festzustellen, ob auch alle zuhörten. Immer alles zweimal sagen zu müssen, zerrte an ihren Nerven. Da aber alle aufmerksam waren, fuhr sie mit den Erläuterungen fort: »Das Beste ist, ihr nehmt einen Nonsenssatz, der kurz ist. Er darf euch nicht behindern in dem, was ihr dann gerade tut. Wissen alle, was ich meine?«

»W-wie mache ich das? N-nur Nonsens denken?«, ließ sich Ottokar vernehmen. »Das dürfte dem doch n-nicht schwer f-fallen«, äffte Joseph ihn halblaut nach. Madame Griseldis hatte das gehört, blickte zuerst zu Ottokar, um dann ihren Blick sofort auf Joseph zu richten. Der duckte sich schnell hinter den anderen weg.

»Ich glaube, das Thema ist zu ernst, UM DARÜBER JETZT NOCH IRGENDWELCHE BLÖDELEIEN LOSZULASSEN«, setzte sie lauter werdend hinzu. Sie fixierte Joseph mit strengem Blick und sagte nicht gerade freundlich: »Um konkret zu werden, Joseph: Was würdest du in einem solchen Moment des Angriffs denken? Nun? ... Was schlägst du in deiner unendlichen Weisheit vor?«

Damit hatte er den schwarzen Peter. »Dumm gelaufen«, flüsterte Erik und grinste. Aber Joseph ließ sich nicht beirren und gab zum Besten: »Ich würde einen Satz denken wie zum Beispiel: „Heute gibt es Kuchen“.«

Madame Griseldis war erstaunt über seine Schlagfertigkeit.

»Absolut zutreffend!«, lobte sie. »Ihr dürft in der Tat nicht lange nachdenken, es muss vielmehr reflexartig sein. Wenn ihr einen telepathischen Angriff verspürt, müsst ihr euch sofort damit abschotten. Irgendein Lied, das ihr besonders gut kennt, in Gedanken zu singen, ist eine gute Möglichkeit. Das hat nach unseren wissenschaftlichen Erkenntnissen die beste Wirkung.«

»Aber wenn mir kein Lied einfällt?«, ließ sich Rondolf hören.

»Was hast du denn gesungen, als du noch klein warst?«, wollte sie wissen. Hochnotpeinlich schoss Rondolf die Röte ins Gesicht. »Hänschen klein...«, stammelte er nur. In der Klasse brach die Hölle los.

Madame Griseldis versuchte, den Lärm zu bändigen und tadelte mit erhobener Stimme: »Ich weiß nicht, was es da zu lachen gibt. Tatsächlich ist es am besten, ihr nehmt ein Lied aus euren Kindertagen. Das funktioniert sehr gut, und solche Lieder sitzen in der Erinnerung am tiefsten. Da muss man nicht lange nachdenken.«

»Also los«, ermunterte sie die Schüler. »An die Arbeit.«

Einige kicherten noch, aber nach einigem Hin und Her bildeten die Schüler schließlich Dreiergruppen. Es gab auch einige Gruppen zu viert, wogegen Madame Griseldis jedoch nichts einzuwenden hatte. Besser so als gar keine Gruppen.

Bei Justus und seinen Freunden hatte sich auch eine Vierergruppe ergeben. Keiner von ihnen hatte große Lust, mit anderen in eine Gruppe zu gehen. Dafür dachten sie alle zu sehr an ihre bevorstehende Aufgabe. Sie wollten einfach vermeiden, sich durch eine Unachtsamkeit zu verraten. Praktischerweise hatten sie eine Mädchen- und eine Jungengruppe gebildet.

Schnell waren bei Miriam, Pauline und Sarah die Rollen zugeteilt. Während Miriam und Pauline eine Gedankenverbindung aufbauen wollten, versuchte Sarah bei beiden die Gedanken auszuspähen. Das war noch die einfachere Aufgabe, denn sie musste sich nicht auf die Abwehr konzentrieren.

Den Angriff von Sarah spürte Miriam sogleich. Um ihn abzuwehren, musste Miriam sich gehörig anstrengen. Sie versuchte, sich ein Lied ins Gedächtnis zu rufen und zu summen, um so eine gedankliche Barriere zu errichten. Dabei auch noch mit Miriam in Kontakt zu bleiben, kostete Miriam größere mentale Kraft als im Normalfall. Schweißperlen erschienen auf ihrer Stirn. Die verschiedenen Gedankenströme auseinanderzuhalten, sich auf das Lied zu konzentrieren und zugleich Pauline einen sinnvollen Gedanken zu schicken, bedurfte jeder Menge an Übung.

Die meisten Schüler schienen den Rat von Madame Griseldis zu befolgen, denn im Raum herrschte jetzt ein reges Summen.

Den Jungen erging es nicht anders. Die vier hatten verabredet, dass gleich zwei von ihnen einen Angriff starten sollten, während die beiden anderen versuchten sich auszutauschen.

Martin und Erik begannen zuerst mit dem Austausch, Justus und Joseph sollten angreifen. Doch die Brüder waren nicht so leicht zu bezwingen, da sie in ihrer Kindheit die gleichen Lieder gelernt hatten. Ihre Abwehr war kaum zu knacken.

Plötzlich, mitten in seinen Angriffsbemühungen, verspürte Justus ein eigenartiges Ziehen im Kopf, als würde jemand anderes versuchen, aus seinen Gedanken Informationen herauszulesen.

»Eh, halt«, raunte er seinen Mitstreitern zu, »da versucht einer, bei mir einzudringen. Ist das einer von euch?«

Die anderen drei schauten ihn fragend an, weil jeder von ihnen sich vollständig auf die abgesprochene Aufgabe konzentrierte.

Justus fuhr herum und schaute zu Edelmund und Ottokar hinüber, die mit einem dritten Schüler zugange waren. Wer anders als Schmalzlocke würde die Dreistigkeit besitzen, verbotenerweise in seinen Gedanken zu lesen. Und bei welcher Gelegenheit könnte es besser gelingen, als jetzt, wo viele versuchten, in die Gedankenwelt der anderen einzudringen. Tatsächlich nahm Justus für den Bruchteil einer Sekunde wahr, wie Edelmund alle seine Konzentration auf ihn lenkte.

Edelmund merkte, dass Justus ihn entdeckt hatte. Blitzartig richtete er seine Aufmerksamkeit auf seine beiden Kompagnons und tat so, als wäre er dort voll bei der Sache.

»Schmalzlocke hat gerade versucht, in meine Gedanken einzudringen«, flüsterte Justus seinen Freunden zu. »Lasst euch nichts anmerken, machen wir einfach weiter, als wäre nichts gewesen.«

Sie tauschten mehrfach die Rollen in Angriff und Verteidigung, sodass sie den Vorfall darüber bald wieder vergaßen.

Die Stunde verlief zwar schnell, doch die Angriffs- und Abwehrbemühungen kosteten eine Unmenge Kraft, da sie unablässig die volle Konzentration der Schüler erforderten. Madame Griseldis konnte an den Gesichtern der Schüler sehen, wie viel Anstrengung diese Übungen gekostet hatte. Ein sicheres Zeichen dafür, dass sich alle intensiv ihrer Aufgabe gewidmet hatten.

»Wie ich sehen kann, haben alle intensiv gearbeitet. So glaube ich, dass alle ein wenig mehr Übung darin bekommen, um ungewollte Angriffe richtig abwehren zu können«, ließ sich Madame Griseldis am Ende der Stunde vernehmen. »Eure Aufgabe besteht nun darin, bis zur nächsten Stunde weiter zu üben und eure Fähigkeiten in der Telepathie noch etwas auszubauen. In der nächsten Stunde werden wir die Ergebnisse erneut kontrollieren.«

Das Mittagessen bot eine willkommene Abwechslung. Die Mädchen waren sichtlich aufgekratzt, da ihnen die Übungen trotz der großen Anstrengung richtig Spaß gemacht hatten und sie sehr erfolgreich waren. Sie hatten den Angriffen der Kontrahentin gut stand halten können. Keiner war es gelungen, in die Gedankenwelt der anderen einzudringen. Das war ein echter Erfolg.

»Madame Griseldis hatte wirklich Recht. Es hilft, ein Lied parat zu haben und es in Gedanken zu summen oder zu singen«, fand Miriam, schaufelte sich eine Ladung Cilli con carne in den Mund und sah die Jungen mit einem zufriedenen Lächeln an.

Die vier dagegen schauten etwas schräg drein, denn durch den Zwischenfall mit Edelmund waren sie tatsächlich nicht so weit gekommen wie die Mädchen. »Schmalzlocke hat versucht, uns, das heißt Justus, zu attackieren«, raunte Erik den dreien zu. »Nicht jetzt darüber reden«, stieß Justus hervor. Er hatte einfach keine Lust, sich durch seinen Widersacher das gute Essen verderben zu lassen.

Nach dem Essen machten sie sich nach *Metatron* auf, um einfach nur auszuspannen. Der Raum war recht gut gefüllt mit Schülerinnen und Schülern, die alle das Gleiche vorhatten, ausruhen, lesen, Musik hören, abhängen.

Sie suchten sich ein stilles Eckchen mit ein paar bequemen Sesseln. Kaum begann Justus über Schmalzlockes Attacke zu berichten, als Pauline einen ungewöhnlichen Luftzug verspürte. Ärgerlich blickte sie um sich, um nach der Ursache zu fahnden und hätte fast laut aufgeschrien. Schräg über ihnen schwebte Edolfin in seiner vollen Größe. Schnell stupste sie Miriam, die gerade bequem ihre Beine über die Sessellehne gehängt hatte, in die Seite und wies nach oben. »Oh, was macht der hier?«, fragte sie unvermittelt in Justus' Rede hinein und schlug sich schnell die Hand vor den Mund. Ein paar Schüler in der Nähe hatten den Ausruf allerdings gehört und schauten sich verwundert um. Da sie aber nichts weiter als Regale sahen, schenkten sie dem Ganzen zum Glück keine weitere Beachtung.

Vorsichtig zog Pauline Erik am Ärmel, zeigte mit besonderem Nachdruck auf ein Buch auf dem Tisch und meinte: »Sieh mal, ein Buch über Kräuterkunde.« Ihre Freunde stutzten über die unzusammenhängende Äußerung, vor allem Justus fühlte sich in seinem Bericht über Schmalzlocke gestört.

Dann raunte sie leise: »Vorsicht Leute! Auf dem Regal sitzt unser Freund Edolfin.«

Sie blätterte in dem Buch, tat interessiert und sagte laut: »Mal sehen, ob wir was Interessantes für Meister Froderiks Kräuterküche finden können.«

Edolfin hier zu sehen war ein kleiner Schock. Außerhalb der Bibliothek war er noch nie aufgetaucht. Es musste einen besonderen Grund haben, dass er von dieser Regel abwich.

Erik reagierte gelassen, nahm das Buch in die Hand und stellte fest: »Ich glaube, dieses Buch ist sehr hilfreich für die kommende Stunde bei Meister Froderik.« Um nicht weiter aufzufallen taten sie so, als gäbe es nichts Wichtigeres auf der Welt als Kräuterkunde bei Meister Froderik. Nur Martin schlummerte wieder einmal friedlich vor sich hin und bekam von allem nichts mit.

Justus warf einen verstohlenen Blick in Richtung Edolfin und bemerkte dabei, dass dieser auf den Ausgang zeigte und dabei mit seinem Bart heftig durch die Luft wirbelte. Es schien, als wollte er sie zum schnellen Verlassen des Raumes veranlassen.

»Ich denke, wir sollten was an die frische Luft gehen«, befand Justus und rüttelte Martin heftig an der Schulter, damit er aufwachte. Edolfin vollführte inzwischen einen wahren Tanz auf dem Regal und wies immer heftiger auf den Ausgang.

Martin, gerade aus seinem schönen Schlummer erwacht, protestierte lauthals, wurde aber von den anderen einfach mitgezogen.

Die anderen Schüler der Klasse wunderten sich über das komische Verhalten der Gruppe - Edolfin war für sie ja gänzlich unsichtbar - und schauten nur irritiert hinter ihnen her, als sie so plötzlich abzogen. Sarah winkte noch einer anderen Mitschülerin zu und erklärte, dass sie die Sonne genießen wollten. Zum Glück hatte es aufgehört zu regnen, und die Sonne lugte langsam hinter den Wolken hervor.

Sie waren erst einige Meter den Flur hinunter, da wirbelte Edolfin um ihre Köpfe und wies sie an, in den nächsten Gang abzubiegen. Ohne zu zögern folgten sie seiner Aufforderung und landeten in einem selten benutzten Seitengang.

»Kommt«, forderte Edolfin sie auf, »wir springen nach Clandestinum.« Das brauchte er nicht zweimal zu sagen. Schon stellten sie sich zusammen und standen im nächsten Moment in ihrem Geheimraum.

»Das hat ja lange gedauert, bis ihr mich entdeckt habt«, grinste Edolfin spitzbübisch, um dann sogleich ernster hinzuzufügen: »Aber nun zu euch und eurem Auftrag. Es geht los!«

Das war ein Schock! Obwohl sie in den letzten Tagen mit ihrer großen Aufgabe immer vertrauter geworden waren, hatte keiner von ihnen damit gerechnet, dass es so schnell gehen würde.

»Jetzt direkt?«, fragte Sarah beklommen.

»Ja, jetzt direkt, ihr habt nur noch wenig Zeit. Am besten ist, ihr geht schnellstens auf eure Zimmer und lasst eure Kukullen dort. Die könnt ihr bei eurer Mission nicht gebrauchen. Zieht feste Schuhe an. «

»Brauchen wir vielleicht eine Taschenlampe? Ich hab‘ meine dicke Stablampe dabei«, sagte Martin stolz. »Die könnte ich mitnehmen.«

»Um Gottes Willen«, stöhnte Edolfin. »Die kannst du nicht gebrauchen. So wenig wie möglich große Dinge mitnehmen. «

»Doch, ich habe so eine moderne, extrem helle, die ich zu Weihnachten bekommen habe«, sagte Joseph und schmunzelte. Doch angesichts der bevorstehenden Reise wurde er sofort wieder ernst.

»Aber die brauchen wir überhaupt nicht. Wir haben doch unsere Translocostäbe. Damit können wir Licht machen.« Justus verdrehte die Augen. Er wollte zügig wieder zurück sein und sich vor allem nicht erwischen lassen.

»Kannst du irgendwie dafür sorgen, dass die beiden Pappnasen uns nicht in die Quere kommen?«, fragte er Edolfin. »Das wäre sehr hilfreich.«

»Das wird nicht nötig sein, dafür hat Metatron schon gesorgt. Ihr könnt völlig unbehelligt in eure Zimmer gehen. Springt am besten jetzt wieder in den Flur, von dem aus ihr hierher gekommen seid und dann geht auf eure

Zimmer, als wäre alles ganz normal.« Dabei sah er sie beschwörend an, ein Zeichen dafür, dass Edolfin auch nicht ganz gelassen war, obwohl er gar nicht mit auf die Reise gehen würde.

Sie verloren also keine Zeit, sprangen zurück in den Gang, von wo aus sie unbehelligt ihre Zimmer aufsuchen konnten, so wie Edolfin es prophezeit hatte.

Mit dem Nötigsten versorgt, trafen sie sich wieder und sprangen sogleich zurück nach Clandestinum, wo ihr Freund geduldig auf sie wartete.

Alle hatten ihre ältesten Sachen angezogen, vor allem unauffällige, da sie ja nicht wussten, in welche Situation sie geraten würden. Martin hatte noch schnell sein Schweizer Messer gegriffen und eingesteckt, während Miriam ihren Rucksack mit diversen Süßigkeiten gefüllt hatte, den sie nun auf dem Rücken trug.

Als Edolfin sie damit sah, meinte er nur: »Erschrick nicht, wenn ihr durch den Zauberspruch die Kleider getauscht habt, der Rucksack wird dann sehr wahrscheinlich auch irgendein alter, lumpenartiger Sack sein.« Bei der Vorstellung, wie das aussehen würde, grinste er breit.

»Übrigens, was hast du denn zum Essen da drin? Nur Schokolade und andere Süßigkeiten?«

»Das war das Einzige, was ich auf die Schnelle gefunden habe«, verteidigte sich Miriam.

»Moment, da kann ein ein wenig Abhilfe schaffen«, und im Handumdrehen zauberte Edolfin ein paar köstlich belegte Brote herbei, fein verpackt in Butterbrotpapier, die Miriam eilig in ihren Rucksack verstaute.

»Und dann habe ich noch etwas, das euch behilflich sein kann. Ihr habt doch mit Meister Froderik diese Kräuter gesammelt im Wald. Wenn ihr auch nicht viele davon sammeln konntet, weil diese Finsterlinge euch überfallen haben. Ich habe hier einen Schutztrank, der euch in ganz glimpflichen Situationen eine Hilfe sein kann. Jeder von euch braucht nur ein paar Tropfen auf die Zunge zu bekommen, dann seid ihr praktisch unverletzlich. Aber diesen Trank dürft ihr nur in absolut bedrängter Situation zu euch nehmen.«

Bei dieser Ankündigung sah Edolfin sie sehr eindringlich an. Er merkte aber, dass sie ihn richtig verstanden hatten.

»Wer will das kleine Fläschchen an sich nehmen?«

Miriam streckte ihre Hand aus und sagte: »Ich werde es in meinen Rucksack verstauen, damit nichts drankommt.«

»Super, dann wäre das auch erledigt«, stieß Edolfin zufrieden hervor.

Justus machte eine sehr nachdenkliche Miene. Ihn beschäftigte noch eine Frage, die unbedingt geklärt werden musste.

»Eine Sache sollten wir noch besprechen: In welchem Jahr kommen wir dort an?«, wandte er sich an Edolfin. »Das hast du uns noch gar nicht gesagt. Bis jetzt haben wir nur darüber gesprochen, dass es die Festung in Akkon ist. Aber in welcher Zeit werden wir dort ankommen?«

»Oh ja, das habe ich in der Aufregung fast vergessen«, gestand Edolfin schuldbewusst. »Ich dachte, ich hätte es euch schon längst mitgeteilt.«

Gespannt sahen die Freunde ihn an. Von den Templern wussten sie ja, dass diese viele Jahre im Heiligen Land und insbesondere in Akkon gewesen waren. Aber diesen Ort mussten sie nach einem Angriff durch die Mamelucken aufgeben.

»Du wirst doch jetzt nicht sagen, dass wir mitten hinein in die Schlacht mit den Mamelucken kommen, die dann Akkon eingenommen haben«, fragte Justus etwas ängstlich.

»Nein, keine Angst«, versuchte Edolfin sie zu beruhigen. »Mit diesem Kampf kommt ihr überhaupt nicht in Berührung. Die Zeit, in die ihr springt, ist viel früher. Da ist in Akkon, was kriegerische Auseinandersetzungen angeht, alles ruhig.«

Edolfin blickte die kleine Schar der Auserwählten aufmunternd an.

Dann erklärte er: »Der Großmeister, der zu der Zeit herrscht, in der ihr auf der Festung sein werdet, ist Eudes de Saint-Amand. Er war der 8. Großmeister der Templer, und zwar in der Zeit von 1171 bis 1179 und mit seinen Rittern daran beteiligt, die Armeen Saladins zu schlagen. Das heißt, ihr werdet in der zweiten Hälfte des 12. Jahrhunderts in Akkon sein.«

Edolfin konnte sie mit seiner Erklärung ein wenig beruhigen.

»Aber trotzdem bitte ich euch um alles in der Welt, nur ja vorsichtig zu sein! Achtet vor allem darauf, dass ihr euch nicht verliert. Ihr seid eine relativ große Gruppe. Vergesst nicht, dass ihr euch telepathisch verständigen könnt. Ihr habt das doch hoffentlich ausgiebig geübt?« Dabei schaute er sie prüfend an.

»Nun fängst du auch schon wie die Lehrer an«, kam es vorwurfsvoll von Martin. »Wir haben uns besonders angestrengt, das kannst du mir glauben, vor allem, seitdem wir wissen, was nun auf dem Spiel steht.«

»Das glaub' ich euch gerne«, gestand Edolfin, »aber auch ich bin ein bisschen aufgeregt. Das könnt ihr euch sicher denken. Es ist nur meine Sorge, die ich mir um euch mache, und eure Aufgaben, die auf euch warten.«

Damit wurde ihnen nochmals bewusst, wie schwierig dieser Auftrag war, überhaupt diese ganze Mission, die da auf sie wartete.

Bevor Edolfin ihnen die Karten erklärte, sagte er: »Wenn ihr mal an eine verschlossene Tür kommt, dann sagt einfach nur, indem ihr einen Translocostab auf das Schloss richtet, ***Apere te!***, das heißt ***Öffne dich!***, und wenn ihr eine Tür wieder verschließen wollt, dann sagt: ***Claude te!***, das heißt ***Schließe dich!***. Aber sprecht es nicht zu schnell aus, sonst wird daraus ein Imperativ plural und dann klappt der Spruch nicht. Alles klar?«

Als sie nickten, begann Edolfin anhand von verschiedenen Karten, die er mitgebracht hatte, ihnen die Umgebung zu erklären. Die Karten, die unterschiedliche Perspektiven eines festungsartigen Wohnviertels zeigten, waren schon sehr alt und teilweise auch reichlich verstaubt, sodass sich beim Öffnen dichte Staubwolken ausbreiteten.

Hustend und räuspernd machten sie sich mit der Lage verschiedenster Gebäude vertraut, während Edolfin sich bemühte, ihnen alles recht anschaulich zu beschreiben.

»Aber Metatron hat uns schon im Garten Teile der Festung sehen lassen, praktisch vor unserem geistigen Auge sind die Bilder entstanden«, warf Justus ein. »Brauchen wir dann noch unbedingt die Karten?«

»Es kann gut sein, dass darauf einige Dinge zu sehen sind, die bei der Vision, die Metatron euch gezeigt hat, nicht klar geworden sind. Ich möchte euch mit den Karten helfen, die Eindrücke zu vertiefen.«

Ungläubig schauten sie ihn an. Wie konnten solche alten Karten die unmittelbaren Eindrücke, die Metatron ihnen vermittelt hatte, noch verbessern?

»Wenn man eine Sache aus verschiedenen Perspektiven betrachtet, dann prägt sich alles nochmal intensiver ein«, ergänzte Edolfin. »Also sollten wir uns die Karten getrost noch kurz näher anschauen.«

Gehorsam folgten sie seinem Rat und beugten sich über die alten Teile. Tatsächlich entdeckten sie noch einige weitere Dinge, die sie noch nicht kannten.

Es war nicht nur eine Festung, das Areal hatte vielmehr die Ausmaße eines kleinen Ortes, der durch eine dicke festungsartige Mauer umgeben war. Man sah neben unterschiedlichsten Gebäuden auch viele Innenhöfe. Diese wurden durch enge Gassen und teilweise auch durch überwölbte Durchgänge verbunden. Daneben gab es große Treppen, die irgendwohin hinauf- und auch hinunterführten. So sahen sie eine sehr breite Treppe, die zu einem Mauerumlauf hinaufführte, der wie ein Wehrgang aussah. Es war wohl eine Festungsmauer, denn sie war mit mächtigen Zinnen bewehrt.

»Moment mal«, rief Justus aufgebracht. »Könnt ihr euch erinnern, dass ich euch letztens von meinem Traum erzählt habe, in dem auch eine Festung vorkam?«

Er wies auf einen der Innenhöfe, die auf der Karte zu sehen waren. Es war ein verhältnismäßig großer Hof, auf dem etwa in der Mitte eine kleine grüne Insel eingezeichnet war. »Das ist der Hof, den ich im Traum gesehen habe. Wahnsinn! Dann habe ich das wirklich schon vorausgesehen!« Justus erweckte den Eindruck, als würde er gleich verrückt werden. Seine Freunde blickten sich verwundert an.

»Ihr könnt euch doch sicher erinnern, dass ich euch kürzlich von diesem Traum erzählt habe, in dem diese Mächte der Finsternis vorkamen. Das war hier in einem der Höfe. Ich habe ihn gerade wiedererkannt!«

Jetzt blickten sie nicht mehr nur irritiert. Angst machte sich vielmehr in ihren Gesichtern breit. Pauline schaute Edolfin an und fragte entsetzt: »Da sollen wir hin?« Entrüstet sah sie von einem zum andern. »Sonst ist alles in Ordnung?«

Die anderen konnten ihr nur zustimmen. Jetzt war Edolfins ganze Überzeugungskraft gefragt, damit sie nicht kurz vor der großen Mission alles hinwarfen und einen Rückzieher machten.

»Nun denn«, begann er gedehnt, »ich weiß, dass die Mission, auf die ihr da geschickt werdet, nicht ungefährlich ist. Und weil die dunklen Mächte versuchen, das Tuch an sich zu bringen, werdet ihr ihnen unter Umständen begegnen. Es ist sogar sehr gut möglich, dass es so kommt. Ich nehme an, dass Justus eine Situation gesehen hat, in der ihr ihnen gegenübersteht ...«

Edolfin sah beschwörend von einem zum anderen. »Ich kann euch nur sagen: ERINNERT EUCH STETS AN EURE STARKEN FÄHIGKEITEN. Dann kann euch gar nichts geschehen. Auch die dunklen Mächte haben dann keine Chance gegen euch. Das müsst ihr euch immer vor Augen halten. Denn es ist nicht von ungefähr, dass ihr ausgesucht worden seid, diese besondere Mission auszuführen.«

»Also, was ich bis heute noch nicht verstanden habe«, warf Erik ein, »ist, wer uns ausgesucht hat. Wer ist das, der glaubt, wir seien die Einzigen, die das können?«

»Das kann und darf ich euch nicht sagen. Aber etwas darf ich euch sagen: Metatron gehört auch dazu. Und wo er zu Hause ist, da ist alle Macht der Welt zu Hause. Und diese Macht lässt keinen im Stich. Sie wird euch niemals verlassen. Das könnt ihr mir glauben. Das MÜSST ihr mir glauben.«

»Aber, wenn ich mir das alles, was du gerade sagst, durch den Kopf gehen lasse«, ließ Justus nicht locker, »und wenn Metatron, der ja nachweislich ein Engel ist, auch daher kommt, wo alle Macht der Welt zu Hause ist, dann kann das nur etwas mit dem Jenseits zu tun haben...«

»Das würde ja bedeuten, dass wir von irgendwelchen Himmelsmächten ausgewählt worden sind«, setzte Sarah den Gedanken von Justus fort.

»So kannst du es ausdrücken«, entgegnete Edolfin. »So ist es! Und ihr mit euren Fähigkeiten seid auserwählt, das Tuch mit dem heiligen Gesicht vor dem Bösen zu schützen, das in den dunklen Mächten Gestalt angenommen hat.«

Ein Moment des Schweigens trat ein. Ein ziemlich langer Moment. Seine Worte wirkten wie ein bleiernes Vermächtnis. Betroffen schauten sie sich an.

»Die Macht des Himmels wird euch begleiten und an eurer Seite sein. Aber trotzdem müsst ihr mit Vorsicht eure Mission erfüllen.«

»Ich hätte aber doch noch eine Frage«, ließ sich Joseph nach einem kurzen Moment vernehmen. »Welche Rolle spielst du bei der ganzen Geschichte? Was ist deine Aufgabe?«

»Ich bin nur ein Gehilfe der himmlischen Mächte, der euch immer dann zu Hilfe kommt, wenn ihr in Schwierigkeiten geratet oder in bestimmten Situationen nicht weiterwisst.«

Damit hatte Edolfin endlich das Geheimnis um seine Person aufgeklärt. Langsam zeigte sich wieder etwas Zuversicht in den Gesichtern der kleinen Gruppe.

Erik fand zuerst die Sprache wieder und trieb seine Freunde an. »Kommt Leute, ich denke, jetzt können wir mit etwas mehr Zuversicht an unsere Mission herangehen. Zurück zu den Karten.«

Schweigend schauten sie sich die restlichen Karten an. Überwältigend große Säle mit dicken Säulen und hohen Gewölben waren da zu sehen. Und dann war da wieder die Kirche. Auch sie bestand aus dicken festungsartigen Mauern, die an der Dachkante ebenfalls durch Zinnen gekrönt wurden. Sie war nicht wie herkömmliche Kirchen gebaut, sondern bestand lediglich aus einem länglichen Bau. Da musste man sich erst einmal durchfinden. Ob sie das schaffen würden? Alles, was sie sahen, machte auf sie einen sehr verworrenen, befremdlichen Eindruck.

Und wieder meldete sich in ihnen Zweifel am Gelingen der Mission. Edolfin spürte die Schwingungen der Unsicherheit, und so versuchte er ihnen Mut zu machen.

»Ihr seht hier eine große Anzahl von Räumen, Höfen und Gängen, aber ihr braucht euch nicht zu fürchten. Ihr seid mit euren Fähigkeiten so gut ausgerüstet wie kein anderer sonst. Ihr müsst sie nur anwenden, dann kann nichts schief gehen. Und vergesst nicht, ihr habt auch noch eure Magics«, fügte er hinzu.

»Wie sollen die uns helfen?«, fragte Joseph skeptisch. »Die sind doch nur auf die Schule eingestellt, oder sehe ich das falsch?«

»Wenn ihr dort ankommt, werden sie euch immer anzeigen, wo ihr euch befindet. Und auch der unterirdische Raum, die Krypta unter der Kirche, in der das Tuch aufbewahrt wird, wird euch angezeigt. Ihr werdet also immer genau wissen, wohin ihr gehen müsst. Die magischen Tafeln werden euch eine große Hilfe sein, eure große Mission zu erfüllen.«

»Aber«, fuhr Edolfin fort, »beinahe hätte ich eine wichtige Sache vergessen. Sollte es einmal ganz bedrohlich werden, habt ihr eine letzte Möglichkeit zur Hand. Es gibt einen Spruch, der aber nur im äußersten Notfall angewendet werden kann. Das heißt, ihr solltet ihn nicht in jeder x-beliebigen Situation anwenden und überstrapazieren.«

»Und was ist das für ein Spruch? Was bewirkt der?«

»Der Spruch lautet: ***Velamen tege nos!*** Das heißt: **Schleier bedecke uns.**«

»Und das soll funktionieren?«, fragte Joseph skeptisch.

Edolfin sah ihre ungläubigen Gesichter. Irgendwie taten sie ihm Leid. Es war aber auch eine riesige Menge an Unsicherheiten und Wagnissen, die er ihnen hier zumuten musste.

»Ihr könnt euch darauf verlassen. Wichtig ist nur, dass ihr zusammen seid und euch, wenn einer von euch den Spruch sagt, berührt und wenn es nur ein Zipfel von einer Jacke oder Hose ist. Es wäre nicht gut, wenn einer von euch dann auf einmal alleine herumstände und noch sichtbar wäre. Denn um ihn mit in die Unsichtbarkeit zu holen, müssten alle erst wieder sichtbar werden. Erst dann könntet ihr wieder zusammen unsichtbar werden. Dann wäre aber der Effekt des Unsichtbaren weg. Ihr seid ja trotzdem noch da und der Feind könnte auf euch losgehen. Und noch eins: Immer zusammenbleiben, das ist dabei äußerst wichtig. IMMER, IMMER, IMMER.« Vor Aufregung hüpfte und wirbelte Edolfin wie verrückt durch die Luft, dass sein Bart hin und her flog und binnen Kurzem um das Doppelte wuchs.

Alle begannen über das Bild, das er dabei abgab, zu lachen. Das wirkte befreiend. Durch die vielen Informationen, die so aufregend klangen, war die Anspannung in ihnen immer größer geworden.

»Ich hätte nur noch eine Frage«, meldete sich Justus. »Für den Fall, dass mal einer von uns von der Gruppe getrennt wird, kann der sich dann auch alleine unsichtbar machen?«

»Das geht natürlich auch«, beruhigte Edolfin. »Das ist überhaupt kein Problem. Nur passt auf, dass ihr euch nicht irgendwann alle einzeln unsichtbar gemacht habt. Denn ihr könnt euch, wenn ihr für andere unsichtbar seid, nur dann gegenseitig sehen, wenn ihr euch zusammen unsichtbar gemacht habt. Alles klar?« Sie nickten etwas zögerlich, obwohl sie nicht ganz einsehen konnten, dass sie sich das eine Mal sehen können sollten und das andere Mal nicht.

Edolfin sah ihre fragenden Blicke. »Ich kann euch das jetzt nicht im Einzelnen erklären, das würde zu lange dauern. Achtet einfach darauf, dass ihr euch anfasst, wenn ihr zusammen seid und euch unsichtbar machen wollt. Ist die Gefahr vorbei und ihr wollt wieder sichtbar werden, dann sagt einfach ***Velamen amove te!*** Was so viel heißt wie: ***Schleier entferne dich!***

Martin blies die angestaute Luft pfeifend aus, ein Zeichen dafür, dass sich seine Anspannung noch nicht gelegt hatte.

»Nun wollen wir noch einmal alles Revue passieren lassen, was wir besprochen haben, damit sich jede Einzelheit in eurem Gedächtnis festsetzen kann und nicht so schnell verloren geht«, ermahnte Edolfin.

Nacheinander wiederholten sie zusammen, was sie besprochen hatten. Es war eine große Fülle, die ihre Köpfe zum Rauchen brachten. Doch es waren immerhin sieben Köpfe und in die passte schon eine Menge hinein.

Zum Schluss packte Edolfin mit einem Fingerwisch alle Karten fein säuberlich zusammen. Das wirkte auf Justus und seine Freunde wie ein Startsignal zum Aufbruch. Ohne es zu wollen, vergrößerte Edolfin damit nur noch mehr die Anspannung in ihnen. Paulines Gesicht glühte plötzlich hochrot, ihr wurde richtig heiß.

»Ihr müsst los!«

Martin konnte ein Zittern, das sich über seinen Körper ausbreitete, nicht vermeiden. Es schüttelte ihn förmlich sich vorzustellen, dass sie im nächsten Moment in einer völlig anderen Zeit, wahrscheinlich unter ganz gefährlichen Bedingungen eine Mission erfüllen mussten, von deren Ausgang eine Menge abhing und für die sie alleine die Verantwortung trugen.

»Noch ein Tipp für euren Aufenthalt im Zwischenraum: Um ganz sicher zu gehen, haltet ihr euch an den Händen fest. Das ist die beste Möglichkeit, euch auf keinen Fall zu verlieren.«

Edolfin sah sie der Reihe nach an.

Justus griff nach Paulines und Sarahs Hand, Joseph, Miriam und die Brüder traten hinzu und schlossen den Kreis.

Stille herrschte in dem kleinen Raum. Sie waren startklar. Justus sah Edolfin an und stellte sich vor seinem geistigen Auge den Hof in der Festung vor, den er schon gesehen hatte und sagte leise: »Der Hof in der Festung.«

Dann schloss sie alle die Augen und er murmelte: »Hic Rhodos, hic salta!«

Im nächsten Augenblick war Edolfin allein. Inständig hoffte er, dass die kleine Gruppe, die er inzwischen fest in sein Herz geschlossen hatte, die schwierige Mission heil überstehen würde.

Zweiter Teil

25. Ankunft im Hof der Festung

Bizarre Lichter wirbelten vor ihren Augen. Langsam schwebten sie durch den zeitlosen Zwischenraum. Sie hielten sich fest an den Händen, so wie Edolfin es ihnen geraten hatte. Sie hatten zwar schon bei ihren Sprungversuchen die Bodenlosigkeit des Zwischenraums kennengelernt. Aber die Situation jetzt flößte Angst ein. Ganz fest krampften sich ihre Hände ineinander, um nur ja nicht auseinandergerissen zu werden.

Urplötzlich waren die Farben verschwunden, und sie fanden sich auf einem Hof in unmittelbarer Nähe einer dicken Mauer mit spitz zulaufenden Nischen wieder. Gleißend helles Sonnenlicht durchstrahlte den Hof, sodass sie blinzeln mussten, um überhaupt etwas sehen zu können. Langsam nur gewöhnten sie sich an die Helligkeit. Erik hatte als erster den Durchblick und zog die anderen schnell in eine Mauernische hinein, damit sie nicht gleich zu Beginn ihrer Mission entdeckt würden.

Alle Mauern, die den großen, rechteckigen Hof umgaben, boten ähnliche Nischen auf und waren allesamt aus hellem beigefarbenen Stein gearbeitet.

Verschüchtert drückten sie sich in die Ecke ihrer Nische aus Angst, gesehen zu werden und versuchten erst einmal zur Ruhe zu kommen. Der Flug durch den Zwischenraum hatte sie mehr angestrengt als erwartet. Gespannt lauschten sie, ob es Geräusche gab. Kein Laut war zu hören.

Einzig ein heftiger warmer Wind fegte rauschend durch den Hof und wirbelte gehörig viel Staub auf.

Vorsichtig steckte Justus seine Nase um die Ecke und versuchte, sich einen Überblick über ihren Standort zu verschaffen. Nichts war in diesem Hof zu sehen, nur gleißende Helligkeit. Die Mittagssonne stand hoch am Himmel und sandte ihre heißen Strahlen in den Hof.

Auf der anderen Seite, schräg links ihrer Nische gegenüber, befand sich ein Durchgang.

»Da drüben«, sagte er an seine Freunde gewandt, »gibt es einen Durchgang. Vielleicht führt der uns aus dem Hof hinaus.«

Der Wind pfiff jedoch inzwischen so heftig, dass sie ihn nicht versehen konnten. Er musste seine Entdeckung Erik direkt ins Ohr brüllen, der die Information ebenso weitergab. Miriam zeigte durch starkes Gestikulieren an, dass sie es besser fand, erst einmal ihre Kleidung zu wechseln.

Sie fassten sich an den Händen, wie Edolfin es ihnen empfohlen hatte, und Joseph sprach: »Vestes mutamines!« Aber nichts tat sich.

Betroffen schaute er auf seine Kleider und dann auf die Freunde. Er versuchte es noch einmal mit einer anderen Betonung: »Vestes mutamines!« Wieder nichts! Dabei wollte er doch stolz seine Verwandlungskünste beweisen.

»Heißt das nicht anders?«, brüllte Martin gegen den starken Wind an. Hilfesuchend sah er von einem zum andern. »Was hat Edolfin nochmal genau gesagt?«, fragte Pauline. Ihr Blick zeigte, dass sie sich nicht mehr richtig erinnern konnte. Panik stieg in ihr auf. Wenn ihr Unternehmen jetzt schon mit einer Panne begann, wie würde das dann nur weitergehen? Dummerweise hatte Edolfin den Verwandlungsspruch nur einmal genannt.

Erik deutete an, dass er dem Problem anders beikommen wollte. Er hockte sich hin und schrieb mit dem Finger in den Staub: „Form von mutare ist mutamini!" Justus las das Geschriebene, hockte sich neben ihn und ergänzte die ganze Formel: „Vestes mutamini!".

Erleichtert atmeten sie auf. Schnell fassten sie sich wieder an den Händen, und Justus sagte einigermaßen verständlich: »Vestes mutamini!«

Schon waren sie in die merkwürdigsten Kleider gehüllt. Befreiendes Lachen war die Folge. Leider hatten sich ihre festen Schuhe in einfache

Sandalen verwandelt. Aber das war jetzt das geringste Problem, das konnte vielleicht noch später gelöst werden.

Joseph suchte in der Tasche seiner fremd aussehenden Hose nach seinem Messer, das tatsächlich noch vorhanden war. Auch auf Miriams Rücken befand sich etwas Ähnliches wie ein Rucksack, das aber jetzt eher einem Minisack glich. Die Verwandlung hatte somit genauso funktioniert, wie Edolfin es vorhergesagt hatte.

Wieder schaute Justus in den Hof und zeigte auf den Durchgang auf der anderen Seite. Im nächsten Augenblick flitzte er schon über den Hof. Deckung suchend bewegte er sich von Mauernische zu Mauernische, bis er zum Durchgang kam, um durch ihn zu verschwinden.

Die anderen hielten den Atem an. Wenn jetzt jemand käme und sie entdeckte. Angespannt warteten sie in ihrer Nische auf ein Zeichen von Justus.

Die Sekunden vergingen wie im Schneckentempo. Endlich kam er um die Ecke des Torbogens gerannt. Im Nu hatte er den Hof überquert, um sich außer Atem in den Staub sinken zu lassen. Zum Schutz vor unliebsamen Entdeckungen hatten sie sich tief in eine Nischenecke zurückgezogen.

Nachdem er wieder durchatmen konnte, berichtete er die wichtigen Neuigkeiten, die er sich eingeprägt hatte.

»Stellt euch vor, es gibt noch eine Reihe weiterer Höfe, die alle aneinandergrenzen. Alle haben breite Treppen, die zu einem höheren Stockwerk führen. Genau wie die hier um die Ecke.«

Dabei wies er nach links, wo die besagte Treppe, die er auf dem Rückweg auf ihrer Hofseite gesehen hatte, nach oben auf die Mauer führte.

»Im nächsten Hof habe ich eine eisenbeschlagene Tür entdeckt. Ich hab‘ versucht, sie zu öffnen, ging aber nicht. Da war ein riesiges altertümliches Schloss dran. Keine Chance. Vielleicht haben wir ja eine bessere Möglichkeit, wenn wir hier hinaufsteigen.«

»Gab‘s sonst noch was zu sehen?«, wollte Martin wissen.

»Ich war noch in einem weiteren Hof, der sich unmittelbar an den benachbarten anschließt. Aber der ist vollkommen anders angeordnet, als dieser hier. Da gibt es in einer Ecke einen alten Ziehbrunnen mit ein paar Bäumen und Sträuchern. Vielleicht können wir uns da Wasser besorgen.«

Atemlos hörten sie ihm zu. Gleich zwei Höfe zu inspizieren, war schon sehr verwegen. Die Situation, in der sie steckten, war beklemmend. Bei aller Spannung, die sich durch Justus' Erzählung aufgebaut hatte, kamen sie sich doch recht verloren vor. Jeder von ihnen versuchte, im Moment damit klar zu kommen.

Erik war inzwischen aufgestanden und lugte vorsichtig um die Ecke, um die Lage zu erkunden. Er sah auch die Treppe, die weiter links an der Mauer entlang nach oben führte. Der Hof selbst war immer noch leer und verlassen. Der Wind hatte an Intensität abgenommen und heulte jetzt nicht mehr so laut, doch die Luft war noch reichlich staubgeschwängert.

»Am besten ist«, schlug er vor, »wir huschen schnell die Treppe hinauf und sehen, dass wir dort oben einen Eingang finden, durch den wir ins Innere gelangen können. Was meint ihr?«

Da der Aufenthalt in dieser Nische sie nicht wirklich weiterbrachte, stimmten sie ihm zu. Umgehend packten sie das Wenige, das sie bei sich trugen, zusammen und verließen einer nach dem anderen ihr geschütztes Versteck.

Gebückt rannten sie auf die Treppe zu, um möglichst ungesehen die nächsthöhere Ebene zu erreichen. Fast hätte Martin laut aufgebrüllt. Beim Versuch gleich zwei Stufen auf einmal zu nehmen, war er mit seinem Fuß heftig gegen die Steinstufe gestoßen, die höher war, als er angenommen hatte. Humpelnd versuchte er Anschluss zu halten.

Kaum oben angekommen, hörten sie von unten Geräusche, die wie schwere Schritte klangen. Hastig warfen sie sich auf den Boden und schauten vorsichtig über die Mauerkante nach unten in den Hof, um sich im nächsten Moment sofort wieder zurückzuziehen. Gerade noch rechtzeitig. Schon bogen zwei in schwere Kettenhemden gekleidete Ritter in den Hof und gingen zielstrebig in die Richtung, wo sie zuvor noch in der Nische gehockt hatten. Die Ritter verschwanden in einer weiteren Mauernische, die ihnen vorher nicht aufgefallen war.

Ein schwerer Schlüsselbund klirrte, dann hörten sie das Knirschen eines Schlüssels in einem Eisenschloss. Kurz darauf schlug eine Eisentür ins Schloss. Gespenstische Ruhe machte sich breit. Der Wind hatte fast vollständig aufgehört zu heulen, und der Hof lag still in der mittäglichen Hitze.

»Kommt«, flüsterte Justus, »lasst uns keine Zeit verlieren. Wir müssen hier weg.« Schon sprang er auf und hastete die Mauer entlang. Sie rannten bis zur nächsten Ecke, wo sich vor ihnen ein kleiner Platz auftat. Auf der anderen Seite ragte eine mächtige Zitadelle in die Höhe.

An verschiedenen Stellen des Hofes hatte sich die Natur einen Teil der Anlage wieder zurückerobert. An der Mauer der Zitadelle standen mehrere unterschiedlich große Büsche, und auch vereinzelte kleine Bäume waren zu sehen. Die Büsche boten eine gute Möglichkeit sich zu verstecken, wenn unverhofft jemand auftauchen sollte.

»Was ist?«, fragte Joseph seine Freunde, »wollen wir rüber? Hier knallt die Sonne total auf uns drauf, und drüben ist's schön schattig.«

Schweiß rann ihnen aus allen Poren und ließ ihre Kleider am Leib kleben. Auf diese Hitze waren sie nicht vorbereitet. »Edolfin hätte uns auch sagen können, wie heiß es hier ist«, beklagte sich Pauline. Unablässig wischte sie sich den Schweiß von der Stirn.

»Also los«, spornte Justus seine Freunde an. Ein kurzer Blick über den Hof, und schon hasteten sie quer hinüber auf die andere Seite mitten unter die Büsche im Schatten der Mauer. Hier konnten sie ein wenig die Kühle an der Wand genießen. Direkt hinter den Büschen, ziemlich versteckt, bemerkten sie eine Tür.

»Was meint ihr, wollen wir versuchen, ob sich die Tür öffnen lässt?« Martin war voller Tatendrang. Sie betrachteten die schwere Eisentür, die natürlich dazu verlockte, sie näher zu inspizieren. Sie war reich verziert mit unendlich vielen Nägeln und mit verschiedenen fremdartigen Symbolen. In der Mitte prangte ein großes Kreuz, dessen Enden gespalten waren. Justus versuchte sich gerade zu erinnern, woher er dieses Kreuz kannte, als ihn Erik bei seinen Überlegungen störte.

»Seid mal leise!«, unterbrach ihn Erik. »Hört ihr das?«

Er hielt eine Hand an sein Ohr, um besser hören zu können und die anderen anzuhalten, still zu sein. Sie konnten ein Rauschen vernehmen. Es kam von jenseits der Mauer, an der sie gerade noch entlang gelaufen waren.

»Das hört sich an wie Meeresrauschen«, vermutete Miriam.

»Sekunde, das haben wir gleich«, und im nächsten Moment stand Joseph wieder auf der anderen Seite und versuchte einen Blick zwischen den Zinnen hindurch. Weit unter sich konnte er die Wellen des Meeres an die Felsen schlagen sehen, auf denen die Festung errichtet war.

Im Nu kehrte er zurück, um den anderen von seiner Entdeckung zu berichten. Aber kaum war er wieder bei seinen Freunden, da hörten sie, wie sich von innen jemand an der Tür zu schaffen machte.

Ängstlich duckten sie sich tief ins Gebüsch. Sie machten sich so klein wie möglich, um keinesfalls entdeckt zu werden. Knarrend und quietschend schwang die Tür auf, und ein Mann kam heraus. Er trug zwei Eimer voll mit Abfällen quer über den Hof. Ein übler Geruch breitete sich aus.

Er ging genau an die Stelle, wo Joseph gerade noch gestanden hatte, und entleerte die Eimer mit Schwung über die Mauerkante. Er beugte sich noch über die Mauer und warf einen kontrollierenden Blick hinab auf die Meeresbrandung. Das Meer würde die Abfälle mit der Zeit alle wegspülen. Zufrieden pfeifend kam er zurück und hielt genau auf die kleine Gruppe zu. Justus und seine Freunde waren starr vor Entsetzen und verhielten sich mucksmäuschenstill. Sie wagten kaum zu atmen. Der Schrei eines Vogels hoch über der Festung ließ ihn seinen Blick in die Höhe richten. So schenkte er dem Gebüsch keinerlei Beachtung, bemerkte sie daher nicht und verschwand, wie er gekommen war, durch die Tür.

Erleichtert atmeten sie durch. Das hätte böse ins Auge gehen können. Schon am ersten Tag ihrer Expedition entdeckt zu werden, das wäre es gewesen.

»Das war knapp«, stellte Justus lakonisch fest. Der Schock über die zweite Fastentdeckung saß tief. Wenn ihr Unternehmen ständig solche Zwischenfälle für sie bereit hielt, würden sie schnell an ihre körperlichen und geistigen Grenzen kommen, dessen war sich Justus sicher. Er hätte sich nie träumen lassen, dass sie in so kurzer Zeit so vielen gefährlichen Situationen hätten bewältigen müssen.

»Wir können aber nicht die ganze Zeit hier sitzen bleiben«, meinte Erik, der versuchte, wieder etwas Bewegung in die Gruppe zu bringen.

»Sollen wir nicht versuchen, ob sich die Tür öffnen lässt? Ich habe vorhin, als sie zuschlug, kein Schlüsselgeräusch gehört.«

Ihre Aufregung hatte sich etwas gelegt, sodass sie den nächsten Schritt wagen konnten. Justus näherte sich leise der Tür, legte sein Ohr an das Eisen und versuchte, etwas von drinnen zu hören. Das war jedoch unmöglich, da sie sehr massiv war. Joseph trat hinzu und versuchte die mächtige Klinke zu bewegen. Vorsichtig drückte er, und im nächsten Moment war die Tür offen. Behutsam zog er an dem schweren Teil, und quietschend bewegte sie sich in ihren Angeln.

Erschreckt von dem Geräusch wichen die anderen tiefer ins Gebüsch zurück und hielten den Atem an. Justus und Joseph standen wie versteinert und hielten die Tür fest, damit sie keinen weiteren Laut abgab. Dann zogen sie ganz langsam an ihr, Zentimeter um Zentimeter, ganz vorsichtig, um das Quietschen nicht zu laut werden zu lassen. Kalte Luft strömte ihnen aus dem Inneren wohltuend entgegen. Sie versuchten einen Blick hineinzuwerfen, doch mussten sich ihre Augen erst langsam an die Dunkelheit gewöhnen, um etwas erkennen zu können.

Da sie keine weiteren verdächtigen Geräusche hörten, zogen sie nun etwas mutiger die Tür weiter auf. Gleich darauf hatte sich Joseph durch den Spalt gezwängt und stand in einem Raum, der lediglich durch einen brennenden Kienspan erhellt wurde. Justus gab den anderen ein Zeichen und schon huschten sie alle hinterher. So leise wie möglich zogen sie die Tür wieder zu und hockten sich an die Mauer, die eine angenehme Kühle ausstrahlte.

26. In der Festung

Erik zog seine Magic hervor, denn er erinnerte sich an Edolfins Worte, dass die Tafeln überall ihren Standort anzeigen würden. Umgehend leuchtete ihm der Grundriss des Raumes entgegen, in dem sie sich befanden. Dass die Magic unzweideutig ihren Standort in aller Deutlichkeit wiedergeben würde, hätten sie sich nicht träumen lassen. Doch die Tatsache, dass es so war, machte sie wieder etwas zuversichtlicher.

Justus hatte sich währenddessen umgesehen und auf der gegenüberliegenden Seite des Raumes das Geländer einer Treppe gesichtet, die in die Tiefe führte. Mutig schlich er hinüber und lauschte nach unten, konnte aber nichts Verdächtiges vernehmen.

Er winkte die anderen heran, und im nächsten Augenblick standen sie alle am Treppengeländer. Angestrengt horchten sie in die Tiefe.

»Was machen wir jetzt?«, fragte Pauline leise. Die Angst entdeckt zu werden, stand ihr ins Gesicht geschrieben. »Sollen wir da hinunter?«

»Es bleibt uns nichts anderes übrig«, flüsterte Erik zurück. »Aber Sekunde, unsere Magics können uns doch anzeigen, ob da jemand ist. Das kennen wir doch aus der Bibliothek.«

Wieder inspizierte er seine Tafel. Sie zeigte ihm nur Leere an, was wohl so viel bedeutete, dass in der Nähe der Treppe niemand war.

Auch Miriam hatte ihre Magic hervorgeholt, und auch darauf war nichts zu sehen als lediglich der Grundriss des Raumes und die Treppe.

»Wollen wir's wagen?« Sarah hatte ein mulmiges Gefühl. Was würde sie da unten erwarten? Und was wäre, wenn doch jemand käme, während sie sich noch auf der Treppe befänden? Wie schnell konnten sie wieder hier heraufkommen? In diesem Moment dachte keiner von ihnen an die verschiedenen Möglichkeiten, sich retten zu können, zum Beispiel durch einen Sprung an einen anderen Ort. Aber würde das auch im Moment einer großen Aufregung funktionieren? Diese Gedanken schossen Sarah durch den Kopf. Aber darüber nachzusinnen, hatten sie jetzt nicht genügend Zeit.

»Kommt, wir können schließlich nicht hier herumstehen und Wurzeln schlagen. So lange sich niemand auf der Magic zeigt, sind wir auf der sicheren Seite«, befand Justus. »Wir können ja einen von uns bestimmen, der seine Magic immer bereit hält, um auf eventuelle Gefahren aufmerksam zu machen.«

Sie sahen sich an und die Wahl fiel auf Miriam. Sie nickte nur kurz, und damit war die Frage geklärt.

»Also los, auf ins Gefecht«, gab Joseph die Devise aus. Seine Freunde staunten nicht schlecht über seinen Mut, den er schon die ganze Zeit bewiesen hatte. Er wurde hier zum richtigen Abenteurer.

Im nächsten Moment lief er gewandt die Treppe hinunter, sehr bemüht, leise zu sein. Die anderen huschten hinterher. Sie mussten höllisch aufpassen, es war kein Geländer vorhanden und die Treppe führte recht steil nach unten. An den Wänden brannten in regelmäßigen Abständen Kienspanfackeln, die ein schummeriges Licht abgaben. Ihr Rauch stieg in dünnen Schwaden hoch und verteilte sich entlang der Decke. Die Luft in diesem beengten Treppenabgang war hier trotz des Rauchs angenehm frisch und kühl. Es musste also von irgendwoher eine Frischluftzufuhr kommen. Aber darauf zu achten war jetzt nicht die Zeit, sie hatten schon genug damit zu tun, ihre Aufregung und Anspannung zu unterdrücken, die mit jeder weiteren Stufe nach unten stiegen.

Unten angekommen gab es einen kurzen Gang, der an einer weiteren Eisentür endete. Wenn hier jetzt jemand erscheinen würde, wären sie geliefert. Erik blickte Miriam fragend an, die sogleich einen Blick auf ihre Magic warf.

»Alles klar«, war ihre beruhigende Auskunft. Justus schob sich an den anderen vorbei nach vorne zur Tür, um sie näher zu inspizieren. Auch sie hatte ein mächtiges altertümliches Schloss mit einer großen Klinke, die mit Eisendübeln an der Tür befestigt war.

Er sah die anderen fragend an. Dann versuchte er, die Klinke so vorsichtig wie möglich herunter zu drücken. Sie machte keinerlei Schwierigkeiten, was bedeutete, dass sie häufiger benutzt wurde. Ein kurzer, heftiger Druck und die Tür öffnete sich in einen Raum hinein, der ebenfalls durch flackerndes Licht erhellt wurde. Im Gegensatz zu der Türe oben zum Hof gab es hier kein Quietschen und Knarzen.

Vorsichtig schoben sie sie weiter auf und wagten einen Blick in den dahinterliegenden Raum. Was sich da vor ihnen auftat, war der einfach überwältigend. Der Raum war geradezu riesig und schien zudem unendlich hoch zu sein. Gespannt horchten sie nach Geräuschen, die von Menschen herrühren konnten. Aber es blieb alles still.

Langsam drückten sie die Tür ganz auf und schlüpften schnell hindurch. Sie blickten sich um und gewahrten ein hohes Gewölbe, das auf der einen Schmalseite durch eine Mauer begrenzt war, die im oberen Bereich ein Fenster hatte. Auf der gegenüberliegenden Seite öffnete sich der Raum in ein weiteres Gewölbe, das sich rechtwinklig anschloss. Der Raum, der wie die Treppe durch eine Reihe von Fackeln erhellt wurde, glich einem schmucklosen Kellerraum. Die Wände bestanden aus grob behauenen quaderartigen Steinen, die bis zur Decke hinaufreichten. Die Längsseiten des Raumes waren so gemauert, dass sie im oberen Drittel zur Mitte zusammenliefen und das Gewölbe bildeten.

Überall standen Kisten und Kästen herum. Man konnte den Eindruck gewinnen, als wären sie nur für kurze Zeit hier abgestellt, um im nächsten Moment abgeholt zu werden.

Vorsichtig bahnten sie sich einen Weg hindurch, sehr darauf bedacht, nicht anzustoßen und Lärm zu erzeugen. Erik wagte sich bis zur Mauerecke vor und lugte in den Querraum hinein. Er war lang wie eine Lagerhalle mit mehreren Seitenräumen. Überall befanden sich Kienspanfackeln an den Wänden, die leise vor sich hin walkten und ihren Ruß zur Decke schickten. Unterhalb der Fackelhalter sah Erik kleine Wappen, die alle das gleiche Kreuz zeigten wie an den Türen. Die Freunde hockten jetzt versammelt neben Erik an der Wand und wagten ebenfalls einen Blick in das Längsgewölbe.

Am hinteren Ende der Halle waren Tische aufgestellt, auf denen Kerzenleuchter den Raum zusätzlich erhellten. Plötzlich klang von dort Stimmengemurmel herüber.

»Mist«, stöhnte Justus. »Was machen wir jetzt?« Er schaute die anderen hilfesuchend an. »Wir können doch schlecht hier hocken bleiben.«

Miriam wagte sich nochmals vor und konnte erkennen, wie Männer mit weißen Umhängen in der Nähe der Tische das Gewölbe durchschritten und durch eine Tür am Kopfende des Gewölbes verschwanden. Gespenstische Ruhe kehrte ein.

Ratlos und stumm blickten sie sich an. Hier sitzenzubleiben und auf eine Erleuchtung zu warten war jedenfalls keine Lösung.

Justus schaute vorsichtig in die andere Richtung. Das Gewölbe zog sich rechts nicht so lang hin wie auf der linken Seite. Am Ende gab es an der Stirnseite eine Tür. Die Entfernung war nicht allzu groß, um kurz hinhuschen zu können und zu sehen, ob man sie öffnen könnte. Eine andere Möglichkeit sah er nicht, um weiterzukommen.

»Was glaubt ihr, ob wir mit der Tür vielleicht Glück haben?« Er schaute seine Freunde fragend an. Joseph nickte ihm zu, blickte kurz nach links, wo vorher noch die Geräusche und die Stimmen zu hören waren und drückte sich dann an der rauhen Mauer entlang Richtung Tür. So kam er an einem weiteren hohen Gewölberaum vorbei, in dem eine Unmenge verschiedener Waffen fein säuberlich und geordnet in dafür vorgesehenen Halterungen standen. Völlig perplex lief er zu seinen Freunden zurück.

»Ihr glaubt nicht, was hier nebenan für eine Waffensammlung steht«, flüsterte er aufgeregt. »Was da zu sehen ist, das ist der absolute Hammer. Kommt mit, ich zeig's euch.«

Und schon zog er die anderen hinter sich her in den nächsten Raum. Was sie hier sahen, war ein gigantisches Arsenal an Waffen unterschiedlichster Größen und Gattungen. Speere, Armbrüste, Beile und Äxte, Morgensterne für den Kampf Mann gegen Mann, und jede Menge Schilde zur Verteidigung befanden in Reih' und Glied aufgereiht an den Wänden. Im hinteren Bereich des Raumes standen genau wie nebenan eine Menge von Kisten, die hier ordentlich aufeinander gestapelt waren.

Plötzlich hörten sie Schritte von links, wo Miriam zuvor die Männer mit den weißen Umhängen gesehen hatte. Sie kamen rasch näher. Was sollten sie jetzt tun? Eine ausweglose Situation! Es gab von hier kein Entrinnen, denn es gab keine Tür, durch die sie hätten entweichen können.

»Und nun?«, fragte Sarah ängstlich.

»Schnell in die Ecke dort.« Erik schob seine Freunde vor sich her und drückte sie in den hinteren Bereich des Raumes. »Jetzt den Unsichtbarkeitsspruch.«

Justus überlegte kurz. Er hatte sich ihn ganz fest eingeprägt. »Kommt halten wir uns an den Händen«, kommandierte er. Dann sagte er leise: »Velamen tege nos!«

Im nächsten Augenblick besaß die Umgebung einen leicht bläulichen Schimmer. Jetzt konnten sie nur darauf hoffen, dass der Schleier wirklich so funktionierte wie Edolfin es beschrieben hatte.

Mucksmäuschenstill standen sie da und harrten auf den, dessen Schritte sie näherkommen hörten. Pauline stand dicht neben Justus, weil sie dem Schleier nicht so recht traute.

Was wäre, wenn die Person in ihre Richtung käme? Aber eigentlich bestand die Gefahr nicht, da direkt in ihrer Nähe weder Waffen noch Kisten standen.

Da bog auch schon ein Ritter, ein Baum von einem Mann, um die Ecke. Ein mächtiges Kettenhemd bedeckte seine Brust, und sein braun gebranntes Gesicht strahlte große Entschlossenheit aus. Über dem Kettenhemd trug er einen weißen Überwurf mit einem auffallend großen roten Kreuz. Sarah hätte fast einen Ruf der Verwunderung ausgestoßen. Sie hatte schon viel über die Templer gelesen. Nun stand einer leibhaftig vor ihr.

Blitzschnell legte Erik ihr seine Hand auf den Mund und gebot ihr, leise zu sein. Keiner von ihnen wagte sich zu bewegen. Ihre Angst war zu groß, trotz des Schleiers doch noch entdeckt zu werden. Der Ritter suchte bei den Lanzen herum und wählte zwei aus. Dann ging er zu den Schilden, und auch von dort nahm er zwei. Dabei kam er der kleinen Gruppe ziemlich nahe, sodass sie seinen starken Schweißgeruch wahrnehmen konnten.

Martins Nase bekam das überhaupt nicht, und schon machte er Anstalten zu niesen. Miriam hielt warnend den Finger vor den Mund. Schnell zog er vorsichtig sein Taschentuch hervor und hielt es sich vor die Nase. Dabei klapperte irgendwas in seiner Tasche, was den Ritter aufhorchen ließ. Er wandte sich in ihre Richtung und sah angestrengt zu ihnen hinüber und lauschte. Natürlich konnte er nichts entdecken, sie waren ja unsichtbar. So wandte er sich nach einigen Sekunden, die ihnen wie eine halbe Ewigkeit erschienen, wieder seinen Waffen zu. Sie hielten die Luft an, peinlich darauf bedacht, kein weiteres Geräusch zu machen.

Der Ritter schaute nochmals herum und zog dann mit seinen Sachen ab. Sie horchten noch einige Zeit auf seine Schritte, die sich immer weiter entfernten, bevor sie sich bewegten. Justus murmelte: »Velamen amove te!« Schon war der bläuliche Schein verschwunden, und alles war wieder klar zu erkennen.

»Das wäre überstanden«, flüsterte Joseph leise und löste sich ein wenig von den anderen, die immer noch bewegungslos in der Ecke standen.

Vorsichtig gingen sie nach vorne und warfen einen Blick ins Längsgewölbe. Die Luft war wieder rein. Doch waren sie etwas unschlüssig über den nächsten Schritt, der zu tun war. Die Lage, in der sie steckten, war durch und durch verzwickt. Welchen Weg sollten sie jetzt einschlagen? Konnten sie sicher sein, dass nicht schon wieder jemand daherkam und sie überraschte? Aber jetzt aufzugeben und zu verzagen, brachte sie nicht weiter und hätte zudem das Ende der Mission bedeutet.

Sie hatten einen Auftrag und den galt es zu erfüllen, koste es, was es wolle. Es war ihnen anzumerken, dass diese Gedanken sie alle beschäftigten.

»Ich wäre dafür, dass wir uns zu der Tür dahinten rechts in der Stirnwand schleichen und probieren, ob wir da weiterkommen«, schlug Sarah vor.

»Am besten ist, einer geht los und kundschaftet das erstmal aus.« Pauline blickte die Jungen herausfordernd an. Aber was Jungen konnten, konnte Miriam schon lange.

»Ich gehe«, sagte sie kurz, dabei warf sie einen kontrollierenden Blick auf ihre Magic, auf der keine weiteren Lebenszeichen außer ihrer eigenen zu erkennen waren. Sie sprach: »Velamen tege me!« und war nicht mehr sichtbar.

»Super!«, flüsterte Justus und erntete ein leises Lachen.

Die Tür war etwa zehn bis fünfzehn Meter von ihnen entfernt. Die Freunde warteten gebannt, was geschehen würde. Die Tür schien wie all die anderen ebenfalls aus massivem Eisen zu sein und besaß in der Mitte ebenfalls ein großes Kreuz. Doch im Gegensatz zu den anderen handelte es sich hier um eine doppelflügelige Tür.

Plötzlich öffnete sie sich langsam. Dann war Miriam auch schon wieder sichtbar. Sie winkte die Freunde zu sich und im Nu standen alle bei ihr und waren blitzschnell durch die Tür gehuscht.

Sie kamen in einen riesigen Saal. Unzählige Bögen, die von unglaublich dicken Säulen getragen wurden, unterteilten ihn.

Einen solchen Saal hatte noch keiner von ihnen gesehen. Auffällig waren vor allem die gigantischen Säulen. Es brauchte eine Handvoll Männer, um sie vollständig umfassen zu können.

Miriam holte nochmals ihre Magic hervor, um zu sehen, ob ihnen auch wirklich keine Gefahr der Entdeckung drohte. Die Luft war rein, und so inspizierten sie ausgiebig die verschiedenen Gegenstände, die hier zu sehen waren.

Riesige Holztische und Bänke füllten den Saal. Sie waren zwar einfach und schlicht, und doch machten sie einen vornehmen Eindruck. An den Wänden rundherum hingen Wappen, die auf die verschiedenen Herkünfte der Bewohner hinwiesen. Danach zu urteilen, musste es eine Unmenge an Rittern geben, die hier in der Festung zu Hause waren.

An verschiedenen Stellen brannten auch hier Kienspäne, die an den Wänden in kunstvollen Halterungen steckten, und unterhalb der Fackelhalter waren in Stein gehauene Wappen mit Kreuzen zu sehen.

»Das scheint so was wie der Rittersaal der Templer zu sein«, stellte Erik fest. »Überall die typischen Kreuze. Hast du in deinem Traum damals in der Schule nicht auch solche Kreuze gesehen?«

»Die Gruppe der Männer in der Kapelle hatten alle einen weißen Umhang mit einem roten Kreuz«, bestätigte Justus.

»Die Gestalten, die ich vorhin gesehen habe, die dort hinten am anderen Ende das lange Gewölbe verließen, hatten ebenfalls weite, weiße Umhänge an. Und der Mann in dem Kettenhemd trug doch auch einen weißen Überwurf mit rotem Kreuz«, ergänzte Miriam.

Aufmerksam betrachteten sie die vielen Wappen an den Wänden, die auch in den Rückenlehnen der Stühle eingearbeitet waren.

Martin verglich sie mit den Symbolen auf den Wappen an der Wand und meinte: »Ich glaube, hier hat jeder der Ritter, der sein Wappen an der Wand hängen hat, einen eigenen Stuhl.«

Am Ende des Saales standen drei größere Stühle mit höheren Lehnen. Justus deutete darauf und sagte: »Hier sitzen wohl die Anführer«, und grinste schelmisch. »Ich tippe mal, dieser Raum ist so eine Art Kapitelsaal, so wie das hier alles angeordnet ist.«

»Was ist das denn schon wieder?«, fragte Martin, »Kapitelsaal?! Hab' ich noch nie gehört.«

»Das ist der Raum, wo eine Gruppe wie die Ritter hier zum Beispiel ihre täglichen Versammlungen abhalten und wichtige Entscheidungen treffen.«

Erik hatte derweil eine weitere Tür entdeckt. »Wohin die wohl führt?«

»Wir probieren einfach, ob sie offen ist. Dann werden wir's ja sehen.« Sarah näherte sich der Tür, die von einem mächtigen steinernen Rahmen eingefasst war.

»Moment«, hielt Justus sie zurück. »Bevor wir weiter auskundschaften, lasst uns zuerst einen Schlachtplan zurechtlegen, um für alle Fälle gewappnet zu sein.«

»Ich bin dafür, dass wir im Notfall immer in das Gewölbe springen, wo wir zuerst angekommen sind, wo die Kisten so wirr durcheinander gestanden haben. Das scheint mir so eine Art Abstellraum zu sein. Da könnten wir uns auch verstecken, wenn das mit dem Schleier mal nicht klappt«, schlug Pauline vor.

»Machen wir das«, stimmte Erik zu.

»Wir springen also, wenn Gefahr droht und wir nicht zusammen sind, immer dahin«, vergewisserte sich Joseph.

»Sehr gut gefolgert«, frotzelte Sarah und grinste.

»Miriam, kannst du nochmal sehen, ob einer in der Nähe ist?«, bat Justus.

Ein Blick auf die Magic und Miriam konnte reine Luft vermelden.

Joseph ging zur Tür und betätigte die Klinke. Wie schon die anderen Türen war auch diese nicht abgeschlossen.

»Die scheinen sich hier ja sehr sicher zu sein«, stellte Erik lakonisch fest.

Hinter der Tür befand sich ein kleiner Raum, der leer war und nur an der linken Wand eine weitere Tür hatte.

»Schnell hinein«, ermunterte Pauline. Sie hatten die Tür hinter sich noch nicht geschlossen, da stand Joseph schon an der nächsten und probierte die Klinke.

Geräuschlos sprang die Tür auf und gab den Blick in einen nischenartigen Durchgang frei. Eine dicke Mauer trennte die beiden Räume voneinander. Sie traten einen Schritt zurück, um nicht direkt von der anderen Seite entdeckt zu werden. Miriam, die wieder ihre Magic zu Rate zog, gab aber Entwarnung.

Als Justus den angrenzenden Raum betrat, stieß er einen entsetzten Ruf aus und kam aufgeregt zu den anderen zurück.

»Das ist der Raum, den ich gesehen habe!«, flüsterte er erregt. »Das ist genau die Kirche aus meinem Tagtraum.«

Sie sahen ihn verblüfft an. Das war jetzt der endgültige Beweis, dass Justus ein Seher war.

Erik schob sich durch die Nische an den anderen vorbei und warf einen Blick in die Kirche. Nach ein paar Schritten stand er in einem der beiden Kirchenschiffe. Justus folgte ihm. Er versuchte alles, was er zu sehen bekam, mit den Bildern aus seinem Gedächtnis übereinander zu bringen.

Wie ein Puzzle setzte sich alles in seinem Kopf zusammen. Nur der Standort, an dem er sich jetzt befand, öffnete ein etwas anderes Blickfeld als in seinem Traum.

Langsam bewegte er sich in die Mitte und umrundete eine der mächtigen Säulen, die in einer langen Reihe den Kirchenraum in der Mitte unterteilten, während seine Freunde abwartend in der Nische standen. Genauso hatte er alles gesehen. Die Bänke weiter vorne mit ihren Symbolen standen genauso vor ihm, wie in seinem Tagtraum, mit allen skurrilen Wesen, die er schon damals als furchterregend empfunden hatte. Auch die Skulpturen erkannte er, und er erinnerte sich, dass sie den Männern glichen, die damals in den Bänken gestanden hatten.

Alle kamen in den weiten, hohen Kirchenraum und sahen sich neugierig um. Die Luft war kühl und verströmte einen angenehmen Weihrauchduft. Durch die hochgelegenen Fenster drangen helle Sonnenstrahlen und fielen direkt auf den Altar. Er erstrahlte wie eine Lichtinsel inmitten des dunklen Chorgestühls.

Joseph stand vor dem Chorgestühl und starrte ungläubig auf die Gestalten, die ihn anschauten. Er fühlte sich sofort an ihre Schule erinnert. Es bestand eine augenfällige Ähnlichkeit.

Jeder hatte sich auf Entdeckertour begeben. Die Fresken an den Wänden strahlten mit ihren kräftigen Farben in den Raum hinein. Sie stellten Szenen des Todes und der Auferstehung Jesu dar, so wie sie im Johannes-

Evangelium beschrieben werden. Sarah hatte sich ins Chorgestühl gesetzt und saugte die Darstellungen mit großen Augen in sich auf.

Es dauerte nicht lange und Miriam saß genauso fasziniert neben ihr. Die Gemälde hatten eine unglaublich starke Ausstrahlung.

Sarah begann leise zu summen, und als Miriam die Melodie erkannte, stimmte sie spontan ein. Beide waren gänzlich in das Bild versunken, das das leere Grab Jesu zeigte. Ihre inneren Kräfte bündelten sich und ließen die Szenen Wirklichkeit werden.

Ein riesiges plastisches Bild materialisierte plötzlich im weiten Kirchenraum. Der Eingang des leeren Grabes wurde sichtbar und auch der große Rollstein, der zur Seite bewegt worden war. Doch dann veränderte sich das Bild und ließ das Innere des Grabes erkennen. Leinentücher kamen in den Blick, die wohl den Leichnam bedeckt hatten. Unweit davon ein weiteres Tuch, fein zusammengefaltet.

Das musste das Schweißtuch sein, das das Gesicht Jesu bedeckt hatte. Das Ziel ihrer Mission hier in Akkon!

Gebannt blickten sie auf diese Szene, die sich geräuschlos vor ihnen bewegte. Eine große Strahlkraft ging von diesem riesigen Bild aus. Auch die anderen waren vollkommen in seinen Bann gezogen. Sie hatten sich inzwischen ebenfalls im Chorgestühl niedergelassen.

Sie fühlten, wie sich eine intensive Kraft ihrer bemächtigte, die ihren Atem stocken ließ. Niemand sagte ein Wort, nicht das kleinste Geräusch war zu hören, nur das leise Summen der beiden Mädchen. Die ganze Kirche strahlte.

Doch dann wurde das Bild blasser und langsam sank es wieder in sich zusammen. Sarah und Miriam saßen erschöpft eng beieinander. Die Visualisierung hatte sie viel Kraft und Energie gekostet. Justus war zu ihnen herangerückt und versuchte sie zu stützen. Das Bild hatte sie alle sehr beeindruckt.

Joseph fand als erster die Sprache wieder. »Irre, Leute, einfach der Hammer.« Die anderen waren noch zu benommen, um etwas sagen zu können. Jeder war mit seinen eigenen Gedanken beschäftigt, Erik und Pauline sahen sich das Fresko an, von dem alles ausgegangen war. Martin saß inzwischen auch bei den Mädchen und starrte gedankenverloren vor sich hin.

Sie waren aber nicht die Einzigen, die diese Erscheinung gesehen hatten. Unbemerkt hatte eine Gestalt aus einer der vielen Nischen heraus alles miterlebt und sich nach dem Verschwinden des Bildes schnell zurückgezogen.

»Wir müssen weiter«, unterbrach Erik endlich die Stille. »Wir können ja hier nicht bis in alle Ewigkeit sitzen. Wollen wir nicht nachsehen, wo die Gruft ist, in der der Sarkophag stehen soll?«

Justus wusste von anderen alten Kirchen, die er mit seinen Eltern früher schon besucht hatte, dass so etwas wie eine Krypta immer im Bereich des Altares zu finden war. Es musste also in seiner Nähe einen Eingang geben.

Sie konnten nicht mehr alles so richtig wahrnehmen, da die Sonne verschwand, ein Zeichen dafür, dass es draußen zu dämmern begonnen hatte.

Justus ging nach vorne und inspizierte den Altar näher. Wie er vermutet hatte, auf der rechten Seite direkt an der Mauer der Altarkonche gab es eine steinerne Treppe, die ins Dunkel hinunterführte. Er winkte den anderen, die nun auch das Chorgestühl verließen. Unschlüssig standen sie an der düsteren Treppe und schauten in das undefinierbare Dunkel hinunter.

»Ich kann ja mit meinem Translocostab etwas Licht machen«, sagte Justus und versuchte sich an den Befehl zu erinnern, den ihnen Madame Zetha Zethissima hierfür mitgegeben hatte.

»Lux«, murmelte er, doch es tat sich nichts. »Viat lux! heißt das«, flüsterte Erik. Er befürchtete, von jemand gehört zu werden. Aber alles blieb still. Mittlerweile war es in der Kirche zunehmend dunkler geworden, Draußen musste die Dämmerung weiter fortgeschritten sein. Alles war nur noch sehr schemenhaft zu sehen.

Justus gab also den Befehl »Viat lux!«, und schon war die Treppe in gleißendes Licht gehüllt. Die plötzlich auftretende Helligkeit ließ sie erschrocken zurückweichen, und Justus bemühte sich, den Lichtstrahl mit der Hand abzuschwächen, soweit, dass es reichte, um am unteren Ende der Treppe eine eiserne Gittertür wahrnehmen zu können.

Joseph und Miriam stiegen langsam die schmale Treppe hinunter und versuchten einen Blick in die dahinter liegende Kammer zu werfen. Doch das Licht reichte nicht bis in die Kammer hinein. Joseph probierte die Tür zu öffnen, aber im Gegensatz zu allen bisherigen Türen war diese hier verschlossen. Ergebnislos kehrten sie zu den anderen zurück.

Justus ließ den Lichtstrahl wieder erlöschen, sodass sie nun fast im Dunkeln standen, ziemlich unheimlich in dieser großen Kirche.

»Am besten, wir springen zurück in die erste Halle mit den Kisten und überlegen dort, was wir machen«, schlug Erik vor. Schnell stellten sie sich eng zusammen, Justus sagte: »Reditus in classem«, und schon befanden sie sich zwischen den Kisten und Kästen, die noch genauso unordentlich herumstanden wie beim ersten Mal.

Glücklicherweise war alles glattgegangen, denn von weit hinten hörten sie Stimmen. Sie waren nicht alleine. Martin schlich leise bis zum Quergewölbe, schaute vorsichtig um die Ecke und konnte eine große Anzahl Ritter wahrnehmen, die dort an mehreren Tischen beim Essen zusammensaßen.

»Ich glaube, hier können wir nicht bleiben«, flüsterte er den anderen zu. »Da ist schwer was los«.

»Dann lasst uns nach draußen springen.« Pauline war höchst unwohl zumute.

»Aber wohin?« Sarah schaute unschlüssig umher.

»Am besten in die Mauernische, wo wir zuerst waren.«

Plötzlich hörten sie lautes Stühlerücken. Die Ritter schienen aufzubrechen. Martin huschte nochmals zur Mauerecke und kam gleich wieder zurück. »Da kommen welche direkt in unsere Richtung«, berichtete er ängstlich. Im Handumdrehen standen sie zusammen und befanden sich im nächsten Moment nach einem weiteren Sprung wieder genau in dem Hof, wo sie nach dem Zeitsprung gelandet waren.

Doch jetzt war es fast vollkommen dunkel, sodass sie nur die Mauern der Festung wahrnehmen konnten, die sich gespenstisch gegen den Himmel abhoben. Sie zogen sich in die Mauernische zurück und versuchten sich zu beruhigen.

Nach einer Weile meinte Miriam: »Hier können wir aber auch nicht bleiben. Erinnert euch daran, dass zwei Ritter hier vorbeikamen, als wir dort oben auf der Mauer waren.«

»Ich habe eine Idee«, unterbrach sie Justus. »Im übernächsten Hof hatte ich auf meinem Erkundungsgang einen Ziehbrunnen mit Bäumen und

Büschen gesehen, die eng beieinanderstanden. Lasst uns dorthin gehen. Vielleicht können wir uns dort verbergen. Und für den Notfall haben wir unseren Schleier«.

»Hört sich gut an«, meinte Erik. »Also los, gehen wir.«

»Aber kein Licht machen, nicht dass wir entdeckt werden«, warnte Justus. »Ohne Licht kann man sowieso besser sehen«.

So schlichen sie vorsichtig, nach allen Seiten die Augen offen haltend, auf die andere Seite des Hofes, wo der Durchgang zum nächsten Hof war. Gerade wollten sie diesen betreten, da sahen sie von der anderen Seite her einen Lichtkegel durch die Dunkelheit wandern. Eilig wichen sie zurück und drückten sich eng gegen die Mauer.

Einen Augenblick später konnten sie hinter der Lichtquelle die Silhouette von Rotfuchs und Schmalzlocke erkennen. Martin hätte vor Verblüffung fast einen lauten Schrei losgelassen, wenn Erik ihn nicht daran gehindert hätte.

»Was jetzt?«, fragte Pauline hektisch.

»Schnell dort hinüber zur Wand und dann den Schleier«, erwiderte Justus leise.

»Velamen tege nos!«, flüsterte Erik und schon zeigte sich ein dunkelblauer Schimmer, wenn auch nur ganz schwach in der Dunkelheit.

Mucksmäuschenstill standen sie an der Mauer und beobachteten wie ihre Kontrahenten über den Hof schlichen. So hörten sie Rotfuchs jammern, ihm schien die Angst im Nacken zu sitzen.

»Nun halt endlich deine Klappe. Es ist ja nicht zum Aushalten mit dir«, konnten sie Edelmunds ärgerlichen Kommentar auf Ottokars Gejammer hören. »Wir werden schon einen geeigneten Lagerplatz finden.«

»Hätten wir uns nur nicht auf diese blöde Sache eingelassen«, klagte Ottokar. »Können wir nicht wieder zurückspringen?«

»Willst du jetzt etwa kneifen?«, schimpfte Edelmund weiter. »Wir sind mit einer Mission betraut, vergiss das nicht. Wie willst du Cha'ur Ha'muttaht gegenübertreten, wenn wir jetzt in die Schule zurückkehren würden? Und vergiss nicht die dicke Belohnung, die wir kriegen sollen.«

»Der Cha'ur Dingsbums braucht doch gar nichts davon zu erfahren. Wir melden uns einfach nicht mehr.«

»Glaubst du, der findet uns in der Schule nicht, bei all der Macht, die diese Typen haben? Da müssen wir jetzt durch«, wies Edelmund Ottokar zurecht.

Im nächsten Moment waren die beiden durch den Torbogen hindurch, wandten sich der breiten Treppe auf der anderen Seite des Hofes zu und stiegen dort auf die nächst höhere Ebene hinauf.

Justus und seine Freunde atmeten erleichtert auf. Das war so gerade nochmal gut gegangen.

»Habt ihr gehört?«, wandte sich Justus leise seinen Freunden zu. »Wer mag wohl dieser Cha'ur Ha'muttaht sein? Und was haben die beiden für eine Mission?«

»Lasst uns darüber später nachdenken. Jetzt sollten wir erstmal zu diesem Versteck gehen, das du gesehen hast«, forderte Pauline ungehalten. »Aber den Schleier sollten wir noch in Aktion lassen, kann nicht schaden.«

Sicher verhüllt überquerten sie, eng beieinander bleibend, den Hof und betraten kurz darauf den nächsten Burghof, wo sich die Baum- und Strauchgruppe befinden musste. Ihre Augen hatten sich inzwischen an das Dunkel gewöhnt. So konnten sie bald auf der rechten Seite eine kleine Baumgruppe mit Sträuchern neben der Außenmauer wahrnehmen. Auf der linken Seite des Hofes erhob sich ein größeres Gebäude wie ein schwarzer Koloss in den Nachthimmel.

Schnell huschten sie hinüber und tauchten in den Büschen unter. Erschöpft ließen sie sich auf dem weichen moosigen Untergrund nieder, der sich unter den Sträuchern und Bäumen gebildet hatte.

»Hier werden wir erstmal die Nacht verbringen müssen«, befand Justus.

»Dann sollten wir uns so einrichten, dass wir anständig schlafen können.« Joseph begann sogleich, es sich bequem zu machen.

»Wir müssten aber auch was essen«, sagte Pauline. Ihr Magen knurrte schon die ganze Zeit. »Miriam, pack' mal die Leckereien aus.«

Miriam holte ihre Schätze aus dem altmodischen Sack hervor.

»Esst aber nicht alles auf einmal auf. Wir brauchen auch morgen noch was«, wies sie die Jungs zurecht, die sich wie halb verhungerte Tiere über die Brote hermachten. Zum Schluss gab es noch ein paar Kekse. So konnten sie sich wenigstens einigermaßen gesättigt zur Ruhe legen, das bei dem beengten Raum zwischen den Büschen und der Mauer nicht so einfach war.

27. Erste Begegnung mit den dunklen Mächten

Am nächsten Morgen wurden sie von den ersten warmen Sonnenstrahlen geweckt, die ihr Licht in das Gebüsch schickten. Ihre Glieder schmerzten, da sie alle kreuz und quer durcheinander lagen.

Justus wagte einen Blick in den Hof. Still lag er vor ihnen, nur ein leichter Wind wirbelte feinen Sand auf, aber das waren sie ja schon vom Vortag gewohnt.

»Was wollen wir als Nächstes in Angriff nehmen?« Fragend schaute er in die verschlafenen Gesichter seiner Freunde.

»Zuerst mal was essen«, meldete sich Joseph, der sich kräftig den Schlaf aus den Augen rieb.

»Wir sollten gleich versuchen, ein paar Etagen höher zu kommen. Vielleicht können wir uns von oben einen Überblick über die Festung verschaffen«, schlug Erik vor. »Wir können ja mal sehen, ob es im nächsten Hof nicht auch einen anderen Aufgang nach oben auf die Mauer gibt.«

Nachdem sie ihren ersten Hunger gestillt hatten, brachen sie vorsichtig auf und erreichten nach einigen Metern den nächsten Hof, wo am anderen Ende eine breite Treppe auf die Mauer führte. Hastig rannten sie über den Hof die Treppe hinauf. Oben angekommen sahen sie, dass sie auf einer gut vier bis fünf Meter dicken Außenmauer standen, auf der sich eine Reihe von Spitzbogen entlang zog, die kleine Mauernischen bildeten.

Um nicht von unten entdeckt zu werden, liefen sie geduckt zu einem dieser Bogen und sondierten von dort aus die Lage. Alles blieb ruhig, nur der Wind blies ihnen nach wie vor um die Ohren.

Von ihrem Platz aus konnten sie weit ins Landesinnere schauen. »Wie es aussieht, sind wir hier auf der Landseite. Wir sind also auf der anderen Seite der Festung angelangt «, stellte Martin fest.

»Ich gucke mal, was da vorne an der Kante ist, Moment«, sagte Joseph und robbte auch schon geduckt aus dem schützenden Spitzbogen über die breite Mauer. Kaum an der Kante angekommen, schrak er zurück. Vor ihm fiel die Mauer steil ab in einen Graben, der sich mindestens acht bis zehn Meter tief unter ihm auftat. Nach links hin lief der Graben eine ganze Strecke schnurgeradeaus an der Mauer entlang. Auf der rechten Seite beschrieb die Mauer eine bogenartige Ausbuchtung, sodass Joseph hier nicht allzu weit sehen konnte. Der Graben selbst war bestimmt sechs bis sieben Meter breit. Auch auf der anderen Seite gab es eine steil nach oben steigende Wand. Der Graben war mit Sicherheit nicht so einfach zu überwinden.

Joseph kehrte schnell zu den anderen zurück. »Stellt euch vor, ein riesiger Graben ist da unten, breit wie hoch. Der schiere Wahnsinn, was die hier gebaut haben.«

Seine Freunde wollten auch einen Blick hinunterwerfen und näherten sich vorsichtig auf allen Vieren der Mauerkante. Plötzlich sahen sie auf der rechten Seite Edelmund und Ottokar, sie kamen um den runden Mauervorsprung herum. Erschreckt zogen sie sich von der Kante zurück, um nicht entdeckt zu werden.

Urplötzlich wurde es aus heiterem Himmel dämmrig. »Schnell zurück in die Ecke«, warnte Justus. Keine Sekunde zu spät, denn schon sahen sie zwei fast schwarze Gestalten auf den Graben zuschweben. Gespannt beobachteten sie, wie sie hinunter in den Graben sanken, direkt auf Edelmund und Ottokar zu.

Justus robbte vorsichtig zurück zur Mauerkante, um einen Blick nach unten zu wagen. Er konnte die Situation gut überblicken und beobachtete, wie nun die beiden da unten von den schwarzen Monstern angesprochen wurden.

Plötzlich löste sich ein Steinbrocken und flog mit weiteren kleinen Steinen in den Graben. Sofort duckte sich Justus weg, doch zu spät, die gespensterhaften Monster hatten ihn wahrgenommen. Er huschte zurück in den Bogen.

»Sie kommen herauf.« Eilig zogen sie sich in eine Ecke zurück und Justus flüsterte schnell »Velamen tege nos!« Sofort waren sie von einem lichtblauen Schleier umgeben. Ängstlich verharrten sie dort gespannt, was jetzt geschehen würde. Die beiden Gestalten waren auf die Mauer hinaufgekommen und schwebten unmittelbar vor ihrem Torbogen. Sie bewegten sich hin und her auf der Suche, wer oder was den Steinschlag ausgelöst haben mochte. Zum Glück machte der Schleier nicht nur unsichtbar, sondern verhinderte wohl auch jegliche Witterung.

Nach einer Weile rückten die beiden Finsterlinge wieder ab und verschwanden in den Graben hinunter. Kurze Zeit später verflüchtigte sich das Dämmerlicht wieder, ein sicheres Zeichen, dass die beiden Monster verschwunden waren.

Erik kroch unter dem Schleier hervor und wagte sich vorsichtig und leise bis zur Mauerkante vor. Unten im Graben war alles still. Von Edelmund und Ottokar war nichts mehr zu sehen.

Inzwischen hatte Justus den Schleier wieder deaktiviert. »Und was machen wir jetzt?«, fragte Sarah noch ganz verängstigt.

»Ich schlage vor, wir gehen einfach mal vorsichtig die Mauer entlang und sehen, wohin wir gelangen.« Justus sah die anderen aufmunternd an.

So brachen sie auf und passierten noch eine Reihe kleinerer Bögen, bis sie schließlich an ein Gebäude kamen, das direkt an die Festungsmauer grenzte. Dahinter lag ein weiterer Hof, wesentlich größer als die Höfe, die sie bisher kennengelernt hatten. In der Mitte war eine grüne Insel mit Büschen und einer kleinen Baumgruppe zu sehen, die guten Schatten spendeten. Auch führte eine breite Steintreppe hinab in den Hof.

»Sollen wir es wagen hinunterzugehen?«, fragte Miriam. »Wir können uns ja in die Büsche schlagen und dort überlegen, wie wir weiter vorgehen.«

Da keiner etwas gegen den Vorschlag einzuwenden hatte, huschten sie im Handumdrehen die Treppe hinunter und nahmen Kurs auf die Büsche. Justus und Erik hielten sich noch an der Mauer auf, um die Lage zu sondieren. Die anderen hockten schon im Gebüsch, das eine gute Deckung bot.

Die beiden Jungen standen in der Ecke eines Mauervorsprungs, als in Justus plötzlich eine Erinnerung hochstieg. Diese Situation hatte er ebenfalls schon einmal erlebt. Schnell machte er Erik ein Zeichen und schon landeten sie in der Deckung.

Und nun zeigte sich alles so, wie er es in seinem nächtlichen Traum erlebt hatte.

Hinter ihnen sah er einen großen Spitzbogen, der in einen weiteren Hof führte, und geradewegs vor ihnen war eine eiserne Tür in der Ecke zu sehen, wo das Gebäude an die Festungsmauer stieß.

Für Justus fühlte sich alles total unwirklich an, da er ja genau wusste, was jetzt kommen würde.

Joseph wollte die Tür untersuchen und huschte sogleich los.

Einige flinke Schritte und er stand an dem eisernen Einlass und lauschte. Plötzlich drangen aus der Richtung des Spitzbogens Stimmen zu ihnen herüber. Sofort jagte Joseph zurück ins Gebüsch. Er hatte sich kaum niedergelassen, da kamen schon drei in schwere Kettenhemden gekleidete Ritter auf den Hof und hielten auf die Tür zu.

Die Freunde hielten den Atem an und beobachteten gespannt die Situation. Einer der Ritter zog einen schweren Schlüssel aus seinem ledernen Gürtel und steckte ihn ins Schloss. Geräuschlos ließ sich der Schlüssel im Schloss drehen und im nächsten Moment ging die Tür nach innen auf.

Die Ritter betraten das Gebäude und ließen die Tür achtlos zurück ins Schloss gleiten. Doch bevor die Tür noch den Rahmen erreichen konnte, war Joseph nach vorne gesprungen und hinderte sie daran ins Schloss zu fallen. Das war mutig!

Fast gleichzeitig setzte wieder eine Dämmerung ein, die rasch zunahm. Gerade noch hatte die Sonne den Hof in helles Licht getaucht. Joseph war so verdattert, dass er ganz unsicher wurde und fragend zu den anderen hinüberblickte. Erik bedeutete ihm, irgendetwas zwischen Tür und Rahmen zu klemmen, um ein Zufallen der Tür zu verhindern.

Joseph griff sich ein kurzes Aststück und steckte es zwischen Tür und Rahmen. Wie der Blitz war er zurück im Versteck. Keinen Augenblick zu spät, denn schon traten zwei Ritter mit weißen Umhängen durch die Tür und blieben wie angewurzelt stehen. Die Dunkelheit hatte rasch zugenommen, alles war nur noch umrisshaft zu erkennen. Die Freunde zogen sich tief ins Gebüsch zurück und hofften nicht entdeckt zu werden. Das einzig Gute an der Dämmerung war, dass sie ihnen zusätzlichen Schutz bot.

Im nächsten Augenblick rissen die beiden Ritter ihre scharfen Schwerter aus ihren Scheiden und zeigten sich kampfbereit. Urplötzlich hatten sich schwarze Gestalten aus der Dunkelheit gelöst und schwebten auf die beiden Ritter zu.

Nicht nur die Ritter hatten die Gestalten erblickt, auch Justus mit seiner Crew konnten sie erkennen. Die Ritter versuchten mit ihren blitzenden Schwertern gegen die geisterähnlichen Monster vorzugehen. Zischend fuhren sie durch die Luft, doch sie stießen auf keinerlei Widerstand. Die Freunde hielten den Atem an und drängten sich instinktiv zusammen und versuchten, keine Geräusche zu machen.

Die schwarzen Schattengestalten dagegen ließen einen der beiden Ritter in die Luft steigen und im nächsten Moment gegen die Wand krachen. Er rutschte an der Wand entlang auf den Steinboden, leblos blieb er liegen. Der Ritter hatte keine Chance.

Der andere wich entsetzt zurück. Doch zu spät, er hatte die Gestalten gesehen, das kostete ihn das Leben.

Auch er schwebte plötzlich in der Luft und als wäre er eine leichte Feder, entfernte er sich mit zunehmendem Tempo von der Festung und verschwand in der Dunkelheit.

Justus kniff die Augen zusammen, schüttelte den Kopf, als versuchte er, die Bilder, die sich vor ihnen abspielten, von sich abzuschütteln. Aber sie waren real und vor allem eine echte Wiederholung seines Traumes! Ihm wurde fast schlecht, als ihm bewusst wurde, was jetzt noch folgen würde.

Martin beobachtete mit offenem Mund das Geschehen. Miriam schluckte krampfhaft. Sie hatte Sarah am Arm gepackt und hielt sich an ihr fest. Alles war schauerlich unwirklich. Gebannt starrten sie auf die Szenerie, die sich da vor ihnen abspielte, jedoch durch die starke Dunkelheit nur schlecht zu erkennen war.

Plötzlich fiel Martin zur Seite. Er hatte sich auf die Knie gehockt, und durch die angespannte Haltung bekam er einen Krampf im Oberschenkel, sodass er sein Bein blitzschnell ausstrecken musste. Dabei brach ein Ast im Gebüsch und erzeugte ein lautes Knacken.

Die dunklen Gestalten verharrten abrupt in ihrer Bewegung. Schrecken durchfuhr die kleine Gruppe. Erik hatte sich als erster gefangen und gab den anderen ein Zeichen, sich so leise wie möglich zu verhalten.

Sie wichen hinterrücks durchs Gebüsch zurück auf den Innenhof und versuchten, sich trotz der Dunkelheit einigermaßen zurechtzufinden. Justus erinnerte sich an den Torbogen auf der anderen Seite des Hofes, den er jetzt nur erahnen konnte. Trotzdem bemühte er sich, den anderen die Richtung anzugeben. Während sie davonrannten, erhob sich ein heftiger Wind und die Luft begann, sich wabernd zu bewegen.

Justus schaute sich um und sah, wie die beiden Gestalten hinter ihnen her schwebten.

»Schneller, schneller, sie kommen«, brüllte er gegen den Sturm an. Sie rannten auf den spitzen Torbogen zu, um auf den anderen Hof zu gelangen. Doch zu ihrem Entsetzen sahen sie, wie durch den Durchgang weitere dunkle Monster auf sie zugeschwebt kamen.

Sie saßen in der Falle. Unmittelbar hinter ihnen die beiden Verfolger, vor ihnen drei weitere Gestalten, die ihnen den Weg abschnitten. Dazu noch diese fast undurchdringliche Dunkelheit.

»Springen!«, brüllte Justus nur, und alle wussten sofort, was er meinte. Ein leises, mehrfaches „Reditus in locum" war zu hören, und alle landeten in dem Gewölbearm, in dem sie sich ganz zu Anfang versteckt hatten. Nur einer fehlte. Joseph war nicht bei ihnen.

»Wo ist Joseph?«, fragte Pauline mehr ärgerlich als ängstlich. »Er wird doch nicht zurückgeblieben sein?«

Jetzt war es passiert! Irgendwann musste es ja so kommen, dass in einer Notsituation einer von ihnen verloren ging.

Erschöpft und niedergeschlagen ließen sie sich auf den Kisten und Kästen nieder.

»Wir haben doch alle den Spruch „Reditus in locum" richtig ausgesprochen?!«, fragte Erik etwas verunsichert.

»Psst!«, machte Miriam leise, denn sie hatte etwas gehört, ein Geräusch, das gar nicht so weit entfernt geklungen hatte.

Sie lugte um die Ecke in das Längsgewölbe, und tatsächlich kam da jemand auf sie zu. Erschrocken wich sie zurück, drängte die anderen in die Ecke, gebot ihnen zu schweigen und sprach: »Velamen tege nos!« Sogleich waren sie von dem bläulichen Schimmer des Schleiers bedeckt.

Keine Sekunde zu spät! Gleich darauf bog ein schäbig gekleideter Mann um die Ecke, der sich sogleich an einer der Kisten zu schaffen machte. Er holte irgendwelche fremd aussehenden Geräte heraus, ließ die Kiste mit lautem Knall zufallen und zog wieder ab.

Sie blieben noch eine Weile bewegungslos stehen, ängstlich darauf bedacht, kein falsches Geräusch von sich zu geben.

Als sie nichts mehr hörten, sagte Sarah leise: „Velamen amove te!“, und der Schimmer verschwand.

»Was machen wir jetzt?«, fragte Miriam besorgt. Was wäre nur, wenn sie Joseph nicht mehr wiederfinden würden? Ratlosigkeit und Angst spiegelte sich in ihren Mienen.

»Wir könnten es mit Telepathie probieren«, flüsterte Erik leise.

Währenddessen befand sich Joseph durch eine falsche Vorstellung in dem Hof, in dem sie bei ihrer Ankunft in der Festung gelandet waren. Er musste etwas falsch verstanden haben. Da er aber nicht sicher war über seinen Standpunkt, beschloss er, über die breite Treppe, die sich auf der linken Seite des Hofes befand, nach oben zu steigen und sich einen Überblick zu verschaffen.

Hurtig spurtete er die Treppe hinauf und blieb keuchend oben stehen. Warum waren die einzelnen Stufen aber auch so hoch?

Von hier oben hörte er wieder die Meeresbrandung wie beim ersten Mal. Das gab ihm wenigstens etwas Orientierung. Doch da senkte sich ein Dämmerlicht auf die Festung. »Nicht schon wieder«, stöhnte er verzweifelt. Schnell versuchte er sich in Sicherheit zu bringen und rannte eiligst über den oberen Hof auf der Suche nach einem Versteck. Er bog um die nächste Ecke, da sah er wieder diese Gestalten von oben herabschweben.

In höchster Not versuchte er den Unsichtbarkeitsspruch. »Velamen..., verdammt!« Er hatte ihn vergessen.

Er verbarg sich hinter einem Mauervorsprung und versuchte mit aller Kraft seine Freunde telepathisch zu erreichen. »WO SEID IHR?«, brüllte er in seinen Gedanken. Er setzte so viel verzweifelte Kraft in den Ruf, dass Pauline, die mit den anderen unten im Gewölbe stand, ihn sofort hörte.

»Joseph meldet sich«, stieß sich halblaut hervor und horchte elektrisiert in sich hinein. »Wir sind im Gewölbe unten bei den Kisten«, versuchte sie ihm sofort mitzuteilen.

»Joseph hat gerufen, habt ihr das nicht gehört?« Dabei vergaß sie, dass sie von allen die stärksten telepathischen Fähigkeiten hatte. Die Freunde fuhren erschrocken zusammen, weil sie nichts vernommen hatten.

Joseph hatte die Antwort von Pauline trotz seiner brenzligen Lage mitbekommen, und so konzertierte er sich auf den Gewölbekeller, flüsterte »Magum Refugium« und stand unmittelbar darauf neben den anderen. Dabei stieß er an eine herumstehende Kiste, kam ins Straucheln und landete bäuchlings auf einer der nächsten.

Das war nun wirklich Rettung in letzter Sekunde.

28. Wieder im Gewölbe

Erleichtert halfen sie Joseph auf die Beine. Niemand lachte, dafür war die Situation viel zu ernst. Anspannung zeichnete ihre Gesichter.

Martin schlich leise zur Ecke des Gewölbes und schaute vorsichtig nach links, wo beim letzten Mal die Ritter gesessen hatten. Auch jetzt, so viel konnte er sehen, saß eine große Zahl von ihnen an den langen Tischen und es kamen immer mehr hinzu.

»Da ist jetzt wohl großes Essenfassen angesagt«, flüsterte er seinen Freunden zu.

»Was machen wir jetzt?«, fragte Pauline. »Hier stehen bleiben und Däumchen drehen geht wohl schlecht.«

»Wenn jetzt alle dort sitzen und gerade anfangen zu essen, dann wird doch sicher keiner in der Kirche sein. Sollen wir nicht mal versuchen, da hinein zu kommen und uns die Krypta näher anschauen?«, schlug Erik vor. »Das wäre doch die Gelegenheit. Und nachher, wenn wir wieder zurück sind und alle von denen weg sind, versuchen wir, was von den Essensresten zu bekommen.«

»Super, das machen wir«, stimmte Miriam sofort zu. Vor allem die Aussicht, was Anständiges zu essen zu bekommen, weckte in ihnen neue Energie.

Schnell waren sie sich einig. Jetzt ging es nur noch darum, die genaue Stelle, wo sie ankommen wollten, auszumachen.

»Ich schlage vor, in den kleinen Raum neben der Kirche, der sich zwischen dem Kapitelsaal und der Kirche befindet. Da wird nicht unbedingt einer sein, ist ja nur ein Durchgangsraum«, war sich Justus sicher.

»Und sobald wir angekommen sind, kontrolliere ich mit der Magic, ob jemand in der Nähe ist«, ergänzte Miriam.

Das war die beste Lösung. Eng stellten sie sich zusammen, damit nicht wieder jemand verloren ginge.

Miriam konzentrierte sich. Und kaum hatte sie „Magum Refugium“ ausgesprochen, da standen sie schon in dem kleinen Durchgangsraum. Sofort schaute sie auf ihre Magic, doch außer ihren eigenen roten Punkten war nichts zu sehen. »Die Luft ist rein.«

Leise öffnete Erik die Tür, passierte die Nische und schaute vorsichtig in die Kirche. Niemand war zu sehen. Plötzlich hörte er ein pfeifendes Geräusch vom Haupteingang der Kirche her, wie durch einen heftigen Luftzug erzeugt. Ein Blick nach links und er sah Edelmund und Ottokar die Kirche betreten.

Entsetzt wich er zurück in die Nische, drängt die anderen, die schon nachrücken wollten, zurück und legte warnend den Finger auf seine Lippen.

Erstaunt sahen seine Freunde ihn an. Erik schloss leise die Tür bis auf einen kleinen Spalt, um sehen zu können, was die beiden in der Kirche anstellen würden.

»Unsere beiden Spezies sind in der Kirche«, sagte er nur. »Ach, sieh an«, entgegnete Joseph, der schon einen Schritt auf die Tür zu machte und am liebsten hinausgelaufen wäre. Nur mit Mühe konnten ihn die anderen zurückhalten.

Warnend legte Erik seinen Finger auf den Mund. Angespannt beobachteten sie, wie die beiden vorsichtig, jedes Geräusch vermeidend, in Richtung Altarraum schlichen. Sie sahen nicht, dass die Tür, hinter der Justus mit seinen Freunden steckte, nur angelehnt war.

Sobald sie an der Nische vorbei waren, zog Erik die Tür auf, und leise drängten sich alle in die schmale Nische, um die beiden weiter zu beobachten. Edelmund und Ottokar bewegten sich vorsichtig auf die Treppe zur Krypta zu. Immer wieder vergewisserten sie sich, dass die Luft rein war, und stiegen dann die Treppe hinunter.

»Da werden sie nicht weit kommen«, stellte Sarah lakonisch fest, »die Tür wird immer noch verschlossen sein.«

»Sollen wir sie ein bisschen erschrecken?«, fragte Joseph spitzbübisch.

»Wie willst du das anstellen?« Martin schaute ihn gespannt an.

»Wir schlagen einfach mit lautem Knall die Tür zu und warten ab«, grinste Joseph breit. »Die Ritter sind ja alle sicher noch beim Essen. Die werden davon nichts mitbekommen.«

Schnell zogen sie sich in den Nachbarraum zurück. Justus schaute erneut um die Ecke zum Altar. Von den beiden war noch nichts zu sehen. Dann warf Miriam mit Wucht die Tür ins Schloss, dass es einen ohrenbetäubenden Knall gab, und öffnete sie sofort wieder einen Spalt breit. Die beiden Tunichtgute rannten wie um ihr Leben zum Ausgang.

Zufrieden mit der Aktion überlegten sie ihre nächsten Schritte, um in die Krypta zu gelangen. Ohne Schlüssel war da nichts zu machen.

»Hat Edolfin nicht von einem Spruch gesprochen, der Türen öffnet und wieder verschließt?«, überlegte Pauline laut.

»Ich glaube, der eine Spruch lautete ***Aperete***, und der andere irgendwas mit ***Kaudere***.« Justus war sich nicht ganz sicher.

»Nein, ***aperete*** ist ein Imperativ plural«, berichtigte Miriam, »das muss ***Apere te!*** heißen und ***claude te!***. Also der jeweilige Singular mit einem ***te*** für ***dich***.«

»Ok«, gab Justus sich geschlagen und grinste. »Dann können wir sie ja anwenden.«

»Was hält uns denn davon ab, jetzt da runter zu steigen und ...« Weiter kam Martin nicht.

Sie hörten, wie das Hauptportal aufging und schwere Schritte mehrerer Männer durch die Kirche hallten.

»Nichts wie weg hier. Nicht dass gleich noch jemand hier durchkommt«, warnte Erik.

Schnell schlossen sie leise die Tür, stellten sich eng zusammen und sprangen zurück in das Gewölbe mit den Kisten.

Kaum gelandet, warf Martin einen kurzen Blick ins Langgewölbe, wo aber alles ruhig war. Sie setzten sich in eine Ecke, damit ihnen niemand zu nahe kommen konnte. Sicherheitshalber sprach Erik: »Velamen tege nos!«, so waren sie einigermaßen vor einer Entdeckung sicher.

Es dauerte einige Zeit, bis sie sich wieder gesammelt hatten. Die letzten Eindrücke hatten ihnen ziemlich zugesetzt.

»Ich hab' einen unheimlichen Kohldampf. Ob wir wohl irgendwo irgendwas finden?« Martin spürte seinen leeren Magen.

»Wir können ja mal nachsehen, ob die Ritter dahinten etwas übrig gelassen haben.« Pauline schaute die anderen an.

»Ich gucke mal eben, ob noch jemand da ist.« Miriam zog ihre Magic hervor und im nächsten Moment meldete sie ›freie Bahn‹.

»Sollen wir alle losgehen oder nur zwei von uns?«, fragte Sarah unschlüssig.

»Ich schlage vor, nur zwei von uns«, meinte Erik. »Am besten mit Schleier. Wenn einer von denen wieder zurückkommt, ist die Gefahr der Entdeckung nicht so groß.«

Justus meldete sich sofort, Pauline wollte auch mit.

»Wir nehmen jeder einen eigenen Schleier, dann können wir uns unabhängig voneinander bewegen. Wir müssen nur Acht geben, wohin wir gehen, wir sehen uns ja nicht gegenseitig«, empfahl Justus.

Die beiden lösten sich aus der Gruppe. Kaum waren sie sichtbar, gingen sie bis zur Ecke des Seitenarms, versicherten sich, dass die Luft rein war und sprachen getrennt voneinander „Velamen tege me!" Schon waren sie für ihre Freunde nicht mehr zu sehen.

Vorsichtig schlichen sie das lange Gewölbe entlang und kamen unbemerkt zu den Tischreihen, auf denen noch so manche Reste zu finden waren. Große Brote, teils eckig abgeschnitten, teils abgerissen lagen auf großen Blechtellern und auch größere und kleinere Schinkenstücke, die einen richtig saftigen Eindruck machten.

»Sieh' mal, das ist ja ein wahres Festmenue«, flüsterte Justus. »Am besten, wir nehmen direkt was weg, bevor noch jemand zurückkommt und sieht, wie das verschwindet.«

Er musste grinsen bei der Vorstellung, dass ein Ritter kommen und mit ansehen würde, wie die Essensteile sich so einfach in Luft auflösten.

Rasch griffen sie nach den Stücken und ließen sie unter den Schleiern verschwinden. Es sah schon verrückt aus, wie sie gegenseitig beobachten konnten, wie Brote und Schinken unter dem jeweiligen Schleier verschwanden.

Kaum hatten sie einiges zusammengerafft, hörten sie, wie sich an der hinteren Gewölbeseite eine Tür öffnete. »Pst«, konnte Justus Sarah nur noch darauf aufmerksam machen. »Da kommt einer. Rüber zur linken Wand.«

Eilig ging er um einen der Tische herum, um sich dicht an die Wand zu drücken. Ob Pauline nun neben ihm stand, konnte er nicht wissen.

Doch dann er sah, wie sich eine Bank leicht bewegte, fast wäre sie umgefallen. Pauline war wohl dagegen gestoßen, aber zum Glück konnte sie die Bank festhalten. Dabei war ihr ein Brot hingefallen, das jetzt auf dem Boden zum Vorschein kam. Flink raffte sie es auf und schwups, war es wieder unter dem Schleier verschwunden. Zum Glück bekam der Ritter, der sich an einem der Tische zu schaffen machte, nichts davon mit.

Paulines Herz raste. Ganz langsam bewegte sie sich zur linken Wand, wo sie Justus vermutete, und probierte, sich bemerkbar zu machen. »Ich bin hier an der Wand«, versuchte sie Justus auf telepathischem Wege mitzuteilen. Zum Glück spürte er ihre telepathische Kontaktaufnahme sofort und „dachte" intensiv das Gleiche.

Allerdings stieß er unvorsichtigerweise gegen eine Bank nahe der Wand. Die wackelte auf dem unebenen Boden bedenklich hin und her. Das Geräusch, das sie dabei erzeugte, hatte der Ritter gehört. Misstrauisch geworden unterbrach er seine Arbeit und schaute angestrengt in ihre Richtung und dann in den langen durch Fackeln erleuchteten Gang hinein.

Langsam näherte er sich, bis er auf Armeslänge vor ihnen stand. Der Ritter hatte einen intensiven Körpergeruch, Justus musste unwillkürlich den Atem anhalten. Der Ritter stank gewaltig. Justus spürte Übelkeit in sich hochsteigen, das war kein gutes Zeichen. Ängstlich bemühte er sich, nur ja kein weiteres Geräusch zu machen. Ihm brach der Schweiß aus, und seine Kleider begannen langsam an seinem Körper zu kleben. Ihm war fürchterlich heiß. Als der Templer aber nichts weiter hörte und nur diesen gähnend leeren Gang mit knisternden Fackeln sah, wendete er sich wieder ab und räumte die verbliebenen Brote zusammen.

Justus ließ langsam die angestaute Luft raus und tastete nach Pauline. Zugleich signalisierte er ihr nochmals, dass er neben ihr stand.

Vorsichtig schob sie ihre Hand nach links und spürte Justus direkt neben sich stehen.

»Komm«, sagte sie in Gedanken und tippte ihn kurz an. Vorsichtig bewegten sie sich in den Gang hinein, peinlich darauf bedacht, dass sie nichts von ihren Schätzen verloren. Möglichst lautlos machten sie sich eilig davon. Sie hätten auch springen können, doch darauf verzichteten sie vorsichtshalber, um keine weiteren Komplikationen heraufzubeschwören.

Glücklich zurück in ihrem Versteck, entledigten sie sich erst einmal ihrer Schleier, damit ihre Freunde sie sehen konnten. »Endlich«, hörten sie Sarah ängstlich sagen, »da seid ihr ja wieder. Wir haben uns schon Sorgen gemacht.«

Erik hob den Schleier an, sodass sie darunter schlüpfen konnten. In kurzen Sätzen berichtete Justus über ihr Zusammentreffen mit dem Ritter, dass er sie fast entdeckt hätte und über ihren erfolgreichen telepathischen Austausch. Dann machten sie sich über die Brote und den Schinken her, die köstlich schmeckten. »Die Bäcker und Metzger unter den Rittern verstehen ihr Handwerk«, stellte Joseph mit vollen Backen kauend fest.

»Und wie wollen wir weiter vorgehen?«, kam Justus gleich wieder zur Sache.

»Wie spät ist es eigentlich?«, fragte Pauline. »Warte, die Magic wird's wissen.« Miriam hatte ihre schon herausgeholt, um zu sehen, ob eventuell der Ritter noch bei den Tischen war. »Es ist jetzt kurz nach Mittag.«

»Im Moment können wir nichts weiter machen und hier unten weiterzukommen, scheint reichlich gefährlich zu sein. Wer weiß, ob nicht plötzlich ein Ritter auftaucht«, gab Erik zu bedenken.

»Dann springen wir doch in den Hof, in dem wir zuerst waren, in die Nische. Dann sehen wir weiter.« Alle waren einverstanden. Flugs rückten sie zusammen, damit niemand verloren ging. Erik sagte den entsprechenden Spruch, und sogleich standen sie in der Nische, wo für sie alles begonnen hatte.

»Soll ich euch was sagen?«, begann Martin gestresst. »Ich bin ziemlich fertig. Wenn das so weitergeht, dann bin ich bald ganz platt.«

»Dass das kein Zuckerschlecken werden würde, war doch klar«, gab Pauline zurück. »Jammern hilft jetzt aber nichts.«

29. Kampf der Kontrahenten

Sie schauten in den Hof hinein, und gerade als sie aus der Mauernische heraustreten wollten, kamen Schmalzlocke und Rotfuchs durch den Torbogen auf sie zu.

Schnell versuchten sie zurückzuweichen, aber zu spät. Die beiden hatten sie entdeckt.

»Ihr seid tatsächlich hier«, begann Schmalzlocke umgehend. »Was habt ihr hier zu suchen?« Aggressiv wie eh und je baute er sich vor ihnen auf, Rotfuchs frech grinsend hinter ihm.

»Das müssten wir besser euch fragen«, entgegnete Justus. Er trat vor und stellte sich Nase an Nase vor Schmalzlocke. »Wir haben Euch mit den finsteren Typen beobachtet. Eine feine Gesellschaft, an die ihr da geraten seid ...«

»Wir ha-haben eine Mi-mission z-zu erfüllen«, stotterte Rotfuchs los. »Da-aas i-ist aa-ber i-interr-ressant«, äffte Joseph ihn sofort wieder nach.

Rotfuchs stürzte auf Joseph los, der darauf nur gewartet hatte. Sogleich wälzten sie sich im Staub. Schmalzlocke hatte seinen Transloco gezückt und richtete ihn auf Joseph. Miriam versuchte dazwischen zu gehen und ihm das Ding aus der Hand zu schlagen. Schmalzlocke war jedoch schneller und schleuderte Joseph von Rotfuchs weg quer über den Hof. Umgehend hatte Justus auch seinen Transloco in der Hand und ließ seinerseits Schmalzlocke zurücktaumeln, während Rotfuchs sich bereits wieder aufrappelte und seinen Ärger an den Mädchen auszulassen versuchte.

Pauline wurde von seinem Bannstrahl erfasst und lag bewegungslos in der Nische auf dem Boden. Sofort versuchte Rotfuchs auch Erik zu bannen, doch der duckte sich weg, visierte mit seinem Transloco Rotfuchs an und packte nun sein ganzes telekinetisches Können aus. Rotfuchs verlor den Boden unter den Füßen, schlug einen doppelten Salto und landete derb auf dem steinernen Boden. Schmerzverzerrt wälzte er sich herum und versuchte auf die Beine zu kommen. Der Aufprall war äußerst schmerzhaft.

Derweil wurde es dunkel, ein Zeichen, dass die finsteren Mächte wieder im Anmarsch waren. Es war aber nur dunkler Nebel und keine Gestalt zu sehen. Trotzdem bekam Erik ihre Macht zu spüren. Seine Hand wurde paralysiert und bog sich samt Transloco wie von selbst zur Seite, sodass der Stab seine Wirkung verlor.

»Was ist das?«, schrie er auf. »Sind die Schweine irgendwo zu sehen?« Hektik und Angst befiel die kleine Gruppe.

Sarah versuchte sich zu konzentrieren, begann zu summen und bemühte, sich die Wächter von Antra'agor zu visualisieren. Bei dem ganzen Durcheinander war das leichter gesagt als getan. Miriam kam Sarah zu Hilfe. Vereint gelang es ihnen, eine der Gestalten langsam sichtbar werden zu lassen.

Der Gegenschlag folgte sofort auf dem Fuß. Sarah schwebte plötzlich in der Luft und begann sich um die eigene Achse zu drehen. Entsetzt schrie sie auf, konnte sich aber gegen diese Macht nicht wehren. Hilflos stieg sie immer weiter nach oben.

Zur gleichen Zeit konzentrierte sich Schmalzlocke auf Miriam und wollte sie mit seinem Stab blockieren, doch Justus kam ihm zuvor und ließ ihn durch die Luft wirbeln, sodass er die Orientierung verlor. Nach ein, zwei schmerzhaften Aufsetzern auf dem Hofboden beförderte Justus ihn in einen Baum, wo er sich mit seinen Kleidern in den Ästen verfing und schreiend mit den Armen um sich schlug. Dabei verlor er seinen Transloco, den Justus geistesgegenwärtig auffing. Von Schmalzlocke ging keine Gefahr mehr aus, denn der hatte genug mit sich selbst zu tun. Dafür versuchte Rotfuchs, wieder zu Kräften gekommen, jetzt mit allen Mitteln Miriam unter Kontrolle zu bringen. Martin ahnte die Gefahr, aktivierte den Schleier der Unsichtbarkeit über sich und stürzte sich auf ihn. Der unerwartete Angriff aus dem Nichts ließ Rotfuchs verdutzt zurücktaumeln.

Erik ließ mit seinem Transloco Rotfuchs in die Höhe schnellen und beförderte ihn auf einen Mauervorsprung. Dort hatte Rotfuchs alle Mühe, nicht das Gleichgewicht zu verlieren und in die Tiefe zu kippen.

Währenddessen entfernte sich Sarah immer weiter von der Festung, ihr Schreien war fast nicht mehr zu hören. Die Luft um sie herum wurde immer dünner, sodass sie kaum mehr atmen konnte.

Pauline lag immer noch am Boden. Die Paralysierung löste sich nur ganz langsam, zu langsam, um selbst in den Kampf eingreifen zu können.

Joseph hatte inzwischen ebenfalls den Schleier aktiviert, um unbemerkt gegen die finsteren Mächte vorgehen zu können.

Miriam hielt unter kräftezehrender Konzentration die Visualisierung der Ungeheuer aufrecht. So konnten Justus und Erik mit ihren Translocostäben den Kampf gegen sie aufnehmen. Doch ihre Kräfte begannen langsam zu schwinden, die Wächter von Antra'agor waren zu mächtig. Weitere dunkle Gestalten erschienen aus dem Nebel und schwebten unheilvoll in den Hof. Alles war ein einziges wildes Durcheinander. Pauline versuchte, immer noch körperlich geschwächt, mittels Telepathie Metatron zu rufen. Tatsächlich hatte sie Erfolg.

Plötzlich zischten gleißend helle Blitze durch das Dunkel und machten das ganze Ausmaß des Nebels sichtbar. Die dunklen Mächte schienen die Gefahr zu ahnen, die ihnen und ihren beiden Helfern drohten. Im nächsten Augenblick wurden Rotfuchs und Schmalzlocke wie von Geisterhand ergriffen und von den Wächtern vom Hof entfernt.

Drei gewaltige Engel erschienen und ließen mit unglaublicher Macht ihre Energien auf die Wächter von Antra'agor niederprasseln. Ein unglaubliches Spektakel entfaltete sich im Hof. Stück für Stück wurden die schwarzen Gestalten zurückgedrängt.

Plötzlich sah Justus Sarah, die nun nicht mehr durch die Macht der Wächter gehalten wurde, vom Himmel stürzen. Sein entsetzter Schrei alarmierte die anderen. Sofort bündelten sie ihre telekinetischen Kräfte und schafften es im letzten Moment, Sarah einigermaßen weich landen zu lassen. Völlig desorientiert sank sie ihren Freunden in die Arme. Um die Wächter brauchten sie sich nun nicht mehr zu kümmern, das erledigten Metatron und seine Helfer.

Eilig zogen sie sich in eine der Mauernischen zurück, um wieder zu Kräften zu kommen und von hier aus das Chaos zu beobachten.

»Sollen wir nicht direkt springen? Dann sind wir raus aus dem Chaos«, schlug Martin vor. Schnell rückten sie zusammen, Justus stellte sich das Gewölbe vor und versuchte es mit „Reditus in locum", aber nichts tat sich. Er sagte den Spruch nochmals, lauter. Nichts!

»Die Schweine haben den Spruch blockiert«, brüllte Joseph erregt. »Das gibt's doch nicht!«

»Was jetzt?« Miriam blickte die anderen ratlos an. Sarah lehnte sich kraftlos gegen Erik, sie war mit den Nerven am Ende. Erst die kraftraubende Luftnummer, jetzt das!

Im Hof tobte der Kampf ungebrochen. Joseph entdeckte, dass sie in dem Durcheinander in einer der Nachbarnischen gelandet waren, an deren Rückwand eine Eisentür eingelassen war. Sofort sprang er auf und versuchte sie zu öffnen. Unglücklicherweise war sie verschlossen.

»Wie war noch mal der Spruch zum Türöffnen?«, fragte er aufgeregt. »Apere te!«, antwortete Erik und stand bereits neben ihm.

Joseph richtete seinen Transloco auf die Tür: »Apere te!« Er drückte die Klinke herunter, und die Tür öffnete sich. »Los Leute, nichts wie weg.«

Eilig rafften sie sich auf. Ihr Aufbruch blieb jedoch nicht unbemerkt. Schwarzer Nebel bewegte sich auf die Nische zu.

»Seht, seht! Schnell hindurch«, schrie Pauline auf. »Der Nebel kommt hier rein.«

Ängstlich blickten sie zurück und sahen eine der schwarzen Gestalten, die aus dem Nebel auf sie zu waberte. Joseph stieß die Tür weit auf und stürmte hindurch. Hastig folgten die anderen. Völlige Dunkelheit umfing sie. Rasch zog Erik seinen Translocostab und schrie: „Viat lux!" Ein langer Gang, in taghelles Licht getaucht, tat sich vor ihnen auf. Sofort stürzten sie los.

In welche Richtung er verlief, konnten sie nur ahnen. Er musste sich innerhalb der Mauer befinden. Sie sahen nur, dass er nicht geradeaus verlief, sondern immer wieder nach rechts und links abknickte. Da der Gang recht niedrig gebaut war, mussten sie höllisch Acht geben, nicht mit den Köpfen an scharfen Kanten anzustoßen.

Plötzlich standen sie an einer langen steinigen Treppe. So schnell wie möglich eilten sie die Treppe hinab. Keine einfache Sache, Geländer gab es nicht, und die Stufen waren durch die große Feuchtigkeit innerhalb der Mauer überaus glitschig.

Justus lief als Letzter hinter den anderen her. Er hatte ebenfalls mit seinem Translocostab einen Lichtkegel erzeugt, mit dem er die ganze Zeit nach hinten leuchtete, um zu sehen, ob ihnen die Ungeheuer noch folgten.

Unentwegt trieb er seine Freunde zur Eile an. Nach weiteren Biegungen wurde es zunehmend heller, sodass Erik auf das Licht seines Stabes verzichten konnte.

Dann endete der Gang plötzlich, und sie befanden sich in einem spitzbogigen Raum. Alle möglichen Kisten standen herum, aber auch verschiedenste mit Obst und Gemüse gefüllte Körbe sowie kleine und große Behälter, mit Gewürzen aller Art gefüllt. Alles zusammen verbreitete einen merkwürdig intensiven Geruch.

Sarah hatte sich auf einer der Kisten niedergelassen, um erst einmal durchatmen zu können. Die Flucht vor den Ungeheuern schien erst einmal geglückt.

Mit größter Vorsicht bahnten sie sich einen Weg durch das irre Durcheinander. Martin entdeckte einen Durchgang auf der gegenüberliegenden Seite des Raumes. Fremdartige Stimmen drangen von dort zu ihnen herein. Vorsichtig stieg er die Stufen, die zum Durchgang hinaufführten, hoch und lugte hindurch. Auf der anderen Seite sah er zwischen engen Marktständen ein reges Treiben. Sie hatten eine Bazarstraße vor sich.

30. Wilde Jagd durch den Bazar

Hier gab es alles, was das Herz begehrte. Alle möglichen Sachen zum Essen, Fladenbrote, Gewürze, Öle, lagen auf diversen wackeligen Tischen. Fleisch in allen Variationen, hing an dicken Haken von Querstangen herab und Schafsköpfe lagen auf Anrichten aufgereiht nebeneinander.

Und überall Männer mit Turbanen, die marktschreierisch den Menschen, vor allem bunt gekleideten Frauen, ihre Waren anpriesen. An anderen Stellen saßen wiederum Männer in kleinen Gruppen zusammen, tranken Tee, zogen genüsslich an ihren Wasserpfeifen und schauten den Geschäften zu.

Martin kehrte unverzüglich zu seinen Freunden zurück und informierte sie über das Treiben.

»Dann lasst uns doch einfach in den Bazar gehen und uns ein wenig umsehen«, schlug Pauline vor.

»Wir müssen nur vermeiden, dass jemand auf uns aufmerksam wird. Wir sollten also nicht alle auf einmal in der Gasse erscheinen«, gab Erik zu bedenken.

»Dann gehen wir in zwei kleinen Gruppen. Wo ist das Problem?«, fragte Miriam. »Am besten halten sich die ersten von uns nach rechts, schauen da ein bisschen herum und warten ganz unauffällig.«

»Ok, so geht's. Wer geht zuerst?« Joseph war voller Tatendrang. Mit dieser fremden Welt in Kontakt zu kommen, ließ ihn kribbelig werden.

»Gut, ich würde den Anfang machen. Wer kommt mit?« Justus schaute seine Freunde erwartungsvoll an. Sarah, Miriam und Joseph wollten mit, und zusammen stiegen sie vorsichtig die Stufen zum Durchgang hinauf, ein schneller Blick nach rechts und links und husch, waren sie auf der Gasse zwischen den Ständen verschwunden.

Sie gaben sich größte Mühe, so zu tun, als wäre ihre Anwesenheit hier das Selbstverständlichste auf der Welt. Interessiert begutachteten sie die ausgelegten Waren. Nach ein paar Metern blieben sie an einem Stand mit orientalischen Backwaren stehen und sogen die Düfte, die sich hier verbreiteten, genussvoll ein. So hatten sie wenigstens ein bisschen von den Leckereien, denn sie konnten nichts kaufen, um sich nicht zu verraten. Um Gottes Willen nur nicht auffallen, war die Devise. Das war bei diesen Leckereien gar nicht so einfach.

Kurz darauf sahen sie die anderen drei durch die Mauer kommen. Erik, Pauline und Martin schlenderten mit kurzen Blicken auf die verschiedenen Waren auf Sarah und Miriam zu. Um nicht im nächsten Moment von dem Verkäufer angesprochen zu werden, gingen sie einfach langsam weiter bis zum Ende der Gasse. Dort warteten sie, bis sie wieder alle zusammen waren.

Die Gasse mündete auf einen großen Platz, wo ein chaotisches Durcheinander herrschte. Es musste Tiermarkt sein, denn es waren verschiedenste Tiergruppen, Schafe und Ziegen und auch Kamele und Pferde zu sehen. Überall wurden unter lautem Feilschen die Preise für die Tiere ausgehandelt. Es war spannend zu sehen, wie die Händler und die Käufer miteinander feilschten und ihre Geschäfte abschlossen. Die Muße, sich das Treiben länger anzusehen, hatten sie allerdings nicht. Ihre Flucht steckte ihnen noch in den Knochen. Vorsichtig sahen sie sich immer wieder um, ob nicht ganz plötzlich von irgendwoher dunkler Nebel auftauchen würde. Doch nichts Außergewöhnliches geschah. Von den dunklen Mächten weit und breit keine Spur, kein dunkler Nebel, einfach nichts.

»Mir kommt es unheimlich vor, dass wir keinen von diesen Nebelmonstern zu sehen bekommen«, wunderte sich Erik. »Vielleicht sind sie ja doch nicht so allmächtig, wie es aussieht«, bemerkte Sarah. »Wir müssen nur gewaltig aufpassen, dass wir nicht wieder entdeckt werden.«

»Was ist denn das Beste, was wir als Nächstes tun können?«, fragte Pauline. »Hier rumstehen und Wurzeln schlagen, können wir uns nicht leisten.«

»Wir brauchen eine Nische oder einen Durchgang, von wo wir unentdeckt ins Gewölbe springen können«, antwortete Justus.

Martin und Joseph bekamen die kurze Diskussion nicht mit, sie faszinierte viel zu sehr das Markttreiben auf dem riesigen Platz.

Sie standen abseits und feixten über einen Kameltreiber, der sich in ihrer Nähe mit einem widerspenstigen Kamel abmühte, das er soeben verkauft hatte. Das gute Tier schien einfach keine Lust auf einen neuen Besitzer zu haben. Kamele waren ja nicht umsonst bekannt für ihren Starrsinn.

»He ihr beiden, kommt endlich«, forderte Justus sie ärgerlich auf. »Wir müssen weiter.«

Den lauten Ausruf hätte er besser unterlassen. Denn ein einheimischer Junge, der in der Nähe der Kamelherde stand, hatte ihn gehört. Aufgeregt über die ungewohnt fremde Sprache wandte er sich an einen der Händler und sprach wild gestikulierend auf ihn ein. Dabei wies er erregt auf die kleine Gruppe.

Justus und seine Freunde waren schon ein Stück weiter und strebten der nächstliegenden Seite des Platzes zu, wo eine schmale, weniger bevölkerte Gasse auf den Platz mündete. Neugierig ließ der Junge sie nicht aus den Augen und folgte ihnen mit etwas Abstand.

Kaum waren sie in der Gasse verschwunden, war der Junge auch schon hinter ihnen. Laut rief er sie an.

»Wartet mal, da will einer was von uns«, sagte Erik leise. »Was machen wir jetzt? Nicht, dass er Alarm schlägt!«

Miriam hatte geistesgegenwärtig ihre Magic hervorgeholt und die Translatorfunktion eingeschaltet. Die Magic übersetzte auch sofort das aufgeregte Geplapper des Jungen in die eigene Sprache.

»Wer seid ihr?«, hörten sie den Jungen fragen. Er war inzwischen herangekommen und stand mit wachen Augen vor ihnen. Eine extrem brenzlige Situation. Was sollten sie tun?

Miriam trat ihm vorsichtig entgegen. »Wir suchen jemanden«, gab sie zurück und hielt dabei die Magic verborgen in ihrer Hand, aber so, dass ihre Aussage übersetzt werden konnte. Alle konnten deutlich hören, wie die Magic ihre Aussage laut in der anderen Sprache wiedergab. Der Junge schaute verwundert, als er plötzlich zwei Aussagen in verschiedenen Sprachen hörte.

Dass die Magic in dieser Situation so ausgezeichnet funktionieren würde, hätten sie nicht erwartet. Joseph musste sich zurückhalten, um nicht einen Ausruf der Verblüffung loszulassen.

»Aber, wer seid ihr«, wiederholte der Junge nochmals. »Und was macht ihr hier? Wo kommt ihr her?«, fragte er weiter.

»Wir kommen aus einem fernen Land«, antwortete Justus. »Wir sind gestern mit dem Schiff hier angekommen.«

Ungläubig sah der Junge sie an. »Aus welchem Land seid ihr denn? Ägypter seid ihr nicht, die sehen anders aus. Und die Leute von Cyprus und Antiochien sprechen auch anders. Und wie macht ihr das überhaupt, dass ich eure Sprache höre und dazu noch meine eigene? Das geht doch gar nicht.«

Der Junge war nicht auf den Kopf gefallen, das mussten sie ihm lassen.

Erik wusste aus dem Geschichtsunterricht, dass unter den einzelnen Ländern im Mittelmeer immer ein reger Handel bestanden hatte. Und mit Venedig kannte er sich besonders aus. Schnell antwortete er: »Wir gehören zur venezianischen Dogenfamilie des Lorenzo Tiepolo und sind mit unserem Onkel über Cyprus hierher gekommen.«

Martin sah seinen Bruder ungläubig staunend an. So viel Kaltschnäuzigkeit hätte er ihm nicht zugetraut. Er musste an sich halten. Er wandte sich weg, um sich nicht durch das Zucken seiner Lachmuskeln zu verraten. Erik setzte rasch hinzu: »Wir müssen nun gehen. Unser Onkel wird sonst ungehalten. Große Geschäfte warten.«

Der Junge wurde misstrauisch. Erst die doppelte Sprache, jetzt die Geschichte von diesem Dogen, von dem er noch nie gehört hatte. Er drehte sich um und schrie in Richtung Marktplatz: »Hier sind Diebe, schnell, schnell, hierher!«

Joseph hatte eine spontane Idee und sagte hastig: »Schnell den Verwandlungsspruch!«

In der nächsten Sekunde standen sie dicht gedrängt beieinander. Erik murmelte: »Mutatio habitus!«, und schon waren alle sieben um Jahre gealtert.

Der Junge erschrak heftig bei dem Anblick der Altgewordenen und schrie jetzt noch lauter: »HILFE, HILFE, DER LEIBHAFTIGE! Schnell, kommt schnell! Hilfe!«

Jetzt hieß es, die Beine unter die Arme nehmen und schnellstens verschwinden. Egal wohin, nur weg.

Im Nu liefen sie die Gasse hinunter. Die nächste Möglichkeit nutzten sie, um in einer Seitengasse zu verschwinden, nur weg aus dem Blickfeld des Jungen, der hinter ihnen her rannte. Sie hasteten mitten durch die Auslagen kleinerer Geschäfte, die ihre Stände gefährlich weit in die Gasse hineingestellt hatten. Wackelige Tische, beladen mit verschiedensten Gewürzen, zu kleinen Kegeln säuberlich aufgetürmt, kippten um. Riesige Staubwolken von Gewürzen ergossen sich über die dahinstürmende Gruppe und landeten in der Gosse, wo sie sich mit dem Abwasser in bunten Farben vermischten. Verschiedenste Obstsorten, gerade noch schön sortiert, kullerten im nächsten Augenblick von den Ständen herunter und landeten ebenfalls in der Gosse.

Zum Kauf ausgestellte Töpfe in allen Formen und Größen, steinerne, buntbemalte Krüge fielen durcheinander, gläserne Wasserpfeifen kegelten quer über die Gasse und zerbrachen auf dem unebenen Straßenpflaster. Ein riesiges Chaos brach aus. Die Händler erhoben ein wildes Geschrei und verfolgten die kleine Gruppe. Ganze Obstladungen flogen ihnen hinterher, Zitrusfrüchte, Melonen, Pflaumen, Datteln und Feigen. Schafsköpfe, die vorher noch bei einem Metzger in Reih' und Glied auf einem Tisch gelegen hatten, wurden als Wurfgeschosse missbraucht. Joseph wurde von einer Wassermelone im Rücken getroffen, die beim Aufprall zerbarst und seine Kleider besudelte. Den Schmerz des Aufpralls an der Schulter merkte er vor lauter Aufregung nicht. Sie rannten um ihr Leben.

Sarah sah aus dem Augenwinkel, wie einer der Händler einen Krummdolch zückte und ihnen damit nachsetzte. Entsetzt schrie sie auf und spornte ihre Freunde an schneller zu laufen.

Nach einigen Metern ging die Hatz um eine scharfe Biegung nach rechts und dann sofort wieder nach links. Wohin die Gasse führte, wussten sie nicht. Egal, einfach nur weiter.

Plötzlich sah Joseph, der wieselflink vorauslief, auf der rechten Seite eine offene Tür, dahinter einen kleinen Hof.

»Hier hinein«, schrie er. Und schon war er durch die Tür verschwunden. Seine Freunde folgen blitzschnell, warfen die Tür zu und verriegelten sie eilig.

Die Tür war noch nicht im Schloss, da kam die Meute schon heran. Zum Glück rannte sie vorbei. Ihr Verschwinden durch den Hofeingang blieb unentdeckt. Das ermöglichte ihnen eine kurze Verschnaufpause.

»Kommt schnell, zusammenstellen«, stieß Justus aufgeregt hervor. Sofort standen sie beieinander und Justus sagte „Reditus in locum".

Im nächsten Moment standen sie im Gewölbe der Festung zwischen den Kisten. Erschöpft ließen sie sich nieder, wo gerade Platz war. Das hätte böse ins Auge gehen können!

Jetzt erst hatten sie Zeit sich gegenseitig näher zu betrachten. Ihre Gesichter, die noch von der wilden Flucht gezeichnet waren, sahen ungewöhnlich aus. Eben alt.

»Wir sehen gruselig aus.« Sarah schüttelte sich. Joseph musste unwillkürlich lachen. »Hoffentlich sehen wir nicht wirklich so runzelig aus, wenn wir alt geworden sind. Lasst uns die Verwandlung schnell wieder rückgängig machen!«

»Nichts lieber als das. Wir sehen echt nicht berauschend aus«, stimmte Martin zu. Sie fassten sich kurz an den Händen, Joseph sprach wieder »Mutatio habitus!«, und nach einem kurzen Moment blickten sie erleichtert in ihre ›alten‹ vertrauten Gesichter.

»Sag mal«, richtete sich Pauline fragend an Erik, nachdem sie einigermaßen zur Ruhe gekommen war. »Woher hattest du denn so plötzlich die Geschichte mit dem Dogen? Ich glaubte, mich verhört zu haben.«

»Das ging mir genauso. Ich hätte mich wegschmeißen können«, setzte Joseph hinzu. »Absolut krass.« In seinem Gesicht zuckte es wieder verdächtig, als er daran dachte.

»Das war echt nicht schlecht. Wirklich genial!«, pflichtete Justus bei.

»Das ist ganz einfach«, meinte Erik. »Ich habe mich immer schon für Venedig und seine Geschichte interessiert. Wie die Menschen die Stadt so einfach ins Meer gebaut haben und wie die Dogen zu diesem unglaublichen Reichtum gekommen sind. Dass mir das dann eingefallen ist, keine Ahnung, das kam einfach so.«

»Großes Lob«, sagte Sarah anerkennend und sah ihn dankbar an. Dass sie dabei leicht errötete, konnte sie allerdings nicht vermeiden. Erik grinste.

»Und wie geht es jetzt weiter? Lange halte ich das nicht mehr aus. Diese Hektik, die Ungewissheit und auch die Angst, ständig entdeckt werden zu können«, gestand Pauline ihre große Anspannung.

»Es ist ja schon recht spät«, gab Erik zu bedenken. »Vielleicht wäre es nicht schlecht, uns einen Schlafplatz zu suchen und morgen früh wieder hierher zu springen.« Er schaute seine Freunde fragend an.

»Dafür wäre ich auch. Am besten wir verkriechen uns wieder in die Büsche, wo wir schon gepennt haben. Und morgen kommen wir wieder hierher«, stimmte Sarah zu. »Denn heute können wir ja doch nichts mehr ausrichten.«

Keiner hatte etwas dagegen einzuwenden. Sie waren alle ziemlich geschafft.

»Weiß noch jemand, wo der Hof genau lag?«, fragte Martin. Er konnte sich beim besten Willen kaum mehr konzentrieren, geschweige denn, genau sagen, in welchem Hof die Büsche waren, wo sie übernachtet hatten.

»Das beste ist, wir springen in unseren Ausgangshof, von dort war es nicht weit«, schlug Pauline vor.

»Ok, so machen wir's. Also, zusammenstellen«, gab Justus vor. Dann sagte er nur: »Magum refugium"«, und sie befanden sich wieder an der Stelle ihrer Ankunft auf der Festung.

Sie lauschten kurz auf Geräusche, die von anderen Menschen hätten stammen können, aber nichts tat sich.

»Kommt«, ermunterte Justus seine Freunde und ging zielstrebig auf den Durchgang zum nächsten Hof zu. Auch hier war alles ruhig. Sekunden später hockten sie eng beieinander zwischen den Büschen ihres Übernachtungsplatzes.

»Hat noch jemand etwas zu essen dabei?«, verlangte Martin hungrig nach etwas Essbarem.

»Ich habe noch einige Reste von dem Rittermahl, wo wir uns bedient haben.« Miriam begann sogleich ihren Rucksack zu leeren und förderte noch so einiges zu Tage.

Als hätten sie tagelang nichts bekommen, machten sie sich über die Brotstücke und die köstlichen Schinkenreste her. Es dauerte nicht lange, da lagen sie müde zwischen den Büschen und versuchten es sich mehr oder weniger bequem zu machen. Bald übermannte sie die Müdigkeit und entführte einen nach dem andern ins Reich der Träume.

31. Entdeckt!

Erneut weckten sie die warmen Sonnenstrahlen. Ihr Hunger, der sich bald wieder meldete, ließ sie alles vertilgen, was vom Vorabend noch übrig geblieben war. Selbst der Rest an Keksen, die Miriam noch von zu Hause in ihrem Rucksack hatte, war im Nu verzehrt.

»Ich denke, wir springen wieder in unser Gewölbe«, sagte Justus und erhob sich.

»Dann los, vergeuden wir keine Zeit. Je eher wir unsere Mission erfüllt haben, desto besser, und umso schneller sind wir wieder zu Hause«, stimmte Erik zu.

So standen sie im nächsten Moment wieder unten in dem Seitengewölbe mitten zwischen den Kisten und Kästen, die ihnen jetzt schon recht vertraut vorkamen.

Miriam holte ihre Magic hervor und kontrollierte, ob die Luft rein sei. Was sie sah, ließ ihr die Haare zu Berge stehen. Nicht nur ihre eigenen rote Reflexe waren deutlich sichtbar, sondern ein zusätzlicher roter Punkt kam auf ihr Versteck zu.

Entsetzt sah sie ihre Freunde an und wollte ihnen gerade sagen, was sie sah, da bog auch schon ein Ritter um die Ecke.

Wie versteinert standen sie der mächtigen Gestalt gegenüber. Es gab kein Entkommen und kein Verstecken. Er hatte sie noch nicht richtig wahrgenommen, da blitzte ihnen auch schon sein Schwert entgegen, bereit auf den Erstbesten einzustechen.

Doch dann gewahrte der Templer beim zweiten Hinsehen, wen er hier eigentlich vor sich hatte. Kampfbereite Entschlossenheit und Verwunderung über die kleine Gruppe wechselten sich in seinem Mienenspiel ab.

Er war wohl selbst so verblüfft, dass er sie in seiner Landessprache anredete, die ihrer eigenen Sprache sehr ähnelte.

»Wer seid ihr? Woher kommt ihr?«, fragte er streng und blickte von einem zum anderen. Vor allem die Mädchen sah er besonders böse an. Für ihn war es undenkbar, dass sich Mädchen in dieser Festung befanden, wo sich sonst nur Männer hier aufhielten. Überhaupt hatten Jugendliche hier unten nichts zu suchen.

Als niemand antwortete, trat er bedrohlich auf sie zu und hob sein Schwert so weit in die Höhe, dass es direkt auf ihre Köpfe zielte. Erik, der etwas verdeckt hinter den anderen stand, hatte bereits seinen Transloco vorsichtig gezückt und hielt ihn bereit, um im äußersten Fall eingreifen zu können.

Sie mussten schnell handeln, sonst würde die Situation aus dem Ruder laufen. Seine Sprache verstanden sie nur bruchstückhaft.

»Was redet der da?«, flüsterte Joseph zu Justus. Sofort fixierte der Ritter ihn scharf.

Wieder fragte der Templer: »Wer seid ihr? Heraus mit der Sprache?« Dabei kam er noch ein paar Schritte näher, sodass er jetzt wie eine mächtige, lebendige Säule vor ihnen stand.

Justus suchte unter seiner mittelalterlichen Kutte seine Magic, holte sie vorsichtig hervor und stellte den Translator ein.

Mutig trat er vor und sagte: »Wir sind nicht von hier.«

Sofort übersetzte sein Gerät fehlerfrei in die Sprache des Ritters. Er hatte den Translator recht laut gestellt, sodass der Ritter möglichst nur seine eigene Sprache zu hören bekam.

»Wir kommen aus einem fernen Land und sind zufällig vom Basar aus in die Festung geraten«, versuchte Pauline ihre vertrackte Situation zu retten. Dumm war, dass der Ritter, auf dessen Seite sie eigentlich standen, sie als Feinde ansah. Aber das konnten sie ihm nicht verdenken. Er wusste ja nicht, in welcher Gefahr das Tuch in der Krypta und überhaupt die ganze Festung schwebten.

Justus ging einen Schritt nach vorne und hob beide Hände zum Zeichen, dass er keinen Ärger machen wollte.

»Ich möchte Ihnen etwas erklären«, begann er vorsichtig. Dabei sah er dem Ritter unerschrocken in die dunklen und noch immer funkelnden Augen.

»Wir sind hier, um Ihnen zu helfen.«

Der Blick des Ritters verlor seine Strenge und wandelte sich in ungläubiges Erstaunen.

»Wobei wollt ihr uns helfen?! Und wieso höre ich euch anders sprechen und doch meine eigene Sprache? Was ist das für ein Zauber?«, fragte er weiter.

»Wir kommen aus einem anderen Land und sprechen Ihre Sprache, nur etwas anders«, erklärte Justus. »Das ist alles sehr schwierig. Ich würde es Ihnen gerne erklären, wenn ich darf.«

Langsam ließ der Ritter das Schwert, das er immer noch bedrohlich auf sie gerichtet hielt, sinken.

Justus trat einen Schritt zurück und setzte sich auf eine der Kisten. Seine Freunde nahmen ebenfalls Platz und auch der Ritter ließ sich auf einem weiteren Kasten nieder. Die Situation entspannte sich ein wenig. Sein Schwert hatte der Ritter nun wieder in der Scheide verschwinden lassen, weil er merkte, dass von diesen Jugendlichen nicht die Gefahr ausging, die er zunächst vermutet hatte.

Gespannt sah er Justus und seine Freunde an.

»Was gibt es da zu erklären? Ihr seid hier unerlaubt eingedrungen, was wollt ihr da erklären? Heraus damit!«

»Es ist so«, begann Justus. »Sie haben doch ein wertvolles Tuch in einem Sarkophag in der Krypta. Wir sind hier, um das Tuch, das Gesichtstuch Jesu, zu schützen.«

Sofort sprang der Ritter wieder auf und legte seine Hand an den Knauf seines Schwertes. Den Freunden stockte der Atem. »Woher wisst ihr von dem heiligen Tuch? Sagt schon! Davon weiß außer unserer Bruderschaft niemand.«

Justus hob beschwichtigend die Hand und sagte: »Wir wussten darüber auch nichts, bis wir beauftragt wurden, hierher zu kommen und es zu schützen. Es ist in großer Gefahr, jemand will es entwenden.«

»Wer will es stehlen? Niemand weiß, wo es verborgen ist. Das ist unmöglich«, entgegnete der Ritter aufgebracht. »Ich glaube, ich bringe euch jetzt zu unserem Großmeister, dem könnt ihr eure unglaubliche Geschichte erzählen. Er soll entscheiden, was mit euch geschieht. Sollten eure Erklärungen nichts als Lügen sein, ist euch der Kerker sicher.«

Aufgebracht über die Vorstellung, das überaus wertvolle Tuch könnte gestohlen werden, von wem auch immer, erhob er sich und forderte Justus und seine Freunde unmissverständlich auf, ihm zu folgen.

Ihnen blieb für den Moment nichts anderes übrig, als mit ihm zu gehen.

Er bedeutete ihnen voranzugehen. Etwas zögerlich folgten sie seiner Aufforderung. Ihr Weg führte sie das lange Gewölbe entlang an das Ende, wo Justus zusammen mit Pauline schon das Essen besorgt hatten. Eine Reihe weiterer Ritter war dort versammelt, die ihnen ungläubig staunend entgegensahen, als die kleine Schar mit ihrem Mitbruder auf sie zukam. Einige erhoben sich eilig und nahmen eine kampfbereite Haltung ein.

»Es besteht keine Gefahr«, beschwichtigte der Ritter, der sie gefunden hatte, seine Ordensbrüder. »Ich habe sie dort hinten aufgegriffen. Ich werde sie zu unserem Großmeister bringen.«

Er bahnte ihnen den Weg durch die Gruppe der Ritter und führte sie durch eine schwere eisenbeschlagene Tür in einen langen Gang, an dessen Ende sie eine eiserne Wendeltreppe hinaufstiegen. Sie kamen durch verschiedene Gänge, die alle durch Kienspanfackeln erhellt wurden, deren flackerndes Licht eine unheimliche Atmosphäre erzeugte. Der Weg führte sie immer weiter und tiefer in die Festung hinein, wobei sie eine Reihe von spartanisch eingerichteten Räumen passierten, bis sie zu einer kleinen Vorhalle kamen. An deren Ende befand sich eine schön gestaltete, doppelflügelige Tür. Zwei große Templerkreuze zierten sie.

Der Ritter gebot ihnen zu warten, schlug geheimnisvoll gegen die Tür, öffnete sie sodann, um die kleine Schar jenseits der Tür anzukündigen.

Kurz darauf kehrte er zurück und deutete ihnen an einzutreten: »Der Großmeister Eudes de Saint-Amand erwartet euch.«

32. Der Großmeister

Als sie den Raum des Großmeisters betraten, verschlug es ihnen die Sprache.

Die Einrichtung stand in einem krassen Gegensatz zu allen Räumlichkeiten, die sie bisher in der Festung zu sehen bekommen hatten. An den Wänden hingen schwere Teppiche, die dem Raum eine machtvolle, aber warme und wohnliche Atmosphäre verliehen. Alles war wunderschön anzusehen. Selbst in ihrer Schule, in der die Aufenthaltsräume recht stilvoll eingerichtet waren, gab es nicht die Eleganz, die hier herrschte. Oberhalb der Wandteppiche waren die unterschiedlichsten Wappen zu sehen, die alle die Herkunft der hier in der Bruderschaft vertretenen Ritter symbolisierten. Diese Wappen erinnerten sie an den Rittersaal, wo sie ebenfalls die Wände zierten. Zwischen den Teppichen mit verschiedenen Szenen aus der Bibel, besonders aus dem Leben Jesu, waren eiserne Fackelhalter befestigt, wie Justus und seine Freunde sie schon von dem großen Versammlungssaal her kannten. Auf einem der großen Teppiche war die Situation im Tempel von Jerusalem dargestellt, wie Jesus gerade die Händler vertrieb, und auf einem weiteren die Kreuzigungsszene auf Golgatha. Ein Teppich stach ganz besonders unter allen Wandbehängen hervor. Er war bedeutend größer und zeigte den Tempel von Jerusalem, so wie er im Alten Testament beschrieben wird.

An der Stirnseite des Raumes stand ein schwerer hölzerner Tisch, an dem der Großmeister residierte. Hinter ihm an der Wand hing ein schwerer Schild, das Wappen des Großmeisters. Es zeigte vier Felder, kreuzförmig unterteilt, in denen auch zwei rote Templerkreuze zu sehen waren.

In der Mitte befand sich ein sehr langer Holztisch, umgeben mit einer großen Zahl von fein gedrechselten Stühlen. An den Wänden befanden sich eine Reihe von Truhen, alle mit den unterschiedlichsten Schnitzereien verziert.

Als die kleine Gruppe näher trat, kam der Großmeister um seinen Tisch herum und baute sich vor ihnen auf. Justus blieb vor Schreck den Mund offen. Er erkannte in dieser würdevollen Gestalt sofort den Menschen aus seinem Tagtraum in seiner alten Schule wieder. In der Szene damals war er als letzter in die Kirche gekommen.

»Wer seid ihr?«, begann er ohne Umschweife mit strengem Ton. Seine Sprache hörte sich an, als sei sie mit dem Französischen verwandt. Zum Glück hielt Justus immer noch verdeckt seine Magic in der Hand. So konnten sie direkt die Übersetzung durch den Translator hören.

Der Blick des Großmeisters, mit dem er die kleine Gruppe gerade noch finster musterte, nahm einen verdutzten Ausdruck an, als er die Übersetzung hörte.

Justus bemühte sich um eine angemessene Verbeugung zur Begrüßung. Schließlich standen sie hier nicht vor irgendeinem Ritter, sondern dem Oberhaupt der Ritterschaft auf dieser Festung gegenüber. Seine Geste wurde vom Großmeister mit einem kurzen Kopfnicken standesgemäß erwidert.

»Ich möchte mich für unser unerlaubtes Eindringen hier entschuldigen«, begann Justus etwas schüchtern. Er wollte vermeiden, dass der Großmeister durch die Störung, die sie durch ihr Erscheinen hervorriefen, nicht übermäßig verärgert wurde.

»Wir wissen, dass wir unerlaubt hier eingedrungen sind. Aber«, fuhr er etwas mutiger fort, »wir sind in einer sehr heiklen Mission hierher gekommen, die keinen Aufschub erlaubt.«

Justus versuchte seine Worte in möglichst höflicher Form vorzutragen, um ein der Situation entsprechendes Ansehen bei den Rittern zu erlangen, was auf Grund ihres Alters ein nicht gerade einfaches Unterfangen darstellte.

Der Großmeister hatte die Augenbrauen hochgezogen, um seiner Überraschung über die fragwürdige Aktion, die für ihn in ungewohnter Weise von Jugendlichen durchgeführt wurde, Ausdruck zu geben. Doch schien er Justus' Bemühungen, sich der Situation entsprechend angemessen verhalten zu wollen, zu spüren.

Hatte er sich zunächst recht abweisend ihnen gegenüber verhalten, so bat er die kleine Gruppe nun mit einer einladenden Geste, an dem großen Tisch, der für Gesprächsrunden und derlei Zusammenkünfte bestimmt war, Platz zu nehmen.

Im nächsten Moment saßen sie ziemlich verschüchtert mit dem Großmeister und dem anderen Tempelritter wie zu einer Konferenz beisammen. Eine eigenartige Situation, die sie sich in ihren wildesten Träumen nicht hätten besser ausmalen können.

Der Großmeister sah Justus an und bedeutete ihm, seine Rede fortzusetzen. Ohne Umschweife versuchte Justus auf den Punkt zu kommen, denn er wollte die Ritter nicht durch lange Vorreden verärgern.

»Ich möchte es Ihnen direkt sagen«, nahm Justus all seinen Mut und seine Konzentration zusammen. »Wir sind nicht von hier. Wir kommen aus einem anderen Land.«

Seine Magic übersetzte einwandfrei, was den Blick des Großmeisters und auch des anderen Ritters auf das Gerät lenkte, das jetzt offen auf dem Tisch lag.

»Da wir uns das schon dachten, frage ich dich nochmals, wer seid ihr und aus welchem Land ihr kommt? Wieso sprichst du eine andere Sprache, und trotzdem höre ich auch meine eigene Sprache? Wie geschieht das? Seid ihr junge Magier oder Zauberer?«, fragte der Großmeister nochmals.

Und Justus begann, die ganze Geschichte, angefangen bei ihrer Herkunft aus einer anderen Zeit, über ihre Mission und schließlich ihre konkrete Aufgabe, die ja noch bevor stand, zu berichten. Dabei ließ er auch Metatron, unter dessen Schutz sie standen, nicht unerwähnt.

Die Gesichter der beiden Ritter drückten eine große Ungläubigkeit, aber auch eine gewisse Spannung aus. Die Geschichte musste in ihren Ohren geradezu absurd klingen. Sie wurden mit Dingen konfrontiert, die für sie als ein einziger Ausbund an Zauberei erscheinen musste.

»Und als wir dann in einem der Höfe hier in der Festung waren, kamen plötzlich diese dunklen Ungeheuer«, berichtete Justus weiter. »Und zwei von ihren Mitbrüdern kamen und nahmen direkt den Kampf auf. Aber sie hatten gar keine Chance. Sie wurden ganz einfach gegen die Mauer geschmettert und einer von ihnen durch die Luft davon gehoben.«

»Dieser Mitbruder«, hakte der Großmeister ein, »ist heute weit draußen vor der Stadt leblos auf einem Acker gefunden worden. Er war vollständig zerschmettert.«

Er starrte einen Moment lang schweigend vor sich auf den Tisch und war ganz in sich gekehrt. Dann hob er den Kopf, sah die kleine Schar an und fragte immer noch sehr ungläubig: »Und ihr seid geschickt worden, um unser heiliges Tuch in der Krypta zu schützen?«

»Ja«, erwiderte Justus, »wir alle, die wir hier sitzen, sind mit Talenten begabt, die nicht jeder Mensch hat. Deshalb sitzen wir jetzt hier. Unsere Talente sind eigentlich nichts anderes als Begabungen, wie sie zum Beispiel ein ausgezeichneter Schmied hat, der wie kein anderer hervorragende Schwerter fertigt, oder ein exzellenter Pferdezüchter, der eine ganz besondere Art hat, Pferde heranzuzüchten.«

Justus wählte diese Beispiele, weil er hoffte, dass die Ritter sich dadurch wohl am besten vorstellen konnten, was er meinte. Der Großmeister schien dies direkt zu erfassen, während der andere Ritter immer noch einen ratlosen Eindruck machte.

»Ich verstehe«, erwiderte der Großmeister nachdenklich. Er schaute jeden der Jugendlichen lange an. Ein unheimliches Gefühl der Spannung kroch in ihnen hoch. Was würde er jetzt mit ihnen machen? Sie davonjagen oder vielleicht in einen dunklen Kerker werfen und sie dann als unchristliche Zauberer foltern lassen? Ihre Geschichte musste für ihn absolut unglaubwürdig klingen.

Doch dann fuhr er für sie alle unerwartet und mit großer Bestimmtheit in seiner Stimme fort: »Ihr steht ab sofort hier in der Festung unter meinem ganz persönlichen Schutz! Es soll euch jede nur erdenkliche Hilfe zuteil werden, die ihr benötigt, um eure Mission zu einem guten Ende zu bringen. Denn ihr scheint von Gott in besonderer Weise geliebt zu sein, denn sonst hätte er euch nicht erwählt zu diesem außergewöhnlichen Werk.«

Von Justus und seinen Freunden fiel sichtlich jede Anspannung ab, die sie seit dem Betreten dieses Raumes beherrschte.

»Danke«, ließ sich Justus erleichtert vernehmen. Ein Lächeln zeigte sich auf dem Gesicht des Großmeisters, das die Freunde dankbar erwiderten. Und auch der andere Ritter zeigte sich nun, da sein Großmeister sich der kleinen Gruppe gänzlich zugewandt erwies, von einer freundlicheren Seite.

»Nun gilt es vor allem, dass wir genau überlegen, wie am sinnvollsten vorzugehen ist«, fuhr Eudes de Saint-Amand fort.

»Das Beste wird sein, ich begleite euch persönlich mit einigen meiner bewährtesten Mitbrüder in die Kirche und zur Krypta hinunter, damit ihr eure Mission unbeschadet vollenden könnt.«

Seinem Mitbruder befahl er, vier der erfahrensten Tempelritter mit in die Kirche zu bringen, um ihnen in voller Kampfausrüstung zur Seite stehen zu können. Dann kehrte er schnell an seinen Arbeitstisch zurück, nahm seinen Schild von der Wand und griff nach seinem Schwert, das vor ihm auf dem Tisch bereit lag.

»Gehen wir, um mit Gottes Hilfe die Mission zu vollenden.«

Endlich stand der große Augenblick unmittelbar bevor. Dass es so plötzlich sein würde, damit hatten Justus und seine Freunde nicht gerechnet.

»Ihr wisst, was ihr zu tun habt!?«, sagte Eudes de Saint-Amand mehr auffordernd als fragend, als er schon auf dem Weg zur Tür war.

Die Freunde sahen sich einen Augenblick zögernd an, um dann aber umso entschlossener dem Großmeister in die Kirche zu folgen.

Wieder ging es durch verschiedene Gänge. Manche Gänge waren äußerst schmal und stellenweise auch sehr niedrig. Für den Großmeister, der zügig vor ihnen herging, war es gar nicht so einfach voranzukommen, da seine Gestalt fast den ganzen Gang ausfüllte. Der Rauch der Fackeln in den Gängen walkte entlang der Decke und brannte in den Augen. Durch die vielen Biegungen, welche die Gänge vollführten, verloren sie vollständig die Orientierung. Plötzlich standen sie vor einer schweren mit Eisen beschlagenen Eichentür. Kaum hatte sie der Großmeister geöffnet, fanden sie sich auch schon in der Kirche wieder. Justus konnte feststellen, dass es genau dieselbe Tür war, durch die der Großmeister seinerzeit schon in seinem Traum die Kirche betreten hatte.

Die bestellten Ritter waren schon in der Kirche versammelt. Unverzüglich ging es weiter in den Chorraum und dort auf die rechte Seite, wo sich der Abgang zur Krypta befand. Als erster stieg der Großmeister die steinerne Treppe hinunter, dahinter Justus und seine Freunde, zwei weitere Ritter bildeten die Nachhut. Zwei der Tempelritter blieben als Wachen in der Kirche zurück.

Nun hieß es, in voller Konzentration die Gedanken zusammen zu halten, um nur ja keinen Fehler zu begehen. Den Jugendlichen schlug das Herz bis zum Hals. Der Großmeister hatte einen großen Schlüssel hervorgeholt und nestelte nun am Schloss herum. Es gab keinerlei Licht hier unten und da sich die Hälfte der Treppe unterhalb des Kirchenbodens befand, lag hier unten alles in einem schummerigen Halbdunkel. Es wäre ein Leichtes für Justus und seine Freunde gewesen, mit ihren Translocos Licht zu machen, aber sie wollten die Ritter nicht unnötig verunsichern.

33. In der Krypta

Im nächsten Moment öffnete sich die Tür so geräuschlos, als wären ihre Angeln frisch geölt. Justus und seine Freunde hielten den Atem an. Eine sonderbare heilige Stimmung bemächtigte sich ihrer. Niemand sprach ein Wort, jeder von ihnen wusste, was nun zu tun war. Langsam betraten sie einer nach dem andern die Krypta.

Umgehend hatten der Großmeister und seine Mitbrüder einige der Kienspanfackeln, die rundherum an den Wänden angebracht waren, entfacht. Langsam breitete sich ein flackernder Lichtschein im ganzen Raum aus. Ein rechteckiger Sarkophag wurde am Ende des Raumes sichtbar.

Die Krypta war durch zwei kurze Säulenreihen in drei Bereiche geteilt. Überall an den Säulen und Wänden erblickten sie wie schon oben im Chorgestühl eine Reihe geheimnisvoller steinerner Gestalten. Sie erfüllten den Raum auf wunderliche Weise mit Leben und verliehen ihm eine mystische Atmosphäre. Der große steinerne Quader sah genauso aus, wie ihn Metatron beschrieben hatte.

Gebannt trat die kleine Gruppe näher an den Sarkophag heran. Es musste eine wahre Meisterhand gewesen sein, die ihn mit unsäglich schönen Verzierungen versehen hatte. Die Nahtstelle zwischen Unterteil und Deckel war mit bloßem Auge nicht zu entdecken, so fein war der Sarkophag gearbeitet.

Weitere Kerzen auf schweren Leuchtern wurden entzündet. Sie umstanden den Sarkophag in einem Halbkreis, was die mystische Atmosphäre noch stärker spüren ließ. Die Jugendlichen hielten den Atem an. Die Situation hier unten in der Krypta und auch das Wissen um den Inhalt, das Tuch, das auf dem Antlitz Jesu gelegen hatte, schlug sie in Bann.

Es blieb ihnen aber keine Zeit, ihren Gedanken weiter nachzuhängen. Denn im selben Augenblick, als sie näher herantraten, erscholl von den Rittern, die als Wachen zurückgeblieben waren, ein Warnruf. Im Nu hielten der Großmeister und seine beiden Mitbrüder ihre blitzenden Schwerter kampfbereit in den Händen.

Von oben her hörten sie weitere laute Rufe der Verblüffung und des Schreckens. In den Rufen wurde eine zunehmende Panik hörbar. Im nächsten Augenblick drang von der Kirche her ein schwarzer Nebel die Treppe herunter und breitete sich unaufhaltsam in der Krypta aus.

»Leute, das darf doch nicht wahr sein«, stieß Justus entsetzt hervor. »Da kommen diese Monster!«

Seine Freunde drehten sich blitzschnell zum Eingang und zogen wie auf ein Kommando ihre Translocos hervor. Die Ritter begriffen nicht sofort, worum es eigentlich ging. Woher auch. Sie hatten die schreckliche Gefahr, die von den dunklen Mächten ausging, noch nicht kennengelernt.

Erik schaute in die fragenden Gesichter der Ritter. »Das ist die Gefahr, die ihrem Tuch droht. Es sind Wesen, gegen die man mit normalen Waffen nichts machen kann«, erklärte er hastig und wendete seine ganze Aufmerksamkeit dem Eingang zu.

Justus hatte schon seinen Translocostab auf den Treppenaufgang gerichtet. Erik tat es ihm gleich und im nächsten Augenblick schossen zwei Energiestrahlen aus den Kristallen der Translocos hervor. Ein Schutzschild baute sich auf, um diese Ungetüme von der Krypta fernzuhalten.

Miriam ahnte, das es schwierig werden würde, die Ungeheuer ohne Probleme aus der Krypta fernzuhalten.

»Es wäre besser«, wendete sie sich hektisch an die Ritter, »wenn sie sich in die äußerste Ecke zurückziehen würden. Dann geraten sie nicht so direkt in Gefahr. Mit ihren Schwertern werden sie nichts gegen diese Mächte ausrichten können. Am besten ist, ich errichte einen Schutzschild um sie herum, dann sind sie sicher.«

Schnell sprach sie einen kurzen Befehl und im nächsten Augenblick wurden die Ritter von einem grünen Schutzschirm umhüllt.

Justus und Erik hatten es geschafft, der Schutzwand an der Treppe die nötige Stabilität zu geben, indem sie die Energieflüsse ihrer Translocos bündelten. Energieblitze entluden sich dort, wo die schwarze Energie des Nebels mit dem Schild in Berührung kam.

Einer der schwarzen Gestalten schaffte es, in die Krypta vorzudringen und verstärkte die schwarze Energie gegen den Schutzschild, um ihn zusammenbrechen zu lassen. Während Joseph seine beiden Freunde unterstützte, richteten Sarah und Martin ihre Energiestrahlen direkt auf den Feind. Das Monster sog jedoch einen Teil der Energie in sich auf und war daher nur bedingt angreifbar.

Miriam sah, dass Sarahs und Martins Bemühungen nicht ausreichten, schlich im Schutz der Säulen in den Rücken des Monsters und eröffnete ein zweites Energiefeuer. Ein guter Schachzug. Im nächsten Augenblick blähte sich das Monster auf, da die Energiezufuhr zu groß wurde, und dann war es verglüht.

Doch schon waren zwei weitere Monster in die Krypta vorgedrungen und versuchten sich dem Sarkophag zu nähern. Pauline eröffnete sofort das Feuer und versuchte sie daran zu hindern. Von Sarah und Martin unterstützt gelang es, die beiden Angreifer so sehr mit Energie zu überhäufen, dass sie darin ebenfalls verglühen.

Das größte Problem aber war, die Krypta verlassen und der Gefahr in der Kirche entgegentreten zu können. Wenn weitere dieser Finsterlinge in die Krypta kämen, hätten sie kaum mehr eine Chance lebend hier heraus zu kommen.

»Ich rufe Metatron«, schrie Pauline und konzentrierte sich sogleich, um einen telepathischen Hilferuf zu senden. Allerdings bekam sie keine Antwort, da Metatron mit seinen Helfern viel zu sehr auf den Kampf oben in der Kirche konzentriert war.

Doch dann merkten sie, wie der schwarze Nebel sich langsam aber sicher zurückzog und die Treppe frei wurde. Die Jungs ließen nicht davon ab, den Abwehrschirm mit Energie zu versorgen und schoben gleichzeitig den Schirm die Treppe hinauf. Auf diese Weise geschützt, gelangten sie nach oben und konnten einen Blick in die Kirche werfen.

Dort herrschte das blanke Chaos. Drei Engel standen im Kampf gegen die Dunkelmächte, die mit aller Gewalt die Oberhand zu gewinnen suchten. Grelle, weiß glühende Blitze entluden sich, wo die Energien aufeinandertrafen. Hässliche schwarze Brandflecke zeigten sich dort, wo die Energien Materie berührten. Dabei blieb die Kirche nicht verschont.

Justus und seine Freunde mussten sich im Schutz des Treppenabgangs in Deckung halten, um von den Blitzen und Energiebündeln nicht getroffen zu werden. Metatron erkannte sogleich die Gefahr, in der sie sich befanden. Unverzüglich baute er einen weißen Schutzschild vor der Treppe auf. Die Engel selbst waren in schützende weiße Energien gehüllt. Der dunkle Nebel, der immer wieder durch helle Blitze durchbrochen wurde, und die weiße Energie boten einen bizarren Kontrast. Eine lebensbedrohliche Situation!

Immer wieder schossen Blitze in wilden, zackigen Verläufen durch den Kirchenraum und richteten verheerende Verwüstungen an. Teile der großen Bilder, von denen zuvor noch eine intensive magische Kraft ausging, waren durch die vielen Brandspuren kaum mehr zu erkennen.

Im nächsten Moment schoss unter großem Getöse eine volle Energieladung ins Chorgestühl und setzte es in Brand. Die Flammen züngelten über das alte Holz, das den Flammen eine willkommene Nahrung bot, und breiteten sich in Windeseile aus. Der Rauch zusammen mit dem schwarzen Nebel ließen die Augen tränen und machten das Atmen fast unmöglich.

»Geht zurück in die Krypta und schützt den Sarkophag«, hörte Justus plötzlich die Stimme Metatrons überlaut in seinem Kopf. »Schnell!«

Alle hatten die Weisung Metatrons vernommen, wandten sich von dem Chaos ab und hasteten die Treppe hinunter.

Während sie nach unten stürmten, wurde der Kampf oben immer heftiger. Ein ohrenbetäubendes Knallen und Zischen von den sich entladenden Energien hallte durch die Kirche.

Weitere Wächter der Finsternis kamen aus dem Dunkel des Nebels hervor und machten es Metatron und den anderen Engeln, die ihm zur Seite standen, schwer, den Kirchenraum und besonders die Krypta zu verteidigen.

Zwei der Monster hefteten sich an die Fersen der Jugendlichen und folgten ihnen in die Krypta hinunter.

Joseph erreichte als letzter die Krypta und erhielt von hinten einen immensen Stoß, einer Druckwelle gleich, die ihn mit Vehemenz in den Raum hineinschleuderte. Auch Sarah und Pauline wurden von der Welle erfasst und zur Seite geworfen. Sie fanden sich auf allen Vieren auf dem harten Steinboden wieder. Sarah hatte sich dabei beide Hände am rauen Fußboden aufgescheuert, wodurch sie kaum mehr den Translocostab halten konnte. Martin, der unmittelbar daneben stand, ließ einen lauten Schreckensschrei los und wandte sich gegen die Monster. Erik richtete flugs seinen Translocostab auf den Treppenabgang, und errichtete, von Miriam unterstützt, eilig einen neuen Schutzschild.

»Kommt, wir müssen den Spruch über den Sarkophag sprechen«, brüllte Justus in das Chaos hinein. Er stand unmittelbar vor dem Sarkophag und hielt seinen Transloco bereit.

»Hast du ihn im Kopf?« Joseph, stand schon neben Justus, um ihn bei der wichtigsten Aktion ihrer Mission zu unterstützen.

Sarah hatte sich inzwischen wieder aufgerappelt und versuchte sich zu erinnern.

»›Zu stetem Schutze senke sich hernieder auf diesen Sarkophag und auf das immerwährende Antlitz, ...« Sarah musste stocken. In der Aufregung gelang es ihr nur schwer sich zu konzentrieren. *»... unsichtbar und unüberwindbar, gefüllt mit heiliger Energie, die Glocke der Undurchdringlichkeit‹.«* Sarah wurde immer schneller und drohte, in der Angst ein Wort zu vergessen, die einzelnen Wörter zu verschlucken.

»›Bewahren soll sie das zart und fein gewebte Linnen vor Übergriffen finstrer Mächte und endlos bannen deren Kräfte. Amen, so soll es sein‹«, beendete sie laut und deutlich den Spruch.

»Wir müssen es zugleich sagen«, schrie Joseph hektisch, »sonst funktioniert es nicht.«

Um sie herum herrschte ein schrecklicher Lärm, weil die Energie aus den Translocostäben sich mit irrem Getöse in die Schutzwand ergoss. Erik und Miriam gaben, von Pauline unterstützt, ihr Bestes. Die Hitze, die sich entfaltete, trieb den Schweiß aus allen Poren. Der Druck, der von der anderen Seite durch die dunklen Mächte auf den Schutzschild ausgeübt wurde, war gigantisch. Sie mussten dagegen halten, koste es, was es wolle. Pauline unterstützte sie mit ihrem Transloco, denn die Energie, die sie aufbringen mussten, forderte alle ihre Kräfte. Der Schild durfte nicht zusammenbrechen.

Justus, Sarah, Joseph und Martin standen inzwischen um den Sarkophag herum. »Also los doch«, schrie Justus. »Worauf warten wir?« Sie vergewisserten sich gegenseitig, dass sie startklar waren, und begannen mit dem magischen Spruch.

»Zu stetem Schutze senke sich hernieder auf diesen Sarkophag und auf das immerwährende Antlitz, unsichtbar und unüberwindbar, gefüllt mit heiliger Energie, die Glocke der Undurchdringlichkeit.

Bewahren soll sie das zart und fein gewebte Linnen vor Übergriffen finstrer Mächte und endlos bannen deren Kräfte. Amen, so soll es sein.«

Gebannt starrten sie auf den Sarkophag.

Zuerst geschah nichts. Doch plötzlich waberte die Luft rund um das mächtige Teil und erzeugte den Eindruck, als würde der steinerne Quader zerfließen. Doch dann begann der Sarkophag zu leuchten.

Justus trat näher heran und versuchte ihn zu berühren. Das ging nicht mehr, der Sarkophag war unerreichbar. Der große Quader stand nun unter einem unüberwindlichen Schutz. Das wundersame Tuch, das auf dem Gesicht Jesu gelegen hatte, konnte nun nicht mehr missbraucht werden.

Von Justus und seinen Freunden fiel die gewaltige Spannung ab. Doch Zeit zum Erholen blieb nicht. Erik, Miriam und Pauline mühten sich auf der anderen Seite der Krypta nach Kräften, den Schutzschild aufrecht zu halten. Von oben aus der Kirche drang immer noch Kampfeslärm herunter.

Doch dann brüllte Erik: »Der Schutzschild weicht zurück.« Tatsächlich, der Druck auf den Schild ließ nach. Langsam bewegte er sich in Richtung Treppe.

Sofort half Justus seinen Freunden die Energie noch zu verstärken. Stück für Stück wanderte der Schild wie schon zuvor die Treppe hinauf. Sie sahen, wie jenseits des Schildes das Dämmerlicht abnahm. Der Nebel lichtete sich. Er zog sich zurück und kurz darauf war die gesamte Treppe frei.

»Auf keinen Fall nachlassen«, beschwor Miriam ihre Freunde. »Wer weiß, ob das nicht eine Falle ist.«

»Wir müssen langsam hier raus«, rief Joseph und wischte sich wiederholt den Schweiß von der Stirn. »Die Luft kocht vor Hitze.« Sie wünschten sich, diesen Raum endlich verlassen zu können.

Plötzlich vernahmen alle sieben die Stimme Metatrons. »Meine Freunde, es ist vorbei. Der Kampf ist beendet. Kommt nach oben in die Kirche. Keine Angst, die dunklen Mächte von Antra'agor sind besiegt!«

Ihre Anspannung entlud sich in einen Freudenschrei.

Die Ritter schauten nicht schlecht, als sie diesen emotionalen Wandel bemerkten.

Erschöpft ließen sie die Translocostäbe sinken, die Energie erlosch und der Schutzschild fiel in sich zusammen.

Justus wandte sich den Rittern zu und befreite sie von ihrem Schutzmantel.

»Geschafft, wir haben gesiegt!«, teilte er ihnen über seine Magictafel mit. Und an den Großmeister gewandt fuhr er fort: »Es tut mir Leid, aber der Schirm diente nur zu ihrem Schutz. Ihre Schwerter konnten Ihnen nicht helfen. Doch jetzt können wir nach oben gehen.«

Der Großmeister kam mit schnellen Schritten auf die Freunde zu und drückte Justus so heftig an seine breite Brust, dass ihm die Luft wegblieb.

»Wir dachten uns schon, dass eure Möglichkeiten des Kampfes in diesem Fall besser sind als unsere, wenn auch unsere Körperkräfte größer sind. Aber gegen diesen Gegner braucht man andere Waffen, das ist uns klar geworden.« Er lächelte Justus verständnisvoll zu.

Erschöpft und glücklich fielen sie sich in die Arme. Die wahnsinnige Spannung, die bis zuletzt ihre Gesichter und Körper gezeichnet hatte, fiel von ihnen ab. Pauline sackte plötzlich in sich zusammen, sie konnte sich nicht mehr auf den Beinen halten, so erschöpft war sie. Martin und Joseph versuchten sie zu stützen, ließen sie dann aber auf den Boden nieder und lehnten sie an die Wand. Erik setzte sich rittlings auf die unteren Treppenstufen, er war mit seinen Kräften ebenfalls völlig am Ende. Der Kampf hatte sie bis aufs Äußerste gefordert.

Im nächsten Augenblick strahlte ein Licht die Treppe hinunter und erhellte nach und nach die Krypta. Dann stand Metatron in seiner ganzen Herrlichkeit vor ihnen und erfüllte fast den gesamten Raum.

Die Ritter wichen zurück und fühlten sich erneut bedroht. Doch schnell erkannten sie, dass von diesem strahlenden Wesen keine Gefahr ausging. Metatron machte sich in ihren Gedanken bemerkbar. Justus und seine Freunde konnten es an den Gesichtern der Ritter ablesen, wie verwundert, fast entsetzt sie waren, auf diese Art von einem Engel angesprochen zu werden.

»Ein wahrhaft göttliches Wesen«, flüsterte der Großmeister. Seine Mitbrüder konnten nur nickend zustimmen. Kein Wort brachten sie heraus.

Metatron wandte sich wieder den Jugendlichen zu. »Kommt, wir wollen gehen!«, ließ er sich vernehmen und deutete dabei die Treppe hinauf.

Müde und total entkräftet wankten sie die steinerne Treppe hinauf. Sie mussten darauf achten, nicht vor lauter Erschöpfung mit den harten Treppenstufen Bekanntschaft zu machen.

In der Kirche blieben sie verwundert stehen.

Nichts mehr erinnerte an den heftigen Kampf, der hier noch vor ein paar Minuten getobt hatte.

Metatron hatte mit seinen Helfern alle Spuren beseitigt. Das Chorgestühl erstrahlte in seiner alten Pracht und vor allem auch die großen Bilder an den Wänden zeigten keinerlei Spuren der Verbrennung und Verwüstung, die sie erlitten hatten.

Den Jugendlichen war sofort klar, dass nur eine himmlische Macht diese Veränderung bewerkstelligen konnte.

Metatron befand sich zwischen den Reihen des Chorgestühls und wartete, bis sich die Überraschung legte. Dann teilte er ihnen auf telepathischem Wege mit, dass jegliche Gefahr vorüber sei und sie langsam an die Rückkehr in ihre Schule denken konnten.

Der Großmeister der Templer, der ebenfalls die Gedanken Metatrons vernahm, erhob sogleich seine Stimme. »Bevor ihr euch wieder zurückzieht und ganz, ja vielleicht sogar für immer, von uns geht, möchten wir euch unseren Dank abstatten«, wandte er sich an Justus und seine Freunde.

»Dazu werden, so ist es Brauch, sich alle Tempelritter versammeln. Und mit Erlaubnis unseres himmlischen Helfers«, fuhr er an Metatron gewandt fort, »möchte ich euch dazu in den Kapitelsaal bitten. Meinen Mitbruder bitte ich, alle Ritter unseres Ordens zusammenzurufen.«

Der angesprochene Mitbruder zögerte keinen Augenblick, um der Bitte umgehend Folge zu leisten.

»Ich werde mich nun zurückziehen«, ließ sich Metatron nochmals vernehmen. »Wie es scheint, ist meine Hilfe nicht mehr nötig. Ich gehe davon aus, dass ihr bei den Tempelrittern in guten Händen seid. Wir werden uns sicher in der Schule wiedersehen.« Er schaute ein letztes Mal auf die kleine Schar, lächelte sie an, erhob sich mit leichtem Schwung in die Höhe und war im nächsten Augenblick verschwunden.

In allen breitete sich eine Leere aus. Nun waren sie wieder allein und auf sich gestellt. Doch es blieb ihnen nicht viel Zeit, diesem Gefühl des

Irgendwieverlassenseins nachzuhängen, denn schon bat sie Eudes de Saint-Amand freundlich, ihm in den Kapitelsaal zu folgen.

»Ihr wisst sicher schon, wo sich dieser Saal befindet«, vermutete er mit einem leichten Augenzwinkern. Dann steuerte er auf das kleine Portal zu, durch das sie die Kirche betreten hatten. Willig folgten sie ihm. Den Abschluss der kleinen Prozession bildeten die anderen Tempelritter.

Als sie den Kapitelsaal betraten, stand schon die gesamte Ritterschaft bereit, die in dieser Festung ihren Dienst tat. Es war ein überwältigender Anblick. Die Ritter, alle in ihren weißen Clamys, den typischen Umhängen der Tempelritter mit dem roten Tatzenkreuz, gekleidet und bewaffnet mit ihren wuchtigen Schwertern, erwarteten sie stehend an ihren Plätzen, um ihnen einen ehrenvollen Empfang zu bereiten.

Kaum betraten sie den Saal, wurden sie mit einem mächtigen Applaus empfangen. Unmittelbar vor der Kopfseite der Tischreihen, wo sich der Sitz des Großmeisters befand, waren sieben fein geschnitzte, mit Wappen versehene Stühle in einer Reihe aufgestellt. Dort bat der Großmeister die jugendlichen Kämpfer die Plätze einzunehmen.

Justus und seine Freunde wussten nicht, wie ihnen geschah. Der Raum erstrahlte in einem unbeschreiblich festlichen Glanz. Die vielen Fackeln mit ihrem flackernden Licht an den Wänden und Säulen verbreiteten eine geheimnisvoll-mystische Atmosphäre.

Stille breitete sich aus, als alle an ihren Plätzen standen. Dann erhob der Großmeister seine Stimme.

»Meine Mitbrüder! Der heutige Tag hätte fast großes Unheil über unsere Gemeinschaft und das von uns so sehr behütete Geheimnis gebracht. Das heilige Tuch, das das Antlitz unseres Herrn Jesus in seinem Grab bedeckte, wäre beinahe den finstersten Mächten, die wir uns vorstellen können, zum Opfer gefallen. Wir hätten mit unserer großen Kampfkraft gegen diesen teuflischen Feind nichts auszurichten vermocht, und das heilige Tuch wäre für immer verloren gewesen.«

Ein leises ungläubiges Gemurmel machte die Runde, denn nicht alle Ritter waren sich der Gefahr bewusst, in der sich das Tuch und sie selbst sich befunden hatten.

Mit einer knappen Geste gebot Eudes de Saint-Amand seinen Mitbrüdern zu schweigen.

»Doch der Herr selbst hat uns vor dieser Gefahr bewahrt, indem er diese tapfere Gruppe von jugendlichen Kämpfern schickte. Sie haben es unter Mithilfe der himmlischen Mächte und ausgestattet mit ungewöhnlichen Kräften vermocht, unserem Sarkophag in der Krypta einen wirkungsvollen und dauerhaften Schutz zu verleihen.

Dafür sind wir ihnen auf ewig unseren uneingeschränkten Dank schuldig!«

Sofort wurde der große Saal von donnerndem Applaus erfüllt, der den jugendlichen Freunden eine Gänsehaut über die Rücken jagte. Ein nie gekanntes Hochgefühl erfüllte sie.

»Als Zeichen unserer Dankbarkeit«, fuhr der Großmeister nach dem Applaus fort, »möchte ich nun folgendes verkünden. Ich glaube, ich kann im Namen aller hier Anwesenden sprechen, dass ich euch, meine lieben Freunde, zu Ehrenmitgliedern unseres ehrwürdigen Ordens schlagen werde. Sollte jemand aus diesem erlauchten Kreis allerdings auf Grund der Jugendlichkeit unserer Freunde gegen dieses Ansinnen Einspruch erheben wollen, so trete er jetzt vor oder schweige auf ewig!«

Niemand aus der Schar der Ritter bewegte auch nur den kleinsten Finger. Eine feierliche Stille herrschte im Saal.

»So möchte ich nun alle hier Anwesenden bitten, mir aus diesem würdigen Anlass in die Krypta zu folgen. Denn dies scheint mir der rechte und angemessene Ort für die feierliche Zeremonie zu sein.«

Der Großmeister trat vor und setzte sich an die Spitze des Zuges, gefolgt von Justus und seinen Freunden und der gesamten Ritterschaft.

Schweigend zog die lange Prozession zur Kirche und hinunter in die Krypta. Die Fackeln und Kerzen verbreiteten eine wundervolle Atmosphäre.

Die Ritter nahmen rundherum an den Wänden Aufstellung, während der Großmeister sich in die unmittelbare Nähe des Sarkophags stellte, der immer noch in einem außergewöhnlichen Licht erstrahlte.

Nun wurden zunächst die Mädchen, sodann die Jungen namentlich aufgerufen und nach vorne zum Sarkophag gebeten. Ein Ritter hatte eine alte, in kunstvollem Leder eingebundene Bibel hervorgeholt, auf die jeder von ihnen feierlich die Hand legen musste. Alle Ritter hatten ihre Schwerter gezogen und feierlich auf Justus und seine Freunde gerichtet. Eudes de Saint-Amand erhob sein Schwert, ließ es leicht auf das Haupt und die

Schultern eines jeden von ihnen sinken und erteilte ihnen, indem er die dazu gehörige Formel sprach, den Ritterschlag. Als Letzter musste Justus niederknien, und im nächsten Moment hörte er, wie der Großmeister feierlich seinen Namen nannte und den Ritus auch über ihm vollzog. Jeder von ihnen bekam als äußeres Zeichen dieser Ehre die Clamys, den Ordensumhang, über die Schultern gelegt. Die Ritter rückten ein wenig zusammen, um ihnen Platz zu machen, damit sie sich in ihre große Schar einreihen konnten.

Zum Abschluss stimmten die Ritter zum Lobe Gottes und zum Dank an ihn für die Rettung, die sie erfahren hatten, das feierliche Te Deum an.

Dann war die Zeremonie beendet, und die Ritter verließen nach und nach still die Krypta.

Justus und seine Freunde standen benommen durch die Feierlichkeit der Zeremonie in der Nähe des Sarkophags und bestaunten ihre prunkvollen weißen Umhänge, auf deren linken Seite das große rote Tatzenkreuz der Tempelritter prangte.

Eudes de Saint-Amand ließ ihnen ein wenig Zeit, um sich an das neue Kleidungsstück zu gewöhnen, bat sie dann aber, ihm in die Kirche hinauf zu folgen.

Er ließ die Jugendlichen ein letztes Mal im Chorgestühl Platz nehmen, genau an der Stelle, wo sie schon bei ihrem ersten Besuch in der Kirche gesessen hatten.

»Meine Freunde, ich habe das Gefühl, dass sich nun unsere Wege trennen«, wandte sich der Großmeister sehr würdevoll, aber auch etwas wehmütig an seine jungen Freunde. »Ihr habt für uns und unseren Schatz, das Gesichtstuch unseres Herrn, euer Leben riskiert. Dafür möchte ich euch nochmals aus tiefstem Herzen danken. Als Zeichen des Dankes haben wir euch den obligatorischen Umhang unseres Ordens überreicht, den jeder Tempelritter sein eigen nennt und den zu schützen seine heilige Pflicht ist. Ich werde euch nun verlassen, damit ihr euch in Ruhe auf euren Rückweg begeben könnt. Und ich glaube, als Ausgangspunkt für diese Reise ist die Kirche der geeignete Ort.

Möge der Herr im Himmel mit all seiner Macht euch stets zur Seite stehen. Seinen Engel habt ihr ja schon, wie ich erleben durfte, auf eurer Seite.«

Der Großmeister lächelte sie ein wenig verschmitzt an. Dann fügte er hinzu: »Ihr müsst in der Tat besonders begabte Menschen sein, dass ihr schon in so jungen Jahren auf eine solch riskante und verantwortungsvolle Reise geschickt worden seid.«

Aus dieser Perspektive hatten sie das ganze Unternehmen überhaupt noch nicht betrachtet. Aber darüber nachzudenken würde später, wenn sie wieder wohlbehalten in ihrer Schule zurück wären, noch genügend Zeit sein.

»Auch wir möchten uns bei Ihnen und ihren Mitbrüdern ganz herzlich bedanken, dass Sie uns vertraut und uns so sehr in unserer Mission unterstützt haben«, gab Justus, der sich als Sprecher der kleinen Gruppe verstand, zurück. »Die Mission hat uns sehr viel abverlangt. Zum Glück war uns das alles vor dem Start nicht bewusst. Aber nun ist alles gut ausgegangen«, bekannte Justus erleichtert. Seine Freunde nickten bestätigend.

»So lebt denn wohl! Gott segne euch und bewahre euch auf eurer Heimreise!«, antwortete Eudes de Saint-Amand, indem er sich von allen einzeln mit festem Handschlag verabschiedete.

Er nickte ihnen ein letztes Mal freundlich zu, wandte sich um und verließ, ohne sich nochmals umzudrehen, die Kirche durch den kleinen Seiteneingang. Sie schauten ihm hinterher, bis sich das Portal schloss.

Nun waren sie wieder allein, genau wie bei ihrem ersten Besuch in dieser Kirche. Jedoch war seitdem eine Menge geschehen. Alle diese Momente, die sich praktisch Schlag auf Schlag ereignet hatten, hätten sie sich selbst in ihren kühnsten Träumen nicht auszumalen vermocht.

»Kommt, lasst uns aufbrechen«, forderte Sarah die anderen auf, obwohl sie sich kaum von diesem Raum losreißen konnte. Als wäre da eine unsichtbare magische Kraft, die sie auf ihrem Platz festhielt. Keiner von ihnen bewegte sich. Ein letztes Mal ließen sie ihre Blicke durch die Kirche schweifen, über die großen Fresken, die wie schon zu Anfang eine zauberhafte Wirkung auf sie ausübten, über das Chorgestühl mit all seinen Figuren, die ihnen inzwischen etwas vertrauter waren und nicht zuletzt zum Treppenabgang hinunter in die Krypta, wo sie diesen heftigen Kampf gegen die schwarzen Mächte ausgefochten und gewonnen hatten.

Doch sie konnten dieses Gebäude, so sehr es ihnen vertraut geworden war, nicht mit nach Hause nehmen. Aber in ihren Herzen konnten sie es bewahren und immer wieder vor ihrem geistigen Auge ansehen. Dafür war es gut und wichtig, noch einen Moment im Chorgestühl zu verweilen und alles ein letztes Mal auf sich einwirken zu lassen.

»Nun kommt!«, ließ sich Justus in die Stille hinein vernehmen. »Lasst uns jetzt aufbrechen. Wenn wir zurück sind, werden wir eine Menge zu erzählen haben.«

»Von wo aus wollen wir denn den Rücksprung angehen?«, fragte Joseph. »Von hier aus oder sollen wir besser dafür nach draußen gehen?«

»Würde ich auch sagen«, stimmte Miriam bei. »Gehen wir hinaus in die Sonne, dann bekommen wir noch etwas Wärme ab.«

So verließen sie mit einem leicht mulmigen Gefühl die Kirche durchs Hauptportal. Es war ihnen zumute, als würden sie ein Stück von sich selbst zurücklassen.

34. Kampf mit den Wächtern von Antra,agor im Zwischenraum

Vor der Kirche war es behaglich warm. Sie schauten ein letztes Mal über den Vorhof, der in einem großen Rechteck vor dem Kirchengebäude lag, und fanden sich im Kreis zusammen.

Doch plötzlich stellte Pauline entsetzt fest: »Wir haben ja noch die alten Kleider an. Die müssen wir unbedingt zuerst wechseln. Wie war gleich noch der Spruch dafür?«

»Sekunde«, meldete sich Joseph. »Das weiß ich noch, ich hab's mir extra eingeprägt.« Dabei grinste er schelmisch.

Die anderen lachten. »Na, dann los!«, forderte ihn Erik auf und sah ihn aufmunternd an, »lass uns nicht so lange warten.«

»Aber Moment! Lasst uns unsere Umhänge erst ausziehen und zusammenlegen. Nicht, dass sie mit verwandelt werden. Das wäre nicht gut. Die brauchen wir im Original.« Martin wollte auf keinen Fall ohne Umhang in der Schule erscheinen.

Schnell legten sie ihre Umhänge auf einer Stelle zusammen. Dann fasten sie sich fest an den Händen und Joseph sagte feierlich: »„Vestes mutamini!“«

Im nächsten Augenblick standen sie sich wieder in ihren eigenen Kleidern gegenüber.

»Nun aber los!«, forderte Justus seine Freunde ein letztes Mal auf und zog wieder seinen Umhang an. »Auf nach Hause!«

»Ja, lasst uns gehen. Ich meine springen«, grinste Sarah verschmitzt.

Dicht gedrängt stellten sie sich in den Kreis und hielten sich fest an den Händen. Justus stellte sich ihren geheimen Raum Clandestinum im Geiste vor und sagte: »Hic Rhodos, hic salta!«

Im nächsten Moment waren Hof und Kirche vor ihren Blicken verschwunden.

Zunächst verlief alles so, wie sie es sooft bei Madame Zetha Zethissima geübt hatten. Die bizarren Farben wirbelten um sie herum und bannten ihre Sinne. Sie leuchteten so intensiv wie bei den letzten Durchquerungen. Doch plötzlich ereignete sich ein Missgeschick. Justus verlor auf eigenartige Weise den Anschluss an die anderen.

Während die kleine Gruppe sich dicht aneinandergedrängt kontinuierlich weiterbewegte, wurde Justus aufgehalten. Er wusste selbst nicht, was mit ihm geschah. Seine Freunde entfernten sich immer mehr. Er blieb zurück und konnte nichts dagegen tun.

Plötzlich veränderten sich die Farben. Sie wurden schwächer und bekamen einen sonderbaren Grauschleier. Verwundert rieb er sich die Augen. Dabei musste er darauf achten, dass er nicht begann, sich um seine eigene Achse zu drehen.

Er konzentrierte sich und schaute nochmals genauer auf die Farben. In der Tat, die Farben wurden immer matter. Was war hier los?

Eine dumpfe Ahnung stieg in ihm hoch. Eine Gefahr schien förmlich auf ihn zuzuschweben. Graue Nebel schwammen im Zwischenraum und verdunkelten ihn immer mehr. Justus begann mit den Armen zu rudern, um die Nebel von sich fernzuhalten. Aber alles Rudern nutzte nichts, dadurch kam er nur ins Trudeln. Immer näher kam der Nebel. Unaufhörlich!

Plötzlich war er sich gewiss. Das konnte nur von den Wächtern von Antra'agor kommen. Sie waren im Zwischenraum und verfolgten ihn. Rundherum waren dunkle Nebel und Schatten zu sehen. Er wollte schneller fliegen. Durch die Zeit entkommen. Doch es gab kein Entkommen. Seine magischen Kräfte konnte er auch nicht anwenden. Die Ungeheuer waren mächtiger. Sie hielten ihn wie an einem Bannstrahl fest.

Panik erfasste ihn. Er fing an zu schreien. Hektisch wirbelte er mit den Armen und strampelte mit seinen Beinen, als könnte er das Dunkel von sich wegschieben. Aber das ging nicht, es gab ja hier keinen Widerstand, gegen den er hätte treten können. Seine Angst stieg ins Unermessliche. Er spürte einen Druck auf seiner Brust, als würde sie von allen Seiten zusammengepresst.

Sein Zwischenraumflug war nur noch ein einziges Gewirbel. Das anfängliche gleichmäßige Gleiten war völlig dahin. Und nun überkam ihn auch noch das Gefühl, in dieses Dunkel hinein gesogen zu werden.

Wieder schrie er. Der Sog wurde jetzt immer stärker. Er konnte keinen klaren Gedanken mehr fassen. Sein Gehirn fühlte sich blockiert an, wie paralysiert.

Nur an eine Sache erinnerte er sich, wie Metatron sie damals in der Schule auf den richtigen Weg gebracht hatte. Das kam ihm in den Sinn, während alle anderen Gedanken wie ausgelöscht waren.

Seinen Namen rufen, das war's, das musste doch gehen. Wenn überhaupt, dann wäre das die Rettung.

Justus nahm alle seine telepathische Kraft zusammen und brüllte im Geiste: »Metatron. Metatron ... MEETAATROOON ...« Nichts tat sich. Der Sog wurde noch stärker und ließ ihn immer schneller auf das Dunkel zuwirbeln.

Wieder schrie er in Gedanken: »Metatron ... MEETATROON«.

Dann geschah etwas Seltsames. Durch diese dunklen Nebel und Schwaden hindurch schimmerte ein Licht. Ein fernes Licht, das stärker wurde. Aber nur ganz langsam, qualvoll langsam. Es durchstieß die schwarzen Nebelschwaden und wurde größer.

Jetzt konnte er nicht nur das Licht sehen. Er nahm auch die dunklen Gestalten wahr, die zwischen ihm und dem Licht waren und sich auf ihn zu bewegten. Schneller, immer schneller glitten sie auf ihn zu.

Doch dann sah er helle Gestalten, die in schnellem Flug und in weiten Bögen um die Schatten herum ebenfalls auf ihn zuflogen. Sie kamen direkt aus diesem Licht, einer Lichtquelle, die selbst durch die Schatten hindurch noch hell erschien. Sie musste von einer überwältigenden Leuchtkraft sein.

Aber das änderte alles nichts an seinem immer schneller werdenden Flug auf das Dunkel zu. Er konnte nur sehen, wie mit einem Mal Engel aus dem Hellen heraus den Kampf mit der Dunkelheit, die sich selbst wie ein lebendes Wesen verhielt, aufnahmen.

Sie richteten ihre Flügel auf die dunklen Gestalten und versuchten, ihre finsteren Kräfte zu bannen. Justus konnte trotz seines Fluges beobachten, wie sie sich zu einer Front formierten und ihre Flügel gemeinsam auf eine bestimmte Stelle der ihn bedrängenden Dunkelheit richteten.

Dann sah er, wie sich aus den Flügeln heraus eine grelle Energie entlud, die auf die Dunkelheit zuschoss. Aber auch die Mächte der Finsternis ließen ihrerseits Bündel von Energieströmen los, sodass Justus Angst bekam, von irgendeiner Seite getroffen zu werden. So nah war das Geschehen, das sich um ihn herum abspielte.

Energie prallte auf Energie und entwickelte ein ungeheures Blitzgewitter. Er musste die Augen schließen, um nicht geblendet zu werden. Und selbst das half nichts. Das Licht durchdrang seine Augenlider ohne Mühe. Umso mehr hielt er sie fest geschlossen, um nicht für immer blind zu werden.

Für einen kurzen Moment öffnete er die Augen und konnte sehen, wie sich die Mächte der Finsternis ein Stück weit entfernten. Sie schienen sich langsam zurückzuziehen.

Plötzlich verlangsamte sich sein Flug, jedoch nur sehr wenig. Von langsam konnte nicht wirklich die Rede sein. Er flog immer noch mit rasender Geschwindigkeit durch den Zwischenraum. Als die Geschwindigkeit abnahm, glaubte er, in ein unendlich großes und weiches Kissen zu fallen und darin einzusinken. Die Drehungen, die sein Körper die ganze Zeit während des Sogs vollführt hatte, ließen nach. Er schaute sich um und nahm einen großen Flügel wahr, der ihn zu halten schien.

Tatsächlich war direkt neben ihm eine Engelsgestalt erschienen. Justus erkannte Metatron, der sich ihm unbemerkt genähert hatte.

Die Schatten und überhaupt die ganzen grauen Schleier waren mit einem Mal verschwunden. Der Spuk hatte ein Ende. Er fühlte sich wie auf einer überdimensionalen Schaukel, die immer weiter in eine Richtung schwang. Wenn er nur endlich wieder festen Boden unter die Füße bekommen könnte.

Noch ganz mit Metatron und dem Flug beschäftigt, gewahrte er wieder die Lichtquelle, die er schon vorher verschleiert durch den dichten Nebel gesehen hatte. Sie besaß eine unbeschreibliche Intensität. Jetzt konnte er hinsehen und brauchte die Augen nicht zu verschließen. Er sah eine Röhre, eine Art Tunnel, dem das Licht entströmte. Ein unendlich langer Tunnel, auf den sich andere Engel zubewegten.

Und dann hörte er Metatron, wie er ihn in seinen Gedanken ansprach. Er nahm wie schon in der Kirche telepathischen Kontakt mit ihm auf. »Ich bringe dich jetzt wieder in deine Zeit«, hörte Justus ihn sagen. »Wenn ihr mich braucht, so ruft mich einfach, so, wie du es eben getan hast. Ich werde nicht zögern zu euch zu kommen.«

35. Zurück in der Schule

Justus hatte gerade die letzten Worte vernommen, da stand er wieder in Clandestinum, genau an der Stelle, von der sie alle zusammen aufgebrochen waren. Doch kaum fühlte er seine Beine unter sich, sackten sie ihm auch schon weg und er fand sich auf dem Boden wieder.

Seine Freunde, die glücklich waren, ihn zu sehen, mussten lachen über die Figur, die er dabei machte. Doch ihm war gar nicht zum Lachen zumute.

Benommen blieb er auf dem Boden liegen. Er hatte das Gefühl, als drehte sich alles unter ihm weg, wenn er sich erheben würde. Ungläubig schauten sie auf ihn herab, denn so kraftlos hatten sie ihn noch nie gesehen.

»Eh, was ist los, Alter?«, fragte Martin und sah kopfschüttelnd auf seine wackelige Haltung.

»Das werde ich euch gleich erklären«, japste Justus zurück. »Aber Moment, ich kann nicht so schnell. Vielleicht könnte mir mal einer von euch aufhelfen?! Wenn ihr wüsstet, was ich gerade durchgemacht habe.«

Sie zogen ihn mit vereinten Kräften auf eines der Sofas, wo er kraftlos liegen blieb.

Mit beiden Händen hielt er sich den Kopf, als wollte er sich vergewissern, ob das, was er jetzt sah, auch Wirklichkeit war, und er das Ganze nicht nur träumte. Wieder begann alles um ihn herum zu schwanken. Sein Gleichgewichtssinn spielte verrückt. Schräg hing er auf dem Sofa und musste sich abstützen, um nicht den Halt zu verlieren. Nur mühsam gelang es ihm, sich aufzurichten und gerade auf dem Sofa sitzen zu bleiben. Justus war mit seinen Nerven am Ende.

»Ich muss mich erstmal sammeln«, klang er gepresst. »Ihr glaubt ja gar nicht, was gerade los war. Das war einfach unglaublich!«

Er tat ihnen leid in seiner Kraftlosigkeit. Nur langsam erholte er sich. Erst nach einer Zeit des Verschnaufens war er in der Lage, seinen Freunden zu erzählen, was im Zwischenraum passiert war.

»Wieso ich so plötzlich zurückblieb und von euch weggedriftet bin, keine Ahnung. Ich dachte nur, was ist jetzt? Warum werde ich langsamer und die anderen fliegen davon?«

»Ich war so überrascht«, warf Miriam ein, »auf einmal warst du nicht mehr neben uns, ich bekam einen richtigen Schreck. Ich kam mir so hilflos vor.«

Erik nickte. »Es war richtig unheimlich.«

»Ja, und dann fing der Spuk erst richtig an. Die Farben, die wir so schillernd gesehen hatten, wurden immer blasser. Und dann kamen diese bescheuerten Dunkelmächte. Ich konnte nichts machen. Die hielten mich mit einem Bannstrahl fest«, berichtete Justus weiter.

»Konntest du dich nicht mit dem Transloco verteidigen? Das hat doch in der Krypta so gut funktioniert.« Martin konnte kaum fassen, was er hörte.

»Warum hast du nicht Metatron um Hilfe gerufen?«, wollte Joseph wissen.

»Langsam, immer eins nach dem andern«, versuchte Justus sie zu beruhigen. »Hab' ich ja. Aber das war alles nicht so einfach. Stellt euch vor, diese dunklen Typen wollten mich einsaugen. So fühlte sich das jedenfalls an. Und dann hab' ich nur noch gebrüllt. Immer wieder habe ich nach Metatron geschrien. Der ließ auch nicht lange auf sich warten. Und dann brach richtig die Hölle los.«

Seine Freunde hingen ihm an den Lippen. Justus konnte nicht schnell genug berichten.

»Eine enorme Lichtquelle tat sich auf. Wie aus dem Nichts. So was habt ihr noch nicht gesehen. Und plötzlich war Metatron mit einem ganzen Heer von Engeln da. Ein gigantischer Anblick. Und dann kamen ganze Energieladungen aus ihren Flügeln. Schwarze und weiße Energien prallten aufeinander. Zuerst wurde ich noch immer mit rasender Geschwindigkeit weiter Richtung graue Wand hingezogen. Ich hatte eine wahnsinnige Angst, dass mich die Energiebündel treffen würden. Dass mir nichts passiert ist, ist ein Wunder. Und plötzlich ließ der Sog nach und der Spuk war vorbei. Metatron hat mich da richtig rausgehauen. Ich hörte ihn noch sagen, dass er mich hierher zurückbringt, und dann war ich auch schon hier.«

Justus' Gesicht glühte vor Aufregung. Als er fertig war, sagte keiner ein Wort. Man hätte eine Stecknadel fallen hören können, so still war es in dem kleinen Raum. Das alles klang abenteuerlich, unbegreiflich! Nach dem was Justus berichtet hatte, war es ein Wunder, dass er wieder hier saß.

Die Spannung nahm sie so sehr ein, dass sie gar nicht merkten, dass Edolfin sich klammheimlich zu ihnen gesellt hatte. Er war ganz still und leise erschienen, als hätte er gespürt, dass jetzt nicht der Moment der spektakulären Auftritte war.

Pauline entdeckte ihn als erste. Sie bemerkte neue telepathische Impulse und schaute sich suchend nach ihm um. Da sah sie ihn auch schon oben auf einem der Regale sitzen und wie in Gedanken versunken an seinem langen Bart zwirbeln.

»Seht mal da, wer uns von da oben zuschaut«, stieß sie erfreut hervor. »Edolfin, warum kommst du nicht zu uns herunter?«

Sie begrüßten ihn begeistert, da er für sie ein Stück Heimat symbolisierte. Jetzt hatten sie gänzlich das Gefühl, wieder zu Hause in ihrer vertrauten Umgebung zu sein.

Im Nu nahm er bei ihnen auf einer der Sofalehnen Platz und zeigte seine ganze Freude, sie endlich wiederzusehen und zu wissen, dass sie alle gesund von ihrer schweren Mission zurückgekehrt waren.

»Ich bin überaus froh, dass ihr alle wieder wohlbehalten zurück seid«, begrüßte er die kleine Schar freudig. »Wie es aussieht, war eure Reise in eine andere Zeit nicht unspektakulär?!«

»Es war unbeschreiblich aufregend«, begann Justus sofort, »und mächtig gefährlich. Aber der Großmeister war äußerst freundlich, als er hörte, warum wir überhaupt in der Festung waren. Manchmal war es ganz schön aufregend. Und dann haben wir auch unsere speziellen Freunde gesehen, die sich tatsächlich zu Handlangern der dunklen Mächte gemacht haben.«

»Das wird für sie noch ein Nachspiel haben«, wandte Edolfin ein. »Die werden nicht ungeschoren davon kommen.«

»Wieso, was wird aus den beiden? Werden sie von der Schule fliegen? Das wäre nur gerecht«, machte Joseph seinem Ärger über Edelmund und Ottokar Luft.

»Das wird wohl nicht direkt geschehen. Aber sie werden dafür ordentlich zur Rechenschaft gezogen. Ihr werdet es noch frühzeitig mitbekommen. Aber jetzt erzählt erst einmal, wie es euch ergangen ist«, forderte Edolfin sie auf.

Bei der Fülle der Eindrücke wussten sie nicht, wo sie zuerst anfangen sollten.

»Am besten ist, wir erzählen eins nach dem andern, sonst kommen wir nie an eine Ende«, meinte Erik.

»Es war jedenfalls ziemlich heiß, als wir ankamen«, erinnerte sich Sarah an ihre Ankunft im Hof der Festung.

»Das ist ja eine phantastische Anlage, die die Templer da zustande gebracht haben. Sich da zurechtzufinden, ist eine Kunst für sich. Und ständig mussten wir darauf achten, nicht entdeckt zu werden«, erzählte Martin. »Aber es war alles so, wie wir es auf den Karten gesehen hatten. Es war gut, dass wir hier vorher einen Eindruck von der Festung bekommen konnten.«

Stück für Stück erzählten sie Edolfin ihre Erlebnisse. Die Erinnerung vor allem an die brenzligen Situationen versetzte sie wieder in Aufregung.

»Und dann haben wir zu allem Überfluss Joseph fast noch verloren. Der war urplötzlich nicht mehr da. Hatte mal wieder nicht aufgepasst«, gab Miriam zum Besten und grinste breit. Joseph stieß sie heftig in die Seite. Er fand es überhaupt nicht lustig, daran erinnert zu werden. Die anderen lachten.

Nach und nach fügte sich ein Mosaiksteinchen ihrer Erinnerung ans andere, sodass Edolfin aus dem Staunen über ihr Abenteuer nicht herauskam.

»Dass es so schwierig werden würde, hätte ich nicht gedacht«, gestand er.

»Ja, und am Ende wurden wir dann zum Dank für unsere Hilfe zu Ehrenrittern geschlagen. Stell' dir das mal vor!«, begeisterte sich Martin. »Schau mal hier! Super, was?« Stolz holte er seinen weißen Umhang mit dem roten Tatzenkreuz hervor und wollte ihn sich mit großem Schwung über die Schultern werfen. Dabei beachtete er nicht, dass er unmittelbar vor einem Regal saß. Der Umhang touchierte durch seine Länge die Bücherwand, fegte dabei eine Ladung Bücher zu Boden und wickelte sich dann mit Effet um seinen Kopf. Großes Gelächter war die Antwort.

»Ich glaube, das genügt fürs Erste«, meinte Edolfin grinsend. »Wenn ich mich nicht irre, werdet ihr schon sehnsüchtig von Meister Gregorius erwartet. Aber hängt euch alle eure neuen Umhänge um, das sieht sehr majestätisch aus.«

Darum brauchte er sie nicht lange zu bitten. Im nächsten Augenblick erstrahlten sie in ihren hellweißen Umhängen, auf denen die Kreuze blutrot prangten. Schnell stellten sie sich zusammen und befanden sich im nächsten Augenblick unmittelbar vor dem Arbeitszimmer von Meister Gregorius.

Sie hatten ihre Umhänge noch nicht zurecht gezogen, da öffnete sich schon die Tür des Arbeitszimmers. Mit freudestrahlendem Blick stand Meister Gregorius vor ihnen, als hätte er die ganze Zeit hinter der Tür auf ihr Erscheinen gewartet.

»Nur herein«, ließ er seine sonore Stimme ertönen. Mit weit ausholender Geste lud er die kleine Gruppe ein, sich in der gemütlichen Couchecke, wo er alle seine Gäste zu empfangen pflegte, niederzulassen. Auf einem der großen Sitze hatte Madame Griseldis schon Platz genommen und erwartete sie ebenfalls gespannt. Sie erhob sich sogleich, als sie eintraten und kam eilends auf sie zu.

»Bin ich froh, euch wieder heil hier unter uns zu sehen«, begrüßte sie alle erfreut und reichte jedem von ihnen die Hand. Justus und seine Freunde fühlten sich wie Ehrengäste, die man besonders zuvorkommend behandelt.

Zum ersten Mal standen sie im Arbeitszimmer von Meister Gregorius. Die warme Atmosphäre, die von diesem Raum ausging, machte sie ganz befangen. Er besaß eine ähnliche Ausstrahlung wie ihr Aufenthaltsraum *Metatron*, in dem sie sich seit Beginn ihrer Schulzeit immer geborgen fühlten.

An den Wänden waren rundherum Kerzenleuchter angebracht, und die Kerzen erzeugten ein wunderbares warmes Licht. Hier konnte man sich richtig wohl fühlen.

»Kommt und lasst euch erstmal nieder«, lud Meister Gregorius sie ein. »Wir sind glücklich, euch wieder bei uns zu haben. Vielleicht könnt ihr ein wenig erzählen, wie es euch dort auf der Festung ergangen ist. Den Grund für eure Reise kennen wir ja. Und ich möchte schon jetzt unseren tief empfundenen Dank aussprechen für den Dienst, den ihr den Templern und auch unserer Schule erwiesen habt. Das war schon außergewöhnlich. Aber dazu kommen wir später.«

Die Schüler schauten sich verwundert an. Eine solche Lobeshymne hatten sie nun doch nicht erwartet. Meister Gregorius machte sie mit seinen Worten richtig verlegen.

»Wie ist es euch ergangen? Wir möchten gerne aus erster Hand erfahren, wie ihr die Mission erlebt habt«, ergänzte Madame Griseldis. Man konnte ihr anmerken, dass sie mächtig stolz auf ihre Schützlinge war.

»Uns war schon von Anfang an klar, dass es für euch nicht einfach werden würde«, fuhr Meister Gregorius fort.

»Wir wissen nicht so richtig, wo wir anfangen sollen«, war sich Justus etwas unsicher, der die erwartungsvollen Blicke der beiden Lehrer sah.

»Es war alles sehr spannend. Wir wussten ja nie, was im nächsten Moment auf uns zukommt«, begann Miriam. »Das war immer alles ungewiss.«

»Ja, wir mussten stets aufpassen, nicht entdeckt zu werden. Das war absolut stressig.«

Sarahs Stimme klang etwas angespannt. Man konnte ihr immer noch anmerken, dass die Situationen, die sie in Akkon erlebt hatten, sehr aufreibend gewesen sein mussten. Jedenfalls waren sie froh, nicht mehr der Ungewissheit ausgesetzt zu sein.

Joseph erzählte von dem Seitengewölbe, in das sie gekommen waren, als sie die erste Treppe hinuntergestiegen waren und überhaupt nicht wussten, wer oder was sie hinter der Tür erwartete.

»Da war vielleicht ein Gerümpel«, erinnerte er sich, »lauter Kisten und Kästen, die wild in der Gegend herumstanden.«

»Es gab überhaupt keinen sicheren Ort, wo wir uns hätten verbergen können«, berichtete Erik. »Wenn da einer um die Ecke gekommen wäre, hätten wir in einem schönen Dilemma gesteckt.«

»Einmal kam dann auch wirklich ein Ritter, der sogar nach Waffen suchte«, fügte Pauline hinzu. »Aber wir hörten ihn noch rechtzeitig, sodass wir uns unter dem Schleier der Unsichtbarkeit verstecken konnten. Das war schon ein Wahnsinn, aber irgendwie auch lustig, dass wir den Ritter sehen konnten und er uns nicht«, grinste sie.

»Aufregend war auch die Sache auf dem Markt, als der Junge hinter uns herkam«, erzählte Joseph verschmitzt. Sarah wurde bei der Erinnerung an die brenzlige Situation immer noch ganz unbehaglich. Ihr stand die Hektik, die da urplötzlich ausbrach, noch lebhaft vor ihrem geistigen Auge.

»Das hattest du uns ja fein eingebrockt«, ereiferte sie sich. »Die beiden Herren waren mal wieder nicht bei der Sache, und schon hatten wir den größten Schlamassel am Hals. Der halbe Markt war hinter uns her.«

»Aber mein Einfall mit dem Verwandlungsspruch war doch einfach genial«, erwiderte Joseph spitzbübisch. »Das musst du zugeben. Sonst wären wir da nicht so schnell rausgekommen. Und wie die geguckt haben, als wir ein paar Jahre älter aussahen.«

»Und dann ging es über Tische und Bänke. Nicht wirklich, aber so ähnlich«, fügte Martin hinzu. »Es brach jedenfalls ein irres Chaos bei der Jagd durch die Gassen aus. Tische flogen um, Teller, alle möglichen Töpfe und Tiegel, alles purzelte durcheinander.« Sie konnten Martin seine diebische Freude anmerken, seinen Lehrern die abenteuerliche Geschichte in den buntesten Farben erzählen zu können.

»Und dann kullerten Melonen, Zitronen, Pflaumen, Feigen, zwischen den Ständen und wurden zudem von all den Gewürzen eingedeckt, die da vorher fein säuberlich auf den Tischen aufgehäuft waren. Die warfen sogar mit Schafsköpfen nach uns.«

»Ja, und ich hab' volle Kanne eine schwere Melone ins Kreuz gekriegt. Das war das Härteste«, Joseph verzog bei dem Gedanken jetzt noch schmerzhaft das Gesicht.

»Aber das war, wie mir scheint, im Grunde nur Vorgeplänkel, oder?«, fragte Meister Gregorius interessiert.

»So richtig begann alles erst mit dem Großmeister, als wir zu ihm gebracht wurden und er ziemlich schnell die Situation durchschaute«, begann Justus seinen Bericht über den Beginn ihrer eigentlichen Mission.

Er versuchte dabei, alles so genau wie möglich zu erzählen und keine Details ihres Unternehmens zu vergessen.

»Spitze fand ich, wie er uns so vertraut hat«, warf Miriam ein. »Das war einfach Klasse.« Man konnte ihr ansehen, dass der Großmeister einen kolossalen Eindruck auf sie gemacht hatte.

»Ich hätte gerne mal gewusst, was in dem vorgegangen ist, als er uns beim Kampf gegen diese Ungeheuer so gar nicht helfen konnte«, sinnierte Sarah. »Die Männer haben mir leid getan. Die sind sonst so gewandt im Kampf, aber hier konnte sie so gar nichts machen. Die waren einfach machtlos.«

»Nachdem wir ihnen die Schutzschilde verpasst hatten, konnten sie ja auch nicht mehr viel machen«, entgegnete Pauline. »Doch wie hätten wir auch anders vorgehen sollen? Sie wären ja gänzlich schutzlos gewesen.«

»Wir hatten dort unten in der Krypta ganz schön zu kämpfen, damit diese verfluchten Ungeheuer nicht eindringen konnten. Sie forderten alle unsere Kräfte«, fuhr Erik mit dem Bericht fort. »Wir können aber auch dankbar sein, dass uns Metatron mit seinen Helfern beistand. Sie haben sich oben im Kirchenraum mächtig ins Zeug gelegt. Dabei ging eine ganze Menge zu Bruch.«

»Umso mehr war ich verwundert, dass davon gar nichts mehr zu sehen war, als wir wieder nach oben kamen. Alles war wie vorher«, sagte Joseph, der immer noch perplex war über die wundersame Wandlung, die am Ende des ganzen Chaos‘ stattgefunden hatte.

»Das bewirkt diese ungeheure Macht, die den Engeln aus dem Jenseits mitgegeben ist«, erklärte ihnen Meister Gregorius.

»Anders kann ich mir das auch nicht erklären«, sagte Miriam nachdenklich. »Aber wenn Sie von einer Macht aus dem Jenseits sprechen, meinen Sie dann die göttliche Macht?«

»So ist es. Ihr habt die ganze Zeit unter dem Schutz der göttlichen Macht gestanden. Äußeres Zeichen dafür sind die Engel, die ihr hier schon in Form, oder besser in der Person von Metatron kennen gelernt habt.«

Die Schüler staunten nicht schlecht, als ihnen Meister Gregorius die Geschichte über den besonderen Schutz noch etwas näher erläuterte.

»Nun wollen wir es aber für heute damit bewenden lassen«, sagte Madame Griseldis. »Die Zeit ist schon erheblich fortgeschritten, und ich könnte mir vorstellen, dass ihr recht müde und mitgenommen seid. Schließlich wart ihr bis vor einigen Stunden noch in einer anderen Welt. Daher schlage ich vor, dass ihr euch jetzt zur Ruhe begebt und wir morgen eure Rückkehr gebührend feiern.«

Das kam ihnen allen sehr gelegen. Sie waren tatsächlich außerordentlich müde. Das spürten sie jetzt, da die Anspannung von ihnen abfiel. Dankbar schauten sie die beiden Lehrer an, in deren Blicken der ganze Stolz auf diese großartige Gruppe zu lesen war. Schnell erhoben sie sich und verabschiedeten sich vom Schulleiter und von Madame Griseldis und machten sich auf den Weg zu ihrem Aufenthaltsraum.

Unterwegs schlug Justus jedoch vor, zuerst in Clandestinum noch ein wenig auszuspannen. »Was haltet ihr davon, wenn wir in Clandestinum noch was chillen und dann erst schlafen gehen?« Dagegen hatte niemand etwas einzuwenden, und so überlegten sie nicht lange. Im nächsten Augenblick befanden sie sich in ihrem vertrauten Versteck.

»Also, wenn ihr mich fragt, ich bin fertig«, ließ sich Joseph vernehmen. »Wenn ich zu Hause bin, werde ich die erste Zeit NICHTS tun, das könnte ihr mir glauben.«

Die Art, wie er das so entschieden sagte, brachte die anderen zum Lachen.

»Man könnte meinen, dass du ein richtig armer Kerl bist und zu Hause zu Sklavenarbeit herangezogen wirst«, frotzelte Sarah.

»Er macht jetzt schon einen ganz gestressten Eindruck vor lauter Arbeit«, ärgerte Erik.

»Ja, ja, lästert ihr nur. Vier Geschwistern zu Hause zu haben und dann der Älteste zu sein, das ist schon eine große Verantwortung«, gab Joseph zurück.

»Komm, tu nicht so, als hättest du die Arbeit erfunden«, mischte sich Martin ein und grinste breit.

»Das musst du gerade sagen.«

»Hört auf zu streiten. Seid lieber froh, dass die vergangenen Tage so glimpflich abgegangen sind«, versuchte Justus die Freunde zu besänftigen und das Gespräch über Arbeit und Nicht-Arbeit zu beenden.

»Was meinte wohl Meister Gregorius, als er sagte, wir wollen morgen unsere ›Rückkehr gebührend feiern‹?«, fragte Pauline.

»Na, ich denke mal, dass der Ausgang unserer Mission allen anderen verkündet wird«, sagte Erik. »Die meisten, eigentlich alle, wissen ja überhaupt nicht, was vorgefallen ist und wo wir waren.«

»Na, wenn das mal nicht eine peinliche Angelegenheit wird.« Sarah fühlte sich bei dem Gedanken sichtlich unwohl. »Am liebsten wäre mir, wir würden klammheimlich ohne große Worte nach Hause verschwinden. Ich mag nicht so auf dem Präsentierteller stehen.«

»Wohin willst du nicht gehen?«, fragte Martin schläfrig, den kurz die Müdigkeit übermannt hatte, wodurch er weggenickt war und durch Miriams unsanftes Stupsen wieder wach wurde.

»War er leicht weggetreten? Du Armer!«, zog Joseph ihn auf. »Kaum sitzt du, hast du dich auch schon ins Reich der Träume verabschiedet.«

»Ich sagte, ich will nicht gerne auf dem Präsentierteller stehen«, wiederholte Sarah.

»Du sollst dich ja auch nicht auf einen Teller stellen«, entgegnete Martin, der mit seinen Gedanken immer noch nicht ganz wieder dabei war.

»Sarah meint, sie will nicht unbedingt hervorgehoben werden«, stellte Erik klar. »Aber das wird sich nicht umgehen lassen. Lasst uns doch einfach abwarten, was morgen geschieht.«

»Ich habe aber den Eindruck, dass die beiden mächtig stolz auf uns sind. Kann ja sein, dass sie mit unserem Einsatz der Schülerschaft ein bisschen zeigen wollen, wie man sich für die Schule einsetzen kann«, war sich Miriam sicher.

»Da werden unsere beiden Pappnasen aber mit Sicherheit schlecht wegkommen.« Joseph freute sich schon jetzt, dass die beiden gehörig eins auf die Mütze bekommen würden.

»Das haben sie auch nicht anders verdient. Wenn ich mir überlege, was die so alles angestellt haben und sich dann noch mit diesen finsteren Mächten zu verbünden. Eigentlich müssten die dafür von der Schule fliegen«, regte sich Sarah auf.

»Aber du hast ja gehört, was Edolfin dazu gesagt hat. Sie werden dafür büßen müssen, aber von der Schule fliegen, soweit wird es wohl nicht kommen.« Justus hätte es gerne gesehen, wenn sie diese beiden losgeworden wären.

Erik gähnte herzhaft. »Leute, wisst ihr was? Ich bin wahnsinnig müde. Wollen wir die Diskussion nicht auf morgen verlegen und uns einfach überraschen lassen? Die Lehrer werden schon die richtige Entscheidung treffen. Ich will jetzt nur noch ins Bett!«

»Eine Superidee«, stimmte Pauline sofort zu. »Ich habe keine Lust mehr, an diese beiden Oberpfeifen nur noch eine Sekunde zu verschwenden. Wohin springen wir? Nach *Metatron*?«

»In die Regalnische am besten«, schlug Erik vor. Schnell standen sie zusammen und im nächsten Moment landeten sie unbehelligt in ihrem Aufenthaltsraum, wo kein Mitschüler mehr zu sehen war. Sie beeilten sich, zügig auf ihre Zimmer zu kommen, um nicht doch noch von jemandem gesehen und mit unnötige Fragen behelligt zu werden.

36. Die Auszeichnung

Die Nacht verlief für die sieben Freunde recht ruhig. Sie waren nach den vergangenen turbulenten Tagen ausnahmslos in einen tiefen Schlaf gefallen.

Das Frühstück gestaltete sich nach den Tagen auf der Festung für Justus und seine Freunde etwas ungewohnt. Einige der Schüler an den Nachbartischen schauten irritiert auf die kleine Gruppe. Justus und seine Freunde erschienen ihnen irgendwie verändert. Das musste komisch erscheinen, denn für die anderen Schüler waren sie ja eigentlich gar nicht fort gewesen.

Die Lehrer hatten natürlich nichts über ihr Unternehmen verlauten lassen. Es war ja auch streng geheim.

»Ich fühle mich richtig unwohl in meiner Haut«, sagte Sarah leise. »Ich habe die ganze Zeit das Gefühl, alle starren uns an.«

»Mir geht es nicht anders«, antwortete Miriam. »Ich mag gar nicht aufblicken.« Joseph schaute zu Erik und gab sich alle Mühe, locker ein Müsli zu mischen. Vor lauter Lockerheit schüttete er die halbe Milch neben seine Müslischale und verursachte einen riesigen Milchsee, der sich über den ganzen Tisch ausbreitete.

»Du bist ja wieder voll in deinem Element«, ärgerte Pauline und sah Joseph zu, wie er sich mit seiner Serviette abmühte, den Schaden in Grenzen zu halten. Martin hatte nichts Besseres zu tun, als über das Missgeschick hämische Bemerkungen zu machen. Wütend über so viel Schadenfreude, packte Joseph die vollgesogene Serviette, und im nächsten Moment landete sie mit einem lauten Klatscher mitten in Martins Gesicht. Jetzt hatte Joseph die Lacher auf seiner Seite.

Doch konnte er von Glück reden, dass Erik seinen Bruder schnell davon abhielt, die Serviette nochmals in die Milchlache zu tunken und sie zurück zu feuern. Stattdessen landete sie durch Eriks Eingriff in Martins

Kaffeetasse. Das Chaos war perfekt. Zu der Milch gesellte sich noch eine gehörige Portion Kaffee.

»Gib was Zucker dazu und du kannst den “leckeren” Kaffee vom Tisch schlürfen«, lachte Miriam.

Den Streithähnen blieb nichts anderes übrig, als sich an der Essensausgabe mit Putzzeug zu bewaffnen, um die Verunreinigung wegzuwischen. So peinlich die Situation für die beiden auch war, sie trug jedenfalls zur allgemeinen Entspannung bei. Jetzt waren sie wieder ganz und gar in der Schule angekommen.

»Wenn ihr euch nicht beeilt, bekommt ihr gar nichts mehr zu essen«, stellte Erik lakonisch fest. Nachdem sie den Tisch einigermaßen wieder in Ordnung gebracht hatten, machten sie sich über die verbliebenen Brötchen her.

Martin kaute noch an den letzten Bissen, da erscholl Meister Gregorius' Stimme. Er bat um Gehör, da er etwas sehr Wichtiges verkünden wollte.

In der Aula wurde es nur langsam ruhig, für die riesige Schülerschaft hier im Saal keine einfache Übung.

»Es ist an unserer Schule Usus, dass zum Ende des Schuljahres immer Schüler und auch Lehrer, die sich im Laufe dieses Jahres durch vortreffliche Verhaltensweisen oder Vorkommnisse um unsere Schule verdient gemacht haben, geehrt werden. Damit verbunden ist eine Auszeichnung durch eine besondere Urkunde.

Diese Ehrung möchte ich jetzt vornehmen.«

Er schaute mit ernster Miene durch den Saal. Justus und seinen Freunden rutschte das Herz in die Hose, denn sie ahnten, dass die Zeremonie mit ihnen zu tun haben würde. Martin schaukelte vor Aufregung dermaßen auf seinem Stuhl herum, dass dieser leise zu quieken begann, was seit den ersten Tagen des Schuljahres nicht mehr vorgekommen war.

»Es wird nicht allen an dieser Schule aufgefallen sein, dass wir uns in den vergangenen Tagen in großer Gefahr befanden!«

Meister Gregorius machte eine gewichtige Pause und blickte ernst durch die Aula. Blitzartig war es mucksmäuschenstill.

»Eigentlich dachten wir, ja, wir waren hier an unserer altehrwürdigen Schule überzeugt, dass wir endgültig Ruhe hätten und nicht mehr von den

Wächtern von Antra'agor, die uns in der Vergangenheit so oft zugesetzt haben, belästigt würden.

Doch es kam anders! Sie hatten sich zwei unserer neuen Mitschüler für eine perfide Mission ausgesucht. Diese Mitschüler - ihre Namen will ich jetzt unerwähnt lassen - ließen sich umgarnen, aus egoistischen Gründen, wie wir inzwischen wissen. Sie ließen sich durch irrwitzigste Versprechungen zu einer Tat verleiten, die zum Glück gänzlich misslungen ist. Ihren Verweis haben sie dafür schon erhalten und werden im nächsten Schuljahr ihre Ausbildung an unserer Schule für ein Jahr unterbrechen müssen. Sie sind zu insgesamt 2400 Sozialstunden verurteilt worden und werden zu verschiedenen Diensten an unserer Schule herangezogen.«

Ein erstauntes Raunen ging durch den Saal. Eine Strafe in diesem Ausmaß war bisher noch nie ausgesprochen worden. Das war schon ziemlich hart. Meister Gregorius hatte Mühe, wieder einigermaßen Ruhe herzustellen.

»Umso mehr«, fuhr er mit stolzem Unterton in der Stimme fort, »freuen wir uns, dass wir heute einige junge Schülerinnen und Schüler in ganz besonderem Maße auszeichnen können. Sie wurden ausgewählt, ihre Kräfte und Fähigkeiten im Dienste unserer Schule einzusetzen. Sie haben dabei großen Mut bewiesen, denn sie mussten für die Bewältigung ihrer Aufgabe durch den Zwischenraum in eine weit entfernte Vergangenheit springen. Sie haben sich in die Zeit der Templer nach Akkon begeben, um dort im Kampf gegen die dunklen Mächte das berühmte *Volto santo*, das im Felsengrab auf dem Antlitz Jesu Christi gelegen hat, zu schützen. Denn die Wächter von Antra'agor wollten sich der Magie dieses Tuches bemächtigen, um auf diese Weise ihre dunkle Macht vollkommen werden zu lassen.«

Meister Gregorius machte eine bedeutsame Pause. In der Aula herrschte tiefes Schweigen.

»Ich möchte den Schüler Erik Theodor und die Schülerin Miriam Scholl der Metatron-Klasse bitten, die neuen Umhänge, die sie verliehen bekommen haben, zu holen.«

Die beiden sahen sich verwundert an, erhoben sich etwas unsicher, verließen dann aber zügig den Saal und kamen der Bitte von Meister Gregorius nach.

»Nun bitte ich schon einmal folgende Schülerinnen und Schüler zu mir ans Podium:

Martin Theodor, Pauline Ritter, Sarah Stern, Joseph de Graf und nicht zuletzt Justus Peyrikus.«

Die Aufgerufenen wären am liebsten im Boden versunken. Neugierig richteten sich alle Blicke auf sie. Als Neulinge an der Schule waren sie noch nicht allen Schülern bekannt. Das änderte sich mit dem heutigen Tag schlagartig. Zaghaft erhoben sie sich und bewegten sich langsam auf das Podium zu. Nur Joseph grinste spitzbübisch in die Schülermenge, als wollte er sagen: „Na, sind wir nicht eine Supertruppe?“

Inzwischen waren Miriam und Erik mit den weißen Umhängen zurück und kamen schwer bepackt zum Podium. Die sieben Umhänge besaßen alle zusammen ein ordentliches Gewicht.

»Ich möchte euch bitten, die Umhänge einmal umzulegen, damit alle die schönen Überwürfe in Ruhe betrachten können.«

Nur zögerlich verteilten sie die Umhänge. Es war für sie recht peinlich, so in den Vordergrund gerückt zu werden. Sie standen dort am Podium der Lehrer wie auf einem Präsentierteller. Die erwartungsvollen Blicke ihrer Mitschüler konnten sie förmlich in ihren Rücken spüren. Doch als sie sich endlich die weißen Umhänge mit den großen blutroten Kreuzen darauf umgelegt hatten, hörten sie von allen Seiten nur Ausrufe des Erstaunens und der Bewunderung. Einige der Schüler im Saal begannen vor Begeisterung zu klatschen. Alles hatten Justus und seine Freunde erwartet, nur diese Reaktionen nicht. Das war überwältigend. Meister Gregorius gab ihnen ein Zeichen, sich einmal umzudrehen, damit alle in der Aula sie von vorne sehen konnten, wo die roten Kreuze prächtig auf dem Weiß der Umhänge leuchteten.

Kaum standen sie der riesigen Schülerschar gegenüber, brandete ein nicht enden wollender Applaus auf, begleitet von lauten Bravorufen. Auch die Lehrer ließen sich von der Begeisterung mitreißen und begannen einer nach dem anderen zu klatschen. Man konnte in ihren Gesichtern und an ihren Gesten ablesen, dass sie ebenso wie Meister Gregorius mächtig stolz auf diese kleine Gruppe waren. Dieser Mut und dieser Wille, ihren Einsatz bis zum Ende durchzustehen, das war aller Achtung wert.

Meister Gregorius hob seine Hand, um im Saal wieder Ruhe einkehren zu lassen, denn der Beifall wollte einfach nicht enden.

»Meine lieben Schülerinnen und Schüler. Eine solche bravouröse Aktion, wie sie von diesen vorbildlichen Schülern hier vor uns bewältigt worden ist, bedarf auch seitens der Schule einer gebührenden Auszeichnung.

Für solche Fälle hat das leitende Schulkomitee vor vielen Jahren eine besondere Medaille entworfen, die zu ganz bestimmten Anlässen vergeben wird, eine Ehrenmedaille. Darauf steht geschrieben: „Ehrenmedaille der Burg Greifenstein, Dank und Anerkennung für großartig vollbrachte Taten“.

Er hielt eine der Medaillen kurz zur Ansicht hoch in die Luft. So konnte jeder sehen, dass die Schrift darauf in der Farbe Magenta leuchtete. Meister Gregorius stieg nun zu Justus und seinen Freunden hinunter, um ihnen diese Ehrenmedaille umzuhängen.

Als sie sie stolz vor ihrer Brust trugen, gab es noch einmal großen Beifall, und sogar Hochrufe waren zu hören.

»Das müssten Schmalzlocke und Rotfuchs jetzt sehen können«, rief Justus in den Applaus hinein. »Bei Schmalzlocke würden die Haare sicher vor Neid und Wut zu Berge stehen. Und das trotz seiner Pomade.«

Bei der Vorstellung mussten sie herzhaft lachen. Justus schaute in die klatschende Menge und entdeckte dabei Edolfin, der hoch oben auf einem der Leuchter saß und sich das Getümmel im Saal gemütlich von dort ansah. Sein langer Bart war in vielen Windungen um die einzelnen Kerzen geschlungen. Justus zeigte den anderen seine Entdeckung. Pauline begann sofort hinauf zu winken, was bei einigen Schülern verständnislose Blicke hervorrief, denn sie konnten Edolfin nicht sehen.

Meister Gregorius bat sie, ihre Plätze wieder einzunehmen und stieg selbst aufs Podium hinauf, um noch einige passende Schlussworte zu sagen.

»Meine lieben Mitschülerinnen und Mitschüler«, klang es jetzt durch die Aula. »Ich möchte euch allen im Namen der gesamten Lehrerschaft danken, dass ihr mit eurem intensiven Beifall diese sieben Mädchen und Jungen habt hochleben lassen. Aus gegebenen Anlass möchte ich verkünden, dass der Unterricht für den Rest des Tages ausfällt.«

Er hatte die Worte kaum ausgesprochen, da brach ein mittelschwerer Tumult der Freude aus. Das ließen sich die Schüler nicht zweimal sagen, und schon drängten sie alle dem Ausgang entgegen. Nur einige aus der Metatron-Klasse blieben noch bei Justus und seinen Freunden stehen, um ihnen zu gratulierten. Man merkte den Schülern den Stolz darüber an, dass diese verwegene Truppe zu ihrer Klasse gehörte.

Die Aula hatte sich inzwischen fast völlig geleert, auch die Lehrer hatten sich zurückgezogen, nur Edolfin schwebte noch oben in dem Leuchter. Miriam sah, wie er ihnen Zeichen gab, dass er sich mit ihnen in Clandestinum treffen wollte.

»Ich glaube, Edolfin will sich mit uns treffen«, machte sie die anderen auf ihn aufmerksam.

»Hey, Edolfin«, rief Joseph voller Enthusiasmus quer durch den Saal.

Da sie inzwischen alleine in der großen Aula waren, schlug Justus vor: »Lasst uns direkt nach Clandestinum springen.«

Das brauchte er nicht zweimal zu sagen. Umgehend standen sie eng beieinander, und im nächsten Augenblick war der Saal leer.

In Clandestinum begrüßte sie Edolfin überschwänglich.

»Hallo Leute, das war ja eine Party! Aber die hattet ihr euch auch redlich verdient. Ich bin mächtig stolz auf euch!«

Freudig hopste er von einem Sessel auf den anderen und schlug wilde Purzelbäume.

Die sieben Freunde ließen sich erleichtert und erschöpft in die tiefen Sessel fallen und mussten erst einmal verschnaufen. Die ganze Zeremonie war für sie noch einmal äußerst anstrengend gewesen.

»Also, so eine Ehrung ist nicht so meine Sache«, stellte Sarah fest. »Das hätte nicht unbedingt sein müssen.«

»Och, da hab' ich nichts gegen«, gab Joseph zurück und grinste breit. »War doch schön. Nur schade, dass die beiden Oberpfeifen Schmalzlocke und Rotfuchs nichts davon mitbekommen haben. Deren Gesichter hätte ich gerne gesehen.«

»Die werdet ihr auch so bald nicht wieder zu Gesicht bekommen. Die sind mit ganz besonderen Aufgaben betraut«, stellte Edolfin fest.

»Wieso, was müssen die denn machen?«, wollte Miriam wissen.

»Das möchte ich euch jetzt noch nicht verraten«, tat Edolfin geheimnisvoll. »Aber ich denke, ihr werdet es noch früh genug erfahren, und dann werdet ihr euch vor Lachen nicht halten können, da bin ich mir sicher.«

»Du sprichst in Rätseln.« Miriam schaute Edolfin mit einem Blick an, der Steine hätte erweichen können. Aber bei Edolfin biss sie auf Granit. Von ihm war nichts zu erfahren.

»Wartet doch einfach noch etwas ab. Wie heißt es so schön: Abwarten und Tee trinken.«

Martin, der es sich so sehr bequem gemacht hatte, dass er wieder schläfrig wurde, bekam nur die Hälfte mit.

»Wem sollen wir winken?«, fragte er leicht irritiert.

»Du sollst Tee trinken, damit du wieder wach wirst«, spottete Pauline bissig. »Du verpennst noch dein halbes Leben.«

»Ich mag aber gar keinen Tee.«

»Ist auch nicht weiter wichtig. Schlaf ruhig weiter«, empfahl ihm Justus belustigt.

»Ich glaube«, meldete sich nun Edolfin wieder zu Wort, »das wird nicht die letzte Aufgabe gewesen sein, mit der man euch auf dieser Schule betraut hat. Die Lehrer, so viel habe ich jedenfalls bereits mitbekommen, sehen in euch eine ganz besondere Gruppe, der man viel Verantwortung übertragen kann.« Edolfin sah seine Freunde bedeutungsvoll an.

Dann fügte er hinzu: »Ich für meinen Teil darf mich jetzt fürs Erste verabschieden. Das heißt aber nicht, dass wir uns nie mehr sehen. Wenn ihr mich braucht, werde ich zur Stelle sein.«

»Willst du uns jetzt etwa verlassen?«, fragte Sarah bestürzt. »Das kannst du nicht machen.«

»Keine Sorge, ich werde euch immer im Blick behalten. Ich bin ja schließlich euer guter Geist.« Dabei schlug Edolfin nochmals freudig einen Riesensalto, winkte dabei fröhlich und schwups, war er verschwunden. Betroffen schauten sie auf die Stelle, wo Edolfin gerade noch gesessen hatte. Justus versuchte, sich schnell mit der Situation abzufinden.

»Leute, ich meine, wir sollten das ganz praktisch sehen. Edolfin kommt, wenn wir ihn wieder brauchen. Hat er schließlich gesagt. Jetzt sollten wir einfach nach *Metatron* springen. Nicht dass uns unsere Mitschüler am Ende noch als vermisst melden.«

»Dann mal los.« Erik stand auf und rüttelte seinen Bruder wach. »Komm, Schlafmütze. Auf geht's nach *Metatron*.«

»Ich setz' mich auf keinen Thron«, protestierte Martin schläfrig und erhob sich widerwillig.

Danksagung

Dank sagen möchte ich an dieser Stelle den verschiedenen Helferinnen und Helfern, die mir mit Rat und Tat bei der Erstellung meines Buches zur Seite gestanden haben. Vor allem möchte ich nennen Sabine Brinkmann, Gitta Edelmann, Barbara Schmidt-Kotyrba und Annette Steinacker.

Aber auch den eifrigen Testleserinnen und -lesern möchte ich herzlich für ihre Mühe und Zeit, die sie aufgewendet haben, danken: Fabienne, Lioba, Luisa, Marie, Pascal und Ric. Gerade ihre Rückmeldungen haben zu einer Reihe von guten und sinnvollen Veränderungen beigetragen.

Auch an meine Frau und an Anne Kemper geht ein herzliches Dankeschön für das intensive Korrekturlesen.